LA PETICIÓN DE
Olivia

ABRIL CAMINO

© Abril Camino
1ª edición, septiembre de 2019.
ISBN: 9798503654257.
Imagen de portada: Shutterstock.
Diseño de cubierta: Abril Camino.

Reservados todos los derechos. No se permite la reproducción total o parcial de esta obra, ni su incorporación a un sistema informático, ni su transmisión en cualquier forma o por cualquier medio (electrónico, mecánico, fotocopia, grabación u otros) sin autorización previa y por escrito de los titulares del *copyright*. La infracción de dichos derechos puede constituir un delito contra la propiedad intelectual.

A Susanna Herrero,
por aparecer en mi vida por sorpresa,
de la mano de sus chicos,
y quedarse para ser amistad, compañía y aliento.

~1~
LA PETICIÓN

Olivia evaluó la imagen que le devolvía el espejo de cuerpo entero del ascensor y sonrió satisfecha. Nada estaba exactamente en el mismo lugar que a los veintitrés, pero tampoco se podía quejar de su aspecto con treinta y cinco años recién cumplidos. Se retocó un poco el pintalabios, bajo la atenta mirada del ascensorista de aquel restaurante ubicado en la última planta de un exclusivo hotel de Manhattan, y, como solía ocurrirle, dudó de si la habría reconocido como aquella cara que se había convertido en popular más de diez años atrás o si solo estaría echándole un vistazo más de la cuenta.

El *ding* del ascensor sonó al alcanzar la planta cuarenta y tres, y Olivia respiró hondo. Llegaba temprano, como siempre, y sabía que Taylor llegaría tarde, también como siempre. Había cosas que no cambiaban tras casi diez años separados.

El *maître* la acompañó a una mesa situada cerca de los grandes ventanales, algo apartada del resto. Se le escapó una media sonrisa al pensar en cuántas citas habría tenido Taylor allí; estaba segura de que, al estar la reserva a su nombre, le habían asignado su mesa habitual. Se alegró de que fuera íntima, pues era perfecta para lo que quería hablar con su exmarido aquella noche.

Olivia se ponía más nerviosa a cada momento que pasaba esperando a Taylor. Aceptó el cóctel de Martini, vodka y zumo de arándanos que le ofreció un camarero y lo bebió lentamente mientras evaluaba el atuendo que había elegido para aquella noche. Por enésima vez. Hacía años que no seleccionaba con demasiado cuidado lo que se ponía para ver a Taylor; quizá nunca lo había hecho. Lo suyo nunca había consistido en impresionarse el uno al otro... Todo lo contrario.

Pero aquel día los nervios se la comían por la propuesta que iba a hacerle, así que le daba vueltas a todo. Su vestuario incluido. Había elegido un *short* flojo de cuero, una camiseta sin mangas gris con incrustaciones de pedrería y una cazadora vaquera con un bordado *old school* en la espalda. Con sus brazos tatuados descubiertos y sus rizos rubios secos al aire, algo asilvestrados, sabía que atraería algunas miradas en aquel restaurante tan elitista en el que se reunía la alta sociedad neoyorquina. Pero no podía importarle menos, en realidad.

—Tarde, para variar. —Escuchó la voz de Taylor a su espalda y no tuvo que girarse para imaginar su sonrisa de disculpa. Ella había aprendido con los años a no enfadarse ya por sus célebres retrasos—. Muchas felicidades, Liv.

—Gracias, Tay.

Olivia se levantó y, una vez más, se quedó impresionada al verlo. Joder... Se conocían desde que tenían uso de razón, se habían visto desnudos de todas las formas y en todas las posturas imaginables, se lo encontraba casi a diario en revistas, catálogos y anuncios a tamaño gigante, pero nunca dejaba de impresionarla el físico de Taylor Gardner. Ni a ella ni a la mitad del planeta Tierra.

Era alto, un metro noventa y tres según decía su ficha en la agencia de modelos que lo representaba, aunque Olivia sabía que en realidad era uno noventa y cuatro; con ese cuerpo que le había dado la madre naturaleza y que él mantenía a fuerza de mucho gimnasio y épocas de dieta extrema; el pelo castaño un poco rizado, los ojos azules, esa sonrisa matadora que le pintaba dos hoyuelos en las mejillas… No era difícil comprender por qué las mujeres caían rendidas a sus pies.

—Joder, qué guapa estás.

Olivia sonrió mientras él la envolvía en un abrazo. Un abrazo que era tan sincero que en él no eran ni una expareja que se había dicho las cosas más crueles en los peores momentos, ni aquellos dos chicos que un día habían sido los favoritos de la prensa de cotilleo… ni siquiera eran los adolescentes que se enamoraron entre atardeceres del campo de fútbol de su instituto. Eran simplemente Olivia y Taylor, los auténticos. Hasta en las palabras se notaba. Olivia había escuchado muchas veces a Taylor decirles a mujeres aleatorias un «estás preciosa, Tiffany», «estás fantástica, Julie», «estás radiante, Jennifer»… Pero a ella nunca le dedicaba aquellas palabras vacías. A ella le decía que estaba guapa sonriendo, como era él, como si aquel chico de Texas nunca hubiera pasado por el filtro del *glamour* neoyorquino.

Olivia sintió en aquel abrazo como el olor de él se le colaba en la pituitaria. Y es que, a pesar de que Taylor había protagonizado más anuncios de perfume masculino de los que se pudieran contar con los dedos de las dos manos, en su vida real, jamás los utilizaba. El Taylor que ella conocía solo olía a jabón, a pasta de dientes y al suavizante de su ropa. Ese era el olor de todos los abrazos que se habían dado desde que habían pasado del estatus de marido y mujer al de viejos amigos.

—Tú tampoco estás mal.

Él le sonrió, ambos se burlaron de las miradas que atraían, se molestaron un poco por el teléfono móvil de una de las clientas del restaurante, que apuntaba directamente hacia su mesa, y, por fin, pidieron la comida.

—¿*Fetuccini* Alfredo? —Olivia alzó las cejas en dirección a Taylor. Los hidratos de carbono no entraban en su dieta desde hacía siglos, a pesar de que ella sabía cuánto lo hacían perder la cabeza la pasta y la pizza.

—Acabo de salir de una racha de sesiones de fotos que no te imaginas. Dos semanas mañana y tarde, de madrugada… No he parado. Por mis cojones que me voy a comer ese plato de *fetuccini*. —Olivia puso los ojos en blanco al escucharlo hablar así. Aunque en público diera siempre una imagen de perfecto galán, los que lo conocían sabían que era el tío más malhablado de Nueva York.

—Así me gusta, que comas como Dios manda.

—Sí, mamá.

Charlaron de temas sin importancia durante la mayor parte de la cena, aunque los dos sabían que había un asunto flotando sobre la mesa que antes o después saldría. Ella, porque era la que guardaba la bomba dentro; él, porque no era habitual que quedaran por sorpresa.

Hacía ya muchos años que habían decidido que no podían seguir formando parte de la vida del otro de forma habitual. La tentación de continuar compartiendo todo, menos matrimonio, se los había comido durante el primer año separados. Quedaban, hablaban, disfrutaban de la compañía del otro, acababan acostándose, Olivia le pedía que volvieran a intentarlo, él la rechazaba, ella lloraba, él se sentía una mierda… Hasta que, un día, Olivia le dijo que no quería que volvieran a verse nunca, que ella solo podría rehacerse dejándolo a él fuera de su entorno. Y a él se le rompió un poco el corazón de la pura añoranza, pero la entendió. Se lo concedió, y solo cuando estaban despidiéndose para siempre, con lágrimas en los ojos, se atrevió a pedirle algo: que cenaran juntos cada año el día de su aniversario de bodas. El cuatro de mayo. Se enviarían un mensaje, se verían y no ocurriría nada más que una cena entre amigos en la que se pondrían al día sobre sus vidas. Ni una sola vez en nueve años habían faltado a esa cita.

Además, Nueva York es muy grande, pero el mundo de la moda, bastante pequeño, así que de vez en cuando coincidían en algún evento, por más que Olivia estuviera muy retirada de toda aquella vida pública que había acabado por repugnarla. Y compartían la amistad de Becky Wordsworth, que había sido la agente de los dos cuando comenzaban su carrera, aún lo era de Taylor y, además, era la mejor amiga de Olivia. Se veían a veces en las fiestas que organizaba en su mansión de los Hamptons, pero, aparte de eso, no quedaban nunca.

Hacía casi tres meses de la última cena de aniversario, de aquella cita que había sido melancólica y algo triste los primeros años, pero que ahora era para ambos una de sus noches favoritas del año.

Compartían un *brownie* de chocolate blanco con helado de frutos rojos —porque Taylor parecía haber mandado a la mierda su dieta de forma definitiva—, cuando Olivia se decidió a soltar la bomba.

—Bueno…, supongo que te habrá sorprendido que te llamara para quedar hoy —le dijo, con la voz algo entrecortada por los nervios.

—Es tu cumpleaños. Siempre es un placer venir en persona a felicitarte.

—No seas zalamero conmigo, Tay. —Olivia lo señaló con la cuchara, con gesto amenazante, y a él se le escapó una carcajada sincera—. No te he invitado a comer por mi cumpleaños desde que éramos unos críos.

—Pues… tú dirás a qué se debe el honor.

—Yo… Emm… Bueno, quería decirte que… —A Olivia se le atascaron las palabras. Había ensayado el discurso durante días delante del espejo de su cuarto de baño, pero, de repente, se le había olvidado el comienzo y había perdido pie.

—¡Hostias, Liv! Habla de una vez, que me estás poniendo loco.

—Voy a ser madre.

* * *

Taylor sintió un maremoto de emociones cuando la escuchó decir aquello. Sintió felicidad, por supuesto; podría pasar mil años sin saber nada de Olivia, que él siempre se alegraría de cualquier cosa que a ella la hiciera feliz.

No lo reconocería en voz alta, pero también notó que se descargaba el peso de la culpabilidad de sus hombros. Él sabía que una de las ilusiones que se le habían roto a Olivia con el divorcio, entre otras muchas, era la de tener hijos. Quizá aquella había sido la más dolorosa. Él siempre había sentido que la había privado de algo que habían soñado juntos en muchas noches de conversaciones sobre la vida. Ambos querían ser padres jóvenes, y él se había bajado de aquel sueño, como de tantos otros, y le había robado la ilusión. Ella nunca lo había culpado, no más allá de las horribles discusiones que siguieron a aquella mañana aciaga en que se había roto lo suyo, pero él sabía que, si hubieran seguido casados, habrían sido padres más pronto que tarde.

Pero también había sentido otras cosas al escucharla decir aquello… Cosas de las que no estaba tan orgulloso. Había sentido que algo se le rompía dentro. Aunque hubieran pasado más de nueve años desde el divorcio, aunque no se vieran más de una o dos veces al año…, él seguía considerando a Olivia un poco suya. No en el sentido de posesión, por Dios; él nunca había sido de esos. Más bien era… que Olivia estaba dentro de él. Era la protagonista de los mejores momentos de su adolescencia, de la de los dos, compartida; era la mano de Olivia la que cogía entre las suyas cuando empezaron a soñar alto con un futuro en el que podrían ser lo que quisieran; era la única mujer a la que había llevado al altar, aunque fuera a uno cutre de Las Vegas, y él sabía que sería la única a la que llevaría.

LA PETICIÓN DE OLIVIA

Cuando habían pasado dos o tres años del divorcio, Olivia, en uno de los pocos momentos de debilidad que él le había visto, le había confesado que una parte de ella siempre estaría enamorada de él. Él aún era aquel gilipollas en el que se convirtió después de separarse y se agobió un poco al escucharlo. Pero aquella noche, frente a una copa de vino que no era la primera que se bebió sin saber siquiera si era blanco o tinto, entendió a qué se había referido Olivia con aquello. Se dio cuenta de que una parte de él siempre la querría también de una forma especial.

—Felicidades. —Fue al fin capaz de decir.

—No, no... No me has entendido bien.

—¿Hay varias formas de entender eso que acabas de decir? —le preguntó, con una sonrisa burlona.

—Pues... —Olivia se contagió y acabaron los dos compartiendo una carcajada nerviosa—. Que no estoy embarazada, vamos.

—¿Entonces?

—Aún. *Aún* no estoy embarazada. Pero planeo estarlo pronto.

—Entonces... Felicidades por partida doble. —Taylor le sonrió y ella tuvo la sensación de que había algo de tristeza en aquel gesto—. No tenía ni idea de que estabas con alguien.

—Es que ahí está el quid de la cuestión. No estoy con nadie. Quiero... quiero ser madre sola.

—Joder. —Taylor la miró con admiración. Él recordaba a aquella chica tímida a la que la fama le había venido grande; que se había sentido insegura, incómoda y fuera de lugar durante años. Y la mujer que tenía delante, más de una década después, era una empresaria de éxito, la persona más fuerte que había conocido en su vida y, ahora, se lanzaba a la aventura de ser madre soltera en aquella jungla de asfalto que era Nueva York, a miles de kilómetros del lugar donde se encontraba su familia—. Eres muy valiente, Liv. Felicidades por tercera vez.

—Gracias.

Olivia se quedó callada, sonrojada. Los dos sabían que había muchas cosas ocultas en aquella confesión. Olivia se había criado bastante sola, como hija única de una familia monoparental, y siempre había deseado una gran prole de niños a su alrededor, un matrimonio estable en el que criarlos y una casita en el campo con valla blanca en la que verlos crecer. Pero la vida moldea a veces nuestros sueños y Olivia se había cansado de esperar a ese príncipe azul que no llegaba, o que había llegado y se había marchado, y los treinta y cinco eran la edad clave que se había marcado como límite para cumplir su deseo de ser madre.

—Supongo que no hace falta que te diga que siempre, siempre, siempre, podrás contar conmigo si necesitas algo. Durante el embarazo, con el bebé... Lo que sea, Liv. —Taylor se permitió dejar una mano sobre la de ella. No solían tener demasiado contacto físico, más allá de aquellos abrazos sentidos con los que se saludaban y se despedían, pero la ocasión bien merecía la excepción—. Lo sabes, ¿no?

—Lo sé. —Ella lo miró, con los ojos algo acuosos por la emoción de oírlo decir aquello, y supo que había llegado el momento de hacer su petición, por mucho pánico que le diera—. De hecho..., para eso te he citado aquí. Porque hay algo que quiero pedirte.

—Lo que sea.

—No hables tan rápido. —Olivia se rio, más por los nervios que por otra causa—. No es algo que vaya a necesitar durante el embarazo, ni durante el parto ni cuando haya nacido el bebé. En realidad..., es antes.

—¿Antes? —Taylor frunció el ceño.

—Yo... Estoy a punto de iniciar el tratamiento en una clínica de fertilidad y... bueno, he... he estado mirando los catálogos de donantes. ¿No es terrible que haya catálogos de eso? Bueno..., es igual. El caso es... es que...

—¿Sí? —Taylor preguntó con la voz teñida de sospecha. No sabía si quería escuchar lo que venía a continuación, porque le daba pánico y le hacía ilusión al mismo tiempo. O algo así.

—Aunque la clínica tiene mucho prestigio y todo eso, no sé... Como que no me fío del todo de esos catálogos. ¡Yo qué sé si un abuelo del donante fue un asesino en serie o si tienen alguna enfermedad hereditaria desconocida hasta ahora! Y bueno... La asesora que me han asignado en la clínica me ha hablado de la posibilidad de... de buscar a un donante conocido..., de pedírselo a alguien... a alguien que...

—Liv. —Taylor la tomó por el mentón y la obligó a enfrentar su mirada—. ¿Me estás pidiendo que sea el padre de tu hijo?

—¡No! —Ella se apartó y empezó a gesticular con las manos, como siempre que estaba nerviosa—. No, no. No es eso, Tay. Sería simplemente, si estás de acuerdo, por supuesto, que pasaras por la clínica a hacer una donación y a firmar unos documentos de descarga de responsabilidad. Vamos, que no sería tu hijo, es... como si hicieras una donación anónima.

—¿Por qué yo? —le preguntó él y lo sorprendió sentir un nudo en la garganta que impedía que las palabras le salieran con fluidez.

—A ver, le he estado dando muchas vueltas al asunto. Para empezar, eres un tío listo. Siempre se te ha dado bien estudiar y no recuerdo que hicieras un esfuerzo demasiado grande para ello, así que supongo que, a pesar de que a menudo haces todo lo posible por demostrar lo contrario, debe de haber buena materia gris dentro de esa cabeza de chorlito. —La broma relajó un poco el ambiente y ambos se rieron—. Que eres guapo no hace falta que te lo diga yo; te lo recuerdan en *Vogue* en cada número.

—Se les olvidó en junio. Voy a tener que pegarles un toque. —Taylor chasqueó la lengua y Olivia puso los ojos en blanco, pero no pudo evitar la carcajada.

—Y tienes unos antecedentes familiares impecables. Tus abuelos están sanos como robles con casi noventa años, no hay una sola enfermedad congénita en tu familia y tienes esa dentadura perfecta sin haber pasado por la pesadilla de la ortodoncia.

—Pero soy miope.

—Las gafas son tendencia. Tendré un hijo a la última moda.

Los dos sonrieron y supieron a la perfección lo que estaban haciendo. Siempre se les había dado bien teñir de humor los temas serios. Y aquel era posiblemente el más serio que habían tratado jamás; sin duda, era el más importante que se les había presentado en los nueve años anteriores.

—Hablando en serio, Liv... ¿Estás segura de lo que vas a hacer?

—De ser madre soltera, sin ninguna duda. Lo sabes, Tay, sabes que siempre ha sido mi sueño tener niños. A los treinta me propuse muy en serio encontrar al hombre perfecto para formar una familia, pero llevo cinco años besando sapos y hasta aquí hemos llegado. Tengo treinta y cinco años. Si quiero tener más de un hijo, y eso es algo que tengo clarísimo, no me queda demasiado tiempo.

—Ah, o sea que me vas a robar la esencia más de una vez, ¿no?

—En la clínica —Olivia se sonrojó— me han dicho que se puede congelar parte de las muestras para utilizarlas en el futuro.

—Comprendo.

El camarero los interrumpió y pidieron dos tés negros para dar por finalizada la cena. Se mantuvieron en silencio mientras filtraban la infusión, le echaban azúcar —edulcorante *light* en el caso de Taylor—, la removían y le daban el primer sorbo.

—¿Y bien? —preguntó Olivia, muerta de miedo.

—Invítame a una copa mientras me lo pienso, anda.

Salieron del restaurante comentando temas más triviales. Taylor le habló de las últimas campañas que había hecho para diferentes marcas, Olivia de cómo iban las cosas en la escuela de modelos que dirigía en el Village. Compartieron un par de cotilleos que conocían de modelos, agentes, periodistas y todo ese universo particular que era el mundo de la moda. Olivia se rio con ganas, como siempre le ocurría, cuando pasaron junto a una marquesina de autobús en la que Taylor, semidesnudo, pretendía venderle al mundo un televisor de alta gama.

—Nunca entenderé por qué tienes que ponerte en pelotas para vender una tele. ¡Una tele!
—Ay, Liv. Se te olvida que yo siempre hago mucho mejor las cosas desnudo que vestido.
—Algo recuerdo, sí.

El ambiente entre ellos era distendido, como siempre que se veían, pero algo enrarecido por la conversación anterior. En cierto modo, era como si la atmósfera fuera más íntima de lo que había sido en años. Olivia sabía que le estaba pidiendo mucho, pero no había sido capaz de pensar en alguien mejor para recibir aquella donación que la convertiría en madre que en Taylor. Y le había mentido un poco, porque no era su físico, ni su salud de hierro ni aquella perfecta dentadura natural lo que la había hecho decidirse… Era que Tay, por encima de todo, era un buen tío. Aunque le hubiera roto el corazón en el pasado, aunque se hubiera perdido en los laureles de la fama, aunque a veces le costara comprenderlo…, él nunca le había fallado como persona. Como marido sí, pero el tiempo había puesto las cosas en su sitio y ella fue capaz de comprender que no se puede obligar a nadie a enamorarse, a seguir enamorado. Taylor había dejado de sentir aquello mucho antes que Olivia, y lo que había quedado cuando las llamas del amor se apagaron fueron las ascuas de una amistad preciosa que no necesitaba más de uno o dos encuentros al año para permanecer viva.

Entraron en un club de la parte baja de la ciudad. Los dos habían estado allí algunas veces, por separado, pero nunca juntos, porque era el local favorito de Becky, que lo frecuentaba cuando no quería encontrarse con gente del mundo de la moda, que prefería otros barrios. También a ellos les vendría bien esa intimidad aquella noche.

Taylor pidió dos *whiskies* con limón y a Olivia le hizo gracia que él recordara lo que siempre bebían, a pesar de que hacía años que no se tomaban juntos una copa en un club. Se arrellanaron en un sofá esquinero, lejos de miradas indiscretas, y comentaron que echaban de menos la época en la que podían hacer lo que quisieran donde quisieran, sin preocuparse de que alguien hiciera una foto con un teléfono móvil que pudiera acabar en alguna página web de cotilleos. Ella hacía años que ya no era reconocida apenas; había pasado una década desde sus momentos de gloria. Y tampoco es que Taylor fuera carne de revistas del corazón, pero su cara estaba por todas partes en Estados Unidos y en medio mundo, así que de vez en cuando interesaban noticias relacionadas con él.

—¿Es nuevo?

Taylor deslizó las yemas de sus dedos por el hombro de Olivia y ella se estremeció un poco. Aún tenía la piel dolorida bajo el último tatuaje que se había hecho. Era un diseño floral, colorido, que abarcaba desde el final de la clavícula hasta el hombro y descendía por la parte externa del brazo casi hasta llegar al codo. No tenía ningún significado especial; hacía ya tiempo que no necesitaba que algo fuera trascendental para llevarlo para siempre sobre su piel. Simplemente, le parecía bonito y Olivia había aprendido después de muchos años a disfrutar de las cosas que le gustaban. Faltaban algunas semanas para que el tatuaje estuviera cicatrizado y en su máximo esplendor, pero aquella noche no había podido resistirse a la tentación de usar una camiseta sin mangas para lucirlo al aire por primera vez.

—Me lo he autorregalado por los treinta y cinco. Un poco locura, ¿no?
—Es precioso. No sé… muy tú. —Ella le respondió con una sonrisa de gratitud. Sí que aquel tatuaje era muy ella, Taylor no lo había dicho por decir. Atrevido, luminoso, lleno de color y de libertad—. Yo… también tengo algo para ti.
—¿En serio? ¡No hacía falta, Tay! Yo nunca te regalo nada.

—No pensarías que iba a venir a cenar contigo el día de tu cumpleaños con las manos vacías, ¿no? Mi madre me habría partido la cara.

—Pero eso es porque tu madre me adora.

—Eso también es cierto. Mejor que no se entere de que hemos quedado o desempolvará la pamela.

Se rieron, porque era cierto. Olivia casi se había criado en casa de Taylor, después de haber sido su mejor amiga desde que eran unos niños. Había sido la protegida de Mike y Chris, los hermanos mayores de Tay, que siempre bromeaban con que Olivia era la favorita de su madre. Era un poco como la hija que nunca había tenido, en aquella casa en la que la testosterona adolescente rebosaba por las ventanas. Ella había sido quien más se había alegrado de que fueran novios, al principio, y más tarde marido y mujer. Aunque la boda hubiera llegado por sorpresa y la hubieran privado de una celebración por todo lo alto. Y también había sido ella una de las que más había sufrido al enterarse de que aquel matrimonio se había roto. Intentó mediar entre ellos, pero no hubo nada que hacer. Taylor sabía que, en lo más profundo de su alma y aunque lo quisiera con locura, su madre había tardado más tiempo en perdonarlo que la propia Olivia. Quizá ni siquiera lo había hecho del todo.

Taylor metió la mano en el bolsillo interior de su cazadora y sacó un sobre.

—¿Qué es esto? —Olivia lo miró intrigada. No es que a ella le fuera mal la vida, pero sabía que Taylor nadaba en dólares, y de repente sintió un pánico atroz a que le regalara por su cumpleaños un cheque o algo así.

—Ábrelo y lo sabrás.

—¡Joder!

Olivia se quedó con la boca abierta cuando vio el contenido de aquel sobre. Era el título de propiedad de una fotografía de formato medio que se había subastado unos días antes en Christie's, en Londres. Una imagen de Twiggy, la mítica modelo inglesa de los años sesenta, en blanco y negro, retratada por Barry Lategan en 1966. A ella la apasionaba la moda, mucho más que a Taylor, y siempre estaba al tanto de las subastas, los mercadillos y otros lugares donde pudiera encontrar objetos únicos. Tanto su piso de Chelsea como la oficina de su escuela de modelos estaban decorados con fotografías de gran tamaño de momentos históricos de la moda, portadas célebres de revistas e incluso prendas icónicas con las que había conseguido hacerse tras pagar pequeñas fortunas. Está fatal saber el precio de un regalo, pero recordaba haber leído que esa foto en concreto que le estaba regalando Taylor se había quedado en un precio final de dos mil trescientas libras esterlinas.

—Pero ¡tú estás loco! No puedo aceptarlo.

—Venga ya, Liv. Te encanta.

—Pues claro que me encanta, pero es una barbaridad de dinero, Tay.

—¿Hace falta que te cuente cuánto me han pagado por las cuatro fotos en calzoncillos que me hice el miércoles?

—*Sé* lo que te han pagado, no seas chulito. Becky está escandalizada por lo sobrevalorado que estás.

—Becky que se calle, que ella bien que se lleva el quince por ciento de esa pasta.

—Muchísimas gracias, Tay. Me encanta, pero eso ya lo sabes.

—Te la enviarán a la escuela en dos o tres semanas. Eso me han asegurado.

—La pondré en un lugar de excepción.

Taylor se felicitó mentalmente por haber tenido aquella idea. El día que había recibido el mensaje de Olivia invitándolo a cenar por su cumpleaños, se había quedado muy sorprendido, y había pensado en pedirle consejo a Becky sobre qué comprarle. En algunos aspectos creía seguir conociéndola muy bien, pero lo cierto era que quizá no se habían visto más de veinte o veinticinco veces en los últimos nueve años, y casi siempre en reuniones sociales bastante vacías. Becky sabría mucho mejor que él qué regalo sería perfecto para sorprenderla. Pero, cuando ya tenía su número marcado en el móvil, decidió dar marcha atrás. Había cosas que a Olivia siempre le habían encantado, y la historia de la moda era quizá su mayor afición. Hizo una pequeña búsqueda entre webs de subastas y supo que aquel retrato, tan sesentero y tan minimalista, la volvería loca. Además, no le apetecía una mierda que Becky supiera que habían quedado y les regalara a ambos una sesión de «jijiji» y «jajaja», que eran las reacciones habituales cuando se enteraba de que se habían visto.

La música sacó a Taylor de sus pensamientos. Sonaba *Oops... I Did It Again*, de Britney Spears. Se le escapó una carcajada al recordar cuánto le gustaba a Olivia aquella canción cuando eran adolescentes, y ella se lo confirmó dando saltitos y pidiéndole que salieran a bailar. Él se negó dos, tres, cuatro veces... hasta que se resignó al hecho de que ella no pensaba rendirse y, finalmente, la acompañó, no sin antes asegurarse de llevar consigo otra copa para superar el bochorno de bailar lo que Olivia consideraba «un temazo» y él una prueba fehaciente de que se estaban haciendo viejos, pues la gente más joven que los rodeaba ni siquiera parecía reconocer la canción.

—¿Y para mí no hay? —protestó Olivia, señalando la bebida de él.

—Vas a ser madre, Olivia. Compórtate —le respondió, muy serio, aunque se le escapó la risa demasiado pronto—. Bebe de la mía.

No le vendría mal, porque Taylor no se sentía sobrio, la verdad. El vino de la cena, el *whisky* del club... y la conversación habían hecho que se tambaleara un poco. Y no era una gran noticia, porque había una cosa que a Taylor lo había fascinado siempre de Olivia por encima de cualquier otra. Y es que ella nunca había sido consciente de lo atractiva que era, de cómo arrastraba miradas a su paso, del modo en que seducía precisamente no haciéndolo. Siempre había sido una chica preciosa; perfecta, decían algunos, en sus años de mayor éxito sobre las pasarelas. Pero solo Taylor sabía que ella era igual desfilando para Victoria's Secret con unas alas a su espalda y un sujetador de dos millones de pavos que lo había sido a los quince años montando en bici con él, con unos pantalones vaqueros y una camiseta gigante de fútbol con el cincuenta y cuatro a la espalda que él le hubiera prestado. Su belleza, su encanto, su magnetismo estaba justo en eso. Y mucho más desde que había dejado atrás aquella imagen de princesita que tanto le habían inculcado su madre primero y las agencias para las que había trabajado, después. Con su pelo rizado al natural, los tatuajes que cubrían cada vez más trozos de su piel y aquella ropa tan *rocker* era más ella que nunca. Más radiante, más auténtica.

Y bailando en la pequeña pista de aquel club..., joder, lo estaba volviendo medio loco. Él nunca había ocultado que Olivia lo atraía, por más que sus sentimientos por ella hubieran sido al final de su matrimonio casi más fraternales que románticos. Y, aunque ella no se diera cuenta, contoneándose al ritmo de Britney Spears, lo atraía a él y a cualquier persona que tuviera ojos en la cara dentro del local. Quiso pedirle que parara, no por celos ni nada, sino porque él mismo estaba a punto de hacer una estupidez, pero hacía muchos años que sabía que ella era un alma libre, una persona a la que había que dejar volar. Para que fuera feliz sin él o para que bailara un tema de hacía casi veinte años de la forma más sensual del mundo, sin preocuparse de nada más que de divertirse. Así que no le quedó más remedio que optar por la otra única alternativa: hacer una estupidez bien grande.

—Está bien. —Se acercó a ella y rodeó su cintura con un brazo. Lo hizo con fuerza, pero no impidió que el bamboleo de sus caderas lo envolviera, y eso envió un latigazo de placer a su entrepierna. Podría culpar al alcohol, que no era del todo inocente del delito, pero... no diría algo como lo que estaba a punto de soltar por su boca solo por razones éticas—. Acepto.

—¿Qué? —Olivia abrió los ojos como platos. Excepto aquello que había pasado cuatro o cinco años atrás durante la fiesta de Fin de Año de Becky en la que habían coincidido, hacía demasiado tiempo que no tenía un contacto tan cercano con Taylor. Bueno..., de hecho, cuatro o cinco años ya era mucho tiempo.

—Que acepto tu propuesta. Te haré la... donación. Puedes contar conmigo.

—¿En serio? —Ella le sonrió con un gesto de agradecimiento tan profundo que él supo de inmediato que no habría podido negárselo jamás.

—Pero con una condición. —Olivia escuchó el tono de voz de Taylor, tan sensual, y no supo si era real o lo estaba imaginando. Lo sintió acercarse a su oído, pero no lo vio, porque cerró los ojos por instinto.

—Tú dirás —le dijo, titubeando.

—Mírame. —Ella obedeció, sin saber por qué. Quizá porque él acababa de concederle su mayor deseo, pero esa *condición* la aterraba. Y, en cuanto lo escuchó, supo que no era pánico, sino otro sentimiento al que aún no era capaz de poner nombre—. Yo no me corro en un puto vaso de plástico. Creo que tú sabes mejor que nadie... —La recorrió de arriba abajo con la mirada y ella sintió como se le ponía toda la piel de gallina—. Creo que sabes mejor que nadie dónde me gusta correrme. Me encantará ayudarte a ser madre, pero... a la manera tradicional.

—¿Qué quieres decir? —Claro que Olivia sabía lo que él había querido decir, pero sus neuronas habían dejado de hacer sinapsis en el momento exacto en el que él había utilizado por primera vez el verbo «correrse» y ya ni se contoneaba ni escuchaba siquiera la música. Se había quedado paralizada en medio de la pista de baile, con las manos temblando y la cara convertida en una fuente de calor que poco tenía que ver con que estuvieran en pleno mes de julio.

—Creo que me has entendido perfectamente.

Taylor le dio un beso en la mejilla; largo y sentido, como solían ser los que compartía con ella... y se marchó. Ella tardó unos segundos en reaccionar; se había quedado mirando su estela casi como si de verdad fuera visible. Se recompuso como pudo, recuperó su cazadora del sofá donde habían estado sentados y emprendió el camino a casa con la sensación de que, ni utilizando toda la imaginación del mundo, habría esperado que la noche de su gran petición a Taylor acabara con esa enorme pelota sobre su tejado.

~2~
RETALES DE MI VIDA

Taylor agradeció que un taxi pasara por la puerta del club justo cuando él salía. Ya estaba sentado en el asiento trasero, de camino a su apartamento del Upper East Side, cuando se dio cuenta de que había dejado a Olivia allí colgada, sin preocuparse de que llegara bien a casa. Cogió el móvil para enviarle un mensaje, pero luego recordó que Olivia era una mujer fuerte que pasaba trescientos sesenta y cuatro días al año sin necesitar de esa protección que a él solía salirle de forma instintiva.

Cuando entró en su piso, rescató una cerveza del frigorífico y se dejó caer en el sofá. Como le venía pasando cada vez con más frecuencia, echó un vistazo a su alrededor y bufó asqueado. Y, de inmediato, se sintió ingrato. Porque aquel apartamento era el sueño de cualquiera. Doscientos cincuenta metros cuadrados en la última planta de un edificio del Upper East Side, con tres dormitorios gigantescos, cuatro cuartos de baño, una cocina ultramoderna y una terraza con unas vistas de Central Park que quitaban el aliento. Becky se había encargado de buscarlo, alquilarlo y decorarlo, en aquellos meses posteriores al divorcio en que él solo se preocupaba de visitar cada fiesta que se celebrara en Manhattan o en cualquier punto del planeta al que pudiera llevarlo un *jet* privado. Todo era blanco y negro, blanco y negro, blanco y negro. Y lo odiaba. En realidad, no le había gustado más que durante un año o dos, pero llevaba ya nueve viviendo en él. Toda una puta vida en blanco y negro.

Habría dado cualquier cosa por teletransportarse al pequeño apartamento de Hell's Kitchen en el que había pasado cuatro años, justo al acabar la carrera y dejar la residencia universitaria. Era pequeño, demasiado frío en invierno y demasiado caluroso en verano…, pero tenía vida, joder.

Taylor no era tonto y sabía muy bien por qué los derroteros de su pensamiento habían tomado aquel camino. La noche había sido intensa. Muy intensa. Ya se lo había visto venir desde el momento en que había recibido el mensaje de Olivia proponiéndole aquella cita. El pacto entre ellos era claro: no se veían más que un día al año, aparte de las ocasiones en que pudieran coincidir a través de amigos comunes. Si ella le proponía verse fuera de esas condiciones, no podía ser por una causa intrascendente. Y, efectivamente, no lo había sido.

Se acabó la cerveza en dos sorbos y decidió pasar a algo más fuerte. Se controló para echar solo dos dedos de *whisky* en un vaso con mucho hielo, porque aquella noche se le estaban yendo de las manos todos los excesos. Tampoco es que se arrepintiera de ello, porque ya tenía demasiadas cosas en la cabeza. Un miedo atroz a haberse precipitado al aceptar la proposición de Olivia. La sensación de ser un auténtico cabrón por haberle impuesto aquella condición sexual a cambio de cumplir el sueño de su vida. La frustración de saber que había huido de aquel club no para dejarle a Olivia tiempo para pensar, como intentaba autoconvencerse de que había hecho, sino porque estaba a punto de cometer un error mucho mayor. Uno que incluía su boca estampándose contra la de Olivia, su mano deslizándose por debajo de sus *shorts* y dos orgasmos bien fuertes resonando contra las paredes de los lavabos del local.

Dejó el vaso sobre la mesa de centro y cogió el portátil para poner algo de música. Seleccionó una lista de reproducción variada y sonó *Tear Up This Town*, de Keane, que no ayudó demasiado a rebajarle la melancolía. Sabía que era un error, pero no pudo evitar hacer doble clic con el ratón en una carpeta de su escritorio llamada «Fotos». Sabía que en ella no iba a encontrar ninguna de las imágenes de las últimas campañas de moda que había protagonizado ni las obras de los fotógrafos increíbles para los que había posado en diferentes momentos de su carrera; ni siquiera esas infames fotos de *photocall* a las que odiaba prestarse en los eventos a los que asistía. No, en esa carpeta había cosas más de verdad, más suyas. Las fotos de la última fiesta del Cuatro de Julio que había celebrado con sus padres, sus hermanos y sus sobrinos en Texas; un viaje que le había apetecido hacer solo por Argentina un par de años atrás; el cumpleaños de un amigo de los de verdad, en el que la fiesta había consistido en unas cuantas cervezas en el salón de un piso cutre de Queens y donde se lo había pasado mejor que en todas las galas a las que asistía al año… Y Olivia.

Se maldijo a sí mismo cuando entró en aquella carpeta que nunca había tenido valor para borrar, pero que tampoco abría a menudo. Estaba intacta, tal cual se la había pasado Olivia un par de meses después del divorcio, cuando él se había atrevido a pedirle las fotos de los trece años que habían pasado juntos y que ella guardaba en su portátil. Olivia aún lo odiaba en aquel momento y le había tirado un *pen drive* a la cara acompañado de un par de reproches que sangraban como una herida abierta. Y él se había pasado el contenido de aquel *pen drive* al portátil… y en ninguno de los muchísimos cambios de ordenador que había hecho en nueve años había tenido el valor suficiente como para dejarlo atrás. No solía verlas nunca, pero le gustaba que siguieran allí. Le gustaba comprobar que, aunque a veces no lo pareciera, tenía un pasado en el que no era un rutilante modelo. En el que era algo más.

Y viendo aquellas fotos… los recuerdos llegaron. Y dolieron.

Olivia y Taylor no podrían decir nunca cómo se habían conocido. Simplemente…, siempre habían estado ahí. Vivían a un par de calles uno del otro, en una ciudad pequeña a las afueras de Austin. Fueron al mismo jardín de infancia, al mismo colegio de Primaria, al mismo instituto… Y, en el medio de todo aquello, se enamoraron. O quizá también lo habían estado siempre. Taylor, desde luego, no recordaba un solo momento de su vida antes de los veintiséis años en que no hubiera estado loco por Olivia.

Olivia había sido la niña más guapa del mundo desde que los dos tenían uso de razón, aunque ella odiara que se lo dijeran. Y lo odiaba porque esa había sido su cruz durante toda la infancia. La madre de Olivia, Janet, una mujer inflexible y algo amargada desde que su marido se había largado antes de que su hija cumpliera un año de vida, se había empeñado en convertirla en una *beauty queen* infantil… y lo había conseguido. Desde los tres o cuatro años, Olivia se había pateado todos los concursos de belleza para niñas del estado y los había ganado todos. Su cara empezó a salir en anuncios de prensa, en la televisión estatal y, con el tiempo, acabó dando el paso a los medios nacionales. Pero aquello había tenido un precio: dietas infernales desde que era casi un bebé, tratamientos en la piel, rulos para convertir sus rizos naturales en delicados tirabuzones, maquillajes de lo más inapropiados para una niña, desfilar por el pasillo con un libro sobre la cabeza… Quizá otra niña habría encontrado incluso ilusión en aquellos certámenes que hacían que los trofeos se acumularan en el salón, pero Olivia no era así. Olivia era demasiado natural para sentirse cómoda en aquel ambiente, pero el dinero mandaba. Algo sabía Taylor sobre eso… Con dieciséis años, cuando ya era su novia, Olivia tenía dinero suficiente para mantenerse por sí misma y una prometedora carrera como modelo por delante.

Así había comenzado todo. Con aquellos certámenes en los que Olivia, con el paso de los años, había aprendido a ver un medio con el que conseguir su objetivo: mudarse a alguna ciudad fuera del alcance de su madre y dirigir su propia carrera. Al fin y al cabo, habiéndose criado entre pasarelas, la moda había acabado por ser su pasión y no era ser modelo lo que la amargaba; era tener que someterse a normas que no eran las suyas.

A Taylor la profesión de modelo le había llegado por casualidad. Desde que tenían quince o dieciséis años, acompañaba a Olivia a las sesiones de fotos, rodajes y desfiles que tenía cerca de su ciudad. Por aquel entonces, él solo tenía dos pasiones: el fútbol y ella. Y si Olivia le había dado toda la felicidad del mundo, el fútbol le había concedido un cuerpo trabajado, unas espaldas anchas y también cierta seguridad en sí mismo. Y eso le había gustado a un agente, que le había propuesto que posara para unas fotos, sin compromiso, sin más aspiraciones que hacer una prueba de cámara. Él se lo había tomado un poco a cachondeo y Olivia se había reído con ganas al enterarse. Pero aquella sesión funcionó y, cuando se quisieron dar cuenta, Becky Wordsworth, la agente de modelos más importante del país, había lanzado el lazo sobre él y sobre Olivia. Si se trasladaban a estudiar la carrera a Nueva York, ella se encargaría de que no les faltara trabajo con el que mantenerse. Y el resto era historia.

Una historia que se hacía tangible en aquellas fotos que Taylor hubiera deseado tener en papel, para hacer más realista aún el canto a la melancolía en que se había convertido la noche. La lista de reproducción siguió sonando y, cuando Harry Styles llenó el salón con la melodía de *Sign of the Times*, Taylor se alegró de estar solo para que nadie presenciara su decadencia, escuchando canciones de amor mientras veía fotos antiguas.

Con el repaso a las carpetas fue consciente de que la historia de su relación con Olivia podría contarse sin palabras, solo viendo aquellas imágenes que hablaban por sí solas. Las primeras, que recordaba haber tomado con una cámara digital que le habían regalado al cumplir quince años, cuando aquello era toda una innovación aunque veinte años después las fotos tuvieran una calidad infame. En ellas, Olivia y él no eran más que dos niños, en realidad; le hizo gracia comprobarlo con la perspectiva de las dos décadas que habían pasado. Él, siempre con el chándal del equipo de fútbol; ella, con los pantalones de corchetes Adidas que habían puesto de moda las Spice Girls, a las que escuchaba a todas horas. La mayoría de las fotos eran en el campo de fútbol del instituto, durante los entrenamientos de él, que ella aprovechaba para correr por las pistas que lo rodeaban, a veces sola, a veces con el equipo en el que competía.

Las fotos siguieron pasando y llegaron los bailes de fin de curso, los de primavera... Era una época en la que aún no se iba a todas partes con una cámara de fotos y solo inmortalizaban las ocasiones especiales. Olivia, espectacular, con vestidos que la horrorizarían años después, llenos de volantes, encajes y pedrería; él, terrible, vistiendo trajes que siempre parecían quedarle grandes y con una timidez delante de la cámara que acabaría perdiendo con los años. Quizá las grandes marcas, los fotógrafos y su agente no se dieran cuenta, pero a él, en aquel momento, también le pareció que había perdido la naturalidad.

Y, como si fuera el final de un camino y el principio de otro, el baile de graduación. Recordó que estrenaba un esmoquin negro de Armani que Becky le había enviado como regalo —o soborno— para que aceptara su oferta de marcharse a Nueva York a trabajar como modelo. Con Olivia había seguido la misma estrategia, pero en su caso había sido un Valentino rojo que hasta la había hecho llorar al recibirlo. Aquellas fotos del baile de graduación eran las últimas que se habían hecho como niños; en apenas unas semanas, se convertirían en adultos.

Habían aterrizado en Nueva York en los albores de un nuevo milenio. Dejaban atrás la inocencia de la vida en Texas para llegar a una ciudad que los impresionó desde el primer momento. Y que también los enamoró. Olivia había decidido estudiar Administración de Empresas, porque no tenía ni idea de qué querría hacer con su vida cuando fuera demasiado mayor para seguir siendo modelo y le pareció que aquella titulación podría abrirle un abanico más variado de opciones. Taylor se matriculó en Nutrición, porque todo lo relacionado con la alimentación y el deporte le había interesado desde los primeros años de instituto. Vivían en una de las residencias de la Universidad de Nueva York, en pabellones diferentes, aunque pasaban más noches colándose uno en el cuarto del otro que durmiendo solos.

Taylor se levantó a por un vaso de agua, porque no quería meterle más alcohol al organismo, no porque recordara a aquellas horas de la madrugada su apuesta por la vida sana; es que no quería tener la mente embotada mientras se sumergía en aquellos recuerdos tan bonitos. Porque los cuatro años de universidad habían sido sobre todo eso... bonitos. Dulces, ilusionantes. Olivia triunfó pronto e hizo verdaderos equilibrios para combinar los estudios con los trabajos que le salían cada vez con más asiduidad. A Taylor le costó más arrancar, pero lo llamaban con cierta frecuencia y con eso se conformaba. Para él, lo más importante seguían siendo los estudios y el fútbol, en el que tampoco le iba nada mal.

Era como si todo les fuera bien en aquella época. No tenían tiempo de celebrar sus éxitos, porque enseguida llegaba otro mayor que lo superaba. Antes de cumplir los veintiún años, Olivia ya había salido dos veces en *Vogue*, había desfilado en tres semanas de la moda y había sido la estrella de la edición de bañadores de *Sports Illustrated*. Taylor estudiaba y entrenaba entre semana, jugaba sus partidos los sábados y sacaba tiempo de donde podía para hacer sesiones que les daban el dinero suficiente para mantenerse en la ciudad y permitirse algunos caprichos.

Se comían la ciudad y nunca tuvieron miedo de que la ciudad se los comiera a ellos. Quizá siempre habían estado acostumbrados al éxito. Taylor, aún en Texas, había sido delegado de clase, capitán del equipo de fútbol, rey del baile de graduación. Olivia había sido Miss Texas infantil tres años seguidos, la estrella del atletismo en el instituto y, claro, reina del baile. Tal vez por ello nunca habían sentido vértigo, solo alegría, cuando los hitos de sus carreras iban llegando.

Cuando se graduaron en la universidad, se trasladaron a aquel apartamento de Hell's Kitchen que Taylor aún añoraba. Por aquel entonces, Becky ya era íntima amiga de ambos, a pesar de sacarles casi veinte años. Aunque era la representante de modelos más agresiva de Nueva York, con ellos había sacado un instinto maternal que a ella misma le extrañaba, según les había comentado muchas veces. Nunca les había fallado, ni siquiera cuando Olivia había decidido dejarlo todo en el punto más álgido de su carrera; le había pedido que se lo pensara, pero poco más. La había apoyado tanto a ella cuando se retiró como a Taylor cuando decidió dejar el fútbol y apostar toda su vida a una carrera como modelo que acabaría por convertirlo en el rostro más solicitado del planeta.

Había sido Becky quien les había encontrado aquel piso en Hell's Kitchen, cuando a ellos los había desbordado la agotadora búsqueda de vivienda en Manhattan. Les había dicho, literalmente, que era «un piso de mierda», pero que había visto a demasiados modelos prometedores arruinarse por pretender vivir una vida de lujo que se les había ido de las manos y que quizá a ellos les vendría bien empezar desde abajo. Ya habría tiempo de mudarse a un lugar mejor en un par de años.

Pero nunca lo hicieron. No mientras estuvieron juntos. Vivieron en aquel apartamento cuatro años; cuando llevaban apenas unos meses en él de alquiler, habían decidido comprarlo. Taylor no solía entregarse a la nostalgia demasiado a menudo, pero estuvo a punto de romperse al ver las fotos de aquel lugar. Era un piso de dos habitaciones; tres, en realidad, aunque la tercera se acercaba más a la definición de armario que a la de dormitorio. Las paredes tenían un color entre sucio y mohoso cuando les entregaron las llaves, pero Taylor las había pintado de un gris muy clarito en sus primeras semanas allí. Habían ido comprado muebles poco a poco, para sustituir a los que venían con el piso. Funcionales, pero con encanto. Y llenos de color, como le gustaba a Olivia. Taylor tuvo que pasar casi diez años en un lujoso apartamento blanco y negro para darse cuenta de que a él también le gustaba el color.

Aquel piso de Hell's Kitchen había sido el escenario de lo que muchos llamarían un cuento de hadas. Eran una pareja joven, que había cometido la locura de casarse de forma improvisada durante un viaje de trabajo a Las Vegas y a los que se les escapaban de vez en cuando conversaciones sobre tener hijos pronto. Conversaciones en aquella azotea que habían tardado meses en descubrir y a la que se accedía a través de una puerta metálica de la última planta del edificio, junto al cuarto de maquinaria del ascensor. Nunca lo habían hablado, sobre todo porque, desde el divorcio, Taylor y Olivia habían hecho el pacto tácito de no hablar demasiado de los buenos tiempos, porque dolían, pero los dos sabían que los momentos más felices de su vida habían tenido lugar en aquella azotea. Allí se sentaban, veían las luces de la ciudad iluminarse al mismo tiempo que se oscurecía el cielo, y hablaban de sus sueños, los cumplidos y los que estaban por llegar, de sus ambiciones, sus miedos…

Allí se le hinchó el pecho de orgullo a Taylor la noche en que Olivia llegó eufórica a casa porque acababan de confirmarle que desfilaría para Victoria's Secret unos meses después. Él, que nunca se había emocionado demasiado con los hitos de su propia carrera, estuvo a punto de no ser capaz de contener las lágrimas al verla a ella cumplir un sueño. Allí le preguntó, tímido, si a ella le molestaba que posara con el culo al aire en una campaña para Calvin Klein; y aguantó las carcajadas de Olivia, que, en el fondo, era mucho más profesional que él y no entendía que se cuestionara aquellas cosas. Allí le confesó ella una noche, entre susurros, porque decirlo en voz alta daba miedo, que se planteaba bajar el ritmo a partir de los veinticinco para que fueran padres jóvenes. Allí él la quiso más que nunca, porque sabía que su carrera apenas se vería afectada por ser padre, pero la de Olivia podría no volver jamás después de un embarazo. Allí hicieron el amor muchas veces, con las estrellas que se dejaban ver en Manhattan, entre las luces artificiales de su *skyline*, como únicas testigos de lo que se decían con el cuerpo, porque las palabras ya no eran suficientes para expresar lo que sentían el uno por el otro.

Pero aquel piso también había sido el escenario de lo peor. Del único momento de sus vidas hasta entonces, de aquel cuarto de siglo que llevaban recorriendo el mundo de la mano, en que sus sueños se separaron. Olivia llevaba más años que Taylor en lo más alto, y el exceso de viajes, de dietas, de sesiones de madrugada, de presión mediática… todo la había cansado un poco de la vida de modelo con la que siempre había soñado. Y él, que en realidad nunca había soñado con aquella carrera, se encontró con un éxito que no esperaba. Las marcas se lo rifaban, todos los fotógrafos querían contar con él, a Becky se le pintaba el símbolo del dólar en los ojos cada vez que llegaba una nueva oferta. Y él no veía dietas, cansancio ni presión. Veía fiestas, viajes increíbles, una cuenta corriente que no dejaba de crecer y muchos amigos nuevos. Su vida en rosa no lo era tanto para Olivia y aquello acabó por distanciarlos.

Lo que vino después fue una pesadilla en la que no le gustaba pensar. Recordaba a la perfección el momento en que se había dado cuenta de que algo iba mal. Desde el primer día, Olivia y él habían hecho un esfuerzo, con la complicidad de Becky, para que sus viajes de trabajo coincidieran y que una profesión tan exigente no los mantuviera nunca separados más de una semana. Muchos de sus compañeros modelos hacían bromas con que aquellos viajes de trabajo eran sus momentos de libertad, pues nadie entendía que, con las oportunidades que les surgían constantemente, él se mantuviera fiel a Olivia. Y Taylor odiaba esos comentarios porque, en realidad, se pasaba las sesiones pensando en volver a casa. A ella.

Hasta aquel momento en que tuvo la revelación de que algo había cambiado. Llevaba dos semanas en París. Se le habían juntado varios desfiles con una sesión de fotos para una campaña de perfumes y se había pasado quince días hablando con Olivia en los ratos libres que le dejaban el trabajo y la diferencia horaria. Ella se había quedado en Nueva York porque estaba en pleno rodaje de unos *spots* de televisión para Tommy Hilfiger, su marca de cabecera, la que la había convertido en el epítome de la chica americana que todas las niñas querían ser. En aquellas llamadas, se repetían sin parar lo mucho que se echaban de menos, las ganas que tenían de que Taylor regresara y tomarse unos días para ellos mismos, pues sus agendas lo permitían. El último día, cuando ya casi estaba saliendo hacia el aeropuerto de Orly para volver a Nueva York, Becky lo llamó para ofrecerle un trabajo en Estambul. Bien pagado, importante, con una de las marcas punteras del mundo. Y dijo que sí. Sin llamar a Olivia para preguntarle qué opinaba, sin plantearse si le apetecía más aquel trabajo que verla a ella porque presentía que, si se lo preguntaba, la respuesta le daría terror.

Aquel día no cambió nada y lo cambió todo a la vez. Lanzó un nubarrón sobre ellos, del que Olivia, que lo conocía mejor que nadie, no tardó en darse cuenta. Llegaron las discusiones, los reproches, las sospechas, las dudas. Ella, cada día más asqueada con el mundo de la moda y él, pensando que se había vuelto loca, porque aquel trabajo era lo mejor que había en el mundo. Ella, con ganas de pasar las noches de sábado viendo una peli, bajo la manta de estampado étnico que él le había traído de un viaje a México; él, aceptando las invitaciones a todas las fiestas que se celebraran en Manhattan. Ella preguntándole a diario qué le ocurría; él negando que algo hubiera cambiado, aunque por dentro lo arrasara la culpabilidad por esa mentira.

Porque claro que pasaba algo. Pasaba que Taylor empezó a dudar. A dudar si no sería una locura haberse casado a los veintidós años, cuando apenas había empezado a vivir. Porque vivir era aquello; era ser conocido, triunfar, viajar, ganar dinero... A dudar de si «querer» y «amar» significaban lo mismo; porque él no tenía ninguna duda de que quería a Olivia con toda su alma, pero... ¿la amaba realmente? ¿Lo suficiente como para pasar el resto de su vida atado a ella? ¿Lo suficiente como para que «atado» dejara de parecerle un adjetivo asfixiante?

Se fueron alejando. Incluso cuando estaban los dos en aquel apartamento tan pequeño, parecía que mediara un océano entre ellos. Incluso cuando compartían cama, las sábanas se enfriaban por contagio. Taylor salía cada vez más, Olivia se encerraba en sí misma. Llegaron las lágrimas, los gritos, los portazos. Y Taylor se convirtió en un ser oscuro, casi bipolar. Porque sabía que su matrimonio se había acabado y una parte de él quería pasar al siguiente capítulo de su vida, pero dejar atrás a Olivia era un desgarro que temía que lo acompañara siempre. Y habría dado cualquier cosa por no herirla como sabía que iba a hacerlo cuando al fin le echara valor para tomar la decisión definitiva. Era todo culpabilidad, miedo y dudas en aquella época. Aquel año celebraron con desgana su cuarto aniversario de boda. Ya ni siquiera hacían el amor. Ya nunca subían a la azotea.

Taylor cerró el ordenador con fuerza, pero eso no consiguió llevarse los recuerdos. Los recuerdos de una mañana de mayo que había cambiado para siempre su vida. Y la de Olivia. Había cambiado el mundo tal como lo conocían.

Taylor había salido la noche anterior. Se celebraba una gala en el MoMA para recaudar fondos para una asociación solidaria de la que Becky era una de las principales benefactoras y les había pedido que estuvieran allí, los dos, para acompañarla y hacer una aparición estelar en el *photocall*. Aunque su relación llevara meses metida en el infierno, seguían siendo la pareja favorita de la prensa. Tan guapos, tan enamorados desde niños, tan... Tantas cosas que Taylor ya no quería escuchar.

Olivia no había querido ir a la fiesta. Taylor se había cabreado con ella, porque la otra opción habría sido odiarse a sí mismo por haber convertido a la chica más feliz de la ciudad en una persona perdida que no sabía por dónde tirar porque le había fallado su otra mitad. Así que se había puesto el esmoquin, había salido dando un portazo y había llegado al MoMA derrochando encanto. Había bebido un par de copas bajo la mirada reprobadora de Becky; hacía unos meses que él había firmado un contrato millonario, todo un hito en el mundo de la moda, que le reportaba unas ganancias espectaculares, pero también le había impuesto muchas restricciones, entre ellas, beber alcohol en público. Había bailado, había charlado con personas cuyo nombre no recordaría al día siguiente y se había comportado como ya sabía que le encantaba a todo el mundo, como el chico tejano algo clásico y encantador que arrasaba por donde pasara.

Desde que había empezado a asistir a fiestas, incluso cuando aún lo hacía con Olivia de la mano, Taylor se había acostumbrado a recibir todo tipo de proposiciones. Sexuales, se entiende. De mujeres y hombres; de personas que no tenían aún edad para beber y de otras que ya habían superado la de jubilación; de gente que estaba enamorada de la imagen que salía en las revistas y de interesados que pretendían conseguir algo de él. Cuando llegaba a casa y se sacaba el esmoquin, rara vez encontraba los bolsillos vacíos. Siempre había servilletas con teléfonos, tarjetas de visita… Una vez, incluso unas bragas —usadas— con un número garabateado con rotulador. Hubo una época en que Olivia y él se reían de aquellos acercamientos; incluso a veces habían jugado a las bromas telefónicas con alguno de los números.

Pero aquella noche a Taylor no le pareció que nada tuviera gracia cuando una mujer impresionante, que le sonaba de otras fiestas en las que probablemente habrían coincidido, le dejó claras sus intenciones durante un baile que empezó siendo inocente y acabó con él reuniendo todo su valor para pararlo antes de que se les fuera de las manos. No pensó en reírse de la anécdota con Olivia al volver a casa, quizá porque Olivia y él ya rara vez se reían juntos. O por separado. No pensó en lo afortunado que era de tener al amor de su vida esperándolo en casa, por muchas mujeres espectaculares a las que estuviera renunciando. No pensó en nada de eso, porque toda su jodida sangre se le había acumulado en la entrepierna y el deseo lo devoró.

Lo devoró. De manera literal. Tanto que salió corriendo de aquella fiesta, esquivando a la prensa que aún esperaba en las puertas. Se subió a un taxi con destino a su casa y supo que la decisión estaba tomada. Entró en el apartamento, se sirvió un *whisky* que le supo más amargo que nunca y esperó a que Olivia se despertara para romperle el corazón. Nunca la había engañado, pero sentía que, si seguían así, antes o después ocurriría. Y eso sí que no se lo podría perdonar jamás.

Aquella mañana destrozó a la persona a la que más quería en el mundo y eso también sería algo que lo perseguiría para siempre. Ni siquiera podía rememorar lo que habían sido aquellas horas desgarradoras. No era tan valiente como para enfrentarse al recuerdo.

Taylor se levantó del sofá y dejó los vasos en el fregadero de la cocina. Las primeras luces de la mañana ya iluminaban el apartamento después de una noche que ni él mismo comprendía por qué había dedicado a la nostalgia. O sí lo comprendía porque, aceptara Olivia o no su propuesta, era indudable que, en cierto modo, había vuelto a colarse un poco en su vida. Se había abierto una rendija en el muro que llevaba casi una década levantado.

Y entendió también por qué todo lo que tenía que ver con Olivia seguía afectándole de una manera especial. Aunque hiciera diez años que había dejado de estar enamorado de ella, aunque la sintiera casi más como una hermana que como otra cosa, por muy incongruente que fuera eso con la actitud que había tenido hacia ella aquella noche. Y lo entendió todo porque, en aquella carpeta de fotos que se había convertido en una dulce tortura en las últimas horas, no había ni una sola imagen de él solo. Durante trece años, Olivia y él habían sido uno. Cuando los *selfies* aún se llamaban «autofotos» y las redes sociales eran un concepto inexistente. Cuando los *flashes* no los deslumbraban y Nueva York era la ciudad de las oportunidades, no una jungla de asfalto que se los comió.

Diez años después de que Olivia saliera de su vida, Taylor sí tenía muchas fotos solo. Becky siempre le regalaba las mejores, las más icónicas, enmarcadas y listas para colgar en las paredes de su apartamento. Había verdaderas obras de arte de Mario Testino o de Steven Maisel, con él como protagonista, sobre los muros de aquel piso que casi parecía un museo dedicado a sí mismo. Pero ya no le decían nada. Ni los trofeos que poblaban el mueble del salón, lo único que rompía el minimalismo que reinaba en la casa. Galardones al mejor modelo de diferentes semanas de la moda, premios de revistas, algún recuerdo de acciones solidarias en las que había participado... Aquella era su vida. Trabajo, imagen, moda, *glamour*. El chico favorito de revistas, marcas y fotógrafos. La vida soñada por muchos. Una vida que se resumía en fotos solo y trofeos que ya no significaban lo mismo que unos años atrás.

Mientras se metía en la cama, Taylor sacudió la cabeza con fuerza para espantar aquellos pensamientos. Él había hecho una elección y no se arrepentía. Nunca había dudado de que ni él ni Olivia habrían encontrado la felicidad juntos. Nunca se había permitido a sí mismo darle excesivas vueltas a una decisión que seguía convencido de que había sido la correcta. Él no habría podido darle a Olivia lo que necesitaba para ser feliz; no había más que ver cuánto había crecido como persona, como mujer, en aquella década lejos de él. Y, por muy mal que sonara, ella tampoco podría haberlo hecho feliz a él. Fue un amor dulce, bonito, el que había marcado sus vidas, sin duda. Un amor adolescente demasiado dilatado en el tiempo. Pero se había acabado y los dos tenían las vidas que siempre habían deseado.

Tal vez por eso a Taylor le costó tanto comprender por qué la última imagen que le cruzó la cabeza antes de quedarse dormido fue la de un diminuto salón en Hell's Kitchen, una manta étnica y una azotea desde la que se atisbaban sueños de juventud.

~3~
VOLVER A NACER

Olivia sabía que no tenía demasiado tiempo para pensar en aquella condición que Taylor había impuesto para convertirse en el donante que la acercaría a su sueño de ser madre. Ya había empezado a tomar calcio y ácido fólico después de la última consulta con la ginecóloga del centro de medicina reproductiva y no quería dejar pasar más tiempo antes de comunicarles si se había decidido por algún donante de entre los catálogos que le habían proporcionado o si, por el contrario, aportaría ella a un donante conocido. A Taylor.

Hacía ya cuatro días de la cena que había acabado con aquella doble proposición: la suya de que él la ayudara a ser madre; la de él de hacerlo *por el método tradicional*. Y seguía teniendo las mismas dudas que aquella madrugada en la que no fue capaz de pegar ojo; era casi como si siguiera paralizada en medio de la pista de aquel club del sur de Manhattan. Y no se le olvidaba que le quedaban once días para empezar a usar los test de ovulación que le habían proporcionado y estar ya metida en el ajo. Podía esperar otro mes, claro, pero la impaciencia se la comía y tenía demasiado presente la sensación de que ya había perdido diez años en la búsqueda de su sueño. En resumen…, tenía una semana, como máximo, para aceptar o no la proposición de Taylor y para… bueno… para acostarse —o no— con él por primera vez en casi una década.

Pensó en llamar a Becky para compartir con ella sus dudas, pero lo descartó. Acabaría contándoselo, claro. Ella era la mejor amiga que tenía en el mundo, alguien demasiado leal para trabajar en un mundo tan superficial como el de la moda, pero también tenía una especie de obsesión malsana con que Taylor y ella se dieran una segunda oportunidad y, si alguno de los dos le contaba el asunto que estaba sobre la mesa, era probable que le diera un ictus.

Así que optó por tomar la decisión sola. Estaba acostumbrada a hacerlo. Llevaba diecisiete años viviendo en Nueva York, a casi tres mil kilómetros de su ciudad natal de Texas. La mitad de su vida. La relación con su madre era fluida, más de lo que pensaba cuando se marchó de su dominio que algún día llegaría a ser, pero no pasaba de un par de llamadas al mes y una visita en Navidad. Casi casi había llegado a considerar más familia a los padres y los hermanos de Taylor que a aquella mujer que se había comportado siempre más como la *manager* de una futura estrella de la moda que como una madre cariñosa y preocupada por los deseos de su hija. Por mucho que las cosas hubieran mejorado, ni loca se le ocurriría comentar con su madre la decisión que se le avecinaba.

Por su cabeza habían pasado todo tipo de pensamientos en los últimos días. Que lo que Taylor le había propuesto era una locura. Que se le había ido la cabeza. Que se había portado como un salido con aquella proposición, cuando lo que estaba en juego para ella era el sueño de su vida. Que tampoco pasaría nada por intentarlo. Que Taylor y ella se habían acostado tantas veces en el pasado que unas cuantas más no iban a matarlos. Que el fin justificaba los medios.

Iba a enloquecer. Era lo único que tenía claro. Para evitarlo, al menos a corto plazo, decidió calzarse las deportivas e ir a correr un rato por la orilla del Hudson. Desde que estaba en el instituto, correr siempre le había funcionado como método para vaciar la cabeza de preocupaciones. Le gustaba la sensación de sus pies chocando contra el asfalto, mientras la música atronaba en sus oídos y el aire luchaba por entrar en sus pulmones. Se puso los auriculares, dejó que *Livin' On A Prayer*, de Bon Jovi, le diera el subidón que necesitaba y, simplemente, corrió.

Cuando regresó a casa, después de once kilómetros y algunos pinchazos en los músculos que le recordaron que ya no tenía diecinueve años, su mente estaba algo más despejada. Pensó en Taylor y sonrió. Era un buen amigo, siempre lo había sido. Incluso cuando era su novio, cuando era su marido..., siempre había sido por encima de todo su mejor amigo. Y lo habían vivido todo juntos. Todo lo bueno, todo lo malo y todo lo que quedaba en medio. Sabía que él estaría siempre a su lado si lo necesitaba. No habría hecho falta que él se lo dijera durante la cena; ella era consciente de ello incluso a pesar de todos los años que habían pasado sin verse apenas. Y ahora... ahora lo necesitaba.

Taylor le había roto el corazón hacía algo más de nueve años. Tanto y en trocitos tan pequeños que hubo un tiempo en que vivió convencida de que jamás se recuperaría. El divorcio había sido el momento más duro de su vida... de una vida que, hasta aquel momento, solo había conocido los momentos de vino y rosas. Y todo el mundo sabe que, cuanto más alto se sube, más dura es la caída. La suya lo fue tanto que no le quedó un solo hueso sin romper, un trozo de piel sin marcar ni un órgano del cuerpo sin doler. Porque Olivia sabía que había cometido un error, uno gravísimo, durante su matrimonio: nunca pensó que podría acabarse. Eran ellos. Taylor y Olivia. ¿Cómo iba a acabarse? No se protegió y, con el paso del tiempo, llegó a comprender que aquello fue lo que la destrozó de verdad. Lo inesperado. La sorpresa. El impacto. Después, cuando pasaron los meses —o los años, más bien—, entendió que Taylor había tomado la decisión correcta..., pero el dolor del momento hizo que ella tardara mucho tiempo en ver que lo generoso cuando dejas de estar enamorado de alguien es permitirle que vuele, no retenerlo a tu lado por comodidad, por rutina, hasta que aparezca una opción mejor.

Pocas veces se permitía recordar aquella mañana de mayo en la que todo se había acabado, apenas cuatro años después de casarse en una pequeña capilla de Las Vegas. La separación, el desamor... todo eso había dejado de doler. Hizo falta que pasara el tiempo, sí, pero hacía ya muchos años que no le dolía. Pero aquella mañana en concreto seguía siendo el recuerdo más doloroso que Olivia guardaba en su memoria. Un día, algunos años después de que ocurriera, Becky le había dicho que aquella mañana, en realidad, no había pasado nada. Que su divorcio era algo que se había cocido a fuego lento y que aquella decisión, en resumen, no había sido más que un favor que le había hecho Taylor para liberarla de una relación que, después de años siendo preciosa, se había convertido en un infierno en los meses anteriores. Ella ni siquiera quiso escucharla y se marchó a su casa dando un portazo, por más que su parte racional supiera que Becky tenía razón.

Pero ella no era racional con aquel día. Con aquel veinticuatro de mayo maldito en el que se había despertado siendo la mujer de Taylor Gardner y se había ido a la cama en un piso vacío al que parecía haber vuelto el invierno de repente. Él le había dicho que aún la quería, que siempre lo haría, pero que había dejado de estar enamorado. Que tenía miedo a acabar haciéndole aún más daño del que ya se habían infligido desde que toda aquella crisis había comenzado. Que sería más feliz volando sola, libre. Que encontraría su camino sin él, aunque siempre lo tendría a su lado si lo necesitaba.

A ella todo aquel discurso le había parecido una mierda bien preparada para conseguir un único objetivo: dejarla a ella atrás para meterse entre las piernas de cualquier mujer de Nueva York dispuesta a aceptarlo. Que era algo así como cualquier mujer heterosexual de Nueva York —o del mundo—, en general. Había llorado, había gritado, le había hecho reproches horribles de los que no tardaría en avergonzarse… y le había suplicado. Que se quedara a su lado, que no se marchara. Que le daban igual las condiciones. Que, si era lo que él quería, tendrían una relación abierta. Que si necesitaba acostarse con otras, con cualquiera de aquellas mujeres que se abalanzaban sobre él a la menor ocasión…, ella lo entendería. Que el amor era algo más importante que aquello, que el amor era lo que ellos compartían y que no lo encontrarían en otras personas. Lo peor de todo, sin ninguna duda, había sido comprobar el brillo de compasión en los ojos de Taylor al verla perder la dignidad.

A aquel día lo habían seguido meses enteros de sentirse perdida. Completamente desorientada. Como si la hubieran soltado en medio de una selva en pijama y con una goma del pelo y un chicle como únicas armas para defenderse de los animales salvajes y conseguir comida. Nueva York, la ciudad en la que llevaba ocho años viviendo, le parecía un lugar extraño y amenazante. El mundo de la moda, la jungla dentro de la jungla. Sus amigos, con la única excepción de Becky, unos advenedizos que solo habían buscado en ella una cara conocida a la que arrimarse y que, apenas dos semanas después de que Taylor se marchara, ya le estaban proponiendo citas a ciegas y otras estupideces que a ella ni se le pasaban siquiera por la cabeza. Su madre, la voz en la distancia que parecía juzgarla por no haber conseguido mantener a su lado a un hombre que siempre la había amado por encima de todas las cosas. Todo le dolía, hasta respirar, y tenía muy claro que solo aquellas tardes en las que Becky se pasaba por su casa a escucharla, animarla y secarle las lágrimas le habían salvado la vida.

Y Taylor, que también había sido, por momentos, el bálsamo al dolor que él mismo había provocado. Cuando la añoranza la devoraba, cuando creía que no podría respirar si no lo veía, si no hablaba con él, si no lo tenía a su lado, aunque solo fuera un ratito…, él siempre había acudido a su lado. Regresaba al apartamento en el que habían convivido, se sentaba junto a ella en el sofá y trataba de responder a las mil preguntas que Olivia siempre tenía, que en realidad eran solo una: por qué. Él trataba de explicarle cómo se había sentido en los meses anteriores, la convencía de que era una decisión sin vuelta atrás, le pedía que rehiciera su vida sin él, que fuera feliz… Y ella se hacía todo el daño posible suplicándole una segunda oportunidad, preguntándole si ya se había acostado con otras, reprochándole que le hubiera destrozado la vida al abandonarla.

A veces… caían. Cuando los reproches cesaban y solo quedaba el recuerdo de aquel amor que habían vivido, que Olivia aún sentía, flotando en el aire del apartamento. Hacían el amor, sus cuerpos hablaban por ellos y con dos orgasmos gloriosos se evaporaba la sensación ilusoria. Taylor se arrepentía de haberse dejado llevar y Olivia se lo notaba en la cara; lo echaba a patadas del apartamento, o le suplicaba que volviera al día siguiente, o trataba de convencerlo de que dos personas que se besaban así, que follaban así, no podían dejar de quererse.

Hasta que, al fin, unos nueve o diez meses después de separarse, Olivia se dio cuenta de que estaba envuelta en una espiral tan tóxica que iba a acabar con ella. Había asistido a un par de terapias, había hablado mucho —muchísimo— con Becky y había pasado tantas noches sin dormir —todas, en realidad— que por fin había llegado a una conclusión. Tenía que olvidar a Taylor. Bueno…, en sentido figurado, claro. Olvidarlo del todo era algo que jamás sucedería. Taylor era una parte de su vida que no solo no podría olvidar, sino que no querría hacerlo. Era su infancia, su adolescencia, aquellos años de universidad en los que creían que todo sería posible y los que vinieron después, en que los sueños empezaron a desinflarse y la vida los arrasó. Olivia era inteligente, pero llevaba casi un año sin demostrarlo. No era inteligente cuando culpaba de todos sus males a aquel contrato que Taylor había firmado unos meses antes de la separación. Tampoco cuando se obsesionaba con todas las mujeres con las que él podría estar acostándose, especialmente cuando muchas veces las revistas de cotilleo le confirmaban que sus sospechas iban por buen camino y acababa llamándolo de madrugada para gritarle cosas de las que se arrepentía casi antes de colgar el teléfono.

Sabía que Taylor no era un mal tío porque cualquier otro se habría hartado de todo aquello. Por muy cruel que le pareciera el planteamiento, tenía suficientes conocidas divorciadas como para saber que lo habitual era que con el portazo de despedida llegara el olvido. Sin embargo, Taylor seguía acudiendo a consolarla cada vez que ella se lo pedía; incluso había llegado a cancelar sesiones de fotos o a cogerse un vuelo desde la otra punta del país porque ella lo llamaba llorando. Pero aquellas visitas para confortarla ya ni siquiera acababan en sexo, porque Taylor siempre la rechazaba. Le decía que era para no hacer aquello más insano, para no vivir aquel momento horrible que siempre llegaba después, pero ella acabó odiándolo por ello. No era difícil entender lo que le pasaba a Olivia: solo veía posible volver a ser feliz si Taylor regresaba a su lado, así que el sexo le parecía solo un mal sustituto de aquello; la ausencia de sexo, un rechazo frontal; las palabras de aliento, puras mentiras; la decisión irrevocable de romper la relación, una crueldad. Nada le valía, nada la hacía feliz. No solo lo había perdido a él; se había perdido a sí misma.

Un día de marzo, casi diez meses después de que él se marchara, Olivia fue capaz de quedar con Taylor en Bryant Park. Era uno de sus parques favoritos de Nueva York y tenía la ventaja de quedar más o menos a medio camino de sus dos casas. Del apartamento al que Taylor se había mudado en el Upper East Side y del que Olivia acababa de comprar en Chelsea con el dinero que habían sacado de la venta de aquel piso de Hell's Kitchen que albergaba tantos recuerdos que había tenido que salir de él para sobrevivir. Taylor insistió en que ella se quedara con todo lo material, y hasta aquello había ofendido a Olivia, porque le había parecido una muestra más de compasión.

En aquel parque se dijeron adiós. El definitivo, el que Taylor no había sido capaz de darle diez meses antes. Tuvo que ser Olivia la que se despidiera de él, de aquellas citas entre ellos que siempre acababan mal, de todo lo tóxico en que habían convertido lo suyo. Lo hizo para sobrevivir porque, en aquel momento, ni siquiera vivir le importaba. Se conformaba con ser capaz de seguir cogiendo aire y expulsándolo, hasta que la vida le pusiera en el camino algo por lo que mereciera la pena luchar y pudiera recuperar alguna ilusión. Ya no sería en el trabajo, del que estaba prácticamente retirada; ya no sería en el amor, porque no podía ni plantearse que esa palabra fuera unida a otra persona que no fuera Taylor. Pero algo habría, cruzaba los dedos con fuerza para que así fuera.

Olivia pensaba que Taylor sería feliz cuando ella le dijera que no quería volver a verlo jamás. Que estaría encantado de librarse de aquella exmujer casi psicótica en la que se había convertido, y a la que solo seguía soportando por compasión. Pero no. Taylor reconocía que sí, que todo lo que habían hecho en los meses anteriores era tóxico hasta el infinito, pero no quería perderla. Era su mejor amiga y siempre lo sería, le dijo, y eso llenó los ojos de Olivia de unas lágrimas que se había prometido no derramar. Él también lloró, y le hizo aquella petición de última hora sobre quedar una vez al año, que ella no habría podido rechazar aunque quisiera, que no era el caso.

Y Olivia sobrevivió. Poco a poco. *Muy* poco a poco. Dando un pasito tras otro. Repitiéndose a diario aquel mantra que Becky le decía siempre, que «de amor no se muere nadie». Buscando la ilusión donde no la había. Intentando enamorarse sin que funcionara. Hasta que un día dejó de forzar las cosas y permitió simplemente que fluyeran. Entendió que no tenía por qué superar lo que le había pasado con Taylor, como todo el mundo le decía, sino solo… aprender a vivir con ello. Como un proyecto precioso que había quedado truncado. Llegó entonces la oportunidad laboral que la salvó, un día que paseaba por el Village y encontró el local en el que podría hacerse realidad su sueño de montar una escuela de modelos, con sus propias normas y algo alejada de la crueldad por la que se regían la mayoría de las que había conocido en su vida; aquella idea llevaba meses rondándole la cabeza, pero no fue hasta que pudo visualizarla cuando decidió que había llegado el momento de dejar de llorar, invertir bien el dinero que había ganado a lo largo de su carrera y cumplir un sueño. Descubrió entonces que incluso cuando un corazón está roto en mil pedazos sigue teniendo la capacidad de soñar.

Y un día vio inaugurarse su escuela de modelos. Otro, sintió un pinchacito en el estómago cuando le presentaron a un tío guapísimo y encantador en una fiesta. Y al día siguiente lloró al despertarse junto a él, porque no era Taylor y ya no podría volver a decir que él era el único hombre con el que se había acostado en toda su vida. Pero no lo hizo la siguiente vez, ni la siguiente. Y, después de un par de años de sexo esporádico, descubrió una mañana que ya no le apetecía huir de la cama ni del hombre con el que la había compartido. Y se quedó. Y tuvo una relación de un año. Y se acabó, y volvió a sufrir por amor, aunque ya nunca le rompieron el corazón lo suficiente como para que su vida se tambaleara. Y pasaron seis años, siete, nueve… Y Olivia se levantaba al fin cada mañana con una sonrisa y con la sensación de que estaba en el lugar exacto en el que deseaba estar. Taylor ya no era ni siquiera un trauma. Ni siquiera dolía. Era solo un viejo amigo al que apenas veía. Era solo el recuerdo de unos años dulces que dolieron, pero de los que aprendió todo lo que sabía sobre la vida.

La duda de cómo sería volver a acostarse con Taylor después de tanto tiempo le llevó una sonrisa a la cara. Se alegró de haber decidido no compartir con nadie aquella cuestión, porque le daría vergüenza reconocer cuánto morbo había en aquella duda. Olivia solo se había acostado con Taylor cuando estaba enamorada de él; nunca había separado amor de sexo en aquella época, ni siquiera en aquellos polvos culpables que llegaron después de la separación. Pero ahora hacía ya tantos años que no estaba loca por él que ni recordaba lo que se sentía. Se había enamorado dos o tres veces en todo aquel tiempo. De un modelo italiano que había recalado en Nueva York para una temporada y con el que había vivido una pasión abrasadora que se había terminado al volver él a Europa. Del abogado que se encargaba de los contratos laborales de su escuela de modelos, con el que empezó poco después de cumplir los treinta y al que llegó a ver durante un tiempo como el padre de aquellos hijos con los que tanto soñaba, antes de darse cuenta de que más cosas los separaban de las que las unían. Y quizá también de Josh, el hermano de Becky, con el que se había acostado decenas de veces a lo largo de los años y con el que tenía un rollo difícil de explicar, pero que siempre los arrastraba a recaer en algo que ni era solo sexo ni acababa de ser amor.

Se había acostado con hombres estando enamorada y lo había hecho con otros por una cuestión puramente carnal. Y las dos cosas le gustaban. Con Taylor… también le gustaría, de eso estaba segura. Como lo estaba de que él no sentía nada por ella ya; él había dejado de sentirlo antes que ella, de hecho. Taylor siempre había sido feliz al verla volar sola, al comprobar que era una mujer plena fuera del alcance de la sombra cada vez más alargada del modelo más cotizado del mundo. Incluso la había felicitado siempre y se había alegrado cuando a ella le había ido bien en el amor.

Solo una vez había habido un momento extraño entre Taylor y ella en aquellos nueve años que llevaban separados. Sí, «extraño» sería la mejor palabra para definir *aquello*. Habían pasado cuatro o cinco años desde el divorcio y Becky se había empeñado en que Olivia asistiera a su célebre fiesta de Fin de Año en los Hamptons. Y cuando Becky Wordsworth se empeñaba en algo…, era complicado decir que no. Imposible, en realidad. Y no había nada que a Becky la emocionara más que la maldita fiesta con la que recibía cada año nuevo en su mansión de East Hampton. El plan siempre era el mismo: más de trescientos invitados, entre los que se contaba lo más granado —y guapo— de la alta sociedad neoyorquina, comida a raudales, fuegos artificiales en el jardín y botellas de Dom Pérignon que desaparecían como si fuese agua mineral. Cuando estaban juntos, Taylor y ella siempre habían conseguido librarse de asistir, porque lo que realmente les gustaba hacer en la última noche del año era comprar comida china y devorarla delante de la tele, abrazados bajo una manta, mientras veían descender la bola de Times Square. Y, desde el divorcio, Olivia sabía que Taylor se había pasado por allí algún año, pero a ella Becky no le insistía demasiado, quizá porque sabía que, desde que había abierto su escuela de modelos y había retomado las riendas de su vida, Olivia hacía siempre lo que le daba la santa gana.

Pero aquel año fue diferente. Aunque llevaba ya unos cuantos años fuera de la primera línea de popularidad, Olivia seguía recibiendo decenas de invitaciones para fiestas en la última noche del año. A veces tenía la sensación de que la única persona de Nueva York que se quedaba en casa ese día era ella. Nunca hacía gran cosa. Comía algo rápido, buscaba una buena película y dejaba que los demás celebraran algo tan absurdo como el paso de un día a otro, de un año a otro. Ni que eso fuera tan relevante. Hubo años en que, simplemente, cogía el portátil y adelantaba algo de trabajo, en una noche que no tenía nada de especial para ella. No tenía ni idea de por qué aquel año había tomado una decisión diferente. Quizá porque llevaba un par de meses saliendo con Aiden, un aspirante a bailarín al que había conocido en una fiesta, y que él también insistió en que hicieran algo especial. Y, la verdad, si Olivia salía a alguna parte el treinta y uno de diciembre, sería a la fiesta de Becky.

No contaba con que la muy traidora de su mejor amiga no la hubiera avisado de que Taylor estaría allí. Las aguas llevaban mucho tiempo en calma, pero no acababa de ser plato de buen gusto encontrarse a su exmarido en una fiesta por todo lo alto, mucho menos yendo del brazo de un nuevo novio con el que las cosas no acababan de cuajar; y menos todavía si al de él se asía una de aquellas modelos que siempre parecían pasar el *casting* para compañeras de cama de Taylor.

Olivia se había arrepentido pronto de haber aceptado la invitación. Aiden era un tío fantástico, nunca lo había negado, y era esa la razón por la que seguía dándole una oportunidad; pero ella hacía poco que había salido de una relación fallida y estaba enfadada consigo misma por no haberse tomado un tiempo para estar sola antes de empezar a salir con alguien. Era evidente —y estaba segura de que para Aiden también— que aquella incipiente historia no tenía futuro. Quizá ni siquiera tuviera presente. Y, encima, al entrar en aquella mansión que nunca dejaba de sorprenderla por su tamaño y su lujo, la añoranza le había caído encima como un nubarrón que ya no esperaba al reparar en Taylor al otro lado del gran comedor en el que se servía el buffet de la cena.

Taylor estaba espectacular. Vestido con un esmoquin negro, como el noventa y nueve por ciento de los invitados, pero con un halo que lo hacía parecer completamente diferente a ellos. Ese del que se enamoraban los fotógrafos y las revistas, y que quizá ella había sido la primera en ver, casi veinte años antes. Cuando lo localizó, apenas unos segundos después de que ella lo viera a él, por su cara pasaron todo tipo de expresiones. Y Olivia odió ser todavía capaz de leerlas todas en sus ojos.

Primero, había visto sorpresa. Él era ya un fijo de todo tipo de acto social, pero era bastante atípico que Olivia estuviera allí. A continuación, para qué engañarse, vio como la repasaba de arriba abajo; Olivia vestía aquella noche un vestido de gala de color rojo, de Carolina Herrera, que no podía negar que le sentaba como un guante. Cuando vio la mirada con la que Taylor parecía darle su aprobación al atuendo, o tal vez radiografiaba lo que había debajo, el color de sus mejillas hizo juego con el del vestido. Y, por último, vio la incomodidad. Miró a su derecha, al lugar donde se encontraba Karen, aquella modelo de la que Olivia había oído hablar alguna vez por motivos de trabajo. Como si a Olivia, después de aquellos años, fuera a sorprenderla encontrarlo acompañado por una belleza de esas de caerse de espaldas.

Olivia se había acostumbrado, al principio como si tragara cristales, pero con el tiempo con más fluidez, a encontrarse la cara de Taylor en mil revistas de cotilleo, siempre acompañado. Siempre *bien* acompañado. No tardó demasiado en dejar de dolerle, porque, en realidad, veía a aquel hombre cuya imagen aparecía impresa en el papel *couché* como a un personaje de ficción. Aquel no era el Taylor que había conocido, aquel chico de Texas al que al principio tenía que arrastrar ella a los eventos sociales, porque le daba incluso vergüenza posar en los *photocalls*. Era alguien diferente, alguien a quien ya no conocía y, aunque aquel pensamiento siempre le dejaba un pequeño rastro de tristeza en la boca del estómago, en el fondo le gustaba que fuera así. Había sido más fácil —y no había sido fácil en absoluto— superar el divorcio de un hombre que era ya un desconocido la mayor parte del tiempo de lo que lo habría sido hacerlo del Taylor al que había amado.

Cuando Olivia se dio cuenta de que Taylor se sentía violento por aparecer frente a ella con una chica del brazo, puso los ojos en blanco y le sonrió. Y a él se le contagió el gesto. Hablaron sin palabras y Olivia tuvo la sensación de que se decían lo poco que les apetecía estar en aquella fiesta. Pero como Aiden seguía a su lado, Karen al lado de Taylor y decenas de camareros pasaban con bandejas llenas de copas de champán…, Olivia decidió beber. Era Nochevieja, así que eso era lo que tocaba, ¿no?

Cerca de la medianoche, estaba ya un poco borracha. En ese punto exacto en el que aún sabes perfectamente lo que estás haciendo, pero las inhibiciones hace tiempo que quedaron en el fondo de una botella. Y, de repente, no le apeteció nada toda la ceremonia que se avecinaba. Había visto suficientes vídeos de las fiestas de años anteriores para saber lo que estaba por venir. Atenuar las luces, la fiesta de Times Square en un proyector en la enorme pared del salón, el beso obligado a tu acompañante —o a la persona que quedara más cerca en aquel momento— y los fuegos artificiales estallando en el jardín. No podía. No. No era eso. Claro que podía, pero… no quería. Y esa era suficiente razón para buscar un lugar seguro al que huir hasta que el año nuevo fuera ya una realidad y la vida continuara sin necesidad de celebrarlo.

Faltaba algo más de media hora para las doce cuando se escapó a la planta de arriba de la casa. Becky siempre la vetaba durante sus fiestas, porque se había encontrado demasiadas veces a dos invitados —o algún otro número superior a ese— enredados sobre alguna cama. Así que, en los últimos tiempos, situaba a un par de guardas de seguridad que solían trabajar para ella para impedir que alguien se colara escaleras arriba. Pero a Olivia la conocían de sobra y sabían que Becky le permitía campar a sus anchas por su casa, su oficina o por donde quisiera. Así que subió. Y entró en el dormitorio que solía ocupar cuando pasaba algunos días en verano en aquella casa, que tenía una terraza preciosa en la que necesitaba tomar el aire, aunque la temperatura exterior apenas superara los cero grados. Pero, cuando salió allí…, lo encontró a él.

—¿Tay?

—¡Olivia!

Él se giró sobresaltado cuando su presencia lo sorprendió. Y a ella, a su vez, la sorprendió el aspecto que presentaba él, que le pareció muy diferente al que mostraba apenas un par de horas antes, cuando lo había perdido de vista entre la multitud de gente de la fiesta. Se había desabrochado la pajarita, que colgaba despareja a ambos lados de su cuello, y se había soltado los primeros botones de la camisa. Y tenía el pelo alborotado, sin duda como consecuencia de aquel gesto tan suyo de tirarse de él cuando algo lo atormentaba. Pero qué podía atormentarlo…

—¿Qué estás haciendo aquí? —Ella se acercó a saludarlo y compartieron un beso sentido en la mejilla. Durante la fiesta solo habían cruzado miradas, pero no habían llegado a hablar.

—Mmmm… —A él se le escapó una sonrisa un poco enigmática y bastante etílica—. Huir de esa fiesta del infierno.

—Como te escuche Becky…

—Para escucharme, tendría que encontrarnos. ¿Tú qué haces?

—Huir, también.

Se rieron, aunque no había demasiado humor en el gesto. Olivia se estremeció un poco, puede que por el frío o puede que no, pero Taylor se apresuró a sacarse la chaqueta del esmoquin y pasársela sobre los hombros.

—Gracias. Y, por cierto, muchas felicidades.

—¿Por? —Taylor alzó las cejas, mientras rebuscaba en su cerebro una causa por la que Olivia pudiera felicitarlo. Solo esperaba que no fuera por la compañía de Karen, porque entonces no le quedaría más remedio que tirarse del balcón abajo.

—Por el anuncio de Times Square. Casi me meo encima cuando te vi medio en pelotas en el cartel más grande de todos.

—¡Ah! —Taylor se carcajeó—. Eso… Gracias, supongo.

—¿Supones?

—Sí, bueno… Supongo que no es tan *guay* que todo el mundo me vea dejando muy poco a la imaginación con un móvil de última generación en la mano.

—Si te sirve de consuelo, creo que nadie mira el móvil.

—Avisaré a la marca, seguro que eso los tranquiliza.

Se rieron entre dientes, ambos de mejor humor de repente, y Taylor se acercó a ella para coger algo del bolsillo interior de la chaqueta de su esmoquin. Era un paquete de Marlboro Light, lo cual hizo que Olivia abriera los ojos como platos, mucho más cuando él cogió un cigarrillo, lo encendió y se apoyó en la balaustrada de piedra de la terraza para fumar con calma.

—¿¿Perdona?? ¡¿Pero tú desde cuándo fumas?! —Aunque Olivia no iba a permitir que fuera con calma, claro.

—Pues… —Él la miró y se mordió el labio un poco nervioso—. Desde la puta campaña esa en la que se suponía que estábamos más *sexies* fumando, ya sabes, como si estuviéramos en los años setenta.

—¡Pero si tú odiabas el tabaco!

—Y lo odio. No fumo apenas, de verdad. Pero me enganché a ese falso alivio a la ansiedad y, de vez en cuando, lo necesito. —Le dio la risa y la señaló—. ¡Y no te hagas la chica sana ahora, que has fumado bastante más que yo!

—Hace por lo menos dos años que no lo pruebo.

—¿Quieres? —Él le tendió el cigarrillo y ella puso los ojos en blanco. A veces tenía la sensación de que, en los escasos momentos que compartía con Taylor, no dejaba de hacer ese gesto.

—Qué cabrón… —protestó, pero aceptó el ofrecimiento y compartieron aquel cigarrillo en silencio. Hasta que ella no pudo resistirse a romperlo—. ¿Y tú por qué necesitas que algo te alivie la ansiedad?

—No lo sé, Liv… —le respondió, tras unos segundos de duda—. Supongo que porque odio esta noche, esta necesidad de todo el mundo de demostrar lo felices que los hace cambiar de año.

—Comprendo.

—Y hay días en que me apetece muy poco que alguien grite «¡Feliz año nuevo!», besar a Karen como si fuera el amor de mi vida, escuchar los fuegos artificiales y saber que mañana las revistas dirán lo enamorados que estamos, lo guapos que somos y lo feliz que es todo.

—¿Llevas mucho tiempo con ella? —le preguntó Olivia, porque ya habían aprendido en las citas de aniversario de los últimos años que podían hablar de cualquier cosa, nuevas relaciones incluidas.

—Días, semanas, meses… yo qué sé. Cuando no es ella es otra.

—Eso no suena demasiado agradable hacia ellas, ¿no crees? —lo amonestó, porque no quería que Taylor fuera aquello que parecía, una especie de *playboy* que ni respetaba a las personas con las que compartía su vida.

—Nunca he engañado a nadie. No busco una relación, lo saben desde el primer momento. Y corto todo en cuanto las cosas se ponen serias. De verdad, Liv, dudo que encuentres a una sola de esas chicas que tenga algo malo que decir de mí.

—No hace falta que te justifiques.

—Pues tengo la sensación de que sí. —Taylor se dio cuenta de que estaba pagando su enfado de aquella noche con la persona que menos lo merecía. Con la única cuya presencia toleraba en aquel momento—. Perdona, Liv. Soy gilipollas.

—No pasa nada. Hace tiempo que sé que lo eres.

—En eso tienes razón. —Los dos volvieron a sonreír, Olivia se aupó a la balaustrada y él se giró para observarla—. Estás guapísima, lo sabes, ¿no?

—¿Estás coqueteando conmigo, Taylor Gardner?

—¿Serviría de algo que lo hiciera?

—Serviría para que hicieras el ridículo. —Se carcajearon el uno del otro, porque tenían ya una relación mucho más cercana a la de dos hermanos que a cualquier otra—. Pensaba que eras feliz, Tay.

—Lo soy casi todo el tiempo. —A Taylor lo sorprendió como un puño en medio de la cara la duda sobre su felicidad que acababa de salir por la boca de Olivia—. No sé explicar lo que me pasa… ¿Tú nunca dudas?

—¿Dudar sobre qué?

—Sobre todo. Sobre si estás llevando bien tu carrera profesional, sobre si estás saliendo con la persona adecuada, sobre si estás…, en general, haciendo las cosas bien.

—No. Hace tiempo sí, pero ahora… hace ya tiempo que tengo las cosas bastante claras.

—Entonces… ¿qué coño estás haciendo escondiéndote en una terraza con tu exmarido a dos minutos para el final de año, cuando ahí abajo te está esperando tu novio?

—No lo sé…

A Olivia aquellas palabras se le escaparon en un susurro. Porque no lo sabía, de verdad que no. Porque Taylor era un capítulo pasado de su vida, pero había sido agradable encontrárselo allí aquella noche. Porque los dos odiaban la Nochevieja, de toda la vida, desde que eran unos críos, y a veces un odio común une más que un amor olvidado. Porque sus vidas estaban a años luz ya una de la otra, la de Olivia tan retirada del foco, la de Taylor tan en el centro del escenario, pero, en extrañas ocasiones, cuando se encontraban, volvían a ser solo aquellos chicos que un día habían compartido todos sus sueños y todos sus miedos. Porque ya no se amaban, pero aún se querían. Y siempre lo harían.

Sonaron los fuegos artificiales y todos los pensamientos se interrumpieron por el rugido de cientos de voces en la planta baja que celebraban que un año había acabado y otro comenzaba. Olivia y Taylor compartieron una mirada y una sonrisa. Y se quedaron prendidos unos segundos en ellas. Los suficientes para que la razón se anulara, el pasado dejara de importar y los dos supieran lo que estaba a punto de ocurrir.

—Feliz Año Nuevo, Tay…

—Liv…

Sus nombres sonaron hasta eróticos en la voz del otro. Sensuales… pero también amistosos. Dulces. Y el beso que llegó a continuación no fue el comienzo de nada, sino el sello perfecto a lo que un día habían sido, la despedida que no habían tenido en el pasado. Sus labios se encontraron con prudencia, sus lenguas se rozaron con ganas de descubrir si algo había cambiado. Y, durante los veintidós segundos que duró aquel beso, volvieron a ser, simplemente, Taylor y Olivia.

No necesitaron palabras para despedirse y regresaron a la fiesta con pocas ganas de dar explicaciones. Olivia y Aiden se retiraron pronto, y unos días después se atrevieron a ponerle fin a aquello que ni siquiera había empezado. Taylor siguió unas semanas con Karen, hasta que Olivia se enteró por las revistas de que había cambiado de pareja. No le compensó aprenderse el nuevo nombre, porque imaginó que tampoco duraría.

Ninguno de los dos volvió a hablar nunca de aquel beso, de aquella única ocasión en que parecieron flaquear en una decisión que, a la larga, los había hecho felices; casi lo olvidaron. Pero Olivia pensó, aquel día en que trataba de decidir qué hacer con la propuesta loca de Taylor, que, si aceptaba que la hiciera madre *por el método tradicional*, aquello sí sería algo difícil de olvidar.

~4~
TU DECISIÓN… Y LA MÍA

El calor caía pegajoso sobre Nueva York aquella mañana de comienzos de agosto. Hacía ya semanas que el verano se había instalado con las incomodidades habituales, difíciles de soportar lejos de un buen sistema de aire acondicionado, pero aquellos días estaban siendo especialmente duros. O tal vez era que las vueltas que Taylor y Olivia les habían dado a sus respectivas cabezas habían actuado como un motor que había subido las temperaturas de toda la isla de Manhattan.

Ellos no lo sabían, pero los dos tenían el teléfono en la mano aquella mañana. Al final, fue Taylor el que se adelantó y marcó el número de su exmujer. Ella respondió tan rápido que a él lo sobresaltó escuchar su voz antes incluso de que sonara un solo tono de llamada.

—Hola.

—Hola, Tay. Estaba a punto de llamarte.

—Vaya excusa más burda —se burló él, para intentar relajar un poco la tensión que se respiraba en el aire—. Oye, Liv, yo…

—Taylor, yo quería… —se interrumpieron y les dio la risa a ambos.

—Tú primero, por favor.

—Está bien. —Olivia se tomó un par de segundos para reordenar aquello a lo que llevaba días dando vueltas—. Siento… Yo… No sé si hice lo correcto pidiéndote lo que te pedí el otro día. Y quería decirte que si… si te has sentido incómodo o molesto o… bueno, lo que sea… Que lo siento, vaya.

—No, Liv. Te llamaba precisamente para lo contrario. Para pedirte perdón yo por haber sido un gilipollas. No sé qué se me pasó por la cabeza, además de un claro exceso de alcohol en sangre, pero no tenía ningún derecho a ponerme en plan cerdo cuando tú me estabas pidiendo algo tan importante…

—Olvídalo, Tay.

—Bueno, quiero que sepas que por mi parte no hay dudas. Tendrás tu… donación. Por si no lo dejé claro el otro día con tanta tontería, mi respuesta es un sí.

—Mi respuesta también es un sí.

—¿Qué? —El tono en el que Taylor hizo la pregunta no reflejó ni un mínimo porcentaje de su estupefacción.

—Que… sí, Tay. Que… ¿por qué no? —Olivia se mordió el labio—. ¿O es que… ya no te apetece?

—No me jodas, Liv. —Taylor estalló en carcajadas y ella se contagió—. Para una vez en la vida que decido ser un tío legal, vas tú y te pones viciosilla.

—¡¡Yo no…!!
—Vale, venga, lo que quieras. —Taylor siguió en tono de broma, porque todos los nervios se le habían esfumado en apenas unos minutos—. La hostia, Liv…
—¿Qué?
—Nada, que me lo estaba imaginando por adelantado.
—No hagas que me arrepienta.
—No vamos a arrepentirnos, créeme.
—Vale, bien… —Olivia sí seguía nerviosa, quizá porque en su cabeza el plan llevaba mucho más tiempo fraguándose… o porque se jugaba más en él—. Tendríamos que quedar un día de estos para…
—¿*Para…*?
—Deja el cachondeo, Taylor, que esto es serio. —Olivia no pudo evitar que se le escapara una risita, pero enseguida cambió el tono—. Tenemos que quedar para comentar los detalles del contrato, fechas y otras cosas así de frías, ya sabes.
—Vale. ¿Tienes alguna fecha en mente para… empezar?
—Tiene que ser la semana que viene. El *acto* en sí.
—Ajá.
—Así que, cuando te venga bien, deberíamos vernos para hablar.
—Está bien. Yo me voy a China en unas semanas, pero hasta entonces estoy más o menos libre.
—Vale, yo tengo mucho lío hoy y mañana en la escuela. Han entrado varias chicas nuevas y tengo que ponerme las pilas con ellas. ¿Te parece si comemos el viernes?
—Vale. ¿En el italiano de Mulberry Street en el que cenamos hace un par de años?
—No sé si sigue existiendo.
—Sigue existiendo, he ido hace poco.
—Perfecto. ¿A la una?
—Genial. ¿Nos vemos allí?
—Sí.
—Vale… Hasta el viernes, entonces.
—Un beso, Tay.

* * *

El viernes llegó, y con él una nueva ración de nervios para Olivia. Conocía lo suficiente a Taylor como para saber que llegaría tarde, con toda su parsimonia y mucho más tranquilo que ella. Pero él no se estaba jugando el sueño de su vida. Y ella llevaba tantísimos años anhelando ser madre que necesitaba que las cosas le salieran bien. Ya había perdido demasiado tiempo.

Olivia llevaba veintitrés minutos sentada a la mesa y se había comido un paquete y medio de *grissini* cuando Taylor se dignó a aparecer. Ella le echó una mirada letal, pero acabaron intercambiando un par de bromas sobre la posibilidad de que el futuro bebé de Olivia heredara los genes impuntuales de Taylor y el ambiente se relajó. Él pidió una ensalada *caprese*, con más tomate que mozzarella, y una botella grande de agua. Las sesiones de fotos no perdonaban y el hambre llevaba días siendo su triste compañera de rutina. Olivia se disculpó por darle envidia con su pizza de cinco quesos, pero no se sintió nada culpable en cuanto le dio el primer mordisco. Sonaba el *Nessum dorma* de *Turandot* por el hilo musical del restaurante, por si los manteles a cuadros rojos y blancos, las botellas de *chianti* convertidas en floreros y los pósteres del Puente de Rialto, el Coliseo de Roma o el David de Miguel Ángel no dieran suficiente ambiente italiano al local.

—Bueno, vamos al tema... —Se habían dado la comida como tregua, pero con los postres, que en el caso de Taylor consistió solo en un expreso sin azúcar, Olivia sacó un sobre grande de su bolso y decidió abordar la cuestión que los había llevado hasta allí—. Estos documentos me los han facilitado en la clínica de fertilidad. Los ha sorprendido bastante la... *opción* que he elegido, pero los he contratado para toda la asesoría legal y demás.

—¿Asesoría legal?

—El contrato por el cual queda claro que la donación la realiza un donante conocido que renuncia a todo derecho sobre la futura paternidad del bebé.

—Ah, claro, por supuesto.

—Ahí te van dos copias del contrato. Échales un vistazo, consulta con tus abogados y...

—¿Tienes un boli? —Taylor hojeó el contrato y se palpó la cazadora en busca de algo con lo que firmarlo.

—Pero ¿no deberías...?

—Digo yo que si esto lo ha redactado un abogado especialista en el tema y a ti te parece bien, no tendré yo mucho que decir. Tengo claro que el hijo será tuyo, Liv. Yo haré lo posible por... ¿fecundarte?

—No utilices ese verbo, haz el favor.

—Si prefieres uso otro verbo que empieza por efe, pero estoy casi seguro de que me tirarías a la cabeza los restos de esa *panna cotta*.

—Y tú los lamerías porque sabe Dios cuánto hace que no pruebas algo dulce. —Él le sacó el dedo corazón, ella se rio y, a continuación, se puso seria—. Lo sabes, ¿verdad, Tay?

—¿El qué?

—Que ese bebé... sería solo mío.

—Claro.

—Tengo miedo a que hayamos ido demasiado rápido con todo esto y que no te haya dado tiempo a pensarlo bien.

—¿Y a ti?

—Yo llevo pensando en ser madre unos quince años, en hacerlo sola unos cinco y en que tú seas el donante... bastantes meses.

—Pues yo, evidentemente, no he tenido tanto tiempo, pero tengo clara la diferencia entre donar semen y ser padre. Nunca lo he hecho, pero, si donara semen en una clínica de fertilidad, tendría claro que no andarían un montón de hijos míos perdidos por el mundo.

—Ya, pero en este caso...

—En este caso, conozco a la madre y quizá de vez en cuando vea al niño. Es diferente, sí, pero tengo muy claras las cosas. Puedes estar tranquila. No entra en mis planes ser padre.

—¿Ni ahora ni nunca? —le preguntó Olivia, llevada por la curiosidad. Se dio cuenta en aquel momento de que el tema de la paternidad había sido algo parecido a un tabú entre ellos desde el divorcio y no tenía ni idea de qué opinaba Taylor al respecto.

—Ahora no, desde luego. Y probablemente nunca. Me gusta demasiado mi vida sin hijos. Viajar de acá para allá sin tener que preocuparme de nadie más que de mí mismo, poder aceptar cualquier trabajo, no tener ataduras...

—Comprendo.

—Hace unos años quizá habría dudado, pero ahora mismo empiezo a estar convencido de que nunca pasará. —Taylor exhaló un suspiro y retomó el tema importante del día—. ¿Hay algo más que deba saber?

—Bueno..., esto es un poco incómodo. Sobre el *asunto* en sí...

—¿*Asunto*?

—El… sexo.

—Por Dios, Liv. A ver si ahora nos vamos a ruborizar al hablar de sexo.

—No sabes cuánto me jode esa imagen de tío seguro de sí mismo al que ni se le altera el pulso al hablar de volver a follar con su exmujer después de diez años.

—Vuelve a gritarme la palabra «follar» y ni llegamos a la semana que viene.

—Vamos a ver, Tay. Dejemos claras unas cuantas cosas. La primera, que yo no soy una de esas modelos de diecinueve años a las que impresionas en las fiestas con una sonrisa y dos guarraditas susurradas en el momento oportuno. La segunda, esto va en serio, ¿de acuerdo? Si empezamos discutiendo, no creo que…

—Tú y yo no discutimos nunca, Liv. No vamos a empezar ahora. Sabes que me lo tomo en serio, pero ni sueñes con que se me ponga dura si esto es una transacción de semen con horarios pactados, movimientos planificados y demás.

—Taylor, a ti se te pone dura solo con que el viento sople del sur. También te ocurre cuando sopla del norte, del este o del oeste.

—Ya que eso no te lo voy a negar, mejor sigue con las explicaciones.

—Bien… En la clínica me han dicho que, para que la donación sea efectiva, el donante no debe eyacular en las cuarenta y ocho horas anteriores, pero tampoco debe estar más de cinco días sin hacerlo.

—Sin problema.

—Aquí tienes un folleto que me han dado en la clínica. Échale un vistazo, que me niego a explicártelo. —Olivia sonrió y le entregó aquel papel en el que se especificaban las posturas más idóneas para conseguir la fecundación y algunas prácticas recomendables para el momento posterior a la eyaculación—. Y, bueno…, yo me controlaré los días fértiles a través de test de ovulación. Serán dos días por ciclo. Siempre he sido muy regular y ya me han medido las ovulaciones de un par de meses, así que podría darte un calendario aproximado de los días que… te necesitaré.

—Vale, te juro que esto no lo pregunto de broma, pero… ¿cómo va a ser? ¿Dos días dale que te pego al tema?

—Pues… no sé. Creo que deberíamos pactarlo. De eso quería que habláramos. ¿Tú cómo lo ves?

—No tengo ni idea.

—Vamos, Tay… —Olivia se rio e hizo un gesto al camarero para pedir la cuenta de la comida. Hacía ya un rato que el resto de comensales habían abandonado el local y había detectado un par de miradas impacientes en el personal—. Tú fuiste el gallito que propuso esto. Haz volar esa imaginación que tienes para hacer una propuesta en condiciones.

—A ver, lo ideal sería que quedáramos… no sé… ¿en tu casa?

—Vale.

—Y bueno, dejar que fluya, ¿no? Una vez, dos… Y quizá luego me marche, regrese al día siguiente y lo mismo. ¿Te parece?

—Sí. Lo que tú dices, dejar que fluya. Lo mismo con lo de quedar: si prefieres que sea en tu casa, o en un hotel o donde sea… lo vamos hablando. ¿Te parece bien?

—Me parece bien.

—Entonces… ¿quedamos el jueves? ¿A… las ocho?

—Jueves a las ocho. —Taylor sacó su móvil y apuntó la cita en él—. Perfecto.

—Pues esto… —Olivia alcanzó el *ticket* que les acercaba uno de los camareros— corre de mi cuenta.

—Me siento prostituido.

—No seas gilipollas. A cambio de la comida vas a invitarme a uno de esos *cannoli* que venden en el local de enfrente. Esos que no puedes ni oler para seguir siendo TayGar.

Taylor le dirigió a Olivia su peor cara de odio. «TayGar» era una especie de sello comercial que había creado Becky con su nombre, su firma en muchas campañas, su apodo en redes sociales y hasta la marca que habían utilizado en diferentes líneas de ropa y joyería masculina de las que era imagen. A él le había hecho gracia al principio, no le había dado demasiada importancia, hasta que las revistas empezaron a usar el acrónimo para todo y hasta la gente empezó a dirigirse a él como TayGar cara a cara. Siete años después de la ocurrencia, Taylor odiaba a muerte a TayGar.

—Mmmm... una cosa más, Olivia.

—Ay, Dios, me has llamado por mi nombre completo. Ahora sí que me cago de miedo —le respondió ella, ya en la calle y con la boca llena de queso ricota.

—Yo... Cuando pase... Nosotros...

—¿Ahora te atascas? Fenomenal. Voy a tener un hijo miope, impuntual y tartamudo.

A los dos les dio la risa, pero se les cortó de golpe cuando dos adolescentes se acercaron a pedirle un autógrafo a Taylor. Él les respondió con su mejor sonrisa comercial y hasta les dio un par de abrazos antes de despedirse de ellas. Olivia esperó en un segundo plano y sintió un respiro de alivio por que a ella no la hubieran reconocido. Los que decían que la fama era algo efímero tenían toda la razón del mundo. Unos años antes, casi una década atrás, ella se habría llevado también unos cuantos comentarios de admiración por parte de aquellas chicas, pero su momento había pasado y nada en el mundo la alegraba más que poder pasear por Manhattan sin que casi nadie la reconociera ya.

—Perdona, joder. Gajes del oficio.

—Me he acostumbrado a que seas una *celebrity*, créeme.

—Ahora solo falta que me acostumbre yo. —Se le escapó una carcajada amarga al decirlo.

—¿Qué querías decirme antes? Y ahórrame los titubeos, haz el favor.

—¿Va a haber besos, Liv?

—¿Qué?

—¿Va a ser...? Ya sabes, ¿como acostarse con alguien... normal?

—Hombre, la última vez que me miré al espejo, yo era bastante normal.

—Sabes perfectamente lo que quiero decir.

—Pues... no sé. Que fluya, ¿no? No creo que se te haya olvidado cómo va eso de acostarte con una chica, teniendo en cuenta que es probable que haga menos de doce horas que lo has hecho.

—Nueve, en realidad —dijo él, con una media sonrisa, mientras fingía mirar su reloj—. Pues que fluya, entonces.

Siguieron paseando por Canal Street hasta que encontraron un par de taxis libres y decidieron volver a sus apartamentos. Se despidieron con un abrazo y, solo entonces, los dos fueron conscientes de que, a pesar de todo, había muchas cosas que no sabían el uno del otro.

—Pues... vas a tener que darme tu dirección. Nunca he estado en tu apartamento, ¿recuerdas?

—Te mando la ubicación en cuanto llegue. —Olivia utilizó esa maestría que solo se adquiere en Manhattan para parar un taxi y ya casi tenía un pie dentro cuando recordó algo que le pareció importante—. Tay...

—Dime.

—Por el momento, y por si esto no saliera bien..., mejor que quede entre nosotros, ¿de acuerdo?

—Claro. Otro día hablamos de qué hacer si lo consigues, si lo vamos a contar o lo que sea. Hoy... ya han sido demasiados temas.

—Sí, no quiera Dios que te estalle la cabeza. —Se acercó a darle un beso en la mejilla y se metió en el taxi.

Se había burlado de Taylor con esa última frase, pero la realidad era que ella sería la que tendría que tomarse un analgésico al llegar a casa. La conversación que habían tenido en aquel restaurante italiano convertía en realidad lo que hasta aquel momento no eran más que planes sobre el papel. Y cuando ya divisaba a lo lejos el precioso edificio de ladrillo rojo en el que vivía, Olivia ni recordaba que se iba a acostar con su exmarido, ni que él acababa de firmar el contrato que lo liberaba de cualquier responsabilidad posterior ni siquiera las bromas con las que habían planificado su encuentro de la siguiente semana. Solo una imagen se extendía por su pensamiento. Si las cosas salían bien, quizá a esas alturas del año siguiente tendría un bebé. Su bebé. Lo que más había deseado en toda su vida. Y entonces ya no le quedaría ningún sueño por cumplir.

~5~
TU CUERPO, DE NUEVO

Olivia estaba histérica aquella tarde. Taylor le había confirmado que llegaría sobre las ocho, así que se pasó toda la tarde haciendo lo que más odiaba en el mundo: limpiar la casa. Bastante absurdo, teniendo en cuenta que una señora se encargaba de mantener su apartamento a flote tres veces por semana y que había estado allí el día anterior. Pero limpiar sobre limpio le sirvió para mantener la cabeza distraída, para no pensar demasiado en lo que estaba a punto de ocurrir, aunque fuera un runrún que no conseguía que se silenciara del todo.

A las seis, decidió que ya había tenido suficiente y guardó aquellos productos de limpieza que estaba segura de que ni siquiera había utilizado de forma correcta. Esperaba que los muebles no se desintegraran en el peor momento por una mala combinación química. Se dirigió al cuarto de baño y llenó la bañera. Echó en el agua un par de aquellos productos que siempre le enviaban a la escuela como regalos de cortesía de las marcas y que jamás utilizaba porque, en realidad, nunca tenía tiempo para darse un baño relajante. Encendió un par de velas, se sirvió una copa de vino y puso música clásica en una lista de reproducción de Spotify que alguien había creado «para baños relajantes». No pudo evitar pensar que había gente en el mundo con demasiado tiempo libre.

Salió de la bañera cuando el agua empezó a enfriarse y sus dedos a estar demasiado arrugados. Se extendió una crema hidratante con un ligero perfume de vainilla y se secó el pelo con un par de toques de secador. No quería ser esa noche nadie diferente a ella misma, así que se limitó a quitarle la mayor parte de la humedad, pero se lo dejó secar al aire. Y, entonces, se dirigió a su armario, a enfrentarse al drama de qué ropa se elige cuando estás a punto de acostarte con tu exmarido por primera vez en casi una década, pero con la única intención de quedarte embarazada y sin sentimientos de por medio. Por mucha experiencia que tuviera en el mundo de la moda y que algunos la consideraran un icono de estilo…, no era una tarea fácil.

Aunque quizá fuera lo más práctico, no se veía a sí misma abriéndole la puerta a Taylor vestida con un picardías o algo así. No; en cuanto escuchara el timbre, se haría una bola en el suelo y fingiría no estar en casa. Pero tampoco le parecía demasiado apropiado recibirlo como solía estar ella para andar por casa, con un pantalón de chándal de algodón y una camiseta enorme —y puede que llena de lamparones—. No, eso tampoco era una opción. ¿Vestirse como si fueran a salir a cenar? Le parecía algo ridículo también. Siempre le pasaba cuando quedaba con un hombre para tomar algo en su casa, que no comprendía el sentido de calzarse unos tacones de trece centímetros para una cita que estaba destinada a que acabaran descalzos —y desnudos— sobre el sofá.

Decidió empezar por la ropa interior, porque eso sí lo tenía bastante claro. El negro era una apuesta segura y ella tenía un conjunto sin estrenar de La Perla para el que no había encontrado la ocasión. El sujetador era de corte *balconette* y de encaje y la parte de abajo no dejaba tampoco demasiado a la imaginación. Se contempló en el espejo y hasta se ruborizó un poco. Pero se vio bien. Joder, se vio… muy bien.

Siguió recorriendo su armario con la mirada hasta que dio con la respuesta a sus dudas estilísticas. Acarició la tela sedosa de un kimono que se había comprado el año anterior en Zara y supo que era lo adecuado. Era negro, con un estampado floral en tonos rojos y rosas, y caía hasta unos centímetros por encima de la rodilla, pero unos flecos que llegaban hasta casi el tobillo lo hacían parecer más largo. Lo había usado solo una vez, para la *première* de una película en la que actuaba una de las modelos de su escuela, pero le pareció que era tan adecuado para ir a un gran evento de alfombra roja como para usarlo como una especie de bata de casa llena de *glamour*. Se lo ciñó a la cintura con el cinturoncito fino que traía y se sintió satisfecha al darse cuenta de que nadie diría que, debajo de él, solo llevaba un conjunto *sexy* de lencería. Nadie… menos Taylor, claro.

Decidió no maquillarse porque también le parecía ridículo para estar en casa. Para… follar, vaya, que es de lo que iba a tratar esa noche. Cuando se quiso dar cuenta, eran ya las ocho menos diez y los nervios empezaron a multiplicarse hasta dejarla al borde del infarto. Se dirigió a la cocina, a comprobar que el vino que había comprado estaba lo suficientemente frío y, sin que las esperara, un montón de inseguridades acudieron a su cabeza.

La última vez que se había acostado con Taylor ella era aún una modelo de primera línea mundial, con un cuerpo fibroso y trabajado. Oscilaba entre una talla treinta y dos y una treinta y cuatro, y, nueve años después, a veces no le abrochaba la treinta y ocho. Y ella se sentía mejor así, no tenía dudas, pero… no era el cuerpo que Taylor recordaría. Un cuerpo con la piel limpia, sin el rastro de los mil tatuajes y *piercings* que se había hecho en los últimos años. Antes utilizaba varios productos para mantenerla tersa, luminosa… un montón de cremas, tónicos y *sérums* que rara vez había vuelto a usar. Y el pelo, que un par de horas atrás le había parecido una idea brillante dejar con sus rizos silvestres al natural…

Estaba a punto de enchufar las planchas para hacerse un cambio de *look* de emergencia a última hora cuando sonó el timbre del portal. Por si Olivia había dudado en algún momento que estaba histérica, el grito que se le escapó y el saltito que dio sobre sus pies antes de ser capaz de pulsar el botón de apertura de la puerta dejaron muy claro el estado en el que se encontraba. Maldito fuera Taylor por llegar puntual por primera vez en su vida.

Corrió a la cocina y empezó a servir dos copas de vino. Solo lo consiguió con una, antes de que tres golpes sonaran sobre la madera de su puerta. Taylor debía de seguir en buena forma, porque había subido los cuatro pisos en tiempo récord. Logró regularizar su respiración de camino a la puerta, aunque sabía que delante de Taylor no tenía demasiado sentido fingir.

Y, cuando abrió y lo vio, vestido con unos pantalones vaqueros desgastados y una sencilla camiseta gris…, se ruborizó. Después de haber tenido una relación de trece años y tras casi diez separados. Se ruborizó. Ver para creer.

—Hola, Liv…

Taylor se mordió el labio inferior, en un gesto que ella sabía que significaba que estaba nervioso, y Olivia tuvo que apartar la mirada porque su mente se quedó en blanco. Tanto que ni siquiera pudo devolverle el saludo. En una milésima de segundo, fue incapaz de encontrar la razón por la que aquello les había parecido una buena idea. Por la que les había parecido algo factible. Se arrepintió de no haberle contado nada a Becky, o quizá a Laura, su mano derecha en la escuela, o a alguna otra amiga, para que ellas le dijeran «no, tía, es una idea de mierda». Pero solo lo había consultado consigo misma, luego con él… y cuando se había querido dar cuenta, Taylor estaba llamando a su puerta mientras ella escondía una bomba de lencería bajo un kimono de seda. A la mierda la cordura.

Y, sin embargo, ni se le pasó por la cabeza darse la vuelta y pedirle a Taylor que se marchara a su casa, decirle que aquello había dejado de parecerle una buena idea.

Echó a andar por el pasillo, de camino a la cocina, porque ninguno de los dos tenía demasiado claro cómo dar comienzo a *la situación*, y un par de copas de vino no podían ser mala idea. Y, como no podía quedarse callada el resto de su vida, Olivia optó por la opción B. Hablar como si alguien le hubiera dado cuerda.

—Hola, ven, ven, pasa a la cocina. He comprado el vino aquel que tomamos hace un par de años, cuando cenamos en aquel restaurante de Staten Island, ¿recuerdas? Lo elegiste porque habías estado visitando las bodegas de Napa donde lo producen. No recuerdo bien la añada que te gustaba, pero he preguntado en la vinoteca donde lo he comprado y me han dicho que este es muy bueno. —Se detuvo para coger aire y, de paso, acabar de servir la copa de vino que se había quedado vacía antes de que él llegara. Pero seguía sin atreverse a mirarlo de frente a los ojos—. Y, bueno, he pensado que sería buena idea tomarnos una copa de vino antes de… de… O sea, también he comprado comida, por si te apetece cenar o algo…

—Liv…

Oyó su voz a su espalda y hasta eso la excitó. ¿Pero qué demonios le ocurría? No se podía decir que fuera una chiquilla inexperta en el sexo; se había acostado con los suficientes hombres en la última década como para saber actuar en esos momentos en que el sexo flota en el ambiente y solo hace falta un detonante para que estalle. Y Taylor… por Dios, Taylor era la persona con la que más confianza había tenido en toda su vida, no había nada que no pudiera hacer o decir delante de él, así que… todo aquello no tenía sentido.

—¿Qué?

—Has tirado media botella de vino en la encimera.

—Ah, sí, sí. —Olivia se dio cuenta de que había seguido vertiendo vino cuando la copa ya estaba llena y maldijo interiormente. Claro que, si él no se había dado cuenta de que estaba histérica hasta ese momento, tampoco le valdría de nada esa prueba. Cogió un paño de cocina que tenía colgado en el tirador del horno y frotó la encimera con tanta fuerza que la sorprendió que no se astillara el mármol—. Nada, bueno, como te decía, he comprado varias cosas de comer. Unos canelones buenísimos que preparan en el *deli* de la esquina, una ensalada con quinoa que me recomendaron en el supermercado y…

Una mano. Eso fue lo que detuvo su verborrea. Una mano colándose en la abertura que dejaba el kimono entre sus muslos. Una mano grande, fuerte y que ella conocía muy bien. Una mano que siempre había sabido cómo tocarla. Dónde tocarla. Y en qué momento hacerlo.

La mano de Taylor se quedó solo un segundo posada sobre la piel del interior del muslo de Olivia. Y, a continuación, sus dedos comenzaron a ascender. Despacio, con una cadencia lenta y casi dolorosa. Las puntas de sus dedos juguetearon con el pequeño volante de encaje que cubría la ingle de Olivia, provocándole unas cosquillas que, lejos de hacerla reír, le robaron un gemido.

—¿Qué… qué estás haciendo? —Se atrevió a preguntarle cuando recuperó un poco el aliento.

—Estás histérica, Liv.

—¡No! Yo no…

—Sí lo estás. Yo también estoy nervioso, pero siempre se me ha dado mejor que a ti disimular. Vamos a relajarnos, ¿vale?

—Vale.

—Y creo que necesitamos algo más que vino para conseguirlo.

El cuerpo de Taylor se pegó a su espalda con fuerza, con seguridad. Olivia se calló y lo dejó hacer, sobre todo porque todas sus neuronas se habían derretido en cuanto los dedos de Taylor habían rozado su vello púbico. Y, cuando se internaron un poco más allá y se encontraron con su humedad…, el mundo dejó de existir. Puede que incluso dejara de girar.

—Pero esto… esto no… —Olivia no olvidaba el objetivo por el que Taylor estaba en su casa. Y había prestado la suficiente atención en las clases de Biología del instituto como para saber que haciendo aquello no iba a quedarse embarazada.

—Esto es para que te relajes. Y para relajarme yo. Vas a correrte y, cuando lo hayas hecho, ya podremos hacer lo que tú quieras.

Ella no discutió. ¿Para qué, si no tenía capacidad para negarse a algo que la estaba volviendo loca de placer? Dejó que él siguiera tocándola, masturbándola casi con mimo. Con dureza, pero también con dulzura, si es que eso era posible entenderlo sin sentirlo. Perdió un poco más la cabeza cuando él comenzó a darle besos en el cuello, cuando lo lamió con toda la lengua fuera, porque Olivia no había olvidado en nueve años que Taylor podía ser un encanto y un cerdo en la misma milésima de segundo.

—Hostia, Liv… Estás empapada. Se me está poniendo tan dura que no sé…
—Cállate, joder.

A Olivia se le escapó la risa. No se podía creer que hubieran cambiado tan poco a pesar de todos los años y todos los avatares vitales que habían pasado entre ellos. Siempre habían sido así en el sexo. Claros, crudos, malhablados. Sinceros. Directos. Y buenos. Sí, también habían sido muy buenos en eso, incluso en la época en la que ya eran malos en todo lo demás.

Taylor ni siquiera la penetró con los dedos. No le hizo falta. Solo frotó la yema de su dedo corazón contra su clítoris y los fluidos de ella acompasaron los movimientos para que, aunque ni siquiera se hubieran desnudado, en el ambiente flotara una corriente sexual que lo electrizaba todo.

Olivia gimió. Más fuerte de lo que lo había estado haciendo hasta entonces. Y jadeó. Y gritó. Gritó palabras inconexas y también gritó el nombre de él, lo cual le añadió un punto más de dureza a aquello que latía desenfrenado en su entrepierna.

—Córrete, Liv.

Y ella obedeció. Su cuerpo lo hizo por ella. Sintió una explosión de energía en sus muslos que ascendió a la velocidad de la luz hasta el vértice entre sus piernas y le proporcionó un orgasmo demoledor que la dejó desmadejada, blandita… relajada, sí. Justo lo que él pretendía.

—Creo que ahora sí aceptaré esa copa de vino.

Olivia reunió al fin el valor para girarse. Él se había apartado un poco, pero el espacio entre los muebles de su cocina y la encimera era escaso, por lo que seguía estando demasiado cerca. Demasiado cerca para su salud mental, o para la de cualquiera. Por si la visión de aquel cuerpo perfecto y su sonrisa demoledora, con un puntito canalla en aquel momento, no fuera suficiente, Taylor aceptó la copa de vino con la mano izquierda… y se llevó los dedos de la derecha a la boca para lamer los restos que había dejado el orgasmo de Olivia sobre su piel.

Ella consiguió, con bastante esfuerzo, fingir que aquel gesto no le había afectado hasta el punto de amenazar con reactivar el orgasmo que aún latía en forma de réplicas entre sus piernas. Le dio un trago largo a su copa de vino y siguió con aquel juego de miradas, porque por dentro podía estar convertida en gelatina, pero no era tan imbécil como para dejar que se siguiera notando. Taylor se bebió su copa en dos tragos largos.

—¿Más tranquila?
—Sí. —Olivia sonrió y volvió a sentirse ella misma, olvidados ya los nervios locos que la habían asaltado—. ¿Satisfecho?
—Me atrevería a decir que no tanto como tú. —Ella le dirigió una mirada de reproche, pero la de él fue muy distinta. Joder, la de él era puro deseo contenido—. Déjame verte, Liv.
—¿Qué?

Taylor no le respondió con palabras. Le plantó las manos en las caderas y la aupó hasta que ella quedó sentada sobre la encimera. El kimono se abrió y reveló sus largas piernas, separadas, una a cada lado del cuerpo de él.

—¿Puedo? —le preguntó él tomando entre sus dedos el lazo del cinturón del kimono.

—Después de lo que acaba de ocurrir..., obviamente.

Taylor tiró con cuidado de aquella tira de tela negra, el nudo se deshizo como con pereza y el kimono se abrió. Y Olivia solo necesitó echar un vistazo a su cara para que todas las inseguridades sobre su cuerpo que la habían atacado antes se perdieran en el cajón del olvido. No necesitaba conocerlo tan bien como lo hacía para darse cuenta de que a Taylor le gustaba lo que veía.

—Joder, Liv... —Los ojos de él la recorrieron de arriba abajo... y luego otra vez. Y otra, antes de ser capaces de volver a su cara—. Joder.

—¿Qué? —le preguntó ella, con una mezcla extraña de timidez y orgullo.

—Estás... Eres... Parezco subnormal. —A los dos se les escapó una carcajada—. Hay muchas cosas aquí que no estaban hace diez años.

Y sí, las había. Él había ido descubriendo los tatuajes que ella se había hecho en los brazos en aquellas cenas que habían compartido en su fecha de aniversario. Pero no sabía nada del que rodeaba su ombligo, un diseño floral bastante oscuro culminado por un *piercing* que se había hecho en un impulso, justo el mismo día que el tatuaje. Había tardado algunas semanas en sentirse ella misma al mirarse al espejo, pues había sido su primer tatuaje grande, y también su primera perforación, y había transformado por completo el aspecto de su cuerpo desnudo. Entendía que a Taylor lo hubiera dejado un poco impresionado.

Y tampoco habían estado allí diez años atrás el atrapasueños que cubría su costado derecho, desde debajo de la axila hasta la zona de la cintura. Ni el mandala de su muslo, que se asemejaba casi a un liguero de encaje y que siempre le había parecido muy *sexy*. Aquel tatuaje no significaba nada; se lo había hecho porque había visto uno similar navegando por Pinterest y le había apetecido lucirlo en verano con unos *shorts* vaqueros.

Taylor acarició su piel con la palma de las manos, abarcando toda la superficie que podía, y a ella aquel gesto le pareció tan erótico como lo que había ocurrido unos minutos antes, como lo que estaba segura de que vendría a continuación. Se detuvo en los tatuajes, jugó un poco con el *piercing* de su ombligo, sin imaginar que aún le quedaban algunas sorpresas de ese tipo por descubrir.

—Voy a volverme loco —susurró, antes de que su boca cayera sobre su piel y su lengua hiciera el mismo recorrido que un segundo antes habían hecho sus manos.

Olivia se dio cuenta de que ya era hora de acabar con su pasividad en todo aquello y se apartó un poco para ayudar a Taylor a deshacerse de su propia ropa. Él no le permitió que le sacara la camiseta, ya que, en cuanto vio sus intenciones, él mismo se la arrancó de un tirón por la cabeza. Y, cuando Olivia llevó sus dedos a los botones de sus pantalones vaqueros, descubrió que él no llevaba ropa interior. Se habría excitado más si su cuerpo no llevara ya demasiados minutos al límite.

—Me parecía una pérdida de tiempo usar algo que me iba a durar dos segundos puesto —comentó él, como si le hubiera leído el pensamiento.

Olivia acarició con los dedos el comienzo del vello púbico de él, porque era algo que siempre le había encantado. Todos los modelos masculinos iban depilados en los últimos tiempos, pero a Taylor siempre le habían permitido no hacerlo. No tenía demasiado pelo, solo un poco en el pecho, algo en los brazos y las piernas y aquellos rizos oscuros que descendían desde su ombligo hasta su sexo. Él se quitó los pantalones en dos patadas rápidas y fue eso lo que quedó ante Olivia. Y tuvo que morderse el labio de nuevo para evitar caer en la tentación de morderlo a él. Se recordó a sí misma que no... de aquella manera tampoco se hacían los niños.

Olivia sintió como el broche de su sujetador cedía y la carísima prenda volaba sobre los muebles de la cocina. Tendría que usar una escalera para recuperarlo. Y, entonces, una voz entre dientes...

—Joder, Liv, ¿pero qué es esto? —Taylor acababa de descubrir el *piercing* de su pezón. No le hizo falta preguntar para saberlo—. ¿Quieres matarme o qué te pasa?

Lo miró y vio su rostro tan alucinado, tan sorprendido por ver a aquella chica de aire inocente y virginal que había sido su novia en el instituto convertida en una mujer muy diferente, por dentro y por fuera..., que le dio la risa. Los nervios que habían estado entrando y saliendo de su cuerpo también ayudaron, claro, y todo conspiró para que se le escaparan las carcajadas y tuviera que recostarse hacia atrás en la encimera. Taylor se contagió, sin dejar por ello de acariciar sus muslos, y aquel ataque de risa podría haber servido para llevarse parte de la excitación si no hubiera sido por un pequeño detalle.

El apartamento de Olivia tenía la cocina semiabierta al salón. La encimera en la que ella estaba subida era una especie de barra que separaba los dos espacios. Y, al echarse hacia atrás, entró en su ángulo de visión un gran espejo de cuerpo entero que colgaba de la pared y que Olivia utilizaba siempre para echarse un vistazo antes de salir de casa. Y lo que vio le encantó. La alucinó un poco, incluso. Ella sentada, con las piernas abiertas de par en par, apoyadas en la parte baja de la encimera. Desnuda, excepto por la pequeña braguita que aún llevaba puesta y que Taylor y ella sabían que estaba empapada. Con la piel cubierta de todos aquellos tatuajes que habían empezado siendo una forma de rebelión contra una imagen que nunca le había gustado de sí misma y habían acabado convertidos en una forma de expresión, de arte. Con el hombre más *sexy* del planeta —no lo decía ella, lo había dicho la revista *People*... dos veces— de pie entre aquellas piernas, también desnudo, con una erección prominente izada en su dirección y una expresión de deseo pintada en la cara.

Joder... No había visto una imagen más sensual en toda su vida.

—Fóllame, Tay.

—Vamos a tu cuarto —ronroneó él en su oído, poniendo ya sus manos bajo los muslos de ella para llevarla en brazos a la cama.

—No. Fóllame aquí. —La voz se le escapaba a Olivia entre jadeos—. Fóllame ahora.

Él no se lo pensó más. En realidad..., ni siquiera estaba seguro de haber sido capaz de llegar al dormitorio, pero recordaba retazos de aquel folleto tan aséptico que recomendaba cosas como hacerlo en horizontal, elevar las piernas para que la fecundación tuviera más posibilidades... A la mierda con todo. No era el momento de pensar.

La embistió con tanta fuerza que, durante un segundo, se arrepintió y sintió la necesidad de pedirle perdón. Pero, entonces, ella... Como siempre, ella lo sorprendió.

—Más.

Él salió casi por completo de su cuerpo para volver a clavarse hasta lo más hondo en el sexo de Olivia. Incluso tuvo que echar las manos al culo de ella —no es que aquello fuera un gran sacrificio— por miedo a que, con la fuerza de la embestida, cayera por el otro lado de la encimera. Pero...

—Más.

—Joder...

—Más fuerte.

Follársela a lo bestia. Esa era la expresión que llevaba rondándole la mente desde que había desabrochado aquel puto kimono y se había encontrado con un cuerpo que parecía hecho a medida para volverlo loco. Y no es que Taylor no se hubiera acostado con las modelos más espectaculares del mundo, la propia Olivia años atrás incluida, pero aquello... Joder, Olivia era única, siempre lo había sido, incluso cuando seguía todos los cánones que se esperaban de una mujer que ocupaba las portadas de las revistas de moda de medio mundo. Ella había hecho de su cuerpo el lienzo en el que expresaba todo lo que había cambiado en una década. Y a él le había gustado lo que veía. Lo había excitado tanto como cuando, a los quince años, se había colado por la ventana de su cuarto en la casa de sus padres y habían perdido la virginidad juntos.

No dejó que los recuerdos lo distrajeran de lo que estaba haciendo. Las yemas de sus dedos se clavaban en las caderas de Olivia con una fuerza que supo que le dejarían marcas. Su boca se fue sola a aquel *piercing* cuyo descubrimiento había sido la culminación de su excitación. Lo lamió, recorrió con su lengua el aro que lo atravesaba, mordió con delicadeza la carne que lo sostenía y sus labios lo besaron con reverencia. Supo que a ella le gustaba, porque sus jadeos se incrementaron. Él seguía embistiéndola con toda la fuerza que podía reunir.

—¿Te duele? —le preguntó, con la voz algo ahogada porque no conseguía despegar la boca de su piel.

—Depende de lo que hagas con él.

—Si tiro…

—Hazlo.

Él no dudó en obedecer. Sus dientes se cernieron sobre el aro, al tiempo que ralentizaba un poco sus embestidas y sus dedos volaban al clítoris de Olivia, que encontró empapado e hinchado. Tiró, primero despacio y luego con más fuerza, al ver que ella no se quejaba… Más bien lo contrario. Olivia empezó a jadear con tanta fuerza que parecía que iba a quedarse sin respiración. Y eso espoleó a Taylor, que sintió el orgasmo de ella casi al mismo tiempo que el propio. Sintió que lo ceñía, que lo comprimía y casi pudo notar las convulsiones del sexo de Olivia alrededor del suyo, mientras él también se corría con un gemido gutural que no fue capaz de retener en su garganta.

El silencio se extendió por todo el piso. Ocupó cada rincón, cada esquina. Pero no fue incómodo. Fue como regresar a la casa en la que pasabas los veranos de la infancia. A un lugar que sabes que ya no te pertenece, o a donde no perteneces, pero que está lleno de recuerdos dulces. Tardaron en regular la respiración. Escucharon como el termostato del aire acondicionado se activaba y una brisa fresca les ponía la piel de gallina.

—Así que… parece que hemos contribuido al calentamiento global —bromeó Olivia, a la que ya no le quedaba ni un rastro de nervios en el cuerpo.

—Al global no sé, pero en el individual lo hemos hecho bastante bien.

Se rieron y Olivia recuperó el kimono del suelo porque, de repente, no le pareció demasiado normal que siguieran los dos desnudos en la cocina. A Taylor le costó un poco pillarlo, pero acabó poniéndose también los vaqueros… sin nada debajo, claro.

—O sea que… ¿ya? —preguntó él, dubitativo.

—Pues, hombre, digo yo que necesitarás un rato de recuperación.

—Ay, Liv…, qué poquita memoria tenemos.

—Tranquilo, Casanova… —Ella le golpeó el hombro y lo apartó para acercarse a la nevera—. Vamos a cenar algo y luego… ya veremos.

—Veremos.

Olivia sirvió la ensalada de quinoa en dos cuencos, en parte porque la —increíble— sesión de sexo la había dejado sin hambre para nada más contundente, y en parte porque sabía que Taylor tendría como un millón de limitaciones con la comida y le apetecía muy poco discutir. Comieron sentados en el sofá, ni demasiado juntos ni tan separados que pareciera que se sentían violentos por lo que acababa de ocurrir. Y es que no lo estaban. Y Taylor, por supuesto, no pudo callárselo.

—¿No es raro todo esto? —le preguntó, clavándole aquellos ojos azules suyos de una manera que la habría hecho tambalear si no lo conociera tanto.

—Un poco.

—No… no me refiero a que sea raro lo… lo que hemos hecho. Al contrario, es raro que no sea raro.

—Me temo que la sangre todavía no te está llegando al cerebro. O yo no estoy entendiendo nada, al menos. —Olivia se rio y rebuscó en su cuenco de ensalada los pedazos de aguacate.

—Joder, pues quizá solo lo siento yo, pero… me ha parecido casi como si nos hubiéramos acostado anteayer.

—Me temo que la de anteayer no era yo. —Taylor puso los ojos en blanco y le dedicó una sonrisita sarcástica—. Pero sí, entiendo lo que quieres decir. Es… diferente.

—¿Mejor?

—¡No pretendas que te suba el ego, Gardner!

—Ya me subes…

—No acabes esa frase, haz el favor.

—Bueno, ¿qué? ¿Te fecundo de nuevo o qué?

—¡Lárgate! —Olivia se fingió ofendida, pero en el fondo se rio, porque agradecía que toda la sarta de estupideces de Taylor se llevara la tensión de unos momentos que, por más que ellos no lo sintieran así…, no dejaban de ser raros.

—No, a ver, en serio… ¿Cómo…?

—Pues… supongo que dentro de un rato podríamos… eso. Y ya mañana, quizá, otra vez o dos.

—Gracias a Dios que estoy en forma.

—Yo no lo estoy tanto. Lo mismo muero o algo…

—No creo. Entonces…, ¿me quedo a dormir?

—Yo creo…

—… que no es buena idea —Taylor completó su frase, porque Olivia empezó a morderse el labio, y eso significaba que no sabía cómo decírselo.

—Es que me parece que eso sí puede ser un poco confuso. No sé… No hay demasiadas normas escritas sobre esto.

—Está bien, Liv. Yo tampoco veo claro lo de pasar dos días juntos, de la mañana a la noche, una vez al mes. Mejor… ir al grano.

—Qué expresión tan horrible. —La pequeña tensión creada se liberó en forma de carcajadas—. Me siento una bruja al echarte a la calle después de follar.

—Tranquila, podré superarlo. Y ahora, vuelve a decir eso.

—¿El qué? —Olivia frunció el ceño.

—Eso que has dicho.

—¿«Follar»?

—Ajá.

—Follar.

Taylor la abordó antes de que ella pudiera darse cuenta. Pero tardó un segundo en responder a sus envites, en permitir que la llevara al dormitorio y en dar comienzo a una noche que Olivia ni siquiera recordaría cuándo terminó, porque se quedó dormida y, al despertar a la mañana siguiente, Taylor ya no estaba.

Se levantó, se vistió y desayunó… sin sacarse un pensamiento de la cabeza. Que Taylor tenía toda la razón. Aquello no había sido raro. *Nada* de todo aquello. Ni el sexo, ni los momentos posteriores, ni la conversación… Ni siquiera el hecho de que él no se quedara a dormir. Puso a cargar su móvil, que había quedado el día anterior abandonado entre los cojines del sofá, y al encenderlo encontró un mensaje de Taylor.

Taylor: «A las cuatro o cuatro y media, ¿te va bien?».
Olivia: «Perfecto. Cuando te venga a ti mejor. No voy a ir a ninguna parte hoy, así que me adapto a ti».

Él le confirmó que llegaría sobre esa hora —lo que Olivia sabía que significaba que llegaría al menos un cuarto de hora tarde— y ella dedicó el resto de la mañana a remolonear. Con una enorme sonrisa en la cara. Porque el mayor plan de futuro que había tenido nunca estaba ya en proceso de fructificar. Porque había encontrado a un compañero inesperado con el que compartir el camino, de la manera que mejor les convenía a ambos, que resultaba ser la misma. Porque, en unas seis horas, estaría teniendo un sexo excelente... y a nadie le amarga un dulce. Y ella estaba segura de que aquella tarde tendría un montón de dulces que llevarse a la boca.

~6~
HAS PERDIDO LA CABEZA

—¡¿Que has hecho qué?!

La cara de Becky Wordsworth aquella tarde no tenía precio. Había quedado con Olivia para comer en un restaurante etíope de Williamsburg y aún iban en taxi por el medio del puente de Brooklyn cuando Olivia ya le había pedido permiso por mensaje a Taylor para desvelar el gran secreto. Él se lo había dado, bromeando con que había tardado más de lo que esperaba en ser incapaz de callárselo ante Becky. Y Olivia había soltado la bomba —o la mitad de ella, en realidad— justo en el momento en que les servían unos *tebs* de cordero, que por poco no acabaron saliendo disparados hacia el techo del local de tanto que gesticuló Becky al escucharlo.

—Ya lo has oído, no me hagas repetirlo —le respondió Olivia, pidiendo disculpas con la mirada al camarero, que continuó sirviendo los platos como si el grito de Becky no lo hubiera sobresaltado.

—Vamos a ver si lo entiendo... —Becky dio un trago largo a su vaso de vino de miel—. Dios mío, esto es asqueroso. ¿Por qué siempre me arrastras a sitios así? Da igual, no respondas. Al tema... Yo me quedé en que estabas ojeando catálogos de donantes de esperma a la búsqueda del *papá* ideal para tus hijos.

—Ajá.

—Y resulta que has decidido que el donante perfecto es Taylor.

—Más o menos.

—Olivia —Becky apartó un par de vasos para alcanzar la mano de su mejor amiga y la apretó con fuerza—, ¿has perdido la cabeza?

—No. No creo que sea una idea tan descabellada. Muchas mujeres recurren a amigos como donantes conocidos para quedarse embarazadas.

—Amigos...

—Sí, Becks. Taylor es mi amigo, ¿recuerdas?

—Hombre, Liv... Yo diría que fue tu pareja trece años.

—Sí. Y ahora es mi amigo.

—Un amigo al que solo ves una vez al año porque no sois capaces de formar parte uno de la vida del otro sin que duela —le recordó Becky.

—Bueno... Eso fue un pacto al que llegamos hace casi diez años. Y sí, yo en aquel momento seguía enamorada de él, pero eso lo sabes tú mejor que nadie. ¿Ahora? Ahora podría ver a Taylor cuando quisiéramos y te aseguro que esas llamas no se reavivarían.

—Tendré que creérmelo, supongo... —Becky frunció el ceño y Olivia puso los ojos en blanco para no responderle con una insolencia. Su mejor amiga era inasequible al desaliento con respecto a Taylor y ella—. Pero de ahí a que sea el padre de tu hijo...

—No sería el padre de mi hijo. —Olivia se puso seria—. Sería el donante biológico. Punto. No me creo que seas la tía más moderna de Nueva York y eso no lo entiendas.

—Sí que lo entiendo. Pero me parece que hay demasiadas implicaciones.

—Pues aún no sabes lo mejor... —dijo Olivia entre dientes, porque se moría por contárselo todo a Becky, pero también sabía que le iba a dar un dolor de cabeza que no solucionaría ni todo el ibuprofeno del mundo.

—¿Qué?

—Que... hemos pactado bien las condiciones.

—¿Qué condiciones?

—Pues Taylor ha firmado la exención de responsabilidades paternas, hemos hablado sobre ello y ha quedado todo claro.

—Bueno..., tendré que hablar con él, a ver si lo tiene todo tan claro como pareces tenerlo tú.

—Te puedo asegurar que sí, Becks. Escucha...

—¿Qué? —Becky le sonrió, porque vio un halo de preocupación en la cara de Olivia. Habían vivido demasiadas cosas juntas como para que no supiera reconocer cada una de sus expresiones.

—Te necesito, ¿vale? A mi lado, como siempre. Puedo entender que no apruebes la decisión que he tomado, pero... voy a ser madre soltera y, aunque es lo que más ilusión me ha hecho en toda mi vida, también estoy acojonada. Y un poco sola. Y yo...

—¿Quieres hacer el favor de callarte? —Becky la interrumpió porque se le habían llenado los ojos de lágrimas y eso no era nada habitual en ella. Olivia era su debilidad. Siempre lo había sido. Los dos, Taylor y ella, desde que habían llegado a la ciudad con apenas dieciocho años y muchos sueños por cumplir. Becky estaba acostumbrada a lidiar con promesas de la moda que se comportaban como pequeños divos insufribles, y aquella pareja de chicos tan naturales, tan educados y tan enamorados se habían ganado su corazón duro de roer—. Yo no soy nadie para aprobar o no lo que has decidido.

—Pues si no lo eres tú...

—Bueno, pues si tengo que decidirlo, sí, por supuesto que lo apruebo. Llevo viéndote soñar con ser madre desde que eras tú misma poco más que una cría. Por mí como si robas un niño en la cola del supermercado, Olivia...

—Pero qué bestia eres...

—Lo que sea. Ese es el método que tú has considerado mejor y nunca has sido una imbécil tomando decisiones, así que claro que te voy a apoyar. Vamos... es que te apoyaría aunque fuera una idea de mierda.

—Gracias, Becks.

—Solo te pido una cosa a cambio.

—Claro. Tú dirás.

—Quiero el primer contrato como modelo de ese niño. ¡¿Pero tú te das cuenta de lo guapísimo que va a ser?! —El grito de Becky hizo que varios comensales de otras mesas se giraran hacia ellas—. Los hijos de Brad y Angelina se van a traumatizar cuando sepan que ya no son los niños más guapos del país.

—Becky... —Olivia ahogó una carcajada y no pudo evitar que en su cabeza se dibujaran los rasgos de aquel niño al que quería antes incluso de que fuera una posibilidad—. Espero criar a mi hijo como una persona independiente, que tomará sus propias decisiones en libertad, pero... si se le pasa siquiera por la cabeza dedicarse al mundo de la moda, lo ataré a la cama hasta que se le quite la tontería.

—Ajá. Pues la genética la vas a tener en contra.

—Oye, ¿vamos a tomar una copa? —le preguntó Olivia, que pensaba aprovechar todos los momentos previos a su embarazo para disfrutar de uno de sus mayores placeres, un *gin-tonic* después de comer.

—No puedo, nena. Tengo tanto trabajo acumulado encima de la mesa que voy a enloquecer si no empiezo cuanto antes.

—Vaya… entonces tendré que quedar contigo otro día para contarte cómo ha ido el primer intento.

—¡Ah! ¿Ya ha hecho mi niño la donación?

—Becky, deja de llamarlo «mi niño». Tiene treinta y cinco años, por Dios… Y con respecto a lo otro… digamos que… hemos elegido el método tradicional.

—¿Perdona?

—Ya sabes… —Olivia alzó las cejas un par de veces, porque no sabía de qué otra manera decírselo. Necesitaba que ella solita llegara a la conclusión.

—¡¡¿Te has acostado con Taylor?!!

—Becks, por Dios… ¿Quieres que se entere toda Nueva York?

—Esto es Brooklyn, Liv, ¿a quién le importa? —Becky paró un taxi con maestría y miró a Olivia fijamente antes de decidir que no era día para grandes responsabilidades laborales—. Vámonos a Manhattan. Creo que al final sí que aceptaré esa copa.

—Bien.

—Un momento… No habrá posibilidades de que estés embarazada, ¿no?

—Me ha venido la regla esta mañana.

—Perfecto. O sea…, lo siento. Yo…

—Te he entendido. Hoy toca beber. Vámonos.

Pasaron en la terraza de un hotel cerca del World Trade Center tantas horas que, si un *paparazzi* hubiera querido contar la historia del año, no habría tenido más que poner la oreja cerca de su mesa. Olivia le habló de todo lo que había ocurrido, desde aquel día, ya algo lejano, en que había decidido pedirle a Taylor el favor de su vida, hasta la mañana en que se habían despedido en la puerta del apartamento de ella, después de una de las sesiones de sexo más memorables que Olivia había tenido en toda su vida.

Si Becky no fuera la mejor agente del mundo de la moda, podría haberse ganado la vida como entrevistadora en algún *late night*, porque no se dejó ni una sola pregunta en el tintero. Hizo algunas, incluso, para las que Olivia aún no tenía respuesta, y entre las dos se esforzaron por encontrarla. Que si Taylor tendría alguna relación con el bebé una vez naciera (la que él quisiera, siempre que los términos quedaran claros). Cómo se lo contarían a sus familias (con mucho tacto y algo de miedo). Qué ocurriría si algún día la prensa de cotilleo descubría la verdad (esconderse en una cueva muy profunda y no salir de ella jamás). Y algunas otras…

—¿Vas a contárselo a mi hermano? —preguntó Becky con la sonrisa socarrona que había mostrado en todas las preguntas de las cuales conocía la respuesta antes de hacerlas.

—*Nop*.

Olivia tenía desde hacía años una relación intermitente —muy intermitente, a ratos— con Josh Wordsworth, el hermano de Becky. Una relación sin amor ni compromisos, que a los dos les había resultado siempre cómoda y conveniente.

—Mejor. Enloquecería.

—¿En serio? —Olivia frunció el ceño, intrigada. Si había decidido no compartir aquella información con Josh era simplemente porque lo consideraba todavía un proyecto suyo, muy íntimo, que prefería que no conociera nadie más que Taylor y Becky.

—Mira, cariño… Que mi hermano está bueno es algo que sabes tú y que, por desgracia, también sabe él. Hasta yo me doy cuenta de que es guapo, a pesar de que lo vi mearse encima hasta los siete años…

—Si sabe que me has dicho eso, te matará.

—Que le den. El caso es que… por muy guapo que sea Josh, nadie quiere competir con Taylor Gardner.

—¿*Competir*? Pero ¿qué te has creído? ¿Que esto es una carrera de egos o algo así?

—Siempre lo es.

—No, Becks. Entre Taylor y yo no hay nada romántico. En realidad, tampoco entre Josh y yo lo hay.

—Gracias a Dios.

—Gracias a Dios, efectivamente.

—¿Sabes, Olivia? Antes, por un momento, he pensado que lo de que Taylor sea el donante para tu embarazo era la peor idea que podrías haber tenido.

—Vaya, muchas gracias. —Olivia torció el gesto.

—Peeero… bien pensado, sería mucho más terrible que hubieras decidido tener un hijo con mi hermano.

—¿En serio? —Olivia se sorprendió un poco—. ¿No te haría ilusión ser la tía de mi hijo?

—¡Ya voy a ser su tía! Pero que alguien a quien quiero tenga algún tipo de vínculo emocional, más allá de compartir cama, con esa polla con patas y sin cerebro que es mi hermano… No, gracias.

—Sí que es una polla con patas. —A Olivia se le escapó tal carcajada que el tercer *gin-tonic* de la tarde estuvo a punto de abandonar su cuerpo por vía nasal.

—Al menos ahora ya no se casa indiscriminadamente. Hubo un momento de mi vida en que creí que era una tradición anual ir a una boda de Josh.

—Conmigo puedes estar tranquila en ese sentido. Casarse una vez es una experiencia fantástica, deberías probarla algún día. Pero quien lo hace más de una vez… debe de ser gente que tuvo un divorcio menos tormentoso que el mío.

—Pues yo creo que algún día volverás a caer. Y que sea pronto, mientras aún tengas edad para que te vista Elie Saab.

—Hay las mismas posibilidades de que pase eso que de verte a ti en el altar.

—Brindo por eso.

Alzaron sus copas y se quedaron comentando más detalles de la que era la noticia del día mientras veían como el sol de finales de agosto se ocultaba tras el *skyline* de la ciudad.

* * *

Mientras Olivia y Becky pedían su cuarto *gin-tonic* —y, con ello, se condenaban a una aterradora resaca al día siguiente—, Taylor se desperezaba en una *suite* de la última planta de un hotel de lujo de Shanghái. Llevaba cuatro días en la ciudad, a donde había volado para rodar un *spot* de televisión para una marca de refrescos muy conocida en China. Su vuelo de regreso a Nueva York no salía hasta el día siguiente a última hora de la tarde, así que tenía casi dos días completos para conocer la ciudad. Y le apetecía mucho, dado que era la octava o la novena vez que visitaba Shanghái, y jamás había tenido ni un momento libre para hacer un poco de turismo.

Viajar a algunas de las ciudades más increíbles del mundo pero no tener la posibilidad de visitarlas a gusto era una de las pocas cosas que no le gustaban de su trabajo. De una vida que, por lo demás, había sido casi perfecta durante quince años. Aún le costaba creer las reticencias que tenía al principio de su carrera hacia la vida de modelo. La consideraba demasiado superficial, le daba un poco de miedo escuchar historias aterradoras sobre juguetes rotos… Pero él había sabido hacerlo bien. Había viajado por todo el mundo. Había llegado a lo más alto en su profesión. Había conocido a gente interesante y de lo más variopinta, desde dos presidentes del país hasta Kim Kardashian, pasando por lo más granado de Hollywood. Había podido utilizar su imagen para ayudar a los demás, a través de diferentes acciones benéficas. Y se había relacionado con mujeres, con muchas mujeres…

Todos esos factores habían contribuido a que su profesión le encantara, a que su estilo de vida de los últimos diez años le encantara. Había tenido que trabajar mucho para conseguirlo. Y había tenido que renunciar a algunas cosas, aunque la única que aún le dolía era esa privacidad que ser una cara visible en la prensa se había llevado por delante. Y también había tenido que pasar por un divorcio que, aunque hubiera sido decisión suya, a él también le había dolido. Mucho. Pero no podía engañar a nadie… Si tuviera que hacer balance de su vida, no podría estar más satisfecho, por más que en los últimos tiempos el trabajo le pesara más que antes. No era tonto. Sabía que la energía para andar saltando de avión en avión y de sesión de fotos en sesión de fotos no era la misma a los veintidós que a los treinta y cinco. Y tener en el banco un buen colchón económico —uno enorme, en realidad— hacía que la tentación de renunciar al ritmo vertiginoso de trabajo estuviera sobre la mesa. Pero seguía viendo más ventajas que inconvenientes.

Y una de esas ventajas estaba escrita en un *post-it* pegado en la mesilla de su habitación de hotel. Era el teléfono de la modelo japonesa con la que había compartido parte de la grabación del anuncio. No era la primera vez que coincidían, ya que ella llevaba tiempo viviendo en Nueva York y los asiduos a las fiestas del mundo de la moda acababan viéndose de vez en cuando. Se llamaba Yuna y el día anterior, al darle su teléfono, no le había dejado lugar a demasiadas dudas sobre sus intenciones al ofrecerse a «enseñarle la ciudad… y lo que surja».

Taylor remoloneó un poco más en la cama y se permitió el gustazo de pedir que le subieran el desayuno a la habitación. Cuando estaba de viaje de trabajo, habitualmente tenía que levantarse antes de que amaneciera y no podía disfrutar de todos aquellos lujos que la agencia le costeaba, pero decidió que aquel día sería diferente. Además, tampoco le parecía apropiado llamar a Yuna antes del mediodía, así que hizo tiempo, subió un rato al gimnasio y, cuando ya estaba duchado y vestido, marcó aquel número de teléfono.

Yuna respondió al primer tono, lo que hizo a Taylor esbozar una sonrisa. Se ofreció a recogerlo en el hotel y él se dejó hacer. No solo en ese sentido, claro. Después de pasear un rato por el Bund, la zona en la que se alojaba, compraron algo de comida para llevar e hicieron un pequeño pícnic en el Parque del Pueblo, donde se dieron unos besos bastante prometedores. A Taylor le gustaba el tonteo, el *cortejo*, por más que la palabra estuviera unos tres siglos pasada de moda. Le gustaba retrasar la gratificación, no dejarse llevar a un «aquí te pillo, aquí te mato» que acabaría demasiado pronto con el interés. Así que pasaron la tarde recorriendo el jardín de Yuyuan, Taylor alucinó un poco con la gran piedra de jade verde que lo presidía y, hacia el final de la tarde, decidieron disfrutar de una cena rápida en lo alto de la Perla de Oriente, la torre de televisión que ofrecía unas vistas increíbles de la ciudad iluminada.

Cuando Taylor le propuso que lo acompañara al hotel, no fue una sorpresa. Subieron ya enredados en el ascensor y a los dos les faltaban un par de piezas de ropa cuando la puerta de la habitación se abrió, tras tres intentos con la tarjeta magnética. La noche fue tal como se esperaba, ni más ni menos. Bueno…, quizá un poco más. Lo hicieron un par de veces antes de quedarse dormidos, sudorosos y jadeantes, poco después de la medianoche. De madrugada, Taylor despertó de manera muy agradable, con la cabeza de Yuna entre sus muslos, y le devolvió con gusto el placer a ella de la misma manera.

Pasaba de las ocho de la mañana cuando Taylor despertó de nuevo. Pero esa vez lo hizo porque los rayos del sol se colaban entre las cortinas de la *suite* e incidían directamente sobre sus ojos. Echó un vistazo a su izquierda y comprobó que no había ni rastro de Yuna. Iba a levantarse a comprobar si estaría en el enorme cuarto de baño de la habitación cuando encontró una nota garabateada sobre una hoja de papel con membrete del hotel.

«Vuelvo a Nueva York en dos semanas. Ya tienes mi número por si algún día te apetece… repetir».

Taylor sonrió y le hizo caso. Guardó enseguida su teléfono en la agenda de su móvil, por si algún día les apetecía… repetir. No le habría importado pasar su último día en China con Yuna; le había resultado agradable estar con ella y no había hecho falta que él le repitiera ese mantra tan habitual de que no buscaba una relación, solo pasárselo bien. Odiaba dejarlo caer siempre cuando tenía una cita, pero más odiaba hacer que alguien se creara falsas ilusiones. Y si algo tenía claro Taylor en la vida, era que él no tendría una relación. No le gustaban los compromisos ni los malentendidos, así que solía dejarlo claro a la menor ocasión —además de haber hablado de ello en unas doscientas entrevistas en las que siempre, por mucho que él intentara evitarlo, acababan preguntándole por su vida privada—. Pero Yuna se le había adelantado y, al poco rato de salir del hotel el día anterior, le había soltado un par de comentarios sobre su propia independencia y soltería que los dos habían reconocido como un pacto tácito de no complicarse la vida con historias que no les apetecían.

Había sido un día agradable en compañía, una noche fantástica y también sería un buen día solo. Taylor desayunó con calma en el buffet del hotel, pidió una guía de la ciudad en recepción y consultó rápidamente qué lugares de interés le quedaban por ver. Visitó un par de museos, repitió algunos de los sitios que más le habían gustado el día anterior y conoció otros nuevos. Sobre las seis de la tarde, el chófer contratado por la agencia para llevarlo al aeropuerto lo informó de que ya había recogido su equipaje en la recepción del hotel y que estaba preparado para ir a buscarlo. Él se acomodó en el asiento trasero e incluso cabeceó un poco mientras el coche se deslizaba entre el caótico tráfico de la ciudad. Era algo que le ocurría a menudo. Algunas sesiones de fotos y rodajes eran tan exigentes que conseguía aguantarlos gracias a la pura adrenalina, pero, en cuanto pasaban, era como si su cuerpo se desinflara.

Se espabiló en cuanto llegaron al aeropuerto internacional de Shanghái-Pudong y, tras dejar su equipaje en el mostrador de facturación, se encaminó al *lounge* VIP de American Airlines. Quedaban más de dos horas para la salida de su vuelo y tenía tantas ganas de llegar a su apartamento y desfallecer durante horas en el sofá que supo que el trayecto se le haría interminable. Llevaba un montón de horas desconectado del móvil, porque ya sabía él cómo se las gastaban las tarifas de *roaming* en Asia y, aunque Becky le dijera que era un poco paleto que se preocupara de esas cosas con la cantidad de ceros de su cuenta bancaria, él tampoco le veía el sentido a derrochar. Además, era una auténtica gozada tener excusa para permanecer unas cuantas horas desconectado del móvil, para variar.

Lo encendió en la sala del aeropuerto, lo conectó a la wifi y esperó a que se cargaran todas las notificaciones mientras tarareaba sin darse cuenta *Little L*, de Jamiroquai, que sonaba por el hilo musical. Becky había contratado hacía tiempo a una persona para que se encargara de sus redes sociales, pero le gustaba echar un vistazo de vez en cuando a Instagram para ver qué comentaba la gente en sus fotos —generalmente era una mezcla bastante patológica de amor y odio— o para estar al tanto de en qué lugar del mundo se encontraban unos cuantos buenos amigos, también modelos, de los que tenía más noticias a través de las redes que en persona.

También comprobó que tenía más de cien *whatsapps*, a pesar de que ese número solo lo conocían las personas de su círculo más cercano. Escribió al grupo que tenía con sus padres y sus hermanos para decirles que todo había ido bien por China y que ya estaba a punto de coger el vuelo de vuelta a Nueva York. También les prometió que intentaría sacar unos días en las siguientes semanas para acercarse a Texas a hacer un poco de vida familiar y cruzó los dedos para ser capaz de cumplirlo. Nunca lograba ver a su familia tanto como le gustaría.

Dejó que Becky lo pusiera al tanto de algunas cosas que habían ido surgiendo en esos días, fijó una cita con su fisioterapeuta para una sesión intensiva al día siguiente —sabía que el vuelo le pasaría factura a su espalda— y quedó con un par de amigos para tomar unas cervezas el fin de semana. Cuando no faltaba ya ninguna notificación por responder, subió un par de *stories* a Instagram. Una foto con los pies sobre la maleta de mano y otra de la pantalla que indicaba el horario de salida de su vuelo. Se le había agotado la originalidad para esas cosas hacía tiempo.

Iba a apagar ya el móvil, pues acababan de anunciar el embarque del vuelo, cuando vibró en su mano, sobresaltándolo un poco. Esbozó una media sonrisa, porque dio por hecho que sería su hermano Chris, que se burlaba de él cada vez subía una *story* a Instagram. Para considerarlo el «rey del *postureo*», bien que estaba atento a cada publicación que realizaba, casi en tiempo real.

Pero no. No era Chris.

Olivia: «Mucho me temo que no ha habido suerte a la primera. Tendríamos que quedar para... ya sabes. Sobre los días ocho o nueve de septiembre, calculo. ¿Cómo lo ves? Espero que todo haya ido bien por China. Un beso».

Bueno, pues... habría que seguir intentándolo.

La azafata que le indicó el asiento 2A de la sección de primera clase del avión lo reconoció al instante y se mordió el labio para contener una sonrisa. Acababa de asegurarse ser la protagonista de la cena que tenía al día siguiente con sus amigas; se morirían cuando escucharan que había tenido, durante quince horas, a Taylor Gardner para ella sola. Bueno..., más o menos. Lo que no sabría explicarles, porque no tenía ni la menor idea, era qué mensaje habría recibido él en el móvil para que se le hubiera escapado aquella carcajada tan espontánea justo antes de apagar el teléfono y guardarlo en el bolsillo de sus vaqueros.

~7~
Dos cuerpos que se reconocen

Taylor le propuso a Olivia tener una cita. Porque Taylor no tenía la capacidad para pensar las cosas antes de decirlas, y a Olivia por poco no le provocó un infarto aquella proposición. Por suerte, él fue rápido explicando que se refería a *fingir* que tenían una cita normal. Salir a cenar, dar un paseo, tomar la última copa en casa de Olivia y... al lío. En cuanto quedó claro que no habría nada romántico en el asunto, a Olivia le pareció perfecto. No quería volver a pasar por aquellos tensos momentos previos al sexo del mes anterior. Mejor hacer como si fuera una cita normal, una con final feliz y sabiendo de antemano que lo pasarían bien. ¿Qué más se podía pedir?

Decidieron ir a un restaurante japonés que estaba a dos calles del apartamento de Olivia. Taylor le había confesado por teléfono que era su local favorito de la ciudad, pero que había tardado días en darse cuenta de que estaba tan cerca del edificio de Olivia. Ella se rio en su cara, pues Taylor aún se perdía en Manhattan, a pesar de que ambos llevaban ya más de diecisiete años en la ciudad, mientras que a Olivia podrían soltarla con los ojos vendados en medio de Times Square y sabría llegar sin ayuda a cualquier punto de la isla.

Olivia no pasó demasiado tiempo delante del armario aquel viernes. Eligió un mono de seda verde oliva con grandes lunares blancos. Era corto y muy veraniego, porque el calor estaba siendo abrasador en aquel final de verano, y lo combinó con unas cuñas de esparto blancas. Taylor se presentó vestido con un pantalón vaquero oscuro y una camisa a cuadros roja y negra; estaba tan impresionante que Olivia vio, solo en el trayecto entre su ascensor y la puerta de la calle, como cinco personas se lo quedaban mirando como si fuera un helado de chocolate en aquel atardecer tan caluroso.

Fueron caminando hasta el restaurante y se sentaron en dos taburetes frente al buffet giratorio. A Olivia le encantaba el *sushi*, pero era su capricho por excelencia para las noches en que se quedaba en casa delante de la tele viendo algo de telebasura y pidiendo comida a domicilio, así que no conocía aquel lugar; tuvo que fiarse de Taylor cuando él le dijo que el *sashimi* era el más delicioso que había probado nunca y que los *noodles* eran mejores que el sexo. Esto último lo puso en duda, pero cuando los probó estuvo a punto de darle la razón.

—Becky lleva días volviéndome loco... ¿Es que no podías habértelo callado un poco más? —le reprochó Taylor, con una sonrisa burlona, mientras seguían escogiendo platos de la cinta.

—Lo sé, lo sé... Es su tema favorito del mes.

—Del año.

—Del año, sí. Perdona. —Olivia se rio—. La verdad es que no me aguantaba más sin poder hablar de ello con alguien. Al fin y al cabo, es un cambio de vida bastante... impresionante.

—¿Cómo lo llevas? ¿Tienes ya algo preparado?

—No. Hasta que esté embarazada y compruebe que va todo bien... prefiero ni pensar en ello demasiado.

—Sí, mejor. Ya piensa Becky por todos. —Taylor hizo una pausa, porque no tenía muy claro si era apropiado o no lo que iba a mencionar. Al fin y al cabo..., aún había muchísimas cosas de la vida de Olivia que no sabía—. ¿Vas a contárselo a tu madre?

—Pues... en algún momento tendré que hacerlo. Pero no me apetece mucho, la verdad.

—¿Sigue siendo... difícil?

—No. Claro, es que tú...

Olivia se quedó un momento pensativa y llegó a la misma conclusión que Taylor. Era raro, pero, cuando estaba con él, no tenía la sensación de que hubieran pasado diez años sin saber casi nada el uno del otro. Había sido un corte tan radical... Durante trece años, se lo habían contado todo. Absolutamente todo. Desde lo que habían desayunado hasta sus problemas más profundos, lo que más les dolía. Y, después..., habían pasado diez años sin saber uno del otro más que lo que se contaban en una cena al año. Ellos lo llamaban «ponerse al tanto de sus vidas», pero... no da tiempo a demasiado en lo que dura una cena.

Olivia no sabía si Taylor se había enamorado en esos años, si seguía siendo feliz con su trabajo, si su relación con su familia continuaba como siempre, si seguía haciendo tanto deporte como antes... Y Taylor poco más sabía de Olivia. Se había enterado de cuando había dejado su carrera, de cuando había abierto su escuela de modelos, de algunos éxitos profesionales... y sabía que su madre estaba bien, pues sus padres aún la veían de vez en cuando por el barrio. Pero todo lo sabía por boca de otras personas.

—¿Sigues aquí, Liv?

—Sí, sí, perdona... Es que estaba pensando en lo extraño que es todo lo que nos hemos perdido el uno del otro.

—Es triste —afirmó Taylor, con una convicción que a Olivia la asustó un poco.

—Es lo que tuvo que ser.

—Sí.

—Bueno... —Olivia decidió romper el breve silencio que se había creado—. Lo que te decía, que... en los últimos años, la relación con mi madre ha mejorado bastante.

—¿En serio?

—A ver... no somos como los Gardner, obviamente, en plan familia feliz americana de revista. Pero los rencores han ido quedando atrás y tenemos una relación... cordial, supongo.

—O sea, que os llamáis una vez al mes y os veis una vez al año.

—Pues sí, más o menos. Pero hace quince años pensaba que nunca volvería a hablarle y... es lo que hay —Olivia suspiró—. Bueno, ¿y tu familia qué? ¿Saben algo?

—Mmmmm... no. —Taylor se mordió el labio para contener la sonrisa—. Si todo sale bien, y si tú estás de acuerdo, me gustaría contarles que yo... bueno, que fui el donante.

—Claro. Solo faltaría que, con lo que me estás dando, yo te pusiera limitaciones. Siempre y cuando les expliques bien que... o sea...

—Que yo no soy el padre, solo el donante biológico. Liv, en serio, puedes decirlo.

—Ya, joder, si es que soy tonta. —Taylor le tiró una servilleta arrugada y a ella se le escapó la risa—. Claro que puedes decírselo, Tay. Es tu familia y sé que os contáis todo.

—Bueno, todo, todo... tampoco. Pero sí las cosas importantes.

—Además, no sería bonito que Kathleen se encontrara con mi hijo el día de mañana en Austin y reconociera los ojos azules y los hoyuelos marca de la casa de los Gardner.

—Estás tú muy segura de que tu hijo va a heredarlos...

—Te demandaré por daños y perjuicios si no es así. A ver si te crees que te elegí por tu cerebro privilegiado.

—Imbécil.

Acabaron la cena entre risas y no tardaron ni diez minutos en llegar a casa de Olivia. Y allí ya no hubo lugar a las bromas, ni a las confidencias ni a más conversación. Taylor desabrochó la cremallera del mono de Olivia antes de que el ascensor llegara a la última planta y ella se encaramó a su cuello sin pensarlo dos veces.

Entraron en el piso enredados. Sus cuerpos. Sus manos. Sus labios. Sus lenguas. Solo se separaron el segundo que Olivia necesitó para sacarle a Taylor la camiseta por la cabeza. Los pantalones volaron casi sin que ninguno de los dos fuera del todo consciente. Y llegaron al dormitorio de Olivia como en volandas.

—Joder, Liv… —Taylor se mordía el labio, desnudo, a los pies de la cama, y Olivia tuvo bastante claro que nunca, en toda su jodida vida, tendría una visión tan erótica delante—. ¿Te das cuenta de que la otra vez…?

—¿Qué?

—Que no nos besamos. Que solo…

—Ya lo sé.

—Y, sin embargo, no tengo la sensación de que hayan pasado años desde la última vez que lo hice.

—Eso también lo sé.

Por suerte, los instintos se llevaron por delante las palabras. Y los pensamientos, los recuerdos… todo. Dejaron que sus cuerpos se reconocieran, como siempre lo habían hecho, como tenían la sensación de que sería pasaran los años que pasaran. Se habían grabado a fuego muchos años atrás y nada podía borrar esa atracción que sentían. Esa atracción que había sido, precisamente, la razón por la que habían decidido dejar de verse. Porque les habría sido imposible mantener las manos lejos del cuerpo del otro si quedaban con frecuencia. Y porque, entre ellos, el sexo nunca había tenido sentido sin amor. Ni siquiera ahora. Porque era el amor hacia ese bebé que algún día llegaría el que había llevado a Olivia a aquel momento; y era el amor que él siempre sentiría por ella, por la mejor amiga que había tenido nunca, el que había llevado a Taylor.

El sexo fue perfecto. Como siempre. Podía tener un objetivo práctico, pero… no lo parecía. No parecían otra cosa que dos personas que habían tenido una cita agradable, se habían sentido atraídos y habían acabado la noche de la mejor forma posible.

—Me marcho —le dijo Taylor a Olivia cuando a ella ya empezaba a atacarla el sopor poscoital. Sonaba *Wrecking Ball* en el equipo de música que Olivia había encendido un rato antes y la mirada de Twiggy, en la foto que él le había regalado el día que había empezado toda aquella locura, era la única testigo de lo que había ocurrido—. No te voy a pedir que me acompañes a la puerta, tranquila.

—Moriría si tuviera que levantarme —le respondió Olivia, aunque se incorporó un poco contra el cabecero para despedirse.

—Lo sé. Mañana… ¿sobre las doce, te parece bien? Traigo algo de comer para el intermedio, ¿vale?

—¿El intermedio entre polvo y polvo? —bromeó ella.

—Entre polvos y polvos, más bien.

—Un día te vas a caer de ese pedestal en el que vives y la hostia va a ser de impresión.

—No esperes que eso ocurra. En fin…

Taylor se acercó a ella y, en el escaso segundo que pasó en ese movimiento, dudó. No supo si lo apropiado era darle un beso en la mejilla, que se le quedaba un poco corto después de lo que había ocurrido entre ellos en las horas anteriores, o un beso en los labios que quizá no tendría sentido fuera del... *objetivo* que ambos buscaban. Olivia se debatió entre las mismas dudas, pero ella... con la sábana. Después del último asalto de aquella madrugada, se había sentido completamente cómoda allí, en su cama, desnuda, con Taylor al lado, mientras él la miraba, la acariciaba o la llevaba a otro orgasmo inesperado. Pero, ahora que él se iba, sintió la necesidad de taparse. O no. Ojalá alguien hubiera escrito un libro de protocolo para situaciones como la suya.

Al final, Taylor dejó un beso rápido en algún lugar entre la mejilla y la comisura de los labios de Olivia. Y la sábana se quedó a medio camino entre taparla o no. Y ellos se dijeron adiós sabiendo que, menos de doce horas después, volverían a encontrarse. Y ya nada sería incómodo.

~8~
OJALÁ PUDIERAS SER TÚ

Olivia se levantaba cada mañana buscando algún cambio en su cuerpo. O en su estado de ánimo. Algo, lo que fuera, que hiciera crecer en ella la esperanza. Si un día se miraba al espejo y encontraba un granito en su frente, se le ensanchaba la sonrisa pensando en un posible cambio hormonal. Si le costaba un poco más de la cuenta subir la cremallera de unos vaqueros, no pensaba que quizá se había pasado con el chocolate, sino que algo estaba gestándose dentro de ella. No había perdido la cabeza; su mente racional sabía que era muy difícil que se hubiera quedado embarazada con solo el segundo intento y que, incluso aunque fuera así, era imposible que hubiera algún síntoma visible en su cuerpo.

Pero es lo que tienen los sueños, que se convierten en esperanzas con demasiada facilidad. Y Olivia estaba tan llena de esperanza que era incapaz de tomarse las cosas con calma.

Tal vez por eso, aquel mes fue más duro que el anterior descubrir que habría que hacer un nuevo intento. Porque ella ni se había planteado que pudiera quedarse embarazada a la primera, pero a la segunda… quizá. Aquella fue una mala mañana. El batiburrillo hormonal contribuyó a que le diera demasiadas vueltas a la cabeza, pensando en cuánto tardaría en conseguirlo; en qué sería de su vida si las cosas se complicaban.

Hasta aquel momento, durante años, solo se había preocupado de cuál sería el método por el que llegaría a ser madre. Al principio, en los primeros meses tras el divorcio, pensaba que ese sueño, simplemente, se había evaporado. Después, cuando fue viendo la luz, dedicó mucho —demasiado— tiempo a buscar en cada hombre con el que tenía una relación más o menos seria al posible padre de sus posibles hijos. Y después llegó la decisión de hacerlo sola; la búsqueda de información, de clínicas, los catálogos de donantes, la petición a Taylor, aquellos dos primeros encuentros (o reencuentros, más bien) con él… Y en ningún momento de todos aquellos años se planteó que quizá el éxito tardaría en llegar. Ella ya había cumplido los treinta y cinco, tenía todos los conocimientos racionales que le decían que no sería llegar y besar el santo, pero… lo deseaba tanto que acalló aquellas voces.

Por suerte, una llamada la distrajo, cerca del mediodía, de aquella línea de pensamiento tan dañina. Era Josh, que, tal como Becky le había anunciado unos días atrás, acababa de llegar a la ciudad. Se pusieron un poco al día por teléfono y quedaron para cenar a las ocho en un restaurante muy elegante del Upper East Side.

Olivia decidió pasarse la tarde adelantando trabajo de la escuela en la pequeña mesa de despacho que tenía en el salón de su casa. La había instalado poco después de convertirse en empresaria, cuando descubrió que dirigir una escuela de modelos no consistía solo en saberlo todo sobre la profesión y sobre la industria en general, sino que también implicaba toneladas de papeleo.

Al final, distraída como estaba en la redacción de un convenio de colaboración con un conglomerado de marcas de cara a las siguientes semanas de la moda, casi se le echó encima la hora a la que debía empezar a prepararse para su cita con Josh. Eligió un vestido negro muy bonito que se había comprado en ASOS unas semanas antes y que todavía no había tenido oportunidad de estrenar. Era sencillo, sin mangas, con la espalda un poco escotada y el bajo asimétrico en forma de volantes. Se calzó unos taconazos vertiginosos que la hacían superar con creces el metro ochenta de estatura y se alegró de su habilidad, adquirida con mucha experiencia, para caminar, bailar y hasta correr si hacía falta por muy altas que fueran las plataformas sobre las que fuera subida.

A las ocho menos cuarto, pidió un coche y, a la hora en punto a la que había quedado con él, Josh salió a recibirla a la puerta del restaurante. Ella le dio un beso breve en los labios como saludo y dejó que la guiara hacia la mesa que habían reservado. En cuanto se sentaron, Olivia bromeó con Josh sobre el bronceado que lucía, como casi siempre desde que se había ido a vivir a California, y no se cortó un pelo en echarle un buen vistazo mientras les servían un aperitivo.

Josh Wordsworth tenía cuarenta y siete años, pero nadie en su sano juicio le habría echado más de treinta y ocho o treinta y nueve. Era alto, se mantenía en buena forma, no le hacía ascos a los tratamientos estéticos y le gustaba vestir a la última. Olivia lo había conocido muchos años atrás, cuando aún estaba casada con Taylor y Josh acompañaba a Becky con frecuencia a los eventos que ella organizaba. Becky tenía devoción por su hermano pequeño y lo había ayudado a abrirse camino en el mundo del cine cuando ambos acababan de llegar a la ciudad. Su carrera como actor había sido corta y muy poco exitosa, pero había sido inteligente invirtiendo lo que había ganado y había creado una pequeña productora que pronto consiguió un par de éxitos que dispararon su cotización. Desde hacía cuatro o cinco años, Josh dividía su tiempo entre Los Ángeles y Nueva York, aunque cada vez pasaba más tiempo en California, donde su productora había encontrado mejor acomodo para sus proyectos.

Olivia había estado a punto de sufrir un infarto cuando, un par de años después del divorcio, Josh le había pedido una cita. Bueno…, en realidad, ni siquiera se había dado cuenta de que él le estaba pidiendo una cita; solo fue consciente de que el hermano de Becky había decidido acompañarla a una exposición en el Guggenheim de la que ella había estado hablando en una cena con varios amigos. Tuvieron que pasar cuatro horas entre las paredes del museo, disfrutar de una cena informal en un *deli* vegetariano de Lexington Avenue y pasear un rato por los alrededores de Central Park para que fuera consciente de ello. Y también hizo falta que Josh hiciera amago de besarla para que llegara la confirmación.

Al principio, se había quedado en estado de *shock*. Hasta aquel momento, no se había planteado salir con nadie en serio. Aún estaba empezando a disfrutar de una renovada felicidad que había llegado a pensar que nunca conseguiría después de la etapa más sombría de su vida y ni se le pasaba por la cabeza eso de *rehacer* su vida. No al menos en el sentido de hacerlo junto a una pareja. Había aprendido, a base de muchas lágrimas, que la única manera de recuperar la felicidad era hacerlo por sí misma. Y si después llegaba una ilusión… bienvenida fuera.

Y eso fue Josh. Una ilusión. A Olivia siempre le había parecido guapo —al fin y al cabo, tenía ojos en la cara—, pero lo había conocido cuando en su vida no había espacio más que para Taylor, así que no le había dedicado un segundo pensamiento a su atractivo. Además, no perdía de vista su fama de *playboy*, que debía de tener algo de cierta, pues antes de los cuarenta ya se había divorciado tres veces y, según las palabras de Becky, todas ellas «porque mi hermano siempre la caga». Pero nada de eso impidió que Olivia le permitiera aquella noche besarla y, si rechazó la invitación de él de tomar la última copa en su lujoso apartamento de TriBeCa, fue porque le dio un poco de miedo convertirse solo en otra muesca en su cabecero.

Pero Josh persistió. Y se habían pasado años y años teniendo una extraña relación de ida y venida, en la que no había nada parecido a un compromiso, pero sí un cariño profundo, una atracción que no caducaba con el paso del tiempo y… las cartas boca arriba sobre la mesa. Olivia no estaba enamorada de Josh, pero le gustaba. Le gustaba mucho. Él sí decía estar enamorado de Olivia y, de vez en cuando, le contaba que sentía tentaciones de dejar su mala vida para asentarse junto a ella. Olivia respondía, cada vez, con carcajadas incrédulas, y él acababa contagiándose porque, al fin y al cabo, esa *mala vida* le gustaba demasiado. Nunca se habían prometido fidelidad y ambos salían con otras personas. A veces pasaban siete u ocho meses sin verse, cada uno en una costa, y no se querían lo suficiente como para mantener una relación a distancia marcada por los largos viajes en avión y las tristes despedidas. Simplemente, hacían sus vidas y, cuando coincidían…, lo pasaban bien.

También lo pasaron bien aquella noche. Disfrutaron de una cena deliciosa, de una copa en una terraza cubierta en lo alto de un rascacielos, con unas vistas increíbles de la ciudad iluminada, y, como siempre, de una conversación agradable, de esas en las que nunca hay silencios incómodos. Los dos eran personas inteligentes y ambiciosas, y el trabajo fue el principal tema de aquella noche. Olivia le habló de los preparativos para la temporada de semanas de la moda que se le avecinaba en cuanto empezara el año, y él le contó los últimos proyectos que había emprendido en Hollywood. También se emocionaron comentando cotilleos de aquel mundo de *celebrities* que, en el fondo, ambos despreciaban un poco. Y se burlaron, a distancia, del último romance de Becky, con un antiguo compañero de instituto al que se había encontrado por pura casualidad en un paseo por la ciudad y con el que habían revivido unas ascuas que llevaban siendo cenizas desde la adolescencia.

Pero Olivia calló su secreto. Llevaba más de dos meses haciéndolo con casi todo su entorno. Laura, su mano derecha en la escuela de modelos, sabía que algún día su jefa le anunciaría que estaba embarazada; hacía ya meses que Olivia la estaba preparando para el hipotético día en que tuviera que sustituirla por completo, pero seguía creyendo que estaba en trámites para someterse a una inseminación de donante anónimo. Y no había nadie más con quien Olivia se planteara hablar sobre aquel secreto que compartía con Taylor, que a ratos aún seguía pareciéndole una locura. Su madre no lo entendería, o quizá sí, pero aún había entre ellas rencillas demasiado arraigadas y no tenían una relación de confianza en la que tuviera cabida una confesión de ese calibre. Y el resto de sus amigas eran poco más que conocidas con las que siempre pasaba tardes de compras divertidas, buenos ratos cenando en locales de moda o escapadas de fin de semana a alguna playa. Olivia siempre había sido una firme defensora de que es suficiente tener unos pocos amigos íntimos con los que pudiera contar en cualquier situación. Laura, Becky, Taylor y Josh eran los suyos…, aunque solo dos de ellos fueran en aquel momento conocedores de los detalles de su gran proyecto.

Olivia estaba sentada en aquel enorme sofá del apartamento de Josh en TriBeCa que conocía tan bien cuando se dio cuenta de que ni se había planteado cómo gestionar sus relaciones durante el tiempo que duraran los intentos por quedarse embarazada… ni tampoco cuando lo estuviera ya. Tenía muy claro lo que vendría después o, al menos, lo que quería que ocurriera después de que naciera su bebé. Continuar con su vida, citas incluidas, sin que el hecho de ser madre le robara ni un ápice de libertad. Quería que aquella experiencia sumara, nunca que restara. Pero… ¿y antes?

Josh y ella habían compartido unos cuantos besos que, como siempre les ocurría, no habían tardado en subir de temperatura. Ella le había parado los pies cuando él había puesto un vinilo de Passenger en el equipo de música al tiempo que le bajaba la cremallera del vestido, pero sabía que la excusa de que no era el mejor día del mes para aquello era algo débil. En primer lugar, porque Josh no era especialmente recatado en esas cuestiones; y, en segundo, porque no le iba a durar para siempre.

Y Olivia tenía muy claro que no quería acostarse con nadie más que con Taylor hasta que el embarazo llegara. Por mucha protección que Josh o cualquier otro utilizaran, ella no quería arriesgarse a que hubiera la menor duda de quién habría sido el donante cuando el embarazo llegara. Había leído bastante sobre el modo de explicarle a un hijo, llegado el momento, cómo había sido su concepción y todos los expertos coincidían en que no había nada más importante que la sinceridad. Olivia sabía que nunca ocultaría a su hijo que había sido fruto de su deseo de ser madre soltera o que había llegado a través de una donación de esperma. Y tampoco le ocultaría, si se lo llegaba a preguntar en algún momento, que Taylor había sido el generosísimo amigo que le había hecho el mejor regalo de su vida. Taylor. Punto. No se imaginaba a sí misma diciéndole a su hijo algo así como «Taylor o... quizá Josh, aquel día en que no estoy muy segura de si el preservativo funcionó».

Olivia y Josh se tomaron un par de copas y, pasada la medianoche, se despidieron. Con un beso en el rellano del apartamento tan tórrido que hizo que Olivia tuviera que ser muy firme en su planteamiento de no acostarse con él en una buena temporada. Su casa quedaba bastante lejos, pero, antes de coger un taxi, prefirió dar un paseo por la ciudad. A pesar de los tacones. A pesar de que aquella noche de finales de septiembre ya estaba más cerca de anticipar el invierno que de recordar el verano.

Enfiló la calle Hudson a paso tranquilo, disfrutando de los olores, de los colores, de los sonidos de la ciudad. Dios... adoraba Nueva York. Había llegado a la ciudad cuando era apenas una niña, una adolescente con sueños de futuro y un amor inocente que nunca creyó que pudiera acabar. La ilusión por ser independiente, por iniciar sus estudios y por triunfar sobre las pasarelas no le había permitido pensar en cómo sería la adaptación a la ciudad. Y después, muchos años más tarde, cuando ya era más una chica neoyorquina que una tejana, fue consciente de que, en realidad, no es necesario adaptarse a Nueva York. Que es la ciudad la que se amolda a cada uno de sus habitantes, ofreciéndoles su mejor versión de entre las mil disponibles. Olivia sabía que había muchas Nueva York en una. Y a ella le gustaban todas.

La ciudad que nunca duerme, la llamaban, y debía de ser cierto, a juzgar por la cantidad de gente que poblaba las calles del Bajo Manhattan en aquella noche de viernes. Una de las cosas que Olivia había aprendido después de diecisiete años viviendo en la urbe más cosmopolita y vibrante del mundo era que no necesitaba el silencio para pensar. Era perfectamente capaz de ordenar sus pensamientos mientras atravesaba avenidas atestadas, entre el sonido de los cláxones y las voces en mil idiomas que la rodeaban.

Y pensó. Pensó mucho aquella noche. Pensó tanto que, a pesar del dolor de pies, acabó recorriendo caminando los casi cuatro kilómetros que separaban la casa de Josh de la suya. Fue él, Josh, el protagonista de una buena parte de las reflexiones de aquella noche. Y se lamentó un poco de que no fuera posible algo más serio entre ellos. El amor no es solo la mezcla de un cariño profundo, una amistad verdadera y una atracción indudable. Si fuera así..., las cosas serían mucho más sencillas. Ella quería a Josh, pero nada más que como a un amigo con el que compartía muy buenos ratos en posición horizontal. Y esa no era condición suficiente para construir aquella relación con la que Olivia había soñado durante tanto tiempo, aquella de la que nacerían sus hijos, según la película mental que se había montado durante años, antes de darse cuenta de que para ser madre no era obligatorio tener marido.

Cuando abrió la puerta de su apartamento, pasada la una de la madrugada, Olivia no pudo evitar que una enorme sonrisa de oreja a oreja se dibujara en su cara. Su aspecto en el reflejo que le devolvió el espejo de cuerpo entero de su salón era el de una mujer en el mejor momento de su vida. En el que ella sentía que estaba. Un tiempo de cambios, de algo de incertidumbre..., pero de mucha felicidad. Se deshizo de los tacones con un par de patadas al aire y se tumbó en su cama, boca arriba, con las piernas abiertas y los brazos estirados. Se quedó mirando hacia el techo durante un buen rato, mientras se enorgullecía de haberlo conseguido.

Ser feliz. Tan sencillo y tan grandioso. Y tan difícil por momentos. Olivia no tenía ninguna duda de que, sin los horribles momentos que había pasado una década atrás, cuando el divorcio la dejó tan perdida que no sabía ni por dónde empezar a buscarse a sí misma, no valoraría tanto el momento vital perfecto en el que se encontraba diez años después. Había tardado mucho tiempo en aceptar su propia realidad, aquella en la que Taylor no era más que un recuerdo del pasado, y mucho más tiempo aún en aprender a disfrutarla. La avergonzaba reconocerlo, y jamás lo había hecho en público, pero durante años la soltería le había parecido un premio de consolación; una especie de estado transitorio entre relaciones. Había tardado siete u ocho años en ser capaz de valorarla como un estado vital elegido. Y, en aquel momento, no se podía ni plantear cambiar su estado civil.

Le gustaba vivir noches como aquella. Le encantaba. Noches que empezaban con una cita con un hombre atractivo y acababan con ella llegando a la tranquilidad de su hogar, de aquel que había construido por sí sola, sin tener que dar explicaciones a nadie sobre cosas tan nimias pero tan liberadoras como haber decidido caminar durante más de una hora de madrugada por Manhattan subida a unos Jimmy Choo de charol negro. Le gustaba viajar sin rumbo, comprar de vez en cuando un billete de avión con destino a alguna de sus ciudades favoritas del mundo y no tener que consultar más que su agenda laboral para desconectar de su rutina diaria. Le gustaba pasarse los domingos en pijama, sin ducharse siquiera, tirada en el sofá con una manta por encima y un maratón de alguna serie a la que estuviera enganchada en Netflix.

Habían pasado casi diez años desde el divorcio y no había aparecido en todo aquel tiempo ningún hombre por el que Olivia estuviera dispuesta a renunciar a aquella libertad. A su independencia. A su piso de un solo habitante y su cama sin compartir. Cuando estaba casada con Taylor, nunca había echado de menos tener un espacio propio, quizá porque desde que eran apenas unos críos habían construido uno común. Y ella había sido feliz, no iba a ser tan hipócrita de negarlo después de todas las lágrimas que había derramado cuando aquel proyecto compartido se había roto, pero también sabía que, si Tay no se hubiera marchado, ella se habría perdido unas cuantas experiencias vitales muy valiosas.

Una vez, tiempo atrás, Becky, que acumulaba fracasos sentimentales como quien colecciona cromos, le había dicho que cada ruptura la había convertido en una mujer un poco más sabia. Era la época en la que Olivia aún lloraba por su corazón roto de vez en cuando y le había respondido a su amiga que ella hubiera preferido seguir siendo tonta y no haber sufrido aquella ruptura espantosa.

Pero ahora sabía que no tenía razón. Había aprendido tanto durante diez años que no renunciaría a esas experiencias vitales por nada. Había vivido cosas que jamás se habría planteado si hubiera seguido junto a Taylor. Había crecido en su profesión de una manera impensable si hubiera cumplido aquel sueño de los veinticinco años de ser madre joven y dejar de lado su carrera profesional para cuidar de su familia. Había conocido a varios hombres buenos, se había enamorado de ellos y había visto versiones del amor muy diferentes, que le habían sacado de la cabeza aquella idea interiorizada durante años de que solo hay un amor verdadero, una media naranja, un camino hacia la felicidad… y que el suyo era Taylor.

Y no es que las otras opciones, las que se habrían presentado ante ella si hubiera seguido con Tay, fueran malas. No. Eran, simplemente, diferentes. Olivia pensó que ojalá cada persona tuviera la oportunidad de vivir cinco o seis vidas. Ella tenía muy claro a qué dedicaría cada una de ellas.

En una, sería aquella supermodelo que despuntó a principios de siglo y que se retiró en el punto más álgido de su carrera. Si la hipótesis de tener varias vidas fuera posible, no habría dudado en dedicar una completa a recorrer todas las pasarelas del mundo, posar para los mejores fotógrafos y convertirse en una *celebrity* de las que mueven a las masas. La única razón por la que no quiso hacerlo cuando tuvo la oportunidad fue, precisamente, que en el mundo real solo hay una vida y ella tenía otras prioridades. En algún momento de su carrera decidiría hacer un parón para tener un bebé, pero volvería a las pasarelas a los pocos meses y todos los medios hablarían de su increíble figura recuperada.

En otra de esas vidas se iría a Europa. Viviría en París, o tal vez en Milán, que siempre había sido su ciudad favorita del mundo —después de Nueva York, por supuesto—. Había llegado a conocerla bien después de muchos desfiles en ella y se imaginaba viviendo en la zona de los Navigli, en un apartamento abuhardillado sobre cuyas ventanas caería la nieve en invierno y se reflejaría el sol en verano. Pasaría las tardes fascinada por los escaparates del Quadrilatero d'Oro, se perdería de vez en cuando por las galerías Vittorio Emmanuelle II y pasearía entre turistas por los tejados del Duomo. Tendría un par de hijos. Quizá también un gato. Y comería a diario pasta y pizza; y, como era su fantasía, el mundo sería un lugar fantástico en el que los hidratos de carbono no engordaran.

En la tercera vida, volvería a Texas. Arreglaría la situación con su madre, se compraría una casa unifamiliar en las afueras de Austin, estaría casada y tendría tres niños. Tal vez primero los gemelos y, cuando ellos ya fueran un poco mayores, la niña. Dos perros. Una piscina. Un monovolumen en el que trasladar a toda la familia. Un matrimonio sólido y duradero.

En otra vida, nada habría saltado por los aires diez años atrás. Ella seguiría siendo la mujer de Taylor Gardner y sumarían ya más de veinte años de relación. Serían la pareja favorita de la prensa, esa a la que siempre nombran por San Valentín cuando se escriben artículos sobre matrimonios que son una excepción por lo duradero de su amor. Serían unos padres jóvenes y enrollados, de esos que se convierten casi en colegas de sus hijos al llegar la temida adolescencia.

Y en otra se quedaría soltera. No porque no hubiera encontrado al hombre perfecto, sino porque había decidido no buscarlo. Porque se había enamorado tanto de sí misma que había decidido serse fiel. No renunciaría al sexo esporádico, o quizá sí, y en algún momento decidiría ser madre sola, tal como había hecho en la realidad.

Olivia podría seguir durante horas imaginándose diferentes vidas que, no le cabía duda, la harían feliz. Vidas muy diferentes, muy dispares. Vidas que solo tenían una cosa en común entre ellas. Los hijos. Porque Olivia podía visualizarse convertida en la mujer más glamurosa de Milán, en la modelo a la que todos quieren imitar, en una *soccer mom* de manual o en la mujer que un día había sido, aunque con diez años más, pero lo que jamás había imaginado era no tener hijos.

Y eso no significaba que no respetara otras opciones. Por supuesto que lo hacía. De hecho, su mejor amiga en el mundo era Becky Wordsworth, una de esas firmes defensoras de que los niños deberían tener la entrada vetada en restaurantes y hoteles, a la que parecía salirle una urticaria si tenía que compartir tiempo y espacio con alguien menor de dieciséis años. Y Olivia se ponía enferma cuando veía como las mujeres se sentían empujadas a ser madres, sobre todo a partir de cierta edad. La presión social y a veces familiar que llegaba a hacer dudar incluso a las más convencidas de si no habría algo defectuoso en ellas para no querer contribuir a perpetuar la especie.

Pero ella nunca había sido así. Desde que era una niña, quizá por haberse criado sola o quizá simplemente porque estaba en su ADN, había tenido un fuerte instinto maternal. Le encantaban los niños, ellos la adoraban y su cotización como canguro en el barrio en el que vivía cuando era adolescente había sido casi tan alta como la que después tuvo como modelo. Haber vivido desde muy joven una relación de pareja ayudó a que las fantasías de maternidad fueran convirtiéndose en sueños realizables, y a los veinticinco ya estaba impaciente por vivir la experiencia, por más que la mayoría de chicas de su edad no quisieran ni planteárselo.

Olivia sabía que sería feliz aunque no fuera madre, pero también que lo sería más con hijos. Ni siquiera le llegaba con tener solo uno. De aquella imagen fantasiosa que se había creado durante años de una familia numerosa y feliz solo se había ido difuminando con el tiempo la figura paterna, pero nunca los niños. Y ahora que había cogido el toro por los cuernos de su propia decisión, estaba más convencida que nunca de que se encontraba viviendo el mejor momento de su vida.

Sí, ser madre era su sueño, y era uno que estaba cada día más cerca. Si no, no se habría metido en semejante locura con su exmarido. Un exmarido al que, por cierto, tendría que llamar a la mañana siguiente para decirle que no lo habían logrado y que, por lo tanto, le buscara hueco en un par de semanas para… bueno, para seguir intentándolo.

~9~
MI LUJURIA ERES TÚ

Olivia: «Estoy ovulando».
Taylor: «Siempre tan romántica...».
Olivia: «¿Te he roto el corazoncito, Tay?».
Taylor: «¿Qué te parece si este mes cambiamos un poco el escenario?».
Olivia: «Miedo me das».
Taylor: «¿Has vuelto por Luxurious en estos años?».
Olivia: «¿¿Luxurious sigue existiendo??».

Luxurious era un lugar que habían descubierto en aquellos primeros años que habían pasado en Manhattan. Cuando todo era nuevo, todo brillaba en forma de luces hacia las que se sentían atraídos como polillas. Cuando la popularidad de ambos en el mundo de la moda había estallado; tanto que les había acabado estallando en la cara, de hecho.

Mucha gente pensaba que las drogas campaban a sus anchas por la industria del entretenimiento. Y era cierto, claro, pero lo que no se comentaba tanto era que el sexo... también. Olivia y Taylor eran la pareja de moda en Nueva York en aquellos años, así que los invitaban a tantas fiestas que el mueble del recibidor de su piso de Hell's Kitchen estaba siempre repleto de sobres. Algunas eran de esas fiestas que salen en portada de las revistas, galas impresionantes, entregas de premios, conciertos en palco VIP... y otras eran más privadas, en las que la cocaína circulaba en bandejas de plata y ver cuerpos desnudos no asustaba a nadie. Olivia y Taylor nunca habían tenido demasiadas tentaciones con las drogas, pero con el sexo... era otra cosa.

Ninguno de los dos había tenido jamás deseos de estar con otras personas, pero... les apeteció ver de qué iban aquellos locales sobre los que oían hablar de vez en cuando y no acababan de tener claro si eran realidad o leyenda urbana. Y con esas ganas y sus contactos —es decir, Becky— habían llegado un día a Luxurious. Un club privado ultraexclusivo, ubicado en los sótanos de un edificio industrial de Meatpacking, del que nadie que no lo supiera de antemano podría sospechar lo que escondían sus paredes.

En Luxurious pasaba de todo. Dentro de los límites de lo legal, obviamente, y tras firmar un montón de documentos sobre confidencialidad y de pagar una cantidad obscena de dólares en concepto de cuota de inscripción, entrar en Luxurious suponía descubrir vertientes del sexo que, al menos para dos veinteañeros de Texas, parecían relegadas a la industria del porno.

Taylor había sentido un morbo muy intenso desde la primera vez que Becky les había hablado de Luxurious, pero, en cuanto atravesaron sus puertas por primera vez, fue Olivia la que se sintió allí en su salsa. A los dos les había gustado siempre el sexo. Siempre. Y mucho. Y en aquel lugar descubrieron una nueva dimensión de aquella manera que sus cuerpos tenían de comunicarse.

Habían puesto reglas, claro. Las habían comentado entre copas, aquel primer día en que aún alucinaban con todo —desde el lujo del local hasta las caras conocidas que se encontraron dentro—, pero con la cabeza muy consciente de lo que decían. Los dos conocían las fantasías más ocultas del otro, porque siempre les había gustado tanto hablar de sexo como practicarlo. Y en la que más coincidían era en que les gustaba... exhibirse. Quizá si su matrimonio hubiera continuado, habrían dado algún paso más allá, pero en aquellos meses que pasaron frecuentando Luxurious antes de que la crisis de pareja se llevara por delante cualquier plan, se limitaron a ver y dejarse ver. Literalmente. Les gustaba ponerse guapos un sábado, irse allí a tomar una copa y hacer las cosas que en un *pub* normal les habrían supuesto que los echaran por escándalo público.

Taylor había vuelto a Luxurious, ya sin ella, unos meses después del divorcio. Y había seguido frecuentando el local de vez en cuando a lo largo de los años. Sin pareja... había ido bastante más allá que con Olivia. Había hecho cosas allí dentro que aún se la ponían dura si las recordaba.

Olivia solo había regresado una vez. Un par de años después de la separación, Becky le había propuesto ir allí a tomarse una copa. Olivia estaba en plena época de goce de su soltería; había tardado en llegar, pero al fin era capaz de disfrutar del sexo esporádico, sin más compromisos que el de pasarlo bien. Así que había aceptado. Y había acabado haciendo un trío con dos modelos a los que conocía de vista y con los que se había tomado un par de copas para desinhibirse del todo antes de entrar en uno de aquellos cuartos de Luxurious que escondían tantos secretos... y tanto morbo. Después de la propuesta de Taylor, no pudo evitar preguntarse por qué no había regresado allí en tanto tiempo.

Olivia: «Recógeme a las once».
Taylor: «Ni de coña. Antes de ir a Luxurious, necesitamos cenar bien. Ponte guapa (más). Paso a buscarte a las ocho».

* * *

—Joder, Liv... La cena va a ser una puta tortura.

Olivia sonrió porque... no podía engañar a nadie. Le apetecía sentirse *sexy* aquella noche, así que había puesto toda la carne en el asador... o en el vestidor, mejor dicho. Había elegido un vestido de color negro que llevaba en su armario medio siglo y que nunca había llegado a estrenar; había sido un regalo de Becky en las horas más bajas de Olivia. Pretendía que se animara y se sintiera atractiva con ese *outfit*, pero Olivia ni siquiera se había animado a probárselo. La falda era de raso, con bastante vuelo, y la parte superior, de encaje, llena de transparencias estratégicamente ubicadas. Una de ellas dejaba a la vista casi todo su pezón derecho; a nadie que se fijara un poco se le escaparía el brillo del aro que lo atravesaba. No se había puesto pendientes ni ningún otro complemento; solo unos botines con un vertiginoso tacón de doce centímetros... y nada más.

—Entonces... —Olivia se acercó a darle un beso a Taylor y le apeteció jugar, así que susurró en su oído—, casi mejor no te confieso que no llevo bragas, ¿no?

Taylor sonrió y dejó escapar el aire entre dientes. Tres segundos. Hacía tres segundos que Olivia había bajado a su encuentro y a él ya le apretaban los vaqueros en la entrepierna. Definitivamente, iba a ser una cena muy larga.

Olivia había reservado mesa en una taberna vegetariana a medio camino entre su casa y Luxurious. La noche estaba fresca, pero no llovía, así que decidieron ir caminando. Hablaron de mil temas —cualquier cosa que los distrajera de lo que tenían en perspectiva era buena para bajar un poco la temperatura—: de trabajo, de Becky, de sus familias y de viajes. Y de otras cosas, también, cuando ya estaban sentados delante de una ensalada de arroz y dos fajitas de guacamole, setas y calabaza.

—¿Y qué tal Josh? Hace siglos que no lo veo —le preguntó Taylor, que siempre había tenido una especie de relación de amor–odio con el hermano de Becky. Se llevaban bien a ratos, pero Taylor siempre decía que era demasiado superficial y le encantaba el *postureo*… sin darse cuenta de que, desde fuera, él daba exactamente la misma impresión.

—Bien. Acaba de estar aquí unos días, pero ya ha vuelto a California.

—No querrá perder el bronceado.

—No seas imbécil. Es un tío estupendo y lo sabes.

—¿Y qué? ¿Seguís…?

—¿*Seguimos*…?

—Juntos o lo que sea.

—Nunca hemos estado juntos. Pero sí, seguimos…

—¿Follando?

—Qué boquita tienes, hijo mío.

—Y bien que lo sabes.

—Lo cierto es que… —Olivia se sonrojó. Se sonrojó tanto que no pudo entender por qué siempre acababa confesándole a Taylor cosas por las que él se burlaría de ella.

—Huy, huy… esto me interesa. ¿Qué pasa?

—Que no he vuelto a… bueno, a estar con él… desde que esto…

—¿Con tartamudeos a estas alturas, Liv?

—Ay, qué pesado eres. Que no quiero follar con nadie hasta que me quede embarazada, vaya. Para que no haya ni el menor lugar a dudas sobre el *donante*.

—Ajá. ¿Y Josh ha sido capaz de mantener la polla dentro de los pantalones?

—En realidad… no ha sido necesario. ¿Sabes, Tay? Hay más opciones en el menú.

—Vamos, que estás bajándote al pozo como una campeona.

—Qué asco das, Taylor, joder.

—Pero sí… ¿No?

—No pienso comentar ni un solo detalle más.

—Te veo muy discreta para estar a punto de entrar en Luxurious… —Taylor pidió un pedazo de *carrot cake* para compartir y se odió a sí mismo por contar mentalmente las calorías, así que prefirió volver a la conversación sobre sexo, que se le daba bastante mejor—. Así que te tengo en exclusiva durante un tiempo… Interesante.

—A mí no me *tiene* nadie, amigo. Follaré solo contigo hasta que alguno de tus chicos decida estar espabilado y dejarme embarazada. Punto.

—Pues eso… en exclusiva.

—Imagínate que te pido que sea algo recíproco. ¿Morirías?

—Pues no te creas… —A Taylor se le escapó una carcajada—. Estoy en baja forma en los últimos tiempos.

—Define «baja forma».

—Yo qué sé, Liv… No las voy contando. Estuve con un par de chicas en Los Ángeles, con alguna más por aquí… pero vaya, que ya no tengo veinte años.

—Cuando tenías veinte años, que yo sepa, solo te acostabas conmigo.

—Eso ni lo dudes. Pues ya no tengo veintisiete, entonces.

—¿Cinco o seis polvos al mes te parece un ritmo flojo?

—Cinco o seis chicas… Polvos son bastantes más, cielo.

—Vale, deja el tema. Yo follo dos días al mes. Paso hambre, ¿sabes, Tay?

—Vámonos. —Taylor dejó un par de billetes sobre la mesa y se levantó de repente—. Verás como hoy te quedas saciada para una temporada.

A Olivia le flaquearon un poco las piernas al entrar en Luxurious. Por momentos, le daba miedo estar yendo demasiado lejos con Taylor. El primer mes que habían quedado había sido brutal, pero sexo aséptico sin más. La segunda vez lo habían disfrazado de cita. Y la tercera… estaban a punto de entrar en un lugar en el que nunca se sabía muy bien qué podía acabar pasando.

Por suerte, casi en cuanto se vieron dentro, Olivia se relajó. Le encantaba aquel ambiente, tan lleno de morbo y a la vez tan discreto. Durante una época, había llegado a pasarlo realmente mal al convertirse en una cara popular. Odiaba no poder ya ir a tomar una copa tranquila sin que nadie la reconociera y pensar que, si hacía el ridículo, se convertiría en noticia de revistas de cotilleo. A Taylor tampoco le encantaba aquello, pero siempre lo había llevado mejor que ella.

Pero en Luxurious nadie parecía reconocerlos, quizá porque entre sus paredes había muchas personas más famosas que ellos. Así que pidieron dos copas de *whisky sour*, se pusieron cómodos en un sofá de cuero negro y se dejaron mecer por aquella música tan sensual que siempre sonaba en el club. No hablaron demasiado, porque estaban los dos algo distraídos echando un vistazo a lo que tenían alrededor. Nada era demasiado evidente y, al mismo tiempo, era obvio lo que buscaban todas las personas que estaban allí. Sensualidad, morbo, fantasía. Se podía definir de muchas maneras, pero en realidad era… sexo. Ni más ni menos que eso.

—Ese vestido lleva como tres horas poniéndome enfermo. —Taylor se acercó más a ella y jugó con el bajo de su falda entre los dedos. Olivia odiaba usar medias, así que sus piernas desnudas se convirtieron en piel de gallina cuando los nudillos de él las rozaron.

—Pues yo te veo muy sano, la verdad —le respondió Olivia, acariciando su pecho con la palma de la mano.

Se acercaron un poco más, hasta que sus cuerpos se tocaban casi por completo, y Taylor le dio un mordisquito a Olivia en la comisura del labio inferior. A continuación, se retiró, cogió su copa y le dio un buen trago. Ella conocía sus tácticas; eso de anunciarse para acabar separándose, para dejarla con las ganas. Pero daba igual. Seguía excitándola muchísimo, por más que conociera las reglas del juego.

El siguiente beso fue más largo y Olivia pudo degustar el sabor a *whisky* y limón en la lengua de Taylor. Se enredaron en un beso lento, tan sensual que era imposible mantenerse inmune a él, y los dos sintieron como sus cuerpos reaccionaban. Taylor tuvo que recolocarse el pantalón porque lo estaba matando. Olivia se preguntó si no estaría dejando marca en el cuero impecable de aquel sofá.

A Taylor llevaba horas atormentándolo el *piercing* del pezón de Olivia, que era evidente a la vista incluso en aquel ambiente de luces bajas y paredes oscuras. Lo rozó con la yema de su dedo pulgar y escuchar el gemido que se le escapó a ella acabó de volverlo loco. Cogió a Olivia por la cintura y la colocó encima de él. Encima de aquella erección prominente que ya era incapaz de ocultar. Los besos cogieron temperatura y se convirtieron en un caos de lenguas, dientes, saliva y ganas.

—¿Pedimos un cuarto? —le preguntó a Olivia, en un susurro que se le escapó entre jadeos.

—No —protestó ella, separándose un poco para mirarlo a la cara. La volvían loca aquellos ojos azules cuando estaban como en aquel momento, acuosos y algo perdidos.

—¿Quieres follar aquí? —le preguntó de nuevo, sin rodeos.

—Quiero correrme. Haz que me corra y luego vamos a donde tú quieras.

Taylor se lanzó a por ella nublado por el deseo. Le mordió la piel del cuello hasta que se planteó si no le habría dejado marcas, pero a ninguno de los dos pareció importarle demasiado. Introdujo sus manos bajo la falda del vestido y comprobó, para su tormento, que efectivamente…

Olivia no había mentido. Allí no había ni rastro de ropa interior. Y también comprobó que estaba empapada. Joder, hasta se le escapó una sonrisa canalla al sentir toda su humedad entre los dedos.

Olivia sintió que sus pezones podrían haber roto la tela de encaje de su vestido de la pura excitación que sintió al darse cuenta de lo que estaba haciendo Taylor. La había colocado en el lugar exacto, en la posición perfecta en la que su clítoris rozaba de manera precisa sobre el bulto que se marcaba en los pantalones vaqueros de Tay. Y empezó a moverla. Adelante y atrás. Sutilmente. *Muy* sutilmente. Tanto que ninguna de las personas que los rodeaban podría plantearse que estuvieran haciendo algo más que besarse de forma frenética. Taylor hasta se permitió la chulería de pedir otras dos copas a una camarera que pasaba por allí en aquel momento.

—A veces creo que eres demasiado sobrado.

—Y eso sería un problema terrible si no fuera porque te pone más cachonda aún.

—Quizá ese sea el problema terrible.

Los dos se rieron, pero pronto el gesto cambió a un rictus de excitación que, por supuesto, los excitó más ver en la cara del otro. Olivia sabía que Taylor se estaba conteniendo; lo veía en el modo en que se mordía el labio y en cómo se le escapaban jadeos contenidos. Siguió moviéndola adelante y atrás mientras alcanzaba una de las copas con su brazo y le daba de beber a ella, justo antes de dar él mismo un buen trago.

—Estás a punto, ¿verdad, Liv?

—Sí.

—Pues córrete —se lo dijo en un susurro, acercándose a su oído y dejando caer las palabras como si fueran caramelo fundido sobre sus sentidos—. Córrete ahora, para que pueda follarte tan fuerte que acabes gritando mi nombre.

Olivia no necesitaba demasiados estímulos para caer, pero Taylor susurrándole guarradas al oído siempre había sido su debilidad. Así que solo necesitó un roce más, acompañado de un dedo de Taylor que se unió a la fiesta en el último momento, para estallar en un orgasmo que tuvo que hacer verdaderos esfuerzos para que fuera silencioso. No lo consiguió del todo, pero la melodía de *Ain't No Sunshine* que sonaba en el local hizo que nadie fuera consciente de los dos gritos acompasados que se le escaparon.

—Vámonos.

—¿Qué? —Olivia no entendió bien lo que decía Taylor, más que nada porque estaba sumida en una nube poscoital en la que podría haberse quedado a vivir.

—Larguémonos de aquí.

—Pero… las copas… —Olivia balbuceó porque no podía ni moverse.

—Mira tú qué problema. —Taylor cogió la copa que aún estaba intacta, se bebió más de la mitad de un sorbo y le dio el resto a ella para que también bebiera. Olivia no dudó; se le había quedado la boca seca después de aquel estallido demoledor.

Taylor la cogió de la mano y salieron del local tan deprisa que parecía que los estuviera persiguiendo alguien. La policía de la moral o algo así. Ella apuraba el paso detrás de él, manteniendo de milagro el paso firme sobre sus tacones, a pesar de que las dos cervezas que se habían tomado cenando, unidas a las copas del club, le habían dejado la cabeza algo ida.

—¿A dónde me llevas?

—A ninguna parte en concreto. —Taylor se rio, se dio la vuelta hacia ella y la detuvo, cogiéndola por la cintura con sus grandes manos. La alzó un poco en volandas y le dio un beso que podría haberle quitado el aliento a cualquiera.

—¿Entonces? —le preguntó ella en cuanto recuperó la compostura—. ¿Cogemos un taxi a mi casa?

—No. —Taylor echó un vistazo alrededor y tomó una decisión—. No llegaría. Ven.

Se metieron en una calle estrecha cogidos de la mano. El vandalismo de aquella parte de Manhattan jugó a su favor, pues había dos farolas seguidas con la bombilla rota en pedazos... y un buen trecho de calle apenas iluminada. La luna no arrojaba tampoco demasiada luz sobre la acera y Olivia no necesitó preguntar para saber lo que Taylor tenía en mente. Y supo cómo agradecerle el orgasmo brutal que él le había regalado un rato antes. Le sonrió, con un pestañeo coqueto que en otro contexto le habría resultado ridículo, y se apoyó sobre un coche que estaba aparcado en aquel rincón oscuro. De espaldas a él. Un poco agachada. Más que dispuesta.

—Joder, Liv. Voy a enloquecer...

Ni siquiera le dio tiempo a Olivia a acabar de escuchar su frase porque, cuando quiso darse cuenta, Taylor la había penetrado tan fuerte que sintió que sus pies perdían contacto con el suelo.

—¿Te apetece fuerte? —le preguntó, casi como cortesía, porque él sabía mejor que nadie que a ella siempre le apetecía así.

—Muy fuerte.

—Párame si se me va, ¿de acuerdo, Liv? —quiso asegurarse.

—Dudo que eso ocurra.

Taylor la calló de otra estocada que a ella hasta le dolió. Pero le dolió de esa forma que es tan placentera que se escapa un ronroneo en vez de un grito. Taylor gruñía a su espalda y hasta ese sonido conseguía hacer volar a Olivia.

—¿Cuánto hace que no follas en la calle, Liv?

—Mucho.

—¿Cuánto?

—No lo sé. —La e se prolongó entre sus labios, en su garganta, en un gemido gutural.

—¿Desde aquella vez en Central Park en que estuvieron a punto de pillarnos unos chicos que estaban jugando al béisbol?

—Puede.

—Deberías... —Taylor se ensañó en dos embestidas consecutivas que los dejaron a ambos sin aliento—. Deberías dejar de salir con pijos estirados que no te follan en la calle, Liv.

—Deberías cerrar el pico y hacer que me corra.

—Sí... Tienes toda la razón.

Taylor siguió entrando y saliendo de ella con un ritmo frenético. Brutal. Con su larga melena enrollada en una mano, tirando de su cabeza hacia atrás y mordiéndole el cuello. Y, por si eso fuera poco, alargó su mano hasta dar con ese punto en el que Olivia perdía la cabeza y lo rozó lo justo para conseguir escuchar sus jadeos ahogados, sus gemidos temblorosos... y él mismo siguió por ese camino hasta estallar en un orgasmo que abrió las puertas del de Olivia. Gritaron tanto en aquella calle que les pareció increíble que ningún vecino se asomara a la ventana para ver qué ocurría.

Taylor cogió a Olivia en brazos y ella, por instinto, enroscó sus piernas alrededor de la cintura de él.

—Quédate así —le dijo, mientras reculaba hasta que su espalda rozó la pared de ladrillo del edificio más cercano. Él se dejó caer hasta las escaleras de entrada y se quedaron allí, aún dentro uno del otro, con los cuerpos tan pegados que parecían uno.

Se besaron con calma. Con ternura, incluso. Con el deseo apagado pero aún presente. Nunca se iba del todo. Poco a poco, Olivia fue separándose, hasta conseguir recomponer un mínimo su aspecto.

—¿Vienes a mi casa? —le preguntó Taylor, con la punta de la nariz rozando la piel de su cuello.

—Sinceramente, Tay... ahora mismo tengo serias dudas de si seré capaz de mantenerme en pie. Creo que me voy a ir a la mía y ya si eso mañana...

—Mañana antes del mediodía me paso por tu apartamento. Sin posibilidad de discutir.

—¿Qué te hace pensar que iba a discutírtelo?

Los dos se pusieron en pie y se dieron un beso de despedida. Echaron a caminar, cogidos de la mano, hacia la esquina en la que aquella calle tan poco concurrida moría en la Undécima Avenida. Cogieron dos taxis y volvieron cada uno a su casa. Al día siguiente, sería otro día. Y los dos sabían seguro que… acabaría en orgasmos.

~10~
¿CUÁNTO VA A DURAR ESTO?

El tercer intento tampoco funcionó. Y no fue fácil de asumir para Olivia. La noticia la cogió en Milán, a donde había viajado para cerrar un par de contratos de cara a la Fashion Week que se celebraría a finales de febrero. Laura, la subdirectora de la escuela, había estado muy despierta y había hecho contactos con mucha más antelación que la mayoría de agencias, así que esperaban firmar unos cuantos acuerdos provechosos. Como premio, Olivia le había pedido que la acompañara a la capital italiana de la moda y se habían ido las dos juntas a un viaje mitad de trabajo, mitad de ocio.

Olivia había conocido a Laura unos cinco años antes, cuando la escuela había arrancado definitivamente tras unos comienzos algo titubeantes. Después de muchas jornadas de quince horas y de que Becky insistiera hasta la saciedad en que necesitaba a alguien a su lado para ayudarla a gestionar la empresa, Olivia se rindió y comenzó a buscar. Era verano y ella llevaba tantos años sin cogerse más de un par de días de vacaciones que cruzó los dedos muy fuerte para que apareciera alguien que le permitiera tomarse un respiro. Laura fue la primera persona a la que entrevistó y no hizo falta que nadie más pasara a su despacho a responder a sus preguntas.

Laura y Olivia eran muy parecidas. Si la amistad de Olivia y Becky era un claro caso de polos opuestos que se atraen, en el caso de Laura fue la empatía la que las convirtió en almas gemelas. Laura también había sido modelo y también lo había dejado cuando aún era muy joven. Ella no había llegado a tener el éxito que sí había acompañado a Olivia, pero solo había necesitado un par de años de contacto con el mundo de la moda para darse cuenta de que aquel no era su lugar. No, al menos, tal como estaba concebido. Y es que Laura era una chica de constitución fuerte y cierta tendencia a engordar que había tenido que pasar un infierno de dietas extremas y horas eternas de gimnasio para cumplir los estándares que se exigían sobre la pasarela. Pero no siempre lo conseguía y, cuando unos días antes de una Semana de la Moda de Tokio, la directora de *casting* de una conocida firma de lujo la había enviado de vuelta a Nueva York tras descubrirla comiéndose una manzana después de dos días de ayuno… decidió que hasta ahí había llegado. Tenía veintidós años y la habían llamado gorda por pesar cincuenta y seis kilos, a pesar de sobrepasar con creces el metro ochenta. Podría haberse deprimido. Podría haber caído en alguno de aquellos infiernos de trastornos alimenticios por los que atravesaban otras compañeras. Pero Laura tuvo más suerte, o mejor visión, o mayor estabilidad emocional… o lo que fuera. Utilizó el dinero que había ganado para volver a la universidad, que había abandonado al empezar a tener éxito en la moda, estudió Dirección de Empresas y, cuando se graduó, buscó trabajo en el mismo sector del que había huido años antes.

Y así fue como conoció a Olivia. Conectaron solo con cruzar dos frases. Y, sobre todo, cuando se dieron cuenta de que compartían opiniones muy parecidas sobre el mundo de la moda. No lo odiaban; por supuesto que no. No trabajarían en él si fuera así. Pero no les gustaba el modo en que funcionaba. Y, aunque tardaron meses en confesárselo la una a la otra, en el fondo, querían cambiarlo desde dentro.

Laura había estado en Milán un par de veces durante su efímera carrera de modelo, pero nunca había tenido tiempo para visitar la ciudad. Y Olivia llevaba unos días disfrutando casi como una hermana mayor mientras la veía mirar fascinada escaparates, obras de arte y… milaneses guapos y bien vestidos, para qué engañarse. Habían aprovechado las mañanas para reunirse y las tardes, para disfrutar. Se habían gastado una cantidad obscena de dinero en las tiendas de vía Montenapoleone y habían llegado cada noche a su hotel, cerca de la Estación Central, agotadas pero sonrientes.

Claro que… a Olivia no se le iba de la cabeza el calendario. Sabía que debería haberle venido la regla el jueves. Y era sábado. Así que la esperanza convivía en ella con un dolor en la parte baja del vientre que ella quería interpretar como un síntoma de embarazo, pero que, en el fondo, sabía que significaba todo lo contrario. Cuando lo confirmó aquella noche al entrar en el baño de su habitación, no pudo evitar que se le llenaran los ojos de lágrimas y el cuerpo de desesperanza.

Era tonta. Lo sabía. Sabía que solo eran tres intentos. Pero también lo había sabido el mes anterior y cada vez tenía más miedo a seguir siendo consciente de ello durante unos cuantos meses interminables. Se agobió. Se agobió un montón. Tanto que le envió un mensaje rápido a Laura para decirle que no se encontraba demasiado bien y que prefería cancelar el plan que tenían para aquella noche, que no era otro que irse a un restaurante cercano al Duomo a ponerse ciegas a *gnocchi* al pesto.

—¿Puedo pasar? —Laura no había tardado ni dos minutos en llamar a su puerta después de recibir el mensaje. El tono de Olivia le había parecido algo sombrío, así que prefirió asegurarse de que su jefa estaba bien.

—Claro.

—¿Te encuentras mal? ¿Hay… hay algo que pueda hacer? —Laura se dio cuenta de que Olivia había estado llorando, o a punto de ello, y se sorprendió. En todo el tiempo que hacía que la conocía, nunca había visto a su jefa con otro gesto en la cara que una enorme sonrisa.

—Nada, yo… —Olivia miró a Laura y sintió una ola de gratitud que casi le hizo derramar alguna lágrima más. Malditas hormonas—. Ven, anda. Vamos a darle un poco de uso al minibar.

—Me parece perfecto.

Laura se rio y la ayudó a servir un par de copas, que probablemente pagarían a precio de sangre de unicornio. Olivia bebió dos sorbos antes de contarle lo que la atormentaba porque, de repente, se sentía bastante absurda por haber reaccionado demasiado mal a algo que se podía esperar.

—Me ha venido la regla.

—¡Ah, vale! —Respiró tranquila Laura—. Tengo ibuprofeno en mi habitación, si necesitas.

—No, no… no es eso. Es que… bueno, pensaba contártelo en este viaje. —Olivia se sonrojó, de nuevo sin saber por qué—. Ya estoy metida en el proceso de inseminación… —Iba a añadir «artificial», pero se calló en el último momento. Artificial… no estaba siendo.

—¡Oh, felicidades! O sea, bueno… siento entonces que te haya venido, claro.

—Pues eso… Que ya es el tercer mes y me ha sentado fatal.

—Claro, es normal.

—Se me pasará, en serio. —Las dos se rieron—. Pero ya sabes… mi impaciencia natural.

Se rellenaron los vasos de nuevo, charlaron un poco sobre trabajo y Olivia se sintió más relajada cuando Laura regresó a su cuarto. Pero… no lo suficiente. Así que cogió su teléfono móvil, respondió a un par de mensajes, salió a la terraza de la *suite* y… marcó el número de Taylor.

—Hola, Liv.
—¿En qué punto del planeta te pillo?
—Pues, aunque no te lo creas, estoy en Austin.
—¡Hala! ¿En casa de los Gardner, dejándote mimar por Kathleen?
—Exactamente. Y comiendo como un cerdo, de lo cual me arrepentiré cuando me pese al volver a Nueva York.
—Si mi madre cocinara como la tuya, yo nunca habría sido modelo, así que... disfrútalo.
—Bueno... ¿y a qué debo el honor de tu llamada? —le preguntó Taylor, a quien no se le escapaba que habían pasado un par de semanas desde la última vez que se habían visto... y algo sabía de biología.
—Estoy en Milán y...
—Pero ¿qué hora es ahí?
—Casi medianoche.
—Debe de ser grave, entonces.
—Me ha venido la regla.
—Vaya...
—Sí... *Vaya*.
—¿Estás bien?
—No.
—Me imaginaba.
—Lo siento. No... no tenía que haberte llamado. Ni siquiera sé si debería haberte metido en todo esto. Yo... yo...
—Liv, cálmate. Que te conozco y ahora mismo se te está cayendo el mundo encima. No pasa nada, ¿vale? Seguiremos intentándolo hasta que haya suerte. Si tú quieres, claro.
—¿De verdad? Yo... tengo la sensación de que te he complicado muchísimo la vida con esto.
—¿En serio, Liv? He hecho un par de cosas en mi vida más duras que... *esto*.
—No seas gilipollas. —Los dos se rieron y tuvo bastante mérito, dado el estado en el que se encontraba Olivia.
—A ver, dime en qué fecha me tocará hacer el sacrificio supremo de entregarte mi esencia.
—Tay, tienes que dejar de llamarlo así. —Mientras lo reprendía, Olivia consultó en pantalla la *app* que utilizaba para controlar su ovulación—. El dos o el tres de noviembre, creo.
—Allí estaré. Mándame un mensaje un par de días antes para confirmarme hora y lugar.
—Está bien.
—Y Liv...
—Dime.
—Prométeme que vas a estar bien.
—Hecho.
—Un beso.
—Otro para ti, Tay.

* * *

Taylor hizo todo lo posible por mantener el tono calmado que sabía que Olivia necesitaba en aquel momento, pero por dentro... él no se sentía mucho mejor. Cuando ella le había hecho su *propuesta* más de tres meses atrás, él no había calculado bien todas las posibilidades. Una vez pasado el momento cerdo inicial en que lo único que se le había pasado por la cabeza era acostarse con Olivia después de casi diez años sin hacerlo, la ilusión por ayudarla a ser madre lo había invadido todo. Al principio había habido un punto de egoísmo en ello, porque sabía que, en el momento en que Olivia fuera madre, él se desharía para siempre de aquella culpabilidad que aún lo atenazaba a veces cuando se acordaba de los duros tiempos del divorcio. Pero pronto se dio cuenta de la realidad: él quería que Olivia tuviera un hijo porque ese era el sueño de su vida. Y cuando quieres a alguien de la forma en que él quería a Olivia, tan auténtica y tan real..., haces lo que esté en tu mano para que cumpla sus sueños.

Pero había demasiadas posibilidades que no había barajado. Y de las que no había hablado con Olivia en aquella conversación previa al comienzo de todo. No es que Taylor fuera un gran experto en ovulaciones, inseminaciones y fecundaciones, así que ni se había planteado que el embarazo pudiera tardar en llegar. Y tres meses no era nada, pero... ¿y si se prolongaba más? ¿Cuánto tiempo duraría aquella extraña relación que mantenían?

Taylor tenía claro —muy muy claro— que le gustaba acostarse con Olivia. A lo mejor volvía a ser esa mente cerda suya la que pensaba aquello, pero... era la verdad. Siempre habían disfrutado juntos en la cama —y en muchos otros lugares, en realidad— y eso no había cambiado por más que hubiera pasado una década. Pero otras cosas sí habían cambiado. Ahora... hablaban. Aunque solo fuera para planificar esos encuentros, para confirmar si haría falta reintentarlo, para... tantas cosas. Y a él le encantaba tener a Olivia en su vida de nuevo; nunca había sido idea suya que dejaran de ser aquellos amigos omnipresentes en la vida del otro que habían sido desde la infancia. Pero, con el paso del tiempo, había comprendido los motivos de Olivia para alejarse. Y los dos habían sido tan felices en los últimos años, por separado, que le daba pavor que las cosas volvieran a complicarse.

El padre de Taylor le gritó desde la planta baja de la casa y él agradeció que eso lo sacara de aquel curso de pensamientos tan dañino. Echó un vistazo a su cuarto antes de bajar y se dio cuenta de que no había cambiado nada. Allí seguían los trofeos de fútbol, su camiseta con el cincuenta y cuatro a la espalda enmarcada, los pósteres de bandas de *rock* y aquel corcho lleno de fotos —casi todas de él con Olivia—, entradas de conciertos y pulseras de la amistad que ni siquiera recordaba haber intercambiado. Sonaba *Fly Away*, de Lenny Kravitz, casi como si en lugar de en su cuarto, Taylor hubiera entrado en una máquina del tiempo. Sonrió y, aunque una parte de él estaba deseando volver a Nueva York y retomar el trabajo, se alegró mucho de tener un hogar al que regresar siempre que necesitara desconectar.

Mientras acababa de ayudar a su padre a poner la mesa, le dio un repaso mental a su agenda. Por el momento, no le había resultado demasiado difícil compaginar las *citas* con Olivia con el trabajo, pero las cosas podían complicarse después de Navidad. El comienzo del año era uno de sus grandes picos de trabajo, pues se acumulaban semanas de la moda masculina en diferentes puntos del mundo y aquel era el último año en que aún tendría vigente el contrato que le aseguraba trabajar en todas. Pero no quería adelantar acontecimientos. Por una vez en la vida, se aplicaría su propio consejo e iría afrontando los problemas según fueran llegando.

* * *

El mismo día en que Taylor cogió un avión de Austin a Nueva York, Olivia recorría con Laura la terminal de salidas del aeropuerto de Malpensa, en Milán. Habían pasado cuatro días desde que se había llevado aquella desilusión y, poco a poco, el disgusto se había ido convirtiendo en emoción de nuevo. No había vuelto a hablar con Taylor, pero en cuanto llegara a Nueva York planificaría el encuentro de aquel mes.

—¿Nos da tiempo a tomarnos un café? —le preguntó Laura, devolviéndola al presente.

—Claro. Es Italia. Quiero tomar café todo el día.

—Te das cuenta de que, cuando te quedes embarazada, vas a tener que renunciar a demasiados vicios, ¿verdad?

—Ni me lo recuerdes.

—Y hablando de vicios...

Laura sacó las cinco o seis revistas que acababa de comprar en uno de los quioscos del aeropuerto. Si había un placer que las dos compartían... era ese. Las revistas de moda y, a ratos, las de cotilleo. Echaron un vistazo al *Vogue* italiano, que era una de sus ediciones favoritas, al *Elle* francés y a un par de revistas locales, hasta que las de cotilleo fueron la última opción antes del embarque y allí se encontraron alguna cara conocida.

—¿Pero tu ex no estaba en Texas? —le preguntó Laura, arqueando una ceja. Olivia no le había echado valor para contarle a Laura la intervención de Taylor en todo el asunto del embarazo, pero se le había escapado un comentario sobre él en la cena del día anterior y Laura no había perdido detalle.

—A ver... —Olivia cogió la revista que le tendía Laura y cuyas páginas centrales no dejaban lugar a dudas. El titular decía «TayGar: tantos *outfits* como acompañantes» y mostraba a Taylor en distintos días, acudiendo a fiestas, vestido impecablemente... y con una chica diferente del brazo en cada ocasión. No pudo contener una carcajada—. Nada nuevo bajo el sol. Debe de ser de la semana antes de su viaje.

—¿Cómo lo soportas? —insistió Laura, a pesar de que esa era una conversación que habían tenido cientos de veces—. En serio, si yo hubiera estado casada con semejante ejemplar de hombre, me volvería loca verlo cada día con una mujer diferente.

—A todo se acostumbra una en la vida. —Olivia reparó en la cara alucinada de su amiga y supo que no acababa de comprenderla del todo—. ¡En serio! Esto no es nada. A fotos como esas tuve que enfrentarme cuando aún seguía *muy* enamorada de él. Si superé aquello...

—Fue jodido, ¿no?

—Infernal. Pero ahora ni se me altera el pulso. Es guapo, lo sabe y lo utiliza. Si soy sincera contigo..., me molesta más ese tono que usan para hablar de él. Tay es un tío fantástico, y bastante listo, por cierto. Pero siempre hablan de él como si fuera un pene andante que usa a las mujeres como accesorios. Lo cual es terriblemente ofensivo para ellas, para todas nosotras, de hecho.

—Sí, el tono de estas revistas... ya sabes cómo va. Pero, Olivia..., Taylor es el primero que ha contribuido a esa imagen.

—Sí, sí, no te digo que no, pero... deberías haberlo conocido hace años para entender qué poco le pega ese rollo.

—En eso tienes toda la razón. ¡Ojalá lo hubiera conocido hace años! Antes de ser tu amiga y de que estuviera vetado para mí y todo eso.

A las dos les dio la risa, porque Olivia sabía que Laura tenía un pequeño enamoramiento platónico de Taylor. Las dos o tres veces que habían coincidido en algún evento, Olivia la había visto incluso tartamudear un poco en su presencia. A Laura, que era una de las tías más seguras de sí mismas que había conocido jamás.

Pero aquel era el efecto TayGar, ella lo conocía bien. De lejos..., pero lo había visto en muchas mujeres, incluso cuando aún estaba casada con él. Era curioso que justamente ella, que estaba segura de haber sido la mujer que más enamorada había estado de Taylor en toda su vida, jamás hubiera sufrido aquellos síntomas. Ella lo había querido desde siempre, desde antes de que fueran conocidos, cuando él ni siquiera se planteaba ganarse la vida subido a una pasarela ni recorrer el mundo en primera clase. Y jamás la había impresionado lo más mínimo su fama, su aura, su encanto. Al contrario, era justo aquello lo que había acabado por *desenamorarla* de él, de tanto ver aquella imagen de *playboy* —que a ella le resultaba algo patética— de portada en portada.

Cuando llamaron al embarque, Laura ya había dejado de suspirar por Taylor y Olivia solo tenía en mente todo el trabajo pendiente que se encontraría al regresar a Nueva York. La semana había sido de lo más productiva para la escuela —varias modelos habían conseguido contratos muy jugosos para no ser todavía profesionales— y eso hacía que se sintiera menos culpable por haber tenido cerrado el local diez días. Como Laura no parecía tener sueño, dedicaría el vuelo a explicarle mejor cuáles serían sus funciones cuando ella se tuviera que quedar en casa unas cuantas semanas para cuidar de su bebé. Sabía que podía faltar bastante tiempo para ello, pero cualquier tema de conversación que hiciera un poco más real ese embarazo con el que seguía soñando a todas horas la relajaba, en lugar de generarle la ansiedad que se podía esperar.

Cuando sobrevolaban el Atlántico y Laura se quedó dormida, Olivia pensó en lo afortunada que era. Laura era la persona perfecta a la que confiarle su empresa. Taylor seguía apoyándola, a pesar de que ella sabía que le había pedido algo que poca gente estaría dispuesta a conceder. Tenía un trabajo que la apasionaba y le permitía viajar por el mundo. Y el bebé llegaría. Sí... no tenía ninguna duda de que llegaría.

~11~
EN TU CASA

Para el cuarto intento, quedaron en el piso de Taylor, un rato después del mediodía. Olivia nunca había estado allí; de hecho, la única referencia que tenía sobre el lugar era la descripción de Becky. «Un picadero de soltero forrado, demasiado pretencioso para él». Curioso, teniendo en cuenta que era ella quien se lo había encontrado. Él le había enviado la ubicación un par de días antes y ella no había discutido la decisión. Ya habían quedado tres veces en el apartamento de ella —además de aquella noche un poco loca del Luxurious—, así que él también tenía derecho a jugar en casa por una vez.

Olivia no necesitó más que entrar en el edificio para entender a qué se había referido Becky. Se trataba de una de aquellas edificaciones del Upper East Side que habían reformado para quitarles por completo el encanto clásico y convertirlas en apartamentos de lujo para millonarios. La figura del portero había sido sustituida por un montón de artilugios electrónicos que, de no ser por todas las explicaciones que Taylor le había enviado en un audio de WhatsApp, ella no habría sido capaz de descifrar. Un código en la puerta, una contraseña para llamar el ascensor y un sensor de huella digital para poder subir al ático. Olivia incluso había tenido que descargarse una aplicación para el móvil que registrara su huella antes de entrar en la lista segura de visitantes del piso. Dudaba que Taylor recibiera demasiadas visitas, dado que entrar en aquel lugar era más complicado que hacerlo en el Pentágono.

Taylor la recibió *vestido* solo con unos bóxers azul marino que se ajustaban a su cuerpo de una manera que no dejaba lugar a dudas sobre… bueno, sobre nada. Ella le echó un buen vistazo, se sonrieron y Taylor le quitó un poco de peso al encuentro.

—Deja de mirarme así, anda, que aún me quedan modales y debería enseñarte el piso.

—Pero qué creído eres…

Que a Olivia no acabara de convencerla la decoración del lugar no hacía que no valorara lo impresionante que resultaba. Era un apartamento de tres habitaciones, con un salón enorme, abierto a la cocina, y cuatro cuartos de baños tan modernos que Olivia temió no saber utilizarlos si los necesitaba. Uno de los cuartos era una especie de despacho, otro un gimnasio improvisado —pero mejor equipado que muchos de los que cobraban una mensualidad— y el tercero… el dormitorio de Taylor. Todo el piso estaba decorado de una forma muy minimalista, con muebles de líneas rectas, enormes cristaleras con vistas a Central Park y apenas objetos decorativos. En las paredes podían verse algunas fotos de Taylor en sus campañas más conocidas, todas ellas en blanco y negro, para no desentonar con la línea cromática del apartamento. Por el hilo musical se escuchaba, muy bajito, *Last Nite*, de los Strokes.

—Puedes decir que te horroriza, que nos conocemos —le dijo Taylor, a su espalda, con la voz teñida de burla.

—¡Nooo! Es muy bonito. —Taylor la miró con una ceja arqueada—. Para ser una habitación de hotel, quiero decir.

—Idiota… —Ella se puso la mano delante de la boca para contener la carcajada.

—Que no, en serio, es un pisazo.

Olivia dio un par de vueltas sobre sí misma, contemplando unas esculturas colocadas sobre peanas que había en el pequeño recibidor por el que se entraba a la habitación de Taylor, que era casi como un apartamento en sí misma. Se distrajo algo del objetivo que la había llevado a aquel piso, y ella ya debería haber aprendido mucho tiempo atrás que distraerse en presencia de Tay, sobre todo cuando él estaba medio desnudo…, no era buena idea.

Lo primero que sintió fue su presencia detrás de ella. Y, de inmediato, una mano fuerte sobre su espalda que la hizo inclinarse hacia delante y apoyarse con las manos en una de aquellas peanas. La escultura se tambaleó un poco… y Olivia bastante más.

—Demasiada ropa —susurró Taylor en su oído y ella sintió la aspereza de su barba de tres días en el cuello—. Pierdes muchísimo tiempo vistiéndote.

—Pues tendrás que hacer algo con ello —le respondió Olivia, con una voz que la habría hecho morirse de vergüenza con cualquier otro hombre, pero que allí, con él, parecía lo apropiado.

Y sí, Taylor lo hizo. Se deshizo del vestido tipo pichi en un segundo y las medias… bueno, ni de las medias ni de la ropa interior quedaron demasiados restos reconocibles. Taylor la penetró sin contemplaciones, en cuanto comprobó que ella estaba algo más que preparada. Olivia gimió, pero los dos supieron que no había sido de dolor. Con solo tres o cuatro embestidas, los dos sentían que estaban a punto.

—¿Sabes, Liv? —Taylor habló entre jadeos—. Quédate con que solo digo esto porque estoy tan increíblemente cachondo que o hablo o me corro ya. Pero…

—¿*Pero*…?

—Ojalá hubiera más formas de hacer bebés. —Olivia se quedó quieta y a Taylor se le escapó una sonrisita—. Quiero decir que… Dios, te haría cosas…

—¿Qué cosas?

—¿De verdad quieres oírlas? —La voz de Taylor se endureció y al tono lo acompañó una embestida tan fuerte que Olivia casi se cayó hacia delante—. Porque… empezaría por tocarte…

—¿Dónde?

—Aquí. —Taylor enredó sus dedos en el vello púbico de Olivia y comenzó a acariciar su clítoris en círculos. A ella se le escapó un gemido tan alto que la asustó—. Y luego me arrodillaría… y te mordería. Joder, te mordería tanto que no sabría si estás gritando de dolor o de gusto.

—Ahhh…

—Y seguiría comiéndotelo hasta que te corrieras en mi boca. Y así, bien empapada, te la metería…

—Joder, Tay… Me voy a correr.

—Y yo…

Las palabras se ahogaron en jadeos, en gritos, en el sudor compartido, en un orgasmo demoledor. Olivia se dejó hacer cuando él la cogió en brazos y la llevó a la cama. Estaban adormilados, pero no lo suficiente para dejar de jugar. Jugar a excitarse. A tocarse. A explorar rincones conocidos. A descubrir otros nuevos. Sus dedos se perdieron en el cuerpo del otro. Y sus labios se encontraron, sus lenguas se enredaron… El tiempo dejó de importar. Tanto que no tardaron en perder la noción de si habían pasado veinte minutos o tres horas. Tres meses o diez años.

Y se quedaron dormidos.

***

Olivia se despertó con un pequeño sobresalto. No había sido consciente de haberse quedado dormida en la cama de Taylor, así que la sorprendió su olor impregnado en la almohada. Se levantó deprisa y se sonrojó un poco al darse cuenta de que estaba desnuda... y de que tenía agujetas sexuales a pesar de que aún era de día y no habrían pasado ni dos horas desde que aquella sesión de sexo brutal había terminado.

Recuperó los calzoncillos de Taylor del suelo y se los puso, pues su propia ropa interior era ya solo un amasijo de tela desgarrada olvidado sobre la alfombra. Alcanzó también una camisa blanca que colgaba de un gancho atornillado tras la puerta del dormitorio y ni se molestó en abrocharla. Se moría de hambre, así que salió del cuarto en busca de Tay, a ver si se compadecía de ella y le preparaba un sándwich y un té.

Lo encontró junto a la ventana entreabierta de la cocina, con la mirada perdida tras los cristales y un cigarrillo encendido en la mano. Con el ceño fruncido y una expresión algo torturada que no era nada propia de él. Que ella sabía que significaba que algo lo atormentaba. Se acercó a él cuando se dio cuenta de que ni siquiera había reparado en su presencia.

—Hey, Tay... —Él se giró para mirarla y sonrió, aunque fue una mueca algo triste.

—Hola.

—¿No me dijiste una vez que solo fumabas en ocasiones especiales? —Señaló su cigarrillo con la cabeza y le dedicó una caricia de cariño en el brazo.

—Me parece bastante especial que aparezcas medio desnuda en mi cocina, la verdad —bromeó él, y ella aprovechó el despiste para robarle el cigarrillo y darle una calada. Hacía años que no fumaba, en realidad nunca lo había hecho de forma habitual, y sintió un leve mareo—. No hagas eso, joder. Puede que ya estés embarazada.

—No puedes estar hablando en serio. —Olivia soltó una carcajada.

—Mis pequeños son muy rápidos y potentes, cielo —le respondió él, alzando las cejas de forma burlona.

—Pues ya va siendo hora de que lo demuestren.

—*Touché*.

Compartieron el final del cigarrillo, con ella sentada sobre la encimera y él de pie, con las piernas cruzadas a la altura de los tobillos y vestido solo con un pantalón vaquero bajo el cual Olivia sabía que no llevaría nada. Ese pensamiento le envió una oleada de calor a su organismo que no esperaba, después del maratón sexual en que habían convertido todo el día.

—¿Quieres comer algo? —le preguntó él después de apagar el cigarrillo bajo el grifo del fregadero y tirar la colilla al cubo de basura.

—Pues a eso venía... Un sándwich al microondas o cualquier cosa.

—Un poquito más de fe en mis habilidades culinarias, Liv... —protestó Taylor—. Tengo lasaña vegetal casera en el congelador. Tarda un minutito en calentarse.

—¿Lasaña vegetal casera cocinada por un restaurante?

—Obviamente.

Se rieron y encendieron el horno después de una breve discusión —que ganó Olivia— sobre si era mejor calentarla en él o en el microondas. Olivia aprovechó la espera para preguntarle a Taylor por aquello que lo atormentaba un rato antes. Y cruzó los dedos para que no fuera algo que tuviera que ver con ella.

—¿Qué te pasa, Tay?

—¿Por?

—Porque te conozco, porque estabas fumando con cara de atormentado y porque sí. Porque te pasa algo.

—Estoy hasta los cojones, Liv —escupió él.

—¿De mí? —se le escapó a ella, y se arrepintió en el acto. De la pregunta y de la voz temblorosa con la que la hizo.

—Pero... ¿cómo va a ser de ti, idiota? —Le acarició la mejilla con cariño—. Estoy harto de este trabajo, Olivia. Qué jodidamente lista fuiste largándote a tiempo.

—¿Qué ha pasado?

—Espera.

Taylor aprovechó que el horno ya estaba precalentado para meter dentro la bandeja de lasaña, programar el temporizador y acompañar a Olivia hasta el sofá. Se sentó, se revolvió el pelo con ese gesto que siempre le provocaba el estrés y que acabaría por dejarlo calvo, y empezó a hablar.

—Cuando te has quedado dormida he mirado el móvil y... ahí estaba la oferta de renovación de mi contrato.

—¡Hostia! ¿La cifra?

—La cifra.

—¿Y?

—Y estamos hablando de más del doble de mi caché actual. Creo que sabes lo que significa.

—Joder, Tay. —A Olivia se le abrió la boca de par en par. Tanto que daba la sensación de que su mandíbula iba a tocar el suelo. Ella había estado a su lado cuando había firmado el contrato que tenía en aquel momento y la cifra ya era mareante. El doble... era sencillamente obsceno—. ¿Y por qué eso es una mala noticia?

—Porque llevo diez años atado al contrato actual. Y me quedan tres meses para que acabe. Y llevo como cuatro años soñando con esa puta fecha en la que volveré a ser libre.

—¿En serio? Nunca me lo habías dicho. Pensaba que no había nadie en el mundo más feliz con su trabajo que tú.

—Y es que a ratos lo soy. El trabajo en sí... me encanta. Y muchas de las cosas que implica. Pero no te puedes imaginar las restricciones.

—¿Lo de beber en público y todo eso? —le preguntó ella, recordando que los dos habían alucinado un poco la primera vez que habían leído aquellas cláusulas.

—Ojalá fuera solo eso... Si ya eran jodidas las que tenía hasta ahora, el nuevo contrato lo empeora.

El contrato que Taylor tenía con el mayor conglomerado de marcas de lujo del mundo había salido en todas las revistas del gremio... y hasta en el *Wall Street Journal*. Había algunos precedentes entre modelos femeninas, pero nunca un modelo masculino se había comprometido durante diez años con una sola compañía —aunque en la práctica fueran varias marcas— y a cambio de una cantidad tan desorbitada de dinero. Ella siempre había temido que Taylor se sintiera esclavo de él, pero en los años siguientes... jamás lo había visto dudar de que firmarlo hubiera sido una buena decisión.

—¿Qué es lo que hace que no te sientas libre? ¿Se lo has contado a Becky?

—No se lo he contado a nadie. Mucho menos a Becky, que evidentemente querrá que firme porque con el quince por ciento de esa cantidad puede comprarse los putos Hamptons enteros.

—¿Quieres contármelo a mí?

—*Solo* puedo contártelo a ti.

El horno pitó y Taylor se tomó un momento para reordenar las ideas mientras servía la lasaña en los platos. Comieron un momento en silencio, hasta que Olivia no pudo soportarlo más y apartó el plato.

—Pero ¿qué mierda comes, Taylor? Esta lasaña es... ¿intragable? Se me queda corto el adjetivo.

—Son las placas de pasta. No es pasta *pasta*. Es un compuesto de lentejas rojas y quinoa.

—Pues espero que al que perpetró la receta le haya caído la perpetua. O al menos que lo hayan mantenido lejos de unos fogones.

—Yo ya me he acostumbrado. —Taylor se encogió de hombros, pero pareció espabilar de repente y hasta asustó a Olivia con su grito—. ¡¿Ves?! Pues esta es una de las cosas de las que estoy hasta los cojones.

—¿De qué hablas?

—De comer estas putas mierdas cuando daría el huevo derecho por comerme una pizza bien a tope de *pepperoni*.

—Intenta conservar los huevos al menos hasta que hagas diana, campeón. —Taylor le sacó la lengua, en un gesto que en realidad era de agradecimiento por tomarse con algo más de calma que él el tema.

—¿Qué haces?

Olivia se levantó, alcanzó el teléfono y llamó a su pizzería favorita de Manhattan. La que, por cierto, era también la pizzería favorita de Taylor cuando Taylor aún comía pizza. Cuando él la escuchó decir «¿me puede enviar una pizza familiar con *pepperoni*, anchoas, doble de mozzarella y aceitunas negras?» tuvo que hacer un verdadero esfuerzo para no declararle su amor eterno.

—Sabes que no puedo comer eso, ¿no?

—¿Por? Consiste en abrir la boca, introducir la pizza, masticar y tragar.

—Ya sabes lo que quiero decir.

—¡Pues claro que sé lo que quieres decir, Tay! Pasé hambre todos y cada uno de los días de mi vida entre los seis y los veintiséis años. ¡Todos! Mi cena de la infancia y la adolescencia, a diario, era una manzana. Aunque viniera de correr en las pistas de atletismo del instituto durante dos horas o de follar contigo en el asiento trasero de la camioneta de Mike.

—Mmmm... La camioneta de Mike... —Taylor le hizo ojitos y ella se partió de risa. Pero él la cortó pronto—. Hablando en serio, Liv... Esto no es vida. Son diez años pasando hambre. Y eso ni siquiera es lo peor.

—¿Qué más?

—No puedo fumar. En público, digo.

—Eso es bueno, ¿no?

—Sí, joder. Sabes que odio esa mierda, y de hecho es bastante paradójico que los mismos que hicieron que me enganchara sean los que luego me lo prohibieron. Pero no es que no pueda fumar en una fiesta delante de todo el mundo, que ya no se me ocurriría. Es que no puedo fumar en el puto jardín de la casa de mis padres por si a alguien se le ocurre hacerme una foto con el móvil y acaba en la web esa que publica fotos de famosos fumando.

—¿Hay una web de eso?

—*Smoking or not*. Algo así se llama. ¿Te lo puedes creer?

—Me cuesta.

—Eso. —Taylor señaló el vientre desnudo de Olivia y ella se asustó. No entendía a qué se refería. Si a ella, al posible bebé que algún día estaría ahí o a otra cosa diferente.

—¿Perdona?

—Llevo como diez años queriendo tatuarme. Y llevo como diez años teniéndolo prohibido por contrato.

—Bueno, podrías tatuarte el rabo. Nunca has querido hacer desnudos frontales.

—¿Quieres hacer el favor de tomártelo en serio? ¡Es que ni en el rabo, Liv! Que tengo que pesarme en pelotas delante de gente de la marca dos veces al mes. Hasta la polla me ven, joder, como si estuviéramos en la cárcel. Y, por supuesto, moverme siempre en una horquilla entre setenta y nueve y ochenta y un kilos. Si un día peso ochenta y dos, se desata una crisis mundial y me paso una semana a agua y lechuga.

—Si te sirve de consuelo, cuando yo estaba en tu lugar, tenía que moverme entre los cuarenta y siete y los cuarenta y nueve. Un cinco en la báscula era pecado mortal.

—Es que vosotras estáis mucho más jodidas que nosotros. Debería ser delito lo que os hacen.

—Por eso me largué. Ahora veo de vez en cuando incluso un seis en la báscula y me da igual.

—Este comentario está completamente fuera de lugar, pero estás bastante más buena ahora que entonces.

—Gracias... supongo. —El timbre de la puerta sonó y Taylor se levantó a abrir—. Esa pizza ayudará a que esté incluso más buena.

—Dudo que eso sea posible.

Taylor pasó por su cuarto a rescatar una camiseta para abrir al repartidor —que a saber cómo había franqueado el búnker que era el edificio— con un aspecto medio decente y aprovechó para ponerse las gafas. Olivia no quiso hacerlo, de verdad que no, pero no pudo evitar echarle un vistazo de arriba abajo. Qué guapo era, joder. Y qué sencilla habría sido su vida si lo fuera un poco menos. La suya... y la de él.

Taylor interrumpió el repasito irrumpiendo con la caja de pizza y, si se dio cuenta de que ella se estaba recreando, no dijo nada. Olivia lo conocía lo suficiente para saber que estaba perdido en su propia batalla mental y que no se daría cuenta ni si un extraterrestre aterrizara en el medio del salón y le robara el mejor pedazo de la pizza.

—¡Ni esto podré usar en público, ¿vale?! —Se señaló las gafas. Eran de pasta, de color azul con algunas partes transparentes y muy estilosas—. Me voy a pasar la puta vida medio ciego, joder.

—Pero ¿no habíamos quedado en que las gafas eran tendencia? Te pasaste un par de años saliendo en todas las revistas con ellas. Estabas muy mono —añadió, sin venir a cuento, y estuvo a punto de abofetearse por coquetear con un tío con el que tenía un trato de lo más aséptico y del que hacía como ocho años que no estaba enamorada.

—Eran lo más cuando la marca me convirtió en imagen de su línea de gafas graduadas. Ahora voy a dejar de serlo y el nuevo contrato dice que tengo que ser perfecto, así que aparentemente no puedo ser miope. Y te aseguro que pasar sesiones de fotos de dieciocho horas con lentillas es un puto infierno.

—Así que tu famosa mirada arrebatadora tiene truco.

—Sí, el truco de tener que quitarme las lentillas porque no aguanto más y posar viendo al fotógrafo como una mancha borrosa.

—Pues, Tay..., no seré yo quien me meta en tu vida a estas alturas del partido, pero creo que la decisión sobre renovar o no el contrato la tienes clara. ¿Quieres pasarte otros diez años amargado?

—Ya, Liv, pero... mira esa cifra. Y tengo treinta y cinco años. Me garantizan una cantidad de dinero de la hostia hasta los cuarenta y cinco, ¿sabes lo que es eso en esta profesión?

—Pues claro que lo sé. Una oportunidad de oro que muy poca gente rechazaría. Pero también sé que un trabajo que te gusta puede ser una afición por la que te pagan mucho dinero, pero un trabajo que odias puede convertirse en una cárcel de oro.

—Ya.

—¿Tú qué quieres hacer con el resto de tu vida, Tay? —Olivia se sorprendió de no saber algo tan importante sobre él. Durante todos los años que pasaron juntos, Taylor solo había querido ser dos cosas: futbolista o modelo. Y para ambas cosas se le estaba pasando el arroz.

—¿Me prometes que no te vas a reír?

—Haré lo posible, pero no garantizo nada. —Le sonrió y le revolvió el pelo con cariño, porque, desde que habían empezado a hablar, lo había sentido como a un niño perdido—. Suéltalo.

—Me gustaría dedicarme al *fitness*. Como entrenador personal o montando un centro deportivo... Algo así. Aprovechar lo que aprendí en la carrera y en el fútbol, además de lo que me han ido enseñando los *trainers* que he tenido estos años, para ayudar a otra gente a estar en forma.

—No suena mal. Siempre te ha gustado el deporte. —Olivia se comió el último bocado de pizza, suspiró y se repantingó en el sofá—. Yo me lanzaría a por ello. Sin ánimo de meterme en tu vida, vaya.

—Deja ese rollo, Liv. Si tú no tienes derecho a meterte en mi vida, no sé quién cojones lo tendría. Hasta que no te cuento a ti las cosas no parecen reales, joder.

A Olivia la dejó impresionadísima esa confesión, que Taylor no hizo con ninguna ceremonia, sino que le salió de forma natural. Ella había aprendido a lo largo de los años que las cosas más bonitas que había escuchado de los labios de Tay eran aquellas que parecían escapársele.

—¿Y qué te quieres tatuar? —le preguntó, por cambiar rápidamente de tema, mientras se dirigía al dormitorio, seguida por él, para vestirse y marcharse a su apartamento.

—Eso lo tengo claro desde que tenía quince años, más o menos.

—Qué misterioso.

—En tres meses lo sabrás.

Se sonrieron y se dieron un beso cariñoso en la mejilla.

—Cambia las sábanas. No me apetece que alguna de tus múltiples compañeras de cama acabe oliendo a mi perfume.

—Tú no usas perfume —le dijo, apoyado en el marco de madera de la puerta del dormitorio. La pose era burlona y *sexy* a la vez, si es que esa combinación era posible. La recorrió con una mirada de fuego mientras ella se sacaba la ropa de él y recuperaba la suya—. Y no compartiría nunca con otra una cama que he compartido contigo. He follado bastante en los nueve años que llevo viviendo en este piso, pero no pienso traer a nadie mientras esto... dure.

—Joder... perdona.

A Olivia no le salieron más palabras. Solo esa disculpa torpe, otro beso fraternal pero sentido y una despedida rápida, antes de quedar para el día siguiente. Para seguir intentándolo.

Solo en el ascensor Olivia se dio cuenta de que ella siempre había considerado al Taylor posterior al divorcio como un *playboy* sin demasiados principios que se acostaba con cualquier mujer atractiva que se le pusiera a tiro. Con cualquiera, en cualquier momento y en cualquier lugar. Ni se le había pasado por la cabeza que aquel apartamento de soltero dejara de ser un antro de perdición a causa de todo lo que estaba ocurriendo.

* * *

Al día siguiente regresó. Y volvieron a intentarlo. Y olvidaron, durante todo el tiempo que estuvieron juntos, que estaban intentando algo. Se les hizo de noche entre las sábanas y, de nuevo, en algún momento se quedaron dormidos. Aquellos maratones sexuales de dos días en los que llevaban inmersos ya cuatro meses eran agotadores desde el punto de vista físico. No es que Olivia fuera a quejarse, dado que era un ejercicio bastante más placentero que machacarse con el *cross fit* dos veces por semana, pero a veces el cansancio hacía que se atravesaran barreras que ella preferiría que siguieran intactas. Y estaba segura de que Taylor también.

Dormir era una de ellas. Olivia siempre había sabido diferenciar cuándo una relación era solo sexo y cuándo era algo más. Con Taylor era todo bastante más complejo que eso, porque ya no había amor pero lo había habido, aunque los dos lo habían hecho todo sorprendentemente bien hasta entonces. Se acostaban, no de la forma aséptica que habían planificado al principio, pero sin confusión de sentimientos. Después del sexo, charlaban un rato, se tomaban un descanso hasta el siguiente *intento* y, cuando acababan, se vestían y se decían adiós hasta el mes siguiente. Sin dramas, nostalgias ni nada que se asemejara lo más mínimo a una relación de otra índole.

Por eso… dormir quizá había sido un error. Olivia abrió los ojos y se sorprendió de la cantidad de luz que entraba por el enorme ventanal de la habitación de Taylor. De un par de retazos de conversaciones sueltas había deducido que a él no acababa de gustarle aquel apartamento y creía comprender por qué, pero lo cierto es que era impresionante. Solo su dormitorio podía tener unos ochenta o noventa metros cuadrados, contando con el vestidor y el cuarto de baño doble. Toda una pared estaba cubierta de cristal de suelo a techo, sin ninguna división; solo un vidrio diáfano desde el que las vistas de Central Park quitaban el aliento. Se distrajo un segundo en la imponente visión de las copas de los árboles atravesadas por los rayos de luz de la mañana, antes de levantarse, ponerse su ropa y regresar a su casa, cruzando los dedos para que aquel mes fuera el definitivo. Que hubieran sido certeros y ella pudiera retomar su vida normal antes de decirle adiós definitivamente a cualquier normalidad para convertirse en madre.

Estaba a punto de echar un pie fuera de las sábanas cuando sintió unos brazos rodeándole la cintura. Se habían quedado dormidos desnudos y sintió como la piel se le ponía de gallina al notar el contacto. Eran unos brazos fuertes, unos que conocía de memoria. Y se sintió bien y mal al mismo tiempo cuando olvidó sus buenas intenciones y se dejó mecer por ellos unos segundos.

—Buenos días —le susurró Taylor—. Parece que ayer me agotaste demasiado y ni siquiera recuerdo en qué momento nos quedamos dormidos.

—Lo mismo digo. —Olivia carraspeó y se le escapó una media sonrisa al darse cuenta de que los dos estaban intentando justificar aquel desliz—. Vaya vistas tienes desde aquí. Creo que yo no me levantaría nunca.

A Olivia la voz se le rompió un poco al final de la frase cuando sintió los labios de Taylor sobre su hombro. Nunca había tenido ni idea de por qué, pero ese había sido siempre uno de sus puntos débiles. Era como si tuvieran una carga erógena desmedida, y Taylor alternando caricias sobre él con sus labios y su lengua consiguió en un segundo que la humedad regresara al vértice entre sus piernas, si es que en algún momento se había ido de allí.

—Me siento bastante ofendido. Pensé que te gustarían más las vistas de este lado.

Taylor la sorprendió con un movimiento certero que la hizo girar ciento ochenta grados sobre sí misma y los dejó cara a cara. Olivia se mordió el labio, porque aquella había sido siempre una de las especialidades de Tay. Hacer un movimiento que ella ni se veía venir y cambiarla de postura. Ella le había dicho una vez a Becky que Taylor era una especie de coreógrafo del sexo, lo que había provocado las carcajadas de su amiga. Pero… era verdad. Con él nunca existían esos momentos en que la postura era incómoda, en que no se sabía muy bien qué hacer, cómo colocarse o qué decir. Tay movía sus manos y hacía magia. Era como un bailarín marcando el paso de una danza que Olivia conocía muy bien. Llevaba el mando sin que se notara, sin necesidad de imponerse o dominar.

La sonrisa socarrona que Olivia se encontró al mirar a Taylor a la cara le confirmó que no se iba a ir a su casa aún. Ella también sonrió y Taylor aprovechó el momento de distracción para hacer otro de esos movimientos magistrales, que dejó a Olivia a horcajadas sobre él. Sobre su entrepierna, en concreto. Ella no pudo evitar que se le escapara un gemido ahogado.

—Mejor hacer un último intento antes de que te vayas, ¿no? —le propuso él, con una expresión canalla en la cara que a Olivia le apeteció morder.

Olivia fue incapaz de responderle con palabras. Lo hizo con un movimiento de sus caderas que Taylor pensó que iba a volverlo loco. Por suerte, reaccionó rápido, movió él a su vez su cuerpo y penetró a Olivia antes de que a alguno de los dos les diera tiempo a arrepentirse.

—Joder, Olivia… Vaya despertar.

A Taylor le dio un poco la risa, porque… aquello no era normal. No podría contar con cuántas mujeres se había acostado en los diez años anteriores, pero no eran pocas. Ni de lejos. Puede que el balance fuera obsceno y que por eso él prefiriera ni pensar en ello. Pero jamás, en toda su vida, se había excitado de la manera en que lo hacía con Olivia. No sabía si era porque sus cuerpos se conocían desde siempre, porque habían aprendido juntos todo lo que sabían sobre el sexo, o porque, aunque el amor romántico hubiera quedado atrás, el cariño y la confianza que había entre ellos aportaba la sal que diferenciaba aquellos encuentros de todos los demás… O simplemente que, con más o menos años, kilos, tatuajes o experiencias vividas, Olivia siempre sería la mujer más *sexy* del planeta para él.

Olivia se mecía encima de él y su entrepierna no la decepcionaba. Estaba tan duro que tuvo que hacer un verdadero esfuerzo para no correrse antes de que la función hubiera empezado del todo. Ella bailaba sobre él, con una expresión de placer pintada en la cara y un ritmo delicioso. Con los ojos cerrados, casi como si estuviera al mismo tiempo muy lejos de allí y más cerca que nunca. Taylor se permitió el lujo de observarla, de memorizarla, de recrearse en su visión… sin olvidar impulsar sus caderas hacia ella, para que no dejara nunca de tener aquella cara tan expresiva, como si el placer la superara, como si fuera más de lo que podía soportar.

—Me gusta esto.

Taylor sujetó entre sus dedos índice y pulgar el *piercing* que ella lucía en el ombligo. Le gustaba todo en realidad. Aquellos tatuajes que le cubrían casi toda la piel de los brazos, el abdomen y los muslos. Cómo parecían cobrar vida propia cuando ella se arqueaba ante él. Su pelo, siempre tan salvaje, revuelto por el exceso de sexo. Su sonrisa radiante, en todas sus versiones: la lánguida que le dedicaba en la cama; la sarcástica cuando se burlaba de él; la franca, que reconocía con solo ese gesto el cariño que le tenía…

Olivia abrió los ojos y le dedicó una ceja arqueada.

—Es un poco noventero, ¿no?

—Por mí como si es medieval. Me la pone como una piedra.

—Como si eso fuera una novedad…

Taylor decidió dejarse de charlas y se incorporó sobre sí mismo. Clavó sus dientes en el pezón izquierdo de Olivia y tuvo miedo por un segundo a haberle hecho daño. El grito de ella lo tranquilizó, porque no había un ápice de dolor en él; solo placer desmedido. Eso espoleó a Taylor, que se alzó un poco más, hasta quedar prácticamente sentado. Como Olivia había perdido algo de apoyo de sus rodillas en el colchón, él decidió hacer parte del trabajo. Posó sus grandes manos sobre las caderas de ella y comenzó a moverla. Aunque sabía que ella seguía impulsándose, ahora con una de sus manos agarrada al cabecero de la cama, tuvo la sensación de ser él quien la movía a su antojo y eso… joder, eso le encantó.

—Tay… —gimió ella.

—Ya lo sé, nena…

Se corrieron entre gritos desafinados, sin importarles lo más mínimo mostrarse ante el otro más desnudos por dentro de lo que estaban por fuera. Tardaron en recuperar la respiración, inmóviles. Taylor recostado contra el cabecero de la cama y Olivia sobre él. Con él aún dentro de su cuerpo, echada hacia delante, con las manos apoyadas en la pared mientras recobraba el aliento, lo que hacía que sus pechos quedaran a la altura de los ojos de Taylor, y eso no ayudaba exactamente a que la excitación remitiera.

Cuando amagó retirarse, Taylor rodeó su cintura con las manos. Casi podía abarcarla entera y lo hizo con algo de fuerza, porque clavar las yemas de sus dedos en la piel de ella lo excitaba de una manera que prefería no plantearse demasiado.

—Quédate…

—¿Qué? —le preguntó Olivia, con algo de alarma en la voz.

—Quédate así. Un segundo, nada más.

Abrieron los ojos y se miraron. Los dos los tenían algo acuosos por los efectos de un orgasmo demoledor. Se dijeron muchas cosas con aquellas miradas. Cosas que no se atreverían a repetir en voz alta, por mucha confianza que tuvieran. Que seguían excitándose de una manera difícil de comprender; que era una verdadera pena que el amor hubiera fallado, porque entre las sábanas eran infalibles; que ojalá ninguno de los dos se volviera loco del todo y propusiera seguir con aquello una vez conseguido el objetivo original, que a ratos se les olvidaba… En resumen, se dijeron que, entre ellos, el sexo siempre era algo más que solo eso. Era, quizá, la esencia de lo que nunca habían perdido.

Olivia pareció entender a la perfección lo que él necesitaba. O quizá era que a ella también le hacía falta quedarse así. Taylor flexionó las rodillas y ella se puso cómoda, recostándose hacia atrás, hasta que toda su espalda quedó tendida sobre los muslos de él. En aquella postura, sus cuerpos parecían uno solo. Taylor echó un vistazo a su reflejo en el ventanal y se arrepintió de no tener por alguna parte un espejo de cuerpo entero que le regalara una fotografía mental del que probablemente fuera el momento más sensual de su vida.

—Joder, Liv… —Taylor no supo si reír, llorar o morirse de vergüenza—. Esto vuelve a… Vamos, que estoy…

—Dios, eres insaciable.

—Vete. —Se le escapó una carcajada, porque, aunque nada deseaba más que quedarse así unas cuantas horas, estaba teniendo que hacer un esfuerzo sobrehumano para no dar un golpe de cadera que le dejaría demasiado claro a Olivia cuántas ganas le tenía—. En serio, vete porque vas a volverme loco.

—No. —Olivia se echó hacia delante y susurró a un milímetro de sus labios—. No me voy a ninguna parte.

Taylor supo que aquello era una invitación y no la desaprovechó, por supuesto. Volvió a tomar el mando, la besó con furia y aprovechó el movimiento para tumbarla en la cama y quedarse encima de ella. Olivia puso los ojos en blanco y él se rio. En voz alta, con una carcajada sonora de esas que llenan el pecho y calientan el alma. Sabía que el gesto de ella era su forma de llamarlo mandón y para él era maravilloso sentir la confianza que suponía poder reír, hablar y bromear en medio de una sesión de sexo sin que esta perdiera ni un grado de temperatura. Al contrario, más bien.

—No sé si te vas a quedar embarazada con esto, pero te voy a follar hasta que pierdas el puto sentido.

—O igual te follo yo a ti, ¿no? —Olivia se lamió los labios de forma *sexy* y, aunque el gesto fue algo impostado, a Taylor le dio igual.

—Nos follaremos los dos. Como siempre. ¿Te vale?

—Ajá.

Fue rápido. Y tuvo ese sabor del segundo orgasmo que llega muy pronto tras el primero. Más lánguido, más suave, casi como si fuera una réplica, pero ni un ápice menos intenso. Olivia sintió que se le agarrotaban los músculos de los muslos cuando todo estalló. Taylor, simplemente, que iba a perder la cabeza.

—Ahora sí… me marcho.

Olivia se levantó, se metió en el cuarto de baño y salió de allí vestida con el mismo vestido gris oscuro y la cazadora de cuero con la que había llegado el día anterior. Taylor la acompañó a la puerta, se despidieron con un beso en la mejilla, porque fuera de la cama no tenía sentido dárselos en ninguna otra parte, y Taylor regresó dentro. Fue al baño, encontró algo de ropa y se sentó en la barra de la cocina a esperar que la cafetera llenara la taza con la que esperaba volver a la vida. Aquella máquina modernísima solo tardaba diecisiete segundos en preparar un expreso corto, pero fueron suficientes para que la mente de Taylor se llenara de dos pensamientos contradictorios: que deseaba más que nada en el mundo que Olivia se quedara embarazada y cumpliera su sueño de ser madre…, pero que él ya no tenía demasiado claro que pudiera sobrevivir sin verla derretirse bajo su cuerpo, aunque solo fuera dos días al mes.

~12~
ESTO ES PARA NOSOTROS

Olivia: «¿Puedo pasarme por tu casa hoy?».
Taylor: «Claro que sí. Llevo dos días esperándote».

Taylor se arrepintió un poco de ese mensaje, porque no quería que Olivia supiera que hacía un par de meses que había un calendario en su agenda en el que tenía más o menos controlados sus ciclos de ovulación, para evitar que le fijaran sesiones de fotos, viajes de trabajo o cualquier cosa que pudiera interrumpir la rutina de verse con ella durante dos días cada mes. Seguiría contándose a sí mismo la excusa de que solo lo hacía para acercarla más a su sueño de ser madre, aunque lo cierto era que cada vez disfrutaba más de aquellos momentos. No solo del sexo —aunque era obvio que de eso disfrutaba mucho—, sino de volver a tener a su mejor amiga a su lado, a alguien con quien compartir sus inquietudes, sus dudas… y también sus alegrías.

Quedaron a las siete y Taylor estaba cachondo ya a eso de las cuatro y media. Hizo más de una hora de ejercicio en la elíptica que tenía en el gimnasio de su apartamento, con los Arctic Monkeys sonando a todo volumen, se tomó dos o tres cafés —que no ayudaron en nada a que se relajara— e intentó leer un rato sin demasiado éxito. El sexo con Olivia, la promesa de él en solo unas horas, tenía ese efecto en él. No lo recordaba tan bueno. O sí, pero siempre había pensado que era aquel amor que sentían cuando aún estaban juntos el que había hecho que las cosas funcionaran tan bien entre las sábanas. O la juventud, con todas esas hormonas revoloteando entre ellos. O… lo que fuera.

Pero no. Habían pasado diez años y era obvio que los dos habían aprendido, en otras bocas y otras camas. Donde fuera, qué importaba. Pero lo habían hecho. Hacía ya cuatro meses que aquella locura de encuentros con fines exclusivamente reproductivos había comenzado y, desde el primer momento en que volvió a verla desnuda después de una década separados, Taylor sintió que nunca disfrutaría del sexo con nadie como lo hacía con Olivia. Y sabía que aquello tenía fecha de caducidad. Con honestidad, esperaba al mismo tiempo que fuera cuanto antes y que no llegara nunca. No lo reconocería en voz alta, pero incluso había empezado a fantasear con ese segundo embarazo que Olivia le había mencionado el primer día… y con volver a empezar el ciclo.

A las siete menos diez, Taylor se dio cuenta de que lo único que había conseguido el curso de sus pensamientos había sido ponerlo irrefrenablemente cachondo. Una buena noticia, teniendo en cuenta que Olivia, la siempre puntual Olivia, estaría a punto de llamar a su puerta. Tres días sin sexo, sin tocarse siquiera en la ducha, no ayudaban demasiado.

Cuando sonó el timbre, Taylor decidió que la ropa le sobraba. Toda… que no era demasiada, ya que, al salir de la ducha después de hacer ejercicio, se había limitado a ponerse un pantalón corto y una camiseta sin mangas. No es que Olivia se fuera a asustar si la recibía como su madre lo había traído al mundo, teniendo en cuenta el objetivo de aquella *cita*.

O quizá sí.

—Pero, por Dios santo, ¡Taylor! ¿Qué haces? —Olivia se tapó los ojos cuando se lo encontró y a él se le escapó una carcajada. Quizá si otra mujer hubiera reaccionado así al verlo desnudo… y con las manos en la masa, se habría muerto de vergüenza. Pero era ella, así que se limitó a preguntarle con la mirada por qué coño se comportaba de esa forma tan puritana—. ¡Tápate un poco!

—Ven aquí, anda…

Taylor se acercó a ella con la clara intención de que estuviera lo antes posible tan desnuda como él, pero Olivia empezó a recular de una manera que lo hizo pensar que acabaría persiguiéndola por el rellano en pelotas.

—Vale, vale. Espera. —Taylor echó mano de los pantalones que había dejado abandonados y se los puso a la velocidad del rayo. Toda aquella situación tan extraña podría haber hecho que su entrepierna se viniera abajo, pero… allí seguía, complicándolo todo. La historia de su vida—. Pasa. ¿Olivia?

Taylor frunció el ceño cuando se dio cuenta de que Olivia se había quedado plantada en el umbral de su puerta, que seguía abierta. Su cuerpo estaba rígido y, por un momento, le dio pavor haber metido la pata con aquella escena de seducción tan cutre. Pero la expresión de su cara… escondía algo más. No sonreía, pero su gesto estaba invadido de serenidad. O algo así.

—¿Liv? —Se acercó a ella, preocupado, y la tomó de la mano, mientras con el otro brazo cerraba la puerta—. ¿Pasa algo? Pensaba que habías venido a…

—No he venido a eso —Olivia habló de repente e hizo un gesto vago con la mano señalando hacia el pantalón de Taylor. A los dos les dio la risa y eso relajó un poco el ambiente.

—¿Entonces?

—Ya está, Tay.

—¿Qué? —preguntó él, con la voz algo tomada, porque empezaba a entender lo que ella quería decir.

—Que ya está. Estoy… —Olivia sonrió tanto que a Taylor se le llenó el pecho de alegría por ella antes incluso de escuchar lo que iba a decir—. Estoy embarazada.

—¿En serio?

—Cuatro test positivos parecen indicar que sí. —Olivia se mordió el labio, nerviosa, y Taylor se acercó a abrazarla—. Y, además, antes de contártelo, he conseguido que mi ginecólogo lo confirme. De muy poquito y con toda la prudencia del mundo, pero… sí. Lo estoy.

—Liv…

Entonces sí se abrazaron. Y el piso de Taylor se llenó de cientos de cosas por decir. De frases que, entre ellos, no era necesario pronunciar en alto. Los dos sintieron, en cierto modo, que habían vuelto a la infancia, a la pubertad, a aquellos años en que el amor romántico aún no había aparecido, o ellos no tenían aún la capacidad para sentirlo, pero en los que ya habrían hecho cualquier cosa el uno por el otro. Porque eran como hermanos, como los mejores amigos del mundo, aunque no fueran en realidad del todo ninguna de esas dos cosas.

Olivia estaba tan llena de gratitud por el regalo que Taylor le había hecho que sintió que lo quería más incluso que cuando estaba loca por él. Taylor se enorgulleció de saber que Olivia sería la mejor madre del planeta, porque no necesitaba que pasaran nueve meses ni diez años para tenerlo clarísimo. Y de haber contribuido a que ella cumpliera el único sueño que la vida le había negado.

Taylor no sabría explicar por qué lo hizo, pero no pudo evitar besarla. Fue un beso de amigos, en cierto modo, pero también fue algo más. Fue de alegría, del puro gozo de saber que habían cumplido aquel plan algo loco que había surgido en una noche de verano y que culminaría, si todo iba bien, nueve meses más tarde. Sus miradas se enredaron, sus lenguas siguieron el mismo camino y ambos tuvieron la sensación de que aquel había sido el beso más dulce que se habían dado jamás.

Y Taylor… decidió ir más allá. Quizá no con su cerebro consciente, quizá con el que habitaba más abajo de su ombligo o simplemente dejando que el instinto tomara el mando. Sus manos se aferraron a las caderas de Olivia y la acercó a su cuerpo hasta que no le quedó ninguna duda de que ella estaría sintiendo aquella excitación de la que empezaba a tener la sensación de que no se desharía jamás.

—¿Taylor? —Él entendió a la primera lo que significaba aquel tono interrogatorio en la voz de Olivia. Ya estaba, lo habían conseguido, ya no había una razón para que ocurriera nada más… Volverían a su vida, a la situación anterior a aquel verano, a no verse, a algo que los dos tenían muy claro que era lo mejor, que era lo que querían…, pero todo gran momento merece una gran despedida—. ¿Qué…? Ya no hace falta…

Él se apartó un poco, pero entonces fue ella quien recortó la distancia. Sus palabras podían salir entrecortadas, pero su lenguaje corporal no dejaba lugar a dudas. Aferró sus dedos a la cintura del pantalón de Taylor y se puso de puntillas para volver a besarlo. Él reaccionó empujándola con suavidad contra la pared de su recibidor. No se habían movido de allí en toda la conversación. Olivia intensificó tanto el beso que Taylor sintió la marca de sus dientes en su labio inferior.

—Esto… —él consiguió hablar entre jadeos—. Esto no es para conseguir ningún objetivo. Esto es para ti.

Olivia jadeó por toda respuesta.

—No. —Taylor se separó un momento y se corrigió—. Esto es para *nosotros*.

Taylor cayó de rodillas ante Olivia y le desabrochó los pantalones vaqueros mientras su nariz acariciaba el vientre de ella. Aquel en el que ya crecía algo, que pronto dejaría de ser plano, pero sería más bonito que nunca. Se le escapó una media sonrisa al ver como Olivia apretaba los puños, tensos junto a sus caderas, y como emitió un gemido audible en el momento en que él dio la primera pasada con su lengua por aquel lugar que sabía que a ella la volvía loca.

Olivia se corrió entre los labios de Taylor, como tantas veces había hecho, pero al mismo tiempo de una forma completamente diferente. Ella no dejó que aquello acabara allí y lo cogió de la mano para llevarlo hasta el dormitorio. Taylor, a quien solía gustarle llevar la iniciativa en esas cuestiones, por ser ella, se dejó hacer.

Hicieron el amor. En todos sus encuentros anteriores…, habían follado. Copulado. Buscado la fecundación. Se le podía llamar de muchas maneras, pero nunca hasta aquella noche habían hecho el amor. Y podía no ser un amor romántico, pero, durante unas horas…, fue incluso mejor que eso.

—¿Estás bien? —le preguntó Taylor cuando aquella pasión con la que habían celebrado la buena noticia se extinguió y solo quedaron sobre la cama dos viejos amigos. Desnudos… pero viejos amigos, al fin y al cabo.

—Estoy feliz, Tay.

—¿Y nerviosa?

—¡Claro! De momento, solo quiero que pasen algunas semanas y que me confirmen que todo va bien. El resto de preocupaciones ya llegarán.

—Lo vas a hacer perfecto, Liv. Vas a ser la madre que todos los niños quieren tener.

—Eso es muy bonito, Tay… —Olivia se giró hacia él y le acarició la mejilla con los nudillos—. Pero en realidad no tienes ninguna evidencia de que vaya a ser así.

—¿No? Yo creo que tengo muchas. A ser madre se aprende, supongo, y tú aprenderás muchas cosas cuando ese bebé nazca. Pero hay un montón que ya traes sabidas, Liv. Tú ya eras madre antes de serlo. Llevas años siendo… una madre sin bebé.

—Tay…

—No he querido decir algo tan triste, joder… Lo siento. Ha sonado fatal.

—A mí me ha sonado precioso.

—Pues… me alegro. Porque es cierto. Has querido ser madre desde que eras una cría. Me… me duele, joder.

—¿Te duele?

—Me duele saber que, si no me hubiera largado, lo habrías sido hace diez años.

—Pero, Tay…, aquello fue lo mejor que nos pudo haber pasado. Sí, yo sería madre hace diez años, pero tú también serías padre… y no querías serlo. Y probablemente seríamos unos padres divorciados desde hace… ¿qué? ¿nueve años?

—¿De verdad lo crees así?

—¿Y qué crees tú? ¿Que un bebé nos habría unido? Te habrías ahogado, Tay… Si solo mi presencia te hacía infeliz, imagínate…

—Tu presencia no me ha hecho infeliz nunca.

—Ya sabes a lo que me refiero.

—No me arrepiento de la decisión que tomé —confesó Taylor, aunque bajó la mirada al decirlo—. Pero a veces aún me odio por el daño que te hice.

—Lo hiciste, sí. Y fue muy duro durante mucho tiempo. Pero, a la larga, fue lo mejor que podría haber ocurrido. Tú ya no me querías.

—Yo te he querido siempre, Liv. No me jodas que no lo sabes.

—Pero no estabas enamorado de mí, Tay.

—No… No lo estaba. O, al menos, estaba más enamorado de mí mismo que de ti.

—Y eso es lo mejor que aprendí del divorcio. A quererme a mí misma más que a otra persona. Deberían enseñarlo en los colegios.

—Sí. Pero sigue jodiéndome haberte hecho daño.

—Pues has tenido diez años para superarlo. —Olivia obligó a Taylor a mirarla a los ojos y le sonrió—. Además, da igual cualquier cosa que pudieras haber hecho en el pasado… Con esto, me has hecho el mejor regalo del mundo. Aún no sé cómo podré llegar a agradecértelo algún día.

—Sé feliz, Liv. Ten a ese bebé, conviérteme en su padrino y sé la madre más feliz del mundo.

—¿En serio? —Olivia se levantó y se dirigió a la cocina de Taylor a por algo de beber. Cogió una cerveza para Taylor y un vaso de agua con gas para ella, antes de regresar a la cama—. ¿De verdad quieres ser el padrino?

—Lo decía de coña, pero…

—¿Pero?

—Joder, me encantaría. Pensé que tú ya tendrías a alguien en mente, no sé, no quiero entrometerme…

—Nadie se lo merecería más que tú, si es que eso de ser padrino fuera una carrera de méritos, que tampoco lo creo. Pero yo no soy religiosa, ya lo sabes, la figura del padrino es más bien algo simbólico. Y no hay nadie en mi vida más simbólico que tú.

—¿Soy… *simbólico*?

—Achacaré todo lo que diga a partir de ahora a que tengo las hormonas revolucionadas y a que esto —Olivia hizo un gesto con el dedo índice en círculo, como queriendo abarcar todo lo que había sucedido en aquella cama en las últimas horas— es una despedida. ¿Hay trato?

—Hay trato.

—No sé si «simbólico» es el adjetivo, pero… Fuiste mi mejor amigo cuando era una niña, con el que aprendí a montar en bicicleta y a subir a los árboles. Me enamoré de ti cuando era una adolescente y fuiste el mejor novio que nadie podría haber soñado. Después nos vinimos a Nueva York y lo vivimos todo juntos. Hasta el desamor. Y tuvimos que dejar de vernos porque nos queríamos demasiado. Y «demasiado» siempre implica mal. Pero ni una sola vez, ni siquiera en estos diez años en que prácticamente solo he tenido noticias sobre ti a través de las revistas, he dejado de sentir que eras una parte de mí.

—Joder, Liv… Eso… —Taylor sacudió la cabeza, porque no sabía qué decir y porque tenía miedo a que la emoción se lo comiera—. Eso es precioso.

—No sé si es precioso, pero es verdad. Tú fuiste veinticinco años de mi vida. Olvidarte del todo implicaría contarme a mí misma una versión incompleta de todo ese tiempo. Aunque ya no seas mi presente, siempre serás el pasado más bonito del mundo.

—Ojalá yo tuviera la capacidad para decir esas cosas, porque te aseguro que me siento exactamente igual.

—Tú guárdate la palabrería para las aspirantes a modelos veinteañeras a las que conoces en fiestas —se burló.

—Qué capacidad tan irresistible tienes para romper el encanto.

—Ya te he regalado los oídos suficiente por hoy, creo. Pero… con todo eso quería decirte que sí, que, si quieres estar presente en su vida, me encantaría que fueras el padrino de este niño.

—Será un honor.

—Solo te pido que, a partir de ahora, no vuelvas a recibirme con el pene en la mano cuando llame a tu puerta.

—¿Durante cuánto tiempo vas a estar recordándomelo?

—Siglos.

—¿Y cuánto vas a tardar en contárselo a Becky?

—Ya le he mandado un mensaje.

—Mentira. No has tenido tiempo para eso. Te he tenido demasiado entretenida.

—Lo haré en cuanto vuelva a mi piso. Lástima no tener inmortalizado el momento.

—Esa vieja bruja va a ser la madrina de tu hijo, supongo, ¿no?

—Exacto. Y como vuelvas a llamarla así, te mataré. O ella, si se lo cuento.

—Pues falta hace que sea yo el padrino para poner cordura. Miedo me da lo que podáis hacer con la criatura entre las dos.

—Ya será menos.

Olivia se levantó y dio un recorrido turístico por la casa de Taylor recopilando su ropa perdida. Se vistió, se recogió los rizos en un moño improvisado y volvió al dormitorio a despedirse de Taylor.

—¿Y ahora qué… qué va a pasar? —le preguntó él, ya vestido también con una camiseta, y apoyado en el cabecero de cuero de su cama.

—¿Cómo?

—Que… ahora que… ya está… ¿volveremos a vernos solo el día de nuestro aniversario?

—Supongo… supongo que no, ¿no? —Olivia se sentó en el borde de la cama, porque sabía que aquello no era algo que fueran a resolver en dos minutos de conversación.

—Parece mentira… Hemos comentado tantas cosas relacionadas con todo esto… y nunca se nos ha ocurrido pensar cómo cambiaría o no nuestra relación.

—A ver… Hace diez años, yo necesité cortar el contacto contigo porque… bueno, porque aún estaba enamorada de ti y verte me hacía más daño que dejar de verte, por muy duro que fuera no volver a saber nada de ti más que en una cena al año.

—Pero ahora la situación ha cambiado.

—Sí, claro que ha cambiado. Pero no por estos meses ni por el embarazo. Hace ya años que no estoy enamorada de ti. Años en que podría haberte visto más de una vez al año sin que mi vida se desequilibrase por ello. Pero supongo que, de algún modo, dejamos de formar parte uno de la rutina del otro.

—¿Como esos antiguos compañeros de colegio a los que te encuentras cada cierto tiempo y siempre les dices que «hay que quedar un día»..., pero luego nunca se queda?

—Pues... aunque suene muy frío, algo así. A la fuerza tuvimos que salir de la vida del otro. No... no te imaginas lo que fue para mí no llamarte cuando me pasaba algo importante. El día que inauguré la escuela, aunque ya hacía tiempo que lo peor había pasado...

—¿Me echaste de menos allí?

—Sí, Tay. Tanto que... que, aunque fue uno de los días más felices de mi vida, no fui capaz de disfrutarlo del todo.

—No te imaginas cuánto pensé yo en ti ese día. Sabía que estabas cumpliendo un sueño, Becky me lo había contado todo... y hasta pensé en aparecer en la fiesta, darte una sorpresa, llevarte un ramo de flores y decirte lo orgulloso que me sentía de que lo hubieras conseguido.

—¿Y por qué no lo hiciste?

—Tuve miedo, Liv... Pensé que, si tú no me habías invitado, sería porque aún no estabas preparada para que volviéramos a vernos fuera de esa única excepción anual.

—Ni siquiera sé decirte si lo estaba. Lo que sí sé es que, a fuerza de pasar días como esos..., desaparecimos de la vida del otro. Yo aprendí a que me pasaran cosas y no contártelas, a enamorarme, desenamorarme, disfrutar, sufrir, viajar, conocer gente... Y supongo que a ti te habrá pasado lo mismo.

—Sí, supongo... Nunca lo había visto así, pero creo que me pasó lo mismo. Al principio marcaba muchas veces tu número, ¿sabes? Joder, era un puto egoísta. Conseguía un desfile cojonudo y quería contártelo. Me iba de viaje a sitios preciosos y me apetecía mandarte una foto. Por suerte, siempre mantuve la cordura lo suficiente como para no hacerte más daño alardeando de lo feliz que estaba, pero... ganas tenía. Muchas. Echaba mucho de menos contártelo todo.

—Pero se te pasó, ¿a que sí?

—Sí. El tiempo... todo lo cura.

—Supongo. Y se crean nuevas rutinas. Y yo ahora llamo a Laura, o a Becky o incluso a Josh, cuando tengo algo que celebrar o algo que me atormenta. Y apostaría a que tú sigues llamando a Mike o a Chris, ¿verdad?

—Claro. También a un par de amigos que no tienen nada que ver con el mundo de la moda y a los modelos con los que empecé. Pero sí, cuando hay algo serio, siempre son mis hermanos los primeros a los que llamo.

—Y así, poco a poco, fuimos perdiendo el rastro el uno del otro.

—Sí... Pero eso no resuelve la cuestión de qué va a pasar a partir de ahora.

—No te voy a mentir, Tay... Yo no estoy preparada para que volvamos a estar demasiado presentes en el día a día del otro. Ya no por las mismas causas que antes, evidentemente, sino por el embarazo. Creo que para los dos, y para el niño en el futuro, será menos confuso si no es así.

—Estoy de acuerdo. Al fin y al cabo, lo más importante es él. O ella. Y que tenga claro que tú eres su madre y que yo no soy su padre. Créeme, eso lo he entendido desde el primer día; si no, no habría aceptado este acuerdo.

—Lo sé. Y con respecto a nosotros... dejemos que fluya. No nos llamemos a diario, no forcemos las cosas. Pero si un día pasas por Chelsea y te apetece tomar un café, avísame. Y si un día yo tengo náuseas matutinas y necesito que alguien me aguante al teléfono, no dudes que te llamaré.

—Me gusta. Me gusta eso de que fluya. Sinceramente, no tengo un concepto demasiado alto de mí mismo en cuanto a ser capaz de comprometerme con algo serio, pero…, si me necesitas, espero que sepas que puedes contar conmigo. Durante el embarazo, en el parto o cuando nazca el niño. O cuando tenga dieciséis años y necesites que alguien se lo lleve un fin de semana al campo porque ya no lo soportas más.

—Lo tendré en cuenta. —Olivia le sonrió a Taylor y se acercó a darle un beso. Un beso en los labios. Breve pero intenso. Un beso de despedida, como lo había sido todo aquel día. Una forma de decirse adiós. No. De decirse hasta luego, hasta pronto, hasta siempre. Una forma de decirse… que lo que habían hecho era precioso.

Olivia estaba ya recogiendo su bolso cuando escuchó la voz de Taylor de nuevo.

—¿Sabes, Liv?

—¿Qué?

—Está claro que fue el último mes cuando… bueno, cuando hicimos diana. —Ambos sonrieron—. Pero me gustaría pensar que fue la última mañana. Aquel polvo improvisado pero tan…

—Tan nuestro.

—Sí. Tan nuestro. —Taylor se sonrojó de repente—. Bueno, ya sé que es una tontería, y que es imposible saberlo, además, pero… no sé…

—No es una tontería. Es bonito. Eres un cielo, Tay… Se hace jodidamente difícil no quererte.

Olivia dejó aquellas palabras en el aire y se marchó. Salió de aquella casa con una sonrisa de oreja a oreja. Feliz, porque estaba embarazada y, aunque aún era demasiado pronto, sentía algo en su interior que le daba vida. Feliz también porque nunca perdía de vista que su día a día estaba lleno de personas maravillosas que la iluminaban. Porque había atravesado un infierno, pero había logrado volver a ser feliz. Aunque el recuerdo de lo perdido siguiera doliendo un poco, como una herida muy cicatrizada pero que aún se nota sobre la piel. Y que no quieres que se borre del todo porque verla te recuerda que fuiste fuerte. Que sobreviviste.

Olivia siempre querría a Taylor. Y sabía que él la querría siempre a ella también. ¿Qué más daba de qué manera se quisieran? ¿Qué más daba que el amor romántico hubiera muerto entre ellos? ¿Qué importancia tenía eso si, en el momento más trascendental de su vida, Olivia podía contar con él? El amor se podía demostrar de muchas maneras, y estar casados y felizmente enamorados no era la única. La de ellos, aquel día, había sido hacer el amor como dos buenos amigos que tienen algo que celebrar que es tan bonito que una botella de champán y unas cuantas palabras no son suficientes y necesitaron que sus cuerpos lo expresaran. Había sido Taylor quien había empezado, pero Olivia estaba segura de que, de no haberlo hecho él, habría sido ella quien diera el paso.

Un taxi pasó por la esquina de la Quinta Avenida con la calle Setenta y tres, y Olivia lo paró al vuelo. Se pasó los treinta y cinco minutos de trayecto entre la casa de Taylor y la suya acariciándose una tripa que todavía era plana como una tabla. Y sonriendo. No dejó de sonreír ni un momento.

~13~
SER MADRE... ANTES DE SERLO

Olivia se había prometido a sí misma tomárselo con calma, pero lo cierto es que apenas hacía un par de semanas que sabía que estaba embarazada y ya había comprado doce pares de zapatillas deportivas de la talla cero, ocho *bodies* con dibujos a cada cual más mono y un álbum en el que ir apuntando y adjuntando fotografías de los momentos más destacados del embarazo. Además, sobre la mesa de centro de su salón reposaban más de treinta catálogos y revistas en los cuales había marcado sus modelos favoritos de cunas, cochecitos, cambiadores y todo tipo de objetos que, apenas unas semanas antes, ni siquiera sabía que necesitaría. Sobra decir que los artículos marcados sobrepasaban con creces la centena.

Becky y Laura no eran de gran ayuda, pues se pasaban la mitad del tiempo diciéndole que había perdido la cabeza con tanta compra... y la otra mitad enviándole enlaces a productos *monísimos* que encontraban en tiendas *online*.

Sería una tontería negar que a Olivia se la había comido el consumismo, pero ella sabía muy bien que la razón por la que había *perdido la cabeza* era que la ilusión la desbordaba. Se levantaba cada mañana con la sonrisa pintada en la cara en cuanto recordaba que sí, que al fin, que estaba embarazada. Se moría de ganas de empezar a notar los primeros cambios en su cuerpo; y se reía cuando se daba cuenta de que era toda una noticia que una modelo (o exmodelo) estuviera deseando engordar.

Solo había tenido por el momento dos citas con su ginecóloga y en ambas le habían confirmado que todo iba bien, pero que habría que esperar a las siguientes ecografías para saber algo con más certeza. Olivia intentaba convencerse cada día de que no sería tan extraño que el embarazo se malograra, pues era algo que, aunque no se hablara lo suficiente de ello, sabía por sus amigas que ocurría bastante a menudo. Pero tan pronto como esos pensamientos llegaban a su cabeza, ella los echaba de allí. No quería ni pensar en la posibilidad de que algo fuera mal. Sería uno de los disgustos más grandes de su vida.

Así que ella seguía con su rutina. Se había jurado muchas veces no ser una de esas madres que olvidan que, antes de serlo, eran mujeres, y que también seguirían siéndolo después. Tenía muy claro que quería continuar con su trabajo, con su vida social... con su vida, en general. Y no pensaba empezar a incumplir sus planes cuando solo estaba embarazada de unas pocas semanas, así que cada día se levantaba, iba a trabajar a la escuela, salía con sus amigas y disfrutaba de ese ambiente increíble que invade Nueva York siempre que la Navidad se aproxima.

Estaba precisamente esperando su turno en la caja de pago de Saks cuando su móvil sonó. Echó un vistazo a la pantalla pensando en ignorar la llamada si eran Laura o Becky, pues ambas parecían tener un radar que les permitía distinguir el sonido de fondo de los grandes almacenes y no le apetecía tener que confesar que el número de zapatillas deportivas tamaño mini había ascendido a trece. ¡Dios! ¡Esas cosas eran demasiado monas para poder resistirse!

Pero no. No eran ellas quienes la llamaban, sino Taylor.

—¿Qué tal, Liv?

—Emmm… Bien, bien. —Olivia rebuscó la tarjeta de crédito en su cartera y la entregó a la cajera que se la acababa de solicitar—. Comprando unas cosas para el bebé.

—Ay, ya… —Taylor se rio—. Me ha dicho Becky que estabas…

—¿Enloquecida con las compras? Sí, algo así. No es que Becky sea la más indicada para hablar, teniendo en cuenta que es ella siempre la que me incita a la mala vida.

—Cuéntame algo que no sepa —ironizó Taylor.

—¿Y qué? ¿Por dónde andas estos días?

—Estoy en Londres. Tengo un par de *shootings* aquí antes de volver a casa y cogerme unas merecidas vacaciones de Navidad.

—¿Vas a Austin?

—Qué remedio. Mi madre se suicidará el día que alguno de los tres faltemos para el maratón gastronómico navideño.

—Como si tú prefirieras estar en cualquier otro sitio…

—Eso también es cierto. —Hubo un breve silencio en la línea, pero Taylor lo cortó rápido—. Oye, en serio, ¿te encuentras bien? ¿No estás mareada ni tienes náuseas ni nada de eso?

—No, Tay. —A Olivia se le escapó una sonrisita—. La verdad es que me encuentro de maravilla.

—Mejor.

—Sí, mejor.

—Bueno… entonces, te llamaré un día de estos, ¿vale? Y, si no, quizá nos veamos en Austin en Navidad.

—Sí, claro. Cuando quieras.

—Un beso, Liv.

—Un beso, Tay. Da saludos a la reina.

—De tu parte.

Los dos colgaron el teléfono con una sonrisa por esa broma final, pero la de Olivia pronto se convirtió en una mueca algo extraña. Era la segunda vez que Taylor la llamaba desde aquella última vez que se habían visto, desde aquella despedida tan especial el día que ella le confirmó que estaba embarazada.

Y las llamadas no habían sido fáciles. Tampoco incómodas, porque, a pesar del paso de los años, se conocían muy bien y no solía haber silencios violentos entre ellos, pero ambos estaban… prudentes. Sí, quizá esa era la palabra que mejor lo definía. En las dos conversaciones que habían tenido no habían pasado de un par de lugares comunes, porque… poco más tenían que decirse. Era triste, pero era la realidad que habían creado. O, mejor dicho, que se había creado a su alrededor mientras ellos crecían por separado. Olivia podría hablarle de la escuela, pero tendría que remontarse a explicarle muchas cosas sobre su funcionamiento en los años anteriores de las que Taylor no tenía ni idea. Ella sí solía preguntarle a él por su trabajo, porque era un campo que dominaba y, además, la carrera de Taylor era de dominio público. Pero no había mucho más. Siempre acababan cayendo en la tentación de hablar de Becky, o de sus familias o de alguna otra de las pocas cosas en común que seguían en pie de los años que habían pasado juntos.

Pero… no era justo decir solo que les faltaran temas de conversación. La clave de todo estaba en la prudencia. Olivia estaba segura de que, si se pusiera a hablar con Taylor sobre la situación política del país, sobre las tendencias de moda que más le gustaban u horrorizaban de la temporada o sobre el último partido de los Yankees, podrían pasarse horas al teléfono. Pero no querían. O no se atrevían. O no tenían, ninguno de los dos, ni la menor idea de qué había sido de aquel pacto de mantenerse alejados que habían firmado poco después del divorcio.

Taylor había sido mucho más valiente que ella y, al menos, le había preguntado cómo se encontraba en aquellas primeras semanas de embarazo y le había dado algo de charla intrascendente. Ella había tenido el teléfono en la mano un par de veces para llamarlo a él, o al menos para mandarle un mensaje, pero no se había atrevido, porque ninguno de los dos era tan necio como para no darse cuenta de que los últimos cinco meses habían cambiado muchas cosas en aquel pacto. Lo habían hecho volar por los aires. Y no estaba muy claro lo que debían hacer con las cenizas.

* * *

A casi seis mil kilómetros de allí, Taylor aceptó el cóctel de color indefinido que le ofrecía un camarero y ahogó la mueca de asco que le provocó el sabor dulzón. Por muchos años que pasara en el mundo de la moda, jamás se acostumbraría a que en las fiestas fuera imposible conseguir un buen *whisky* con hielo y nada más; sin sombrillitas ni frutas flotando ni vasos fluorescentes.

Guardó el móvil en el bolsillo de su americana y regresó a la zona interior de la fiesta de inauguración de una tienda de lujo en pleno Regent Street. Hacía dos o tres años que él había sido imagen de una campaña de la firma y habían tenido la deferencia de invitarlo a la que, se decía, era la fiesta más exclusiva que se celebraría en Londres en mucho tiempo.

Dejando a un lado el dudoso gusto del mundo de la moda para las bebidas alcohólicas, todo lo demás era aquello que Taylor siempre había considerado uno de los mayores alicientes de su trabajo. Codearse con lo más granado de la sociedad, tener la oportunidad de ponerse un esmoquin a medida, bailar un rato al son de la música de algunos de los DJs más solicitados del panorama internacional, conocer a alguna chica con la que acabar la noche en su hotel…

Intentó sacarse de la cabeza la llamada a Olivia para disfrutar de la fiesta del modo en que solía hacerlo, pero… le costó. Odiaba aquellas llamadas llenas de titubeos por ambas partes, aquellos vacíos en los que parecía que no tuvieran nada que decirse, sobre todo teniendo en cuenta que apenas unas semanas atrás compartían conversaciones profundas y, cuando no era así, dejaban que sus cuerpos hablaran por ellos.

Como siempre, tuvo la sensación de que Olivia iba unos cuantos pasos por delante de él. Que ella sí sabía cómo comportarse y que, además, había sabido asumir mucho mejor que la situación había cambiado y que estaban más cerca de volver a ser una pareja divorciada que se tiene muchísimo cariño pero muy poco contacto que de cualquier otra cosa.

Taylor se dio cuenta, mientras se resignaba a su tercer cóctel de zumo de pomelo y vodka, de que Olivia y él habían hablado mucho en los meses anteriores sobre cómo gestionar aquellos encuentros que llevarían al embarazo, y también sobre lo que ocurriría después de que naciera el bebé; que Taylor no sería el padre, que podría tener con el niño el contacto que quisiera, como una especie de padrino… Los dos parecían tener muy claro todo aquello, pero ¿y ese *impasse* intermedio en el que se encontraban?

Taylor dudaba constantemente. No sabía si eran esos malditos modales de chico sureño sobre los que siempre bromeaba Becky o qué, pero el caso es que le sabía mal no llamar a Olivia con más frecuencia para preguntarle si necesitaba algo, si podía hacer algo por ella… Pero no se atrevía porque por nada del mundo querría que ella pensara que no la consideraba capaz de ser madre sola, sin necesidad de que él estuviera pendiente de cuidarla. No quería ser paternalista, ni pasarse de protector, ni tomarse atribuciones que no le correspondían, pero… le costaba.

—¿Qué te tendrá tan distraído, TayGar? —La voz de Natalie sonó a su espalda y Taylor puso los ojos en blanco. En parte por el apelativo, en parte porque Natalie Audley era su gran némesis. A ratos no la podía soportar; a ratos le caía bien; *todos los ratos* lo ponía tontísimo. Estaba seguro de que ella sentía exactamente lo mismo por él.

—Nat…

—No tenía ni idea de que te encontraría aquí esta noche. —Natalie frunció los labios en un gesto de fingida frivolidad—. Te dejas ver muy poco por el viejo continente, ¿no?

—He desfilado en las doce últimas semanas de la moda de Londres. No se puede decir lo mismo de tu presencia en la de Nueva York.

Natalie recibió el envite con deportividad y una sonrisa. Estaba acostumbrada a las rivalidades entre modelos, pero el único colega masculino con el que se picaba alguna vez era Taylor Gardner. Era parte de su juego, de uno que les había funcionado varias veces en el pasado. Y que los dos esperaban que siguiera funcionando como la maquinaria de un reloj.

—¿No estamos perdiendo un tiempo precioso discutiendo? —Taylor sacó a relucir su mejor sonrisa y, por instinto, se llevó la mano al bolsillo interior de su americana, solo para comprobar que la tarjeta de su habitación de hotel seguía allí.

—¿Te alojas en el Savoy?

—En el Claridge's.

—Mejor. —Natalie se giró, en un movimiento que tenía muy estudiado, pero que no le restaba ni un ápice de sensualidad, y le guiñó un ojo a Taylor—. Más cerca.

—Vamos.

Los *flashes* de los *paparazzi*, ávidos de alguna foto interesante, los cegaron en cuanto pusieron un pie en la calle. Regent Street estaba deslumbrante aquella noche, con la acera cubierta por una alfombra roja, las limusinas haciendo cola en doble fila a las puertas de la tienda y unas luces de Navidad tan espectaculares que los turistas se agolpaban para fotografiarlas. Taylor sabía que, al día siguiente, su foto estaría en portada de todas las páginas de cotilleo del mundo, pero le dio igual. Sacó su mejor sonrisa comercial, saludó con educación a la prensa y se marchó corriendo, calle arriba, con Natalie de la mano y la pajarita a medio desabrochar.

~14~
NAVIDAD EN CASA

A Olivia se le escapó una carcajada cuando reparó en el compañero de asiento que le había tocado en suerte en la fila uno de la sección de primera clase del vuelo que la iba a llevar de Nueva York a Austin para celebrar la Navidad con su madre en su ciudad natal. Taylor tuvo que mirar dos veces para comprobar que realmente era ella y, entonces, se unió también a las risas.

—Pero ¿qué coño…? —Taylor se levantó para saludarla con un beso, mientras un asistente de vuelo se encargaba de dejar el bolso de mano de Olivia en un pequeño armarito junto a sus asientos—. ¿Qué posibilidades había de que coincidiéramos aquí?

—Pues… teniendo en cuenta que solo hay dos vuelos a Austin al día y que hoy es la víspera de Nochebuena, diría que bastantes.

—No me imaginaba yo que, ahora que eres una *hippy*, siguieras viajando en primera.

—¿Una *hippy*? —Olivia se atragantó con el refresco que acababan de servirle—. Creo que nadie me había llamado eso jamás.

—Pues te sobran tatuajes, entonces —se burló Taylor—. Por cierto, debió de ser guay enseñárselos a Janet.

—No lo fue. Pero te voy a hacer un *spoiler* sobre estas navidades: va a ser peor que el año que aparecí con el pendiente en la nariz y el tatuaje del brazo.

—Ya…

El avión inició las maniobras de despegue, las luces se atenuaron y los asistentes de vuelo transmitieron al pasaje las instrucciones de seguridad. Cuando la señal luminosa de los cinturones de seguridad se apagó, Taylor suspiró y se atrevió a sacar de nuevo el tema.

—Así que se lo vas a contar en estas vacaciones.

—Pues… sí. Podría decirte que es lo adulto y maduro, pero en realidad es que no se me ocurre otra excusa para no beber en todas las fiestas.

—¿Cómo crees que se lo tomará?

—Mal. O no, yo qué sé. —Olivia se rio—. ¿Ves? En momentos como este es cuando considero una verdadera desgracia no poder beber.

—Agua, por favor —le pidió Taylor a la asistente que pasaba en aquel momento con más bebidas. Olivia lo miró arqueando una ceja por la elección, porque Taylor siempre decía que la única manera de amortizar un billete de primera clase era emborrachándose durante el vuelo—. Sobriedad solidaria.

—Se agradece. Y tú… ¿vas a decirles algo a tus padres?

—Debería.

—En serio, Tay, no hace falta. No creo que, después de casi diez años divorciados, tus padres vayan a verme embarazada y creer que tienes algo que ver en ello.

—No me parecería bien ocultarles algo así. Ya sé que es cosa mía... *tuya*, en realidad. Pero siempre les contamos todo y...

—¿Tus hermanos también siguen contándoles todo a Kathleen y Nathan?

—Pasados los cuarenta, sí.

—Chris se ha divorciado, ¿no? Me lo contó mi madre el verano pasado.

—Hace tiempo ya, sí. Fue jodido. Aunque en realidad su exmujer no nos caía bien a ninguno. Creo que ni siquiera a él.

—Así que Eileen se ha quedado de nuera única... No quiero ni pensar lo mimada que la tendrán tus padres.

—Ni te imaginas. Pero creo que tú sigues siendo su favorita.

Taylor le guiñó un ojo y Olivia se sonrojó un poco, porque siempre sentía un pequeño rastro de culpabilidad por haber cortado la relación con sus exsuegros. Cuando se había dado cuenta de que no podía seguir teniendo aquella relación tan tóxica con Taylor y había decidido ponerle fin, había habido muchos daños colaterales. Por supuesto, siempre que volvía a Austin y se los encontraba, se paraba un buen rato a hablar con Kathleen y Nathan, y también con Chris y Mike, que seguían tratándola como a una especie de hermana pequeña. Pero las llamadas frecuentes, los mails y los mensajes que intercambiaban casi a diario se habían acabado. Como tantas cosas en aquella época.

Las tres horas y media del vuelo se les pasaron entre conversaciones más superficiales, algún silencio cómodo y un par de miradas furtivas de Taylor a la tripa de Olivia, en la que aún no se percibía ni un mínimo síntoma de embarazo, obviamente.

Después de aterrizar, se despidieron con un abrazo, y Olivia prometió pasar a felicitar a Taylor el día dos de enero, porque era su cumpleaños. Taylor le tomó la palabra y se marcharon sin mirar atrás.

* * *

La reacción de Janet, la madre de Olivia, a la noticia de su embarazo no fue tan terrible como ella había supuesto. Quizá fuera un deseo muy bien disimulado hasta entonces de ser abuela. O tal vez su madre se alegrara de que, en un lugar tan lejano como Nueva York y tras tantas experiencias vividas, Olivia fuera a tener al fin un *para siempre*. O puede que las cosas, simplemente, estuvieran volviendo a su lugar, a uno que nunca habían ocupado, el de la confianza y el amor sinceros entre una madre y su hija.

Pero no había que echar las campanas al vuelo. Entre Olivia y Janet se habían ido levantando tantas barreras a lo largo de los años que harían falta muchas ganas, mucho esfuerzo y algo de ayuda divina para que la relación llegara a normalizarse. Al menos, la noticia del embarazo no la había empeorado, lo cual ya era una noticia esperanzadora.

Olivia no tenía ni un solo síntoma todavía. Ni náuseas matutinas, ni antojos absurdos, ni cansancio... Y no lo reconocería en voz alta, pero hasta a ratos le apetecía que le ocurriera algo de todo aquello. Estaba tan obsesionada con vivir la experiencia al máximo que no quería perderse ni las partes negativas.

La cena de Navidad no fue diferente a las de los últimos años, al menos en apariencia. Durante los años en que Olivia y Taylor estuvieron juntos, las dos familias se reunían en los días señalados, pero desde el divorcio eran solo su madre y ella. A cualquiera que viera aquella celebración desde fuera le habría parecido algo triste y, desde dentro..., no era mucho mejor, por más que Olivia aquel año no dejara de sonreír ni un momento, imaginando que, al año siguiente, ya no serían solo dos.

En los días sucesivos, Olivia se dedicó a aquello que más disfrutaba cuando pasaba tiempo en Austin. Pasear, leer, descansar, desconectar del móvil y el portátil en la medida de lo posible... Vio entrar el nuevo año como a ella le gustaba: en pijama, con un buen recipiente de comida china sobre el regazo y una película clásica en el televisor. Quizá había heredado aquella costumbre de su madre, pues ella también parecía encantada con el plan.

* * *

Taylor se pasó la mañana de su cumpleaños repartiendo su ropa en diferentes maletas. Enero era el mes más caótico del año para él, con contratos en varias semanas de la moda repartidas por todo el planeta. La mitad de la ropa que había llevado a Texas regresaría a Nueva York por mensajería y el resto lo acompañaría en un periplo que lo llevaría de Austin a París, con escala en Miami, y de la capital francesa a Milán y, finalmente, a Tokio. Suspiró con una mezcla de fastidio y resignación al pensar que le quedaban menos de veinticuatro horas en la casa familiar y que, después, pasaría casi un mes sin pisar su apartamento de Manhattan.

Taylor no podía evitar sentir que aquellas vacaciones en casa habían sido una farsa. Las había disfrutado, por descontado. Había salido a hacer deporte con sus hermanos, como en los viejos tiempos; había achuchado a sus dos únicos sobrinos, Simon y Elijah, hasta que protestaron, aunque él juraría que lo habían hecho con la boca pequeña; había comido todo lo que se podía permitir en las semanas previas a fechas de trabajo tan importantes, que era mucho menos de lo que a él le habría gustado —e infinitamente menos de lo que habría dejado satisfecha a su madre—; y había saboreado esa sensación que solo conseguía cuando volvía a casa, la de pertenecer a un lugar, la de estar entre los suyos.

Pero ahora que veía ya cercana su partida, y sin tener ni idea de cuándo volvería a tener la oportunidad de pasar una temporada en familia, se arrepentía de no haberle echado valor a contarle a su familia lo del embarazo de Olivia. No estaba acostumbrado a ocultarles nada importante; Olivia siempre se había burlado de él por ello. Y tenía razón; los Gardner tenían un poco ese espíritu de familia americana ideal de película. Todo se hablaba en la mesa, a la hora de cenar; las preocupaciones, las alegrías, los miedos y los sueños. Solo en aquellos días que habían compartido, se había enterado de que su sobrino le había dado un beso a una niña de su clase, que su hermano Chris llevaba un par de semanas viéndose con una compañera de trabajo y que a su padre le provocaban diarrea las pastillas para el colesterol. Definitivamente, trataban *demasiados* temas en la mesa.

Taylor había tenido en la punta de la lengua las palabras para contarles aquello que había ocurrido entre Olivia y él —una versión aceptable para contar a unos padres, claro—, pero no había sido capaz.

Vergüenza. Era vergüenza lo que sentía. No por lo que había hecho; no había dudado ni una sola vez de que había sido la decisión correcta ayudar a Olivia a cumplir su sueño. En su fuero interno, lo que sentía era orgullo. Pero tenía miedo a la reacción de su familia, por más que pudiera preverla. Estaba casi seguro de que sus padres se alegrarían, aunque solo fuera porque aquello sería algo que haría feliz a Olivia, y ellos habían sentido hacia ella una cierta compasión desde el divorcio que a Taylor le costaba digerir. Se alegrarían, pero quizá no lo entenderían bien. No acabarían de asimilar que su papel en todo aquello no sería el de padre, sino el de donante biológico.

Mike y Chris sí lo entenderían. Y se alegrarían también, por supuesto. Pero podría apostar su mano derecha a que dedicarían toda la conversación a hacer un millón de bromas sobre el método de fecundación elegido. Puede que incluso Eileen se uniera a ellos y tal vez hasta Simon, que ya tenía doce años, se cachondeara también de su tío.

La vergüenza que sentía quizá no era tal. Quizá era más miedo. Miedo a que su familia lo mirara como a veces se miraba él a sí mismo, cuando nadie más podía verlo, cuando el modelo de fama internacional se quedaba en la limusina y ante el espejo estaba solo el Taylor de toda la vida. Tenía un pánico atroz a ver en los ojos de sus padres la sensación de que había triunfado tanto en su vida profesional como fracasado en la privada. Por mucho que disfrutara de su soltería, de su libertad, de una independencia que se había ganado a pulso, no podía evitar pensar, cada vez que estaba a punto de soltar la bomba del embarazo de Olivia, que sus padres creerían que aquella era una extraña forma de hacer las cosas, de vivir la vida.

Taylor siempre había sentido que, con el divorcio, había decepcionado a sus padres. Kathleen no se había cortado ni un pelo a la hora de dejárselo claro, cuando llegó a Texas aquel mayo de diez años antes con la noticia bajo el brazo. Y siguió haciéndolo mucho tiempo después. Nathan, en cambio, había recibido la noticia en silencio. Un silencio grave que decía más cosas que todos los gritos en el cielo de Kathleen. Y Mike y Chris se habían limitado a darle un abrazo de apoyo —que había agradecido más de lo que ellos podrían imaginar— y no se había atrevido a mirarlos a la cara por miedo a ver en sus ojos algo parecido a la decepción. Con sus padres era un sentimiento difícil de masticar; con sus hermanos… no habría podido soportarlo.

Había pasado una década e incluso otro divorcio dentro de la familia Gardner, pero, como Taylor le había dicho a Olivia en el avión, a nadie le caía demasiado bien Brenda, la mujer con la que se había casado Chris después de muchos años de exprimir al máximo la soltería. Aquel matrimonio apenas había llegado a los dos años y nadie había llorado demasiado la ausencia de Brenda. No es lo mismo divorciarse de una mujer a la que presentaste en casa pasados ya los treinta y cinco que de la vecina de toda la vida, de la que estuviste enamorado toda tu infancia y a la que tus padres ven como una hija. No, definitivamente no es lo mismo.

Acababa de cerrar la cremallera de su última bolsa de viaje cuando oyó el timbre de la puerta y, a continuación, el grito de su padre anunciándole que tenía visita. Frunció el ceño, extrañado, pues no tenía demasiada relación con nadie de Austin fuera de su familia. Se había marchado muy joven, cuando la universidad había repartido a su generación del instituto por diferentes estados del país y, aunque en sus visitas a casa se los encontraba con frecuencia y siempre se prometían un reencuentro que no acababa de llegar, ninguno de sus antiguos amigos tenía confianza suficiente como para presentarse en la puerta de su casa para felicitarle el cumpleaños.

No había acabado de bajar el segundo tramo de escaleras cuando escuchó la voz de Olivia, un poco ronca, como siempre en invierno, charlando con sus padres.

—Hey… —Taylor se atusó el pelo, pero poco pudo hacer para ocultar que seguía en pijama casi al mediodía. Pequeños lujos de la vida en casa de papá y mamá—. ¿Qué haces aquí?

—¡Taylor! —Su madre estaba sirviendo comida sobre la mesa como para alimentar a un regimiento, pero eso no fue impedimento para que lo reprendiera—. ¿Desde cuándo tienes esos modales?

—Venga ya, mamá, que es Olivia…

—Pues resulta que me he levantado esta mañana —Olivia interrumpió el conato de discusión entre Taylor y su madre— y he recordado que alguien de por aquí cumple hoy treinta y seis. Muchas felicidades, Tay.

Olivia se acercó a él y le dio un breve abrazo.

—Así que la he convencido para que se quede a comer. Olivia, ¿te sigue gustando la lasaña?

—¿Y a quién no?

—A mí... —Taylor suspiró de forma sonora—. A mí sírveme las sobras de la ensalada de ayer, mamá.

—Pero...

—Tengo una sesión importante en menos de cuarenta y ocho horas. —Taylor habló en tono un poco brusco, porque hacía ya más de una semana que aguantaba a diario la insistencia de su madre para que comiera más—. Puede que esa ensalada sea lo último sólido que coma en unos días.

—Ni se te ocurra preocuparme diciendo eso. —Kathleen lo señaló con la manopla de horno—. ¿Te quedas a comer, entonces, Olivia?

—Emmmm... Sí, supongo. Deja que le envíe un mensaje a mi madre para decirle que no voy a comer.

—¡Dile que se venga!

—Oh, no, mamá... —Chris entró en ese momento en la cocina y probó directamente de la cuchara de madera la salsa de tomate casera de su madre, que siempre había sido deliciosa—. Nadie quiere ese *revival*. Los que menos, Tay y Liv.

—¡Calla, Chris! —Olivia se carcajeó y el mayor de los hermanos la saludó con un fraternal beso en la frente.

Apenas media hora después, todos los Gardner estaban sentados a la mesa. En las dos cabeceras, Kathleen y Nathan, los padres de familia. Olivia había pensado muchas veces, cuando era adolescente, que era verdadera mala suerte que, por solo dos calles, no le hubiera tocado nacer en aquella casa. Claro que enseguida aquel pensamiento se desvanecía de su mente, no por lealtad hacia su madre distante ni a su padre ausente, sino porque ser una Gardner habría impedido que Taylor y ella se enamoraran. Pero, al menos, podían haberse intercambiado las familias.

Frente a Olivia se sentó Chris, el hermano mayor, que trabajaba como asesor fiscal en Austin y vivía solo desde el divorcio; Olivia ni siquiera había llegado a conocer a su mujer. A su lado, Taylor. Y repartidos en el resto de asientos, Mike, Eileen, Simon y Elijah. Olivia tuvo que parpadear un par de veces para creerse que Simon fuera ya todo un preadolescente de doce años. Recordaba perfectamente el día en que había nacido, cuando Taylor y ella vivían en su apartamento de Hell's Kitchen. Había sido una noche de invierno, dos semanas antes de lo previsto, y no encontraron un solo vuelo disponible a Texas, así que Taylor y ella se habían metido en la cama lamentando ser los últimos en conocer al bebé de la familia y disfrutando de las fotos que les habían enviado por *email*. Pero a las dos de la madrugada Taylor la había despertado, después de pasarse horas insomne, y habían alquilado un coche. No tenían ningún compromiso profesional en los cinco días siguientes, así que atravesaron el país bajo la lluvia, la nieve, un frío espantoso... y la ilusión enorme de conocer al niño. Cuando Taylor lo tuvo en sus brazos, Olivia vio más claro que nunca que quería ser madre; que quería que algún día Tay mirara a un hijo de los dos como estaba haciéndolo con su sobrino.

Elijah había nacido poco después del divorcio y Olivia solo lo conocía por alguna foto que Taylor le había enseñado en aquellas cenas de aniversario que ahora se le antojaban tan lejanas. El niño la miró con curiosidad un par de veces, pero enseguida la lasaña de la abuela le pareció mucho más interesante que aquella extraña que en realidad no lo era para nadie. Al menos no para sus padres. Mike y Olivia siempre habían tenido debilidad uno por el otro. Él era el hermano mediano, el de aspecto rebelde, con el pelo largo y lleno de tatuajes; Olivia recordaba que todas las chicas de su edad, las mayores y las más pequeñas, absolutamente todas... se habían pasado la vida enamoradas de Mike Gardner. Pero él nunca había tenido ojos para otra mujer que no fuera Eileen. Habían empezado a salir cuando eran poco mayores de lo que era ahora su hijo, a los doce o trece años, y no se habían separado jamás. Olivia y Taylor habían salido con ellos muchas veces, sobre todo desde que los cuatro años de diferencia de edad habían dejado de importar, y, aunque nunca lo habían hablado, siempre habían tenido la sensación de que eso, lo que tenían Mike y Eileen, era lo que soñaban seguir manteniendo ellos de por vida. A unos les había salido bien, a otros… las circunstancias los habían llevado por un camino diferente al del matrimonio para toda la vida.

Ni siquiera habían acabado de repartirse la lasaña cuando Olivia se sobresaltó al darse cuenta de que, a pesar de que hacía una década que no se sentaba a la mesa con la familia Gardner, nada había cambiado demasiado. O quizá todo lo había hecho, pero ella seguía encajando allí. Seguía sintiéndose en casa.

Taylor aceptó comerse una porción mínima de postre, no tanto por la insistencia de su madre como porque no supo qué excusa poner ante Elijah, que lo miraba como si le hubieran salido tres cabezas por rechazar la famosa tarta de chocolate y naranja de la abuela. Sopló las treinta y seis velas, le cantaron el *Cumpleaños feliz* y recibió con enormes sonrisas y agradecimientos sinceros los regalos de todos: un par de novelas policíacas de su padre, una camiseta de los Dallas Cowboys de su madre; el regalo elegido por sus hermanos fue un bono para tirarse en paracaídas —algo que llevaba años queriendo hacer, pero nunca encontraba el momento— en un centro aéreo cerca de Nueva York, así que se convirtió de inmediato en su regalo de cumpleaños favorito en mucho tiempo.

—¿Qué pasa, Liv? ¿Has perdido toda la educación y te presentas en el cumpleaños de alguien sin regalo? —bromeó Taylor mientras todos recogían la mesa.

—¡Taylor! —Kathleen volvió a golpearlo con un paño de cocina; había hecho ese gesto unas mil veces con cada uno de sus hijos en la última semana—. Olivia, de verdad, no sé cómo lo aguantas.

—Bueno… lo aguanto poco, la verdad.

Olivia se sonrojó, porque lo último que sabía la familia Gardner sobre Taylor y ella era que habían cortado todo contacto diez años atrás y que apenas se veían alguna vez de forma casual. Y nadie se había molestado en explicarles por qué ella estaba de repente celebrando su cumpleaños como si no hubieran pasado una década y varias vidas en medio. Era obvio que Tay no había confesado. Le hizo un gesto con la cabeza, apenas perceptible, pero que él comprendió a la perfección. Olivia siempre hacía eso cuando pasaban tiempo en su casa y quería un momento de intimidad. Taylor se sorprendió de no haber olvidado el significado de aquel gesto en todo aquel tiempo.

Salieron al jardín delantero y caminaron por delante de un par de casas vecinas, hasta asegurarse de que quedaban fuera de las miradas curiosas del resto de la familia. Ninguno de los dos dudaba de cuál sería el tema de conversación entre los Gardner ahora que ellos se habían marchado.

—Sí que tengo un regalo para ti, pero no podía dártelo ahí dentro. —Olivia rebuscó en su bolso hasta encontrar un paquete de tamaño mediano, rectangular y plano, perfectamente envuelto en papel de regalo rojo—. Aunque, teniendo en cuenta que el último regalo de cumpleaños que me hiciste tú a mí te costó unos tres mil pavos, me da hasta vergüenza dártelo.

—Trae aquí. —Taylor le sacó el paquete de la mano en un movimiento rápido, sin darle ni tiempo a reaccionar.

—Eres gilipollas. —Olivia puso los ojos en blanco y la invadió un intenso sentimiento de vergüenza por haberse dejado llevar al comprarle aquel regalo.

—Esto es…

Era un DVD con una edición coleccionista de *El padrino*, una de las películas favoritas de Taylor. Olivia no acababa de entenderlo; ella jamás había sido capaz de superar la primera hora sin quedarse dormida. Pero a Tay le encantaba y a ella se le había ocurrido comprarle la película y adjuntar una postal que había visto en una de sus —múltiples— visitas a la sección de regalos para bebés de Barneys. Era una ilustración que imitaba el cartel de la cinta, con un bebé en el lugar de Marlon Brando y la frase: «¿Quieres ser mi padrino?».

—Es una chorrada, me muero de vergüenza.

—Es jodidamente perfecto.

Olivia no pudo contener la sonrisa que se le dibujó. Sí, estaba también un poco avergonzada, pero más por miedo a la reacción que podía haber tenido Taylor a aquel regalo tan ñoño que por sí misma. Para ella era importante, muy importante, dejarle claro a Tay que siempre que quisiera podría ver a su ahijado, que el hecho de que fuera el padre biológico no le otorgaba ningún derecho, pero tampoco se lo restaba. Y ver al hijo de quien había sido una persona tan importante en su vida era algo muy parecido a un derecho.

—¿Te importa? —Taylor sacó un cigarrillo del paquete que guardaba en el bolsillo trasero de sus vaqueros, a buen recaudo de las miradas indiscretas de su madre o sus sobrinos.

—No deberías, pero tú mismo…

—Siempre me fumo uno el día de mi cumpleaños. No sé por qué. Hoy, en concreto, porque estoy nervioso, supongo.

—¿No fue buena idea que me quedara a comer? —le preguntó Olivia, algo alarmada.

—¡No! Por supuesto que lo fue. No es ese el problema. —Olivia supo leer en la mirada perdida de Taylor aquello que lo estaba atormentando.

—No has sido capaz de contárselo.

—No.

—Joder, Tay, lo siento. A veces tengo la sensación de que te he metido en un enorme…

—Déjate de tonterías. Me encanta haber hecho esto por ti. —Apartó lo máximo que pudo de su cuerpo la mano que sostenía el cigarrillo y, con la otra, le acarició un poco la tripa por encima de la sudadera—. Es solo que no he encontrado el momento.

—Tampoco tienes por qué hacerlo. Es decir…

—Ya, ya lo sé. Pero se me hace raro esconderles eso. Además, ya no podrás ocultarlo durante mucho más tiempo y mi madre es demasiado cotilla como para no preguntarme quién es el padre de tu hijo.

—Eso es cierto. Dentro de poco estaré como una ballena. —Olivia sonrió pensando en ese momento. Quería disfrutar de cada segundo del embarazo, pero al mismo tiempo habría dado cualquier cosa por viajar nueve meses adelante en el tiempo y ver ya la cara de su bebé.

—Tengo que volver a casa —refunfuñó Taylor, después de apagar el cigarrillo en una papelera cercana—. Le he prometido a Elijah que lo ayudaré a montar un barco pirata que le ha traído Santa Claus.

—Oh, Dios mío… Sois una familia demasiado idílica. Un día me va a dar un coma diabético solo con miraros.

—Un coma diabético te podría dar con los tres pedazos de tarta que te has tragado, bonita.

—Ay, lo que es la envidia, ¿eh? Ahora tengo que…

—Ni se te ocurra decir eso de que tienes que comer por dos. Llevas devorando la tarta de mi madre desde que estábamos en Primaria.

Los dos se rieron y se les escapó una mirada nostálgica a aquellos tiempos. En los diez últimos años, había habido momentos —muchos en el caso de Olivia, alguno ocasional en el de Taylor— en que habían echado de menos aquel amor que habían compartido durante los primeros años de su juventud. Pero lo que sí habían añorado por encima de todo era la amistad. Esa amistad en la que se basaba su amor, por más que siempre hubieran sido unos amigos que en el fondo estaban locos el uno por el otro. Había tantos recuerdos compartidos, de su infancia, su adolescencia, de tantos tiempos dulces, que era imposible que no se les desbordara de vez en cuando la melancolía.

—¿Has traído a muchas chicas a casa? —Olivia hizo aquella pregunta y, de inmediato, se tapó la boca con las dos manos, como si con ese gesto hubiera podido retirar sus palabras. Taylor se mostró sorprendido al principio, pero luego se le escapó una carcajada.
—No.
—¿No?
—En realidad… a ninguna.
—¿En serio?
—Vamos, Liv… Sabes que no he tenido una sola relación seria desde que nos separamos. ¿Te parece que iba a traer a casa de mis padres a cualquiera de esas chicas con las que salgo en las revistas? No me las imagino yo a ellas tampoco presentándome a sus padres.
—Cierto.

Olivia sonrió y Taylor se dio cuenta, pero lo dejó correr. Porque los sentimientos románticos estaban muy superados entre ellos, pero Olivia no podía negar que le habría molestado saber que alguna chica había entrado en casa de los Gardner y se había sentado en la misma silla que ella acababa de ocupar en aquella comida de cumpleaños de Tay. Era injusto, ilógico y con toda probabilidad dañino, pero… que la mataran si sabía cómo habría podido evitarlo.

Taylor, por su parte, sabía perfectamente que esos eran los sentimientos que removían a Olivia por dentro. Y no lo sabía porque la conociera muy bien —los dos tenían muy claro que se habían perdido gran parte de la vida del otro—, sino porque él habría sentido lo mismo. Lo había sentido, de hecho, durante unos segundos, en aquella cena en la que Olivia le había hecho la petición que los había llevado hasta allí, cuando ella le dijo que iba a ser madre y él pensó que había otra persona en su vida a la que quería tanto como para compartir con él ese momento. Y tenía que ser sincero consigo mismo: la idea de otra mujer sentada a la mesa familiar en una celebración privada le sonaba tan surrealista que no es que nunca hubiera ocurrido; es que estaba seguro de que no podría suceder jamás.

Taylor y Olivia se despidieron en la puerta de la casa de los Gardner. Sabían que iban a pasar bastante tiempo sin verse, entre los compromisos profesionales que llevarían a Tay de una pasarela a otra del mundo y el hecho de que, en realidad, no había ningún motivo real para que quedaran. Era lo habitual entre ellos en los últimos años, no verse sin razón, pero… entonces, ¿por qué tenían esa sensación tan extraña al despedirse?

~15~
EL FIN DE UNA ERA

El diecinueve de febrero de 2018 era una fecha grabada a fuego en el calendario mental de Taylor desde hacía un par de años. Cuatro o cinco, en realidad. Esa era la fecha en que acababa su contrato con la empresa y, con él, una serie de restricciones que habían comenzado siendo una pequeña molestia y habían acabado por convertirse en una pesadilla que lo angustiaba como si un enorme puño estuviera estrangulándole el pecho.

—Venga, ponme los dientes largos. —Becky tiró la americana de su traje sobre el respaldo del sofá de su despacho y se dirigió, todo lo rápido que le permitieron sus tacones, hacia el mueble bajo que escondía un minibar—. Cuéntame todo lo que vas a hacer ahora que te has librado de esos mamones.

—¡No seas cutre, Becks! —protestó Taylor, entre risas, al verla coger un par de botellines de cerveza—. Todo el mundo sabe que escondes ahí un Veuve Clicquot para las grandes ocasiones.

—Joder con el paleto tejano, qué pronto has aprendido lo que es bueno en la vida. —Becky cabeceó, resignada, y le alcanzó la botella—. Ábrelo tú, anda, que yo acabaría derramando la mitad en la alfombra.

—Y te cargarías así dos cosas escandalosamente caras.

Sus risas se interrumpieron por el *pop* que hizo el corcho al salir de la botella y brindaron en unas tazas que solía usar Becky para tomarse sus incontables cafés diarios. Al menos, eran de Hermès.

—Anda, escupe. ¿A qué te vas a dedicar?

—Pues espero, de todo corazón, que sigas consiguiéndome trabajos de vez en cuando para que pueda mantener el nivel de vida al que me has acostumbrado.

—Te lo juro por mi quince por ciento de comisión.

—Pero tómatelo con calma. Estas últimas semanas de la moda han sido una puta locura. He llegado a la New York Fashion Week agotado como nunca antes lo había estado.

—Es que nunca antes habías tenido treinta y seis años.

—Soy muy consciente de ello, créeme.

—¿Vas a irte a Texas a pasar unos días?

—Sí. —Taylor suspiró—. Quiero estar algunos días allá y otros por aquí, pero sin compromisos. No solo de trabajo. Necesito un par de semanas sin eventos, fiestas, galas benéficas, estrenos ni… nada. Solo ver películas y pasear por la ciudad.

—Me invitarás a cenar alguna noche de esas de ocio neoyorquino, al menos, ¿no? —Becky le guiñó un ojo—. Aunque solo sea como compensación por la pasta que me has hecho perder al no renovar el contrato.

—Eso está hecho. No me voy a Austin hasta el jueves, ¿mañana te viene bien?

—Imposible. Mañana por la tarde acompaño a Olivia a una eco y supongo que luego nos quedaremos a cenar por ahí.

—Ah.

Becky bebió en silencio, maldiciendo su mítica ausencia de filtro cerebro–boca, y Taylor se quedó con la mirada perdida en la alfombra, como si quisiera contar todos y cada uno de los topos de colores del estampado.

—¿Seguimos fingiendo que no está pasando? —le preguntó Becky, con una mirada maternal fija en los ojos azules de Taylor.

—¿Qué?

—Que todavía no me has contado cómo te sientes con eso de ser el donante de esperma de Olivia, pero por tu reacción al tema de la ecografía…

—No, no. No pasa nada. Ya te conté todo lo que había que contar, Becks. Estoy encantado de haber ayudado a Olivia a ser madre y también estoy muy contento de que, en cierto modo, hayamos roto ese pacto absurdo de vernos solo una vez al año. En Navidad estuvimos juntos en Austin y todo fue… normal.

—¿Normal?

—Sí, como antes. Como… como cuando solo éramos amigos.

—¿Cuándo fue eso? ¿A los siete años?

—Hasta los doce o trece. —Taylor se rio entre dientes.

—Como ya os he dicho a los dos un montón de veces, esa idea vuestra me pareció una locura, pero si vais a estar bien… yo no digo nada.

—Pues claro que estamos bien. Olivia está viviendo el momento más feliz de su vida y yo acabo de liberarme del contrato. Podré hacer lo que me dé la gana, viajar o quedarme en casa en pijama. Tatuarme o ponerme un *piercing* en el rabo si me apetece. Beber en público y hasta fumar si me da por ahí.

—Ahora entiendo cómo se sienten las madres de hijos adolescentes.

—Sí, vale, sé que he sonado un poco inmaduro, pero solo quería decirte… eso. Que estoy bien. Muy feliz.

—Pero te gustaría acompañar tú a Olivia mañana, ¿me equivoco?

Taylor guardó silencio, porque le costaba expresar con palabras algo que ni él mismo acababa de entender demasiado bien. Pero lo intentó.

—No, no te equivocas.

—¿Y si pruebas a decírselo? Estoy segura de que a ella…

—No, no estás segura, Becks. Estás segura de que me diría que sí, y yo también lo estoy. Pero puede que lo hiciera solo por complacerme, por puro agradecimiento por haber estado ahí para ella. Y no quiero ponerla en ese compromiso.

—Si te sirve de consuelo, estoy ejerciendo de padre en funciones con bastante solvencia —bromeó Becky, para quitarle algo de hierro al asunto.

—No se me ocurre un padre mejor para el hijo de Olivia. —Taylor lo dijo de broma, pero lo pensó en serio. Y para demostrárselo, se acercó a Becky, la atrajo hacia sí con un brazo y le dio un beso en el pelo.

—¿Nos vamos a tomar una copa a algún antro en el que no vayamos a encontrarnos con nadie conocido?

—Sí. Vamos a *emborracharnos* a algún antro en que no vayamos a encontrarnos con nadie conocido.

Caminaron solo un par de calles antes de encontrar una especie de bar irlandés con tan poco *glamour* que les pareció el local ideal para pasar unas cuantas horas bebiendo cerveza. Pidieron dos Guinness y picotearon de un plato que les sirvieron con unos frutos secos algo rancios. Y hablaron de todo. Becky adoraba pasar tiempo con Olivia y jamás había un silencio entre ellas. Repasaban a media Nueva York cada vez que se veían y estaban tan al tanto una de la vida de la otra que podrían haber escrito sendos libros. Con Taylor, Becky hablaba menos a menudo, pero profundizaba más. Siempre parecían dos viejos amigos poniéndose al día sobre sus vidas, sus sentimientos y sus reflexiones, incluso en épocas en las que se veían dos veces por semana.

Becky le confesó algo que ni siquiera se había atrevido a hablar con Josh o con Olivia, que eran sus dos confidentes habituales. Su relación con Charlie, aquel viejo compañero de instituto con el que se había reencontrado, se había puesto algo más seria de lo que parecía. Y eso sí que era toda una noticia.

—Se me cae un mito, Rebecca.

—Ni se te ocurra llamarme así. —Becky lo señaló con el dedo y Taylor reculó instintivamente—. ¿Qué quieres que te diga, Tay...? Pues que me he enamorado. Pero esta vez de verdad.

—¿Vas a sentar la cabeza?

Los dos se rieron y aprovecharon que un camarero pasaba cerca de ellos para pedir otras dos cervezas. Taylor apenas se podía creer lo que Becky le estaba contando. Hacía casi veinte años que la conocía y jamás había visto que una pareja le durara más de dos o tres meses. Se *enamoraba* muy rápido y se desenamoraba más rápido aún.

—Me temo que ya la he sentado.

Los minutos fueron cayendo del reloj mientras Becky le contaba que reencontrarse con Charlie había sido la más afortunada casualidad de su vida. Se lo había cruzado por la calle, un día cualquiera que había amanecido sin ninguna advertencia de que podía cambiarle la vida. Habían ido juntos al instituto, en Missouri, y habían sido novios hasta que las ansias de volar de Becky la habían llevado a Nueva York y él se había quedado estudiando cerca de casa. Habían tenido que pasar casi cuatro décadas para que se reencontraran. Charlie llevaba más de diez años viviendo en la ciudad, trabajando como consultor de *software* para varias compañías del sector tecnológico, pero el destino había decidido hacerlos esperar. Todo apuntaba a que había merecido la pena.

—¿Nunca te has arrepentido? —le preguntó Becky a Taylor, con la lengua un poco torpe, después de que perdieran la cuenta de las cervezas que se habían metido en el cuerpo.

—¿De qué?

—De renunciar a... esto. A tener una relación que te llena y te...

—Deberías dejar de beber. —A Taylor se le escapó una carcajada algo etílica.

—¡Hablo en serio! —Los dos se rieron de nuevo—. ¿Nunca has echado de menos a Olivia en estos años?

—¿A Olivia? —Taylor se recostó en el banco de madera en el que estaba sentado—. Miles de veces, por supuesto. La he querido, la quiero y la querré toda mi vida. Pero no echo de menos lo que tuvimos.

—¿En serio?

—Becky, nos tienes idealizados. —Taylor le dedicó una sonrisa llena de cariño y, a continuación, se puso serio—. Yo ya no era feliz con lo que teníamos. Seguía queriéndola, y por eso me costó tanto tomar la decisión de marcharme. Pero tenía veintiséis años y ni siquiera había estado con otra mujer en toda mi vida. Quería vivir muchas cosas que eran incompatibles con seguir casados.

—¿Por ejemplo?

—Pues ya lo sabes… Centrarme en mi carrera, viajar sin importarme cuánto tiempo estuviera fuera de casa, no estar siempre echando de menos a alguien…

—Todo eso que estás diciendo son eufemismos de lo que en realidad querías, que era follarte a todo lo que se moviera cerca de ti.

—Sí, también, ¿por qué no? ¿Creías que iba a negártelo? Me parece increíble que precisamente tú juzgues eso.

—Será el amor, que me ha infectado o algo. Pero ahora mismo no recuerdo una sola razón por la que echar cien polvos consecutivos con personas diferentes sea mejor que llegar cada día a casa junto a la persona de la que estás enamorado.

—Pero es que yo no estaba enamorado de Olivia. Cuando nos separamos… ya no.

—Pues es una verdadera pena. Erais demasiado perfectos.

—*Demasiado* nunca es una buena palabra.

Becky asintió y pidieron una nueva ronda, que juraron que sería la última. Bebieron en silencio, cada uno de ellos perdido en sus propias reflexiones. Becky, en la increíble sorpresa que le había tenido reservada la vida para desvelarse cuando estaba a medio camino entre los cincuenta y los sesenta. Cuando ya no esperaba nada del amor, más que seguir viviendo relaciones cortas, intensas y emocionantes, pero sin ningún futuro. Cuando se planteaba, a veces, qué sería de ella el día en que fuera demasiado vieja para trabajar en la agencia. Ahí, justo en ese momento en que la crisis de los cincuenta y cinco —si es que tal cosa existía— estaba a punto de alcanzarla, había aparecido Charlie.

Taylor, por su parte, les daba vueltas a las palabras de Becky. Y también a las suyas propias. Hacía ya años que se había reconciliado con aquella parte de sí mismo que había cargado con la culpabilidad de haberle hecho tanto daño a Olivia. Y en casi diez años nunca había sentido ese arrepentimiento por haberla dejado que todo el mundo le presuponía: Becky, sus padres, sus hermanos… hasta la puta prensa había hecho correr ríos de tinta en diferentes ocasiones sobre una posible reconciliación de «da pareja perfecta». Ya no sabía cómo intentar hacerles entender a todos que él había sido muy feliz en aquel apartamento de Hell's Kitchen en el que había vivido con Olivia, pero que no lo habría sido si se hubiera quedado. Que hay cosas que tienen una fecha de inicio y otra de fin, y que el amor quizá sea la más susceptible de sufrir esos finales. Ojalá él hubiera tenido el poder de manipular sus propios sentimientos. El primer día que había dudado de que Olivia fuera la mujer junto a la que quería envejecer se habría extirpado esa incertidumbre de la cabeza, del corazón o de dondequiera que estuviera y habría seguido a su lado para siempre. Pero no había podido. Y en cuanto vio que ella era capaz de crecer lejos de él, soltó el aliento y se dedicó a vivir. A ser feliz y a exprimir al máximo aquella vida que él había elegido. Nadie más que él.

Volvieron a sus apartamentos dando un paseo bajo el frío lacerante que hacía en Nueva York aún. Los dos vivían bastante cerca, así que Taylor decidió acompañar a Becky a su casa antes de subir hasta su apartamento. A los dos les vendría bien algo de aire fresco en la cara para despejarse. Becky se agarró del brazo de Taylor en cuanto salieron a la calle, porque no se sentía demasiado capaz de mantener la verticalidad sin un apoyo. Les guiñó el ojo a dos chicas rubias —con un aspecto tan típico del Upper East Side que podrían formar parte del elenco de *Gossip Girl*— que pasaban por allí y que se les quedaron mirando, sorprendidas por la extraña pareja que formaban. Ella tan bajita y, por mucho bendito bótox que se inyectara, indudablemente por encima del medio siglo; él casi como un gigante, con ese atractivo tan natural que bien sabía ella que no se podía forzar. Becky podía estar muy reformada en lo amoroso, pero no pudo evitar una sonrisita de satisfacción cuando vio que despertaba envidias solo por ir del brazo de aquel hombre que para ella era casi como un hijo.

—Cómo cambian las cosas, ¿verdad?

Taylor la miró, pensando por un momento en preguntarle a qué se refería, pero lo entendió al ver el brillo en sus ojos, que tenía algo que ver con las Guinness de antes, pero mucho más con una mezcla de nostalgia e ilusión.

Y sí, las cosas habían cambiado mucho.

Becky Wordsworth, ese mito del Nueva York de Studio 54 de la que contaban las malas lenguas que se había acostado con seis ganadores del Oscar al mejor actor, con tres Rolling Stones y con dos presidentes del país, se había enamorado.

Olivia Brooks, la modelo que revolucionó las pasarelas en los albores de un nuevo milenio y a la que todas las chicas del país querían parecerse, estaba esperando un hijo. Antes de que el otoño se llevara las hojas de los árboles de Central Park, sería madre. Y cumpliría uno de los sueños de su vida, el más grande, el único que nunca había abandonado, a pesar de todos los avatares de la vida.

Y él... al fin se había liberado. No pensaba hacer ni medio desprecio hacia aquel contrato que lo había convertido durante diez años en el modelo más cotizado del mundo; había visto a demasiados chicos esforzarse por abrirse camino en la moda sin llegar a tener nunca un golpe de suerte como el suyo. Pero no podía negar que, si tuviera que volver a ceñirse a las estrictas normas de aquellas cláusulas casi abusivas..., se volvería loco de angustia. Una nueva vida se abría ante él, con perspectivas profesionales ilusionantes y con mucha más libertad para disfrutar de su tiempo libre.

Hacía ya dieciocho años que Olivia y él habían llegado a Nueva York con la maleta repleta de ilusiones y Becky como hada madrina para ayudarlos a cumplir sus sueños. Habían pasado muchos años, muchas cosas, buenas y malas. Pero Taylor, cuando entró en su apartamento, sonrió satisfecho al darse cuenta de que, pese a todo, los tres seguían unidos, de una u otra manera, y de que estaban más cerca que nunca de ver todas sus ilusiones hechas realidad.

~16~
¿QUIERES... VENIR?

Olivia se pasó veintiocho minutos llorando sin parar la primera mañana en que no fue capaz de abrochar los botones de sus pantalones vaqueros. Siempre usaba el mismo modelo, unos Levi's 501 de corte clásico, de los que había tenido cientos de unidades desde la adolescencia. Habían ido subiendo de talla desde sus tiempos de modelo, pero hacía ya unos cuantos años que la talla veintisiete le sentaba como un guante. Hasta aquella mañana.

Olivia no lloró de pena, claro. Fue la emoción de que, al fin, su embarazo fuera visible la que desbordó el torrente de lágrimas hasta un punto que no se atrevería a confesarle a nadie jamás. Bueno, fue la emoción... y también las hormonas, que jugaban con ella como les daba la gana.

Olivia estaba ya de veintitrés semanas. O, como Becky la obligaba a decir..., de cinco meses. Una de las normas inquebrantables de su amiga era que se negaba a aprender a contar en semanas. Tampoco es que Olivia lo tuviera muy claro; siempre tenía que echar mano de una tabla-calendario que tenía colgada en la puerta del frigorífico.

Cuando el ataque de llanto pasó, Olivia dedicó un buen rato a posar delante del espejo para la primera foto en la que ya claramente se percibía la forma abultada de su vientre. Casi le daba la sensación de que le hubiera crecido de la noche a la mañana, así que esa era una noticia que había que comunicar. Envió la foto al grupo que había creado con Becky y Laura para hablar —casi en exclusiva— del embarazo, y también se la mandó a su madre, con quien estaba teniendo en las últimas semanas más relación que en los treinta y cinco años anteriores.

«A ver qué te pones para el concierto de esta noche, con ese barrigón cervecero» fue el comentario *encantador* de Becky, al que Laura contestó reprendiéndola y Olivia... planteándose eso mismo: qué coño se iba a poner esa noche, si los vaqueros más cómodos que tenía ya no le abrochaban y no había dedicado ni un dólar de su sueldo a comprar ropa premamá —puede que ni tuviera crédito en la tarjeta, teniendo en cuenta lo que llevaba gastado a esas alturas en cosas para el bebé—.

Hacía dos semanas que tenía sobre la mesa del despacho la invitación VIP al concierto de un modelo ahora metido a cantante al que conocía desde hacía mil años. Era Becky la que la había metido en el lío de aceptar, pero luego su amiga la había traicionado vilmente en el último momento, con la excusa de que Charlie quería pasar el fin de semana en los Hamptons, aprovechando que la primavera empezaba a asomarse con timidez a Nueva York. Y, por si eso fuera poco, le había traspasado la invitación a su hermano Josh, que pasaría un par de días en la ciudad y estaría encantado de acompañarla.

Toda aquella concatenación de desdichas, que tendría su culminación en dos horas de horror musical en el Madison Square Garden, había obligado a Olivia a afrontar la conversación que había pospuesto, con no demasiada sutileza, durante los últimos meses. Tras el par de citas que habían tenido cuando ella aún no estaba embarazada, se había pasado un tiempo sin saber nada de Josh. Lo había esquivado cuando había ido a Nueva York a visitar a su hermana, y Becky no dejaba de decirle que estaba harta de ocultarle a su hermano la *gran noticia*. Así que a Olivia le tocó confesar.

Lo hizo por teléfono, porque sabía que en persona se pondría del color de los tomates maduros. Josh guardó un sepulcral silencio en cuanto las palabras «estoy embarazada» salieron de los labios de Olivia y atravesaron la línea telefónica, y ella pudo imaginarlo haciendo cálculos con los dedos. Enseguida se apresuró a aclararle que no era suyo y, solo entonces, él fue capaz de felicitarla.

—¿Entonces? ¿Has conocido a alguien? —le preguntó con una sonrisa genuina en la voz.

—No. He decidido ser madre sola. Me sometí… —Olivia carraspeó y se preguntó a sí misma cuándo dejaría de tener esa reacción instintiva cada vez que hablaba con alguien sobre aquello—. Me sometí a una inseminación artificial. Era algo que llevaba mucho tiempo queriendo hacer.

—Felicidades, entonces. No sé… Me he quedado sin palabras, la verdad.

—Eso es porque estás celebrando internamente no ser el padre de la criatura.

Los dos se rieron, y Olivia se preguntó por qué había sido tan tonta de pensar que sería complicado hablar con Josh de aquello. Con Josh no había habido una sola complicación en los siete u ocho años que llevaban teniendo aquella particular relación. O no-relación.

Habían pasado veinticuatro horas de aquella conversación cuando Olivia al fin encontró en su armario un *outfit* que se adaptara a su plan para aquella noche. Eligió unos pantalones grises de corte *paper bag*, con una camiseta de los Ramones y una americana negra. Se calzó unas sandalias negras con pulsera al tobillo y respiró aliviada cuando comprobó que la hebilla encajaba a la perfección en el agujero habitual. Una cosa era emocionarse por tener al fin tripita de embarazada y otra muy diferente, alegrarse de que se le hincharan los tobillos.

Josh pasó a recogerla a las ocho. Becky podía ser una traidora que huyera de aquel plan nocturno, pero al menos se había encargado de que no les faltara de nada. Un coche de lujo los llevó al acceso VIP del Madison Square Garden, subieron en ascensor hasta un palco semiprivado y disfrutaron de un *catering* exclusivo. A la cuarta canción de aquel grupo que pretendía ser una *boy band*, aunque la mayoría de sus componentes pasaban de los treinta, abandonaron las buenas intenciones. Por suerte, entre los asistentes no hubo demasiados remilgos para ir dejando el palco y reunirse en las mesas altas del antepalco, donde se escuchaba menos la música —gracias a Dios— y las copas pasaban de mano en mano. Hasta Olivia echó de menos aquel día poder llevarse al gaznate un poco de champán.

—Pero mira a quién tenemos aquí… —La voz de Taylor a su espalda la sobresaltó, pero se dio la vuelta con una gran sonrisa para saludarlo.

—Taylor. —Josh lo recibió con un asentimiento de cabeza y un apretón de manos—. Cuánto tiempo.

—Mucho, sí. Esta es… —Taylor tiró de la mano de su acompañante para que se acercara—. Manuela.

—Encantada. Yo soy Olivia.

—Sí, lo sé —respondió ella, con una mueca tímida y un marcado acento mexicano—. Olivia Brooks. Creo que quise ser modelo desde que era pequeña y te vi en aquel anuncio de Tommy en el que salías montando a caballo.

—No le recuerdes que tú eras una niña cuando ella ya triunfaba, Manu. Que le va a venir una crisis de edad.

—Muy gracioso, Tay. —Olivia le dio un puñetazo en el hombro y todos se rieron.

—¿Vosotros también preferís beber que escuchar ese horror? —preguntó Josh.
—¿Y quién no?

Taylor y Josh intercambiaron un par de comentarios cómplices más. Olivia se interesó por la carrera de Manuela y le dijo que contara con ella si necesitaba algo —por pura cortesía, pues siendo la novia actual de Taylor, en realidad, no necesitaría a Olivia para nada—. Tomaron un par de bebidas, charlaron un rato más y, cuando al fin dejó de sonar la *música*, se despidieron entre vagas promesas de verse otro día.

—¿Cómo estás? —le preguntó Taylor a Olivia, en cuanto Josh y Manuela se excusaron para ir al cuarto de baño—. ¿Te encuentras bien?

—¡Sí! Ya ves… —Ella se enmarcó la tripa con las manos y le dejó ver aquel signo ya evidente del embarazo. A Taylor le brillaron los ojos de alegría.

—Se te ve radiante.

—Es que estoy muy feliz. —Olivia sonrió tanto que temió que Taylor pudiera ver un empaste que le habían hecho a los trece años.

—¿Ya sabes si es…?

—¿Niño o niña? —Él asintió—. No. El lunes tengo la eco en la que se sabrá definitivamente. Espero.

—¡Ah! Qué… qué bien…

Taylor creyó que sonreía, aunque en realidad hizo una mueca algo incómoda. Esa era la sensación que había tenido durante aquella hora, minuto arriba minuto abajo, que habían pasado los cuatro juntos hablando. Hacía apenas dos semanas que había conocido a Manuela, se habían gustado y habían empezado a verse casi a diario. Pero allí, en aquel antepalco del Madison Square Garden, con Olivia y Josh, se había sentido extraño. No era la primera vez —ni mucho menos— que coincidía con Olivia yendo del brazo de otra mujer, pero aquella tripa que ella se acariciaba ahora de forma inconsciente… había cambiado un poco su percepción de la situación.

—¿Me estás escuchando? —La voz de Olivia interrumpió sus cavilaciones.

—La verdad… me había quedado distraído.

—Te decía que… Bueno… no sé por qué he dicho nada.

—No, no, Liv. —Taylor la cogió del brazo con delicadeza—. Te juro que no te he oído, estaba atontado.

—Pues con lo que me ha costado hacer la pregunta… Decía que… si quizá…

—¡Liv! Arranca, joder —Taylor bromeó, y con eso se lo puso más fácil a ella.

—Que si te gustaría acompañarme a la eco el lunes.

—¿En serio? —Olivia apartó la mirada para no ver el gesto de ilusión de Taylor—. Me encantaría, Liv. Me fliparía.

—Pues… es a las once. En el Lenox Hill. ¿Te viene bien?

—Ahora soy un hombre libre, ¿recuerdas?

—¿Sigues de vacaciones indefinidas?

—No. —Él se rio—. He hecho un par de sesiones y un desfile en Los Ángeles el mes pasado. Pero a mi ritmo.

—Así me gusta.

—¿Becky va a matarme por remplazarla el lunes?

—Si no te mató por cancelar ese contrato… creo que estás a salvo para siempre.

—Manuela ya ha salido del baño. Tengo que irme, ¿vale?

Taylor se acercó a darle un beso en la mejilla y Olivia se despidió de su acompañante con la mano. Vio a Josh al otro lado de la sala y echó a caminar hacia él, sin haber sido capaz de dilucidar todavía por qué había salido de su boca aquella extraña petición.

***

El lunes llegó, después de una noche que Olivia pasó entera en vela por los nervios de descubrir el sexo del bebé. Esperaba que fuera así, pues llevaba ya tres ecografías escuchando el dichoso «no se deja ver». Ella había tenido cinco meses —y unos cuantos años antes, en realidad— para dilucidar si le apetecía más tener un niño o una niña. Tenía un buen número de argumentos a favor de cada opción, pero era incapaz de decidirse… Sentía aquel bebé como tan suyo, casi desde antes incluso de que fuera una realidad, que el sexo había dejado de tener importancia. Solo quería que naciera sano, fuerte, y que fuera feliz.

Había quedado con Taylor a las once menos cuarto en la puerta de la clínica y, milagrosamente, él había llegado puntual. Se saludaron, dedicaron un rato de la espera a algo de charla intrascendente y Taylor distrajo los nervios de Olivia haciéndole una pregunta sorprendente.

—Que si te puedo recomendar… ¿qué? —A Olivia se le escapó la pregunta en un tono algo estridente, lo que atrajo la atención de otra mujer un par de sillas más allá en la sala de espera.

—Joder, Liv, ni que te hubiera preguntado por un taxidermista… Supongo que, dadas las circunstancias —Taylor señaló con su dedo los brazos descubiertos de ella—, conocerás a un buen puñado de tatuadores en la ciudad.

—Pues mi favorito es Jon Boy. Tiene el estudio al lado de Little Italy y es imposible conseguir cita si no conoces a alguien, pero siendo tú… no creo que tengas problema. Pero… ¿en serio lo vas a hacer?

—Ya te dije que era uno de mis primeros planes después de que se acabara el contrato.

—¿Y qué te vas a hacer? ¡¿Puedo acompañarte?!

—No pienso decírtelo. Y no. Es algo que quiero hacer solo.

—Pero ¿por qué no me lo cuentas? Acabaré viéndotelo antes o después, lo sabes, ¿no?

—Observo que tienes intenciones de verme desnudo en un futuro próximo. Prometedor, Liv.

—Qué gilipollas.

—Te lo enseñaré a su debido tiempo —prometió él, ignorando el insulto—. Pero es algo muy mío que llevo mucho tiempo queriendo hacer y…

—Prefieres hacerlo solo. Es normal. No hace falta que me expliques a mí todo el ritual de hacerse un tatuaje, créeme.

En ese momento los llamaron a la sala de ecografías y Olivia vivió un pequeño momento de incomodidad al desnudarse y ponerse la bata que le habían proporcionado, hasta que recordó que Taylor la había visto desnuda tantas veces y en tantos contextos diferentes que uno más… no iba a cambiar nada.

—¿Preparada? —le preguntó el médico a Olivia al tiempo que extendía aquel gel tan frío sobre su vientre.

—Yo lo estoy siempre. Esperemos que el bebé lo esté, para variar.

—Seguro que sí.

Taylor guardó silencio mientras Olivia y el doctor hablaban sobre los síntomas que ella estaba teniendo en aquella fase del embarazo. En su cabeza, el único sonido que existía era el de aquel latido fuerte y firme al que no entendía por qué ellos se mantenían ajenos. Supuso que sería la fuerza de la costumbre, el haber escuchado el corazón del bebé ya en alguna ocasión anterior, pero para él era toda una novedad que lo había noqueado.

—Y… ahí lo tenemos.

Como siempre le ocurría, Olivia era incapaz de distinguir a su hijo. Daba igual cuántas explicaciones le dieran, cuánto intentara el doctor delimitar el contorno del feto pasando el dedo por la pantalla del ecógrafo... ella apenas distinguía algo parecido a un cacahuete... y eso entornando mucho los ojos.

Taylor se sacó las gafas, las limpió con el borde de su camiseta y volvió a colocárselas. Se había acostumbrado a usarlas ahora que lo de vivir de su imagen ya no era algo que le ocupara las veinticuatro horas del día, pero en aquel momento sentía que le estaban fallando, pues era incapaz de ver lo que el médico señalaba.

—Está todo bien, afortunadamente, Olivia.

—Ay, qué bien.

—Y supongo que querréis... —El doctor carraspeó, pues no tenía del todo claro el rol de Taylor en todo aquel proceso—... querrás saber el sexo, ¿no?

—¿Se ve esta vez? —El alivio que había impregnado la voz de Olivia al saber que todo estaba bien se convirtió en ilusión.

—Se ve. Pero es una decisión muy personal de cada madre conocer o no el sexo antes del parto.

—¿Bromea? —A Olivia se le escapó una carcajada—. Me volvería loca si tuviera que esperar otros cuatro meses antes de saberlo.

—Está bien, está bien.

Taylor siguió en silencio. Debía de parecer un auténtico imbécil, sin pronunciar palabra y ladeando constantemente la cabeza para intentar vislumbrar él mismo el sexo del bebé. A punto estuvo de perderse las palabras que desvelaban el misterio y abrían todo un mundo ante sus ojos.

—Nunca se puede asegurar al cien por cien, ya sabes, pero... me apuesto mi licencia a que es una niña.

Una niña.

Sería una niña. Ya lo era, en aquel momento. Una niña.

—¿Tay...? —La voz de Olivia sonó rota, porque las lágrimas estaban corriendo libres por sus mejillas.

—Os dejaré solos unos minutos.

Taylor lo oyó todo como a través de una neblina sorda. Como si estuviera borracho, o drogado, o alguien le hubiera dado un golpe con una sartén en la cabeza.

—¿Tay?

—Es una niña.

No fue hasta que habló cuando Taylor se dio cuenta de que a él también la emoción le había secuestrado la voz.

—Sí. Una niña.

No supieron qué más decirse. Olivia continuaba tumbada en la camilla; apenas se había incorporado un poco. Taylor, sentado en una silla a su lado. En algún momento, sin darse cuenta, le había cogido la mano. No fueron capaces de hablar con palabras, pero se lo dijeron todo con la mirada.

Se dijeron que era verdad, que ahora sí. Que dentro de Olivia ya no crecía un ente algo abstracto, sin sexo, sin nombre, sin forma definida. Ahora era una niña. Una niña a la que ella ya imaginaba con dos coletas y un chupete en la boca. Con alguno de los nombres que había barajado en los meses de espera. Taylor se la imaginaba exactamente igual.

Se dijeron que lo sabían, que los dos estaban más emocionados de lo que correspondía. Taylor, porque no debería sentir todo lo que estaba sintiendo. Intentó transmitirle con esas miradas que la razón de su voz desgarrada y sus ojos brillantes era la alegría inmensa por verla feliz, pero supo que ella no lo había creído. Olivia, porque no podía negarse a sí misma que, con Becky a su lado, con su adorada y leal Becky..., no se habría emocionado hasta las lágrimas de la manera en que lo había hecho de la mano de Taylor.

Olivia tuvo que hacer un esfuerzo para levantarse, recuperar su ropa y vestirse. Ni siquiera fue consciente de que se había desnudado por completo delante de Taylor, pero tampoco creyó que él se hubiera percatado; seguía con la mirada algo perdida.

Se despidieron del médico, recogieron en la recepción de la consulta la ecografía impresa y salieron a la calle. Al recibir la brisa fresca de la mañana en sus caras, los dos parecieron salir del trance a la vez.

—Pues... una niña —dijo Olivia, porque no supo qué otra cosa comentar.

—Una niña.

—Becky y Laura van a enloquecer cuando se lo diga. Están convencidas de que las posibilidades de comprar ropa se multiplican con las niñas. —Lo curioso del caso era que Olivia ni siquiera había sacado el móvil del bolso para mandarles un mensaje, una foto de la ecografía... cualquier cosa. De alguna manera extraña y retorcida, quería guardarse un rato más la noticia solo para ella. Para *ellos*.

—Después de tres hijos y dos nietos varones —Taylor decidió utilizar el humor para quitarle hierro a la mañana—, puedo afirmar que mi madre jamás te perdonará que te quedes a esa niña para ti sola.

—Pues quizá debería ser a ti al que no le perdonara que no sea su nieta.

Taylor recibió el reproche como un balazo en el corazón. Algo que sabía, que llevaba diez años en el fondo de su mente aunque no quisiera sacarlo a la superficie, estalló de repente. Sí, claro que él sabía que aquella podría haber sido su hija. Que él podría haber sido su padre, en ese momento o unos cuantos años antes, si no se hubiera largado. Que Olivia podría haber sido madre mucho antes y de una forma mucho más convencional, si él no la hubiera dejado.

—¡Dios mío! ¡¡Perdona!! —Olivia se llevó las dos manos a la boca y las lágrimas afloraron a sus ojos—. No tengo ni idea de por qué he dicho esa gilipollez.

—No es una gilipollez. Es la verdad. —El rictus de Taylor era tan serio que podría haber estado esculpido en piedra.

—No, no, Taylor, por favor. Estoy... estoy muy nerviosa y... y muy emocionada. Has dicho eso y yo... ¡joder, yo qué sé! Se me ha ido la cabeza.

—Ya.

—Olvídalo, Tay. En serio.

—Olvidado.

Olivia frunció el ceño. Él le sonrió y confió en que el gesto hubiera parecido sincero, porque en realidad no lo era. La ecuación era sencilla: los dos estaban nerviosos, Taylor había hecho una broma un poco fuera de lugar para rebajar la tensión, ella había respondido con otra broma aún más inapropiada porque no pensaba lo que decía y los dos se creerían esa excusa y lo olvidarían.

Solo que Taylor dudaba que lo olvidara. Porque seguía queriendo a Olivia con toda su alma, pero no estaba enamorado de ella. Porque seguía teniendo claro, como desde el comienzo, que aquel bebé, aquella niña, era un regalo que él le hacía a Olivia y que su vinculación con ella no sería más que como padrino. Porque su parte racional seguía convencida de que había tomado la decisión correcta diez años atrás y de que ni él ni Olivia habrían sido felices si hubieran seguido juntos. Pero cuando vio aquella mancha en la pantalla del ecógrafo, cuando usó todos sus sentidos para vislumbrarla y darle forma..., deseó que la vida hubiera sido diferente y que aquella niña a la que ya quería con toda su alma incluso meses antes de que naciera fuera en realidad su hija.

~17~
LA TRANQUILIDAD ESTÁ MUY SOBREVALORADA

A finales de abril, Taylor ya había conseguido asentarse y salir de aquella situación de casi vacaciones en que se había pasado las primeras semanas después de liberarse del contrato. Más o menos la mitad de las marcas de lujo del mundo pertenecían a aquel conglomerado de firmas del que él había sido imagen durante una década, lo que significaba que, para muchas otras, las que no formaban parte de aquel *holding*, no había podido trabajar nunca. Tampoco para las grandes cadenas de moda *low cost* y ni hablar de marcas emergentes, que no habrían podido permitirse ni intentar contratarlo. Pero Becky había entendido a la perfección lo que él quería en aquel momento, había obrado su magia y Taylor ya estaba trabajando con cierta asiduidad.

Había hecho varias sesiones de fotos y esperaba tener completa la agenda para los desfiles de moda masculina de la temporada de verano. Su sueño de liberarse de los madrugones no se había cumplido; las sesiones de fotos seguían realizándose de madrugada. Pero eso era lo de menos. Lo verdaderamente importante era que había vuelto a disfrutar de su trabajo. Había dejado de ser algo que hacía por obligación, algo mecánico que sabía llevar a cabo sin demasiado esfuerzo y que, por lo tanto, hacía también sin mucha motivación. Ahora había vuelto a disfrutar de las pequeñas cosas que lo habían enamorado de la profesión: dejar que el equipo creativo le explicara lo que debía transmitir en sus fotos, involucrarse en una campaña porque de verdad creía en ella o viajar a lugares diferentes, que no fueran los de siempre, para hacer sesiones que aportarían algo original en un mundo en el que a veces parecía que ya estaba todo inventado.

Acababa de llegar de Copenhague, de unas sesiones de fotos a bordo de un velero en las que se lo había pasado como un crío, cuando recibió la llamada de su hermano Chris, que llevaba dos años sin cogerse ni un día de vacaciones y a quien sus padres habían *obligado* a tomarse un respiro. Sí, eso sonaba a algo que Kathleen y Nathan Gardner harían; el mismo Taylor había tenido que relajar el ritmo de trabajo en el pasado después de un par de *intervenciones* familiares. Le preguntaba si le venía bien que fuera a visitarlo unos días a Nueva York y Taylor se alegró más que nunca en aquel momento de su nueva situación profesional, porque, hasta hacía solo unos meses, le habría resultado muy complicado *encajar* una visita de una semana de su hermano en medio de su agenda.

Chris llegó con ganas de hacer turismo. Había estado decenas de veces en Nueva York, pero siempre por motivos laborales o para visitar a su hermano en estancias muy cortas, así que nunca había ido a los lugares más típicos que todos los que visitaban Manhattan conocían. Taylor le prometió que acabaría harto de Nueva York antes de volver a Texas; en realidad, él tampoco había visitado la ciudad con ojos de turista desde que había llegado a los dieciocho años, cuando Olivia y él se habían pasado semanas empapándose de Nueva York.

Dedicaron los primeros días a recorrer los principales museos por las mañanas. Estuvieron en el MoMA, en el Met, en el Guggenheim y en el de Historia Natural. Por las tardes, se entregaron a planes más relajados. Subieron a lo más alto del Empire State y del Rockefeller Center, comieron perritos calientes en Central Park, se hicieron *selfies* frente a las pantallas de Times Square —y hasta Chris permitió que Taylor los subiera a Instagram— y navegaron por el Hudson hasta los pies de la Estatua de la Libertad. No podía ser todo más tópico, pero lo disfrutaron como si fueran dos críos que aterrizaban por primera vez en la Gran Manzana.

También salieron por la noche, claro. Taylor era experto en pocas cosas en la vida, pero en conocer lo mejor de la oferta nocturna de Manhattan podrían haberle concedido una certificación oficial del ayuntamiento. Llevó a su hermano a los *clubs* más exclusivos, a *rooftops* en los que disfrutar de una copa bajo la temperatura cada día más agradable de la ciudad y a un par de antros de Harlem en los que el *jazz* y el *soul* sonaban mejor que en ningún otro lugar del mundo.

—Creo que podría acostumbrarme a esta vida. —Chris le dio un sorbo a su *gin-tonic* y se recostó en una especie de sofá de aspecto industrial. Llevaban un par de horas en una terraza espectacular de la Quinta Avenida, desde la que se divisaban los rascacielos de la ciudad casi como si pudieran tocarlos con las yemas de los dedos—. Cuando le cuente a Mike cómo vives, te va a odiar.

—Oye, que también trabajo, eh.

—Sí, debe de resultar agotador esquivar a todas esas modelos que se acercan a saludarte cada dos minutos.

—¿Y quién te ha dicho que las esquivo? —A los dos se les escapó la risa.

—Por cierto, ¿qué tal está Olivia?

—¡Bien! Gordísima.

—¿De cuánto está ya?

—Seis meses y pico.

—¿Y todo bien?

—Sí, sí. Se encuentra bien y está feliz. Ha comprado tantas cosas para la niña que va a tener que alquilar un almacén para meterlas.

—Ya me la imagino, ya…

Hacía un mes desde el día en que Taylor al fin había reunido el valor suficiente para contarle a su familia su *intervención* en la maternidad de Olivia. Estaba en el desierto de Nuevo México haciendo una sesión de fotos para GAP cuando su madre lo había llamado, con unas ganas de cotilleo alarmantes, después de encontrarse con la madre de Olivia en Pottery Barn comprando una cuna. Kathleen se había acercado a preguntarle, por supuesto, y Janet le había contado que Olivia estaba embarazada. No había soltado prenda sobre un posible padre de la criatura, así que Kathleen no había podido resistir la tentación de llamar a su hijo con la esperanza de que él arrojara más luz sobre el asunto. En aquella llamada, Taylor se había deshecho de ella alegando que tenía mucha prisa para seguir trabajando, pero Kathleen le había arrancado la promesa de acercarse un par de días a Austin en cuanto acabara la sesión.

Y en aquellos dos días que pasó en la casa en la que se había criado, al fin, confesó la verdad. Que Olivia le había pedido, unos cuantos meses atrás, que le hiciera una donación de esperma para cumplir su sueño de ser madre. Que no se confundieran, por favor, que ni él iba a ser padre ni ellos, abuelos. Que la niña sería solo de Olivia, pero que él tendría el honor de ser el padrino de la pequeña y que —*sí, papá*— cuidaría de ellas siempre que les hiciera falta.

Kathleen lo había entendido a la perfección, con más facilidad de la que Taylor había imaginado. Ella adoraba a Olivia y sabía que siempre había deseado tener hijos, así que estaba muy orgullosa de que Taylor la hubiera ayudado a conseguirlo. Por descontado, su hijo no le contó cuál había sido exactamente el *método* utilizado.

Nathan había permanecido en silencio mientras escuchaba las explicaciones de Taylor, pero al final solo cabeceó y se levantó al frigorífico a coger una cerveza. «¿De verdad tenéis que hacerlo todo tan complicado?», le preguntó, al fin. Taylor intentó hacerle entender que nada era complicado, en realidad; que Olivia quería ser madre, él podía ayudarla y no había muchas más dificultades que añadir a eso. Su padre acabó por decirle que lo entendía, que le parecía bien, que ya era mayorcito para saber lo que hacía y que le agradecía que hubiera decidido contárselo. Solo lo último era realmente cierto. En cuanto a lo demás…, no acababa de comprender por qué Olivia y Taylor habían tenido que hacerlo todo tan difícil para acabar llegando a un punto en el que ya estaban quince años antes: el de ser padres juntos. Lo de que el bebé sería solo de Olivia no acababa de verlo claro.

Taylor sabía que debería haber llamado también a sus hermanos para contárselo, pasarse a visitarlos como mínimo, pero había quedado un poco agotado después de darles las explicaciones a sus padres. Dejó que fueran ellos, que los llamaban a diario, quienes se lo comunicaran, y Taylor *solo* tuvo que aguantar un montón de preguntas y bromas por WhatsApp, pero no había llegado a hablar a fondo con ellos sobre el asunto.

Hasta aquella noche, claro.

—Mike y yo nos quedamos bastante flipados cuando nos contaron todo el tema.

—Ya me imagino, ya. —Taylor sonrió resignado. Sabía que no se iba a librar de dar unas cuantas explicaciones, pero no le importaba. A él también le apetecía hablar de ello con Chris. Tenía muchos buenos amigos en el mundo, pero con ninguno se sentía tan cómodo hablando como con cualquiera de sus hermanos.

—No me imagino yo donándole semen a Brenda para que fuera madre, la verdad. —Chris chasqueó la lengua.

—No es lo mismo, Chris, no me jodas. Olivia es… ya sabes.

—Sí, lo sé. —Aprovecharon que un camarero pasaba cerca para pedirle otro par de copas—. Bueno, y… ¿nos lo vas a contar?

—Ni sé lo que quieres que te cuente —era mentira— ni por qué hablas en plural.

—Venga ya, sabes que le voy a largar todo a Mike en cuanto lo vea, así que intenta no hacerme ninguna confidencia que él no pueda saber.

—No pensaba. Sois como siameses, joder.

—Vale, pues mi siamés y yo tenemos una pregunta.

—Miedo me dais.

—Te acostaste con ella, ¿verdad?

—¡Chris, joder!

—¿Eso es un sí?

—*Eso* es un «no es asunto vuestro».

—Claramente es un sí.

—Lo *único* importante es que Olivia quería ser madre, no quiso inseminarse con un donante desconocido y es un honor para mí que me eligiera. El *cómo* es lo que menos importa de todo.

—¿Fue bueno?

—Fue… —Taylor se rio; nunca había sido capaz de ocultarles nada a sus hermanos mayores y ya no tenía sentido negar algo que ellos probablemente supieron desde el mismo momento en que se enteraron de la noticia—. Fue una puta bomba.

—Bien.

—Sí. Bien.

—¿Y cómo se lo vais a contar al niño en el futuro?

—Pues, para empezar, no es algo que le *vayamos* a contar. Será Olivia quien lo haga. Su madre es ella, ¿recuerdas? Ella será la que decida cuánto contarle y cuándo hacerlo.

—¿Tú estás bien con todo esto?

—Sí, joder. Yo estoy bien con todo. Feliz con el trabajo, tal como lo tengo montado ahora mismo. Y muy contento también por Olivia. No solo por que vaya a ser madre. También porque ahora nos vemos más, no estamos tan alejados como en los últimos años.

—Bueno… pues, si es así, me alegro mucho.

Hicieron un brindis en el aire y Taylor se alegró de haber podido confiarse con una de las personas más importantes de su vida. Aunque no fue capaz de decirle lo que había sentido cuando había visto la ecografía, cuando había escuchado los latidos del corazón del bebé o cuando había descubierto que era una niña.

—Hablando de esquivar modelos… —Chris le hizo un gesto con la cabeza hacia dos mujeres impresionantes que llevaban un rato en la barra del local sin quitarles ojo de encima. Taylor también se había dado cuenta, pero le había apetecido más hablar con su hermano que ponerse a tontear. Ahora ya no.

—Lo sé. ¿Vamos?

* * *

Chris y Taylor se encontraron a la mañana siguiente desayunando en el comedor de un hotel de lujo cercano al *rooftop* en el que habían conocido a las mujeres con las que acababan de pasar la noche.

—Me saco el sombrero ante ti, hermano pequeño. —Chris llenó su plato de huevos revueltos, bacón y salchichas, y se sentó frente a Taylor, que ya había desayunado y estaba tomándose su tercer café. No había dormido demasiado aquella noche—. Vives como un puto rey y encima follas en hoteles, lo que ahorra conversaciones incómodas matutinas e incluye desayuno.

—Son años de experiencia en la materia. ¿Todo bien con Megan?

—Perfecto. Hemos intercambiado teléfonos y le he prometido llamarla cuando vuelva a Nueva York.

—Genial.

—¿Tú?

—Yo me he despertado esta mañana y Kaia ya estaba vestida. Me ha dicho que sabía de qué iba yo y que no hacía falta que fingiéramos que volveríamos a vernos.

—Tu fama de *gigoló* te precede.

—Qué se le va a hacer.

Los dos se rieron, se acercaron a recepción a pagar la cuenta y regresaron al apartamento de Taylor. Chris se marchaba al día siguiente y, después de no parar ni un segundo durante toda la semana, lo que más les apetecía era una tarde en casa, bebiendo cerveza y viendo fútbol por la tele.

* * *

Olivia se levantó aquel cuatro de mayo con un dolor de espalda que llevaba días anunciándose. Tenía la fecha de parto prevista para mediados de agosto y no quería ni imaginarse lo que sería el principio del verano neoyorquino, habitualmente asfixiante, con el añadido de esa tripa que cada día le pesaba más.

Llevaba unos días tan distraída con el traspaso de algunas responsabilidades de la escuela a Laura, en previsión de lo que sería su baja de maternidad en los meses siguientes, que ni siquiera se había acordado de que se aproximaba la fecha de su aniversario de boda con Taylor. Fue él quien se lo recordó en una llamada llena de reproches burlones que acabó con una cita para cenar en una taberna mexicana de Turtle Bay, porque Olivia se negaba a tener que vestirse para algún local elegante con aquella tripa a la que no acababa de encontrar acomodo en su vestidor.

La cena fue tranquila. Relajada y divertida, como lo habían sido la mayoría en los años que llevaban cumpliendo con aquella tradición. Taylor la llamó gorda unas quince veces, ella le respondió con otras tantas collejas y acabaron brindando con unos margaritas sin alcohol por ese futuro que era más ilusionante que nunca.

Olivia volvió a casa poco después de la medianoche y, como no tenía sueño, se sentó —más bien, *se derrumbó*— en el sofá y decidió ver una película antigua. No pudo evitar sonreír, como no dejaba de hacer desde hacía unos meses, aunque aquella noche tenía una razón extra para hacerlo. Esa cena… había sido diferente. Durante años, la celebración de su aniversario de boda había sido el premio de consolación a una relación que no podía ser. Los primeros años, aún enamorada de Taylor hasta la médula, contaba los días para que llegara aquella fecha. Era agridulce, claro, porque recordaba muy bien aquella noche del año 2004 en que habían cometido la maravillosa imprudencia de casarse en una capilla de hotel de Las Vegas. Ella siempre había soñado con una boda por todo lo alto, pero nunca la echó de menos. Aquel gesto tan espontáneo de Taylor pidiéndole que se casaran, casi como si no pudiera pasar por delante de una capilla sin hacerlo…, había sido perfecto. Pero la añoranza palidecía ante otro sentimiento en los primeros años después del divorcio, ante la suspensión de la realidad que suponía pasar tres o cuatro horas junto a él, casi como si nada hubiera ocurrido, como si la vida no hubiera saltado por los aires y hubiera arrasado con todos sus sueños.

Con el paso de los años y su recuperación definitiva, esa cena anual también había tenido una parte triste. Al fin y al cabo, era la constatación de que no podían tenerse el uno al otro presentes en su día a día, aunque solo fuera como amigos. Y a Olivia siempre le había parecido horrible que dos personas que se querían tanto como Taylor y ella tuvieran que mantenerse alejados por el puro terror a volver a caer en una relación tóxica, en la que los sentimientos se confundieran y en la que tenía pocas dudas de que ella sería la que más tendría que perder.

Todos aquellos años, Taylor y ella habían brindado por el pasado. Por lo que habían sido, por lo que habían compartido, por la preciosa ocurrencia del destino de haberlos unido cuando eran niños y haberles permitido vivir muchos años de felicidad, incluso aunque hubiera acabado mal. Pero aquel año, por primera vez, Taylor y ella habían brindado por el futuro. Cada uno por su lado, él con la vida que siempre había soñado vivir y ella con su bebé y rodeada por unos amigos, empezando por el propio Tay, que nunca la dejarían sola. Definitivamente… tenía motivos para sonreír.

* * *

Taylor llegó a casa un par de horas más tarde que Olivia, pues decidió acabar la noche en un club de Chelsea por el que se dejaba caer de vez en cuando. Se encontró con un par de *conocidas* con las que supo que no le costaría demasiado esfuerzo pasar un buen rato, pero le pareció raro acabar acostándose con otra mujer…, con *cualquier* mujer, precisamente el día de su aniversario con Olivia. Ya se iba a casa cuando se encontró con Lennon Blair y su marido Daniel. Lennon era uno de los jóvenes fotógrafos con más prestigio de la ciudad y no solía trabajar en editoriales de moda, pero habían coincidido en una campaña, un par de años atrás, y habían conectado desde el primer momento, a pesar de que Taylor le sacaba más de diez años.

Charló un rato con ellos, se tomaron un par de copas y se marchó a casa en taxi, entre promesas de quedar un día para cenar. Mackenzie Blair, la madre de Lennon, era una de las mejores amigas de Becky —además de una pintora de prestigio y toda una leyenda en Manhattan—, así que solían coincidir todos de vez en cuando.

Taylor tampoco tenía sueño cuando llegó a casa, así que puso música en el modernísimo equipo de su salón y dejó que los acordes de *Somebody Told Me*, de The Killers, le pusieran un poco de ritmo a la noche. Él también sonreía, como Olivia en su apartamento, a solo unas pocas millas de allí. Y lo hacía porque ella había tenido el detalle de no mencionar que, en solo tres semanas, se cumpliría otro aniversario. Y qué aniversario… Una década había pasado desde su divorcio.

Hasta aquella noche, Taylor nunca se había dado cuenta de que había tomado aquella decisión sin pensar demasiado en el futuro. A los veintiséis años, en la vida de Tay solo había presente. Y por un presente brillante, lleno de música, luces y *flashes*, era por lo que había apostado. Y le había salido bien. Pero, si le hubieran preguntado una década atrás cómo se veía a sí mismo en diez años…, no habría tenido ni puta idea de qué responder. No casado, desde luego; esa era una situación por la que tenía clarísimo que no volvería a pasar. No con hijos; o sí, aunque algo dentro de él le había dicho siempre que ese tren había pasado al alejarse de Olivia. Quizá enamorado, porque era un sentimiento al que no pensaba renunciar; y, de hecho, había sentido ese comienzo de las mariposas en el estómago ocho o nueve veces a lo largo de aquella década. Pero sin más. No tenía muchas más sospechas sobre cómo sería su futuro en el terreno personal aquella mañana en que salió por última vez del que había sido su apartamento en Hell's Kitchen, con la vida como un folio en blanco ante sus ojos.

Lo que nunca jamás se le habría podido pasar por la cabeza era que, diez años después, Olivia hubiera vuelto a su vida como una buena amiga de toda la vida que le haría la petición de que fuera el padre biológico de su bebé. Él vivía muy tranquilo antes de todo aquello. Había pasado diez años viajando de acá para allá, trabajando mucho, disfrutando, saliendo por la noche, conociendo gente interesante y exprimiendo sus mejores años. Ver a Olivia una sola vez al año era la guinda a un pastel que no habría podido saborear si ella fuera solo un vago recuerdo del pasado.

Las cosas habían cambiado más en los últimos seis meses que en los nueve años anteriores. La tranquilidad había dado paso a emociones más a flor de piel, como las que había vivido el día de la ecografía o las que sabía que llegarían cuando tuviera en brazos a su ahijada. Y mientras la música cambiaba a *I Will Wait*, de Mumford & Sons, Taylor no podía dejar de pensar… ¿Quién quiere tanta tranquilidad?

~18~
MI ÁNGEL DE LA GUARDA

Olivia se juró a sí misma que, si algún día decidía volver a quedarse embarazada, lo haría planificando que la recta final del embarazo no coincidiera con el verano. De un año a otro se le olvidaba cómo era la época estival en Manhattan. El calor asfixiante, la humedad que hacía sudar incluso debajo de la ducha, los millones de aparatos de aire acondicionado de la ciudad funcionando a pleno rendimiento y expulsando el calor a las calles como si fueran bocas de dragón... Y todo eso, a finales de mayo. No quería ni pensar en lo que la esperaba en los dos meses y medio que faltaban para el parto.

Se desplazaba como podía por las calles de Manhattan en una mañana tan soleada que debía de resultar preciosa para cualquier persona que no portara trece kilos extra, adquiridos en tiempo récord, sobre su peso habitual. Había quedado para comer con Becky en un restaurante del Upper West Side y había decidido acercarse en metro —una idea nefasta, pues el vagón parecía un asador de pollos— para obligarse a caminar desde la estación hasta el lugar de la cita.

—Pero qué guapísima estás. —Hacía dos semanas que no veía a Becky; las dos semanas que su amiga se había pasado viajando por Baja California junto a Charlie—. No he conocido en mi vida a nadie a quien le siente mejor el embarazo.

—Y por estas mentiras piadosas es por lo que te quiero tantísimo.

—No es ninguna mentira. —Becky le apartó un mechón de pelo que se le había quedado pegado a la frente—. La piel te brilla.

—Es sudor.

—No digas tonterías, la tienes más tersa que si te hubieras hecho un millón de tratamientos carísimos.

—La tengo tersa porque estoy a punto de reventar. Un día de estos mi piel no aguantará más, se desquebrajará y me desbordaré.

—Si estás exagerando así a los siete meses, recuérdame que huya bien lejos cuando estés fuera de cuentas.

—Sí, hablando de eso... tengo cosas que comentar contigo. —Echó un vistazo alrededor—. ¿Tenemos mesa ya?

—Claro.

Un *maître* salido de la nada las condujo a la mesa que siempre reservaba Becky, al fondo del local, algo elevada y con unas vistas preciosas del Riverside Park. Olivia hacía un par de semanas que había decidido que ya se preocuparía de perder los kilos de más después del parto; mientras su doctor no le dijera lo contrario, pensaba comer todo lo que le diera la gana. Así que pidió unos *ravioli* de langosta con salsa de trufa y nata y solo lamentó no poder acompañarlos de un *pinot grigio* rosado.

—Yo también tengo algo que contarte —confesó Becky, con la boquita pequeña, mientras decidían qué postre pedir para compartir, después de una comida en la que habían hablado un poco de todo, pero de nada importante. A Olivia la sorprendió aquel tono tan poco habitual en su amiga. Se decidieron por una tarta de tiramisú con caramelo salado y el interrogatorio mutuo comenzó.

—Dispara.

—Tú primero.

—¿Qué pasa, Becks? —Olivia frunció el ceño—. Me estás asustando con ese tono tan misterioso. Normalmente te guardas la información menos de tres segundos.

—Habla, Olivia.

—Está bien —suspiró resignada—. Ya tengo nombre para la niña.

—¡¿En serio?! —Becky recuperó su tono de indiscreción habitual y, a pesar de que la mesa en la que se encontraban estaba en una especie de reservado, ambas vieron como tres o cuatro cabezas giraban en su dirección—. Pensaba que me iba a tener que pasar años llamándola «bonita».

—No estaba en mi lista inicial, pero lo vi el otro día en una tienda en la que hacen ilustraciones con nombres de bebé y me di cuenta de que era…

—¡Suéltalo ya!

—Mia.

—Mia…

—Sí. —Olivia se sonrojó un poco—. ¿Te gusta?

—Me encanta. Mia… ¿qué más?

—Mia Brooks, claro.

—¿Sin segundo nombre?

—Sin segundo nombre.

—Es precioso, Olivia. —Becky alargó la mano sobre la mesa y apretó con fuerza la de su amiga—. Mia Brooks va a ser la niña de mis ojos.

—No intentes despertar a las hormonas para que olvide que tienes algo que confesar —bromeó Olivia.

—Está bien… —Becky carraspeó—. Me vas a permitir que pida un chupito doble de *limoncello* para ayudarme a pasar el trago.

—Joder, Becks, me estoy acojonando en serio. Dime al menos si es bueno o malo.

—Bueno. Excelente, de hecho.

—Bien… —Por suerte, el camarero conocía a la perfección los gustos de Becky y estuvo rápido—. Pues… tú dirás.

—Charlie me ha pedido que me case con él.

—¡Dios mío! —Olivia vio como Becky se echaba el chupito del tirón al gaznate y añoró tener uno para ella—. ¿Y qué ha pasado?

—Que le he dicho que sí.

—La hostia…

Olivia preguntó porque un millón de escenarios diferentes habían pasado por su imaginación. Becky rompiendo con él, gritándole, comprando un billete de solo ida para Nueva Zelanda… Cualquier cosa menos que ella, la enemiga más acérrima del matrimonio sobre la faz de la tierra, fuera a claudicar.

—Pues… felicidades, ¿no? Estoy un poco aterrorizada, así que no sé si darte la enhorabuena o qué.

—Dámela. Pero dásela mucho más a él cuando lo veas. No tiene ni idea de la mujer que se lleva.

—Una mujer de una modestia sin precedentes. —Olivia se levantó, se agachó junto a Becky y le dio un beso fuerte en la mejilla—. Estoy segura de que él sabe que se lleva a la mejor.

—Me encargaré de recordárselo cada día.

—Bueno... ¿y cuándo es la boda?

—No te embales. Tengo que conseguir un vestido con el que no parezca una anciana desesperada agarrándose a un clavo ardiendo.

—Tú tendrías que volver a nacer para parecer eso.

—Ya, ya... Por si acaso. También tengo que encontrar un sitio para casarme que sea realmente especial. *Cool* pero clásico, ya sabes.

—*Yes.* ¿Boda íntima o multitudinaria?

—Tengo casi quinientos invitados para la fiesta de compromiso del mes que viene, así que hazte una idea...

—Quizá consigas que los Yankees te presten su estadio para el banquete de boda, entonces.

—O quizá me líe la manta a la cabeza, lo celebre en plan multitudinario en la fiesta de compromiso y luego haga una boda íntima a la que solo vengáis los más cercanos.

—O podéis iros a Las Vegas y que le den al mundo.

—Esa horterada ya la usasteis Taylor y tú. Con lo guapa que habrías estado vestida de Dior y casándote en el Plaza...

—Deja de soñar con una boda que nunca se produjo y de la que ni siquiera queda matrimonio desde hace diez años. —Olivia se rio por no llorar, porque sería multimillonaria si alguien le hubiera dado un dólar cada vez que Becky le reprochaba que Taylor y ella, siendo la pareja más admirada del momento, se hubieran casado en una ceremonia tan *cutre*, de la que apenas había un par de fotos muy bien custodiadas en las casas de ambos. La prensa nunca había podido conseguirlas—. A ver, ¿me vas a hacer ir como una vaca o tendrás la decencia de esperar?

—No creo que pueda ser antes del verano que viene.

—¿En serio?

—Queremos un compromiso largo.

—¿Para que la sociedad no piense que te ha dejado embarazada? —Olivia se partió de risa con su propia broma.

—Vete a la mierda. —Becky suspiró—. No. Por una serie de motivos prácticos y porque necesito asegurarme de que no me agobia la monogamia y de que realmente estoy tan enamorada de él como creo. Estoy segura, en este momento, pero tengo demasiado miedo a meter la pata y romperle el corazón. Cuando llegue al altar..., tiene que ser para siempre.

—Joder. —Olivia se quedó sin habla y prefirió restarle un poco de intensidad al tema—. ¿Qué motivos prácticos?

—Charlie quiere jubilarse. Ha invertido mucho dinero en acciones de diferentes empresas tecnológicas para las que ha trabajado en su carrera y puede permitírselo. Dice que quiere vivir a mi ritmo.

—¿Fiestas, viajes y veranos en los Hamptons?

—Más o menos.

—¿Y tú vas a bajar el ritmo de trabajo?

—La agencia funciona sin mí. Es jodido cuando te das cuenta de que no eres imprescindible. —Sonrió con ironía—. Con poner la cara en los eventos más importantes del año y hacer llamadas de peloteo de vez en cuando a los modelos que necesitan que se les haga casito... podría arreglármelas.

—Te lo has ganado, Becks.

—Hace treinta y siete años que salí de Missouri con la esperanza de ganar algo de dinero en el mundo del espectáculo en Nueva York. Todo el mundo me decía que me fuera a Los Ángeles, que había más oportunidades... Pero yo sabía que en esta ciudad estaba mi futuro, lo supe en cuanto puse un pie en Grand Central Terminal, con treinta dólares en el bolsillo y un miedo que me cagaba encima. Me daba igual ser bailarina, modelo, cantante, actriz… En realidad, no tenía talento para ninguna de esas cosas, así que sería cuestión de suerte. Y la tuve.

—De suerte y de trabajo.

—Y de tener mucho morro. Me colaba en todos los locales de moda, fingía ser una rica heredera del Medio Oeste cuando mi familia en realidad hacía equilibrios para llegar a fin de mes… No sé, Liv… Ojalá nos hubiéramos conocido en aquella época. Nos lo habríamos pasado como nunca. Si tú hubieras nacido, claro.

—Sí, eso habría sido importante.

—No sé por qué coño me he puesto tan melancólica… —Becky recuperó su estridente tono de voz habitual—. Pues eso, que me caso, que voy a ir radiante de la hostia y que te da tiempo a ponerte a plan porque, al ritmo que vamos, lo mismo me lleva Mia las flores caminando.

—Ojalá. Sería precioso. —Olivia no consiguió que Becky la dejara alcanzar la cuenta y le agradeció con un gesto la invitación—. Tengo que volver a la escuela, pero antes… quería pedirte… bueno…

—Joder con los titubeos. Debemos de parecer las dos imbéciles.

—Es que no sé…

—Dispara, joder. Anda que no me has pedido cosas en la vida, no creo que esta vaya a matarme.

—Me gustaría que fueras tú quien me acompañara en el parto.

—Ay, la leche. —Becky se echó a reír a carcajadas, ante la mirada atónita de Olivia—. ¿Y tenías que pedírmelo? Hace meses que despejé mi agenda entre finales de julio y principios de septiembre.

—Joder, Becks… Gracias. —A Olivia se le llenaron los ojos de lágrimas y esa vez no fue por culpa de las hormonas.

—Tienes F.P.P. para el once de agosto, ¿no?

—Me flipa que conozcas el concepto «F.P.P.». —Becky puso los ojos en blanco—. Sí, la fecha prevista de parto es el once de agosto.

—Pues yo me voy a finales de julio a la Polinesia con Charlie…

—Qué mal vivimos… —masculló Olivia.

—… pero el veintiocho de julio estoy en Manhattan de vuelta. Y ya me quedo aquí hasta que nazca Mia.

—¿No te vas a ir a los Hamptons?

—En el mismo momento en que ese bebé asome la cabeza. Tú preocúpate de guardártela dentro hasta finales de julio y el resto ya lo iremos viendo.

—Bien.

—Bien.

Se despidieron en la puerta del restaurante con un abrazo y Olivia rechazó la oferta de Becky de prestarle su coche para acercarla a la escuela. Prefería pasear, que era algo que le habían dicho mil veces que era bueno para su cuerpo durante el embarazo. Su cuerpo poco le importaba en aquel momento; era su mente a la que le apetecía darse una vuelta por Riverside Park, aprovechando que en aquella zona de la ciudad la brisa del Hudson hacía más soportable el calor que había llegado a Nueva York de forma tan prematura.

A pesar de que seguía teniendo la espalda algo contracturada, no dejó de sonreír durante todo el paseo. Y lo hacía porque no podía evitar pensar en lo afortunada que era. Durante su infancia, Olivia había echado de menos muchas veces tener una familia *normal*. Significara lo que significara «familia normal». Ella se conformaba con una que se pareciese más a un grupo de personas que se quieren que a una madre dominante tratando de convertir a su hija en la niña más guapa de América.

Pero *sus* familias habían ido surgiendo poco a poco a su alrededor. Primero había sido la de Taylor, que la había adoptado como a una hija más, como a la favorita, por momentos. Se había sentido siempre tan arropada y tan querida por ellos que jamás había vuelto a añorar ni el cariño de su padre ausente ni el de su madre obsesionada con los concursos de belleza. Después había llegado Becky y se había convertido en una especie de segunda madre. Para Taylor y para ella. Les había enseñado muchas lecciones valiosas, desde cómo coger un taxi con maestría hasta en qué personas podían o no confiar. Los había querido y había hecho que jamás ninguno de los dos añorara la vida que llevaban en Austin. Más tarde, Taylor y ella habían formado su propia familia; a pesar de que siempre había soñado con ser madre, Olivia odiaba que se diera por hecho que el concepto «formar una familia» tuviera que ir unido al acto de tener hijos. Siempre había sentido que Taylor y ella, mientras habían estado casados, eran una familia. Pequeña pero sin ninguna carencia. Después de la separación, solo Becky la mantuvo en pie, pero a su vida fueron incorporándose personas que, años después, eran ya imprescindibles. Eran ya familia. Laura, Josh, el propio Taylor... Un increíble equipo de ángeles de la guarda, dirigidos por una abeja reina implacable como Becky.

Cuando estaba ya de camino a la escuela, recordó que había varias cosas que le apetecía comentar con Taylor. Desde el día de la ecografía en que habían descubierto juntos el sexo del bebé, habían cogido una especie de rutina de hablar una vez por semana. No era nada fijo ni *oficial*, pero los dos se habían acomodado a esa frecuencia y les iba bien. Aquel paseo por la orilla del río le pareció un buen momento para llamarlo, aunque la alarmó un poco darse cuenta de cuántos temas había acumulado en pocos días sin hablar con él. ¿Cómo demonios lo hacían cuando solo hablaban una vez al año?

—Hey, Liv... —La voz de Taylor sonó somnolienta.

—Ostras, Tay, ¿dónde te pillo?

—Estoy en París.

—¿En París no son las nueve de la mañana?

—Uno tiene derecho a remolonear en la cama de vez en cuando, ¿no?

—Pues sí. —Olivia se rio—. ¿Qué haces ahí?

—Me han invitado a la inauguración de una exposición sobre Yves Saint-Laurent en el Palais Galliera. Y me he quedado un día más para hacer algo de turismo. Vuelvo esta noche a Nueva York.

—Espero que me compres algo bonito.

—No, mira, perdona. En todo caso se lo compraré a la niña. Tú ya no eres mi favorita, ¿sabes?

—Como si lo hubiera sido alguna vez... —bromeó Olivia.

—Como si no lo hubieras sido siempre... —le respondió Taylor.

—A ver, que yo te llamaba para una cosa en concreto.

—Tú dirás.

—Ya... ya he decidido... el nombre de la niña. —Parecía que ya se había convertido en una costumbre para Olivia tartamudear al hablar de aquella decisión, pero es que se moría de miedo a que alguien le dijera que era un nombre horrible o algo así. Se sentía tan protectora con la niña que no sabía qué iba a ser de ambas como no fuera capaz de relajar en el futuro.

—¡¿Sí?! ¿Cuál es?

—Mia.

—Mia. ¡¡Me encanta, Liv!!

—¿De verdad?

—Es precioso. Es... perfecto.

—Gracias. —A Olivia le salió la voz algo ronca.

—Tengo muchas ganas de conocerla, Liv. —Y a Taylor se le desbordó la sinceridad en la suya.

—Esta niña va a tener los padrinos más entregados de toda Norteamérica. —Olivia se arrepintió al instante de haber remarcado el concepto *padrinos*, porque era consciente de hacerlo de vez en cuando, para que no hubiera ninguna confusión de términos, para que no se atravesara ninguna línea roja; solo esperaba que Taylor no se diera cuenta de que lo hacía.

—Por cierto, Liv, ¿has llamado a la niñera de la que te hablé?

Hacía unas semanas, Olivia le había comentado a Taylor que estaba algo desesperada en la búsqueda de niñera para cuando naciera Mia. Sabía que necesitaría ayuda, sobre todo desde el momento en que decidiera volver al trabajo, pero la idea de meter a una desconocida en su casa y dejarla al cuidado de su hija la aterraba. Por eso quería conocerla cuanto antes, ir cogiendo confianza antes de que llegara Mia. Taylor le había prometido preguntar en su grupo de WhatsApp de modelos, pues sabía que un par de compañeros habían recurrido a niñeras internas para poder continuar con sus carreras después de ser padres.

—¡Para eso te llamaba, entre otras cosas! En principio, la he contratado.

—¿De verdad?

—¡Sí! No quiero lanzar las campanas al vuelo porque espero convivir un poco con ella estos dos meses que faltan para que nazca la niña. Será después de ese tiempo cuando le haga el contrato definitivo, pero cruza los dedos para que sea así o no sé ya a quién podré recurrir.

—Me parece perfecto. Si hay algo en lo que pueda ayudarte…

—Si Anna es la elegida definitivamente, créeme que me habrás ayudado mucho.

—Me alegro.

—Oye, ¿y qué tal la exposición de Saint-Laurent?

—Flipante. Deberías venir a verla.

—En cuanto deje de pesar lo mismo que un camión de bomberos… No me parece mala opción que el primer viaje de Mia sea a París.

—Será genial. Esa niña va a tener más pasaporte antes de cumplir un año que la mitad de los americanos al morirse.

—Ese es el plan. —Olivia consultó la hora y vio que ya llegaba a la escuela mucho más tarde de lo que tenía pensado y que, de nuevo, le tocaría quedarse a trabajar hasta bien entrada la noche—. Oye, Tay, tengo que dejarte.

—Claro. ¿Te encuentras bien, por cierto?

—Sí, sí. Vengo de comer con Becky y me voy ahora a la escuela, que quiero dejar cerrados unos contratos y unas formaciones antes de irme a casa.

—¿Cuándo tienes pensado cogerte la baja?

—Pues quiero aprovechar el tiempo con la niña después de que nazca, así que aguantaré antes del parto hasta el último momento.

—Bueno, con calma, ¿eh? Seguro que Laura está más que preparada para hacerse cargo de todo en tu ausencia, así que, cuando veas que no puedes más, te quedas en casa tranquilita y dejas que Becky te mime.

—No sé si escucharte decir eso le haría más ilusión a Laura o a Becky, pero está claro que tienes un don para decirle a todo el mundo lo que quiere oír, incluso aunque no estén presentes.

—Estoy lleno de cualidades fascinantes, ya lo sabes.

—Bueno, en serio, tengo que colgar. —Olivia recordó algo y retuvo un segundo a Taylor al teléfono—. ¡Por cierto! ¡¡Llama a Becky!!

—¿Por qué? Hablé con ella antes de coger el avión a París.

—En serio, Tay, llámala. Vas a flipar.

—Joder, qué intriga.

—Ya verás, ya.

—Pues nada, te cuelgo y la llamo.
—Beso, Tay.
—¡Otro!

Olivia se llevó la mano a la boca al colgar, para contener la carcajada que se le escapaba entre los labios. Becky iba a matarla por irse de la lengua, pero le daba igual. Aquella era una noticia que había que compartir.

Cuando entró en la escuela, Laura la recibió con un ramo de margaritas enorme sobre la mesa que hacía las veces de mostrador de recepción.

—Ha llegado esto para ti.
—¡Hala! Pero ¿quién lo ha mandado?
—Está dentro la tarjeta.
—¿Y no la has cotilleado? —le preguntó Olivia, arqueando una ceja.
—No he tenido tiempo. El repartidor acababa de salir por la puerta cuando has entrado.

«Para la chica más bonita de Nueva York, que me han dicho que se llama Mia. Vamos juntos a la fiesta de compromiso de mi hermana, ¿no? Un beso, Josh».

Olivia se preguntó cuánto tiempo había tardado en llegar desde el Upper West Side al Village, para que a Josh le diera tiempo a recibir la llamada llena de noticias de su hermana, encargar un ramo de flores precioso y que la floristería de Manhattan lo entregara en la escuela. Pero si algo tenía claro desde hacía años era la capacidad de los hermanos Wordsworth para obrar esos pequeños milagros.

Apuntó en su agenda mental llamarlo para darle las gracias y para confirmarle que irían juntos a la fiesta de Becky y Charlie. Recogió de la mesa de su despacho un par de dosieres que quería revisar junto a Laura y consultó en la agenda cuánto tiempo tenía antes de que llegaran unas modelos a las que quería entrevistar porque le interesaba mucho contar con ellas para la siguiente temporada de semanas de la moda, en la que ella no podría estar a pleno rendimiento.

Esa era su vida. Y volvió a sonreír al darse cuenta. Un trabajo que la apasionaba, al que le dedicaba tanto tiempo porque la línea entre trabajo y *hobby* era muy fina. Un círculo de amigos corto pero sólido, firme; de esa gente de la que se puede afirmar sin dudar que serán leales siempre. Y un bebé creciendo dentro de ella, a pocas semanas de venir a un mundo que sería hostil a veces, por mucho que ella quisiera evitárselo, pero en el que siempre podría contar con ella, con su madre, que había empezado a quererla mucho antes de que el test de embarazo fuera positivo, y con esa familia elegida que sería la mejor herencia que jamás podría dejarle.

~19~
LA FIESTA DE COMPROMISO

Olivia siempre había sido bastante rápida a la hora de decidir qué ropa ponerse para un gran evento. Al fin y al cabo, se había pasado toda su vida asistiendo a desfiles, bailes, galas, entregas de premios y todo tipo de situaciones en las que había tenido que lucir impecable. Pero nunca había tenido que hacerlo embarazada de ocho meses.

No es que tuviera demasiadas intenciones de sentirse *sexy* en la fiesta de compromiso de Becky, pero al menos quería verse elegante. Y no era capaz de encontrar ni un solo vestido en toda Nueva York con el que se encontrara cómoda. O eran demasiado ajustados y la hacían sentir como un embutido italiano o eran demasiado flojos y creía parecer una mesa camilla. Por no hablar de que en cualquier momento sus pechos cobrarían vida propia y tendría que exigirles que pagaran el alquiler, así que no acababan de acomodarse al escote de ningún vestido.

Le había lloriqueado a Becky y la había arrastrado por varias tiendas y *ateliers* de Manhattan, pero... nada. Hasta que, una mañana, un mensajero llamó a su puerta y casi le provocó un infarto a Olivia cuando vio que le traía un gigantesco portatrajes con el logo de Gucci. Firmó el albarán con mano temblorosa y consiguió dejar la caja apoyada en la pared del recibidor.

—Hay una nota adjunta —le indicó el repartidor.

—Gracias.

Se despidió de él y corrió a abrir aquel sobre. El nombre de quien había remitido aquel paquete que estaba deseando abrir no era un secreto para ella. Solo había una persona tan loca en su vida. Así que se decidió a abrir el mensaje:

«Te lo envía Alessandro como regalo anticipado por el nacimiento de Mia. Solo tú puedes defender este vestido con un bombo de ocho meses, así que... ¡te veo esta noche! Te quiero, Becky».

Olivia no pudo reprimir el gritito que se le escapó, ni tampoco salir corriendo hacia el paquete, desgarrar el envoltorio y sacar aquella maravilla que no dudaba que tendría un lugar de honor en su armario. Y cuando lo tuvo frente a ella, le dio un ataque de risa. Por la locura que era ponerse aquello —aunque sabía que lo iba a hacer, por supuesto— y por la ilusión de saber que estaba ante una joya de valor incalculable.

Era un vestido amarillo, largo por los pies, con manga también larga y aparentemente muy ajustado. Pero no era eso lo que más destacaba en él. Lo que lo hacía tan especial era su color, un amarillo vivo espectacular, y un escote... un escote estrecho pero muy profundo que llegaba casi hasta el ombligo, ribeteado con una cenefa de pedrería en color plateado. Era un puto espectáculo de vestido.

A las seis de la tarde llegó la estilista a la que solía contratar para las grandes ocasiones. Decidió llevar el pelo liso, peinado en una trenza lateral algo suelta, y un maquillaje muy natural. Se calzó unos tacones no demasiado altos pero muy estilizados, metió su móvil y algo de dinero en un *clutch* plateado y pidió un coche.

La fiesta de compromiso de Becky y Charlie se celebraba en el ala Sackler del Metropolitan Museum, alrededor del templo egipcio de Dendur. Olivia ya ni se sorprendía cuando Becky conseguía esas cosas, pero no había escuchado jamás que alguien hubiera logrado celebrar una fiesta privada en aquel lugar.

Coincidió con Josh en las escaleras de entrada y hasta aceptó hacerse una foto para los tres o cuatro *paparazzi* que esperaban la llegada de tanto invitado VIP como se intuía que habría aquella noche. Becky podía haberse pasado toda la vida renegando de las bodas, pero se había metido de lleno en los preparativos de un enlace por todo lo alto. Y, como ya había acordado con Charlie que quería una ceremonia íntima —llegara cuando llegara, que no parecía que fuera a ser pronto—, habían decidido darlo todo en la fiesta previa. La última vez que había comentado la lista de invitados con Olivia, el número de asistentes ascendía a cuatrocientos noventa y dos.

—¿No te ha dicho nadie que en estos eventos no se le debe quitar protagonismo a la anfitriona? —Josh la recibió con un beso en la mejilla y le rodeó la cintura para subir juntos las escaleras—. Mi hermana va a matarte.

—Tu hermana me ha enviado este vestido esta tarde, cuando estaba a punto de entrar en barrena porque mi tripa no cabe en nada que tenga forma.

—Pues veo bastante bien de forma ese vestido.

—Tú tampoco estás mal, Josh. —Olivia se apartó un poco para dedicarle su mejor sonrisa y para echarle un vistazo al aspecto que presentaba con su esmoquin, que apostaría a que era de Armani.

Entraron en el salón y no se sorprendieron demasiado al encontrarlo decorado con cientos —quizá miles— de orquídeas y una cantidad incluso superior de velas encendidas. El color lavanda, el favorito de Becky, estaba presente por todas partes y unos cuantos camareros dirigían a cada invitado a la mesa que se les había asignado.

Olivia sonrió cuando vio que le había tocado en la mesa uno, porque conocía a Becky lo suficiente para saber que el número de las mesas probablemente correspondería a una especie de clasificación emocional. No había más que ver que su único hermano también estaba allí. La sonrisa se convirtió en carcajada al comprobar que a Taylor le habían asignado también un lugar en aquella mesa *de honor*, junto a un «acompañante» muy significativo. Becky le había contado que Tay había cambiado tantas veces el nombre de la mujer que lo acompañaría a aquella fiesta que al final había decidido dejarlo en blanco.

—Josh, Liv...

La voz de Taylor sonó a su espalda, ronca y profunda, como siempre. Y con un puntito burlón, porque a ninguno se le escapaba que esa coincidencia en torno a una mesa iba a resultar, como mínimo, divertida.

—Hola, Tay.

—Os presento a Kayla. Ellos son Olivia y Josh, el hermano de Becky.

—¿Quién es Becky? —preguntó la recién llegada, a la que Olivia no le calculaba más de diecinueve o veinte años. Dudaba que tuviera edad legal para beber la copa de champán que tenía en la mano.

—Nadie importante —respondió Josh, reprimiendo una sonrisa—, tú tranquila.

Entre carcajadas contenidas tomaron asiento y solo se levantaron para aplaudir la llegada de Becky, vestida de blanco radiante —porque decía que no tenía ya edad para vestir de ese color en su boda, así que quería desquitarse en la fiesta de compromiso— y cogiendo a Charlie de la mano. Hubo saludos, besos, abrazos y, cuando se quisieron dar cuenta, ya tenían el primer plato sobre la mesa.

—Pues… Olivia también trabaja en el mundo de la moda, Kayla. —Olivia puso los ojos en blanco al ver los esfuerzos de Taylor por introducir a su novia (¿*novia*?) en la conversación—. ¿Sabías?

—Me suena tu cara… creo —dijo la chica, frunciendo el ceño e intentando hacer memoria. O algo así.

—Fui modelo hace años —le explicó Olivia, con modestia.

—¡Oh! ¿Tuviste que dejarlo por… —Kayla señaló el abultado vientre de Olivia—… eso?

—Hace… *años*.

—Por Dios…

A Josh se le escapó una carcajada en voz alta y Taylor puso la misma cara que si la ostra que se estaba comiendo estuviera podrida. Siguieron un rato más en silencio o, mejor dicho, hablando por parejas. Taylor con Kayla, en una conversación trufada de toqueteos, besos no demasiado discretos y risas, sobre todo de ella, porque Taylor tenía una cara neutra que Olivia sabía que no significaba nada bueno. Por si eso fuera poco, Josh estaba especialmente *gracioso* aquella noche, ensañándose con Kayla en los pocos comentarios que habían compartido. La chica no tenía demasiadas luces, eso no lo podía negar Olivia ni apelando a toda la empatía del mundo, pero era apenas una chiquilla y Josh un tío de edad suficiente como para no jugar a ser el gracioso del instituto. Encima, todos los presentes en la mesa iban algo entonados a causa del vino y el champán, y Olivia fue consciente, por primera vez en su vida, de lo insufrible que puede resultar una velada cuando se es la única persona sobria en un kilómetro a la redonda.

Por suerte, la cena terminó pronto —bien sabía Olivia que en el mundo que rodeaba a Becky comer de forma copiosa no era la afición favorita— y dio comienzo el baile. Las luces se bajaron a la mínima intensidad, un foco iluminó el centro del espacio habilitado como pista de baile y la anfitriona lo abrió bailando *Moon River* con su prometido. Estaban tan impecables que, más que una fiesta entre amigos —*muchos* amigos—, parecía el rodaje de una película del Hollywood dorado.

Cuando el momento de máximo protagonismo de la pareja homenajeada pasó, la música cambió a *You Are So Beautiful*, de Joe Cocker, y Josh le ofreció la mano a Olivia para invitarla a bailar. Olivia se disculpó con el resto de personas con las que habían compartido mesa y se levantó de la silla de la forma más grácil que fue capaz, aunque tuvo la sensación de que había tenido la misma sutileza que un camión de mudanzas atravesado en medio de la Quinta Avenida. De hecho, sintió que pesaba aproximadamente lo mismo.

—¿Qué pasa? —Josh le dedicó una sonrisa torcida al ver que ella le dirigía una mirada dura.

—¿Y tú qué crees? —A Olivia le resultó más fácil coger el ritmo de lo que había pensado que podría. Siempre había bailado bien, pero nunca lo había hecho con la tripa que lucía en aquel momento—. Podrías haber dejado un poco en paz a la chica de Taylor, ¿no?

—Venga ya, Olivia. ¿Dónde las encuentra? ¿En el jardín de infancia?

—No creo que eso sea problema nuestro.

—Lo es si tenemos que compartir una cena infernal con alguna de ellas.

—Vamos… La chica solo ha hecho comentarios algo bobos y poco más. A mí me ha dado pena.

—¿También cuando te ha preguntado qué harías si la niña «te salía fea»?

—Vives en Hollywood, Josh. No me creo que no te relaciones con gente más superficial que esa chica. Me has parecido un matón haciendo *bullying* a la niña tonta de la clase.

—También te ha llamado gorda. Dos veces.

—¿Y tú cuándo te has convertido en un caballero andante que me defiende del terrible ataque de una aspirante a modelo de veinte años?

—Eres imposible.

—Sí. —Olivia se rio, porque tampoco le apetecía pasarse una noche tan especial discutiendo por algo que, al fin y al cabo, no era problema suyo—. Pero eso lo sabes desde hace años.

—Esta noche...

—¿Sí? —Olivia le lanzó una mirada de coqueteo, porque sabía muy bien por dónde iban los tiros de Josh.

—¿Nos vamos a mi casa cuando acabe este paripé que ha montado mi hermana?

—No puedo decir que la oferta no me resulte tentadora, pero...

—¿*Pero*? Olivia, por favor, no me hagas volver a California con un rechazo en la maleta.

—No es mi intención traumatizarte, Josh, pero ¿me has visto bien?

—Perfectamente. Te he visto yo y juraría que te ha visto todo el jodido Met.

—No voy a negar que me sienta halagada, cielo, pero ni siquiera sabría qué hacer con esta tripa una vez metidos en faena.

—Bueno, puedes confiar en que se me ocurrirá algo.

—¿Has oído alguna vez eso de que las embarazadas, cuanto más se acerca la fecha de parto, más ganas tenemos de hacerlo a todas horas?

—Algo me suena. —Josh se acercó y dejó un beso suave sobre sus labios.

—Pues es... ¡un mito! Lo único que me apetece a mí cuando veo una cama es tumbarme en ella y comer Nutella con los dedos.

—Esa imagen debería haberme espantado, pero lo cierto es que se me ha puesto bastante dura.

—Estás enfermo.

La canción acabó en aquel momento y ellos se separaron. Los primeros acordes del siguiente tema consiguieron poner a Olivia la piel de gallina. Era *The Way We Were*, en la voz de Barbra Streisand, el tema principal de *Tal como éramos*, una de sus películas favoritas de todos los tiempos... y también una de las pocas que tenían la capacidad de ponerla increíblemente triste. O nostálgica, suponiendo que ambas cosas fueran diferentes. Las malditas hormonas estuvieron a puntito de llevar un par de lágrimas a sus ojos y, como todo es siempre susceptible de empeorar, en ese momento escuchó a su lado la voz de Taylor.

—¿Me permites? —le preguntó. Por un momento creyó que se lo había preguntado a Josh, lo que la habría indignado un poco, pero no. Hablaba con ella.

—Está bien —aceptó, disculpándose con un gesto con Josh, que ya empezaba en ese momento a bailar con Kayla.

—Está muy gracioso tu novio hoy, ¿no? —Olivia solo necesitó esa frase para saber que Taylor estaba algo borracho. No solía beber demasiado, entre otras cosas porque hasta hacía unos meses ni siquiera podía hacerlo por contrato, y cuando lo hacía le sentaba regular. Tirando a mal.

—Sabes de sobra que Josh no es mi novio, así que mal empezamos.

—Ah, perdona, ese beso de antes me ha despistado.

—¿Tienes algún problema, Tay?

—¿Te parece poco problema que lleve dos horas escuchando como el gilipollas de tu nov... de Josh... se ríe de Kayla en su cara?

—¡Venga ya! Le ha respondido con humor a un par de gilipolleces que ha dicho ella. —Olivia se dio cuenta de que, hacía tres minutos escasos, estaba defendiendo a Kayla ante Josh. Ahora, defendía a Josh ante Taylor. Cada vez entendía mejor por qué la gente se emborrachaba en ese tipo de eventos.

—¿Acabas de llamar gilipollas a mi novia?

—Madre mía de mi vida. —Olivia suspiró—. Si aceptas un consejo, no tomes más copas. Es más, si puedes, intenta vomitar las tres últimas.

—Sí, mamá Olivia.

—¿Me recuerdas por qué estamos discutiendo? —Barbra Streisand seguía cantando, y a Olivia, pese al mal humor, no dejaban de pasársele por la cabeza escenas de la película, de aquella pareja que formaban Robert Redford y ella, que parecían quererse tanto, pero a los que el matrimonio no les salía bien.

—La verdad… no tengo ni puta idea. —Taylor le sonrió. Y eso fue aún peor que la discusión anterior, porque prefería lidiar con un Tay insoportable que con uno encantador.

—Pues dejémoslo. —Olivia no se pudo resistir a apoyar la mejilla sobre su pecho y dejar que la música los meciera.

—Estoy frustrado, Liv… —La voz de Taylor sonó algo torturada y ella hizo amago de incorporarse para mirarlo a los ojos—. No, no. No te muevas.

—¿Qué te pasa?

—Que tenéis razón, joder. Josh y tú. Kayla es una buena chica, pero… es una cría. Y tiene unos aires de grandeza que le van a costar muchos disgustos en este mundillo. Si yo fuera un buen tío, me la llevaría a comerse una hamburguesa, que no le vendría mal, y le daría unos cuantos consejos para que Nueva York no la devorara.

—Eres un buen tío, Tay.

—No lo sé… Si soy un buen tío, ¿por qué sigo haciendo el imbécil con mi vida?

—Taylor, perdona que sea tan directa, pero… —Olivia levantó la cabeza y le apartó un mechón de pelo que le caía sobre la frente—. De vez en cuando vivo esta escenita, ¿sabes? Nos encontramos, me dices que no estás contento con tu vida, me preocupo por ti y, a los dos días, vuelvo a verte en portada de todas las revistas del país, con el guapo subido y una nueva modelo de veinte años del brazo, y me pregunto… ¿Este tío me está tomando el pelo o qué?

—Joder, Liv… No es eso, es… —Taylor se mordió el labio, pensativo, y Olivia tuvo un par de dudas sobre si eso de las hormonas de la excitación disparadas en la recta final del embarazo seguiría siendo un mito—. Es que es difícil renunciar a una forma de vida que lleva tanto tiempo conmigo que ya no sé si algún día fui de otra manera.

—Creo recordar que sí lo fuiste, sí. —Olivia le dedicó una sonrisa. Pero fue una sonrisa triste, melancólica. Maldita fuera la canción y maldito fuera Taylor Gardner—. Pero te voy a contar una historia que quizá te suene. Cuando yo tenía veintiséis años, solo había dos cosas que sabía hacer. Solo había dos cosas que *era*. La modelo más cotizada del país y la pareja de Taylor Gardner. Había sido ambas cosas desde que tenía uso de razón. Una se fue sin que yo pudiera retenerla y la otra decidí dejarla yo porque no me hacía feliz. Y un día, sin que jamás me hubiera imaginado que podría ocurrir, tuve que salir a la calle sin ser ya ni modelo ni Olivia Gardner. Han pasado diez años de aquello y te puedo asegurar que no me he arrepentido ni una sola vez.

—¿Ves? Tuve a mi lado durante años a alguien como tú… tan lista, tan valiente, tan… —Los últimos acordes de la canción sonaron y Olivia quiso que acabara ya. Que el baile finalizara. Que Taylor se callara—. Y diez años después, es con Kayla con quien acabaré la noche.

—Tu chica… —*The Way We Were* acabó y empezó a sonar otro tema que Olivia no fue capaz de reconocer. En su cabeza, solo veía el final de aquella película, aquella frase de Barbra Streisand a Robert Redford—. Tu chica es encantadora, Hubble.

Y con esas palabras tan épicas se marchó. Se marchó porque la intensidad del momento amenazaba con derribarla. Se marchó porque, en los escasos tres minutos que duraba aquella canción, tuvo tiempo de pelearse con Taylor, de compadecerse de él, de recordar lo bueno, de ver ante sus ojos lo malo… y de sentir una nostalgia que hacía años que no la atacaba.

Por suerte, encontró pronto el cuarto de baño. Mia había cogido por costumbre utilizar su vejiga como almohada, así que no era la primera visita que hacía esa noche a aquellos reservados tan lujosos que le concedían toda la intimidad que necesitaba.

Cuando salió del cubículo que había utilizado..., lo vio. Debería haber chillado por la sorpresa de encontrarse apoyado sobre la fila de lavabos a un Taylor cuya mirada desprendía fuego sin que Olivia supiera siquiera la causa. Pero no. Porque algo dentro de ella sabía antes de abrir la puerta que él estaría allí.

—Taylor...

—No quiero que te vayas a casa de Josh esta noche —dijo él, con la respiración entrecortada, y los ojos de Olivia se abrieron como platos. Quizá fuera la última frase que hubiera esperado oír en su vida.

—¿Perdona? Pero ¿cómo te atreves...?

—No me atrevo. No sé por qué lo he dicho. —Taylor tiró de su pajarita hasta que fue capaz de aflojársela y, a continuación, se pasó una mano por la cara—. O sí lo sé. Dios... Estás jodidamente espectacular esta noche.

—Y tú estás jodidamente borracho.

—He bebido. Puede que lo suficiente para no poder conducir un coche, pero no tanto como para no saber distinguir quién es la mujer más *sexy* de esta fiesta.

—Vete, Tay. —Olivia le señaló la puerta de los baños.

—¿No lo echas de menos, Liv?

—¿Qué?

—¿No echas de menos... aquello?

—Mira, Taylor... —Olivia tuvo que hacer un esfuerzo para mantener la voz firme. No era de piedra. Ni inmune a las palabras de él—. Dentro de un mes daré a luz, estoy en un momento maravilloso de mi vida y por nada del mundo me gustaría abrir debates cerrados desde hace años. No, no echo de menos nuestro matrim...

—¡No hablo de eso! —Taylor alzó la voz, pero no parecía estar gritándole a ella, sino a sí mismo—. ¿No echas de menos los meses en que... lo intentábamos? ¿No echas de menos... —y cuando la bajó, cuando comenzó a hablar en un susurro, cada vez más pegado a ella, fue todavía peor—... aquellos días en que iba a tu casa y te tocaba? —En ese momento la tocó. Olivia se había quedado inmóvil. La excitación había echado raíces en sus pies y la había dejado paralizada—. Y hacía que te corrieras en mis dedos, o en mi lengua, o en mi...

—¡Cállate!

—Vete, Liv. —Taylor pronunció las mismas palabras que ella le había dedicado un rato antes. Lo hizo en un tono que pretendió ser burlón, pero en realidad era todo un desafío—. Si tanto te molesta lo que te digo, tienes la puerta a dos pasos. Puedes marcharte y dejar que Josh te lleve a casa como el perfecto caballero que es. Pero no te vas...

—¡¿Qué es lo que quieres, Taylor?! ¿Quieres que echemos un polvo rápido y sucio en ese cubículo de ahí? —Olivia estalló—. ¿Y después qué? ¿Salimos de aquí, yo me voy a dormir con Josh y tú haces una segunda ronda con Kayla? ¿¿Eso te parece normal??

—Cállate.

—No me da la gana. Tú has dicho todo lo que has querido, y yo...

—Pídeme que no te bese. —Taylor se acercó tanto que entre sus bocas apenas cabía el aire que respiraban.

—¿Qué?

—Pídeme que no te bese porque estoy a punto de hacer la mayor tontería...

Y no hubo tiempo para que Taylor hiciera la mayor tontería de su vida porque Olivia se le adelantó. Clavó sus labios en los suyos y se dijo internamente que solo lo hacía para que se callara de una maldita vez. Pero era mentira.

Había grandes diferencias entre Taylor y Olivia en aquel momento. Ella no había bebido, para empezar. Y la última década había marcado una diferencia crucial en la forma de ambos de ver la vida. Olivia había tenido que aprender a vivir después del divorcio. Había aprendido a pensar, a conocerse a sí misma, a reconocer lo que quería y lo que no en su vida... Había aprendido a soñar, se había hecho adulta, se había convertido en una persona plena que recordaba a aquella chica que triunfaba en las pasarelas como a una pobre niña perdida de la que, más de diez años después, no envidiaba nada. Taylor solo había tenido que hacer una cosa para superar el divorcio: la maleta.

Por eso, Olivia era mucho más prudente. Por eso, no dejaba que los instintos hablaran por ella. Por eso, conocía las consecuencias que podía acarrear dejarse llevar. Por eso, había decidido hacía mucho tiempo que Taylor no podía tener más presencia en su vida que la anécdota de una única cena anual. Por eso, había dudado tanto antes de pedirle el mayor favor de su vida y, más tarde, antes de aceptar la peculiar condición que él le había impuesto.

Una vez, mucho tiempo atrás, cuando era solo una adolescente que empezaba a despuntar en el mundo de la moda, pero que prefería pasar el tiempo viendo a su novio jugar al fútbol americano que prepararse para los desfiles, su madre le había dicho a Olivia que Taylor era su criptonita. Ella había odiado aquel comentario, pero muchos años después, en los años bonitos de los comienzos en Nueva York, utilizaba en tono de broma esa frase, cada vez que Taylor conseguía convencerla de algo, porque sí, él era su debilidad. Y después del divorcio, la frase volvió a adquirir una connotación amarga, en aquellas tardes eternas en que lloraba con Becky, repitiendo hasta la saciedad que Taylor sería siempre el hombre por el que ella renunciara a la cordura.

Y allí, en aquel cuarto de baño del museo Metropolitan de Nueva York, Olivia fue más consciente que nunca de que hasta Superman cae rendido a la criptonita.

Sus cuerpos se mecieron solos hasta el exiguo espacio del segundo cubículo. Ya era un milagro que en todo aquel tiempo nadie hubiera entrado en el cuarto de baño; el baile debía de estar más emocionante de lo esperado.

—Estás... —Taylor convirtió una especie de gruñido en el adjetivo con el que mejor supo definir lo que opinaba de Olivia con aquel vestido amarillo que él ya no olvidaría nunca.

Olivia lo calló con otro beso. Uno más profundo, más duro, con más saliva, más dientes y más ganas. Taylor tuvo que hacer un esfuerzo por apartarse, pero era mayor su deseo de observarla, de contemplarla tal como estaba. Henchida, con los labios hinchados por unos besos en los que se les había desbordado la pasión, con aquel vestido que marcaba cada curva de un cuerpo que ya no era el que Taylor había conocido, pero no era ni un ápice menos deseable.

—¿Puedo...? —Taylor bajó un poco la mirada, como en un repentino ataque de timidez—. Llevo toda la puta noche pensando en sacarte ese vestido.

—Como saltes un solo punto de las costuras, te ahogo en el váter. Me lo ha mandado Alessandro Michele especialmente para mí.

—Me encargaré de darle las gracias la próxima vez que lo vea.

Taylor posó las manos sobre los hombros de Olivia y fue acercando sus dedos al borde cubierto de pedrería plateada del escote del vestido. Ella gimió cuando las yemas de sus pulgares le acariciaron la suave piel del cuello.

El escote del vestido era tan pronunciado que era posible bajárselo sin necesidad de abrir ninguna cremallera. Nada le habría gustado más que arrancárselo de un tirón, pero él también sabía lo valiosa que era aquella prenda. Además, tuvo un encanto delicioso hacer descender la tela por los brazos de Olivia, al tiempo que sus pechos quedaban al descubierto. Él ya sabía que no llevaba sujetador —lo sabía desde el principio de la cena—, pero comprobarlo de primera mano hizo que se sintiera un cabrón afortunado.

—Taylor, yo...

—Estás preciosa.

La interrumpió porque sabía lo que iba a decir. Sus pechos estaban... enormes. Y debía de haberle entrado un ataque de pudor absurdo, porque a Taylor aquello lo había dejado como hipnotizado. Que lo llamara básico quien quisiera, que no le podía importar menos.

Taylor se agachó para besarla y fue dejando un rastro con su lengua desde la curva de la mandíbula hasta su pecho. Olivia fue incapaz de mantenerse en silencio, a pesar de que había oído como entraba alguien en los servicios. Que la escucharan. Le daba igual. Había perdido la cordura en el mismo momento en que la lengua de Taylor había empezado a lamer sus pezones.

—Tay... —Olivia luchaba por encontrar un hueco por el que tocarlo, pero él no se lo permitía. Había tomado el mando.

De repente, Taylor cayó de rodillas ante ella. Benditos fueran los impecables cuartos de baño de mármol del museo, que casi parecían la *suite* de lujo de un hotel. Con sus manos, tan grandes y firmes como lo habían sido siempre, fue subiendo la falda del vestido, arrastrándola hacia arriba sobre la piel de las piernas de Olivia, que parecían estar a punto de entrar en combustión espontánea.

Un sonido gutural indescriptible se escapó de la garganta de Taylor mientras rozaba con la punta de su nariz la parte delantera de las bragas de Olivia.

—¿Estas también son de Gucci? —le susurró, con un tono burlón.

—Victoria's Secret.

—Bien. Reemplazables.

Y lo siguiente que escuchó Olivia fue el sonido del raso rasgándose. Y lo siguiente que sintió fue una lengua que añadía más humedad a un lugar que ella pensaba que ya no podía estar más mojado.

Taylor chupó, mordió, lamió, succionó... Daba igual que uno hubiera tomado seis o siete copas de champán aquella noche y la otra solo agua. Llegados a aquel punto, los dos estaban embriagados. De sí mismos, del otro... Quién lo sabía.

—Tay, o paras o... —Olivia ni siquiera fue capaz de acabar la frase.

—No pienso parar. No hasta que te oiga gritar mi nombre.

—Puede haber gente fuera.

—Mejor.

Ninguno de los dos había sido nunca especialmente discreto, así que... joder, aquello los espoleó. A Taylor a incrementar el ritmo; a Olivia a alcanzar un orgasmo tan fuerte que por un momento creyó que iba a caerse al suelo.

Taylor se incorporó en un movimiento ágil y la besó. La besó con lo que él creyó que era furia, pero que Olivia percibió con una dulzura que acabó de derretirla. Se sentía somnolienta, pero a la vez más despierta que nunca. Confusa, pero con la mente clara. Toda ella era una contradicción, como lo era lo que estaba ocurriendo en aquel baño, pero a nadie parecía importarle.

—Fóllame, Tay.

Él no respondió con palabras, pero lo hizo con una sonrisa torcida, quizá un pelín arrogante, que a Olivia le sonó como un «a sus órdenes». No fue fácil encontrar la postura —follar de pie embarazada de ocho meses... merecían un premio por haberlo conseguido—, pero pronto encajaron como siempre lo habían hecho. A la perfección.

Olivia llevaba meses sin acostarse con nadie. Desde la última vez que había estado con Taylor, de hecho, en aquella mañana preciosa en que se habían regalado el uno al otro para celebrar que habían hecho algo grande juntos. En el segundo trimestre del embarazo, un día se le habían ido de las manos las cosas con Josh, y una sesión de besos había acabado en una masturbación improvisada en la que se había corrido como si hiciera años que nadie la tocaba. Josh no había sabido si soltar una carcajada o sentirse increíblemente honrado. Y se tocaba a sí misma, claro. Que no le apeteciera demasiado acostarse con alguien con aquel cuerpo tan cambiante y sus hormonas incoherentes no significaba que no le gustara tener un buen orgasmo de vez en cuando en la soledad de su apartamento.

Pero aquello era otra cosa. Taylor era *otra cosa*. Taylor tenía la capacidad de hacer que se sintiera a punto de un segundo orgasmo pocos minutos después del primero. Cuando se clavó en ella de una sola estocada, certera y fuerte, le cupieron pocas dudas de que aquello iba a ser rápido. Él pareció entenderlo al vuelo, o quizá su necesidad de liberarse era tan punzante como la de ella, o… qué más daba la razón. Había una conexión allí que no necesitaba razones.

Olivia nunca se lo había dicho, a pesar de que les encantaba hablar de sexo en los viejos tiempos, pero siempre le había encantado ver a Taylor correrse. Tenía una rutina que solía repetir de forma inconsciente. Primero estiraba el cuello, echando la cabeza hacia atrás. Cerraba los ojos. La nuez se le movía arriba y abajo un par de veces de forma consecutiva. Entreabría los labios —y puede que aquella fuera la visión más erótica que Olivia jamás fuera a tener ante sus ojos—. Se le escapaba un sonido imposible de describir. Y, por último, su cara esbozaba un gesto torturado, casi como si el placer le doliera.

Olivia observó cada una de esas fases perdida en su propia excitación, pero sin obviar ni un detalle. Supo el momento exacto en que recibiría el primer latigazo del orgasmo de Taylor entre sus piernas y, aunque hubiera querido retrasar el suyo propio, no habría podido. Gritaron, sin importarles quién pudiera oírlos.

—Demos gracias a que Becky ha vetado a la prensa y los teléfonos móviles en esta fiesta, o mañana seríamos portada de un par de revistas —bromeó Taylor, y Olivia se sonrojó, se rio y suspiró. Todo a la vez. Pero no fue capaz de hablar.

Se quedaron unos segundos inmóviles. Quizá fueron minutos. Solo se escuchaban sus jadeos, el esfuerzo de ambos por devolver su respiración a la normalidad.

Y así, sin esperarlo, dejaron de flotar en la nube a la que los habían subido aquellos orgasmos golosos y fueron conscientes, como si una bofetada sonora se lo hubiera recordado, de lo que acababan de hacer.

—Yo… —Primero lo intentó Taylor.

—Creo que… —Olivia tampoco fue capaz.

Recompusieron lo mejor que pudieron su aspecto. Olivia se subió el vestido y fue como correr un velo sobre algo que había sido tan bonito que solo podía ser un error. Lo correcto no suele saber tan bien. Taylor abrió la puerta unos centímetros, comprobó que no hubiera nadie en la zona de los lavabos y salió a arreglar el estado de su esmoquin delante de los espejos. Abrió un grifo y se mojó un poco el pelo, se lavó la cara y se giró para mirar a Olivia, que se había quedado parada, inmóvil, observando lo que él hacía, pero sin acabar de reaccionar.

—Tengo… Tengo que irme. —Hizo amago de huir del cuarto de baño, pero Taylor la cogió por un brazo.

—No, espera. No te escapes —le susurró—. Ya habrá tiempo de arrepentirse de esto, si eso es lo que nos sale. Pero, al menos, sal ahí bien peinada.

Ella le sonrió en silencio, agradecida, y dejó que él arreglara lo mejor que supo la trenza despeinada con la que ella había salido de casa, que a esas alturas era más bien *deshilachada*. Taylor se había pasado toda su vida en *backstages* de desfiles; algo tendría que haber aprendido sobre peluquería femenina.

—¿Mejor? —le preguntó, cuando ya tenía un aspecto más decente, aunque a nadie con un mínimo de perspicacia se le escaparía lo que acababa de hacer.

—Mejor. Pero tengo que...

—Lo sé. Josh y Kayla...

—Sí. Deben de estar flipando.

—Tampoco es que tenga yo un compromiso con nadie —se justificó Taylor, y a Olivia le dio un poco de lástima, ni siquiera sabía por qué.

—Ni yo. Pero no es muy normal venir a una fiesta con alguien y acabar follando con otra persona en un cuarto de baño, ¿no crees?

—No. —A Taylor le dolió escuchar a Olivia reducir lo que había pasado a esa definición, pero supo que tenía razón—. Muy normal no es.

—Pues vamos. Yo...

—Sí, sal tú primero. Yo voy en cinco minutos.

Olivia fue a saludar a Becky antes de acercarse de nuevo a Josh, para darse unos minutos para calmarse. Su amiga estaba tan emocionada con la fiesta, con lo bien que estaba saliendo todo y con el amor que sentía por su prometido que ni se dio cuenta de que Olivia tenía el vestido fatal colocado y que la trenza que lucía no parecía haber salido de las manos de una estilista profesional precisamente.

—Olivia...

En los casi ocho años que hacía que tenía con Josh aquella relación que en realidad no lo era, Olivia nunca había sentido que le debiera una explicación. Nunca se había sentido juzgada por él. Nunca había tenido que cerrar los ojos en un ataque de pudor, como hizo en aquel momento. La voz de Josh a su espalda la había hecho más consciente de lo que ya era del error que acababa de cometer.

—Estaba... —empezó a intentar explicarse, pero él negó con la cabeza. Tenía razón, era un insulto a la inteligencia que intentara poner una excusa a alguien que no era su novio sobre algo que no se podía negar. Era un insulto a sí misma, a una mujer de casi treinta y seis años que tenía derecho a hacer lo que le diera la gana, aunque fuera equivocarse.

—¿Nos vamos?

—Sí. Será lo mejor.

Olivia ni siquiera buscó con la mirada a Taylor para despedirse, pero le pareció verlo a lo lejos, perdiéndose con Kayla en la marabunta de personas que bailaban, ahora a ritmo de *I Will Survive*. Un coche los esperaba aparcado en la Quinta Avenida, frente a la escalinata del museo. Olivia hubiera preferido esperar unos minutos antes de subirse a él, pues la brisa de la noche, aunque cálida, le había refrescado un poco las ideas. Pero no se atrevió a pedirlo. Era obvio que Josh tenía tantas ganas de irse a casa como ella. Y podía no ser su novio, pero era su amigo y se merecía una explicación.

—Josh, yo... —Ya estaban sentados en el asiento trasero de la limusina cuando se decidió a hablar. Pero solo había dos palabras que podía decir y las pronunció bajando la cabeza—. Lo siento.

—No hace falta que me pidas perdón, Olivia. —Ella lo miró y vio en él a la vez enfado y ternura—. Tú y yo no tenemos nada. Quizá nunca lo hayamos tenido. O quizá sí. Pero creo que somos más amigos que ninguna otra cosa, sobre todo desde que te has quedado embarazada y empieza a ser bastante obvio que nunca volverá a ocurrir nada entre nosotros. Y como amigo te voy a decir algo: cuando me contaste la decisión que habías tomado, de ser madre soltera, de tener este bebé, y quizá otro en el futuro, me pareció que habías llegado a tu plenitud.

—Yo...

—No, no, déjame acabar. Bien entendido, no digo que tuvieras que ser madre para ser una mujer plena, joder, que me he explicado fatal. Pero sí sé que estabas cumpliendo un sueño. El único, tal vez, que te quedaba por lograr.

—Te había entendido a la primera.

—Te conozco desde hace más de diez años y te he visto en lo más alto y en lo más bajo. Lo más bajo… ya sabes cuándo fue. Cuando Taylor se largó y tuviste que empezar de cero. Te he visto superarlo, convertirte en una empresaria de éxito, divertirte, ser feliz y, finalmente, formar tu propia familia. Queda poco más de un mes para que des a luz, Olivia, ¿de verdad le ves sentido a acabar una noche que debería ser de celebración con tu mejor amiga follando en un cuarto de baño con tu exmarido?

—No. No lo tiene. —Olivia se sintió tan avergonzada, no ante Josh sino ante sí misma, que estuvo a punto de echarse a llorar.

—Pues eso. Yo sé que tú lo sabes. Y esto no te lo digo como exnovio, ni como tu acompañante en la fiesta… ni siquiera porque tenga ningún problema con Taylor. A ratos hasta me cae bien, me… me recuerda un poco a mí mismo a su edad, cuando estaba tan perdido como está él ahora. Porque lo que ha pasado es responsabilidad de los dos, por si en algún momento te diera la sensación de que te estoy culpando a ti. Si lo tuviera a él delante, le diría exactamente lo mismo.

—Ya lo sé. —Olivia tragó el nudo que tenía en la garganta—. Gracias, Josh.

—No me las des. Pero mira hacia delante. Tienes el proyecto más ilusionante del mundo a pocas semanas de realizarse. Piensa en eso, joder, no te pierdas buscando un pasado que no solo no va a volver… Es que no sería bueno que volviera.

—Yo no siento nada por Taylor. Quiero decir… nada de lo que te puedas estar imaginando. No sé… no sé lo que me ha pasado.

—Yo sí. Y ya sé que no estás enamorada de él ni nada de eso. Recuerdo cómo reaccionabas cuando lo veíamos hace años, y no tiene nada que ver. Hace ocho años, si él se hubiera sentado a la misma mesa que tú acompañado por Kayla, te habrías ido al baño a llorar, no a follar.

—Sí.

—Lo que pasa es que os enganchais como perros. Sois los dos demasiado guapos —a Josh le dio la risa—, aunque te mataré si le dices a él que he reconocido esto. Superasteis lo más jodido, que fue dejar de estar enamorados. No caigáis en un enganche sexual que solo puede acabar mal. Créeme, lo he vivido en carne propia demasiadas veces.

—Eres un buen tío, Josh.

—Creo que eres la primera mujer que me dice eso aparte de mi madre. —Josh bajó el cristal de separación de la limusina y le indicó al conductor que se detuviese en la siguiente esquina—. Yo me quedo aquí, Olivia. Vete a casa y no te comas demasiado la cabeza, ¿de acuerdo?

—Está bien.

—Y llámame en cuanto tengas la primera contracción. Cogeré un avión y estaré a tu lado, aunque solo sea para ayudarte a soportar a mi hermana. —Olivia sonrió y dejó que él le diera un beso breve en los labios. Fue tan fraternal que Olivia se dio cuenta en ese momento de que él tenía razón. Jamás volvería a haber nada entre ellos—. Hasta pronto.

—Adiós.

La limusina ni siquiera había arrancado de nuevo de camino a su casa cuando las primeras lágrimas empezaron a surcar las mejillas de Olivia. Lloraba por muchas razones, pero, sobre todo, porque odiaba equivocarse. Y lo que acababa de pasar con Taylor había sido un error. Un terrible y delicioso error.

~20~
EL DÍA QUE TODO CAMBIÓ

Olivia amaneció el día de su trigésimo sexto cumpleaños con un dolor de espalda que creyó que iba a partirla al medio. Quedaban dos semanas para su fecha prevista de parto y lo único que deseó aquella mañana, en cuanto abrió los ojos, fue que Becky regresara de una maldita vez de su viaje a la Polinesia, instalarse en su apartamento y dejar que la mimara hasta el día en que Mia decidiera venir al mundo.

La mañana se le pasó entre dolores, sudores y un malestar que era toda una novedad. Salvo las molestias lógicas por el aumento de peso y una hinchazón en los últimos días que había hecho desaparecer como por arte de magia sus tobillos, Olivia habría firmado sin duda repetir algún día un embarazo como aquel. Pero aquella mañana era diferente. Aquello dolía de verdad.

Intentó distraerse acabando de cerrar algunos asuntos de la escuela, pese a que Laura se había puesto ya al mando un par de semanas atrás. Pero a Olivia le costaba ceder el control; eran demasiados años con toda su vida centrada en aquel negocio. Había surgido un conflicto con una de las modelos más jóvenes en los últimos días y estaba preocupada. Llevaba solo media hora sentada en la silla de su despacho cuando el dolor en los riñones se hizo tan lacerante que solo era capaz de aguantarlo de pie, dando breves paseos por el salón de casa.

A la hora de comer, empezó a asustarse. Bueno…, en realidad ya llevaba un buen rato asustada, pero tenía miedo a convertirse en una madre primeriza que se alarma a la mínima. Apenas fue capaz de probar bocado de la ensalada de arroz que había comprado el día anterior y de la que aún le quedaba un poco en el frigorífico. Fue al servicio, porque una arcada amenazó con hacerla vomitar, y entonces…, entonces sí que se asustó. Mucho.

Acababa de romper aguas.

Corrió —o eso le pareció que hacía— en busca de su teléfono móvil. Marcó el número de Becky, con la vana esperanza de que su vuelo se hubiera adelantado, como si eso fuera probable. El buzón de voz le devolvió la voz rasgada de su amiga informando a todo aquel que la llamara de que no llegaría a Nueva York hasta el veintiocho de julio por la tarde. Más de veinticuatro horas después.

Olivia sabía que lo más inútil que podía hacer era ponerse a llorar, pero no tuvo ni idea de cómo evitarlo. Se apoyó en la barra que separaba la cocina del salón, aunque lo que de verdad le apetecía era tumbarse en el sofá, cerrar los ojos y esperar a que su *problema* se solucionara solo. Pero era obvio que eso no iba a ocurrir, así que barajó sus opciones.

Laura estaba en Chicago, intentando que volviera a Nueva York la modelo que había huido solo un par de días antes de su primer *shooting* importante; que surgiera aquel inconveniente justo cuando ella acababa de cogerse la baja había sido un imprevisto duro, pero que Laura se encontrara en aquel momento a más de mil kilómetros era una verdadera faena.

Josh se había ofrecido, en aquella noche aciaga del Met y en varias conversaciones posteriores, a acudir a su lado en cuanto tuviera la primera contracción —aquella que estaba atravesándola en ese momento—, pero estaba en la otra costa, así que no llegaría a tiempo.

Olivia se arrepintió de no haberle pedido a su madre que viajara a Nueva York para el nacimiento de la niña, aunque, en realidad, tampoco estaría allí para acompañarla en ese caso, pues nada hacía presagiar que el parto se adelantara tanto. Fue al reparar en ese pensamiento cuando se dio cuenta de que le daba igual el dolor, le daban igual las molestias y hasta le daba igual no tener ni idea de quién la llevaría al hospital y la acompañaría en el momento más importante de su vida. Solo quería que Mia estuviera bien. Que naciera sana y feliz, aunque nada estuviera saliendo como estaba planeado desde hacía meses.

Otra opción era Anna, la niñera a la que había contratado y con la que había congeniado de maravilla, pero... ni se sentía cómoda ni le parecía demasiado lógico recurrir a ella cuando aún le quedaba otra opción. Quizá la mejor.

Olivia suspiró resignada y, en medio de los nervios, la preocupación y el dolor, fue capaz de esbozar una sonrisa. Una sonrisa resignada al hecho de que solo había una persona a la que pudiera llamar. Una con la que no hablaba desde cierta noche en el Met en la que se les había ido de las manos... todo. Todo se les había escapado de control.

—Tay... —Una contracción traidora vino a desgarrarla en el momento en que él respondió al teléfono, así que la voz le salió estrangulada.

—¿Qué pasa, Olivia? —El tono de él sonó preocupado.

—Tengo que pedirte algo. Yo... siento no haberte llamado después... —empezó a esbozar disculpas nerviosas, porque tenía auténtico pavor a que aquello hubiera abierto una brecha insalvable entre Taylor y ella.

—Liv, ¿qué es lo que ocurre?

—Estoy de parto.

—¡¿Qué?!

—No estaba previsto... no tenía que pasar hasta dentro de dos semanas y... y se ha dado todo mal. —Olivia comenzó a sollozar—. Laura está en Chicago, Josh en Los Ángeles, mi madre en Austin y Becky en un avión sobrevolando el Pacífico.

—Y yo estoy a veinte minutos en taxi de tu casa. Pagaré doble para que sean diez. —Taylor le habló en un tono tan firme pero a la vez tan lleno de dulzura que a Olivia se le borró de un plumazo la preocupación anterior—. ¿Tienes hecha una bolsa o algo?

—Por suerte, la hice hace dos días. Me aburría y... Bueno, que al menos eso me ha salido bien.

—Pues cógela y espérame en tu portal. ¿Podrás bajar sola?

—Sí, sí. Me duelen las contracciones, pero estoy bastante entera.

—Te espero con el coche encendido, pequeña. Llegaremos al Lenox Hill antes de que te des cuenta.

—Gracias, Tay. Muchas... muchísimas gracias.

—Ya te lo dije, Liv... Para lo que necesites, cuando lo necesites.

* * *

Llevaban nueve horas en una de las *suites* privadas de la planta de maternidad cuando Olivia al fin empezó a dilatar a un ritmo normal. Habían sido horas eternas, llenas de miedo, dolores e incertidumbre. Pero también habían sido dulces, ilusionantes... Taylor no había soltado su mano ni un segundo desde el momento en que la habían instalado en la cama. A los dos les brillaba la ilusión en los ojos, así que todo el personal médico dio por hecho que eran un matrimonio y ellos no se molestaron en desmentirlo. Qué más daban las etiquetas cuando el milagro de la vida se abría camino.

Hablaron mucho en aquellas horas. Todo el rato, en realidad, excepto en los momentos en que las contracciones desfiguraban la cara de Olivia y hacían que Taylor se muriera de preocupación por ella. Hablaron del pasado, del presente... de cómo el futuro llevaría ya para siempre el nombre de Mia. Se pidieron perdón mutuamente por aquel mes que llevaban sin hablarse, el periodo más largo sin hacerlo en el último año. El último año exacto.

—Joder, Liv...

—¿Qué pasa?

—¡Hoy es tu cumpleaños!

—Sí. —A Olivia se le escapó una carcajada. El dolor le había dado una tregua y la felicidad que sentía pesaba más—. Hoy hace un año del día que te metí en este follón.

—Un año... Por una parte me parece que fue ayer, pero por otra... apenas recuerdo la época en que solo nos veíamos una vez al año.

—Yo tampoco —reconoció Olivia—. De hecho, apenas recuerdo la época en la que no pesaba ciento treinta kilos.

—Mia y tú vais a compartir cumpleaños. Bueno, esperemos, porque al ritmo que va...

—Es bonito. Es el mejor regalo de cumpleaños que he tenido jamás.

—¿Mejor que aquel bono por mucho sexo del bueno que te regalé cuando cumpliste veintidós?

—Fue a los veintitrés. Y la tinta del bono ni siquiera estaba seca. Fue muy obvio que te habías olvidado de comprarme algo e improvisaste.

—Pero cumplí, ¿no?

—Como un campeón.

La matrona irrumpió en aquel momento en la habitación y comprobó el estado de dilatación de Olivia. Y al fin llegó una buena noticia.

—Esto casi está. En breve empezará el parto. Prepárate, Olivia.

Ella le sonrió y, a continuación, se giró hacia Taylor, que contenía la risa porque la conocía demasiado bien.

—¿Que me prepare? ¿Qué se supone que significa eso?

—No tengo útero, prefiero no opinar.

—Joder... Que me prepare, dice...

Olivia siguió refunfuñando mientras Taylor respondía a una llamada de teléfono. Llevaba todo el día sin prestar atención al móvil, pero aquella era diferente.

—Hola, Laura.

—¿Es Laura... *mi* Laura? —preguntó Olivia, jadeando ya con las contracciones más fuertes.

—Sí. Espera. —Taylor agarró con fuerza la mano de Olivia—. Laura, estamos en el Lenox Hill. ¿Dónde estás?

—*En el JFK. Acabo de aterrizar desde Chicago y me he preocupado al ver que Olivia y Becky llevan todo el día con el teléfono apagado. ¿Está de parto?*

—Olivia está de parto y Becky volando desde la Polinesia. Hasta mañana por la tarde no estará aquí.

—*Voy para allá directa.*

—No, no, Laura. Vete por tu casa, deja la maleta, cámbiate de ropa… Lo que necesites.

—*¿Te vas a quedar tú con ella durante el parto?*

—Sí. A no ser… —Taylor se quedó pensativo un segundo y, a continuación, se dirigió a Olivia—. Liv, ¿prefieres que sea Laura la que esté contigo cuando nazca la niña?

—Yo… —Olivia abrió los ojos como platos. No quería quedar mal con ninguno de los dos, ni tampoco forzarlos a quedarse a su lado por obligación, pero, después de aquellas horas compartidas con Taylor, no podía imaginarse dar la bienvenida a su hija con otra persona a su lado—. Si tú pudieras… Si no tienes otra cosa que…

—Laura, me quedo.

—*Bien. ¿Me mantendrás informada de todo, por favor, Taylor?*

—Claro. Escucha, yo… Tengo un vuelo a Milán a primera hora de la mañana. Es algo que lleva meses planeado, porque vamos modelos de todas partes del mundo. Ni de coña puedo cancelarlo.

—¿Te vas? —preguntó Olivia, un poco grogui ya por el dolor y el cansancio, desde la cama.

—No, cielo. —Taylor se acercó a ella y le dio un beso en la frente—. No te preocupes por nada, ¿vale?

—*Dile que a primera hora de la mañana estaré ahí para darte el relevo. No va a estar sola en ningún momento.*

—Ya lo sé. Mil gracias, Laura. Te aviso en cuanto nazca la niña. Trata de descansar, que mañana va a ser un día largo.

La matrona regresó justo cuando él colgaba el teléfono y Taylor obedeció a las órdenes que le dio sobre dónde situarse y cómo podía ayudar. Su función era darle ánimos, cariño, secarle el sudor y apartarle el pelo de la cara. Teniendo en cuenta que la de Olivia era traer al mundo una vida, se sintió bastante inútil, la verdad.

* * *

Mia nació el veintisiete de julio a las doce menos cuarto de la noche. Olivia, su madre, se había reído el día que una matrona le había comentado que los bebés que menos complicaciones habían dado durante el embarazo eran los que peor *se portaban* en el parto. No tuvo ganas de seguir riéndose de ello aquella noche.

Fue duro. Doloroso y largo. Pero también fue el momento más feliz de su vida. Sin competencia.

Cuando los dolores comenzaron a remitir y se vio con el pequeño cuerpo desnudo de su hija recostado sobre su pecho, supo que jamás podría olvidar aquel momento. Quiso tener la capacidad de detener el tiempo. Quería verla crecer, era lo que más deseaba en el mundo, pero podría haberse quedado así, allí, el resto de su vida.

—Es… —La voz de Taylor sonaba rota a su lado—. Es perfecta, Liv.

Ella lo miró, con los ojos inundados en lágrimas, que ya no sabía si eran de dolor, del esfuerzo, del cansancio o de emoción. Eran de todo a la vez, en realidad. También lo eran las de Taylor. Olivia lo había visto llorar muy pocas veces en su vida; a los trece, cuando su perro Goofy había muerto; el día de su boda, en Las Vegas, cuando se había emocionado, a pesar de que la situación no podía ser menos romántica; y en dos o tres discusiones después del divorcio en las que se les había desbordado el dolor, especialmente aquella tarde en Bryant Park que se había parecido demasiado a un adiós. Y aquella noche.

—Las dos lo sois.

—¿Qué?

—Perfectas.

Taylor se acercó a ella y se dieron un beso en los labios. Ninguno supo de quién había sido la iniciativa, pero les pareció lo más natural del mundo. Tan natural que lo que habría sido increíble sería no besarse para celebrar lo que acababa de ocurrir. Fue un beso breve. Lento y lleno de amor. De un tipo de amor que no era fácil de definir, pero que en realidad era el único que había. Amor verdadero.

—Eres preciosa, Mia Brooks. —Taylor acarició la cara de la niña, que estaba despierta pero en silencio, casi como si quisiera observarlos, como si estuviera haciéndose una composición de lugar sobre aquella extraña familia que le había tocado en suerte.

—Mia *Taylor* Brooks —lo corrigió Olivia.

—¿Qué?

—¿Te... te importa? Que le ponga tu nombre como segundo nombre...

—¿Importarme? Joder... —A Taylor las lágrimas se le perdían en la barba de tres días, pero ni siquiera le importaba ya que ella lo viera llorar—. Es lo más bonito que nadie ha hecho por mí en toda mi vida.

Se abrazaron durante un tiempo indeterminado, hasta que la realidad dejó de estar suspendida por la ilusión.

—Deberías descansar un rato.

—Lo sé, pero... no puedo —reconoció Olivia, con una sonrisa tímida—. ¡Mírala! No puedo dejar de observarla, de comprobar que respira, que hace pucheritos... ¡Casi estoy deseando que llore un poco, a ver cómo es!

—Me parece a mí que te vas a hartar de que llore, así que aprovecha para dormir un rato ahora.

—¿Qué hora es?

—Casi las dos de la madrugada.

—El que debería descansar eres tú. ¿No tienes que irte mañana por la mañana a Italia?

—En cuatro horas tengo que estar en el aeropuerto, de hecho. Ahora ya no me compensa dormir.

—Lo siento.

—No, joder. El que lo siente soy yo. Me jode la vida tener que irme.

—No te preocupes. —Ella fingió que le daba igual, pero en realidad le rompía el corazón separarse de él. Estaba muy delicada, muy sensible, y quería tener a su lado a toda la gente a la que quería—. Laura llegará por la mañana, ¿no?

—Sí. Laura por la mañana, luego Becky y creo que Josh coge el primer avión desde Los Ángeles, así que puede que llegue antes que su hermana.

—¿Has hablado con Josh?

—Un par de mensajes, no me pidas más. —Olivia le echó una mirada de reproche y él sonrió—. Te manda un beso enorme.

—Tengo sueño, Tay. De repente..., es como si todo el cansancio me estuviera viniendo de golpe.

—Duerme, Liv. Yo cogeré a Mia. —La cogió, sí, pero con tanta delicadeza como pánico a que se le rompiera entre las manos—. Descansa, cariño.

Taylor le dio un beso en la frente, cuando ella ya tenía los ojos medio cerrados, y se quedó un rato observando a Mia, que prácticamente le cabía en sus dos manos unidas. Aunque estaba sana, había pesado lo justo para no tener que pasar por la incubadora; era muy pequeñita. A Taylor siempre le había parecido que todos los bebés del mundo eran iguales, pero se dio cuenta en aquel momento de que habría podido distinguir a Mia —Mia *Taylor*— entre un millón de bebés de su misma edad.

A las cinco y media de la mañana, Taylor se rindió a la realidad de que tenía que marcharse de allí. En hora y media salía su avión para Milán y debería pasar por casa a recoger al menos el neceser que siempre tenía preparado con lo imprescindible para salir de viaje sin previo aviso. El resto de cosas... ya se encargarían en Milán de proporcionárselas.

—Liv... —susurró—. Liv, odio despertarte, pero...

—¿Qué pasa? ¿Mia está bien? —Esa alarma fue lo primero que acudió a su mente. Y tuvo la sensación de que sería así para siempre.

—Está perfecta. —Taylor se rio—. Y tú ya eres una mamá, pensando en ella antes que en ninguna otra cosa. —Exhaló un suspiro profundo—. Me tengo que ir.

—Oh.

—Sí, joder... Está Laura en recepción. No la dejan pasar a esta hora si no bajo yo antes, pero te prometo que en dos minutitos la tendrás aquí, volviéndose loca con la niña.

—Vale. —Olivia dejó que él la abrazara brevemente—. ¿Cuándo vuelves?

—En cuatro días estaré por aquí dando el coñazo.

—Vale.

Taylor sintió que una parte de él se quedaba dentro de aquella habitación y maldijo el día en que había aceptado aquella invitación de Giorgio Armani. Se encontró con Laura en el *hall* de acceso, donde ella discutía con la empleada de recepción. Laura era una mujer muy alta, casi tanto como el propio Taylor, bastante corpulenta y guapísima. Tenía unos ojos oscuros que hablaban por sí solos. Taylor sabía que ella había estado un poco colgada de él en el pasado y siempre había pensado que en un universo paralelo en el que se hubieran conocido en otras circunstancias, podrían... haberlo pasado bien.

Pero ahora ya eran buenos amigos, a pesar de que no se habían visto más que en algunos eventos esporádicos a lo largo de los años. Compartían algo mucho más importante que una amistad fundamentada en el tiempo; compartían su amor común por una misma persona. Por dos, desde aquella noche.

—¿Cómo están?

—La niña perfecta. Dormida, cuando me he ido. Y Olivia, agotada pero... radiante.

—Subo enseguida. ¿Te vas ya?

—Corriendo. Tengo que estar en el JFK en un rato.

—Vas a lo de Armani a Milán, ¿no?

—Sí. ¿Te lo ha contado Olivia?

—No. —A Laura se le escapó una pequeña carcajada—. Pero el mundo de la moda en esta ciudad se divide entre los que no han sido invitados y se quieren morir y los que han sido invitados y se mueren por contarlo.

Taylor le respondió con la sonrisa que se esperaba de él, la abrazó de nuevo de forma breve y salió corriendo a coger un taxi. Las palabras de Laura flotaban en su mente. Quizá el resto de modelos de la ciudad se dividieran en los grupos que ella había dicho, pero él... él habría matado por mandar a la mierda el avión y quedarse junto a Olivia y Mia.

* * *

Taylor aterrizó en Milán cuando la noche ya había caído sobre la ciudad. Un coche lo recogió en la terminal VIP del aeropuerto de Malpensa y lo llevó al Armani Hotel de la vía Manzoni. Su turno en la sesión de fotos estaba previsto para las cuatro de la mañana, hora local, así que declinó la invitación para unirse a una cena informal en el *lounge* del hotel y se limitó a comer un sándwich que le subieron del servicio de habitaciones. Ni siquiera recordaba la última vez que había comido, pero llevaba más tiempo aún sin dormir, así que prefirió meterse en la cama, a pesar de que sabía que las horas de sueño no le llegarían a nada.

A la hora indicada, un coche lo recogió para llevarlo a una antigua fábrica abandonada de las afueras de la ciudad, donde tendría lugar el *shooting*. Querían hacer un catálogo con reminiscencias industriales y un poco *underground*, y Taylor supo que, a pesar del cansancio y de que su corazón estaba a miles de kilómetros de allí, había hecho un buen trabajo. Eran muchos años en el oficio, podía hacerlo incluso sin concentración ni interés, como en aquella mañana incipiente.

Alrededor de las nueve, ya estaba de vuelta en el hotel y solo podía pensar en volver a echarse a dormir. Los tres días siguientes estarían llenos de eventos: un par de cenas, un baile, una gala benéfica y una visita a la fábrica de la marca. Podía sonar muy ingrato, pero no había nada en el mundo que le apeteciera menos.

Estaba entrando en su hotel cuando reparó en un artista callejero que pintaba un tranvía que habría pasado por aquella calle en algún momento anterior. A Taylor le llamaron la atención la precisión de los trazos y la capacidad para reflejar hasta el más mínimo detalle en un lienzo bastante pequeño. Estaba a punto de comprarle otra de sus obras, un dibujo en carboncillo de los tejados góticos del Duomo, cuando una idea cruzó por su cabeza.

—¿Harías un dibujo por encargo? A carboncillo, si puede ser… —le preguntó, en el precario italiano que había aprendido después de muchas visitas al país.

—Sí, señor.

—Si te enseño una foto, ¿podrías… hacerlo?

—Necesitaría tenerla delante mientras dibujo.

—Vale. Ya… —Taylor cogió su móvil y volvió a maravillarse al observar la foto elegida. La había mirado un millón de veces en las últimas horas—. Quédate mi móvil. Cuando acabes, si no te importa, preguntas por Taylor Gardner en la recepción del hotel Armani y bajo a pagarte y a recoger el móvil y el dibujo.

—Dudo que me dejaran entrar en el hotel. —El artista hizo una mueca incómoda—. ¿No es mejor que me envíe un mensaje con la imagen y, cuando el dibujo esté listo, le respondo con otro mensaje?

—Ah, sí, sí, claro. Perfecto.

—¿No quiere saber cuánto le costará?

—No. —A Taylor se le escapó la risa, pero tuvo la prudencia de no decirle lo que pensaba: que le podría pagar cien mil dólares si el trabajo quedaba como él esperaba.

Taylor subió a la habitación y se informó de cómo estaban las cosas al otro lado del Atlántico, a pesar de que la diferencia horaria no jugaba en su favor. Becky no se había separado de Olivia y Mia desde que había llegado de la Polinesia y se había enterado de todo lo que acababa de perderse. Habló con ella y le pasó a Olivia un momento al teléfono. De fondo, se escuchaban los gorjeos de protesta de Mia. A Taylor parecía latirle el corazón al ritmo de aquellos balbuceos.

Pensaba tumbarse a dormir, después de asegurarse de que su móvil tenía el volumen lo suficientemente alto como para despertarlo cuando el dibujante lo avisara de que su encargo estaba listo, pero, en cuanto su cabeza tocó la almohada, no fue capaz de conciliar el sueño, a pesar de que estaba agotado. En cambio, entró en la web de American Airlines y comprobó los horarios de vuelo. Se le había metido una idea en la cabeza y ya nada podría sacarla de allí. Vio que había un vuelo a Nueva York a mediodía y que quedaban plazas disponibles en primera clase. No es que le importara lo más mínimo; al escuchar a Mia a través del teléfono se le había metido entre ceja y ceja volver a casa con tal insistencia que habría viajado sentado en el ala.

Decidió llamar al asistente personal de Giorgio Armani. Lo conocía desde hacía años y, aunque era un poco estirado, al más puro estilo milanés, sabía que Taylor era un profesional responsable y no uno de aquellos niñatos que fallaban a los encargos sin razón aparente. Le dijo que ya había acabado su trabajo y que una cuestión familiar de excepcional importancia lo reclamaba de vuelta en Estados Unidos. Todas las personas de la organización fueron de lo más comprensivas con él, ya que el trabajo real estaba hecho y lo que Taylor iba a perderse no eran más que eventos de *postureo*.

Reservó el vuelo desde su móvil, pidió en recepción que un coche lo recogiera en media hora y bajó a la calle, cruzando los dedos para que aquel artista estuviera ya acabando o tendría que llevarse su obra a medias. Por suerte, estaba dando los últimos retoques al fondo del dibujo cuando Taylor se acercó a él.

—*Li piace?* —le preguntó, y en aquel momento la barrera idiomática desapareció, porque Taylor respondió con el lenguaje universal de una mirada y una sonrisa de absoluta satisfacción.

El dibujo ocupaba la parte central de un lienzo de tamaño folio, más o menos. Era una copia perfecta al carboncillo de la primera foto que le había hecho a Olivia y a Mia, apenas unos minutos después de que la niña naciera. Olivia estaba agotada, pero, curiosamente, su cara reflejaba en la foto una serenidad que Taylor jamás le había visto antes. La niña estaba despierta, con los ojos abiertos, de ese color indescriptible que tiene la mirada de los bebés. Con la cabeza apoyada sobre el pecho de su madre, que se dejaba entrever bajo el camisón algo abierto del hospital. Estaban perfectas. Preciosas. Era casi como si fueran una única persona, un solo ser. Conociéndose, saludándose por primera vez. Taylor había visto muchas cosas bonitas a lo largo de su vida, pero aquella superaba cualquier estándar de belleza que pudiera imaginar. Podría haberse desmayado bajo una especie de síndrome de Stendhal. O quizá solo fuera el amor puro que sentía por ellas.

Le agradeció lo mejor que supo su trabajo al artista callejero y casi le pareció un insulto que le pidiera solo cincuenta euros por él. Le dio cien dólares, porque ni siquiera llevaba euros encima y a punto estuvo de abrazarlo. Tenía muchas ganas de hacerle un regalo a Olivia —y a Mia—, pero necesitaba que fuera algo especial. Sabía que media Nueva York les enviaría flores, peluches, cestas de frutas y canastillas de todo tipo. Él quería que fuera algo diferente. Y creyó haberlo conseguido.

Se subió al taxi feliz, sonriendo. Odiaba haberse marchado del lado de Mia, no haber pasado junto a ella el primer día de su vida. Se juró pasar al menos el segundo. Y con esa ilusión se subió a un avión transcontinental en el aeropuerto de Malpensa, apenas quince horas después de haberlo abandonado.

* * *

Olivia estaba agotada. Apenas había dormido desde el nacimiento de Mia, no más de dos o tres horas seguidas. Pero no le importaba. Se sentía eufórica, aunque quizá ese adjetivo se quedara corto. Flotaba en una nube espesa en la que no existían siquiera los dolores posteriores al parto; eran molestias sordas a las que no dedicaba demasiados pensamientos. En el hospital estaban bien cuidadas las dos, aunque en el fondo estaba deseando llegar a casa y que empezara *la vida real*. En un par de días les darían el alta.

Becky no se había separado de su lado desde que había regresado de sus vacaciones y le había pedido perdón tantas veces por no haber llegado a tiempo para acompañarla en el parto que Olivia tuvo que hacerla callar a la fuerza. Laura también la había visitado por la mañana, antes de irse a abrir la escuela.

—Becky, tienes que irte a comer, en serio. Son casi las dos —intentaba convencerla Olivia.

—Pero es que Josh no llegará hasta media tarde y Laura, cuando cierre la escuela.

—Estoy en el mejor hospital de Nueva York, Becks. Quiero pensar que sobreviviré aquí un par de horas mientras te vas a casa, comes algo, ves a Charlie y te pones una ropa con la que no des vergüenza ajena.

Becky había llegado al aeropuerto a las doce del mediodía del veintiocho de julio, apenas doce horas después de que Mia viniera al mundo, y había escuchado horrorizada los mensajes que tenía en su buzón de voz. De Olivia, cuando aún estaba en su casa antes de irse al hospital; de Taylor, explicándole que sería él el que estaría a su lado; de Laura, pidiéndole que la llamara en cuanto aterrizara; de Josh, poniéndola al día también de los detalles de su propio viaje a Nueva York.

Ni siquiera se había molestado en pasar por su casa; había mandado a Charlie con las maletas y ella se había ido directamente al Lenox Hill, ataviada con la misma ropa con la que había pasado su último día en la Polinesia, un sombrero de paja deshilachado y una enorme bolsa de playa transparente como bolso.

—Si algún día salen fotos mías vestida así, me mato.

—Pues eso, que vayas a cambiarte de ropa.

—¿Estarás bien sola? ¿Seguro?

—No se va a quedar sola.

Las dos se quedaron mudas al escuchar aquella frase y giraron las caras hacia la puerta; ni se habían dado cuenta de que se había abierto. Y lo que encontraron fue a Taylor, apoyado en la jamba y con los brazos cruzados sobre el pecho. Con unas ojeras que hablaban de muchas horas sin dormir. Y con una media sonrisa tímida y los ojos algo brillantes.

—¡Tay!

—Pero ¿¡qué coño estás haciendo tú aquí?! —Becky se levantó corriendo a abrazarlo, pero él se desembarazó rápido de ella para acercarse a darle un beso a Olivia y ver a Mia.

—Creo que tenía cosas más importantes que hacer aquí que en Milán.

—¿Has dejado plantado a Giorgio Armani?

—Y a un montón de gente más. —Taylor la ignoró, se aproximó a la cuna donde Mia dormía tranquila y la cogió en brazos—. Hola, bebé.

Becky y Olivia intercambiaron una mirada que decía muchas cosas. Era burlona, por una parte, porque si había una imagen que no habían esperado ver en sus vidas era a Taylor Gardner hablando con voz infantil a un bebé recién nacido. Pero también había preocupación en aquella mirada, o quizá era solo curiosidad, pero, aunque no lo dijeron en alto, ambas se dieron cuenta de que aquella no era la reacción que se podía esperar de un donante de semen. Las dos quisieron pensar que estaba muy emocionado con eso de ser padrino.

—Pues me parece que ahora sí que me voy a ir a comer algo. Quizá hasta me eche la siesta.

—Creo que ninguno de los presentes hemos dormido demasiado últimamente, ¿no? —bromeó Olivia.

—Lo está durmiendo todo esta. —Becky empleó un tono de reproche hacia Mia, que permanecía ajena a la conversación en brazos de Taylor.

—Lárgate, Becks. —Taylor la miró de pies a cabeza—. Pareces una cabaretera hawaiana. Y hueles fatal.

—Te libras de un bofetón porque tienes a la niña en brazos. —Becky se acercó a despedirse de Olivia y le preguntó—: ¿Por qué lo queremos, con lo gilipollas que es?

—Es algo que me pregunto a diario.

Becky se marchó y Taylor aprovechó que había dejado libre el sillón que había junto a la cama para descansar allí, un poco más cómodo, al lado de Olivia.

—Estás loco, Tay. ¿Cómo se te ocurre largarte de Milán a las…? ¿A las doce horas de llegar?

—En realidad fueron quince, más o menos.

—Pues eso.

—Me sentía raro allí con vosotras… aquí. No sé. —Taylor se quedó meditabundo y Olivia no supo qué decir—. Por cierto, tengo un regalo para ti. Para las dos, en realidad.

Taylor rebuscó en su bolsa hasta dar con la carpeta que le habían dejado en su *suite* con las instrucciones del viaje, las invitaciones a eventos y unas fotos en alta calidad del último desfile de alta costura de Armani.

—Ummmm… Esto…

—Mira dentro, anda.

Olivia no tardó en descubrir lo que Taylor había conseguido, a saber cómo, para ella. Aquel dibujo era perfecto. Era una de las cosas más hermosas que había visto en toda su vida. Y era especial. Sobre todo…, era muy especial.

—Tay…

—Le pedí a un hombre que dibujaba al lado de mi hotel de Milán que lo hiciera. No tenía ni idea de que quedaría tan bien.

—Pero… ¿de dónde has sacado la imagen?

—Es una foto que os hice cuando Mia acababa de nacer. Ni siquiera te diste cuenta. Os he… os he hecho más. En cuanto llegue a casa, ponga mi móvil a cargar y me organice un poco, te enviaré todas al correo de la escuela.

—Vale. ¿No estás cansado?

—Tanto que no sé ni qué día es. Pero no voy a alardear de agotamiento delante de una mujer que ha dado a luz hace menos de cuarenta y ocho horas.

—Mejor.

Se quedaron en silencio toda la tarde. Olivia dormitó a ratos. Taylor también lo hizo, pero sin soltar ni un momento a Mia. A media tarde un doctor entró para examinar a Olivia y a la niña, y les confirmó que al día siguiente podrían irse a casa.

—¿Necesitarás que venga a recogerte? —le preguntó Taylor, que sentía la necesidad continua de ayudar.

—No. Becky ya ha puesto todos sus coches a disposición de Mia. Si no le pongo freno a la situación, acabará siendo la niña más mimada de todo Manhattan.

—¿Hay algo que pueda hacer por vosotras?

—No, Tay, de verdad… Con haber estado a mi lado y haberte vuelto de Milán, ya… Que me acompañaras en el parto es algo que no olvidaré jamás.

—Yo tampoco.

Ni Becky, ni Laura ni Josh aparecieron por el hospital hasta última hora de la tarde. Cuando Taylor se dio cuenta de que se le caían los ojos, literalmente, y de que Olivia y Mia ya estaban bien acompañadas, decidió marcharse a su apartamento. Se despidió de todos y prometió regresar al día siguiente.

—No hace falta, en serio —le dijo Olivia—. Becky vendrá con Charlie a primera hora de la mañana y ellos me llevarán a casa y me ayudarán a instalarme.

—Está bien. Pero si necesitas algo…

—Sí, Tay… —Olivia puso los ojos en blanco—. Te llamaré, no te preocupes. Ven a darme un beso, anda, que últimamente se los lleva todos Mia.

Taylor le sonrió y le hizo caso. Le dio un beso en la mejilla lleno de sentimiento, de amor. Y luego le hizo una carantoña a Mia, tratando de memorizar su cara de nuevo, por si tardaba demasiados días en verla y cambiaba a ese ritmo vertiginoso al que lo hacen los bebés.

Taylor se marchó caminando a casa, con su bolsa de viaje al hombro; el hospital quedaba a unas pocas manzanas de su apartamento. El día era cálido, como solía ser julio en Nueva York, pero él apenas se daba cuenta. Su mente estaba muy lejos de allí, viajando por universos paralelos, por mundos imaginarios en los que nada era como en la realidad. A Taylor le estaba costando bastante, en los dos últimos días, distinguir la realidad de sus propios sentimientos.

Cuarenta y seis horas antes de que él entrara en su piso, abriera una cerveza y se tirara en el sofá con el *Hallelujah* de Leonard Cohen de fondo, había nacido Mia. Una niña deseada, a la que su madre querría con locura y de la que él sería su orgulloso padrino. La vería unas cuantas veces al año, le haría todos los regalos que ella le pidiera y la malcriaría cuanto estuviera en su mano. Llevaría una foto de ella, o quizá un par, en la galería del móvil, y se la enseñaría orgulloso a esos compañeros de profesión que aún le preguntaban de vez en cuando por Olivia. La vería crecer en la distancia y, si llegaba el día en que Olivia decidiera contarle la verdad sobre su concepción, él respondería a las preguntas que la niña pudiera tener.

Esa era la realidad. No sonaba mal. Sería bonita. Sería aquello para lo que llevaba un año preparándose, desde aquella noche en que Olivia le había pedido ayuda.

El problema era que él no se sentía así. No sentía *real* esa realidad. Todo aquello en lo que llevaba un año creyendo —y lo había creído de verdad, de eso estaba seguro— había volado por los aires en el momento en que había visto por primera vez a la niña. A *su hija*. Su hija, que no lo era, en realidad. Pero a la que él sentía como tal. No lo diría nunca en alto, tal vez pasaría toda su vida con ese pensamiento encallado dentro, con ese *sentimiento* clavándosele en el alma. Pero, para él, Mia era su hija. Por eso no había podido soportar la distancia y había vuelto a ella a las pocas horas de llegar a Milán.

Mia lo había cambiado todo. Durante el largo vuelo transoceánico, Taylor había llegado a plantearse si serían sus sentimientos por Olivia los que habían cambiado. Pero no. Quería a Olivia con toda su alma y sabía que eso siempre sería así. Pero el amor que sentía por Mia era otra cosa. Era algo diferente que no sabía clasificar dentro del catálogo de sentimientos que componen al ser humano. Era parecido a lo que sentía por sus padres, por sus hermanos, por sus sobrinos…, pero más intenso. Tenía que ser instinto. El instinto paternal. No podía ser otra cosa.

Cuando al fin se metió en la cama, muerto de sueño pero consciente de que tardaría horas en ser capaz de dormir, supo dos cosas con una meridiana claridad: que Mia era lo mejor que le había pasado en toda su vida y que había cometido un terrible error. Se había condenado a quererla más de lo que debía.

~21~
ESTO NO ES LO QUE ESPERABA

Los primeros días de Mia en casa no fueron fáciles. Y Olivia no lo había visto venir. Durante los meses de embarazo, se había dedicado a dejarlo todo dispuesto para el día en que volvieran las dos juntas a casa. Se sentía preparada para ello; llevaba años leyendo libros sobre maternidad, hablando con las pocas de sus conocidas que eran madres… y había creído que sería más fácil de lo que fue.

Anna, la niñera a la que había contratado, había sido su salvación. Era joven, más o menos de la misma edad que Olivia, pero tenía mucha experiencia con bebés recién nacidos y la había enseñado a ser madre mejor que todos los manuales de los que se había empapado durante el embarazo. Pero Anna solo estaba unas cuantas horas por la mañana y otras por la tarde, porque Olivia quería pasar tiempo a solas con la niña y encargarse ella misma de la mayor parte de sus cuidados. Y sentía que en eso estaba fracasando.

La primera semana fue la más complicada. Mia lloraba mucho y a Olivia la consumía la preocupación de no saber qué hacer para calmarla. Nunca tenía claro si la niña tenía hambre, sueño o le dolía algo. Dos noches llegó a agobiarse tanto, después de horas de llantos, que cogió un taxi a urgencias del hospital pediátrico donde atendían a la niña… solo para descubrir que, antes de llegar, Mia ya se había callado. Quizá tendría que comprarse un coche y pasearla por Manhattan de madrugada para lograr que se durmiera.

Lo peor de todo era la culpabilidad. Toda una vida soñando con ser madre y, cuando al fin lo conseguía, después de tantos esfuerzos, se sentía inútil. E ingrata. Y poco cariñosa con su hija, que era toda su vida, pero se la estaba consumiendo poco a poco, lágrima a lágrima.

Olivia tardó poco en darse cuenta de cuál había sido su error. Siempre que había pensado en ella misma con Mia, en su mente se dibujaban imágenes idílicas. Mia recostada contra su pecho, dormida, con su respiración convertida en un sonidito adorable. Olivia dándole el pecho, con algo de *jazz* sonando en el equipo de música como único testigo de un momento tan mágico. Cargársela en la mochilita que había comprado en un impulso poco después de saber que estaba embarazada y salir con ella a recorrer las calles de Manhattan. La misma Olivia de antes, con su misma vida, pero a la vez muy diferente. Más plena, más feliz.

Pero la realidad la había golpeado como un bofetón en medio de la cara. Mia solo parecía tener dos estados: llorando o dormida. Y cuando se dormía, Olivia apenas se atrevía a caminar por su casa, por miedo a despertarla; se limitaba a moverse de puntillas hasta que encontraba una superficie horizontal en la que derrumbarse para intentar cerrar los ojos un ratito. Darle el pecho tampoco estaba siendo exactamente lo que esperaba, lo que le habían contado. Le habían salido unas grietas espantosas, le dolía cada vez que lo intentaba y, lo peor de todo, tenía siempre la sensación de que dejaba a la niña con hambre. En apenas un par de semanas, por consejo de Anna, había empezado a darle biberón para complementar lo que su pecho no alcanzaba.

Y de salir de casa… mejor ni pensarlo. En los primeros doce días de Mia, ni siquiera había pisado el rellano de su apartamento. Había sobrevivido a base de comida a domicilio, una exigua compra que había hecho desde el móvil mientras le daba el pecho a Mia y la ayuda de Anna. Becky logró arrastrarla fuera de su apartamento una mañana, pero a la media hora de estar tomando un café en un local muy *chic* de Chelsea, se había rendido y la había acompañado a casa, porque era la primera vez que se separaba de Mia y estaba más pendiente del móvil que del *frapuccino* descafeinado que tenía delante.

Estaba triste. Laura, Becky, Taylor, hasta Josh… todos trataban de animarla, pero a ella le costaba incluso encontrar tiempo para responder al teléfono o enviarles un mensaje. No tenía ni idea de cómo había llegado a aquel estado, pero suponía que era una mezcla de inexperiencia y batiburrillo hormonal. La sombra de la depresión postparto la rondaba y prefería ni pensar en ello. Todos sus esfuerzos estaban centrados en buscar una rutina en la que sentirse cómoda, encajar mejor sus horas de sueño, encontrar momentos de descanso… Su intención había sido volver a su escuela de modelos en pocas semanas, pero necesitó solo unos días para darse cuenta de que iba a tener que retrasarlo.

El día que Mia cumplía un mes, Olivia tocó fondo. Anna tenía el día libre, porque había hecho un millón de horas extra en esas primeras semanas de trabajo y Olivia se había empeñado en que se tomara un par de días de descanso adicionales. Que una de las dos estuviera descansada era imprescindible para que no acabaran de derrumbarse las cosas.

Olivia se había propuesto celebrar aquel primer *cumplemés* de Mia poniéndole un vestido precioso que le había regalado Becky, subiéndola al cochecito de diseño que aún no habían estrenado juntas —las únicas salidas a la calle de la niña habían sido con Anna— y quedando con Laura para comer y, de paso, que la pusiera un poco al día sobre las novedades de la escuela, que por teléfono solo había escuchado de refilón. Había ido perdiendo en los días anteriores la esperanza de que le saliera bien el plan, pero ella iba a intentarlo.

A media mañana ya se había rendido. Mia había pasado una noche especialmente mala, se había dedicado a dormir toda la mañana y Olivia ya podía predecir que a la hora de comer estaría despierta… e irascible. Al mediodía estaba ya tan desanimada que le envió un mensaje a Laura para anular la comida. Le echaba la culpa de todo a la niña —que Dios la perdonara—, pero la realidad era que tampoco le apetecía vestirse. Ni ducharse. Ni peinarse. De maquillarse, ni hablar. Esa le parecía una actividad perteneciente a otra vida. Y es que esa era otra… Había perdido casi todo el peso que había ganado durante el embarazo, sobre todo porque no encontraba nunca momento para comer, pero veía la piel de su tripa arrugada y *colgona*, sus pechos eran como dos cántaros gigantescos que no hacían más que dolerle y ni siquiera sentía que tuviera tiempo para echarse una crema hidratante en la cara.

Sabía que todos sus problemas le parecerían una chorrada superficial a cualquier mujer que hubiera sacado un par de críos adelante, sobre todo sin ayuda de una niñera cualificada. Pero Olivia se había hecho mayor en un ambiente en el que las mujeres salían de la clínica con perfectos bebés silenciosos en brazos vistiendo trajes de marca de la talla treinta y cuatro. Y se había creído esa ficción. Le había explotado en la cara.

El teléfono sonó cuando estaba tumbada en la cama, con los ojos abiertos como platos y a puntito de llenarse de lágrimas. Imaginó que sería Laura, insistiendo hasta la saciedad en que moviera el culo y salieran a comer, así que estuvo tentada a no contestar. Pero con ello se arriesgaría a que su amiga se plantara en la puerta de su casa y no quería ni pensar en cómo reaccionaría si viera el estado de caos en que estaban el apartamento… y ella misma. Pero no era Laura, no. Era peor.

—¿Cuánto hace que no te duchas? —Becky ni siquiera saludó. Disparó a bocajarro desde la primera frase.

—¿Qué?

—Te he hecho una pregunta, Olivia. Laura me ha llamado para decirme que anulas la comida. Está preocupada por ti. Todos lo estamos. Contesta a lo que te he preguntado.

—No pienso responder a eso —le contestó, aunque con la boquita pequeña, mientras su cerebro hacía cuentas. Se aterrorizó al percatarse de que tenía que remontarse varios días atrás para encontrar la respuesta.

—¿Una semana?

—Joder, Becks, ¡no soy tan guarra!

—¿Dos días?

—Mmmm…

—Joder, desembucha.

—Cuatro —confesó Olivia. Y aunque el tema tenía su gracia, a ella se le escaparon aquellas lágrimas que había estado reteniendo toda la mañana.

—Vamos a ver si lo entiendo, Olivia… Siempre has sido una diosa de la organización, pudiste tú sola con la escuela de modelos durante años, eres la persona que conozco que más capacidad tiene para hacer mil cosas a la vez… ¡y todas bien! ¿Qué te está pasando?

—Que me ha derrotado un bebé de un mes.

—¡Y una mierda! Te has derrotado tú sola. Tienes una niñera… ¿cuánto? ¿ocho horas al día?

—Últimamente más.

—¿Y me puedes explicar por qué en esas ocho horas no encuentras tiempo para darte una puta ducha?

—No tengo ni idea, Becks… —Las palabras se convirtieron en lamentos cuando Olivia decidió desahogarse con su mejor amiga del mundo—. Está cuatro horas por la mañana y cuatro por la tarde, y te juro que no sé en qué se me van. En dormir un rato, supongo. O en estar tirada en el sofá viendo a Mia dormir. Soy una inútil, ¿no?

—No, cielo. —Becky se compadeció de su amiga—. Eres una madre novata que no tiene ni puta idea, de momento. Estás llena de miedos y de inseguridades, pero estoy convencida de que irán pasando. De hecho, deberían ir pasando *ya*. Siéntate con Anna, organizaos las tareas del día a día y, con un poco de suerte, Mia irá cogiendo rutina de sueño y todo mejorará.

—¿Sabes que la privación de sueño ha sido siempre usada como tortura en tiempo de guerra?

—No sé si estás comparando a una niña de un mes con el ejército ruso, pero no exageres. Dormirás, Olivia, estoy segura. Si es necesario, dejas a la niña con Laura una noche y te pegas doce horas seguidas de sueño. Estoy segura de que ella estaría encantada.

—No vaya a ser que te ofrezcas tú misma, Rebecca…

—Primero, no me llames así. Y segundo, ya sabes que los niños y yo no nos llevamos exactamente bien, por mucho que ahora me esté ablandando y adore a mi ahijada.

—¿Qué hago, Becks? —A Olivia volvió a escapársele la frustración en forma de llanto—. Te juro que no sé por dónde empezar. Y eso que ahora mismo Mia está dormida. Miedo me da cuando despierte.

—Vale. Vamos a centrarnos y dejar los lloros. —Becky exhaló un suspiro—. Entro en una reunión dentro de veinte minutos y tiene pinta de que se va a prolongar toda la tarde, así que no puedo acudir al rescate. Pero… a ver, ¿Mia está durmiendo?

—Sí.

—¿En tu dormitorio?

—Sí, en su cuna.

—Vale, pues vas a tirarte en la cama y dormir hasta que ella despierte.
—¿Y si despierta y yo estoy tan dormida que llora y no me entero?
—Olivia, ¿tú te estás escuchando?
—Ya lo sé, ya lo sé... Parezco una de esas madres piradas a las que siempre criticaba, ¿verdad?
—Exacto. Empiezas a sufrir un claro caso de escupir hacia arriba.
—Vale. Duermo. ¿Y luego qué?
—Luego, la tía Becky habrá encontrado una solución a todos tus males. Especialmente al de la falta de higiene.

* * *

El timbre de la puerta despertó a Olivia cuando estaba soñando que acababa de ganar la medalla de oro de patinaje sobre hielo en las Olimpiadas de invierno. No tenía ni idea de por qué su mente había viajado hasta una pista de hielo y a sí misma enfundada en una licra de color violeta, pero suponía que el persistente calor de finales de agosto en Manhattan había tenido algo que ver. Eso y que empezaban a patinarle las neuronas.

Se levantó renqueante, no sin antes comprobar que Mia seguía milagrosamente dormida en su cuna. Imaginó que Becky habría dejado colgada su reunión o que habría mandado a Laura en misión de reconocimiento, pero... se equivocó de pleno.

—¿Tay? —Taylor la esperaba apoyado en el umbral, vestido con una camiseta verde con una especie de estampado de piñas y unos pantalones vaqueros que eran puro pecado.

—Becky me ha mandado aquí con la misión de que te duches. He preferido no preguntar qué es lo que está ocurriendo.

—Pasa, anda. —Olivia suspiró y prefirió ni echarse un vistazo en el espejo, que podría acabar resultando letal para su autoestima. Prefería concentrar todos sus esfuerzos en no estornudar; los primeros días después del parto se había hecho pis dos veces por culpa de sendos estornudos y, desde entonces, vivía con pánico a que le ocurriera delante de otra persona—. ¿Quieres tomar algo?

—Supongo que no tienes cerveza.

—Tengo agua, leche materna y tila. Esa es mi nueva vida. Bienvenido. Aún estás a tiempo de largarte corriendo y matar a Becky por hacerte entrar en el infierno. —Olivia abrió la nevera—. ¿Y bien?

—Un vaso de agua suena más apetecible que las otras opciones. —Olivia le acercó su bebida y Taylor se puso serio—. ¿Qué pasa, Liv? ¿Sigues agobiada?

—Sí... No... Es que ni sé si ese es el adjetivo correcto. Estoy tan cansada que creo... creo que ni siquiera me da el cerebro para sentir nada más.

—Vale, pues vamos a intentar solucionarlo, ¿de acuerdo? —Taylor apoyó sus manos sobre los hombros de Olivia y ella fue dolorosamente consciente en ese instante de cada uno de los minutos que llevaba sin ducharse—. Lo primero... date esa ducha.

—Apesto, ¿no?

—Ni siquiera he respirado desde que he entrado aquí —bromeó Taylor—, pero imagino que sí, si Becky me ha mandado a tu casa solo para que te duches.

—Sí, es grave. Voy a mirar a Mia antes de...

—Voy contigo.

Entraron juntos en el dormitorio de Olivia, en el que la cama llevaba sin hacer una cantidad de tiempo imposible de determinar, la ropa sucia se amontonaba sobre una silla y una colada limpia encima del tocador.

—Perdona el desorden. He estado...

—Ya. Tranquila.

Taylor no estaba escuchando lo que Olivia le decía. Desde que había entrado en el dormitorio, toda su atención se había dirigido a la pequeña cuna de madera blanca que había junto a la cama. Mia estaba desperezándose, con sus pequeñas manitas estiradas a los lados de la cabeza.

—Hey, pequeña… —Taylor miró a Olivia—. ¿Puedo cogerla?

—Claro. Pero te advierto que luego no podrás soltarla sin que proteste. —Taylor la miró como si hubiera perdido la cabeza. ¿Por qué iba a querer él separarse de la niña? Solo la había visto dos veces desde que había nacido y no le habían llegado a nada—. Me voy a la ducha.

—¿Por qué no te das mejor un baño? Tienes bañera, ¿no?

—Sí. Pero voy a tardar un montón y Mia…

—¿Tiene que comer?

—Come a demanda, pero creo que aún tardará en pedir.

—Perfecto, entonces. Vete llenando la bañera.

—Vale. —Olivia le ofreció una sonrisa tímida y entró en el baño a abrir el grifo.

—¿Sigue sin dejarte dormir? —le preguntó Taylor cuando ella regresó al dormitorio.

—Muy poco. Entre que ella tiene unos ritmos de sueño un poco extraños y que yo no he sido capaz de adaptarme a la nueva situación… está siendo complicado.

—¿Con Anna todo bien?

—Sí, sí… El problema soy yo, en realidad. Pero… intentaré mejorar. De verdad.

—No te presiones. Me parece que todo el problema es que te presionas demasiado.

—Puede ser. —Olivia pasó por alto el comentario de Taylor, porque tenía miedo a que la bañera se desbordara y, ahora que ya lo tenía preparado, se dio cuenta de que necesitaba con urgencia ese baño—. Voy a…

—Por cierto, Liv. —Taylor le sonrió desde el sofá, donde se había sentado con Mia en brazos—. Tienes mierda en la cara.

—¿¿Qué?? —Olivia se palpó la cara, pero no acertó con el punto que Taylor le señalaba.

—Tienes… A ver, es que no hay una forma bonita de decirte esto. Tienes caca de la niña en la cara.

—¡Pero no puede ser! —Olivia corrió hacia el espejo de cuerpo entero del salón y comprobó que, efectivamente, tenía un pegote de color marrón verdoso encima de la ceja derecha. Y lo peor de todo: que lo había tenido ahí desde que Taylor había entrado—. ¡¡Pero si hace más de tres horas que la he cambiado!!

—Lo cual me hace pensar que hace más de tres horas que tienes mierda en la cara.

—¡Muy gracioso, Taylor! —le gritó Olivia desde dentro del baño, con la voz llena de ira. La única respuesta que encontró fueron las carcajadas sonoras de Tay desde el otro lado del apartamento.

* * *

Mientras Olivia desplegaba todo el arsenal de productos de belleza de su cuarto de baño, Taylor no podía dejar de observar, maravillado, a Mia. Llevaba un mes informado a través de Becky de que Olivia lo estaba pasando bastante mal adaptándose a su nueva vida como madre, así que él no había querido ser una molestia añadida. Había visto a la niña solo un par de veces, por pura casualidad en sus citas habituales con Becky, y había agradecido que su agente y amiga fuera tan empática que siempre le enviaba fotos de ella para que él fuera llevando lo mejor posible la añoranza.

Pero todo había merecido la pena a cambio de tenerla aquel ratito entre sus brazos. Entre sus manos, en realidad, porque era tan pequeñita que casi le cabía solo en las palmas. Hacía un momento que se había despertado y Taylor había entrado un poco en pánico, pero Mia no se había echado a llorar. Se había limitado a abrir los ojos y quedarse mirando a Taylor con aquellos grandes ojos azules que —no era por presumir— claramente había heredado de él.

Cuando Olivia salió del cuarto de baño, Taylor sintió por un momento que se había acabado aquel momento ilusorio en que había podido disfrutar de su hij… de la niña. Pero enseguida retomó su intención inicial de hablar con Olivia, de hacerle ver que podía contar con él para ayudarla, para que dejara de sentirse tan sola en aquellas tareas que se le hacían un mundo. Pero fue ella quien se le adelantó.

—¿A qué te referías con que me estoy presionando demasiado? Con el *incidente* de la mierda en la cara no acabé de procesar tu comentario, pero le he dado un par de vueltas al tema en el baño.

—Ven aquí, siéntate. —Olivia se había puesto una camiseta blanca unas cuantas tallas mayor que la suya y unos pantalones cortos de lino beige—. ¿Tienes que darle de comer?

—Sí, ¿ha estado protestona?

—Para nada. Solo ahora ha empezado a hacer unos pucheros.

—Debe de ser mi presencia, que le provoca una terrible infelicidad —ironizó Olivia, pero que Taylor se lo tomara a broma le quitó a ella también algo de amargura.

—Eres una *drama queen*.

—Un poco. —Olivia empezó a sacarse un pecho por el escote desbocado de la camiseta y Taylor no pudo evitar que la mirada se le dirigiera allí. Era un acto natural y precioso, pero… bueno, que era un cerdo, vaya—. ¿Te… te importa?

—¿Cómo me va a importar? Es comida y tetas. Echo de menos ser un bebé.

—A veces no entiendo cómo alguien puede quererte, te lo juro.

—A ver, Liv, en serio. —Taylor tuvo que obligarse a mirar a Olivia a los ojos y encontró dolor en ellos—. ¿Qué te pasa?

—Que esto… joder, duele.

—¿Darle de mamar?

—Sí. Pensé que sería un momento maravilloso de conexión entre ella y yo, pero llevamos ya un mes y sigue doliéndome. Y ni siquiera le llega lo que le doy, necesita biberones para complementarlo.

—¿Y por qué no lo dejas?

—¿La lactancia?

—Sí. Si a ti te duele y a ella no le llega…

—¿Qué, Tay? ¿Me rindo? ¿Qué clase de madre crees que seré si no soy capaz ni de darle la teta?

—Joder, Olivia. En serio. A esto me refería con que te presionas demasiado. Si ser o no buena madre dependiera de dar de mamar o no, apaga y vámonos.

—No es eso, es que…

—Es que has estado tantos años soñando con ser madre que lo has idealizado. Y ahora lo único que quieres es que te deje dormir, que se calle un rato, que coma sin que a ti te duelan las tetas por ello y que las cosas sean tan bonitas como te las habías imaginado.

—Pues… algo así. —Olivia volvió a llorar, como durante la conversación con Becky, y se odió un poco por ello.

—Bien. Es lo más normal del mundo. Yo no tengo ni idea de maternidad, como comprenderás, pero, visto desde fuera, me parece la hostia de duro. La niña necesita cosas y solo sabe expresarlas llorando…

—¿Te acuerdas cuando nació y te dije que estaba deseando oírla llorar?

—Sí.

—Estaba loca. —Los dos se rieron y Olivia se levantó a la cocina a preparar uno de aquellos biberones que necesitaba Mia para seguir creciendo—. Ahora solo quiero silencio. Pasar un rato en silencio y… dormir.

—No va a ser fácil. Mi hermano Chris no durmió hasta los tres años, te lo habrá contado mi madre cincuenta veces.

—Cada vez que me despierta por las noches pienso en tu madre y en cómo pudo tener otros dos hijos después de eso. Literalmente. Yo no tendría fuerzas ni para *hacer* un bebé aunque quisiera.

—Ya te volverán las ganas de *eso*. Y de todo lo demás. Pero, si me dejas que te dé un consejo…, deja los libros, los foros de madres y las cuentas de Instagram sobre maternidad perfecta, ¿vale? Escucha solo lo que te diga el pediatra y haz lo que te pida el cuerpo. Y aprovecha la ayuda de Anna para dormir más, coger una buena rutina de vida e ir preparándote para volver a la realidad. Creo que todo lo demás vendrá solo.

—¿Y tú cómo sabes lo de los foros, las cuentas de Instagram y toda esa mierda?

—Porque te conozco, Liv. —Taylor le acarició una mejilla con los nudillos y, a continuación, dejó que Mia atrapara su dedo pulgar entre sus manitas. Tuvo que hacer un verdadero esfuerzo para no babear—. Porque siempre has querido ser la mejor en todo… ¡Qué coño! Es que siempre has sido la mejor en todo. Y habrás querido ser la mejor mamá leyendo un montón de consejos, puede que contradictorios, que te van a hacer enloquecer. Ni la niña va a morirse por llorar cinco minutos mientras tú te das una ducha rápida ni te va a odiar cuando sea mayor por haberle dado el pecho solo un mes en vez de ocho.

—Qué jodidamente sabio te has vuelto, TayGar —bromeó ella, aunque sentía que había mucha verdad en sus palabras.

—Ni te imaginas. Y ahora… ¿ya ha acabado de comer? —Taylor señaló hacia Mia, que rechazaba la tetina del biberón y se revolvía un poco incómoda.

—Sí. Ahora tiene que sacar los gases y ya está.

—¿Vas a cambiarla?

—Me temo que sí. Y haré todo lo que esté en mi mano para no esparcirme la caca por la cara, lo juro.

—Bien. Pues… cuando acabes todo eso, la vas a vestir, meterla en el cochecito y…

—Ay, Tay… Entiendo que Becky te haya mandado aquí con órdenes precisas, pero te juro que no tengo fuerzas para salir a caminar en este momento. Prometo que a partir de mañana me pondré las pilas, pero hoy estoy demasiado agotada.

—¿Quién ha dicho que tú estés invitada? —Olivia frunció el ceño y él le pasó el dedo pulgar por el entrecejo para suavizar el gesto—. Me voy a llevar a esta chiquilla a dar un largo paseo por las calles de Manhattan, que ya va siendo hora de que conozca su ciudad.

—Pero…

—*Pero*… si tiene hambre, te la traeré. Si tengo la más mínima sospecha de que necesita algo de ti, te la traeré. Pero creo que lo que más necesita esta niña es a una madre descansada. Y lo que más necesitas tú es meterte en la cama y dormir tres horas sin interrupciones.

—Eso se parece bastante al sueño de mi vida. Nunca mejor dicho.

—Pues ya sabes…

Olivia se puso en marcha, aún con algo de culpabilidad por separarse de la niña, y también por haber convertido aquel día para Taylor en una versión menos glamurosa de *Diario de una niñera*, pero… no se negó.

Un cuarto de hora después, se despedía de ellos en la puerta. Su cama la llamaba a gritos y se metió en ella con una sensación de tranquilidad que solo podía significar que sabía que había dejado a su hija en las mejores manos.

~22~
LO MÁS BONITO QUE
HE TENIDO EN MI VIDA

Las cosas empezaron a mejorar al mismo tiempo que el calor iba abandonando Nueva York. Aquel mes de septiembre entró en Manhattan con bajas presiones, vientos frescos por las mañanas y una nueva rutina diaria en la que Olivia se encontró al fin a gusto. Mia seguía durmiendo regular por las noches, pero Olivia había aprendido a aprovechar cada minuto en que ella estaba dormida para descansar. Las horas que Anna pasaba por las mañanas en su casa, ella las dedicaba a salir a hacer planes *de adulta*: iba al gimnasio, quedaba con Becky o con Laura y se pasaba de vez en cuando por la escuela de modelos para no estar desconectada del todo de un negocio que, hasta unos meses antes, había sido toda su vida. Las tardes las aprovechaba para descansar un poco, si la noche había sido especialmente dura, o para pasear con Mia por las calles de una ciudad que esperaba que su hija llegara a conocer y a amar como ella misma había hecho.

Y en cuanto la rutina se estableció, el cansancio extremo se evaporó y su cuerpo volvió a ser el que era, Olivia pudo disfrutar del mejor momento de su vida. Mia era una niña preciosa, perfecta, llena de vida, de energía y, lo más importante de todo, sana. Olivia se sorprendía muchos días pasando horas solo mirándola dormir en su cuna, haciendo pucheritos con los labios y agarrando la sábana con sus manitas. Por muchos años que llevara preparándose para ello, cada día la sorprendía la magnitud de la maternidad. En todos los sentidos. La había arrollado la responsabilidad las primeras semanas y ahora la sobrepasaba la felicidad. La felicidad inmensa de vivir la increíble experiencia de que otro ser humano dependiera de ella por completo. De que fuera a ser suya para siempre, por más que tuviera la intención de ser una madre desprendida, poco controladora. Dolería, pero había aprendido de la relación con su madre lo necesario que es para un ser humano, incluso desde muy pequeño, disponer de una cierta autonomía.

Precisamente su madre, Janet, estaba a punto de llegar a Nueva York. Olivia había querido posponer un poco su visita para conocer a su primera nieta, porque aún había algunos miedos del pasado difíciles de superar y tenía pavor a que su madre la juzgara por no haber sabido asimilar la llegada de Mia con más naturalidad. Janet también había sido madre soltera; no en el primer momento, pero el padre de Olivia se había marchado para no volver antes de que ella cumpliera un año. Y aunque Olivia pretendía ser una madre muy diferente a lo que había sido Janet, también reconocía que la había sacado adelante sin que le faltara de nada en lo material, a pesar de tener muchos menos medios económicos y menos amigos alrededor que la apoyaran. Quizá por eso no había querido que ella acudiera en su ayuda en medio del caos de los primeros días; porque, en el fondo, necesitaba demostrarle a su madre que lo tenía todo más o menos controlado. Su relación había mejorado, sí, pero seguía siendo demasiado compleja.

Janet llegó un martes, con una maleta de mano, unas enormes ganas de conocer a su nieta y la sensación de que su hija tenía algo que contarle. No se equivocaba. Durante todo el año anterior, Olivia había estado intentando encontrar la manera de explicarle a su madre que Taylor había sido el donante biológico que había propiciado el embarazo. Lo había pospuesto porque no le parecía algo que hablar por teléfono, y solo la había visto en persona una vez, cuando le comunicó que estaba embarazada y no tuvo coraje suficiente para soltar todas las bombas a la vez.

Sonaba *Starman*, de David Bowie, en el apartamento de Olivia cuando la sobresaltó el timbre de la calle. Frunció el ceño, extrañada, pues todos los amigos que tenían suficiente confianza como para plantarse en su casa sin avisar sabían que esa tarde estaría ocupada acercándose al JFK a recoger a su madre. Pensó que sería algún mensajero o alguien que se había equivocado de piso, pero sonrió resignada cuando escuchó la voz de su madre al otro lado del interfono. No lo había visto venir, a pesar de que lo había hecho ya alguna vez en anteriores visitas a Nueva York. Su madre era una mujer independiente hasta el extremo y le había mentido sobre la hora de llegada de su vuelo para que nadie fuera a recogerla al aeropuerto. Se sentía perfectamente capaz de coger un taxi y llegar por sí misma a cualquier punto de la ciudad.

—¿Otra vez con estos trucos, mamá? —Olivia no quería discutir, así que le sonrió con una mueca algo irónica y dejó que su madre le diera un beso en la mejilla.

—No tenía sentido que hicieras ir a la niña en taxi hasta el aeropuerto para luego volver aquí. Es mejor así.

—¿Solo traes ese equipaje? —le preguntó Olivia al ver su maleta de mano. Pensaba quedarse una semana, y ella jamás había sido capaz de meter ropa ni siquiera para tres días en el equipaje de cabina.

—No pensaba pagar por facturar una maleta cuando podía traer aquí todo lo que necesito. —Janet ignoró la cara de su hija y pasó al tema que más le importaba—. Bueno, ¿qué? ¿Me presentas ya a mi nieta?

—Ven a mi cuarto. Está dormida.

Olivia no esperaba que ocurriera, pero lo cierto es que se emocionó cuando abuela y nieta se encontraron. Vio en los ojos de su madre el rastro de una lágrima y no pudo evitar preguntarse si alguna vez la habría mirado a ella así cuando era un bebé. Sus primeros recuerdos ya eran de una madre inflexible y no recordaba haberla visto emocionada jamás. Ni siquiera cuando ella se hacía con alguno de aquellos trofeos que luego acumulaban polvo en su cuarto conseguía que su madre se emocionara; siempre recordaba algún error que ella hubiera cometido al desfilar, alguna palabra en la que hubiera fallado en su discurso ante el jurado o cualquier otro desliz en el que Olivia hubiera podido caer.

Pero allí, con Mia en brazos, su madre le pareció a Olivia más humana que nunca. Le pareció una abuela. Ni más ni menos que eso.

* * *

La semana transcurrió sin demasiadas novedades. Hicieron turismo, algunas compras y, sobre todo, pasaron mucho tiempo con Mia. Olivia abrió un poco su mundo a su madre, algo que nunca había hecho en visitas anteriores, y salieron un par de veces a cenar con Laura y con Becky. Estuvo a punto de proponer también que Taylor se uniera a una de aquellas veladas, pero no tuvo muy claro que ninguno de los dos quisiera ver al otro y, además, aún tenía pendiente esa conversación con su madre que no sabía cómo abordar. Tampoco había sido capaz de hablar de ello con Laura ni con

Josh; y ni siquiera sabía si estaba haciendo lo correcto guardándose esa información para ella o si estaba siendo una amiga horrible al ocultarlo.

Con su madre era otra historia. Los padres y los hermanos de Taylor lo sabían, y Austin era una ciudad pequeña. No creía que fueran a ir contándolo por ahí, pero solo faltaría que la mala suerte hiciera que su madre se enterara de rebote.

Olivia se sentía una cobarde por esperar a la última noche de Janet en Nueva York, pero no podía evitar pensar que, si reaccionaba fatal a la noticia, en menos de doce horas volverían a separarlas muchos kilómetros. Cobarde sí; práctica… también.

—Mamá… hay algo que quería hablar contigo. ¿Te parece bien si pido algo de cenar y esta noche nos quedamos en casa?

—Sí, como tú quieras, Olivia —le respondió distraída, dándole el biberón a Mia, aunque la niña estaba ya más dormida que despierta—. ¿No te has planteado meter a Mia a hacer anuncios? Es un bebé espectacular.

—Mamá… —Olivia respiró hondo. Contó hasta diez. No fue suficiente, así que acabó contando hasta treinta y ocho. Carraspeó. Y al fin logró responder como quería, con firmeza, pero sin ser desagradable—. Ni siquiera se me pasa por la cabeza que Mia trabaje antes de ser adulta. Y por nada del mundo la metería en el mundo de la moda o la publicidad.

—Está bien. No he dicho nada. —Janet no discutió y eso sorprendió a Olivia. Se limitó a sonreír y a hacer con la mano el gesto de cerrarse la boca con una cremallera.

—Bien… ¿Te apetece *sushi* para cenar?

—Sí. Pide ensalada de *wakame* también, por favor.

—Perfecto.

Pusieron la mesa mientras esperaban que llegara el pedido. Cuando ya tenían todo un despliegue de *sashimi* y *rolls* ante ellas, Olivia se decidió a hablar.

—Hay algo que llevo tiempo queriendo contarte, pero… no he sabido muy bien cómo hacerlo. De todos modos…, antes de nada, quiero pedirte perdón por haber tardado en decírtelo.

—¿Qué pasa, Olivia? ¿Debo preocuparme? —El rictus de Janet se volvió tan serio que Olivia se sintió por un momento como si volviera a ser aquella adolescente a la que su madre pillaba de vez en cuando escapándose por la ventana para ir a ver a Tay.

—No, no… Es… Es sobre el nacimiento de Mia.

—¿Sobre el embarazo, quieres decir?

—Sí, eso… Sobre el… *método*.

—¿Te quedaste embarazada sin planearlo, Olivia? —Su madre le sonrió—. Si es así y me contaste toda esa historia de la inseminación artificial, eres idiota. Te recuerdo que yo pasé por eso con tu padre.

—No, no. No es eso. Para nada. Si algo hice…, fue planearlo. —A Olivia, sin esperarlo, se le escapó la risa.

—¿Entonces?

—Pensaba inseminarme con un donante desconocido, pero no acababa de convencerme la idea. Y… se lo pedí a alguien que conozco.

—Ya.

—¿Qué…? —Olivia empezó a hablar después de un silencio que se le hizo demasiado denso—. ¿Qué piensas?

—Pienso que es Taylor. —Janet soltó una carcajada tan inesperada que Olivia incluso dio un respingo en la silla.

—¿Qué?

—No se me había pasado por la cabeza, pero… Olivia, es igualita a él.

—¿Pero qué dices, mamá?

—Igualita no sé..., pero tiene sus ojos.

—Genial...

—¿Volvéis a estar juntos? —se atrevió a preguntar Janet después de compartir algunas sonrisas.

—No, no. ¡Claro que no! En un determinado momento consideré oportuno pedirle a Taylor el favor y él estuvo de acuerdo en que lo hiciéramos de esa manera. Pero yo estoy soltera, él sigue saltando de flor en flor y Mia es solo hija mía.

—¿Él lo tiene tan claro como tú?

—Sí. Hemos decidido que sea el padrino de la niña, así que la ve de vez en cuando, pero no como padre. En ningún caso.

—Me parece... bien, supongo.

—¿Supones?

—Sí, no sé. Es algo... impactante. Pensaba que Taylor estaba fuera de tu vida desde hacía siglos.

—Y lo está. Ahora un poco menos que hace un par de años, desde luego, pero no hay nada entre nosotros más que una amistad y el cariño que siempre nos hemos tenido.

—¿Lo sabe su familia? Por saber qué decirles cuando me los encuentre en el Walmart.

—Kathleen y Nathan, sí. Y creo que también Mike y Chris, pero no estoy cien por cien segura. De todos modos, casi preferiría que no hablarais sobre mis métodos reproductivos en un Walmart, si no es mucho pedir —bromeó Olivia.

—No puedo prometer nada. Cada vez que me los encuentro, tengo la sensación de que aún mantienen la esperanza de que volváis a estar juntos.

—Sí, eso me temo...

La cena siguió entre recuerdos del pasado, de los que no dolían, sino que les sacaban una sonrisa que pocas veces habían esbozado compartida. Olivia se fue a la cama aquella noche contenta por haber encontrado una forma de relacionarse con su madre que les funcionara a las dos, alejada de reproches y rencores. Se había sacado un peso de encima al contarle la verdad sobre la *intervención* de Taylor en el embarazo. Al día siguiente volvería a su rutina habitual, a disfrutar de su hija mientras se iba reincorporando a una vida normal que ya nunca volvería a serlo. Era feliz. Todo estaba bien.

~23~
¿PUEDO VERTE... VERLA?

La primera noche que Mia durmió del tirón amaneció soleada. Olivia se dio cuenta porque, en cuanto abrió los ojos, vio los rayos de sol reflejados sobre las sábanas blancas de su cama. Su primer impulso fue sobresaltarse, por miedo a que la niña se hubiera despertado antes que ella y la hubiera necesitado, pero solo le hizo falta un vistazo a la cuna para darse cuenta de que, en realidad, la razón por la que había podido dormir hasta más allá de las ocho de la mañana era que Mia seguía dormida como una bendita.

Se levantó sigilosa, con la esperanza de tener un ratito más para sí misma antes de que Mia comenzara la jornada, y se dirigió al cuarto de baño. Allí se dio una ducha con algo más de calma de lo que venía siendo habitual, se aplicó una crema con color en la cara y se recogió su espesa melena en un moño alto. Ya había decidido dedicar la mañana a pasear por la ciudad y hacer algunos recados, así que se vistió con ropa cómoda y desayunó mientras esperaba a que Mia despertara. No hacía ni dos meses que *convivían*, pero ella ya había aprendido a distinguir los movimientos y sonidos de su hija hasta el punto de poder predecir cuándo estaba a punto de abrir los ojos.

Antes de las diez de la mañana, estaban ya las dos recorriendo las calles de Chelsea. Mia empezaba a pesar demasiado como para transportarla mucho rato en la mochila portabebés, así que prefirió usar el cochecito de diseño que apenas había estrenado. Olivia cada vez tenía más claro que ser madre hacía desaparecer para siempre el sentido del ridículo, porque no le importaba ir *explicándole* a Mia los lugares por los que pasaban y lo mucho que le gustaban a Olivia, que adoraba su barrio desde que se había trasladado a él. La llevó al parque de Madison Square, la cogió en brazos para hacerse una foto con ella con el edificio Flatiron de fondo y se perdió durante un par de horas en uno de sus lugares favoritos de toda Nueva York, el Fashion Institute of Technology.

Ya estaba planteándose volver a casa cuando sonó su teléfono móvil y no la sorprendió ver el nombre de Taylor en la pantalla. Hacía bastantes días que no sabía nada de él y se arrepintió un poco en su interior de dejar que fuera él quien la llamara y no tomar casi nunca ella la iniciativa.

—¡Hola, Tay!

—Hola, guapa, ¿me dejas que te invite a comer?

—Sin rodeos, así me gusta. ¿Te funciona esto con otras personas?

—Venga ya, no me digas que tengo que mandarte una instancia para poder ver a mi ahijada.

—Ah, que Mia va incluida en el *pack*.

—Pues no pensarías que te llamaba para verte a ti.

—Eres un encanto, Tay —ironizó Olivia y a los dos les dio la risa—. Justo estoy paseando con ella por Chelsea, ¿qué tenías en mente?

—Nada en concreto. ¿Me acerco ahí y comemos por Union Square?
—Vale. ¿Cuánto tardas?
—Nos vemos en media hora en la entrada al metro, ¿te parece?
—Perfecto.

Colgaron el teléfono sin más cortesías y Olivia se encaminó paseando a ritmo tranquilo hacia el lugar de encuentro. Taylor ya estaba allí cuando llegaron, esperándolas apoyado en el murete de piedra del parque, luciendo una gorra de béisbol en color beige; Olivia supuso que era una estrategia para pasar un poco desapercibido, aunque eso no acababa de ser sencillo cuando se tenía un físico como el de Taylor. Podían no reconocerlo como a alguien famoso, pero miradas seguía atrayendo.

—Hola, Liv. —Taylor le dio un beso rápido en la mejilla, un segundo antes de abalanzarse sobre el cochecito para coger a Mia—. Hooooola, pequeeeeee.
—Y así es como un hombre adulto se vuelve idiota al coger en brazos a un bebé. —Olivia se rio en la cara de Taylor, pero él la ignoró—. Y gracias por preguntar antes de cogerla en brazos.
—Ay, perdona. ¿No debería hacer esto?
—¿Has tenido contacto con algún bebé en tu vida, Tay? —A Olivia se le escapó una carcajada.
—Con mis sobrinos —se defendió Tay.
—Y seguro que a Eileen y Mike les encantaba que los despertaras para cogerlos en brazos.
—¡Pero mira! —Taylor le dio la vuelta a Mia, con bastante más destreza de la esperada, para ponerla de frente a Olivia—. ¡Si ni siquiera se ha despertado!
—Vamos a comer, anda.

Compraron unos perritos calientes y unos refrescos en un *food truck* que estaba aparcado en la entrada del parque y se sentaron en el césped a degustarlos. Olivia recicló una mantita del coche de Mia y la tumbó junto a ellos después de darle el biberón que había traído preparado de casa en un termo.

—Le he comprado unas cositas —dijo Taylor, cuando ya casi habían acabado de comer, con una media sonrisa tímida que a Olivia le envió una oleada de ternura.
—¿En serio? Te estás tomando muy en serio eso de ser padrino, ¿no?

Taylor no respondió, porque él sabía que no era *padrino* lo que se sentía, y prefería no hacer ningún comentario que le desvelara a Olivia esos sentimientos de los que aún no se había atrevido a hablar con nadie. Seguía manteniendo su fachada de tío satisfecho con su vida que estaba encantado de haber hecho un favor a su mejor amiga y que se encargaría de mimar a Mia como padrino. Sí, sonaba bastante verosímil. Era una lástima que él no se lo tragara.

—¡Oh! ¡Pero qué bonito! —Olivia sacó de una bolsa de regalo un vestido precioso, blanco, con algunos dibujos en verde menta—. Te juro que no puedo imaginarte entrando en la sección de bebés de Barneys a comprar algo así.
—Confieso que eso ha sido cosa de mi madre, que se empeñó en comprarle algo a la niña.
—Ay, dale las gracias de mi parte cuando hables con ella.
—Pero lo otro sí ha sido idea mía.

El otro regalo era un saquito de color gris, parecido a otros que tenía Olivia en casa, pero más grueso.

—Me han dicho que es lo último en regalos para madres muy dinámicas.
—Eso suena peligrosamente a frase de la Teletienda.
—¡Calla! Que esto sí lo he comprado en Barneys. Es un saquito, pero, a la vez —Taylor lo tomó de las manos de Olivia y le hizo una demostración magistral—, puede abrirse por completo y se transforma en cambiador portátil.
—¡Hala! Es genial, Tay. No sabía que existía esto.
—Ahora solo tenemos que esperar a que Mia haga caca para estrenarlo.

—Pues me parece que en breve tocará...

—Hay más cosas en la bolsa. —Taylor la miró de una manera que a Olivia la inquietó un poco. Ella bajó la vista al fondo de la bolsa y sacó un sobre de color azul con letras doradas. Lo abrió y esbozó una sonrisa.

—¿Una sesión de spa en el Mandarin Oriental?

—Para dos personas. Para que dejes un día a Mia con Anna y te vayas con Laura o con Becky a relajarte.

—Muchísimas gracias, Tay. —Olivia se puso de rodillas sobre el césped y se acercó a él para darle un abrazo y un beso en la mejilla—. En serio, no hacía ninguna falta que nos compraras estas cosas.

—Pero me apetecía. Y creo que lo del spa te vendrá bien. ¿Sigues agobiada? Te he notado mejor las últimas veces que hemos hablado.

—Sí, podemos dar por cerrada la crisis maternal. Habéis tenido todos mucha paciencia conmigo.

—Venga ya. No hemos hecho nada.

—Huy. —Olivia arrugó la nariz en dirección a Mia—. Creo que ha llegado el momento de estrenar el cambiador.

Olivia rebuscó en la enorme bolsa que colgaba del cochecito de la niña un pañal y el paquete de toallitas. Se dio la vuelta, probó el nuevo cambiador y, cuando ya lo tenía todo dispuesto para cambiarla, se extrañó de que Taylor siguiera en silencio.

—¿Qué pasa? —le preguntó, al ver que él las observaba con una expresión indescifrable en el rostro.

—Yo... ¿Puedo?

—¿Cambiarla?

—Sí.

—Toda tuya. —Olivia le hizo un gesto hacia la niña con una sonrisa—. ¿Sabes hacerlo?

—Supongo que podré apañármelas.

—Creo que jamás habría imaginado que te apetecería cambiar un pañal apestoso.

—No es tan apestoso. —Olivia alzó una ceja—. No sé, Liv... Es que la echo mucho de menos.

Olivia se quedó callada con esa confesión tan sincera que a Taylor no parecía habérsele escapado. Se limitó a darle un par de indicaciones para limpiarla bien y que Mia estuviera lo más cómoda posible y, después del cambio de pañal, a observarlo jugando con ella. Taylor estaba tumbado boca arriba en el césped y jugaba a hacer volar a la niña sobre su cabeza. Mia no dejó de hacer unos gorgoritos muy parecidos a la risa durante todo el tiempo que duró aquel juego.

—Hazme una foto con ella, anda —le pidió Taylor. Olivia cogió su móvil, disparó un par de veces y le envió las imágenes por WhatsApp sin echarles más que un vistazo rápido. Eran unas fotos muy bonitas, muy naturales, pero... no sabía si estaban algo fuera de lugar. O quizá dolían un poco, porque recordaban a cosas que podían haber sido y no eran. Nunca lo serían ya.

Pocos minutos después de que Taylor la dejara de nuevo sobre su mantita, Mia se quedó dormida. Olivia aprovechó para levantarse y tirar en una papelera los restos del pícnic, el pañal sucio y las toallitas que había usado Taylor. Al regresar, lo encontró algo meditabundo, así que decidió cambiar de tema, olvidar aquel momento algo intenso y raro que acababan de vivir.

—Hablando de fotos, Tay... ¿Puedes hacerme una en la que se me vea bien el bolso? —Olivia señaló su bolso nuevo, un modelo de piel en color negro de una marca que a Taylor no le sonó—. Me lo mandaron a la escuela hace un par de meses y se supone que debería subirlo a Instagram en algún momento.

—Sí, claro. Trae tu móvil. —Taylor se movió alrededor de ella—. No, hacia el otro lado, que si no sales a contraluz.

—¿Está?

—Sí, échale un vistazo, a ver si te gusta cómo ha quedado. —Tay le devolvió el móvil y ella observó la imagen en detalle.

—Sí, está perfecta. Dame un segundo, que la subo y así me olvido del tema.

—¿Ahora? —se extrañó Taylor—. Pero así todo el mundo va a saber dónde estás.

—¿*Todo el mundo*? —Olivia se rio y siguió escribiendo. Taylor aprovechó para poner algo de música en su móvil. Sonó *Angels*, de Robbie Williams—. Tengo menos de quince mil seguidores, Tay, no creo que se presenten aquí hordas de fans a acosarme.

—Qué suerte. —Taylor torció el gesto y decidió indagar un poco más. Por lo que él sabía, el nombre de Olivia no sonaba ya en el mundo de la moda más que como la directora de una de las escuelas de modelos más pujantes del sector. Solo algunos nostálgicos la recordaban de su época como modelo—. No sabía que te enviaban productos, en plan *influencer*.

—De vez en cuando. —Olivia puso los ojos en blanco—. No tengo contrato con nadie fijo, pero me mandan regalos de marcas pequeñas y me siento obligada a sacarlos en las redes.

—Pues no lo hagas o acabarás metida en la espiral de toda esa locura.

—Tú te debes de sacar una buena pasta promocionando productos, ¿no? —A Olivia la pillaban con el paso un poco cambiado aquellos avances que se habían producido en la industria de la moda desde que las redes sociales habían arrasado con las reglas del juego, y todo le producía una enorme curiosidad.

—Bueno… Mientras tuve contrato con la empresa, solo sacaba productos de sus diferentes líneas de negocio y no cobraba extra por ello. Desde febrero…, sí. No han dejado de enviarme cosas para que las saque, a cambio de unas cantidades que… joder, dan puto vértigo.

—Ya te he visto, ya. ¿Llevas tú la cuenta?

—No. O sea, a veces subo *stories* o cosas así, pero las fotos buenas las sube un fotógrafo que tiene Becky contratado para llevar mis redes y las de algunos otros clientes suyos. Es… Es raro. Las cosas han cambiado mucho desde que empezamos en esto.

—Y tanto…

—Antes posábamos de vez en cuando para fotógrafos profesionales, en sesiones muy planificadas, y esas fotos se publicaban semanas, o incluso meses, después. Ahora el fotógrafo de Becky me llama un día cualquiera, yo bajo a Central Park, me hace fotos con diez o doce productos que han llegado a la agencia a mi nombre y se van subiendo a la cuenta de forma progresiva, siguiendo las normas de un algoritmo que ni siquiera me esfuerzo en entender. Es tan absurdo…

—Bueno, cambia el medio, no el fin.

—Lo sé. Pero es que tanto el medio como el fin, antes y ahora, me parece tan superficial… Tan vacío…

—Eso me cabrea mucho, Tay. —Olivia frunció el ceño y Taylor se preparó para escucharla defender una industria que la apasionaba. Era un debate que habían tenido varias veces, incluso en aquellas cenas de aniversario que ahora les parecían tan lejanas en el tiempo—. Siempre se acusa a la moda de ser una industria superficial, pero hay restaurantes que experimentan con comida molecular y cobran a más de trescientos dólares el plato y se considera casi una ciencia; hay pintores o escultores vendiendo su obra por millones y nadie duda de que es un arte. ¿Por qué la moda es superficial y vacía?

—¿Qué aportamos, Liv? ¿Qué hago yo por los demás?

—Haces el mundo más bonito, Tay. —Aunque no estaba nada de acuerdo con la idea que ella defendía, Taylor no pudo evitar sonreír al escucharla—. Haces soñar a gente cuya única ventana al exterior son tus redes sociales o algún anuncio que hayas rodado. —Vio que Taylor iba a interrumpirla y se adelantó—. Ya sé lo que me vas a decir. No, no salvas vidas. Ni haces un trabajo que vaya a cambiar el mundo. Pero, si lo piensas, casi nadie lo hace. Oye, ¿el tío que nos ha vendido los perritos ha salvado alguna vida con su trabajo?

—No creo.

—Ni hace que el mundo sea mejor.

—Bueno…, esos perritos están de puta madre. A mí me han mejorado el día.

—Lo sé. —Olivia se rio con él—. Pero, en serio, la moda es un arte. Es cultura, es objeto de estudio en universidades y de exposiciones en museos. Estoy harta de que todo el mundo piense que quienes nos dedicamos a esto somos unos superficiales sin cerebro que no hacemos más que ir a fiestas y pasarnos la vida en Instagram.

—¿Y hacemos algo más, en realidad?

—Hombre…, pues yo me recuerdo levantándome muchas mañanas antes del amanecer para hacer sesiones de fotos que duraban todo el día. Y produciendo decenas de millones de dólares con mis campañas porque, al fin y al cabo, Tay…, lo que haces, lo que hacía yo antes, interesa a la gente.

—Me cuesta entenderlo. —Taylor tenía el ceño fruncido y Olivia pudo ver la confusión en sus ojos—. No soy tonto. Ya sé que Christian Dior es historia de la cultura del siglo XX. O que el Balenciaga actual está cambiando la forma de entender la moda. Pero ¿qué aporta en realidad que una marca me envíe una camiseta horrible, para que yo me haga una foto con ella, la gente pulse «me gusta» y a mí me ingresen quince mil dólares por un trabajo de, literalmente, dos minutos?

—Pues te aporta a ti quince mil dólares y a ellos un montón de ventas. Si no, no te los pagarían. Me parece increíble tener que explicarte a estas alturas de la vida cómo funciona el mercado.

—No sé, Liv… Antes lo llevaba mejor. Pero ahora, todo este universo de *bloggers, influencers* y prensa de moda… me irrita. Creo que me he quedado anticuado o algo, pero echo de menos los viejos tiempos.

—Yo lo que creo es que te estás haciendo viejo. —Taylor le tiró del moño y ella soltó un gritito—. ¡Lo digo en serio! Con veinte años todo nos parecía genial. Ni siquiera nos informábamos sobre las marcas para las que trabajábamos. Ahora tienes casi treinta y siete y estás cansado. Te han exprimido.

—Conozco gente que hace años que no se compra ropa. Ni unos vaqueros ni unas deportivas… ¡nada! —Taylor seguía con su discurso y Olivia había decidido dejarlo desahogarse sin intervenir demasiado—. Solo usan las cosas que les envían gratis. Se indignan, incluso, con las marcas que no les mandan toneladas de regalos cada mes. Y no te estoy hablando de superestrellas. Chicos que acaban de empezar en esto.

—Lo sé. Algunas chicas de la escuela funcionan así también. Son otra generación…

—Pues no creo que les vaya a ir muy bien la vida si creen que por hacer dos desfiles de mierda va a salirles todo gratis. Una buena hostia contra la realidad se van a pegar el día que las cosas les empiecen a ir mal.

—Sí. Y ya aprenderán por sí mismos. También a nosotros nos llenaban los bolsillos de regalos cuando llegamos a Nueva York. Y mucho más cuando empezamos a ser conocidos. ¡Si hasta Becky nos enviaba regalos a Texas para que aceptáramos firmar con ella!

—Ya. Aún no entiendo cómo tuviste valor para marcharte en plena cumbre de tu carrera.

—Fueron tiempos… difíciles —le respondió Olivia, sin muchas ganas de ahondar en el asunto. Nunca se lo había reconocido a nadie, ni siquiera a Becky, pero en su decisión de retirarse había influido muchísimo el divorcio. Llevaba algún tiempo cansada de su trabajo, pero quizá, si aquello no hubiera pasado, habría encontrado las fuerzas necesarias para remontar. Con toda la depresión que le sobrevino después de que Taylor se marchara, y en los infernales meses posteriores, aquello no había sido una opción.

—Lo sé, lo sé. El caso es que... no sabes las ganas que tengo de volver a ser un tío normal.

—Pensaba que eso ya lo habías conseguido, más o menos, con el final del contrato.

—Sí. Está claro que ahora tengo una libertad que no tenía hace un año. Pero voy a cortar con todo ese rollo de ser un *influencer*. La moda será un arte, pero yo estoy cansado de vestirme como un payaso para promocionar una marca que ni me suena. Cuando acabé el contrato me llovieron las ofertas, y está claro que es dinero fácil, así que acepté todo sin dudar. Pero a partir de ahora seré más selectivo.

—Me parece buena idea. —Olivia reprimió un escalofrío y los dos se dieron cuenta de lo rápido que se les había pasado el tiempo, charlando y debatiendo sobre un mundo que ambos conocían como la palma de su mano—. Se ha hecho muy tarde y no tengo más biberones para Mia. Además..., qué frío hace ya, ¿no?

—Quizá si no fueras por ahí con todo ese despliegue de tripa al aire... —se burló Taylor.

—¿Tripa al aire? —Olivia se echó un vistazo. Era verdad que la camiseta que llevaba era corta, pero los vaqueros tenían el tiro tan alto que no quedaba ni un milímetro de piel a la vista—. Créeme, ese tiempo ya pasó.

—¿Por? —Taylor la miró extrañado.

—No tienes ni idea de toda la piel que sobra por aquí dentro. —Olivia se señaló el ombligo con una ceja levantada.

—Te mordería esa piel —soltó Taylor, casi sin pensar. Casi.

—Joder, qué cerdo eres. —Olivia se puso en marcha, empujando el carrito de Mia, que seguía profundamente dormida—. A veces se te olvida que soy inmune a tus coqueteos.

—Bueno, bueno... No te vengas arriba.

Los dos rieron y siguieron dando un paseo hasta el apartamento de Olivia. Podrían haber cogido un taxi a la salida del parque, porque se habían alejado bastante de la calle donde ella vivía, pero prefirieron caminar un rato. No lo hablaron, pero fue su pacto tácito para prolongar una tarde que no había tenido nada de especial, pero que había sido muy bonita para ambos.

Para Taylor, porque había podido pasar tiempo con la niña, con *su* niña. La había visto, había jugado con ella y hasta le había cambiado el pañal. Guardaría ese recuerdo, junto con las fotos que les había hecho Olivia, en ese lugar especial de su interior del que todavía no se atrevía a hablar con nadie. Y porque había vuelto a disfrutar de una de esas largas charlas con Olivia que habían sido una constante entre ellos desde que tenían trece años y que durante mucho tiempo —una década, nada menos— había echado tanto de menos.

Para Olivia, porque al fin había podido disfrutar de una de aquellas imágenes idílicas que se le representaban en la mente antes de ser madre. Una tarde de otoño en el parque, con Mia dormida sobre una manta en el suelo, rodeada de hojas de color ocre. Disfrutando de una conversación de adultos, sobre su vida profesional pasada y presente.

Ninguno de los dos quiso pensar demasiado en que cualquiera que los hubiera visto no habría dudado en pensar que eran una familia feliz, disfrutando de una tarde en el parque con su primera hija. Sí..., mejor no pensar en ello.

Cuando llegaron al portal del edificio de Olivia, el cielo empezaba a oscurecer en Nueva York. Octubre avanzaba implacable y los días eran cada vez más cortos.

—Bueno... Pues ya nos veremos, ¿no? —Olivia se dio un bofetón mental por esa frase. Parecía increíble que, con la confianza que tenía con Taylor para todo, le costara tanto despedirse de él. Las cosas parecían estar muy claras entre ellos, pero habían perdido aquel patrón de citas una vez al año que tanto tiempo había durado y nunca estaba claro si se verían al día siguiente o tardarían un mes en hacerlo. Ni si era oportuno proponer cualquiera de esas dos cosas.

—Sí... Andaré por Nueva York unas semanas, no tengo nada fuera por el momento, así que... cuando quieras. —Se acercó al cochecito y acarició con mimo la mejilla de Mia—. Cuando *queráis*.

—Claro.

—Y por cierto, Liv... —Taylor ya había echado a andar hacia la esquina con la Octava Avenida, donde le resultaría más sencillo conseguir un taxi, pero se frenó en seco y se dio la vuelta para dirigirse a ella—. No sé si es cierto eso de que te sobra piel debajo de la camiseta, pero... yo te veo más bonita que nunca.

—Yo... —Olivia se había quedado un poco impactada por esa declaración. Estaba acostumbrada al tono de coqueteo de Taylor y sabía lidiar con él con humor, pero seguía atragantándosele que él se pusiera intenso. Y en aquellas palabras, aquella mirada e incluso en la elección del adjetivo, de aquel «bonita» que había sonado tan sincero... había mucha intensidad—. Yo creo que ha llegado el momento de que te gradúes bien las lentillas.

Tomárselo a broma, sí. Esa era la mejor solución. La más segura.

~24~
CONFUSIÓN

—Becky… ¿No te parece un poco desproporcionado traer a la niña a comer a un sitio como este? —A Olivia le daba la risa, sentada en una butaca de terciopelo verde botella que no habría desentonado en un palacio francés. El restaurante favorito de Becky era un lugar bastante íntimo, obscenamente caro y en el que estaba prohibida la entrada a menores de doce años. Salvo que fuera Becky Wordsworth quien hacía la reserva, claro.

—Hoy cumple tres meses, ¿no? —Becky no esperó a que el camarero les rellenara la copa de vino y ella misma se sirvió—. Pues había que ir a un lugar elegante a celebrarlo.

—Claro, por Dios. Y para cuando cumpla un año, cerramos el Lincoln Center y que venga Plácido Domingo a cantarle el *Cumpleaños feliz*.

—Como comprenderás, no pienso cambiar mis costumbres y acabar celebrando fiestas en parques de bolas.

Becky le hizo un par de carantoñas a Mia y continuó degustando su entrecot en silencio. Olivia hizo lo propio con su lubina en salsa de almejas. Becky la había llamado el día anterior para invitarla a comer en ese local tan exclusivo del Upper East Side, muy cerca de donde vivían Taylor y la propia Becky. La época en que sus amigos no dejaban de proponerle planes para sacarla de casa, en aquellas semanas en que era incapaz de encontrar su nueva rutina, había pasado, así que la urgencia de Becky por verla la tenía intrigada.

—Pues… había pensado en llamar a tu querido exmarido para que se uniera a nosotros en esta bella comida, pero me ha dado miedo que entre aquí, lo llene todo de babas y le regale a la niña una carroza de oro tirada por dos unicornios.

A Olivia le dio un ataque de risa que atrajo un par de miradas, pero, cuando interiorizó las palabras de su mejor amiga, se puso seria. Becky era única para tomarse las cosas con humor, pero ambas sabían que el tema de fondo no era para reírse.

—Tú también lo has notado, ¿no?

—¿Que está tonto perdido con la niña? —preguntó Becky, alzando una ceja—. Lo he notado yo y lo han notado hasta en Europa.

—Ya.

—Espero que al menos tú sí sepas que os estáis metiendo en un lío.

—Mucho me temo que en ese lío nos metimos hace más de un año, cuando le pedí que me ayudara a tener a Mia.

—No voy a decir «ya te lo advertí», porque no es mi estilo, pero… ¿de verdad pensabais que no se iban a reavivar las ascuas después de tanto follar y demás?

—¡Pero qué dices, Becky! Ojalá ese hubiera sido el problema... Esto no tiene nada que ver con Taylor y conmigo. Tiene que ver con Taylor y con Mia, me temo.

—Para mí es todo lo mismo.

—Pues... no. No lo es. Taylor y yo somos adultos, y creo que hemos gestionado muy bien tanto los años que pasamos sin vernos como estos... reencuentros que hemos tenido desde entonces. Pero la niña... Con ella parecía que los términos habían quedado claros.

—Sí, para mí también. Mira que no creo que haya mucha gente en el mundo que conozca a Taylor mejor que yo, quizá solo tú, pero en esto me ha sorprendido. Nunca creí que hubiera instinto paternal dentro de ese corpachón.

—Ni lo digas, Becks, por favor... —Olivia dejó su tenedor sobre el plato con algo más de estruendo de lo que pretendía—. Yo... prefiero pensar que solo está un poco impresionado. Supongo que... no sé explicarlo. Que la quiere más que a una ahijada, pero ni de coña como si fuera su hija. Algo intermedio y difícil de determinar.

—No sé... Ni te imaginas cuántas veces me pregunta por ella, me pide que le enseñe fotos y cosas así. Bueno, literalmente, cada vez que nos vemos. Que no son pocas.

—Ya, a mí me llama bastante también.

—¿Y eso te molesta? —Becky se recostó en su butaca y la miró con una mueca de curiosidad.

—Mmmmm... no. Nunca me molesta hablar con Taylor. Ya sabes cómo es. Encantador y cariñoso. Y no es pesado, de veras; si no, ya me conoces, me habría agobiado y no le cogería el teléfono. Pero no quiero que confunda los términos. Y, por descontado, no quiero que eso afecte a la niña en el futuro, cuando sea algo mayor y se dé cuenta de las cosas.

—Ya. ¿Y tú crees que llama por Mia... o también por ti?

—Veo por dónde vas, Becky, y no pienso entrar en ese juego.

—Sí, bueno..., durante diez años fue un *juego*, como tú dices. Pero ahora han pasado cosas. Muchas cosas. Y no acabo de tener del todo claro qué hay entre vosotros.

—¡Nada! —Olivia no había querido sonar tan tajante, tan... a la defensiva—. No hay nada, de verdad. Coincido contigo en que me preocupa cómo se está tomando Taylor el nacimiento de Mia, su... su presencia en su vida. Pero ese es el orden del día. Taylor y Olivia, como concepto, ni siquiera existe.

—¿No habéis vuelto a acostaros desde que te quedaste embarazada, entonces?

—No... —Olivia comenzó la mentira, pero enseguida se dio cuenta de que no tenía ningún sentido. Becky la conocía como la palma de su mano; solo con el titubeo de su voz al responder ya habría adivinado la verdad. Además, no quería mentirle. No tenía por qué hacerlo. Era una mujer libre, más cerca de los cuarenta que de los treinta, y no tenía por qué andar ocultándose. La ceja derecha de Becky, tan arqueada que daba miedo, había llegado a esa misma conclusión—. Bueno, vale, sí... una vez.

—¿Solo una?

—Sí, te lo juro. Solo una. —En el momento en que lo dijo, Olivia se dio cuenta de que en realidad habían sido dos, si contaba aquel día que se le antojaba tan lejano en el que habían *celebrado* el embarazo. Prefirió quedarse con ese recuerdo solo para ella. Solo para ellos—. El día de tu fiesta de compromiso.

—¡¿Perdona?!

—Estabas tan enamorada de ti misma ese día que ni te diste cuenta de que salí del cuarto de baño sin bragas.

—Pero... joder, Olivia, ¿a esa fiesta no fuiste con mi hermano?

—Pues... —Olivia exhaló un suspiro—. Sí.

—¿Y él lo sabe?

—Sí, Josh tenía ese día las neuronas más despiertas que tú.

—¿Y?

—¿Y qué, Becks? Lo de ese día con Tay fue… un error. Pero por nosotros, por Taylor y por mí, no por Josh. Incluso él lo sabe.

—A veces me fascina lo liberal que es mi hermano. Coherente con las mierdas que él mismo hace, al menos.

—Sí, eso no se le puede negar. —Se sonrieron.

—Hace… ¿cuánto de eso? ¿Seis meses?

—Algo menos. Cuatro o cinco. Fue poco antes de dar a luz.

—¿Y habéis hablado de ello?

—No hemos vuelto a mencionarlo.

—Muy adulto, sí, señor.

—¿Quieres llegar a alguna conclusión, Becky? ¿O solo te diviertes con nosotros, ahora que tú te has convertido en una mujer decente?

—Con que llegarais vosotros a alguna conclusión me conformaría. —Becky dio una palmada en el aire que sobresaltó a Olivia—. ¡Vamos! ¡¿Es que no lo ves?!

—¿Qué es lo que tengo que ver? —preguntó Olivia, con voz cansina.

—Siento mucho si no es lo que quieres escuchar, pero… creo que lo que os pasa es que os gustáis tanto que vais a reventar. Y si a eso añadimos que también os queréis, y de eso no tengo ninguna duda…, ¿me puedes explicar cuál es exactamente la diferencia con estar enamorados?

—Pues no sé si podría explicártelo o no, pero… me da pereza hacerlo.

—Pereza. —Becky soltó una carcajada amarga y agradeció las infusiones que les sirvieron sin haberlas pedido, aunque quizá eran más una invitación a que fueran pensando en marcharse.

—Sí, Becks. Estamos en puntos muy diferentes. No solo tú y yo… también Taylor y yo. Tú te has pasado toda tu vida de flor en flor y ahora te has enamorado y quieres que unos pajaritos os toquen el violín al oído a Charlie y a ti mientras os casáis a los pies de la torre Eiffel. —Becky le dio una patada por debajo de la mesa cuando Olivia hizo una mueca con los dedos en su boca fingiendo vomitar—. Taylor… llevó a otro nivel lo de ir de flor en flor. Y ahora quiere jugar a las casitas un par de veces por semana. Pero yo… Yo me sentí perdida durante mucho tiempo, Becks, tú lo sabes mejor que nadie. Me costó la vida remontar después del divorcio, tuve relaciones que no llegaron a nada, monté mi negocio, empecé a ver la luz, pero… siempre me faltó algo. —Señaló hacia el cochecito de Mia—. Me faltaba ella.

—¿Me estás diciendo que renuncias a enamorarte por el hecho de ser madre?

—¡No! No, al menos, como tú lo ves. No es que renuncie, es que… no me interesa nada. Me da pereza pensar en enamoramientos. Con Taylor o con cualquier otro. Adoro mi vida tal como es ahora mismo y no la cambiaría por nada.

—¿Y si te enamoraras?

—Si me enamorara, tendría que hacer un gran esfuerzo para encajar en mi vida a alguien.

—¿Y si la persona de la que te enamoraras ya tuviera un espacio en tu vida?

—«Y si…», «y si…». Me sobran todos esos «y si», Becks. Tengo una hija preciosa de la que estoy disfrutando cada minuto y un negocio cuyas riendas estoy deseando retomar. Amigas, viajes, cenas… ¿No te das cuenta de que es un poco retrógrado pensar que necesito a un hombre para sentirme plena? Todas esas cosas, para mí, están muy por encima de lo que pueda sentir Taylor. E incluso de lo que yo misma pueda sentir. Es algo tan secundario en mi vida que te aseguro que no ocupa ni un segundo de mi pensamiento.

—Pero sientes algo por él…

—¡Pues claro! Siempre he sentido algo por él y, de una manera u otra, siempre lo sentiré. Hemos estado diez años casi sin vernos, evidentemente eso enfrió todo, pero…

—Pero Taylor es mucho Taylor.

—No. Para mí no es eso. O no *solo* eso. Taylor es mi mejor amigo de la infancia, la persona junto a la que viví muchos de los mejores momentos de mi vida y alguien con quien sé que siempre podré contar. Lo sabía incluso cuando no teníamos apenas contacto; de hecho, no le habría pedido lo que le pedí si no fuera así. Pero no estoy enamorada de él. Aunque quisiera estarlo…, no podría.

—¿Por qué?

—Porque, hasta que Taylor se marchó, yo era la chica que creía en los «para siempre». Y ahora ni se me pasa por la cabeza poner toda mi fe en algo así. No he tenido una sola relación que haya pensado que iba a durarme toda la vida, y dudo que la tenga algún día. Y Taylor…

—¿Sí?

—Taylor sería un enorme «para siempre» con la capacidad de romperme en mil pedazos.

—Así que es miedo… —murmuró Becky, mientras se peleaba con Olivia por abonar la cuenta. Por una vez, Olivia ganó.

—No. Es desinterés. No me interesa tener una relación en este momento. Mucho menos una que haría tambalearse los cimientos de mi estabilidad, como sería lo que sea que tengas en mente que ocurriría entre Taylor y yo. Y sí. También miedo, si es que quieres llamarlo así. Yo prefiero llamarlo inteligencia emocional.

Las palabras de Olivia dejaron pensativa a Becky, aunque pronto cambió de tema y dedicaron un rato a comentar los últimos cotilleos del mundo de la moda. Mia despertó poco después de salir del restaurante y Olivia decidió regresar a casa. Aunque la conversación había acabado tomando otros derroteros, uno de los temas que había hablado con Becky volvió de repente a su cabeza. Y decidió que tenía una llamada que hacer.

* * *

Josh respondió al teléfono al segundo tono. Olivia se había sentado en su lugar favorito de su casa, una butaca muy cómoda de color mostaza en la que solía sentarse a leer o escuchar música. Al llegar, había dado de comer a Mia, la había cambiado y ahora la tenía a sus pies, sentada en aquella hamaca con función de masaje que Laura había encontrado en las rebajas y que era una auténtica bendición a la hora de dejar a la niña tranquila.

—Bueno, bueno, bueno… ¿A qué debo el honor de tu llamada?

—¡Hola, Josh! —Ya solo el saludo había conseguido sacarle una sonrisa a Olivia. Josh y Becky siempre presumían de ser muy diferentes, pero hasta en su forma de expresarse eran parecidísimos.

—¿Qué tal Mia?

—Vaya drama. Toda la vida cultivando amistades, para que en los últimos tres meses la gente solo me pregunte por ella.

—Déjate de rollos. ¿Ya habla?

—Josh, tío…, tiene tres meses. ¿Es posible que sepas menos de bebés incluso que tu hermana?

—Es posible, sí. ¿Y qué hace, entonces?

—Llora. Duerme. Caga. Y es la cosa más bonita que he visto en toda mi vida.

—¿Ya te deja dormir?

—A ratos, pero… sí. —Olivia esbozó una sonrisa al ver que Mia, justo en ese momento, cerraba los párpados—. Empezamos a llevarnos realmente bien.

—Me alegro mucho. ¿Pensando en volver a la escuela?

—Sí. Ya estoy haciendo algunas cosillas desde casa, poniéndome al día de lo que me he perdido estos meses. No tardaré demasiado en regresar.

—Te lo tomarás con calma, ¿no?

—Pues… sí. Ahora tengo algo por lo que volver a casa mucho más importante que lo que dejo en el trabajo.

—Eso es cierto. —Josh se quedó un rato en silencio, pero no aguantó mucho sin saciar su curiosidad—. Bueno, y… ¿por qué me llamabas?

—Hoy he estado comiendo con tu hermana…

—Ay, qué miedo.

—¡No, calla! —Olivia se carcajeó—. El caso es que estuvimos hablando de varios temas…

—Despellejando a toda la ciudad, vaya.

—Entre otras cosas. Pero he de decir en nuestra defensa que también hemos hablado de cosas serias.

—¿Y yo soy una de esas *cosas serias*?

—Bueno…, algo así.

—¿Hay algo en concreto que quieras decirme, Olivia?

—Sí. Creo. Igual es una tontería, pero…

—¿*Pero*?

—Pero quería saber si sientes que en algún momento… te he fallado.

—¿Tú? Por Dios, Olivia, ¿con qué te estás comiendo la cabeza?

—Con que no sé si quizá tú has esperado algo más de mí estos años. Y yo no he sabido verlo.

—Hayas sabido o no hayas sabido verlo… qué más da. Tú no querías más de lo que teníamos y a mí me parecía bien.

—¿Y tú sí?

—Yo… Yo lo quiero todo, Olivia. No solo de ti. Siempre he sido un niñato caprichoso, estoy seguro de que Becky te lo habrá dicho cientos de veces. Y por épocas…, sí, habría querido más de lo que teníamos.

—¿Y habrías sido capaz de conservarlo?

—Estoy casi cien por cien seguro de que no. —Los dos compartieron una carcajada breve—. La habría cagado, Olivia. Fuiste muy sabia poniéndole freno a aquello.

—¿Por qué estamos los dos hablando en pasado?

—Porque para eso era esta llamada, ¿no? —Olivia frunció el ceño, pero lo relajó en cuanto se dio cuenta de que Josh, simplemente, había sido consciente de sus intenciones antes incluso que ella misma—. Para dejar claro que aquello, fuera lo que fuera…, se ha acabado.

—Pues… supongo que sí.

—No sé muy bien qué debería decir ahora.

—¿Josh Wordsworth se ha quedado sin palabras?

—Puede que por primera vez en casi cincuenta años.

—No seas bobo. Las cosas no van a cambiar. Tú sigues viviendo en la otra costa y seguiremos viéndonos cuando vengas a Nueva York. —Olivia se quedó un segundo callada—. Seguiremos viéndonos, ¿no?

—Pues claro.

—Entonces…, nada va a cambiar. Solo… que las noches acabarán con cada uno en su casa.

—Una verdadera lástima. —Volvieron a reír—. Olivia, ¿puedo preguntarte algo?

—Claro.

—¿Esto… tiene algo que ver con Taylor?

—¡No! —Olivia, de nuevo, volvió a darse cabezazos mentales contra la pared, por haber reaccionado a la defensiva, exactamente igual que le había ocurrido unas horas antes con Becky en el restaurante—. Por Dios, Josh... Con Taylor... ¡no hay nada!

—No es eso lo que me pareció en la fiesta de compromiso de Becky. —Olivia cerró los ojos, algo avergonzada, como siempre le ocurría cuando recordaba aquella extraña noche en el Met.

—Lo sé. Y ya te pedí perdón aquel día y créeme que me torturo cuando lo pienso, pero aquello... pasó y ahí se quedó.

—Pero él estuvo a tu lado cuando nació Mia.

—Sí. Por una extraña carambola de circunstancias. —Olivia odió menospreciar así la presencia de Taylor durante el momento más importante de su vida, porque para ambos había sido una noche especial, en muchos sentidos, pero seguía a la defensiva; no podía evitarlo—. Josh, ¿estás celoso o algo así?

—No. Bueno, quizá un poco. —Hubo un breve silencio en la línea—. En serio, Olivia, no es eso. Pero me cuesta entender la relación que tenéis desde que volvisteis a encontraros. No sé por qué razón decidisteis romper aquel pacto de manteneros alejados ni me interesa, pero creo que hay mucho más de lo que me estás contando.

—No lo hay. Bueno..., hay cosas que, si te parece bien, te contaré un día con una copa de vino de por medio. —Olivia supo en ese momento que no le seguiría ocultando a Josh la intervención de Taylor en su embarazo—. Pero no es nada de lo que puedas estar imaginando. Nada... romántico.

—No es asunto mío, en cualquier caso.

—Eres mi amigo, Josh. En cierto modo, sí es asunto tuyo. Por eso te doy explicaciones. Si no..., no lo haría, créeme.

—Te creo. No pienso que me estés ocultando nada.

—Gracias.

—Pero creo que te lo estás ocultando a ti misma. Quizá los dos lo estéis haciendo.

Olivia, con esa maestría que había adquirido después de muchas conversaciones con Becky, consiguió superar el silencio que siguió a esa declaración lapidaria de Josh con unos cuantos chascarrillos y un rato poniéndose al día sobre sus respectivas vidas profesionales. Consiguieron llegar a un buen punto de entendimiento, y ya estaban casi despidiéndose, cuando Josh le hizo una proposición que dejó a Olivia con el gusanillo dentro.

—¿Por qué no vienes unos días a verme a Los Ángeles?

—¿De veras, Josh? No lo he hecho en los ocho años que hemos pasado... liados.

—¿*Liados*? ¿En serio?

—Bueno, usa la palabra que prefieras. ¿Por qué debería ir a verte ahora?

—Pues justo por eso, porque ahora ya no significa nada... más. Somos amigos, tú estás de vacaciones...

—Estoy de permiso por maternidad.

—Pues eso, algo parecido. Tienes aún unas semanas libres, el trabajo que estás haciendo desde casa puedes hacerlo perfectamente desde aquí y estoy seguro de que en Nueva York ya hace un frío de morirse, y aquí, en el hermoso sur de California, estamos ahora mismo a veintiocho grados.

—No me tientes...

—Lo digo en serio. Vente unos días, con la niña, por supuesto. Tomáis el sol, os bañáis en la piscina y, si te portas bien, quizá hasta te presente a algún actor guapo y encantador para que llene el vacío que he dejado en tu corazón. —Olivia se rio—. ¿Qué me dices?

—Que si tienes alguna fecha favorita o puedo comprar los billetes a lo loco.

—¿De verdad?

—¡Sí! Cuando estaba embarazada, soñaba con ser una madre moderna que se cargaba a la niña a la espalda y recorría medio mundo en plan mochilera.

—Lo cual se ha convertido en pasar una semana en una mansión de Beverly Hills, que no es un plan muy mochilero.

—Minucias.

—Pues eso. Que me envíes los detalles del vuelo para que lo prepare todo. ¿Hay algo que deba comprar para Mia? ¿Una cuna?

—Tu hermana me regaló una de viaje cuando no estaba ni de tres meses. Me parece un momento perfecto para estrenarla.

—Bueno, si se te ocurre alguna cosa, solo tienes que decírmelo.

—¿Sabes, Josh? Al final va a resultar que eres un buen tío.

—No lo vayas contando por ahí. Tengo una fama de cabrón que me gustaría mantener.

—Tu secreto está a salvo conmigo.

—Tengo que marcharme a una reunión. Pero mándame un mensaje en cuanto reserves el vuelo, ¿vale?

—Está bien. Mil gracias, Josh.

—No hay por qué darlas.

Ni cinco minutos después de colgar el teléfono, Olivia ya había comprado dos billetes de ida y vuelta para Los Ángeles. En diez días estaría en bikini, tumbada al borde de una piscina, bajo el sol templado del otoño de California.

~25~
BAJO MI PIEL

Olivia se pasó los primeros cuatro días de su visita a Los Ángeles disfrutando del sol y el tiempo libre, dos conceptos que parecían brillar más en el sur de California que en ningún otro lugar. Dedicó las horas que Josh pasaba trabajando a broncearse en el jardín y a pasear por las tranquilas calles de la zona residencial donde vivía su amigo. Demasiado tranquilas para su gusto, de hecho; llevaba solo dos días en Los Ángeles cuando se dio cuenta de que ella ya no podría vivir sin escuchar el bullicio de Nueva York a diario.

Pero aquello eran unas vacaciones y no hay mejor lugar para estar de vacaciones —si se tiene dinero— que Los Ángeles. Mia parecía estar de acuerdo en ello, quizá porque había descubierto que su nueva afición favorita era bañarse en la piscina infinita que tenía Josh en su jardín. Olivia hasta se había emocionado la mañana en que al fin se había atrevido a meterla en ella, y la niña le había respondido con chapoteos torpes y gorgoritos adorables.

Un par de tardes, al llegar de trabajar, Josh las había llevado a las playas más famosas de la ciudad. En Venice habían paseado entre los canales y también por el paseo marítimo, rodeados de los personajes más extravagantes de Los Ángeles, y, por supuesto, se habían reído con ganas de todo el *postureo* que se podía encontrar en Muscle Beach. Habían rematado la tarde tomando un capuchino en una cafetería de aire algo bohemio y Josh había fotografiado a Olivia con Mia en brazos bajo el famoso cartel que daba la bienvenida a la playa.

Otro día habían estado en Santa Mónica, tomando el sol y metiendo los pies descalzos en las aguas del Pacífico, no tan cálidas ya a esas alturas de año. Luego habían paseado por su conocido muelle y hasta se habían atrevido a montar en la mítica noria. Ni un poco de miedo había tenido Mia, que apuntaba maneras de temeraria.

Una noche, incluso, Olivia se había atrevido a dejar a Mia con la señora que se encargaba de mantener a flote la gran mansión de Josh —y probablemente también a él mismo—, y se habían ido juntos a una de esas esplendorosas fiestas de Hollywood. Un ambiente del que Olivia escapaba en Nueva York, pero que al otro lado del país tenía cierta curiosidad por conocer. Hacía más de cinco años que Olivia no pisaba Los Ángeles y quería disfrutar al máximo de la experiencia.

El día antes de volver a casa, Olivia tenía una cita que la estaba poniendo cada vez más nerviosa. Desde el nacimiento de Mia, había estado dándole vueltas en la cabeza a tatuarse algo relacionado con ella, una especie de homenaje al momento más trascendental de su vida, que la había marcado tanto por dentro que bien se merecía tener su recordatorio bajo su piel.

La cuenta de Olivia en Pinterest estaba llena hasta los topes de imágenes de tatuajes. La *app* la conocía bien y no dejaba de recomendarle diseños, artistas y estudios en todas partes del mundo. Ella tenía sus favoritos y se había permitido caprichos varias veces desde que había entrado en aquella espiral un poco adictiva de decorarse la piel de la manera que más le gustaba. Y la casualidad quiso que una de las tatuadoras favoritas de Olivia estuviera pasando una temporada como artista invitada en Shamrock Social Club, un estudio mítico que Olivia conocía bien de alguna experiencia anterior.

Era una artista ucraniana que se había especializado en tatuajes con apariencia de acuarela. Olivia tenía diseños de estilos variados repartidos por su cuerpo: algún *old school*, varios muy minimalistas, creaciones florales…, pero llevaba tiempo queriendo encontrar un dibujo que se adaptara a la estética colorista de la acuarela y esperaba que aquella tatuadora diera con lo que buscaba. El día de su llegada a la ciudad había movido contactos para conseguir una cita… y en diez minutos estaría sentada en la camilla mientras Josh se hacía cargo de Mia durante un rato. No sabía cuál de las dos cosas le daba más miedo.

Josh intentó tranquilizarla —sin conseguirlo del todo—, los artistas a los que conocía en Shamrock la saludaron con efusividad y pronto se vio comentando con varios de ellos la idea que tenía en mente para su siguiente tatuaje. La artista que la iba a tatuar pronto entendió lo que Olivia quería plasmarse en la única zona de su antebrazo que quedaba en blanco y le hizo un esbozo rápido sobre el papel. Olivia sonrió, encantada, y enseguida la pasaron a una camilla.

El proceso duró algo menos de una hora y a Olivia no le pareció demasiado doloroso. Solo hacia el final, en el repaso a las zonas que ya habían probado antes las agujas, sintió unas molestias que tampoco eran comparables a las que había tenido años atrás, cuando se había tatuado un empeine o la zona de las costillas. Esos sí que prefería ni recordarlos.

Cuando ya le habían echado la crema antiséptica, pero aún no le habían vendado la zona, le hicieron varias fotos. Olivia no se negó, más que nada porque no podía dejar de mirar embobada aquel nuevo dibujo que presidía su brazo derecho. Era un diseño hecho con líneas muy sencillas y algo esquemáticas del cuerpo desnudo de una mujer, desde la cabeza al pecho. En sus brazos, un bebé que apenas podía vislumbrarse, acurrucado mientras mamaba. Ya solo el dibujo era una preciosidad, por la serenidad que se veía en la cara de la mujer, la dulzura, lo tierno del conjunto completo… Pero eran los detalles de color, en tonos rosas, verdes y azules, los que hacían que aquel tatuaje fuera tan especial. Y lo que significaba, sin duda, lo convertía en el favorito de Olivia para el resto de su vida.

Pagó la pequeña fortuna que le había costado aquel capricho y llamó a Josh para que la recogiera. Llegó unos minutos después —había estado pasando el rato con Mia en un parque cercano—, menos atacado por el pánico de lo que había esperado Olivia después de una hora a solas con un bebé de cuatro meses. Josh alabó su tatuaje —a pesar de que él los odiaba— y regresaron a casa ya con la despedida en mente; al día siguiente por la tarde, Olivia y Mia regresaban a Nueva York.

Mia ya se había dormido y Olivia estaba intentando encajar en su maleta la cantidad obscena de regalos que había comprado en Los Ángeles —la nómina de compras absurdas la presidía un *body* para Mia que imitaba el bañador de *Los vigilantes de la playa*—, cuando la sobresaltó el tono de llamada de su teléfono. Pensó que sería Becky, que llevaba toda la semana enviándoles a Josh y a ella mensajes llenos de odio envidioso. Pero se equivocó. De pleno.

—¡Hola, Tay! ¿Qué tal?

—Bueno… —Olivia detectó algo en su tono de voz, pero no supo muy bien qué—. No tan bien como tú, aparentemente.

—No, eso desde luego. —Olivia rio, porque hasta ese momento creía que Taylor estaba de broma—. Pero seguro que en Nueva York no se está tan mal.

—No estoy de coña, Liv. —Taylor suspiró—. ¿A ti te parece normal meterle a Mia dos vuelos de seis horas para irte de fiesta y hacerte un puto tatuaje?

—Taylor... —Olivia intentó calmarse; no lo consiguió—. ¿Estás borracho?

—No.

—Vale, intentaba encontrar un atenuante a esto, pero me lo pones difícil.

—No, difícil me lo pones tú para entender...

—¡Cállate! —Olivia estalló en un grito—. ¿Me puedes explicar con qué derecho te crees para meterte en lo que hago y dejo de hacer, en si viajo o dejo de viajar?

—Me importa una mierda a donde vayas tú, Olivia. —El matiz de desprecio en el tono de Taylor la dejó alucinada; solo en momentos muy duros de su pasado que prefería ni recordar se habían hablado de esa manera—. Te estoy hablando de la niña. ¡Tiene cuatro meses, por Dios! ¿De verdad ves normal meterle un viaje a la otra costa?

—Bueno..., por el cariño que te tengo no voy a colgarte el teléfono. Es más, voy a darte una explicación a la que no tenías derecho antes de llamar y muchísimo menos después de hablarme de esa manera.

—¡Es que estoy muy cabreado, Olivia!

—Me importa una puta mierda cómo estés, Tay. Pero estoy generosa, a lo mejor porque yo sí soy feliz y tengo claras las cosas en mi vida, y te lo voy a contar. —Olivia no se sintió mejor después de soltar la pulla, pero la ira le nublaba la razón—. Josh me invitó a pasar unos días en Los Ángeles, para descansar de los meses tan duros que he pasado y coger fuerzas antes de reincorporarme al trabajo. Yo acepté y me he pasado casi una semana durmiendo, tomando el sol y dando largos paseos con *mi* hija. He ido a una fiesta, sí, solo faltaría que hubiera tenido que pedirte permiso.

—¿Te parece bien que me haya enterado de todo lo que has estado haciendo a través de Instagram?

—Te he dicho que te calles. Te has enterado a través de Instagram porque eres un discapacitado emocional que, cuando he subido la primera foto desde aquí, no tuvo dos dedos de frente para coger el teléfono y hablar conmigo como un amigo sobre mi viaje.

—Esa es otra... ¿Ni siquiera ves que no es normal que subas fotos de la niña a Instagram?

—¡¿Pero quién coño te crees que eres, Taylor?! —Olivia le había dado algunas vueltas a aquello de las fotos de Mia en las redes sociales; no quería esconder su vida, pero tampoco exponerla desde pequeña, como hacían muchas *celebrities*, algo que ella, desde hacía diez años, no era. Al final había llegado a la solución intermedia de subir solo imágenes en las que no se le viera la cara a la niña—. Subiré fotos de Mia a las redes cuando me dé la gana porque es *mi* hija. Me haré un tatuaje cuando me dé la gana porque es *mi* cuerpo. Y desde luego, pienso seguir viajando, saliendo y entrando como he hecho los últimos diez años, sin tener que darle explicaciones a nadie.

—Ahora tienes una hija.

—¡¡Y sigues insistiendo!! No vayas a intentar darme lecciones de maternidad cuando no tienes ni puta idea de lo que es tener un bebé. Y si crees que ser madre significa renunciar a toda mi vida, además de ser un gilipollas y un amigo pésimo, eres también un retrógrado y un machista. ¿¿O es que a todos esos amigos tuyos modelos que son padres les montas este numerito cuando te los encuentras en una fiesta??

—No, pero...

—No. Exacto. Mira, vamos a hacer una cosa... Voy a acabar de hacer la maleta y a disfrutar de mis últimas horas en Los Ángeles y, cuando vuelva a Nueva York, vamos a intentar olvidar que esta conversación ha existido. Pero dame tiempo, eh. Porque si te tengo delante en los próximos días, voy a tener que hacer un gran esfuerzo para no darte una patada en las pelotas.

—Pues muy bien. Ni siquiera has querido escucharme y...

—No. Tienes toda la razón. No he querido escucharte y sigo sin querer.

Clic.

Olivia cortó la llamada y lanzó el teléfono sobre la colcha de su cama con una furia que por poco no le cuesta la vida al aparato. Estaba tan cabreada que no fue capaz de seguir con la maleta, así que prefirió salir de su cuarto, tomarse una copa de vino en el jardín y dejar que la ira que sentía fuera remitiendo poco a poco.

* * *

Taylor se sintió gilipollas después de aquella llamada. Había marcado el número de Olivia en un impulso, después de unos cuantos días acumulando un cabreo al que él tampoco tenía muy claro si tenía derecho. Lo había sorprendido, cinco días antes, encontrarse una foto en la cuenta de Instagram de Olivia, con los pies metidos en una piscina de aguas turquesa, pero pensó que quizá se había escapado el fin de semana a la casa de Becky en los Hamptons. No es que el clima estuviera para grandes alegrías en Nueva York, pero... qué sabía él.

Al día siguiente, una foto de Olivia, con Mia en brazos, bajo el cartel de Venice Beach, le había confirmado lo que ya sospechaba después de hablar con Becky: que Olivia se había largado a la costa oeste de vacaciones. Él nunca había tenido muy claro el estatus de su relación con Josh, pero no le sonaba que Olivia hubiera ido nunca a verlo a Los Ángeles, así que entendió que la relación entre ellos iba más en serio ahora que antes. Quizá Olivia se había sentido sola después de nacer Mia y había buscado en Josh una figura paterna para la niña. Y esa idea hacía que le hirviera la sangre. Porque a él lo que le importaba no era lo que Olivia hiciera con su vida amorosa —en serio, *casi* no le importaba—, sino lo que tuviera que ver con Mia.

La siguiente foto, en la puta cuenta de Instagram de Josh, al que Taylor ni siquiera sabía por qué seguía, era en el *photocall* de una de esas fiestas de Hollywood que Taylor conocía tan bien. Joder con Olivia. Arrastrarla a algún evento con famosos en Nueva York era casi imposible —solo Becky lo conseguía un par de veces al año—, pero en Los Ángeles no parecía tener problema para codearse con lo más granado de la industria del cine. Y ya el remate final, el que había acabado de cabrearlo, era la foto del tatuaje que se había hecho en un estudio conocidísimo al que Taylor también seguía en Instagram. Quizá debería revisar un poco su lista de seguidos en la red social, para evitar al menos llevarse esos sustos.

Esa foto la tenía abierta delante de sus ojos después de que Olivia le colgara el teléfono y él se quedara mirando el iPhone como si él fuera el culpable. Había vuelto a entrar para echarle un vistazo, porque, con el cabreo del momento, se había limitado a llamar a Olivia sin fijarse en más detalles del diseño que en que las líneas eran sencillas y que tenía mucho color. Cuando lo vio bien, cerró los ojos con fuerza. Aquel tatuaje era... precioso. No había otro adjetivo para definirlo que le hiciera justicia. Si hubiera visto el dibujo sobre el papel, no habría creído que aquella mujer desnuda que acunaba a un bebé se pareciera a Olivia, pero, plasmado sobre su piel, era lo más ella que se podía imaginar. Puro, dulce, atrevido, brillante. Colorido. Y lleno de amor por su hija. Cómo le habría gustado estar junto a ella cuando se lo hizo y cómo le jodía haber sido tan gilipollas como para ni siquiera decirle que le había encantado. Llevaba unos días demasiado cabreado y, cuando ella le había cogido el teléfono, lo había visto todo rojo.

Dedicó un par de horas a hacer ejercicio en el gimnasio de su apartamento. No funcionó. Luego lo intentó escuchando música, pero ni Jason Mraz con todo su buen rollo fue capaz de contagiarlo. Cenó un plato de pasta de tamaño descomunal, se bebió un par de cervezas, intentó buscar una película que le apeteciera ver en Netflix... Nada funcionó. Cada minuto que pasaba, se sentía más imbécil. Se le había ido del todo de las manos aquella conversación con Olivia y ella lo había puesto en su sitio. Joder, lo había dejado sentado, chafado y convencido de que era gilipollas. Probablemente lo era. Desde luego, en aquella conversación lo había sido. Y lo peor de todo era que Olivia le había pedido que estuviera un tiempo sin contacto con ella, porque no lo podía ni soportar. La había cagado bien, por la puerta grande. Y estuvo a punto de cagarla más aún, llamándola sin reflexionarlo demasiado, pero en el último momento sus neuronas decidieron conectarse entre sí y le dio el cerebro para enviarle un mensaje antes de hacer una llamada impulsiva.

Taylor: «¿Puedo llamarte? Te prometo que seré breve y no te enfadaré (más)».

Olivia tardó unos minutos en responderle un «sí» tan lacónico que Taylor supo que la conversación que se aproximaba no iba a ser fácil.
—Hola, Liv... —la saludó él en un suspiro que destilaba arrepentimiento.
—Taylor.
—Antes de nada, y como sé que en algún momento volverás a colgarme el teléfono, quiero pedirte disculpas. No tengo ni idea de qué me pasó antes, pero se me fue la cabeza. Perdona, de verdad.
—No sé qué decirte, Taylor. Me he quedado de piedra, la verdad. Mira que tuvimos broncas en el pasado, pero jamás pensé que algún día tendríamos una como la de esta tarde.
—Ya, yo tampoco. Pero la vida te da sorpresas, ya ves. Hasta hace dos horas tampoco sabía que había un neandertal de mierda viviendo dentro de mí.
—No, yo no lo podía imaginar, en serio. Tú reprochándole a alguien que vaya a una fiesta. Creí que vería congelarse el infierno antes que eso. —Las palabras de Olivia podían parecer de broma, pero el tono, sin duda, no lo era.
—Ya lo sé. ¿Lo estás pasando bien? —Taylor intentó establecer la tregua.
—Sí, ha sido una semana fantástica. Hasta tu llamada, claro. No sabía que hubiera algo de malo en disfrutar de unas vacaciones, pero al parecer tú lo ves diferente.
—No, Liv, joder... Me alegro mucho de que hayas descansado y te hayas divertido. ¿Qué tal está Mia?
—Perfectamente. Ha descubierto las maravillas de bañarse en una piscina. —A Taylor aquellas palabras le dibujaron una mueca amarga; habría matado por estar allí para verlo—. Ah, y también le gustan las norias, al parecer.
—Siento mucho no haberte preguntado todo esto antes. Me sorprendió que os marcharais sin que me dijeras nada. Me... me sentó mal.
—Pues Tay, yo... —Olivia guardó silencio unos segundos—. Sigo estando muy cabreada contigo, pero esto te lo digo sin acritud, te lo prometo. Lo siento, pero no tienes ningún derecho a que te siente mal. Yo soy tu exmujer y Mia es tu ahijada. No pienso estar informándote de cada paso que doy, ni ahora ni en el futuro.
—Ya lo sé. Lo sé, pero... me cuesta.
—¿Por qué?
—No lo sé.
El silencio que inundó la línea se hizo espeso. Denso y eléctrico. Incómodo.
—¿Vais a ir a Austin en Navidad? —Taylor decidió que un cambio de tema era lo único que podía arreglar un poco aquello.
—Sí, sí. Tengo billete para el veinte de diciembre, creo.

—Nos veremos allí, ¿no?

—Supongo.

—Ya... Yo llego el veintidós. Una pena, podríamos haber compartido vuelo. —Taylor carraspeó. Estaba nervioso. ¿Por qué coño estaba nervioso?—. Bueno, eso, que podríamos quedar para enseñarle a la niña la ciudad decorada de Navidad y esas cosas, ¿verdad?

—No sé, Taylor. Sí, supongo.

—¿Sigues enfadada?

—Taylor, vamos a ver... —Olivia soltó un bufido que a Taylor casi le hizo daño en el oído—. Yo no sé si has perdido pie con el mundo o qué te pasa. Has sido un impresentable, un insolente y unas cuantas cosas más que prefiero ni recordar hace... ¿cuánto? ¿Dos horas? Como comprenderás, no se me va a pasar en dos horas un cabreo que no me esperaba en mi último día de vacaciones. Estás demasiado acostumbrado a utilizar tu encanto, cuatro frases de conquistador, y que la gente te perdone cualquier cosa que hagas. Pero conmigo eso no te va a funcionar. A veces se te olvida que antes de ser quien eres ahora, fuiste mi amigo desde que éramos unos críos. A mí no me deslumbras, Taylor Gardner.

—No es lo que pretendo.

—No, ya lo sé. Pero sí pretendes que te perdone en cinco minutitos. Y lo siento, pero eso no va a pasar.

—Pero me perdonarás algún día, ¿no?

—Dependerá de cómo te portes. —Olivia sonrió, por primera vez en toda la conversación—. Lo he dicho de broma, pero va en serio. Claro que se me pasará y te lo perdonaré, pero espero que lo que ha ocurrido hoy no se repita.

—No se repetirá. Te lo juro. No sé lo que me ha pasado, pero puedes creerme cuando te digo que respeto tu independencia y tu derecho a hacer en cada momento lo que te dé la gana. No solo lo respeto, es que lo admiro.

—Bien.

—Sí, bien. ¿Hablamos cuando vuelvas a Nueva York?

—Sí, te llamo un día de estos.

—Un beso, Liv.

—Adiós, Taylor.

Olivia colgó el teléfono más calmada. Aunque al acabar la primera llamada lo único que quería era pasarse un par de semanas sin saber nada de Taylor, en el fondo sabía que no estaría del todo tranquila hasta hablar con él, dejarle claras las cosas y rebajar un poco la tensión. La segunda llamada lo había conseguido, en parte, pero, al meterse en la cama, Olivia no fue capaz de pensar ni en la larga jornada de viaje que las esperaba a ella y a Mia al día siguiente, ni en las tareas de la escuela que pensaba retomar al volver a Nueva York, ni siquiera en el ligero escozor que tenía en el antebrazo por el tatuaje. La única idea que ocupaba todo su pensamiento era que las cosas se estaban complicando de una manera que jamás habría podido prever.

~26~
SU PRIMERA NAVIDAD

A Olivia nunca le había gustado la Navidad. No por un trauma infantil, ni porque en su casa no hubiera tradición de celebrarla ni porque no fuera creyente —que no lo era—. En realidad, siempre le habían parecido unas fiestas que habían perdido todo su sentido original, que se convertían en una carrera compulsiva por comer más, comprar más, salir más, gastar más. Y no es que Olivia no fuera consumista, pero... bueno, que no le gustaba la Navidad, vaya.

Todo el mundo le había dicho que esa idea iba a cambiar en cuanto tuviera un hijo, y ella se resistía a creerlo. Cuando las primeras luces de colores llegaron a Manhattan y los escaparates se llenaron de dorados, verdes y rojos, quiso luchar contra la maldita realidad que le recordaba cada día lo monísima que estaría Mia disfrazada de reno; o de Santa Claus; o cuánto sonreiría observando las guirnaldas del árbol del Rockefeller Center; o lo bien que lo pasarían las dos si tenían la suerte de que nevara durante sus días en Austin y pudieran hacer un muñeco de nieve en el jardín, con su bufanda, su nariz de zanahoria y sus botones en los ojos.

Vamos... que había perdido la batalla. Santa Claus 1 – Olivia *Grinch* 0.

La llegada a Austin estuvo presidida por un montón de preparativos que hacía muchos años que su madre y ella se saltaban. Janet tampoco era la mujer con más espíritu navideño del mundo, pero el primer año como abuela la había hecho venirse arriba y había comprado unos cuantos —*muchos*— objetos decorativos, y las primeras horas de Olivia y Mia en la casa se les fueron preparándolo todo para que, al menos, las fotos de aquella primera Navidad de la niña fueran inolvidables.

Olivia adoraba Nueva York y no se imaginaba a sí misma viviendo en ningún otro lugar del planeta, pero cada vez que volvía a Texas aprendía a valorar pequeños placeres que en la gran ciudad le parecían imposibles, como salir a correr justo al amanecer, sin escuchar un solo ruido, sin preocuparse de por quién se le cruzara en el camino, sin que ningún claxon interrumpiera a Alicia Keys mientras le cantaba al oído *Girl On Fire*.

Aquella mañana en concreto, corría para escapar de la vorágine de preparativos para la comida que su madre había empezado muy temprano por la mañana y también de unos ciertos nervios que se le habían instalado en la boca del estómago cuando Taylor la había avisado, la noche anterior, de que pasaría por su casa para llevarle a Mia los regalos de Navidad.

La relación con Taylor en las semanas previas al viaje a Austin había sido un poco tensa. Aunque Olivia le había perdonado su salida de tono antes incluso de regresar de Los Ángeles, olvidar lo que había ocurrido era otra cosa. No es que le guardara rencor o que en su mente se repitiera aquella conversación. Era pura preocupación por las causas que podían haber llevado a Taylor a sacar de esa manera los pies del tiesto.

Después de volver de California, habían hablado alguna vez por teléfono, pero se notaba que los dos estaban tensos, prudentes, como con miedo a tirar al suelo algo que llevaba algún tiempo en equilibrio inestable. Quizá desde el principio. Y no se habían visto. Un par de veces lo habían intentado y habían tenido agendas incompatibles —eso era cierto— y otro par de veces habían surgido imprevistos que lo habían impedido —esas habían sido meras excusas—. Pero esa tarde la suerte estaría echada... nada más y nada menos que con Taylor en el salón de casa de Janet y puede que con regalos de por medio.

La comida fue pantagruélica, y hubo un momento en que Olivia llegó a creer que tenía más tripa que cuando estaba embarazada de ocho meses. Lo peor era que la inercia de engullir comida continuaba bien pasada la sobremesa, y Janet y ella seguían cortando pedacitos de la tarta de calabaza cuando Taylor llamó a la puerta. Y sí, venía cargado de regalos.

—Hola, Janet. Cuánto tiempo sin verte. —Taylor se acercó, muy educado, a darle un beso a su exsuegra—. Olivia.

—Hola, Taylor. —Janet lo saludó con educación y le señaló el salón con la mano—. Pasa, por favor.

—¿Qué tal? —Olivia lo saludó con distancia, pero Taylor la rompió con una sonrisa y un beso cariñoso que ella recibió de buena gana—. ¿Todo bien por el paraíso navideño de los Gardner?

—Comida abundante, regalos para todos y la decoración en el límite justo para que a nadie le dé un ataque epiléptico. —Taylor echó un vistazo al salón y se rio—. Aunque veo que por aquí tampoco os habéis quedado atrás.

—Se nos ha ido un poco la mano con eso de que es la primera Navidad de Mia. —Olivia se encogió de hombros, algo avergonzada.

—Pero ¿cómo de guapa está mi niña? —Taylor ni pensó en la frase que se le había escapado mientras se agachaba sobre el parque de Mia, pero Olivia y su madre compartieron una mirada que estuvo más llena de complicidad que ninguna que se hubieran dirigido en años.

Taylor se pasó un rato jugando con la niña, hablándole con esa voz infantil que ponía cuando la tenía delante y haciéndose *selfies* que, por lo que le pareció a Olivia, enviaba a alguien —apostaría que a su familia— de inmediato.

—Y ahora... ¡los regalos!

—Intenta recordar que yo tengo treinta y seis años, por favor, y háblame como a una adulta —se burló Olivia.

—Sí, cierto, me he venido un poco arriba. —Taylor se rio.

Se dirigieron al salón y Taylor sacó lo que a Olivia le parecieron trescientos regalos para Mia. Un par de peluches, dos juegos de esos educativos que ella no acababa de tener claro qué podían aportarle a un bebé de cinco meses, algo de ropa y hasta un juego de sábanas para la cuna con dibujos de tortuguitas.

—No es todo mío, lo juro —se disculpó, cuando se dio cuenta de que estaban tan rodeados por restos de papel de regalo que parecía que en aquel salón se había inmolado Santa Claus, con sus renos, trineos y Rudolph a la cabeza—. Las sábanas son cosa de mi madre, la ropa la han comprado Mike y Eileen...

—Muchísimas gracias, Tay. Se os ha ido la cabeza, pero no se puede decir que yo sea un ejemplo de contención con las compras.

—También tengo algo para ti.

—¿Para mí?

—Y para ti, Janet. —Taylor sacó dos paquetes pequeños del fondo de la bolsa y se los entregó. A Olivia le regaló unos pendientes muy minimalistas pero preciosos y a Janet una pulsera de plata envejecida.

—Muchísimas gracias, Taylor, no hacía ninguna falta. —Janet fue correcta con él, pero Olivia supo que estaba encantada. Contenida pero conquistada por Taylor Gardner. Todo un clásico.

—Y aún queda lo mejor. Lo… lo tengo en el coche. —Olivia llegó a pensar que Taylor se había pasado con el azúcar, porque parecía un niño lleno de hiperactividad.

—¿En el coche? —preguntó Olivia al aire, porque Taylor ya estaba saliendo por la puerta principal. Miró a Janet, que se reía en voz baja—. ¿Ha venido en coche desde su casa?

Taylor regresó con una caja. La caja de Pandora, viendo cómo se desarrollaron los acontecimientos posteriores. Entró, con la sonrisa más radiante que Olivia le había visto jamás, dejó la caja en el suelo… y sacó de ella la cosa más mona del puñetero planeta Tierra, lo cual no ayudaba a hacer más sencilla la situación, claro.

—Tiene mes y medio, hace muy poquitos días que ha dejado de mamar. —Un cachorro. Un cachorro de un mes y medio. Olivia iba a matar a Taylor—. He pensado que sería bueno para Mia criarse al lado de un animal. He leído que los ayuda a desarrollar empatía, a hacerse más responsables, a…

—Mamá, ¿puedes dejarnos solos un segundo? —pidió Olivia, intentando ganar tiempo, aunque Janet ya estaba saliendo hacia la puerta de la cocina con la niña en brazos. El cachorro permaneció a los pies de Olivia y Taylor, sin tener ni la menor idea de la tormenta que había desatado—. Tay…

—¿Qué? —Solo en ese momento, Taylor fue consciente de que Olivia tenía un rictus serio que asustaba—. No te preocupes por nada. Estos primeros meses, que va a dar más trabajo, me pasaré por tu casa siempre que quieras a ayudarte con él. Y si te agobias mucho, me lo llevaré unos días a mi casa.

—Si me agobio mucho…

—Sí —le respondió él, con voz dubitativa.

—Si me agobio mucho… Ya. —Olivia miró al techo, como reuniendo fuerzas para calmarse—. Taylor, ¿tú tienes la menor idea de lo que supondría para mí tener un cachorro en casa ahora?

—Pero…

—¡No! Cállate. Porque de verdad, Tay, que ya no sé ni cómo hacerte entender las cosas. Tengo un bebé y una empresa. Y vivo sola. No sé si en algún momento de tu vida te has planteado los putos equilibrios que hay que hacer para combinar esas dos cosas, pero te aseguro que no es fácil. Para poder conciliar mi vida como madre y mi trabajo, tendré que llevarme de vez en cuando a Mia a la escuela y, el resto del tiempo, Anna se encargará de ella. ¿Le has preguntado a Anna si está dispuesta a cuidar de un bebé *y* de un cachorro también? Espera, ¿y los días que Anna libra? ¿Los fines de semana? Ah, sí, mira… Los fines de semana tendré que levantarme temprano, vestir a Mia, meterla en el carrito, llueva, nieve o haga un calor abrasador, y tendré que salir con ella y con el perro a pasear por Manhattan, que todo el mundo sabe que es una ciudad muy cómoda para tener un perro. Y eso tres veces al día, los trescientos sesenta y cinco días del año. ¿Sigue pareciéndote una idea de puta madre, Tay?

—Joder, Olivia, yo… Yo no lo he visto tan complicado. Yo… veo muchas familias con niños y perros, y supongo que sobreviven.

—¡Pues fenomenal! Si vas a Central Park a correr y ves a familias con perros y niños, ¡¡ten tú un perro y un niño!! Pero no le regales un cachorro a Mia sin ni siquiera habérmelo preguntado a mí antes.

—¡Joder! —Taylor estalló. Había visto unos días antes una publicación en Facebook de una protectora de animales a la que seguía su hermano Chris en la que hablaban de aquel cachorrito abandonado. Y en un impulso, quiso que fuera el compañero de juegos de Mia. Había llegado con él a casa de Janet con toda la ilusión del mundo y, como parecía ser su costumbre en las últimas semanas, Olivia se la había tirado por tierra—. ¿¿Es que no hago nada bien, según tú??

—¡¿Pero qué dices?! Esto no va de ti, Taylor, espabila. Va de una cuestión puramente doméstica. Me está costando la vida adaptarme a volver al trabajo y dedicarle tiempo a Mia. Y dormir un poco de vez en cuando tampoco me parece mala idea. Te juro que, aunque quisiera, no veo ni un solo resquicio por el cual en mi rutina diaria se pudiera colar un perro.

—Pero yo te prometo que te ayudaré en…

—Taylor, esto no va de ayudarme de vez en cuando. Vives en la otra punta de Manhattan. Si el perro se hace pis en el salón un minuto antes de que yo tenga que salir a trabajar, ¿vas a venir tú a limpiarlo? Si se pone malo y tengo que irme disparada con él al veterinario, ¿te vas a quedar tú a cuidar a Mia si estás desfilando en Tokio?

—No sé…

—Exacto, Taylor. No sabes. Esa es la clave. Hace un mes te parecía una locura que subiera a Mia a un avión, cuando te aseguro que se pasó todo el trayecto durmiendo. Pero ahora ves lo más normal del mundo que me haga cargo de una responsabilidad más en mi vida. Y eso es porque no tienes la menor idea de lo que es esto.

—A Chris le pareció buena idea… —Si Olivia no estuviera tan cabreada, le habría parecido dulce la imagen de Tay, tan alto y tan grande, hablando como un niño enfurruñado que se justificaba con su versión particular de «el perro se ha comido mis deberes». Nunca mejor dicho.

—A Chris le pareció buena idea… —repitió Olivia, haciendo un ejercicio de paciencia asombroso—. ¿Y a Mike?

—¿Qué?

—¿A Mike y a Eileen se lo has comentado?

—Sí…

—¿Y qué opinaron?

—Nada.

—Tay…

—Que debería preguntarte a ti antes. —Taylor miró a Olivia y la encontró circunspecta—. Pero es que yo quería que fuera una sorpresa para la niña.

—Taylor… —Olivia se sentó en el sofá, algo más tranquila, y él la acompañó—. Mia tiene cinco meses. No se entera de las sorpresas, por mucho que nosotros queramos pensar que sí.

—Joder, Olivia, ¿y ahora qué vamos a hacer con el perro? En la protectora me van a odiar si…

—¡¿No estarás pensando en devolverlo?!

—¿Cómo dices? O sea, no quieres quedártelo, pero ¿también te parece mal que intente buscarle otro hogar?

—Dios, Taylor… —Toda la calma que Olivia había conseguido reunir se acababa de diluir—. Tienes casi treinta y siete años, joder, ¡madura un poco! No puedes adoptar a un animal, a uno que habrá sufrido un montón, además, y no darte cuenta de que desde ese momento tienes una responsabilidad. E intentas hacerme sentir culpable por no quedármelo yo, ¡cuando yo ni siquiera sabía que estabas planeando eso! Pero ¿es que no te das cuenta de que te estás comportando como un niñato?

—¿Como un niñato? ¿A qué cojones viene eso?

—A que me estoy cansando. —Olivia no gritó. Pero su tono calmado fue más punzante que todos los chillidos que Taylor hubiera podido esperar—. Me estoy cansando de que no tengas ni puta idea de qué papel ocupas en mi vida. Ni en la de la niña. Que te metas en lo que nadie te ha dado derecho, como hiciste cuando me fui a Los Ángeles. Me estoy cansando de que, de vez en cuando, te apetezca jugar a los papás y a las mamás.

—¡Eso es muy injusto, Olivia!

—¿Muy injusto? Te voy a decir yo lo que es muy injusto... —Olivia sabía que no tardaría ni un minuto en arrepentirse de lo que iba a decir, pero no fue capaz de retener su lengua—. Lo que es muy injusto es que yo me pasara años, *muchos* años de mi vida, soñando exactamente con esta tarde del día de Navidad. Contigo y conmigo, nuestra hija y un cachorro de regalo para el bebé. Si querías jugar a este juego, tuviste *muy* fácil hacerlo por la vía tradicional. Esperé años que decidieras volver a planteármelo.

—¿De eso va esta historia? ¿Es una puta venganza por algo que ocurrió hace más de diez años?

—¿Pero qué venganza ni qué cojones, Taylor? No es una venganza, es una *re-a-li-dad*. Que yo te pidiera que participaras en la concepción de Mia quizá fue un error...

—No digas eso —susurró él.

—No lo sé, Taylor. Lo que veo es que teníamos unos pactos que siempre hemos sido impecables cumpliendo y que, de repente, han saltado por los aires. Fuimos capaces, cuando más difícil era, de mantener el trato de vernos solo una vez al año. Durante todo el embarazo, tuviste muy claro que solo eras el donante biológico. Sé que hablaste muchas veces con Becky de ello y estábamos exactamente en la misma onda. ¿Se puede saber en qué punto del camino te perdiste? Porque te puedo asegurar que yo sigo teniendo las cosas muy claras y me está costando mucho entenderte.

—No lo sé, Liv. —Olivia había conservado hasta aquel momento la esperanza de que él le dijera que estaba algo confuso, pero que las cosas no eran como ella creía. Aquella admisión velada del problema lo hacía real. Lo hacía crecer hasta un punto que daba pavor.

—Pues vas a tener que hacer un esfuerzo para saberlo. Porque aquí ya no estamos en juego tú y yo. Aquí hay una niña que no voy a permitir que en el futuro tenga ni la más mínima duda sobre quién es su madre y qué lugar ocupas tú en su vida.

—Nunca haría nada que la perjudicara a ella.

—Ya lo sé. Y sé que, a propósito, tampoco a mí. Pero creo que llevas una temporada poniendo por delante lo que te sale de dentro, como por impulso, de las decisiones lógicas que parecía que llevaban mucho tiempo claras.

—No sé a qué te refieres.

—Me refiero a que... —Olivia no quería preguntarlo, pero tenía que hacerlo. No quería hacer real su respuesta, pero no podían seguir con aquel gigantesco elefante escondido en el armario—. Me refiero a que ya no me creo que consideres a Mia solo tu ahijada. —Silencio—. ¿Me equivoco?

—Yo solo puedo decirte que haría cualquier cosa por ella. También por ti..., pero sobre todo por ella.

—¿Incluso alejarte? ¿Volver al pacto de vernos solo una vez al año?

—¿Es eso lo que quieres?

—No he dicho eso... Te he preguntado si estarías dispuesto para no crearle confusión a la niña.

—Me moriría de pena, ¿es eso lo que querías oír?

—No. Claro que no. Solo quiero que te des cuenta de que estás sintiendo cosas que no se corresponden con ser su padrino.

—No he sabido evitarlo. Yo... la quiero.

—¿Como un padre? —preguntó Olivia, en un susurro.

Taylor se limitó a asentir con la cabeza, con la mirada clavada en el suelo de madera del salón. Olivia se debatió entre lo enfadada que seguía con él por el asunto del perro, lo preocupada que estaba por cómo dirimirían todas esas cuestiones en el futuro y la ternura que no podía evitar sentir por un Taylor que no había estado tan desorientado en la vida ni cuando era un adolescente. Estaba a punto de abrazarlo —aunque sabía que luego se arrepentiría por ser tan blanda—, cuando aquel cachorro que había sido el detonante de toda la crisis reclamó sus atenciones.

—¿Qué vamos a hacer con él? —Olivia se agachó y lo cogió en brazos; hasta entonces, no se había permitido casi ni mirarlo, porque no se podía quedar con él, eso era un hecho, y tenía bastante claro que tardaría muy poco en encariñarse si seguía con él en brazos.

—No te preocupes por nada —Taylor suspiró—, yo me encargaré de todo.

—No… No vas a devolverlo, ¿verdad?

—¿Por quién me tomas? En caliente no pienso con claridad, pero… —Taylor cogió al cachorro de brazos de Olivia—. Hola, bonito. Entre mis padres, Chris y yo nos encargaremos de él. Ya veremos cómo nos organizamos.

—Bien.

—Sí, bien. Voy… voy a marcharme.

—¿Quieres despedirte de Mia?

—Creo… creo que será mejor que no. No me siento…

—No tienes que darme ninguna explicación. —Olivia le sonrió—. Te acompaño a la puerta.

Se despidieron sin besos ni abrazos. Sin más palabras que las que aún les parecía que resonaban en aquella casa. Tantas verdades confesadas. Tantos miedos e incertidumbres.

Olivia se sentó en el suelo del vestíbulo en cuanto Taylor se marchó. Sus fuerzas se habían agotado en aquella conversación. No podía evitar el enfado con Taylor que llevaba unas semanas gestándose. Sentía que se comportaba como un crío por momentos, como si aún tuviera veintitrés años en lugar de treinta y siete. Como si las decisiones del último año y medio las hubiera tomado de forma impulsiva y se hubiera planteado las consecuencias emocionales, para él y para los demás, cuando ya era demasiado tarde. Le costaba soportarlo y, al mismo tiempo, sentía un instinto de protección extraño hacia él. Quizá era la consecuencia de saber que ella había madurado mucho más que él en la última década.

Estaban en un callejón sin salida. O con una muy difícil. Una de la que los dos podían salir heridos. Ni siquiera eso importaba. Lo único realmente trascendental era que Mia no sufriera en el futuro. Y en esa batalla estaban los dos juntos.

Olivia solo salió del trance cuando su madre fue a buscarla.

—Vamos, anda… Que todo se ve más claro con una taza de chocolate caliente.

~27~
ME ESTOY VOLVIENDO LOCO

Taylor pasó la tarde de su trigésimo séptimo cumpleaños lanzándole una pelota al cachorro. No era exactamente lo que tenía planeado para aquel día, pero las cosas se habían torcido tanto en la última semana que ni siquiera tenía fuerzas para mucho más. Las había agotado todas fingiendo sonrisas delante de sus padres, sus hermanos y sus sobrinos durante la comida familiar, pero se había refugiado en lo más profundo del jardín trasero con el perro —que no tenía nombre aún— para seguir torturándose de la manera en que llevaba días haciéndolo.

—¿Piensas seguir aquí escondido, como si hubieras cumplido once años en vez de treinta y siete? —le preguntó Chris, apoyándose en el tronco de un roble que llevaba allí más de un siglo.

—Estoy entrenando a este bicho que tan buenísima idea nos pareció a ambos regalarle a Mia.

—La has cagado por todo lo alto, ¿no? —Chris no fue capaz de esconder una sonrisa burlona.

—No paro de hacerlo. Estoy empezando a volverme loco, te lo juro.

—Tengo esto. —Chris se sacó del bolsillo frontal de su sudadera una botella de *whisky*—. Por si te decides a contármelo todo.

—Vamos a sentarnos.

—Sí, creo que este pobre —se agachó a acariciar al cachorro— agradecerá un poco de clemencia. Lo has agotado.

Casi como si hubiera podido entenderlo, el perro se tumbó a los pies de Taylor en el mismo instante en que los dos hermanos se sentaron sobre una roca plana que había sido testigo de sus juegos infantiles.

—He vuelto a discutir con Olivia.

—¿Por el perro?

—No, hoy no… —Taylor empezó a tirarse del pelo, una señal bastante evidente de que estaba frustrado—. Hoy ha sido por… por mi cumpleaños.

—¿La has invitado?

—Ni siquiera he tenido oportunidad. Le he… le he pedido a Mia para pasar el día con ella, traerla a casa y que pasara tiempo con todos nosotros.

—Uffff…

—Ya.

—Tay, ¿qué ha sido de aquello que me contaste en Nueva York, tan convencido, de que sabías que Mia solo sería hija de Olivia, que tú no eras más que el donante biológico y que tenías todo muy claro? Porque te aseguro que me la colaste bien…

—No te mentí. Estaba convencido de ello. Sigo... sigo convencido de ello. De que eso es lo justo y lo correcto, pero... los sentimientos van por libre.

—La quieres como algo más que a una ahijada, ¿no?

—Es mi hija, Chris. —Taylor miró a su hermano a los ojos, y él, que siempre había tenido a gala ser el mayor de los tres y el que sabría aconsejarlos en cualquier situación, no supo qué decirle—. No legalmente, no moralmente. Pero para mí... para mí es mi hija.

—¿Y Olivia... —Chris carraspeó, porque no sabía muy bien cómo responder a aquella emoción que veía en su hermano pequeño. Le dio un trago a la botella de *whisky*—... Olivia no te dejó traerla a casa?

—Olivia va siempre como cien pasos por delante de mí. Siempre ha sido así. Siempre. Hasta cuando éramos unos putos críos. No, no me dejó traer a Mia a casa hoy, me dijo que no le parecía buena idea, y le grité, le dije que era una egoísta horrible y que se estaba cobrando bien cara la venganza por lo que le hice hace diez años.

—Joder, Tay...

—Lo sé. Ahora lo sé. La vigésimo octava o vigésimo novena vez que le tiré la pelota al perro me di cuenta de que tenía razón. Traer aquí a Mia, dejar que mamá y papá jueguen a ser abuelos con ella... no traería nada bueno.

—Bastante van a tener con ser abuelos de Fitz.

—¿*Fitz*?

—Ah, que te has perdido esa parte... Papá ha asumido antes que tú que el perro se quedará aquí, porque con esa vida de viajes para aquí y para allá que llevas en Nueva York no puedes encargarte de un perro. Algo que quizá deberíamos habernos planteado sobre Olivia, por cierto. —Se miraron y les dio la risa por un momento—. Así que ha comentado que habría que ponerle nombre y que, con ese porte tan aristocrático que tiene... porque no sé si te has dado cuenta, pero este perro ha nacido para vivir en un castillo de la campiña inglesa, por lo menos..., pues que debería llamarlo Fitzpatrick. O Fitzwilliam. O Fitzgerald.

—Dios mío...

—Y mamá ha tenido más cabeza que él y ha dicho que casi mejor lo dejábamos en Fitz y así no nos convertíamos en la risa del parque cuando lo llamáramos.

—Suena razonable.

—Así que ahora papá y mamá tienen un perro y tú tienes un problema de cojones con tu exmujer, que en realidad es bastante más que eso, y con tu ahijada, que en realidad es *mucho* más que eso.

—El problema no es solo que no sienta que Mia es mi ahijada, sino mi hija. El verdadero problema... —Taylor se lanzó a su confesión; si no se lo contaba a uno de sus hermanos, no se lo contaría nunca a nadie— es que ya no sé si sigo sintiendo a Olivia como mi exmujer o... como algo más.

—¿Estás enamorado de ella?

—No. Me gusta, me... me pone a mil, eso ya lo sabes. Y la quiero muchísimo. Pero mis sentimientos no son diferentes de lo que eran hace diez años. Quizá lo son mis aspiraciones en la vida, pero no... no lo que siento por dentro.

—¿Son cosas diferentes?

—¿El qué?

—Estar enamorado y lo que sientes por ella.

—No lo sé... Siempre lo he tenido muy claro, pero ya... ya no lo sé.

—¿Ella está con alguien?

—¡No! —respondió Taylor con vehemencia.

—Una reacción que deja las cosas muy claras...

—Hace un mes... se fue a Los Ángeles con Josh, el hermano de Becky. Y la llamé hecho un puto basilisco.

—¿Celitos a estas alturas de la vida?

—Algo así.

—Estás bien jodido.

Taylor asintió.

—Sabes por qué te está pasando todo esto, ¿no?

—Ojalá puedas iluminarme, porque te aseguro que no tengo ni puta idea.

—Pues porque, por primera vez en toda tu vida..., por primera vez en los treinta y siete años que tienes, te has dado cuenta de que no la tienes, de que ha volado. Vergüenza debería de darte haber tardado tanto tiempo.

—Pero ¿qué dices? Llevamos separados casi once años, Chris. He pasado más de nueve sin verla más que una vez al año. Te puedo asegurar que no he sentido mía a Olivia desde hace mucho, muchísimo tiempo.

—Eso no es cierto. No la tenías, no os veíais y tú te dedicabas a follar con cualquier mujer que se te pusiera a tiro en un radio de doscientas millas a la redonda. Pero estoy seguro, segurísimo, de que durante todo ese tiempo estabas convencido de que, si te arrepentías de tu decisión, si decidías volver a casa..., ella te estaría esperando.

—¿Por qué piensas eso?

—Porque yo también he dejado a una mujer que estaba muy enamorada de mí. Y, aunque prefiero no pensar en ello demasiado a menudo, en el fondo sé que si la llamo y le digo que nos demos una segunda oportunidad..., ella va a decir que sí.

—Pensaba que Brenda y tú os odiabais.

—Yo no la odio. Ella a mí sí, pero supongo... supongo que es despecho.

—Ya.

—Me temo que, más que ayudarte, lo único que he conseguido es darte más en lo que pensar, ¿no?

—No te preocupes. El caos mental lo traía de serie, no ha sido culpa tuya. —Taylor le sonrió a su hermano—. ¿Te importa llevarte a Fitz dentro? Me quedaré un rato más aquí solo.

—Y no vas a fumar a escondidas de mamá ni nada, ¿no?

—No tengo el cuerpo para sermones.

—Dios me libre.

Chris se alejó, Taylor encendió un cigarrillo y se quedó allí, simplemente mirando cómo el humo se convertía en una columna vertical, y deseó que fuera así de sencillo que sus problemas se evaporaran en el aire.

* * *

Taylor pasó dos semanas sin saber nada de Olivia después de aquello. Le envió un mensaje aquella misma noche para pedirle perdón y para decirle que la llamaría en unos días, «cuando me centre un poco». Fue su manera de reconocer que se estaba equivocando y que tenía que cambiar las cosas. Estaba en juego sufrir y, mucho peor que eso, hacer sufrir a Olivia y a Mia. Ella le respondió al mensaje con un emoticono de un beso, y Taylor supo que era su manera de aprobar lo que acababa de decir y de no enzarzarse en más discusión. Los dos habían preferido ser prudentes.

A mediados de enero, Taylor decidió que había llegado la hora de ser valiente y volver a hablar con Olivia. Se aproximaba la temporada de semanas de la moda e iba a pasarse casi un mes viajando por el mundo; quería irse con la tranquilidad de haber dejado ese capítulo de errores y discusiones cerrado. Además, tenía muchas ganas de verlas. A Mia, pero también a Olivia. De verlas y disfrutar de un rato tranquilo, como amigo, como padrino, quizá parecido a aquel que habían pasado no tanto tiempo antes en el parque de Union Square.

El día que llamó a Olivia para propiciar aquel encuentro, los dos mintieron un poco y los dos cedieron un poco. Taylor le dijo que al día siguiente tenía que pasar a hacer unos recados por el Village —mentira—, lo cual le daba la oportunidad de encontrarse con Olivia en la escuela de modelos, de manera que ella no creyera que era una medida de presión para ver a Mia —concesión—. Olivia, por su parte, llevó a Mia aquella tarde a la escuela —concesión— y le dijo a Taylor que había estado algo llorona aquella mañana y por eso había preferido no dejarla en casa al cuidado de Anna —mentira—.

Cuando Taylor llegó, ambos se ruborizaron, como si no supieran muy bien de qué forma actuar. Nunca habían pasado más de doce horas de sus vidas enfadados y, en aquel momento, ni sabían si lo estaban. O si lo habían estado. No tenían demasiado claro siquiera cómo o por qué se habían torcido tanto las cosas en tan poco tiempo.

—¿Vamos a tomar un café o a dar un paseo? —le preguntó Olivia, para romper la tensión.

—Sí, si tú puedes, claro.

—No hay problema. Voy a ponerle una manta extra a Mia, que hace un frío horrible estos días.

—No hace falta que la llevemos si no quieres —dijo Taylor, mirando al suelo, aunque no se creyó ni él sus palabras.

—Tay…

—¿Qué?

—Sigo siendo yo. —Olivia le sonrió, porque le había dado una mezcla enorme de pena y ternura verlo tan prudente, y él agradeció el gesto—. Sé que tienes ganas de verla. Vamos, anda.

Al salir a la calle, los recibió una brisa helada. El frío había sido implacable desde que había empezado enero. Aún no habían llegado a la mitad del mes y ya habían vivido dos nevadas, y el hielo amenazaba el equilibrio de todos los que osaban pasear en aquellos días por las aceras de la ciudad.

—¿Vamos al Magnolia Bakery de Bleecker Street? —preguntó Olivia en cuanto echaron a andar. Sabía que la parte más golosa de Taylor adoraba aquel local.

—No me tientes. Estoy a dieta de pan y agua… solo que sin pan.

—¿Tienes muchos *shows* contratados?

—Dos en Londres, tres en Milán, uno en París y cierro con cinco aquí, en Nueva York, la primera semana de febrero.

—Madre mía, sí que sigues estando solicitado.

—Demasiado. Ya le he dicho a Becky que es la última temporada en que me hago el calendario entero de *fashion weeks*. Milán y Nueva York, a partir de ahora. Me voy a pasar tres semanas de avión en avión y de fiesta en fiesta.

—Iba a decirte que no me dabas demasiada pena con ese plan por delante, pero la verdad es que me daría muchísima pereza estar en tu lugar.

—A mí ya ni pereza me da… ¡Solo hambre! Tengo tanta hambre que veo estrellitas, te lo juro.

—Vale… Definitivamente, vamos a Magnolia Bakery.

—Sabes que no puedo.

—Y sin embargo, acabas de girar la esquina hacia Bleecker Street.

—Liv…

—Te vas a comer un *banana pudding* y ya ayunarás mañana.

—Creo que, aunque quisiera negarme, ya ni me quedan fuerzas.

Los dos llegaron al local, que era una pastelería preciosa, llena de *cupcakes*, tartas de *fondant* y galletas de todas las formas y colores imaginables. Solo tenía una mesa al fondo, que solía estar libre porque la gente prefería comprar aquellos placeres culpables para llevar que degustarlos allí mismo. Aquel día también lo estaba, así que hicieron su pedido en el mostrador y se sentaron, con el carrito de Mia a la espalda de Olivia.

—Bueno, antes de nada... —Taylor dio un sorbo al expreso sin azúcar que había pedido para acompañar a aquel pastel de plátano que lo volvía loco—, quería pedirte perdón. Desde que nació Mia, he... he estado un poco confuso. No esperaba... no esperaba...

—Tay —Olivia puso su mano sobre la de él para tranquilizarlo—, puedes decirme lo que quieras. No estés nervioso.

—No esperaba quererla tanto. —Taylor esbozó una sonrisa algo triste—. Me atropellaron las cosas, justo en el momento en que en el trabajo también estoy viviendo cambios... No sé, Liv. He estado algo desorientado, supongo. Tenías razón, ni tenía derecho a meterme en tu vida como lo hice cuando estabas en Los Ángeles ni a regalarle a la niña el cachorro por Navidad ni mucho menos a exigirte que me dejaras llevarla a mi casa por mi cumpleaños.

—¿Cómo está? El cachorro, digo...

—Dando guerra a mis padres. Después de todos estos viajes, intentaré pasar por Austin a hacerle una visita.

—¿Tus padres me odian por ello?

—¡Al contrario! Creo que jamás me dejarán traérmelo a Nueva York, aunque el trato era que compartiéramos su custodia. —Taylor sonrió—. Les viene muy bien tener a Fitz para obligarlos a salir a hacer un poco de ejercicio.

—¿Fitz?

—Esa historia te la contaré otro día.

—Tay, yo... —Olivia se dispuso a hacer su parte—. Acepto tus disculpas, claro. Y también quiero pedirte yo perdón por la parte que me toca.

—¿Y qué parte *te toca* a ti, Liv? Tú has hecho todo según lo que habíamos acordado, en el pasado y ahora.

—Yo fui la que empezó todo esto, Taylor, y a veces no sé si no te habré complicado la vida sin ninguna necesidad.

—Bueno, vamos por partes... Tú no me pusiste una pistola en el pecho, me hiciste una propuesta y yo la acepté. Eso por un lado. Por otro... Aunque lo haya pasado mal a ratos, haya estado y aún esté algo confuso, te puedo asegurar que no me he arrepentido ni una sola vez de haber aceptado.

—Gracias. Quizá... quizá nos precipitamos un poco, yo al proponértelo y tú al aceptar.

—¿Culpas al cincuenta por ciento? —Olivia le sonrió y mojó el último trozo de su *cupcake red velvet* en el capuchino con canela con el que estaba matando a Taylor de envidia—. Me parece bien. Tal vez yo no debería haber tomado la decisión de aceptar borracho y bastante cachondo por cómo te contoneabas al ritmo de Britney Spears.

—¡Eh! Yo no me contoneaba.

—Vaya si lo hacías... Puede que de forma inconsciente, pero... te contoneabas.

—No vamos a discutir eso. Más que nada porque el resultado está en un cochecito detrás de mí.

—Cierto.

—En serio, siento no haber sabido ver desde el principio que las cosas podían complicarse.

—Y yo siento no haber sabido ver que iba a ser yo quien las complicara. —Taylor le dio el último trago a su *pudding*, se recostó en la silla de madera envejecida, que parecía de juguete en comparación con el tamaño de su cuerpo, y esbozó una enorme sonrisa—. Y ahora vamos a dejar de pedirnos perdón por todo, porque parecemos gilipollas. ¿Qué tal Mia? ¿Alguna novedad?

—Bueno… Según el pediatra están a punto de salirle los dientes, así que me temo que se me aproxima una época complicada.

—Vaya. —Taylor suspiró y decidió contar otra pequeña mentira. Hacer otra pequeña concesión—. Tengo que irme. Yo… tengo que cerrar algunas cosas para los viajes de estas semanas.

—Claro, claro. Vamos.

—Te acompaño de vuelta a la escuela.

Salieron a la calle cuando ya casi era de noche. El frío era aún más punzante que una hora antes y Olivia se arrebujó en su enorme bufanda de lana para combatirlo. Caminaron un rato en silencio, con Taylor al mando del cochecito con la excusa de que Olivia no tenía guantes para protegerse del frío y él sí. Otra pequeña mentira, otra pequeña concesión. Llegaron en menos de un cuarto de hora a la puerta de la escuela de modelos.

—¿Cómo estás llevando la vuelta al trabajo?

—Poco a poco, de momento.

—Pues son las siete y aquí sigues —se burló él.

—Es que hoy no he venido por la mañana. Lo estoy llevando bastante bien, de veras.

—Liv, yo… A partir de ahora…

—¿Sí? —Olivia se sacó el gorrito de lana con pompón que protegía su cabeza del aire helado y Taylor se dio cuenta de que pocas veces la había encontrado más adorable, más bonita.

—Quizá lo mejor sería que nos veamos menos de lo que lo estábamos haciendo desde que Mia nació, desde… desde que todo esto empezó.

—Eeeeh… claro. —Olivia asintió, aunque todo su lenguaje corporal era una negativa, un aferrarse a algo que podía no ser sano, pero la hacía sentir bien a ratos—. Si eso es lo que quieres…

—Los dos sabemos que no es lo que quiero. Pero quizá es lo que necesito. Lo que necesitamos los dos para coger distancia y no confundir las cosas.

—Supongo que tienes razón.

—Ahora… me marcho casi un mes fuera. Quizá sea un buen punto de partida.

—Sí, quizá lo sea. —Olivia lo miró y Taylor habría jurado que sus ojos tenían un brillo nostálgico que no estaba allí unos minutos antes. Solo pudo suplicar en silencio que no se pusiera a llorar, porque no tenía ninguna seguridad de no ir él detrás—. ¿Volvemos a la rutina de vernos solo en nuestro aniversario?

—Bueno, tal vez…

—Tal vez algo más que eso, ¿no? —La impaciencia de Olivia los hizo reír a ambos—. No hay que exagerar, tampoco.

—¿Una vez al mes?

—Sí, quizá algo así.

—Y ya sé que no hace falta que te lo diga, Liv, pero, si en algún momento necesitas algo…, tú o la niña…, ni lo dudes, ¿vale?

—Ya lo sé, Tay. Es… es una pena que no hayamos sabido hacer mejor las cosas. —A Olivia se le escapó una lágrima—. Pero seguimos siendo familia. Y no lo digo por Mia, lo digo…

—Porque tú y yo siempre hemos sido familia. —Taylor le secó otra lágrima que amenazaba con rodar por su mejilla—. Siempre lo seremos.

—Dame un abrazo, anda.

Taylor la abrazó y, a continuación, se agachó sobre el cochecito de Mia para dejar una caricia sobre su mejilla. Se moría por estrecharla entre sus brazos, pero hacía demasiado frío para sacarla del refugio cálido de sus mantitas. Olivia entró en la escuela y Taylor echó a andar. Pensó en coger un taxi que pasaba por allí cerca, pero prefirió caminar un rato.

Quería pensar. Pensar en que aquella tarde se había enterrado un hacha de guerra que no dejaba tranquila a su conciencia. Pensar en que iba a echar muchísimo de menos a Olivia y a Mia, pero que había hecho lo correcto. Maldito fuera lo correcto, si iba a dolerle muchos más días la añoranza tanto como le dolía en aquel momento. Cuando al fin se rindió al hecho de que no podía llegar caminando hasta el Upper East Side sin morir congelado, paró el primer taxi que pasaba y se arrellanó en el asiento trasero. A partir del día siguiente, volvería a su vida anterior, a la que tenía antes de aquella noche loca en que Olivia le hizo la propuesta más trascendental de su vida y él la aceptó con el juicio nublado… o más claro que nunca. Volvería a ser TayGar durante un rato, porque a él no le dolían las añoranzas que a Taylor le quitaban el sueño.

~28~
REGRESOS Y SORPRESAS

Y TayGar regresó. Vaya si regresó. Por la puerta grande.

En Londres, desfiló para Ben Sherman y Belstaff, asistió a la fiesta más popular de la semana en el Serpentine de Hyde Park, concedió una entrevista para *Vanity Fair* y se acostó con Natalie, algo que se había convertido ya en una tradición tan típica de sus visitas a Londres como tomar el té en el Claridge's.

En Milán, se subió a la pasarela como el modelo estrella en los *shows* de Ermenegildo Zegna, Brunello Cucinelli y Giorgio Armani. El diseñador demostró no guardarle demasiado rencor por su espantada de unos meses atrás invitándolo a cerrar con él el que la prensa especializada dijo que era el mejor desfile de la firma en los últimos veinte años. Taylor tuvo que hacer un esfuerzo sobrehumano en el poco tiempo libre que tuvo para no entrar en alguna *trattoria* y hacer un roto a su dieta a base de pasta y pizza. Estuvo a punto de rechazar la invitación a la fiesta más exclusiva de la semana, la que se celebraría en la última planta del hotel Bulgari, pero... la cabra tiró al monte. Tiró tanto que, al día siguiente, estuvo a punto de perder el avión que lo llevaría a París, después de amanecer en una habitación que no era la suya.

En París decidió tomárselo con calma, pero... lo consiguió solo a medias. Louis Vuitton había pagado una cantidad obscena de dinero por tener la exclusiva de su participación en la Semana de la Moda, así que solo trabajó uno de los cuatro días que estuvo allí. Los demás los dedicó a asistir a un par de *front rows*, a la fiesta de una exclusiva marca de champán en la Cité du Cinéma y a pasear por los Campos Elíseos y la ribera sur del Sena, su favorita. Estuvo tentado a comprarle a Olivia un cartel de un espectáculo de cabaret antiguo que encontró en un puesto callejero, pero enseguida recordó que esas confianzas, quizá, ya no tenían lugar entre ellos.

La última noche rechazó la invitación para una fiesta de Dior en los jardines del Museo Rodin y trasteó con el calendario de su móvil para ver si le daba tiempo a pasar por Austin antes de que comenzara la New York Fashion Week. Lo interrumpió una llamada de Marcus Beckford, el que decían que era el mejor modelo del mundo en aquel momento o, según la prensa, «el heredero de TayGar». Aunque a los medios les habría encantado un enfrentamiento entre ellos, al más puro estilo de los divos que se suponía que eran, en realidad se llevaban bien. Habían coincidido en decenas de desfiles en los últimos años y los casi diez años de diferencia de edad entre ellos no fueron un obstáculo para que se convirtieran en amigos.

—¡Taylor! Me dicen que te has escaqueado de la fiesta de Dior de esta noche. ¿Todo bien, amigo?

—Todo bien. Estoy un poco agotado después del trabajo de estas semanas y prefiero irme al hotel a dormir. No todos tenemos veintiocho años, ¿sabes?

—Vaya por Dios, porque yo llamaba para hacerte una oferta que creí que no podrías rechazar, pero si te ves mayor…

—Dispara, anda. ¿Qué es?

—Hemos alquilado un par de chicos y yo un yate en Porto Cervo, para tomarnos unos días de descanso antes de que empiece Nueva York. Tú desfilarás allí, ¿no?

—Pero, chaval… ¿te olvidas de con quién estás hablando? Nueva York es mi feudo. Cinco desfiles en tres días, nada menos.

—Muy bien, señor Gardner. El caso es que se han apuntado también unas chicas con las que coincidimos ayer en la fiesta de Fendi y nos preguntamos… ¿Te apuntas?

—¿Yo? —A Taylor se le dibujó una sonrisa al sentirse incluido en aquel plan. No es que a él le hubieran faltado nunca amigos, pero después de aquellos momentos algo bajos que había pasado en los últimos meses, le vino bien a su autoestima saber que aún entraba en planes que consistían solo en diversión y ocio—. Pues… estaba mirando si podría escaparme a casa estos días antes de Nueva York, pero no me merece la pena.

—Nosotros volamos mañana por la tarde a Cagliari directos desde aquí, pasamos cinco días en el yate y, después, volvemos a Nueva York desde Roma, también vuelo directo. ¿Qué dices? ¿Te incluimos en el plan?

—¡Pues claro! ¿Te paso los datos de mi tarjeta de crédito para los gastos?

—Mándamelos en un mensaje.

—Perfecto, Marcus. Oye…, muchas gracias por acordaros de mí.

—Dicen por ahí que no hay una fiesta completa sin TayGar, ¿no? —Taylor sonrió al escuchar aquello, aunque quizá fue solo una mueca—. Nos vemos mañana a las tres en el *lobby* del Ritz.

—Genial. ¡Hasta mañana!

* * *

El último día que pasaron en aquel yate, los cuatro chicos y las tres chicas que habían compartido la semana disfrutando del templado enero de las costas tirrenas se hicieron el juramento de no contar nunca nada de lo que había pasado allí. Pero Taylor dudaba de que, aunque quisieran hacerlo, hubieran podido. Los últimos cinco días eran una nebulosa que los excesos habían vuelto algo espesa.

Taylor cerró los ojos mientras esperaba el vuelo en la terminal de salidas del aeropuerto de Roma. Estaba reventado. Necesitaba urgentemente una noche de sueño reparador en su cama, a la que regresaría después de demasiadas noches de hotel. Por suerte, enseguida llamaron al embarque y la comodidad de los asientos de primera clase y el cansancio acumulado hicieron el resto. Taylor no despertó casi hasta que las ruedas del avión tocaron el asfalto de la pista de aterrizaje del aeropuerto de Newark y volvió a quedarse dormido en el coche que lo llevó a su apartamento. Cuando entró en él, lo encontró —como siempre— algo frío y desangelado, pero no le importó. Se metió en la cama con un libro que había dejado abandonado antes de salir de viaje y pensó en Mia, en que quizá en unos días llamaría a Olivia para tomar algo o salir a dar un paseo con la niña. Había pasado el tiempo suficiente para que no fuera demasiado precipitado. Y las semanas que había estado fuera de Nueva York habían tenido un efecto en él que no esperaba, pero que agradecía: apenas había dedicado tiempo a pensar en Mia ni en Olivia.

Y era mejor así. Con un poco de suerte, conseguiría creérselo del todo.

* * *

Una semana después, Olivia corría por el *reservoir* de Central Park empujando la sillita de Mia. Seguía en Instagram a una *fitness mom* —un concepto que era bastante aterrador en sí mismo— que solía salir a correr con los cochecitos de sus hijos pequeños. Incluso había completado el maratón de Chicago con su hijo de diez meses sentado en el carrito delante de ella. Y parecía una buena idea. Pero no lo era. Cuando llevaba apenas diez minutos corriendo, Olivia se dio cuenta de que aquello era lo más incómodo del mundo y que, como tantas otras cosas, quizá solo tenía sentido en Instagram. Mia parecía estar de acuerdo, pues se puso a llorar y Olivia se rindió a la evidencia de que lo mejor que podía hacer era apartarse de la pista principal y buscar refugio bajo un árbol.

—¿Qué pasa, cariño? ¿No quieres que mamá esté en forma?

Mia le respondía con una mezcla de sonrisas y carcajadas. Olivia no tenía muy claro si, con la edad de Mia, las risas eran sinónimo de felicidad, pero esperaba que sí, porque su hija resultaba ser el bebé más risueño que había conocido jamás. Por suerte, el frío había remitido bastante en las últimas semanas, pero, aun así, Olivia se puso una sudadera *oversize* que había guardado en los bajos de la sillita para el —muy probable— caso de que la carrera que había planeado saliera mal. Y se dedicó a darle vueltas en la cabeza a la conversación que había tenido con Becky un par de días antes.

Su mejor amiga estaba atareada hasta el infinito con las semanas de la moda —la masculina y la femenina— que se celebraban en la ciudad de forma consecutiva, pero había logrado encontrar un hueco en la agenda para invitarla a una copa y plantarle una preocupación en medio de la cabeza.

—Mi hermano me ha preguntado si Mia es hija de Taylor. ¡Tachán! —Ese había sido el recibimiento de Becky, que por poco no le provocó una embolia a Olivia.

—¡¿Qué?!

—Dice que tiene sus ojos. Y mira que Josh es imbécil... Si él se ha dado cuenta, no sé cómo pretendes ocultárselo al resto del mundo. Esa niña es clavadita a Tay.

—¿Y qué le has contestado?

—Que Mia era hija solo tuya. Que te habías inseminado. Y que solo a ti te correspondía decidir si contabas o no de dónde habías sacado al donante.

Era la respuesta perfecta, la que Olivia le hubiera dictado al oído a su amiga, pero, desde luego, no era un desmentido. Tampoco Olivia se lo hubiera pedido; sabía que Becky no le mentía nunca a su hermano y no iba a ser ella quien la hiciera traicionar ese principio.

Tenía que contarle a Josh la verdad. No es que estuviera obligada ni muchísimo menos, pero era su amigo y merecía saberlo, sobre todo si había empezado a sospecharlo. Le habría encantado negarlo, pero era verdad que Mia tenía cierto parecido con Taylor; desde luego, mucho más que con ella. Y si era así con solo seis meses, no quería ni imaginarse cuánto se parecería a él cuando creciera.

Pero la idea de contarle a Josh la verdad sobre la paternidad biológica de Mia le planteaba a Olivia otra cuestión: Laura tampoco lo sabía. Y Laura veía a Mia casi cada día y era la tía más intuitiva que Olivia había conocido en su vida, así que, sin duda, habría caído en el parecido. Y, mucho más importante que eso, era la mejor amiga que Olivia tenía en el mundo, junto con Becky. Había estado impecable en la gestión de la escuela de modelos durante su permiso de maternidad, habían hablado a diario y compartían jornada laboral desde hacía seis o siete años. Ni siquiera entendía por qué no se lo había contado aún.

Esos pensamientos la rondaban cuando decidió que, ya que no podría correr aquella mañana, al menos iría andando hasta la escuela. Sería más de una hora de caminata, pero todavía estaba trabajando sin horario y podía permitírselo. Además, Mia se acababa de quedar dormida y quizá pudiera darse el lujo de comer en algún restaurante mono de Midtown mientras ojeaba un par de revistas de moda. Oh, sí, ese plan sonaba como el cielo. Se parecía mucho a aquellas imágenes con las que fantaseaba, años atrás, cuando se imaginaba a sí misma siendo madre.

Decidió comer en Vitae, un local muy concurrido aunque de ambiente tranquilo entre la Quinta y Park Avenue, no sin antes hacer una parada en un quiosco de prensa para comprar las últimas ediciones de *Vogue* y *Vanity Fair*. Pidió una ensalada con queso de cabra y nueces, y comprobó que Mia seguía dormida y tranquila; sabía bien que en locales como aquel, llenos de ejecutivos que arañaban minutos al reloj para comer algo decente entre reunión y reunión, los llantos infantiles eran peor recibidos que los sonidos de llamada de los móviles.

Echó un vistazo al *Vogue* y se encontró con Taylor en la mitad de páginas, más o menos. Esbozó una sonrisa al verlo en su salsa, desfilando para las principales firmas de moda masculina del mundo con ese halo de estrella que no lo abandonaba por más que pasaran los años. Hacía ya casi un mes que no hablaban ni se veían, al menos cara a cara; Olivia lo había visto desfilar, sentada junto a Becky en el *front row*, en los desfiles de Tom Ford y Raf Simons. Había estado magnífico, en eso coincidía con todos los expertos. Pero no habían podido hablar y, en cierto modo, Olivia pensaba que era lo mejor. Una tregua. Estaba segura de que él estaría de acuerdo con ese pensamiento.

Pero no tener noticias directas de Taylor no significaba que Olivia no estuviera enterada de lo que había estado haciendo. Sus fotos desfilando o acudiendo a fiestas estaban presentes en todas las webs que seguía habitualmente; su *street style* era el favorito de los blogs y había podido verlo vestido de *sport* en la rue Rivoli, Bond Street y la Via della Spiga; y una revista de cotilleo a la que no había podido evitar echar un vistazo rápido había conseguido unas fotos filtradas de una fiesta en un yate en Cerdeña. Daba la sensación de que TayGar había vuelto al ruedo y Olivia se preguntó cómo había sobrevivido a la época en que aún le dolía encontrarse ese tipo de imágenes en la prensa. Si hasta el *Vanity Fair* que tenía junto al plato de ensalada anunciaba en portada una entrevista con él, «la más personal de su carrera».

Olivia suspiró y miró a Mia. «Tu padrino es una *celebrity*», le susurró, en voz lo suficientemente baja como para que nadie la considerara loca. Respondió a un par de mensajes en su móvil y, cuando ya no lo pudo posponer más, abrió la revista por la página en la que anunciaban esa gran entrevista con Taylor.

Olivia podía tener muy claros sus sentimientos hacia Taylor, pero las fotos con las que se ilustraba el reportaje harían tambalear la voluntad más férrea. Taylor posaba en diferentes localizaciones de Londres con prendas de Hermès, Balenciaga y Ralph Lauren. El London Eye, los grafitis de Brick Lane o los establos de Camden Town eran algunas de las ubicaciones elegidas, y Olivia corrió a comprobar quiénes eran los estilistas que se habían encargado del editorial, porque habían hecho un trabajo excelente. Solo cuando había disfrutado —como amante de la moda y de la belleza masculina a partes iguales— de las imágenes del reportaje, se decidió a leer los textos.

Taylor comenzaba hablando del gran cambio en su carrera que había supuesto el final del contrato con la empresa a la que había estado vinculado diez años. A continuación, daba un repaso bastante certero al panorama de la moda masculina y a los diferentes cambios de directores creativos que habían sufrido algunas empresas del sector. Un par de preguntas de rigor sobre los básicos de su rutina de belleza diaria, respondidas muy certeramente con marcas que lo patrocinaban, a pesar de que Olivia sabía que se limitaba a lavarse la cara con agua y jabón... y, a continuación, las preguntas personales.

Taylor había esquivado con bastante elegancia las preguntas sobre si tenía pareja en aquel momento, y también las que hacían referencia a los rumores que iban y venían sobre su *affaire* con Natalie Audley y algunas otras modelos punteras. Y, a pesar de que Becky solía encargarse de que ese tipo de preguntas tan íntimas estuvieran vetadas, el periodista había logrado algunos avances insólitos. Volvió a la primera página para comprobar quién era el *héroe* en cuestión y sonrió al comprobar que se trataba de Tyler Banks, a quien habían conocido ambos cuando trabajaba en la revista *Millenyal*; su pareja, Holly Rose, se había encargado de aquellas fotos de Taylor que no dejaban de impresionarla. Y aquel periodista había demostrado mucha mano izquierda al preguntarle a Taylor si alguna vez había estado enamorado. La respuesta... fue un disparo a la línea de flotación emocional de Olivia:

«A veces tengo la sensación de que me enamoro diez o doce veces al año. —*Risas*—. Pero no, hablando en serio... sí, claro que me he enamorado alguna vez. Una vez, para ser exactos. De una mujer que era tan perfecta que supongo que todo se acabó porque no me la merecía».

Olivia tuvo que pedir dos vasos de vino para tragar aquella respuesta. No estaba demasiado segura de que aquellas palabras se ciñeran exactamente a la realidad —decir que su relación había terminado porque ella era perfecta era un precioso eufemismo—, pero ya les pasaría el test de veracidad más tarde. En aquel momento, se conformaba con que el corazón dejara de latirle desbocado.

Pidió la cuenta y salió del local empujando la sillita de Mia con más fuerza de la que había aplicado cuando intentaba correr con ella por Central Park. Las palabras de Taylor, hablando de aquel amor que habían compartido en una vida anterior, le habían afectado. Eso no podía negárselo ni siquiera a sí misma. Ella sabía que Taylor la quería, que la había querido siempre, que la había adorado durante los trece años que pasaron juntos. Pero el enamoramiento era otra cosa. Ella no tenía ninguna duda de que lo había sentido por Tay, pero él... A Olivia el divorcio le había dejado algunas cicatrices, y una de ellas era la sensación de que Taylor nunca la había amado como ella a él. Que él hablara con esa rotundidad de enamoramiento, por escrito, para todo el mundo, y once años después... la reconciliaba un poco con aquella chica que se había deshecho en lágrimas tanto tiempo atrás, cuando había perdido al único hombre al que había querido.

Con tanto apuro entró en la escuela de modelos que no se percató de nada. Ni de que sobre el sillón de la entrada había una cazadora de cuero de hombre, ni de que la puerta del despacho de Laura estaba cerrada —nunca lo estaba— ni de unos inconfundibles gemidos que no tenían demasiado sentido en un lugar de trabajo.

—¡Oh, por Dios santo!
—¡Olivia!
—¿¡No ibas a venir a media tarde?!

Olivia quiso arrancarse los ojos. Y no porque no hubiera visto nunca desnudas a las dos personas que retozaban en el pequeño sofá del despacho. Precisamente las dos personas con las que había estado toda la semana pensando en hablar para confesar el *asunto* de la paternidad biológica de Mia. Laura y Josh... ¡jo-der!

—Yo... yo... estaré en mi despacho.
—Olivia, ¡espera!

Laura salió corriendo detrás de ella, metiéndose cómo pudo por la cabeza el vestido que hasta unos segundos antes permanecía abandonado sobre la alfombra. La alcanzó antes de que Olivia se encerrara a pasar la vergüenza de haberse encontrado a dos de sus mejores amigos haciéndolo al estilo perrito en un sofá de su escuela. Por si las emociones de haber leído la entrevista de Taylor hubieran dado poca salsa a aquel día de febrero...

—Si estoy despedida, dímelo ya... —Laura miró a su jefa, mortificada, aunque había cierta diversión en su gesto.
—Venga ya, Laura. Tienes una sonrisita postcoital que asusta.
—Lo siento muchísimo, Olivia. Yo... no sé qué me pasó. Josh se presentó aquí por sorpresa y me alegré tanto que...
—¿Que te sacaste las bragas y se las ofreciste en plan sacrificio?
—¡No! Hemos estado hablando desde hace algún tiempo...

—¿Eh? —Olivia abrió los ojos como platos—. ¿Desde cuándo?

—Hace poco, hace poco… Nada… nada que se solape con lo vuest… con lo que sea que vosotros tuvierais.

—Menos mal. ¿Estáis…? —Olivia hizo un gesto con los dedos que no supo si era infantil u obsceno.

—¿Juntos? Bueno…, creo que algo así. —Laura la miró, ya sin sonrisa, pero con los ojos llenos de sinceridad—. ¿Estás enfadada?

—Por que te hayas liado con Josh… no, en absoluto. Por que os hayáis puesto a follar en la escuela sin preocuparos de quien pudiera entrar o salir… quizá un poco.

—Lo siento.

—Olvídalo. ¿Estás bien?

—Estoy… feliz —confesó Laura.

—Otro día te daré el sermón adecuado a la ocasión, explicándote lo cerdo que es Josh y la putada tan grandísima que podría ser que te enamoraras de él, pero hoy… —Olivia suspiró y asumió que aquel día no iba a ser precisamente el más productivo de la escuela de modelos—. Coge una botella de vino de la nevera del *office* y dile al cobarde de Josh que venga aquí, anda. Tengo algo que contaros…

~29~
LO QUE DE VERDAD IMPORTA

Taylor se sonrojó al darse cuenta de que se le había escapado un gemido en voz alta. Llevaba más de tres cuartos de hora tumbado boca abajo en la camilla de Patrick, su fisioterapeuta, y al fin había empezado lo bueno. Después de tener que morderse el labio para aguantar el dolor que le produjo que le deshicieran unas doscientas contracturas en las zonas cervical y lumbar, al fin había llegado la parte relajante del masaje. Llevaba mucho tiempo acudiendo casi cada semana a aquella consulta, porque los años de fútbol le habían dejado la espalda y las rodillas bastante tocadas, así que su fisio sabía que no era de los que querían conversación mientras estaba en la camilla. Al contrario, solía aprovechar aquella hora para ordenar pensamientos que en la vorágine habitual del día a día se desperdigaban caóticos por su mente. Aquel día en concreto, trataba de encontrar en su cerebro una excusa verosímil para llamar a Olivia y poder ver a Mia, aunque solo fuera un ratito, antes de marcharse a Tokio a rodar un anuncio que Becky le había conseguido. Como cualquier persona con dos dedos de frente habría podido adivinar, aquello de intentar olvidarlas a base de convertirse en TayGar por un tiempo... no había funcionado. No podría soportar ir a una sola fiesta más. Suficiente sueño le quitaba tratar de entender lo que sentía.

Recuperó su teléfono del bolsillo de los pantalones vaqueros y se sobresaltó un poco al encontrar seis llamadas perdidas. Y el corazón se le saltó un latido, o varios, cuando comprobó que tres eran de su madre, una de su padre y dos de su hermano Chris. También había un mensaje del propio Chris: «Llámame en cuanto veas esto». Sin más. Un escalofrío lo atravesó de arriba abajo. No había salido aún del edificio de la clínica cuando consiguió que Chris le cogiera el teléfono.

—¿Qué pasa? —le preguntó en cuanto la línea estableció contacto. Una voz dentro de él, quizá ese hilo que siempre había sentido que lo conectaba a su familia por muchos kilómetros que los separaran, le decía que algo iba mal.

—Tay, ¿dónde estás?

La voz de Chris no anunciaba buenas noticias. Estaba rota, y la mente de Taylor voló a sus padres, a sus abuelos... Era un hombre afortunado, no tenía ninguna duda de ello. Sus abuelos paternos habían muerto cuando él era un crío, pero por parte de su madre aún vivían ambos. También sus tíos, sus primos, sus padres... Taylor fue consciente en aquel momento, mientras esperaba a que su hermano hablara, de la mortalidad de todos y cada uno de los miembros de su familia. Y nunca lo confesaría en voz alta, pero deseó que fueran sus abuelos, por muy cruel que pareciera el planteamiento. No podía ser uno de sus padres, joder; ellos no. Aún no. Aún los necesitaba demasiado.

—En Nueva York. ¿Qué ocurre, joder?

—Mike... Mike ha tenido un accidente.

—¡¿Un accidente?! —Taylor se dio cuenta de que estaba gritando cuando dos personas se giraron en plena Tercera Avenida y no precisamente por que lo hubieran reconocido—. ¿Qué le ha pasado?

—Taylor, creo que deberías venir a casa cuanto antes.

Ni siquiera fue consciente de que su hermano había colgado el teléfono. Estaba paralizado, entumecido. Sintió como cada una de las contracturas de su cuello se reconstruían en el lugar del que habían desaparecido apenas unos momentos antes. Se detuvo con tal ímpetu en la esquina con la calle Ochenta y Siete que una chica que paseaba a su perro tropezó contra su espalda, pero ni se molestó en disculparse. No supo cuánto tiempo había tardado en reaccionar, ni siquiera cómo lo había hecho exactamente, pero la siguiente imagen que tuvo fue la del asiento trasero de un taxi y un conductor de acento hispano preguntándole con cierta impaciencia a dónde lo llevaba.

—Al JFK, por favor.

En el instante en que la sangre pareció volver a circular por su cuerpo, llegó el dolor. Casi echaba de menos el momento de entumecimiento. Sabía que tenía que llamar a casa... a Chris de nuevo o a sus padres o a quien fuera. A alguien que le aclarara qué le había pasado a su hermano. Pero no se atrevía. Todo él era una mezcla de miedo y cobardía. Prefería no saber todavía. Así que llamó a Becky, sin darle demasiadas explicaciones, para pedirle que le reservara un billete en el primer avión que saliera del JFK con destino Austin.

Becky, como siempre, hizo gala de su eficacia y le envió un mensaje de texto apenas unos minutos después con el localizador de su reserva, el número de vuelo y la hora de salida. También le pedía por favor que le contara qué había ocurrido, así que él le envió un escueto mensaje explicándole que su hermano Mike había tenido un accidente y que necesitaba volver a casa cuanto antes. Becky lo conocía lo suficiente como para saber que no necesitaba una llamada ni grandes palabras de apoyo, así que solo le respondió «ya sabes dónde estoy. A cualquier hora, Taylor. Todos tus compromisos están anulados hasta nuevo aviso».

Consultó la hora en el móvil y vio que tendría un par de horas de espera en el aeropuerto. Serían un infierno, pero las aprovecharía para armarse de valor, llamar a casa e intentar saber. Lo que fuera, malo o peor, pero que ahuyentara la angustia de no tener ni idea de lo que había pasado.

Al no llevar equipaje y volar en primera clase —porque aparentemente Becky desconocía la existencia de la clase turista—, los trámites en el control de seguridad fueron más rápidos de lo habitual. Por una vez en la vida, Taylor, que había protestado cientos de veces por todos esos momentos previos a los vuelos que odiaba, habría preferido una buena cola que lo distrajera un rato. Tener que abrir la maleta para sacar los líquidos, que le hicieran uno de aquellos controles aleatorios que alguna vez le había tocado sufrir... lo que fuera, menos la soledad de una silla de plástico y la espera mirando a una pantalla en la que los minutos restantes hasta el vuelo parecían no pasar.

Ni siquiera había encontrado el valor para acercarse al *lounge* de primera clase. Le fallaban las fuerzas incluso para recorrer el pasillo que conducía a él. Prefería quedarse allí, en aquella silla, solo, lo más cerca posible de la puerta de embarque, como si de esa manera pudiera hacer que el vuelo saliera antes.

Cogió el teléfono para llamar a casa, pero el dedo cobró vida propia en la lista de contactos frecuentes y, antes de que la mente de Taylor fuera del todo consciente, su dedo ya había pulsado la tecla para llamar a Olivia. Sabía que solo podía hablar con ella en aquel momento. Incluso aunque todos los acontecimientos del año anterior nunca hubieran ocurrido. Incluso aunque llevaran un año, o diez, o mil, sin verse..., sabía que jamás habría llamado a otra persona. Y también sabía que lo que iba a pedirle era demasiado, pero... maldita sea, ella le había dicho un día, en aquella bruma de las primeras semanas del postparto, que estaría en deuda con él el resto de su vida por haberle dado a Mia. Que siempre podría pedirle lo que necesitara. Y Taylor... la necesitaba a ella.

—Liv...

—Hola, Tay.

—¿Puedo pedirte algo? —Sintió su propia voz entrecortada, tan parecida a la que había escuchado apenas una hora antes de boca de Chris—. Yo... estoy en el JFK y necesito... Yo...

—Estoy en un taxi de camino. En diez minutos estaré ahí.

—¿Qué?

—Becky me ha llamado. —Taylor estuvo a punto de derramar una lágrima, una de las muchas que le estaba costando tanto trabajo retener dentro, al darse cuenta de que aquellas dos mujeres llevaban años cuidando de él, cada una a su manera—. Me llevo a Mia. Estaremos contigo, cielo.

—Gracias.

—Ni se te ocurra darlas. —Hubo un silencio en la línea, que Olivia usó para atreverse a hacer una pregunta que a ella también la aterraba—. ¿Qué ha pasado?

—No lo sé. No sé más de lo que le he dicho a Becky. No... no tengo valor para volver a llamar a casa y preguntar.

—Hazlo, Tay. Es duro, pero... no dejes que te coma la angustia. Quizá sea mucho menos de lo que te estás imaginando.

Colgaron sin acabar de creerse aquella última frase de Olivia. Los dos conocían lo suficiente a la familia de Taylor como para autoengañarse. Todos habían asumido que el pequeño de la casa tenía una vida loca que lo llevaba de aeropuerto en aeropuerto, de una punta a otra del mundo. Sabían que tenía compromisos profesionales más difíciles de anular que los de Chris, que era asesor fiscal en una empresa de Austin, o los de Mike, que tenía su propio taller mecánico en la misma ciudad de las afueras en la que todos habían crecido, muy cerca de la casa familiar. Por eso, apenas lo llamaban cuando ocurrían cosas importantes, porque sabían que la angustia de recibir malas noticias cuando se está lejos no merecía la pena si él no podía hacer nada por regresar a casa. Si esa vez sí lo habían llamado... la cosa tenía que ser grave.

Así que Taylor dejó atrás la cobardía, dejó atrás el miedo... y llamó a su hermano Chris.

* * *

Chris y Mike eran cuatro años mayores que Taylor, y todo el mundo pensaba que eran gemelos. O mellizos. Pero, en realidad, Chris era diez meses mayor que Mike. Sus padres se habían saltado la cuarentena y habían tenido dos hijos dentro del mismo año. Chris y Mike habían ido juntos al colegio, en el mismo curso, habían jugado en los mismos equipos, habían compartido toda su infancia, su adolescencia y, ya sobrepasada la barrera de los cuarenta, seguían siendo los mejores amigos del mundo. No serían gemelos, pero incluso físicamente lo parecían.

Si Taylor sintió al colgar aquella llamada que le habían arrancado un pedazo de pecho, prefería ni pensar en cómo estaría Chris, por mucha entereza que hubiera reunido para contarle las novedades a su hermano pequeño, al que seguían protegiendo todos como si no fuera un tío de treinta y siete años que se había recorrido medio mundo.

Cuando Olivia y Mia llegaron a la puerta de embarque, Taylor seguía sentado en la misma silla de plástico, con los codos sobre las rodillas y la cabeza gacha entre las manos.

—Tay...

El abrazo que se dieron estaba tan lleno de palabras y de preguntas que Taylor sintió la tentación de quedarse en él para siempre, en silencio, sin necesidad de poner voz a lo que había ocurrido. Pero Olivia no podía permitirlo. Para ella, aquellos dos chicos eran también en cierto modo sus hermanos mayores, aunque pasara años enteros sin cruzarse con ellos en las escasas visitas que hacía a su ciudad natal.

—¿Qué sabes?

—Está… muy mal. —Taylor sorbió por la nariz, aunque sus ojos seguían secos. Se giró hacia Mia, y solo ella fue capaz de sacarle una sonrisa, por muy triste que fuera—. Ha tenido un accidente en el taller. Estaba revisando los bajos de un coche cuando falló el sistema ese que los mantiene en alto y se le cayó encima. ¡Me cago en la puta, Olivia! ¡¡Le he dicho cuatrocientas veces que si necesitaba dinero para renovar el taller podía pedirme lo que quisiera!! Pero no, el puto orgullo, joder, ¡el puto orgullo!

—Tay…

—¿Y ahora de qué cojones le vale el puto orgullo? Se puede morir por no haberme dicho «venga, Tay, déjame quince mil pavos para renovar el taller». ¿Sabes cuánto tardo en ganar quince mil dólares, Liv? Un puto cuarto de hora de sesión de fotos. Y ahora él… se puede morir, ¿sabes? Mi hermano… Joder, mi hermano…

—Ven aquí… —Olivia lo abrazó y se le clavaron en el alma las sacudidas del cuerpo de Taylor contra el suyo. Sabía que aquel ataque de ira era su forma de negarse a asumir lo que le había pasado a Mike y también su forma de gestionar la culpabilidad por ver a su familia menos de lo que le gustaría—. Cuéntame cómo está, por favor.

El personal de tierra de American Airlines anunció el comienzo del embarque, y Taylor y Olivia se dirigieron, guiados por la inercia, hacia el *finger* que los llevaría al avión. Taylor se mantuvo en silencio y no fue capaz de empezar a contarle a Olivia lo que sabía hasta que estuvieron sentados en sus asientos, con Mia dormida sobre el regazo de Olivia.

—Un puto coche de tonelada y media le aplastó la parte derecha del cuerpo. Tiene… —Taylor resopló antes de empezar a enumerar las lesiones que Chris le había contado que sufría Mike; sabía que no se le olvidaría ninguna—. Tiene un hematoma subdural en el cerebro, que es lo que más preocupa a los médicos. Lo van a operar de urgencia para drenar el sangrado, pero… de momento, está en coma.

—¿En coma? —repitió Olivia, porque su cabeza era incapaz de asimilar la imagen de Mike, el más fuerte de los tres hermanos, el que había sido el más deportista, reducido a un estado inmóvil.

—Sí. También tiene una pierna rota. Destrozada, en realidad, por lo que me ha dicho Chris. Y el hombro. Y cuatro costillas, que le han perforado un pulmón. Y todo indica que perderá el ojo también.

—Dios mío…

—Ya.

El vuelo duró cuatro horas, y Taylor y Olivia las pasaron en un silencio tan sepulcral que las azafatas pensaron que estaban dormidos y ellos no las sacaron del engaño. Lo que menos les apetecía era un menú *gourmet*, una copa de champán o un edredón de plumas de oca. Solo fueron capaces de moverse cuando Mia protestó un poco, pero enseguida volvió a quedarse dormida en los brazos de su madre.

En el aeropuerto de Austin, tuvo que ser Olivia la que se pusiera al mando de las gestiones. Alquiló un coche, asegurándose de que tuviera una silla para bebés, condujo hasta el hospital y dejó allí a Taylor, antes de marcharse a la casa de su madre, para ponerla al día de lo que había ocurrido y dejarla al cuidado de Mia. Por supuesto, su madre ya conocía más detalles de lo que le había pasado a Mike que ella, porque la ciudad era pequeña y las noticias volaban. Olivia consideró una bendición que Mia no la extrañara cuando la dejaba en otros brazos, pues eso le permitió escaparse al hospital cuanto antes para estar con los Gardner, a quienes se dio cuenta aquel día de que nunca había dejado de considerar su familia.

Cuando Olivia localizó la zona de Cuidados Intensivos del Seton Medical Center, se encontró con la viva imagen de la desolación. Kathleen y Nathan, los padres de Taylor, permanecían juntos, sentados uno junto al otro, con las manos entrelazadas y los ojos llenos de lágrimas. Olivia no pudo evitar que se le cruzara por la mente el horrible pensamiento de que ella no tendría a quién abrazar si algún día se veía en la situación de tener que esperar noticias sobre Mia en la sala de espera de una Unidad de Cuidados Intensivos. Chris estaba sentado en el suelo, frente a ellos, con la mirada perdida y aspecto de encontrarse lejos, muy lejos de allí. Eileen, la mujer de Mike, mantenía la compostura, pero en su gesto era evidente que la preocupación iba por dentro. Y Taylor... Taylor solo daba voces al teléfono. Antes incluso de que nadie se hubiera dado cuenta de su presencia, Olivia ya había visto a dos enfermeras exigiéndole que bajara la voz.

—Olivia, cielo...

Había conseguido retener las lágrimas dentro hasta el abrazo de la que había sido su suegra. De la que, según sus propias palabras, siempre lo sería. Toda la familia Gardner, excepto Chris, que seguía paralizado en el suelo, se fue acercando por turnos a saludarla. Incluso Taylor dejó su pelea contra el mundo para volver a abrazarla como si ella fuera el salvavidas que lo mantenía unido a la cordura. Así era como se sentía.

Entre palabras entrecortadas y muchas lágrimas, supo que Mike llevaba seis horas en el quirófano y esperaban que no tardara demasiado en salir. Casi como si los hubieran invocado, dos doctores se dirigieron a ellos y los pusieron al tanto de la situación.

—Está vivo. —Todos soltaron el aire que ni siquiera sabían que habían estado conteniendo al oír aquellas palabras, aunque que la explicación de los doctores comenzara así no sonaba exactamente a buenas noticias—. Las próximas horas son cruciales para evaluar sus posibilidades, secuelas y, en general, los procedimientos que debemos seguir para la recuperación.

—¿Cuándo podremos verlo? —preguntó Eileen.

—Ahora necesita descansar. Pueden pasar dos personas, pero solo unos minutos. —El doctor dirigió una mirada compasiva a toda la familia—. Lo mejor que pueden hacer es irse a casa. Mike los necesitará a todos en plena forma cuando despierte.

—Despertará, ¿verdad? —Olivia tuvo que apartar la mirada cuando escuchó a Taylor preguntar aquello, porque había una mezcla de esperanza y pánico en su voz que le rompió el corazón.

—Las próximas horas responderán a esa pregunta.

* * *

Pero no fueron las siguientes horas las que dieron la respuesta. Habían pasado cinco días, cinco largos y fríos días de un invierno texano que ninguno olvidaría, y Mike seguía en coma. Habían tenido que operarlo dos veces más, ya no de aquellas lesiones cerebrales aterradoras, pero sí de las que sufría en la pierna y las costillas. Todos sabían que las secuelas serían duras, muy duras de sobrellevar para alguien que seguía siendo un deportista nato, además de tener un trabajo eminentemente físico, pero... les daba igual. Solo les importaba que sobreviviera, aunque tuviera que pasarse el resto de su vida arrastrando las consecuencias de lo que había ocurrido. Ya habría tiempo para preocuparse por eso.

—¡¡Que me localices al puto mejor neurólogo de Nueva York, Becky!! —Taylor gritaba en el aparcamiento del hospital, con el teléfono móvil pegado a la oreja. Olivia estuvo a punto de reírse de que aquel iPhone pareciera ya un apéndice de su cabeza, si no fuera porque la situación no tenía ninguna gracia. Ya ni siquiera sabía si estaban en el aparcamiento porque Taylor necesitaba fumar o porque el personal del hospital no pensaba permitirle ni un grito más en los pasillos—. No te estoy pidiendo un milagro. Llamas al Lenox Hill o al Mount Sinai o al hospital que te salga de los cojones y les pones un puto cheque en blanco para que vuelen a Austin y miren a mi hermano. ¡¡No creo que sea tan difícil!!

—Tay…

—Ahora no, Olivia.

—Taylor, cuelga el teléfono. —Olivia se puso seria y él la miró casi como si no la reconociera. Pero, milagrosamente, le hizo caso. Colgó el teléfono y le dirigió una mirada desafiante.

—¿Qué cojones quieres?

—En primer lugar, a mí no me hables en ese tono. Te quiero muchísimo y sé que lo estás pasando fatal, pero no ayudas a nadie con tu actitud. Y, en segundo lugar, ya te han dicho todos los jodidos médicos de este hospital que no hay nada que un doctor milagroso y carísimo llegado en avión privado desde Nueva York pueda hacer por Mike. Su cerebro despertará cuando esté preparado para ello.

—Pero y si…

—Y si no despierta nunca ya habrá tiempo para que lo vean todos los médicos de Estados Unidos y del resto del mundo. Pero ahora vamos a rezar todos para que despierte cuanto antes.

—Tú ni siquiera eres creyente. —A los labios de Taylor asomó una brevísima sonrisa y Olivia tuvo la sensación de que no lo veía esbozar una desde hacía siglos.

—Pues imagínate cómo de en serio me lo estoy tomando.

Taylor se acercó a ella y la atrajo hacia él con un brazo. La apretó fuerte contra su cuerpo y le dio un beso en el pelo, que sabía que significaba un «gracias» que ella sentía innecesario.

—¿Qué hago, Liv? No soporto estar aquí, quieto, solo esperando.

Ella no le respondió. Porque no había nada que decir, pero también porque tenían que volver a subir a la UCI. Aquel día Taylor podría entrar por fin a ver a su hermano, ya que las visitas estaban limitadísimas y él había querido darles prioridad a Eileen y a sus padres, por supuesto, pero también a Chris, que seguía en un estado de inmovilidad que asustaba.

Fue precisamente al hermano mayor de Taylor a quien se acercó Olivia cuando él entró en la habitación de Mike. Todos los días lo había hecho. Solo sentarse a su lado, para que él entendiera que ella también estaba con él, como sus padres, su hermano, su cuñada… Entrelazó su brazo con el suyo, porque le daba una pena terrible verlo en aquel estado. Siempre sentado en el suelo, a la puerta de la habitación de su hermano, incluso los días en que Eileen o sus padres eran los elegidos para entrar a verlo. Apenas intercambiaba unas palabras con nadie, cuatro datos sueltos sobre el estado de Mike. Y solo se marchaba a casa de sus padres a descansar cuando las enfermeras lo echaban de allí.

—Hola, Liv.

—Hola, Chris. —Ella le dedicó su sonrisa más radiante, aunque fue consciente de que le había salido poco más que una mueca triste.

—Me han dicho que tengo una sobrina preciosa. Algún día tendrás que presentármela.

No dijo más. Solo apoyó su cabeza sobre el hombro de Olivia y dejó que ella le acariciara el pelo con mimo. Olivia sintió un pinchazo en el pecho al escuchar aquellas palabras, tan alejadas de la realidad; no quiso corregir a quien había sido su cuñado, porque, en aquel momento, ella era una hermana más de los Gardner, así que… sí, Mia era su sobrina. Los genes de Taylor ni siquiera tenían demasiado que ver en aquello. No hablaron más y solo rompieron el contacto cuando Taylor salió del cuarto de Mike, con la cara desencajada, los ojos llenos de lágrimas y una mueca que Olivia sabía que significaba «dejadme solo un rato».

—Entra a ver a Mike si quieres. Iré a hablar con Taylor —le dijo Chris, y a Olivia la emocionó ver que salía de su letargo porque, en aquel momento, su hermano pequeño lo necesitaba.

Y, cuando entró en aquella habitación de la Unidad de Cuidados Intensivos, entendió qué era lo que había destrozado a Taylor. Mike Gardner había sido siempre el más guapo de los tres hermanos, por mucho que el benjamín de la familia ostentara el título de forma oficial. Era alto, corpulento, llevaba el pelo largo por los hombros desde que Olivia era capaz de recordar y no había dejado de hacerlo ni pasados los treinta ni pasados los cuarenta. Sus ojos eran los mismos que los de Taylor, de un tono azul verdoso difícil de determinar. Se mantenía en forma y cada año asustaba a sus padres con nuevos tatuajes, que cubrían ya la totalidad de sus brazos y casi todo su pecho. Pero Olivia apenas pudo reconocerlo tumbado en aquella cama.

Le habían afeitado la cabeza y llevaba una aparatosa venda que la cubría casi por completo y que descendía para tapar también su ojo derecho. El pecho también lo llevaba vendado. Bueno..., en realidad había pocas partes de su piel que permanecieran a la vista. Un brazo inmovilizado contra el pecho, la pierna sostenida en alto por un contrapeso y moratones amarillentos por doquier. Eileen sujetaba su mano izquierda, mientras lo miraba con unas pupilas que perdían entereza por momentos.

—A mí ya no me asusta —le susurró. Eileen siempre había tratado a Olivia con una mezcla de cariño y un sentimiento de protección que le salía solo, aunque ahora la diferencia de edad ya no importara—. Pero entiendo que estés impresionada.

—Es... No parece él.

—No. No lo parece. —Eileen señaló la silla que tenía a su lado y Olivia aceptó la invitación a sentarse—. Pero lo es. Y seguirá siéndolo cuando despierte.

—Lo sé.

—Va a despertar, Olivia. Cuando menos nos lo esperemos..., volverá con nosotros —comentó Eileen, casi para sí misma, como si intentara interiorizar sus palabras para convertirlas en realidad.

* * *

Olivia era incapaz de conciliar el sueño. Su madre se había mostrado más compasiva que en toda su vida y se había hecho cargo de Mia con esa diligencia de las abuelas, como si no hubieran pasado treinta y seis años desde la última vez que había sostenido a un bebé en brazos. Pero daba igual que los llantos de su hija no la despertaran en plena noche; ella no conseguía dormir, así que eso ni siquiera era posible. No lograba sacarse de la cabeza el hecho de que, solo una semana antes, estaba en su apartamento de Nueva York intentando cuadrar la contabilidad del mes de su empresa y meciendo el moisés de Mia con un pie de forma rítmica. Y, una semana después, no había llamado en dos días a Laura para interesarse por el estado de la escuela, Mia estaba al cuidado de su abuela y ella no podía pensar en nada más que en lo horrible que sería un mundo sin Mike Gardner.

Se levantó de un salto. No tenía ningún sentido que se volviera loca dando vueltas en la cama por sexta noche consecutiva cuando sabía que, apenas dos calles más allá, estaba otra persona pasando por lo mismo. La persona que más la había querido, a la que más había querido. Alguien a quien conocía tan bien, aunque hubieran pasado los años, que no necesitaba llamarlo para saber que no estaba dormido.

Ni se molestó en vestirse. Rescató del viejo armario de su adolescencia un abrigo de plumas negro y se lo echó por encima del pijama. Salió de su cuarto con sigilo, bajó las escaleras recordando no pisar los peldaños en los que la madera crujía y cerró la puerta de la calle haciendo resbalar el pestillo con cuidado de no despertar ni a su madre ni a Mia. Caminó por las desiertas calles de su ciudad a buen paso, porque hacía un frío terrible y también porque siempre le había dado un poco de miedo eso de andar sola por la calle en plena noche, hasta que la visión de la gran casa familiar de los Gardner apareció ante ella. Estaba pintada de un blanco tan inmaculado, como la recordaba desde siempre, que casi parecía que brillara en la madrugada.

Bordeó el lateral de la cocina y atravesó el jardín hasta llegar a la celosía recubierta de enredadera que ocupaba una parte de la fachada posterior. Olivia sonrió al recordar cuantísimas veces había hecho aquel recorrido en su adolescencia. Taylor y ella habían perdido la virginidad en su cuarto, en una de aquellas visitas nocturnas en las que Olivia se colaba por la ventana. Y allí habían compartido muchas noches de confidencias, de risas, de sueños que apenas se atrevían a pronunciar en voz alta y de miedos que lo eran menos en cuanto los escuchaba el otro.

Cuando estaba a medio camino de la primera planta de la casa, Olivia pensó dos cosas: la primera, que trepar por una fachada era considerablemente más fácil a los dieciséis que a los treinta y seis; la segunda, que tendría que hablar muy en serio con Taylor sobre eso de fumar más de la cuenta, porque su ventana abierta en plena madrugada de febrero solo podía significar que necesitaba ventilar el dormitorio.

Suspiró hondo, levantó la hoja de guillotina de la ventana y se coló sin pedir permiso.

* * *

Cuando Taylor vio a Olivia aparecer en su cuarto a través de la ventana, algo dentro de él sintió que volvía a tener diecisiete años y que la chica más bonita del instituto se había escapado de casa para verlo solo a él. Deseó que no hubieran pasado veinte años, volver a aquella época en la que su máxima preocupación era aprobar un examen de Matemáticas y en la que pensaba que sus dos hermanos mayores eran algo así como unos dioses inmortales.

—Hola… —Olivia se mordía el labio con timidez, a pesar de que Taylor sabía que no tenía ni un ápice de eso en el cuerpo.

—¿Qué haces aquí? —le preguntó él con la voz teñida de dulzura, para que su pregunta no sonara desagradable.

—Pensé que quizá… que quizá no te vendría mal un poco de compañía.

—Y acertaste.

—A mí… tampoco me vendría mal.

—Ven aquí, anda.

Taylor apartó el edredón que lo tapaba y le hizo sitio a Olivia en su cama individual. Apenas cabían en ella, a pesar de que ninguno de los dos había crecido mucho desde el final de la adolescencia y de que, en aquella época, nunca les había parecido tan pequeña. Se sonrieron, algo tímidos pero no incómodos en realidad, y Olivia le dirigió una mirada de reproche burlón a Taylor al ver el cenicero lleno que había en su mesilla.

—En mi defensa he de decir que no he estado demasiado preocupado por la limpieza de la habitación y eso es de toda la semana.

—No hace falta que lo jures —le respondió Olivia, observando los paquetes vacíos de patatas fritas, un par de cajetillas de tabaco arrugadas y la ropa apilada en casi cualquier superficie disponible del cuarto.

Se tumbaron juntos, con los cuerpos muy pegados y las cabezas compitiendo por el poco espacio disponible en la almohada, pero… no había nada sexual en aquel lugar. Olivia y Taylor eran muchas cosas, y algunas variaban según el momento y la circunstancia, pero allí, justo en aquel momento y aquella circunstancia, eran dos hermanos que compartían la angustia de no saber qué iba a ser de Mike.

—¿Dónde está Fitz?

—Duerme con mis padres. Se ha acostumbrado y… les viene bien en este momento.

—Se va a poner bien, Tay. —Olivia sintió el brazo de su exmarido rodeándola y estrechándola con fuerza contra su cuerpo—. *Tiene* que ponerse bien.

—Ya lo sé. No hay otra opción. Tiene que despertar.

Podrían decir que fue el cansancio, las muchas horas sin dormir de las noches anteriores, incluso el agotamiento que les provocaba la ansiedad de la última semana..., pero los dos sintieron, cuando se les cerraban los ojos, que la única razón por la que conseguían conciliar el sueño era la presencia del otro a su lado.

Eran casi las ocho de la mañana cuando despertaron. Y quizá habrían dormido más si no hubiera sido por el timbre de un teléfono sonando en aquel amanecer incipiente. Olivia y Taylor saltaron de la cama a la vez, porque una llamada a esas horas solo podía significar dos cosas: o la noticia que todos estaban esperando... o la que no querrían recibir jamás.

Y fue la primera opción. Gracias a todos los dioses, fue la primera opción. Mike acababa de despertar.

* * *

No fue fácil explicarle a Mike lo que iba a ser su vida en los siguientes meses. O, tal vez, para siempre. Sus padres lo intentaron, sus hermanos lo intentaron y hasta Olivia aportó su granito de arena para meterle en la cabeza aquella idea que ya les sonaba como un mantra: que daban igual las secuelas, lo único importante era que estaba vivo y fuera de peligro. Solo Eileen fue capaz de conseguir que saliera un poco de aquel estado de *shock* en que lo había dejado la noticia de que, aunque habían conseguido salvar su ojo, había perdido casi toda la visión en él, que tardaría meses en recuperar la movilidad de su brazo derecho y que era probable que nunca recuperara del todo la de la pierna. Por mucho que a él le dijeran lo contrario, ninguno podía culparlo por estar cabreado con el mundo.

Taylor pasó más horas que nadie con su hermano en el hospital, especialmente desde que lo pasaron a planta y las horas de visita se ampliaron. Eileen empezó a estar más tiempo con los niños, que se habían quedado al cuidado de sus abuelos maternos desde el accidente y necesitaban que su madre los tranquilizara con respecto al estado de su padre. Simon ya tenía doce años y parecía comprenderlo todo bastante bien, pero Elijah, con ocho, estaba muy confuso. Así que fue Taylor quien se encargó de acompañarlo todos los días y también casi todas las noches.

Mike no hablaba mucho. Se podía pasar horas con la mirada perdida en el televisor de su cuarto y había llegado a pedirle a Taylor que no le diera conversación si él no se la pedía. Así que Tay se limitaba a sentarse junto a su cama, hablarle cuando él lo necesitaba y pensar. Pensar mucho en cómo podría ayudarlo, en cómo podría hacer que su vida se pareciera lo máximo posible a la que tenía antes, aunque él mismo no tenía ni idea de cómo sería Mike capaz de volver a trabajar como mecánico con todas las limitaciones que tendría en el futuro.

Olivia también pasaba a verlo cada día. Relevaba a Taylor y lo obligaba a bajar a comer a la cafetería del hospital, porque había perdido tanto peso en solo unas semanas que casi ni parecía él. Alguna vez se atrevió a llevar a Mia, y aquellos fueron los pocos momentos en que Mike esbozaba una sonrisa.

—Me encanta verlo con ella —le susurró Taylor a Olivia una tarde, mientras observaban a través del cristal de la puerta de la habitación de Mike como Eileen y él jugaban con Mia—. Me recuerda a cuando nació Simon y se le caía la baba con él, ¿te acuerdas?

—Claro. —Olivia sonrió—. ¿Cómo estás?

—Bien... Mejor, supongo. Verlo despierto, por muy mal que lo esté pasando... y lo vaya a pasar..., es tranquilizador.

—Sí que lo es.

—¿Me acompañas al aparcamiento? —le preguntó y Olivia se fijó en que le costaba tragar saliva y su nuez se desplazaba arriba y abajo bajo la piel de su garganta. No entendió a qué se debía aquella emoción, así que la atribuyó a la conversación sobre Mike, Mia, Simon… A los recuerdos.

—Vamos a tener que hablar seriamente sobre lo de fumar, Tay —lo regañó—. O tendré que implicar a tu madre en ello.

—Que no se te vaya a ocurrir. —La tomó de la mano y ella ya no se extrañó por el gesto, porque se había convertido en algo habitual en las semanas que llevaban en Texas—. En serio, tengo que hacer una llamada… y te necesito a mi lado cuando la haga.

Olivia no preguntó más y lo acompañó a la zona del aparcamiento donde solían refugiarse de las largas horas de hospital. Olivia se aupó a un pequeño murete de piedra y le pidió con la mirada a Taylor que le diera un cigarrillo cuando él se encendió el suyo. No solía permitirse esas licencias, porque le daba pavor engancharse como presentía que lo había hecho Taylor, pero aquella atmósfera tan cargada que los rodeaba bien valía la excepción.

—Hola, Becks. ¿Tienes un momento para mí?

A Taylor no solía temblarle la voz al hablar, pero aquel día lo hizo.

—Quiero que canceles lo de Tokio.

—…

—Ya, ya sé que la marca ha sido muy generosa retrasándolo hasta que yo estuviera disponible, así que transmíteles mi agradecimiento, pero… no puedo hacerlo.

—…

—Becky, te aseguro que no he hecho otra cosa que pensarlo desde hace días. Pagaré la indemnización que reclamen si lo hacen. Me la suda el dinero, ¿entiendes?

—…

—Sí, quizá me la sude porque me sobra o yo qué cojones sé. Cancélalo, es mi última palabra. Por descontado, cobrarás tu comisión, no lo dudes.

—…

—Bueno, pero a mí no *me suda la polla*. No quiero que pierdas dinero por mi culpa, pero yo… Becky, yo ya…

—…

—¿Que te hable claro? ¡Joder!

Olivia asistía impresionada a aquella conversación. Desde que el gran contrato de Taylor había acabado y él había decidido no renovarlo, tenía más libertad para aceptar o rechazar los trabajos que él consideraba, pero Olivia sabía que jamás había cancelado algo que ya tuviera firmado.

—¡No quiero que canceles Tokio, ¿de acuerdo?! —Olivia se sobresaltó al escuchar su grito. Y no entendió nada de lo que él decía… hasta que lo entendió todo—. ¡Quiero que lo canceles todo! ¡¡To-do!!

—…

—No, hostias, Becky, no tengo que pensarme nada. Llevo meses pensándolo, tú sabes mejor que nadie que llevo años harto. No quiero volver a posar medio en pelotas para vender algo que la mayoría de las veces ni siquiera sé qué es. Tengo treinta y siete años, llevo la mitad de mi vida dedicándome a esto y no me da la gana de seguir. Es que, literalmente, no tengo fuerzas para hacerlo.

—…

—Diles lo que quieras. ¡No! Mejor… no lo hagas público hasta que yo regrese a Nueva York. Solo me faltaría que se presentara aquí la prensa, tal como está mi familia.

—…

—No, no hace falta que vengas. —Taylor esbozó una sonrisa que Olivia supo que estaba llena de cariño por su agente y amiga—. No lo sé, Becks. Por tiempo indefinido.

—…

—¡Sí, Becky! Pienso quedarme en Austin una buena temporada. Al menos hasta que mi hermano vuelva a tener su vida encaminada. Mis padres son mayores, y Chris tendrá que volver en algún momento a su trabajo y a su vida. Si tengo todo ese dinero que dices en el banco, es precisamente para poder permitirme dejarlo todo y preocuparme de lo que de verdad importa.

—…

—Ya lo sé. Llámame cuando se te pase y seguimos hablando.

—…

—Eso tendrás que preguntárselo a ella.

Taylor colgó el teléfono, lo metió en el bolsillo trasero de sus vaqueros y miró a Olivia. Ella tenía los ojos húmedos, pero él prefirió no fijarse demasiado. Olivia no supo qué decir, porque no tenía ni idea de si Taylor necesitaba una reprimenda, una felicitación o un abrazo.

—Lo has dejado… —dijo, al fin, con voz titubeante.

—Lo he hecho.

—¿Para siempre?

—Sin duda.

—¿Y estás bien?

—Lo estaré.

—Pero aún no…

—Ahora mismo, Liv… Ahora mismo no sé muy bien ni quién soy. He sido TayGar tanto tiempo que necesito volver a ser Taylor Gardner un buen rato. El resto de mi vida, si puede ser.

—Creo que es una gran idea. A todos nos gusta más Taylor Gardner que TayGar.

—Bueno… unos doscientos millones de norteamericanos podrían discutirte eso.

—¿Están aquí ellos? Pues eso… *a mí* me gusta más Taylor Gardner.

—Por cierto, Becky me ha preguntado cuándo vas a volver a Nueva York. Le he dicho que hablara contigo, así que imagino que ahora mismo estará bombardeando tu teléfono a llamadas.

—Pues que se espere. Volveré… cuando sienta que puedo hacerlo.

Tay asintió, le dio un beso breve en los labios —sin que ninguno de los dos se cuestionara el porqué— y ella lo cogió del brazo para regresar a la habitación de Mike. Eileen se disculpó, pidiéndoles que se quedaran hasta que llegaran sus padres, mientras ella recogía a los niños del colegio y ayudaba a Elijah con los deberes. Olivia cogió a Mia de sus brazos y los tres pasaron un buen rato con Mike, quizá el primer buen rato en mucho tiempo, recordando épocas pasadas, bromeando sobre Chris y su aura de soltero más solicitado de Austin, hablando como si fueran solo tres viejos amigos que quedan para tomar unas cervezas en un café.

Cuando Mia comenzó a revolverse en sus brazos, Olivia se despidió y regresó a casa de su madre. Taylor se dio cuenta demasiado tarde de que las había seguido con la mirada hasta que quedaran fuera de su alcance y cruzó los dedos para que Mike no se hubiera percatado. La conversación cambió de tono en cuanto Olivia dejó la habitación. Entonces fue cuando Mike se derrumbó un poco y pronunció en voz alta aquellas preguntas que le rondaban la cabeza casi veinticuatro horas al día desde que había despertado del coma. Cómo iba a ser su vida cuando saliera del hospital, cómo iba a hacerse cargo del negocio, cómo iban a reaccionar los niños cuando vieran su nuevo aspecto, cuánto tiempo tardaría en recuperarse, hasta qué punto lo haría del todo, cómo sería su nueva vida… Había mucho lamento en sus palabras, pero, por encima de todo, Taylor notó miedo. Y él jamás había visto a sus hermanos mayores asustados por nada, así que asumió que los roles habían cambiado y que él ya no era más el hermano al que ellos protegerían y mantendrían al margen de las cosas que lo pudieran preocupar.

—Todo saldrá bien, Mike… Buscaremos a los mejores fisioterapeutas para que recuperes ese hombro y esa pierna.

—La pierna nunca va a volver a estar bien del todo; lo saben los médicos, lo sabes tú y lo sé yo, así que deja de tratarme como si fuera gilipollas.

—Bueno, pues estará lo mejor que pueda estar. Le puede quedar bien a tu pinta de malote un caminar lánguido —bromeó, aunque tenía un nudo en la garganta cuando lo hizo.

—¿También es *sexy* que me quede medio ciego?

—He estado consultando a varios cirujanos oculares de Nueva York y es posible que la pérdida de visión acabe siendo mínima.

—¿Has hecho eso?

—¡Claro! ¿Cómo no iba a hacerlo, joder?

—Gracias, Tay… Yo…

—No te vayas a poner sentimental a estas alturas de la vida, Mike.

—Correcto. Continúe con el sermón, padre Taylor.

—Estarás bien, joder. Deberás tener paciencia, que ya sabemos que no es la virtud que mejor se nos da a los Gardner. Será un proceso lento, pero estás rodeado de gente que te apoyaremos en todo.

—¿Cuándo vuelves a Nueva York?

—Cuando tú vuelvas al taller.

—¿Qué?

—Me quedo, Mike. El tiempo que haga falta. Ya he estado lejos de casa demasiado tiempo.

—¿Y Olivia?

—¿Olivia qué?

—¿Ella va a quedarse?

—Algún tiempo, sí.

—Mia es maravillosa.

—Tiene mis genes.

—Sí, y es maravillosa a pesar de ello —bromeó Mike—. Has hecho algo precioso por Olivia. Por las dos. Reconozco que no era yo quien más convencido estaba de esa historia de la donación de semen cuando mamá me lo contó, pero…

—¿Mamá os lo contó? Pensaba que había sido papá.

—Chris y yo tuvimos que escuchar a mamá decir la palabra «semen» unas diecisiete veces durante una comida de domingo. No es algo que vayamos a perdonarte fácilmente.

—Bueno…, lo importante es que todo salió bien al final.

—Sí, yo… estoy muy orgulloso de lo que hiciste.

—Gracias. —Taylor tragó tres o cuatro veces antes de conseguir eliminar el nudo de emoción que se le había formado en la garganta.

—Pero me pregunto… ¿Cómo…? —Mike se quedó en silencio tanto tiempo que Taylor pensó que se había quedado dormido. Le ocurría aún a menudo, cuando pasaba demasiado tiempo despierto y su cerebro le recordaba que había pasado por una situación de riesgo vital y necesitaba más descanso. Pero no. Mike solo estaba pensando cómo decirle algo que presentía que toda la familia pensaba—. ¿Cómo coño vas a poder vivir lejos de ella?

—Será difícil, pero… Olivia y yo lo tuvimos claro desde el principio. Es su hija, Mike. De ella. *Solo* de ella. Sí, tiene mis genes porque ella necesitaba un donante, pero… es su hija. Y yo siempre estaré ahí para ellas como un buen amigo, pero… no soy el padre de Mia. No puedo serlo.

—Será duro, sí... —Mike se giró y miró a su hermano con aquellos ojos que iban recuperando vida poco a poco cada día—. Pero, cuando te preguntaba cómo ibas a poder vivir lejos de ella..., no hablaba de Mia.

* * *

Olivia regresó a Nueva York a mediados de marzo. Había pasado tres semanas en Texas, el periodo más largo desde que había salido de su estado natal a los dieciocho años. Le costó tomar la decisión, pero ya había estado demasiado tiempo fuera de la escuela de modelos en los meses posteriores al nacimiento de Mia y no podía seguir cargando a Laura con más responsabilidades de las que le correspondían. Pero le costó dejar atrás a Taylor y a toda la familia Gardner, que aún tenían por delante muchos retos a los que enfrentarse.

En el camino en coche hacia el aeropuerto de Austin, Olivia se dedicó a pensar en cuánto habían cambiado algunas cosas con las personas a las que más quería. Con su madre, por ejemplo, con quien había logrado convivir sin un solo roce durante un tiempo que años atrás se le habría antojado larguísimo e insoportable. Con Mia, de quien, por pura obligación, había tenido que separarse más de lo que lo había hecho desde su nacimiento. Con Taylor, con quien habían quedado olvidados los enfados, las dudas, los miedos y los coqueteos de los últimos meses, porque había ocurrido algo tan importante que se había llevado por delante todo lo demás. Y con la familia Gardner, de quien había permanecido separada una década de una forma en cierto modo artificial, provocada por causas que nada habían tenido que ver con ellos, y a los que no se había permitido echar de menos, porque su corazón, cuando tuvo que decirles adiós, estaba demasiado débil como para soportar más desgarros.

Cuando llegó al aeropuerto, quiso darse cabezazos contra el volante por ser tan asquerosamente previsora. Llegaba con casi tres horas de antelación, y solo había una cosa peor que pasar ciento ochenta minutos en un aeropuerto sin nada que hacer: pasar todo ese tiempo sin nada que hacer... y con un bebé que en cualquier momento podía añorar su cuna, su casa o cualquier otra cosa. Se resignó, devolvió el coche de alquiler y montó a Mia en su cochecito para dirigirse al edificio principal de la terminal.

Y en cuanto entró allí..., lo vio. Él ya debía de haberlas localizado antes, porque le dirigía a Olivia una mirada extraña, tranquila, burlona e intensa al mismo tiempo, si es que esa combinación tenía sentido.

—¡Tay! Pero ¿qué estás haciendo aquí? —Olivia se acercó a darle un beso en la mejilla. O a medio camino entre esta y la comisura de sus labios, como resultaban todos en los últimos tiempos.

—No pensarías que iba a conformarme con esa despedida de anoche en la que ni siquiera trajiste a Mia, ¿no?

—¿Y usar el teléfono?

—No pensaba darte la oportunidad de ponerme la excusa de que ibas muy apurada. Y hasta en la Luna sabían que ibas a llegar al aeropuerto con demasiada antelación. —Olivia hizo amago de darle una colleja y él reculó—. ¿Nos tomamos un café?

Se acercaron a un Starbucks de la terminal de salidas y pidieron un par de bebidas llenas de cafeína y azúcar. Mia estaba un poco inquieta, así que Taylor se ofreció a cogerla en brazos, y Olivia se las apañó como pudo para llevar los dos vasos de café y su maleta de mano mientras daban un paseo por el exterior del edificio.

—¿Y qué? ¿Tienes pensado cuándo volverás a casa?

—¿*Casa*? Ya no sé si mi casa es Nueva York o esto.

—Venga ya, Taylor. ¡Se me cae un mito! Si eres más neoyorquino que la Estatua de la Libertad.

—Sí, supongo… Pero allí no tengo a mi familia. Y odio ese apartamento en el que vivo. —Taylor se dio cuenta de que Olivia estaba poniendo cara de pánico—. Pero os tengo a vosotras, claro. Así que… sí, volveré, pero solo cuando Mike esté preparado para retomar su vida.

—Me parece perfecto. Se te echará de menos en la ciudad, pero… creo que será lo mejor.

—Venga, pasa ya el control de seguridad, que *solo* quedan dos horas para el vuelo y sé que estás convencida de que lo vas a perder.

—Disculpa que no sea fan, *como otros*, de correr por las terminales y gritar que no cierren la puerta de embarque.

—Hay que ponerle un poco de riesgo a la vida. —Taylor le entregó a Mia, aunque a regañadientes, y Olivia la acomodó en el carrito sin que la niña protestara demasiado—. Os acompaño hasta allí.

Caminaron unos metros hasta el acceso al control de seguridad y Olivia comprobó —no por primera vez— que tenía a mano las tarjetas de embarque y los documentos de identidad. Y, cuando ya no había ninguna excusa para prolongar la presencia de Taylor allí, se abrazaron. Se abrazaron mucho, muy fuerte. Se despidieron al separarse con un asentimiento de cabeza y un último beso de Tay a Mia. Y Olivia regresó a Nueva York.

~30~
LAS TRADICIONES HAY QUE CUMPLIRLAS

El cuatro de mayo llegó, un año más. Es lo que tiene el calendario, que es implacable y no entiende de excepciones. Y aquel cuatro de mayo en concreto se cumplían quince años de una tarde en la que Taylor y Olivia habían cometido una locura fantástica en la capilla cutre de un hotel de Las Vegas.

Olivia había pensado que aquel año se saltarían la tradición por primera vez. Taylor llevaba ya un par de meses viviendo en Austin y no le había visto demasiadas intenciones de regresar a Nueva York en las conversaciones que tenían casi a diario. Todas aquellas dudas y dificultades que los habían acompañado en los meses anteriores al accidente de Mike habían quedado diluidas por una causa de fuerza mayor. Y aquel día Taylor la sorprendió, como estaba haciendo en los últimos tiempos cada vez con mayor frecuencia, apareciendo en su apartamento la misma tarde del aniversario.

—¡Tay! —Olivia corrió a abrazarlo y se quedó unos segundos colgada de su cuello—. ¿¿Qué estás haciendo aquí??

—¿Es que ya no te acuerdas de que hace quince años nos estábamos casando? —Olivia no quiso, de verdad que no quiso fijarse en lo impresionante que estaba Taylor. Estaba algo más delgado que cuando lo había dejado en Austin, pero más por haber perdido esa masa muscular que tanto se había currado en el gimnasio en sus años como modelo que por que estuviera demacrado; estaba segura de que Kathleen lo estaría sobrealimentando en casa. Vestía traje y corbata, lo cual sorprendió a Olivia, y miraba su reloj con un falso gesto de concentración—. Más o menos a esta hora, de hecho.

—¿Y tú por qué te has puesto tan elegante?

—Son quince años. Número redondo. Hay celebrar por todo lo alto, ¿no? Tenemos mesa en Le Bernardin dentro de una hora.

—¿Y yo qué voy a ponerme para estar a la altura?

—Por mí como si vas en pijama. Estarías perfecta igual. —Taylor se acercó y le dio un beso en la mejilla que... joder. Quemó—. Pero llévame a ver a mi ahijada, que la he echado tanto de menos que no me aguantaba ya ni un segundo más sin verla.

—Está en el parque, en el salón. Toda tuya. Yo... voy a ver qué me pongo.

Olivia se había convertido a lo largo de su vida en toda una experta en evaluar su armario de un solo vistazo y elegir algo con gusto en pocos segundos. Aquella noche se decidió por un vestido corto de color rojo oscuro, de encaje y con unas transparencias que quitaban el hipo. No lo reconocería fácilmente en voz alta, pero no se habría puesto aquel vestido, que casi parecía una pieza de lencería, si Taylor no hubiera aparecido con aquella facha ante su puerta.

—¿Y bien? —Salió al salón, donde Taylor jugaba con Mia, tirado en el suelo, y dio una vuelta sobre los espectaculares tacones negros que llevaba para pedir su aprobación al *look*—. ¿Cómo me ves?

—Joder, Olivia. —Taylor tragó saliva un par de veces. Quizá seis en total—. Estás... Joder.

—Me tomaré eso como un «sí, muy guapa».

—Es bastante menos obsceno que lo que tenía en mente, así que sí. Mejor quédate con eso.

—¿Te cuento un secreto, Tay? —susurró Olivia.

—Claro. —Él frunció el ceño, un poco intrigado.

—A las madres con hijas menores de un año, hay que avisarlas con un mínimo de antelación para darles una sorpresa. No me veo llevando a Mia a Le Bernardin.

—Oh. Cierto... ¿Nos quedamos en tu casa, entonces? Podemos pedir pizza.

—No te voy a salir tan barata. Has tenido la suerte de que pensaba ir a tomar una copa con Becky y ya le había pedido a Anna que se quedara con la niña.

—¿Todo bien con ella?

—Perfecto. Ha sido mi salvación. Mia la adora.

—Me alegro mucho.

—¿Qué tal Fitz?

—Volviendo locos a mis padres y claramente sobrealimentado.

—Me alegro. De ambas cosas.

Los dos se rieron, pero la conversación quedó interrumpida por el sonido del timbre de la puerta. Olivia presentó a Anna y Taylor, aunque luego recordó que ya habían coincidido un par de veces en el pasado. Taylor llevaba solo dos meses en Austin, pero a ella se le habían hecho tan largos que a ratos olvidaba que hubo un tiempo en que él vivía en su misma ciudad. Prefería no pensar demasiado en por qué se le habían hecho tan eternos.

Un cuarto de hora después, Olivia y Taylor se subían a un taxi de camino a Midtown, no sin antes arrancar unas cuantas miradas de admiración entre las personas que pasaban en aquel momento por la calle. No se podía decir que pasaran desapercibidos.

Al llegar al restaurante, un *maître* los condujo a una mesa algo apartada. Por el camino, vieron algunas caras conocidas y saludaron a un par de modelos y actores. Por suerte, su mesa estaba en un pequeño reservado y podrían hablar con tranquilidad, ser ellos mismos, a pesar de encontrarse en el restaurante más elegante de Manhattan.

—¿Y a qué se debe tanto despliegue, TayGar?

—No voy a conseguir nunca que dejes de llamarme así, ¿verdad? —Taylor sonrió, pero ya no se veía en su cara aquel rastro de amargura que siempre lo acompañaba cuando más presionado se sentía en su carrera.

—Va a ser difícil. —Olivia agradeció al camarero el aperitivo que le sirvió y se lo bebió en un par de tragos—. Contesta.

—No sé, Liv... ¿Me prometes que no te vas a reír?

—Lo intentaré.

—Pues... creo que hay tanto que celebrar... La vida, joder. Que no es que para celebrar nada haga falta pagar cuatrocientos dólares y vestirse así, pero... ¿no es bonito de vez en cuando?

—Claro que es bonito. —Olivia se rio y cabeceó un par de veces mientras se mordía el labio—. Aunque puede que seamos la única pareja de divorciados del mundo que celebran su décimo quinto aniversario con una cena que cuesta unas veinte veces más de lo que costó su boda.

—Que no somos normales es algo que sabíamos, Liv. —Ella asintió con una sonrisa—. Y que así siga.

—Brindo por ello.

Hicieron chocar sus copas, pidieron un menú de siete platos servido en diferentes tiempos y Olivia no tardó en preguntarle por Mike, a pesar de que lo hacía casi a diario por teléfono.

—Pues… está, Liv. Las lesiones internas están superadas, gracias a Dios. El brazo va bastante bien. Mejor de lo que esperaban los médicos al principio. Quizá en un mes o así pueda empezar la rehabilitación y recuperar algo de movilidad. En cuanto tenga fuerza en el brazo podrá empezar a moverse con muletas y creo que eso, dejar la silla de ruedas, será fundamental para que se anime.

—¿Y la pierna?

—La pierna está fatal. Van a tener que operarlo aún tres o cuatro veces más. Pero no recuperará más del cuarenta o el cincuenta por ciento de la movilidad, en el mejor de los casos.

—Joder… ¿Y el ojo?

—El ojo está mal, pero somos optimistas. Hace un par de semanas vino desde Houston el cirujano que te comenté a verlo. Y lo ve operable. No pueden hacerle la intervención todavía porque hay otras prioridades, pero calculan que, si todo va bien, recuperará el ochenta o incluso el noventa por ciento de la visión.

—Bueno, genial. ¿Y de ánimo?

—Tiene días. Eileen es la que se está llevando la peor parte, porque a nosotros solo nos deja verlo cuando tiene un buen día. Cuando está de malas, es ella quien tiene que echarle paciencia.

—¿Te parece bien si la llamo algún día? Me gustaría mandarle mis ánimos.

—¡Claro! Seguro que le encanta hablar contigo.

—¿Y tú? ¿Cómo estás tú, Tay? —Olivia alargó la mano y la posó sobre la de él.

—¿La verdad? —Olivia asintió—. Estoy tan bien que a veces me siento culpable. Debería estar más preocupado por la recuperación de Mike, entenderlo mejor, apoyarlo más… Y también animar a mi madre, que quiere fingir, pero sé que se derrumba cuando lo ve así, como está ahora…

—¿Pero?

—Pero está vivo, Liv, joder. No puedo ni siquiera pensar en las secuelas ni en nada. Lo he hablado con Chris, ¿sabes? Él piensa igual que yo. Pasamos tanto miedo a perderlo… tanto tanto miedo… que, en el fondo, nos da igual cómo quede. —A Taylor se le rompió un poco la voz—. Sabemos que es egoísta, pero joder… ¿qué importa una pierna, un ojo, un brazo? Tuvo pie y medio en el otro mundo y ha vuelto. Y seguirá acostándose cada noche con Eileen, verá crecer a Simon y Elijah… Se me está yendo la olla, ¿verdad?

—No lo sé, Taylor. Pero te aseguro que pienso igual que tú. La vida de Mike será complicada un tiempo, sí. Puede que para siempre. Puede que la de él y la de todos vosotros. Pero nada comparable a lo que sería la vida sin él. No sé cómo podríais… cómo *podríamos* levantarnos todos cada mañana si Mike…

—Ya lo sé. —Taylor suspiró—. Bueno…, hablemos de algo más alegre. Cuéntamelo todo sobre Mia.

Taylor no dejó de sonreír en todo el tiempo que Olivia pasó relatándole las últimas novedades de la niña. A pesar de que recibía fotos de ella constantemente —cuando no era por parte de Olivia, era por parte de Becky—, le parecía que había crecido muchísimo. Y que él se había perdido demasiado.

Le dolía estar separado de Mia y no tenía problema en reconocerlo. Lo que no le había dicho a nadie es que también había echado de menos a Olivia. La había echado tanto de menos que había dedicado muchas horas —quizá demasiadas— a pensar en el pasado, en todo lo que habían sido, todo lo que eran, todo lo que podrían llegar a ser. El accidente de Mike había hecho que Taylor pensara más de lo que lo había hecho en toda su vida. A ratos hasta se avergonzaba de no haber dedicado demasiado tiempo en el pasado a reflexionar sobre la vida. Sobre la muerte, el amor, la familia... Sobre todas esas cosas que, desde la llamada de Chris que lo había informado de lo que le había ocurrido a Mike, no dejaban de rondar su mente.

—Te noto cambiado, Tay. —Él sonrió, feliz de que Olivia siguiera sabiendo leer en él como en un libro abierto, como había sido muchos años atrás.

—¿Para bien o para mal?

—Para... diferente. Para bien, diría yo.

—Gracias. Yo también me siento así. Diferente.

—¿Para bien o para mal? —Olivia repitió la misma pregunta que él acababa de hacerle.

—Para bien. Para *muy* bien. Dentro de lo jodido que está siendo ver a mi hermano así..., estos meses en Texas me están cambiando, me están... mejorando.

—No me digas que no piensas volver nunca a Nueva York. —Olivia quiso decirlo bromeando, pero su tono de voz sonó alarmado. Con la cantidad de anuncios que había hecho con el *skyline* de Manhattan de fondo, a cualquiera le parecería difícil concebir un Nueva York sin Taylor Gardner. Pero a Olivia... a Olivia le parecía mucho peor. Podía haberse pasado una década sin ver a Taylor más que un par de veces al año, pero las cosas habían cambiado mucho. Muchísimo. Un Nueva York sin Taylor... prefería ni pensar en ello.

—Mientras Mia y tú viváis en la ciudad..., va a ser difícil mantenerme alejado.

—Oh. —Olivia no supo qué más decir.

—Pero no tengo pensado regresar todavía. Se lo prometí a Mike y me lo prometí a mí mismo: hasta que él no se encuentre lo suficientemente recuperado como para volver al taller, yo no me voy a mover de su lado.

—Es muy bonito que hagas eso por él. —Taylor le sonrió—. Te lo digo en serio.

—No lo sé. Sé que lo hago por él..., pero también por mí. Necesitaba volver a casa, Liv, retomar el contacto con la realidad. Ojalá lo hubiera hecho sin necesidad de que pasara lo de Mike, pero...

—Pero en casa vuelves a ser el Tay de antes, ¿no?

—No sé si el de antes, pero sí alguien un poco más sensato que el que he sido estos últimos años. O al menos... alguien con las ideas más claras.

—¿A qué te refieres?

—¿Recuerdas lo que hablamos un día, hace unos meses, sobre lo superficial del mundo de la moda?

—Sí.

—Pues no fue difícil perderse en ese mundo. ¿Qué te voy a contar a ti? Tú lo viviste igual que yo. Fiestas, dinero, sexo, gente guapa, alcohol, drogas...

—¿Has tomado drogas? —Olivia se sorprendió de no saber eso sobre Taylor. Tenían tantas conversaciones pendientes que no le extrañaba que no hubiera nunca un silencio entre ellos.

—Nunca fueron un problema, créeme. He visto a bastantes modelos acabar colgadísimos y joderse la vida como para que me apeteciera ir por ese camino. Lo he probado, claro. Como todos, supongo.

—Sí. Más por aguantar sesiones eternas que por diversión, ¿no? —Olivia torció la boca en un gesto de amargura.

—Un poco de todo. Pero muy poco, vaya. Nunca he sido muy fan de esos ambientes.

—Pues quién lo diría...

—No te voy a negar que lo he pasado bien. ¡Joder! Es difícil no pasarlo bien cuando te ponen guapo, te llevan en un coche de la hostia a un lugar increíble, te ponen copas en la mano y te rodean cincuenta mujeres espectaculares. Soy humano, ¿sabes?

—A ratos demasiado.

—Pero quince años así… llega a cansar.

—Te entiendo, claro. A mí me cansó antes.

—Es que tú siempre has sido infinitamente más inteligente que yo.

—O me ha gustado menos la fiesta.

—La fiesta te encanta. —Taylor le dio un toquecito cariñoso en la nariz con un dedo y ella se rio—. Lo que no te gusta es el *postureo*. Y no entiendo cómo a mí ha podido gustarme durante tantos años. Hace semanas que ni siquiera miro las redes sociales.

—A nueve millones de seguidores en Instagram *no* les gusta eso.

—Pues qué pena, oye.

Cuando quisieron darse cuenta, se les había pasado la cena y, aunque no tenían ninguna queja, tampoco les pareció que mereciera tanto la pena como todo el mundo decía. No era un problema del restaurante, sino que en aquellas cenas, desde siempre, la conversación había importado mucho más que la comida.

—¿Tienes que volver a casa para estar con Mia? ¿O me da tiempo a llevarte a bailar?

—Anna duerme en casa hoy. Puedo quedarme todo el tiempo que quiera. Pero… —Olivia estalló en una carcajada.

—¿Qué? —Taylor protestó, pero no tardó en estar él también riendo. Olivia siempre había tenido la capacidad de contagiarle la risa.

—¿Qué mierda te está pasando, tío? Te presentas en mi casa vestido de traje, me llevas a cenar al mejor restaurante de la ciudad, te empeñas en pagar la cuenta, a pesar de que este año me tocaba a mí y ahora… ¿quieres llevarme a bailar?

—Ya no puede uno ser un caballero en estos tiempos modernos.

—Creo que deberías salir del influjo de Kathleen o acabarás ingresando en un club de campo de Texas y llevando un sombrero Stetson.

—¿Aceptas o no?

—Claro. ¿Cuándo he sabido decirte que no a algo?

* * *

Olivia tiró un par de veces de la mano de Taylor mientras descendían aquellas escaleras metálicas y algo tenebrosas de un edificio de ladrillo del Lower East Side. Tay había estado de lo más misterioso durante el breve viaje en taxi hacia la zona baja de la ciudad y se había negado a decirle a dónde la llevaba.

—En algún momento tendrás que contarme qué estamos haciendo aquí —insistió.

—Es un club privado, no seas cotilla.

—Como sea algo del estilo Luxurious, te mataré —lo amenazó Olivia, aunque la sola mención de aquel lugar llevó una oleada de morbo a todo su cuerpo.

—No nombres Luxurious, anda, que pretendo seguir pareciendo un caballero. Y estaría bien que la sangre me alcanzara el cerebro para ello.

Llegaron al final de las escaleras y Taylor llamó a la puerta. Una mujer de unos setenta años, alta y espigada, con su pelo blanco recogido en un moño alto perfecto, lo saludó, y él le dijo que iba de parte de Jim. Olivia no tenía ni idea de quién era el tal Jim, ni tampoco de qué iba todo aquello, pero cada vez tenía más ganas de descubrirlo.

—Están de moda los clubs clandestinos, supongo que de eso te habrás enterado aunque estés retirada de la mala vida —le comentó él con una sonrisa burlona.

—Pero... ¿qué coño es este lugar?

Cuando accedieron al salón principal, Olivia no fue capaz de mantener la boca cerrada. Era una sala circular, con el suelo de madera brillante, grandes molduras en las paredes que imitaban ventanales con cortinones de color granate y un par de lámparas de araña que bien podrían estar en cualquier teatro de la ópera del mundo. Varias mesas se repartían pegadas a las paredes, pero el centro del local estaba ocupado por una pista de baile que se abría a un escenario en el que una mujer con aspecto de *flapper* de los años veinte cantaba en aquel momento *I Wanna Be Loved By You*.

—¿Te gusta? —Olivia se volvió hacia Taylor cuando él le preguntó y se lo encontró con el labio inferior atrapado entre sus dientes perfectos. Tímido y quizá un poco avergonzado.

—¿Bromeas? Esto es como una máquina del tiempo.

—Me enteré hace unos meses de que aquí montaban fiestas estilo años veinte todos los sábados. Sé cuánto te gusta *El gran Gatsby*, el cabaret y todas esas cosas, así que... pensé que sería buena idea traerte.

—Lo ha sido, créeme. Por eso te has vestido así, ¿no? —Olivia miró a su alrededor y se fijó en que todos los hombres allí presentes lucían traje o esmoquin.

—Y cuando te he visto con ese vestido, ya no me quedaron dudas de que teníamos que terminar la noche aquí.

Un camarero se acercó a ellos y les dio a elegir entre tres o cuatro cócteles *vintage*. Los dos optaron por el Long Island Iced Tea y bebieron la copa mientras comentaban lo increíble que les parecía aquel lugar. Incluso a Taylor, que lo conocía por boca de un par de amigos, lo había sorprendido lo que veía. Olivia estaba, simplemente, alucinada.

El primer cóctel cayó en pocos minutos y el segundo no tardó en llegar. Eso, unido al aperitivo, al vino de la cena y a un licor húngaro con el que habían acompañado el postre hizo que las inhibiciones fueran desapareciendo, si es que alguna vez estaban presentes entre ellos.

—Habrá que bailar, ¿no? —propuso Taylor, con una voz de lo más sugerente.

—Habrá que hacerlo, sí.

Se deslizaron por la pista con gracia, al ritmo de temas de los años veinte, de canciones que los transportaban a un París que no conocieron, al Berlín de entreguerras, al Nueva York de casi cien años atrás, en el que los inmigrantes se hacinaban en aquel barrio en el que ellos ahora disfrutaban de una noche que sería difícil de olvidar.

—Te pega tanto este lugar... —se le escapó a Taylor.

—¿Tú crees? Con tanto tatuaje y *piercing* no parezco exactamente una chica de los años veinte.

—Habrías sido una puta diosa en aquella época.

—Me parece que alguien ha bebido demasiado y se le ha soltado la lengua. —Olivia decidió bromear porque la otra opción era coquetear. Sabía que Taylor lo estaba haciendo y ella... ella llevaba un buen rato tontorrona. Hacía casi un año que no se acostaba con nadie. Con Taylor, de hecho, en aquella fiesta de compromiso en la que se habían equivocado y lo habían disfrutado. Y sus hormonas parecían haber elegido aquella noche para reaparecer.

—Me lo pones jodidamente difícil para ser un caballero, Liv. —Taylor deslizó su dedo índice por el brazo de Olivia y ella sintió el calor que desprendía a pesar de la manga larga y las intenciones de portarse bien.

—No sigas por ese camino, Tay —le susurró Olivia. Pero su tono de voz la traicionó. Habló casi en su oído, con la voz algo temblorosa.

—Sí, mejor. Mejor... hablemos de cualquier otra cosa.

—Y dejemos de bailar.

—Eso también.

Ocuparon una mesa en una zona algo oscura y pidieron el tercer cóctel de la noche. Parecían decididos a condenarse a cometer un error. Era difícil mantener la cabeza fría.

—Pues… al final me he hecho el tatuaje —comentó Taylor, porque era urgente que hablaran de cualquier cosa que los distrajera un poco, y aquel parecía un tema inocente. Aunque no lo era. No lo era en absoluto.

—¡¿En serio?! ¡Enséñamelo!

—No está en un lugar que te pueda enseñar aquí.

—¿Te has tatuado el pito? —Olivia estalló en carcajadas y en ese momento fue consciente de que el alcohol se le había subido demasiado a la cabeza.

—Pero qué dices. —Taylor también se rio—. Me he tatuado el pecho. Quizá en algún momento de la noche te apetezca desabrocharme la camisa y verlo.

—Mmmm… Eso no suena mal. Pero has vuelto a empezar a coquetear y una no es de piedra, ¿sabes?

—¿Tanto miedo me tienes?

—Me tengo miedo a mí misma. Si supieras cuánto tiempo hace que no estoy con nadie, no jugarías a este juego.

—¿Ah, sí? Cuéntame.

—Como si no lo supieras…

—¿Desde el Met? —Olivia asintió, sonrojada pero coqueta—. Vaya, vaya, vaya… Cuánta fidelidad.

—Afortunadamente, nunca he pretendido un trato recíproco.

—¿Por algo en concreto? —Taylor ignoró la pulla.

—No. Ya sabes lo que fueron los primeros meses con Mia, apenas tenía tiempo de ducharme como para pensar en follar.

—Me pone burro a un nivel que ni imaginas escucharte decir la palabra «follar».

—Ignoraré ese comentario. En fin…, que en los últimos meses no me ha apetecido. He salido poco, pero incluso cuando lo he hecho… ha dejado de apetecerme bajarme las bragas solo por echar un polvo fácil de olvidar. Supongo que es una nueva etapa en la que me hacen feliz otras cosas.

—Sí, creo… creo que entiendo de qué hablas. Cuando deja de hacerte feliz follar con cualquiera.

—Cielo santo, paren la música. —Olivia se llevó el dorso de la mano a la frente con un gesto dramático—. TayGar se ha cansado del sexo esporádico.

—Yo ya no soy ese tío, Liv. —Taylor se puso serio de repente—. Y no me refiero a TayGar. Ya no soy el tío que follaba por deporte.

—¿Por qué?

—Ya te lo he dicho. Estas semanas en Texas me han cambiado.

—Ya veo.

—¿Te apetece tomar la última en mi casa, Liv? —Taylor se atrevió a preguntarlo. La frase llevaba más de una hora picándole en la punta de la lengua, pero le había faltado valor.

—Sabes que eso sería un terrible error, ¿verdad?

—No te he oído negarte.

—Porque no lo he hecho. —Olivia clavó sus ojos verdes en los azules de Taylor con una intensidad que él sintió que lo traspasaba entero—. ¿Nos vamos?

Subieron al taxi sin atreverse a tocarse demasiado. Los dos tenían bastante claro cómo iba a acabar la noche, pero también tenían miedo. Taylor, a que algo saliera mal. Deseaba a Olivia como lo hacía un año atrás, como lo había hecho siempre, en realidad, pero ahora… había algo más. Olivia, a complicar las cosas, lo mismo que había sentido cada vez que el deseo la arrastraba hacia Taylor. Su vida era perfecta en aquel momento, no había ninguna necesidad de arrojar una sombra sobre ella si algo iba mal con Taylor…, pero que la mataran si sabía cómo evitarlo.

—He de decir en mi defensa que tengo demasiada curiosidad por ver ese tatuaje. —El humor. El humor siempre era la salida en la que ambos se encontraban cómodos.

—Y a mí me tiemblan las piernas solo de pensar que vas a verlo. Nadie lo ha hecho hasta el momento, excepto el tío que me lo hizo.

—¿Fue en Austin?

—En Dallas. Mike conoce a un tatuador allí y me dio el nombre. No sabes lo que ha sido ocultárselo. —Taylor sonrió y Olivia le devolvió el gesto—. Pero quería que fueras tú la primera en verlo.

—Cada vez estoy más intrigada.

Cuando llegaron al apartamento de Taylor en el Upper East Side, los dos se dieron cuenta de que aquel lugar ya no parecía pertenecerle. En el pasado, al menos algunas de sus cosas estaban esparcidas por las habitaciones, dándole algo de vida. En aquel momento, solo parecía una lujosa *suite* de hotel.

—¿Otra copa?

—Qué remedio… —Olivia suspiró—. Ya estamos perdidos.

Taylor asintió y sirvió dos *whiskies* con hielo. Cuando regresó de la cocina, casi chocó con ella, que no se había sentado en el sofá y permanecía de pie, paseando de un lado a otro. Sus cuerpos chocaron… y ellos también. Y sus labios. Fue un beso breve, algo torpe, pero encendió una mecha que llevaba calentándose unas cuantas horas.

—Déjame verlo.

—¿El tatuaje? —Olivia asintió y Taylor exhaló un sonoro suspiro. Ella no entendía por qué estaba tan nervioso solo por un tatuaje, pero se contagió. Siguió el recorrido de los dedos temblorosos con los que él se desabrochaba la camisa.

—Tay…

Olivia se tambaleó cuando lo vio. Era pequeño, sutil y aún no estaba cicatrizado del todo. Era un número, un solo número de color negro. Encima del corazón. Un cincuenta y cuatro que los dos sabían muy bien lo que significaba. Que lo significaba todo.

Taylor había debutado con el equipo de fútbol del instituto cuando acababa de cumplir catorce años. Era el más joven de la plantilla; nadie solía empezar en un deporte de tanto contacto antes de los quince años. Pero Taylor era alto y, en parte gracias a las peleas con sus hermanos, estaba fuerte y era un poco temerario. Se había propuesto ser el *quarterback* del equipo y lo logró antes de terminar su primera temporada. Unos días antes de su primer partido, contra otro instituto del área de Austin, el entrenador le preguntó qué número le gustaría lucir en su camiseta. Él llevaba unos cuatro o cinco meses saliendo con Olivia y, como en un *flash* mental que ni siquiera supo de dónde había salido, se dio cuenta de que «Liv», como él siempre la llamaba, era cincuenta y cuatro en números romanos. Al día siguiente le dijo a su entrenador que ese sería su número. Nunca jugó con otro, ni en los años del instituto ni en los de la universidad. Cada vez que marcaba un *touch down*, se señalaba con los pulgares el número que llevaba a la espalda. Alguna gente sabía lo que significaba; la mayoría pensaban que era un gesto egocéntrico. Pero, en realidad, era una dedicatoria a la mujer de su vida, la que lo había sido desde los trece hasta los veintiséis años. El cincuenta y cuatro era su número, el de los dos. Siempre lo había sido.

—Ya te dije una vez que tenía claro desde los quince años lo que quería tatuarme —susurró él en su oído.

—¿Qué significa esto?

—No lo sé, Liv… —La voz de Taylor sonó torturada.

—Pues lo vas a llevar sobre la piel toda la vida. Deberías saber lo que significa.

—A lo mejor sí lo sé, pero no me atrevo a decirlo.

—Taylor… —Olivia solo quería que se callara. Sabía desde hacía una hora que la idea de ir al apartamento de Tay era mala, pero jamás pensó que pudiera complicarse tanto. Ella solo había visualizado un poco de sexo acompañado de culpabilidad postcoital, nunca una intensidad como la que flotaba en aquel salón.

—¿Y si siguiera enamorado de ti, Olivia? —Al fin se había atrevido a decirlo, aunque en el último momento tiñera de interrogación algo que en su cabeza era una afirmación clara.

—No digas eso… Por favor.

—He pensado más en las últimas siete semanas que en toda mi jodida vida anterior, Olivia. He pensado en lo que quiero, en lo que siento, en… En Mia y en ti. En que, si yo hubiera sido más inteligente en otra vida, ahora seríamos una familia. En…

—Tienes que dejar de hablar, Taylor. —Olivia tenía los ojos llenos de lágrimas. Un par de ellas ya rodaban libres por sus mejillas. Aquellas palabras de Taylor habían sido su sueño durante meses después de la separación. Durante años, incluso. Pero llegaban tarde. Tarde, a destiempo y cargadas de dolor.

—¿Por qué, Liv? ¿Por qué tengo que callarme?

—Porque no tiene sentido lo que dices. Porque incluso en el caso de que fuera cierto, de que estuvieras… enamorado de mí… ¿Qué, Taylor? ¿Qué pasaría? ¿Volvemos a estar juntos y ya? ¿Sin más?

—Podríamos hacerlo, podríamos plantearnos…

—¡No! —El grito de Olivia resonó en el salón—. ¿Cómo? Incluso aunque yo sintiera lo mismo, ¿cómo crees que podría confiar en ti? En que no volverías a cansarte, en que no volverías a tener tentaciones de colarte entre otras piernas, en que no me despertaría una mañana —Olivia ya no hacía ningún esfuerzo por ocultar el llanto, el dolor— y te encontraría en el salón, con un vaso de *whisky* en la mano, diciéndome que te destroza hacerlo, pero que tienes que dejarme porque ya no sientes lo mismo.

—¿Quieres pruebas, Liv? —Taylor tironeó de su camisa hacia los lados y un par de botones cayeron en el proceso. Se señaló el tatuaje y se dirigió a Olivia en el tono más vehemente que ella le había escuchado jamás—. ¿Crees que me tatuaría algo que hiciera referencia a otra mujer? ¿A cualquier otra persona del mundo?

—No lo sé, Taylor. Tampoco creía hace once años que podrías dejarme, ¿sabes? Y ocurrió. Además, ni siquiera es ese el tema. Es que yo… yo ya no siento eso por ti. Yo pasé página más tarde que tú, pero no he vuelto al punto inicial. Y sinceramente… tampoco creo que tú lo hayas hecho.

—¿Ah, no? ¿Y qué es lo que crees?

—¿La verdad? No te va a gustar… Pero creo que has vuelto a casa en un momento emocional muy difícil. Has regresado por primera vez más de una semana al lugar donde nos conocimos, donde nos enamoramos, donde vivimos un montón de cosas que fueron preciosas. Y has pasado un miedo horrible por tu hermano, y estás confuso.

—Me jode que, cuando al fin decido ofrecerte el corazón en una bandeja, tu única conclusión sea que estoy confuso.

—Taylor, esta conversación no nos va a llevar a ninguna parte.

—¿Es por Josh?

—¿Por Josh?

—¿Estás…? ¿Estáis juntos?

—Pues claro que no. Ya desde antes de ir a verlo a Los Ángeles quedó claro que no íbamos a volver a estar juntos.

—¿No hay ninguna posibilidad?

—¿De qué?

—Ya sabes de qué. ¿No ves ninguna posibilidad de que tú y yo… algún día…?

—¡No, Tay! Eso ni siquiera debería estar en el orden del día. Ese tema no está encima de la mesa desde hace más de diez años.

—Pues juraría que hace un rato estábamos a punto de follar como animales.

—¡Pero es que no es lo mismo! ¡No es lo mismo follar que hablar de una relación!

—Tienes razón —dijo Taylor al fin, después de un silencio que le sirvió para ordenar un poco (solo un poco) las ideas—. Yo… yo no quería que acabáramos mal este día. Me había hecho una idea en la cabeza y…

Taylor empezó a tirar de su pelo, como hacía siempre que la frustración lo invadía. Olivia se sentía en algo parecido al estado de *shock*, porque durante años había pensado que una reconciliación con Taylor sería la solución a todos sus problemas. Y cuando la posibilidad aparecía ante sus ojos…, no podía ni planteárselo. No le apetecía. No quería. Ya no estaba enamorada de él. Y, aunque un segundo antes estaba enfadada, ahora sentía una enorme compasión por Taylor. Porque solo había dos opciones: o ella había acertado y estaba confuso… o volvían a ser dos personas que se querían con locura, pero que no coincidían en sus sentimientos. Ella había estado loca por él cuando él ya no. Ahora él decía estarlo de ella cuando Olivia ni se planteaba algo así. Maldita falta de sincronización de los sentimientos.

—Te vas a quedar calvo si sigues tirándote así del pelo. —Taylor se sorprendió al oír el tono conciliador de Olivia y alzó la cabeza. Encontró los ojos de ella brillantes y los suyos se contagiaron, si es que en algún momento habían dejado de estar húmedos por las emociones disparadas.

—Lo siento, Liv… Siento mucho si te he hecho daño, pero… ya no podía callarme más. Me he equivocado en todo.

—¿En qué te has equivocado, Tay? —susurró ella, cogiéndole las manos con ternura.

—Creí que podría ser el donante de esperma de Mia y no sentir más que el enorme cariño que siempre tendría a un hijo tuyo. Y me equivoqué. La quiero tanto que me duele cada minuto que paso separado de ella. Llevo meses convencido de que estoy loco por la niña, y lo estoy, pero he tardado una eternidad en darme cuenta de que también estoy loco por ti.

—Estás confuso, Tay…

—Deja de decir eso. Te esperaré. Te daré el tiempo que necesites para pensar en esto que te he dicho.

—¿Tiempo? Mi opinión no es algo que vaya a cambiar mañana cuando me levante de la cama y piense en esta conversación. Por supuesto que esto me va a dar mucho en lo que pensar, ¿sabes? Han sido años, muchísimos años, aprendiendo a convivir con la idea de que la persona con la que creía que iba a pasar el resto de mi vida ya no estaría ahí. Por eso sé que esto tardará en írseme de la cabeza.

—¿Eso significa que el «no» no es rotundo?

—¿Qué quieres que te diga, Taylor? —Olivia se enfadó al sentirse presionada—. ¿Cuáles son las opciones? ¿Decirte que sí, que lo intentemos de nuevo, o decirte que no rotundamente, para que así puedas irte mañana a follar con otras?

—Yo ya no follo con otras. Creí que te lo había dejado claro.

—¿Y eso es por mí? ¿Estás loco o qué?

—No, no es por ti. Es por mí. Porque he aprendido algo de la vida en los últimos tiempos y me queda la dignidad y el respeto por ti suficientes como para no pedirte una segunda oportunidad dos horas después de haberme follado a una desconocida. No es que vaya a dejar de follar con toda Nueva York para estar contigo. Es que *ya* he dejado de hacerlo. Y con todo el resto del mundo también, si es que estás interesada en saberlo. No voy a dejarme esa vida de sexo esporádico como opción B si tú no quieres estar conmigo. Si no quieres darme una oportunidad, estaré solo y me haré pajas en la ducha, o follaré alguna vez si surge, pero ya no como deporte.

—Taylor, yo... —Olivia se recompuso como pudo y tomó una decisión—. Tengo... tengo que irme a mi casa.

—Te iba a pedir que te quedaras de todos modos, pero... supongo que es lo mejor.

—Sí. —Olivia recogió su bolso del suelo y se dirigió a la puerta—. Es lo mejor.

Se mantuvieron en silencio los segundos que tardaron en llegar hasta la entrada y en encontrar la manera de despedirse. Olivia estaba demasiado nerviosa, demasiado ansiosa. Solo quería subirse a un taxi, llegar a casa, estrechar a Mia entre sus brazos y relajarse perdida en su olor a bebé. Pero aún le quedaba por escuchar la última frase de Taylor. La que acabaría de revolucionarle el corazón y de instalar una duda eterna en su cabeza.

—Ya no me llega que nos veamos una vez al año, te necesito a diario. Ya no me llega ser el padrino de Mia, quiero ser su padre. Seré tu mejor amigo hasta el día que me muera, pero quiero ser algo más. Quiero serlo todo. Quiero que seamos lo que fuimos.

~31~
NO PUEDE SER

Cuando Mia fuera mayor, Olivia tendría que agradecerle que la hubiera mantenido cuerda la semana siguiente a aquella conversación. En un arranque de inteligencia emocional casi improvisado, Olivia decidió sumergirse en las rutinas que le imponían la niña y la vuelta al trabajo, ya a pleno rendimiento, para sobrevivir. Se levantaba muy temprano, dejaba a Mia preparada para la llegada de Anna, iba caminando a la escuela, se encargaba de todas las tareas que requerían de su presencia allí antes de volver a casa a comer, descansaba un rato, salía a correr, regresaba antes de que Anna acabara su jornada y pasaba las últimas horas del día cerrando temas de trabajo pendientes, leyendo, escuchando música o viendo una película, con Mia entre sus brazos, casi siempre ya dormida.

Intentaba no pensar en lo que había hablado con Taylor la noche de su aniversario de boda, pero... era difícil. Aquella declaración había caído como una bomba sobre su estabilidad emocional, convirtiendo en metralla los recuerdos de una vida compartida lo que parecía un siglo atrás. Y tiñendo el futuro de una enorme incertidumbre que se cernía sobre su cabeza como un nubarrón que amenazaba con descargar lágrimas.

Al noveno día, la rutina dejó de ser suficiente. Había sido más de una semana sin contacto con ningún ser humano mayor de un año, a excepción de Laura, con la que se había limitado a tratar temas laborales, y Anna. Su amiga la miraba con curiosidad durante las horas que compartían en la escuela, pero parecía estar esperando a que fuera Olivia la que se decidiera a contarle lo que fuera que le ocurría.

Y fue al noveno día. Por muchas razones, entre las que Olivia habría enumerado, si alguien le hubiera preguntado, que Mia había pasado una mala noche —y ella ya se había desacostumbrado a la privación de sueño—, que había intentado planchar su camisa favorita antes de salir de casa y le había hecho una quemadura horrorosa en plena espalda o que le había venido la regla aquella misma mañana. Todas eran ciertas, pero la verdadera razón por la que Olivia necesitó desahogarse aquella mañana... fue que echaba de menos a Taylor.

—¿Tienes planes para comer? —Laura se sorprendió cuando vio a Olivia asomar la cabeza por la puerta de su despacho—. Anna se queda hoy a mediodía con Mia y...

—Y al fin me vas a contar eso que te tiene tan rara estos días.

—Es posible. —Olivia le sonrió.

—Dame veinte minutos para hacer un par de llamadas y soy toda tuya.

Olivia la esperó enviando unos correos electrónicos que tenía pendientes y despidiendo a las dos alumnas que estaban estudiando unos desfiles de la temporada anterior en la sala de visionado del aula principal. Recogió sus cosas, pues no pensaba volver por la escuela después de una comida que se presentía larga, y salió al vestíbulo a esperar a Laura.

Decidieron comer en Barbuto, un restaurante muy *chic* de Washington Street, donde servían el mejor pollo de la ciudad. Las dos lo eligieron sin necesidad de mirar el menú y dejaron que el camarero les recomendara un vino blanco italiano.

—Bueno, ¿por dónde empezamos? —Laura dio un buen trago a su copa de vino y se acomodó en la silla.

—Pues... no estaría mal que empezaras por contarme cómo demonios has acabado enrollada con Josh. —Olivia soltó una carcajada espontánea—. ¡Apenas puedo creérmelo, te lo juro!

—Pues no será porque no te diéramos pruebas gráficas. —Laura se tapó la cara con las manos—. ¿Estamos seguras de que estás... bien, con todo esto?

—¿Con que Josh y tú...?

—Sí.

—¡Pues claro! De verdad, Laura..., Josh y yo somos buenos amigos, creo que nunca fuimos mucho más que eso, a pesar de que nos esforzábamos por disimularlo.

—Josh es muy de esforzarse en eso, sí... —A Laura volvió a darle la risa y Olivia se contagió—. No sé muy bien cómo ocurrió, pero... ocurrió. ¿Cuántas veces nos habremos visto en estos años? ¿Cinco, seis...? —Olivia asintió—. El caso es que un día llamó a la escuela preguntando por ti, porque no conseguía localizarte en el móvil, y me hizo dos bromas.

—Dos bromas... —Olivia reprimió un gesto burlón—. Qué típico de Josh.

—Al día siguiente volvió a llamar y le dije que no me tragaba que tú siguieras con el móvil apagado y... lo siguiente que sé es que nos pasamos dos semanas hablando a diario, que me dijo que un día me iba a dar una sorpresa difícil de olvidar...

—Y a quien le resultará difícil de olvidar será a mí, que os *sorprendí* en pleno encuentro, ¿no?

—Pues... tal cual. Se presentó en la escuela sin avisar, se sacó una botella de champán de sabe Dios dónde...

—Y tú te pusiste a cuatro patas. Sí, esa parte la recuerdo.

Laura arrugó su servilleta y se la lanzó a Olivia a la cara con la precisión de la jugadora de baloncesto que había sido en el instituto. El camarero llegó en ese momento con los dos enormes platos de pollo que habían pedido y Olivia se fijó en que la conversación había dejado a Laura sonrojada. Y eso no era algo habitual en ella.

—¿Lau...?

—¿Qué?

—Lo que sea que está pasando con Josh... es solo sexo, ¿no?

—Mmmm... —Laura emitió un sonido que Olivia no supo discernir si era de satisfacción por lo delicioso de la comida o de duda ante su pregunta.

—¿Laura?

—No, no es solo sexo.

—Ay, por Dios.

—Lo sé, lo sé... Sé todo lo que se te está pasando por la cabeza. Sé todo lo que es Josh. Lo sé yo, lo sabes tú y lo sabe la mitad de Norteamérica. Tres veces divorciado, enrollado con medio Hollywood e infiel por naturaleza.

—Bien, si tienes así de claro el currículum, no sé qué podría decirte yo.

—¿Y si te digo que creo que conmigo es diferente? —Laura dio un trago a su copa de vino—. ¿Soy tan gilipollas como parezco al decir esa frase?

—Pues... —Olivia también bebió y frunció el ceño, pensativa—. Creo que mi deber como amiga, y como persona que conoce muy bien a Josh, sería decirte que es un cabrón y que te va a hacer daño y todas esas cosas tan de gente que cree que lo sabe todo.

—¿Pero?

—Pero como persona que conoce muy bien a Josh, repito, sé que no es un hipócrita ni un mentiroso. A mí me dijo muchas veces que creía estar enamorado de mí, pero en todas ellas añadió que tardaría cinco minutos en cagarla y meterse en la cama de otra. Si a ti te ha prometido otra cosa..., es posible que vaya en serio.

—¿Tú crees?

—Y mucha gente creerá que debería advertirte, pero... estropearle la ilusión a alguien que se está enamorando no me parece precisamente el comportamiento de la amiga del año, así que... —Olivia alzó su copa en un brindis al aire—. Tienes mi bendición, suponiendo que me la hayas pedido.

—¿Crees que hay alguna remota posibilidad de que salga bien?

—¡Y yo qué sé! ¿Sabes, Laura? Yo fui la protagonista de una relación que nadie jamás pensó que pudiera salir mal. Y salió mal. En algún lugar tiene que existir una ley de la compensación que haga que tu relación con Josh, que todo apunta a que puede ser un desastre de proporciones épicas, salga bien.

—Esa teoría tiene la misma base científica que el tarot, pero... me la quedo.

—Disfrútalo, Laura. ¿De qué relación podemos afirmar que vaya a salir bien para siempre? Al menos, con Josh te divertirás, te tratará como a una reina y... joder, y puedes acabar siendo cuñada de Becky.

—¿Eso lo cuentas entre las ventajas o entre las desventajas? —se burló Laura.

—Claramente entre las desventajas.

—Lo suponía.

Se rieron unos segundos y Olivia se tomó un momento para fijarse en Laura. Desde la primera vez que la había visto, le había parecido una mujer guapísima, pero aquel día... brillaba. Sería el amor. O el buen sexo, que eso seguro que lo tenía garantizado con Josh. Pero sabía que para Laura aquello no sería suficiente. Siempre había sido una romántica, más tradicional que la propia Olivia en su forma de pensar. En cierto modo, quizá por la diferencia de edad, le recordaba un poco a la chica que ella había sido cuando aún estaba con Taylor. Laura creía que de verdad se podía encontrar un amor que durara toda la vida, aunque el suyo no se le hubiera cruzado aún en el camino. O sí, quién lo sabía...

—Bueno, ¿y vas a contarme qué te tiene tan distraída para no haberme hecho este interrogatorio en toda regla antes?

—¿De verdad no lo sospechas?

—¿Taylor?

—Taylor.

Olivia tuvo que tragar saliva un par de veces solo ante la mención de su nombre. Estaba segura de que tanto aislamiento, esos días sin saber nada de él, el recuerdo constante de lo que le había confesado aquella noche... habían hecho más grande la bola de nervios que se le formaba en la garganta.

—¿Qué ha pasado?

—Podría ponerte en antecedentes con un montón de cosas que han pasado en los últimos meses, pero sería dar un rodeo para acabar llegando a... la noche de nuestro aniversario.

—¿Seguís celebrándolo cada año? ¿Incluso ahora, después de lo de... Mia?

—Incluso ahora.

—Tengo que confesarte que, cuando me contaste eso por primera vez, pensé que solo había dos opciones.

—¿Cuáles?

—O estabais jodidamente locos. O estabais jodidamente locos el uno por el otro.

—Pues… de eso va este capítulo de la historia.

—¡¿Estás enamorada de Taylor?!

—¡Ojalá! —Olivia se llevó una mano a la boca—. No sé por qué he dicho eso, aunque… supongo que lo haría más fácil. No. A pesar de que es lo primero que le viene a la mente a todo el mundo, porque yo fui la pobre chica abandonada hace once años…, lo cierto es que es Taylor el que me ha dicho que se ha enamorado de mí.

—¡Joder! ¿Y qué hiciste tú?

—Lo que llevo haciendo más de una semana. Enloquecer.

—¿Puedo hacerte una pregunta muy personal? ¿Una que creo que nunca te he hecho en serio?

—Vas a preguntarme si sigo enamorada de Taylor.

—Sí.

—Ojalá… —Olivia miró a Laura y se sintió mayor. Habría matado por contagiarse un poco de la inocencia y el romanticismo de su amiga—. Ojalá fuera todo tan sencillo como eso.

—Pero… ¿lo estás o no? Creo que solo hay una respuesta posible.

—No. Hay tres. «Sí», «no» y «no lo sé». Y me temo que mi respuesta es la tercera.

—¿Es posible no saber si estás enamorada de alguien? ¿O es una excusa para no reconocer lo que dentro de ti ya sabes?

—No, Laura. Hace mucho tiempo que no me engaño a mí misma, puedes creerme. Hay muchas cosas que tengo claras. Yo sé que nunca querré a nadie como quise a Taylor, pero también es cierto que nunca volveré a tener trece años, ni diecisiete ni veintidós. Y no sé si a partir de esa edad se quiere de la misma manera.

—¿Y no crees que el hecho de que Taylor sea el gran amor de tu vida es razón suficiente para apostar por él?

—El gran amor de mi vida soy yo, Laura. —Olivia vio la cara de incomprensión de su amiga y decidió que beber era una idea tan mala como cualquier otra. Aprovechó que un camarero pasaba cerca para pedirle dos *gin–tonics* con lima e intentó explicarse—. Si algo bueno salió de mi divorcio fue… esto. Hace quince años, yo no estaría aquí comiendo contigo. Bueno, sí estaría, pero Taylor estaría sentado en esa silla de ahí. Y puede que nunca hubiera montado la escuela, sin duda no habría conocido a tanta gente interesante con la que me he relacionado en los últimos años…

—¿Mereció la pena?

—¿Pasar por el infierno para convertirme en la mujer que soy hoy? —Laura asintió—. Aquello fue demasiado terrible para que me atreva a decirte que mereció la pena lo que vino después. Si volviera a nacer…, preferiría ahorrarme aquel sufrimiento. Pero sí sé que soy una persona mejor, más completa y más madura de lo que jamás habría llegado a ser sin pasar por ello.

—Taylor y tú os queréis tanto… Creo que nunca he conocido a una pareja divorciada que se quiera como os queréis vosotros.

—Sí, eso es algo… —Olivia sonrió—. Es algo de lo que estoy orgullosa. Después de haber sufrido tanto, habría sido muy fácil odiarlo, pero, una vez pasado el dolor inicial, nunca le encontré la lógica a odiar a alguien que siempre se había portado bien conmigo por algo tan inevitable como que hubiera dejado de estar enamorado de mí.

—Es un planteamiento bastante *hippy*.

—No sé… Siempre me ha parecido alucinante la cantidad de gente que odia a otra por no sentir lo mismo que ellos. ¿Qué sentido tiene? Taylor dejó de estar enamorado de mí. Nunca me mintió, ni me engañó y sé que sufrió. No tanto como yo, no voy a ser tan imbécil como para creerme eso, pero... no fue fácil para él romperme el corazón y seguir adelante.

—Sé que me vas a llamar romántica, ilusa y un montón de cosas más, pero... alguien que es capaz de defender a la persona que más daño le ha hecho en su vida... yo diría que está enamorada.

—Es que, además de la persona que más daño me ha hecho, también es la que más me ha querido. Y junto a la que más feliz he sido.

—¿Y sigues diciendo que tienes dudas?

—Las tengo. Tengo dudas y tengo miedo.

—¿A que vuelva a hacerte daño?

—A eso también. Pero, sobre todo, a perder mi libertad. Todo lo que me ha costado tantos años conseguir.

—Así que eres de esas personas que cree que para ser independiente hace falta estar soltera...

—No. No necesariamente. Pero creo que todos perdemos una parte de nuestra independencia cuando vivimos en pareja. Otra cosa es que no nos importe cederla. Pero... Dios, Laura, a mí me encanta vivir sola, con Mia ahora. Tener mi piso, mi negocio, no tener que dar explicaciones a nadie...

—Entiendo.

—Pero tampoco te voy a mentir. Siento cosas. Si no, no llevaría esta semana sin dejar de darle vueltas a lo que me dijo. En parte..., creo que me pasé tantísimo tiempo queriendo escuchar esas palabras de su boca que he perdido la capacidad para evaluarlas.

—Eso sí que lo comprendo mejor.

—¿De verdad?

—Sí... Tú sabes cuánto sufrí yo cuando era modelo. —Olivia asintió. Conocía demasiado bien los horrores por los que había atravesado su amiga en la industria—. Cuando me expulsaron de aquel desfile para Louis Vuitton...

—Nunca me habías contado para qué marca fue.

—Lo sé. Durante mucho tiempo me dio vergüenza hablar de ello. El caso es que, cuando aquella directora de *casting* me vio comiéndome una manzana, estaba a punto de desfallecer. Llevaba semanas a dieta estricta, dos días tomando solo agua y ese último día, ni siquiera nos permitirían ya beber. Cuando me descubrió, sabía que me mandaría a casa. Tú has estado ahí, sé que puedes imaginar la humillación que supuso recoger todas mis cosas e irme al aeropuerto. Aquel iba a ser mi primer desfile grande.

—Qué horror...

—Siempre cuento que, después de aquello, decidí dejar la profesión, pero no es verdad. Me pasé semanas... meses intentando que aquella asquerosa se comiera sus palabras. Convertirme en una modelo mejor, lo cual significaba... adelgazar, y que algún día ella tuviera que bajar la cabeza y avergonzarse de habérmelo hecho aquello. Como ya sabes..., no lo conseguí.

—¿Y aún duele?

—Me duele lo mismo que te duele a ti el divorcio de Taylor. —Olivia frunció el ceño—. Me duele que fue el fracaso de un proyecto en el que había puesto todas mis ilusiones. Lloré mucho. Lloré, me frustré y me culpé. Me odié por haber sido siempre una chica un poco gordita y, a pesar de eso, haber querido ser modelo, en vez de cualquier otra cosa. Conseguí salir del bache y volver a la universidad, conseguí entrar a trabajar contigo, que es lo mejor que me podía haber pasado...

—Gracias. Te aseguro que es recíproco.

—Para mí, la vida profesional que he llevado desde entonces es el equivalente a todo ese crecimiento personal que tú tuviste después del divorcio. ¿Somos felices? Creo que es evidente que sí. Entre otras cosas, porque nos estamos tomando un *gin–tonic* un lunes. —Las dos se rieron—.

¿Tenemos cicatrices? Sí, cada una la nuestra. Y duelen. Aún duelen a veces, pero… no siempre hay marcha atrás.

—¿Qué quieres decir?

—Cuando llevaba un año trabajando contigo, me surgió una oportunidad de volver a desfilar. —Olivia puso cara de sorpresa—. Nunca te lo he contado. Bueno… ni a ti ni a nadie. En una reunión a la que acudí por temas de la escuela, me encontré con un director de *casting* con el que había coincidido cuando aún era modelo. Me reconoció, nos pusimos un poco al día y… me ofreció un desfile. En la New York Fashion Week, nada más y nada menos.

—¡¿Para quién?! ¿Cómo no me contaste nada de esto?

—Para Christian Siriano. Iban a hacer un desfile con algo más de diversidad de tallas de lo habitual. Y me querían a mí para cerrarlo, en plan estrella del *show*.

—¿Y dijiste que no?

—Tardé dos semanas en hacerlo. Esas dos semanas me las pasé loca de ilusión, imaginando ese momento. Salir a la pasarela, desfilar delante de miles de personas, en el evento más importante del mundo de la moda y, mentalmente, darle en la cara a aquella directora de *casting* que tanto daño me había hecho.

—¿Y qué pasó?

—Pasó que… me di cuenta de que aquel ya no era mi sueño. Era el sueño de la Laura de veinte años, que pasó un infierno al no conseguirlo. Entendí que la única razón por la que me hacía ilusión era por venganza, por tapar el recuerdo de aquel desfile en Tokio del que me echaron con un éxito aquí. Pero yo ya no quería ser modelo. Yo quería ser la subdirectora de la escuela de modelos más guay de Nueva York.

—Creo… creo que he entendido la analogía.

—No digo que sea vuestro caso. Una historia de amor, con todas las cosas especiales que rodean a la vuestra, además…, no se puede comparar con una situación profesional.

—Pero has entendido lo que sentí el sábado. Las palabras de Taylor… cumplieron el sueño de la Olivia de veintiséis años con el corazón roto. Pero no sé si significan algo para la Olivia de casi treinta y siete con una vida plena, una niña pequeña y muy pocas ganas de complicarse.

—¿Y qué vas a hacer?

—No tengo ni idea. Ni siquiera sé si las palabras de Taylor son sinceras o fruto de la confusión que tiene encima desde el accidente de su hermano.

—¿Alguna vez había flaqueado en los últimos años?

—Nunca. Ha tonteado, porque ya conoces a Taylor… No sabe hablar sin coquetear. —Laura suspiró; era preocupante hasta qué punto Olivia y ella compartían el gusto sobre hombres—. Pero ni una sola vez ha dicho que divorciarse de mí hubiera sido un error.

—¿Ni siquiera ahora?

—Ni siquiera ahora.

—A ver si lo entiendo. Entonces… ¿no es que se haya pasado todos estos años enamorado de ti sino que se ha vuelto a enamorar de cero o algo así?

—El sábado me quedé en estado de *shock*. No he indagado tanto, lo siento. —Olivia le dio el último sorbo a su copa—. Pero no… Taylor nunca se ha arrepentido de lo que ocurrió. Sí de hacerme daño, por supuesto, pero no de decidir vivir su vida, durante una década, lejos de mí. Fue… fue el nacimiento de Mia lo que lo cambió todo.

—Para él es su hija —afirmó Laura. No fue una pregunta.

—Sí. Y eso no hace más que complicar las cosas a un nivel que se me escapa de las manos.

—Lo estás pasando mal, ¿no?

—Estoy... confusa. Estoy viviendo el sueño de mi vida con diez años de atraso. Y ya no sé si es el sueño de mi vida.

El silencio se adueñó de ellas y, como en un pacto tácito, pidieron la cuenta y echaron a andar hacia el punto donde se separarían; Olivia para volver a casa y Laura para regresar a la escuela a impartir la única clase de aquella tarde, a un grupo de modelos que ya tenían bastante experiencia, así que los *gin–tonics* no serían un problema.

—Oye, y qué... ¿qué opina Becky de todo esto? —le preguntó Laura, con una expresión que Olivia no fue capaz de interpretar.

—No se lo he contado.

—Ya.

—¿Qué? —Laura estaba de lo más misteriosa y Olivia no entendía qué tenía que ver Becky en todo aquello.

—¿Sabes? Creo que en el fondo tienes más claro lo que quieres de lo que tú misma eres capaz de ver. Si no..., habrías acudido a contárselo a Becky, para que te dijera lo que quieres oír.

—No te sigo... —Olivia frunció el ceño, confusa—. Becky es la mayor fan del mundo del concepto Olivia–Taylor.

—Sí..., pero ella te habría dicho que seguís enamorados. Que siempre lo habéis estado. Que sois la pareja perfecta. Y todas esas cosas que, en el fondo, quieres oír porque... te generan rechazo. Porque te permitirían salir huyendo, que es lo que necesitas, porque estás aterrorizada.

—¿Y tú? ¿Qué me dices tú, en lugar de eso?

—Yo soy la más romántica del mundo, ya lo sabes, pero no me enamoro cada dos meses, como Becky. O como Becky antes de que apareciera Charlie, al menos. Y tú tampoco te enamoras así. Tú eres como yo. Y por eso has acudido a mí. Para que te diga que no tengas miedo, que no existen los enamoramientos que son como flechazos que te tiran al suelo. Para que te diga que el amor verdadero es lo que sientes por alguien a quien quieres tanto que le perdonas que te rompiera el corazón en el pasado. Alguien en quien confías tanto que le pides que sea el padre biológico de tu hija. Alguien por quien sientes algo tan fuerte que te dice que está enamorado de ti y todo tu universo se tambalea.

—Laura...

—Tengo la sensación de que, más que ayudarte, he conseguido que pases unas cuantas noches sin dormir.

—Es posible, pero... tengo bastante claro que no iba a dormir de todos modos.

Se despidieron cuando Olivia encontró un taxi que la llevara de vuelta a casa. De vuelta a Mia. A la rutina del baño, darle la cena, acostarla, verla dormir. La rutina, sí... La rutina era su tabla de salvación.

~32~
Intentarlo

—Así que si alguna de vosotras se ha matriculado aquí pensando en el dinero que va a ganar, los famosos a los que va a conocer o los seguidores que va a conseguir en Instagram, le pido que se lo piense muy bien. Ser modelo implica mucho trabajo, muchos sacrificios y, en la mayoría de los casos, es un trabajo normal, mal pagado, que implica hacer muchos desfiles al año para mantenerse en una ciudad como Nueva York. Alessandra Ambrosio solo hay una. La industria es muchas veces cruel, y os pedirán que salgáis a la pasarela sin sonreír porque lo importante es que el público vea la ropa que lleváis, no a la modelo. Claro que… teniendo en cuenta que es muy probable que estéis muertas de hambre, la cara de tristeza os saldrá de forma natural. —Olivia hizo una pausa en su discurso; había acabado la parte dura, empezaba la dulce. Hasta en la inflexión de su voz se notó—. Pero también es un trabajo lleno de cosas positivas. Luciréis creaciones que son puro arte, conoceréis a profesionales que revolucionan la industria y viajaréis a lugares que la mayoría de la gente no llegará a conocer jamás. Si os gusta la moda, puede ser un sueño. Si no os gusta…, no tiene demasiado sentido querer ser modelo, ¿no?

—¿Hay un peso máximo que tengamos que cumplir para seguir aquí? —se escuchó una voz algo asustada al fondo de la sala.

—No. No lo hay ni lo habrá nunca. Laura y yo —Olivia le dirigió una sonrisa a su compañera, que estaba sentada a su lado— creemos en una forma de trabajar diferente a la de la mayoría de escuelas. Pero no os vamos a mentir. La industria tiene sus normas y es muy difícil cambiarlas. Por suerte, poco a poco las cosas van mejorando, hay más diversidad sobre las pasarelas y están triunfando chicas de tallas muy diferentes a lo que era habitual hace diez o quince años. Nosotras solo queremos que estéis sanas. Queremos y… *exigimos*.

—¿Eso significa que las chicas que vomiten serán expulsadas? —preguntó una voz mucho más firme que la anterior—. Porque suponen una competencia desleal que nos perjudica…

—¿Leslie? Te llamas Leslie, ¿verdad? —Olivia la miró y la chica se encogió un poco—. Tenéis que perdonarme, aún no he tenido tiempo de aprenderme todos vuestros nombres.

—Leslie, sí. Leslie Williams.

—Bien, Leslie… Las chicas con algún tipo de trastorno alimenticio serán tratadas como cualquier otra alumna que se encuentre enferma. Se informará a sus padres, se decidirá con ellos el mejor método para ayudarla y se mantendrá alejada de desfiles y sesiones el tiempo que dure su tratamiento, según lo que recomiendan los muchos psicólogos con los que hemos hablado de este tema que, por desgracia, todas sabéis que siempre está presente en este trabajo.

—No toleraremos ni que nadie frivolice con la anorexia o la bulimia —añadió Laura— ni que se discrimine a ninguna compañera que esté sufriendo un trastorno de ese tipo. Espero que eso lo tengáis todas muy claro. Vosotras y vuestros padres.

Olivia y Laura llevaban ya más de una hora dando la charla habitual de bienvenida a un nuevo grupo de chicas. La edad mínima para entrar en la escuela eran quince años, al contrario que en otros centros, en los que admitían alumnas desde los trece, pero, aun así, a Olivia le seguían pareciendo demasiado pequeñas. Sabía que las chicas que no se empezaran a abrir camino en el negocio ya en la adolescencia lo tendrían muy difícil para hacerse una carrera, pero desde que Mia había nacido no podía evitar verlas como a unas niñas.

Acabó el discurso recordándoles algunas normas básicas, como que era obligatorio seguir con los estudios, al menos hasta terminar el instituto, o que el padre, madre o tutor legal de las chicas debía acompañarlas a todos los trabajos hasta que cumplieran los dieciocho años. Las caras de fastidio e incredulidad eran tónica general en la audiencia, y Olivia sabía muy bien que más o menos la mitad de las alumnas abandonarían antes de llegar a conseguir siquiera su primer desfile.

—Y esto es todo. Os prometemos que, a partir de mañana, las cosas serán más divertidas que hoy. Os esperamos a las nueve de la mañana con muchas ganas de aprender.

Todas aplaudieron, y un par de padres la pararon cuando se dirigía a su despacho para preguntarle dudas concretas sobre sus hijas. Echó mano de su paciencia para explicarles lo necesario para que se quedaran tranquilos y, cuando abrió la puerta de la sala, se encontró con una sorpresa inesperada.

—¡Tay! Pero ¿qué estás haciendo aquí? —Se acercó a abrazarlo, aunque con un poco más de distancia de la habitual entre ellos. No se habían visto desde la noche del aniversario, aunque en las últimas semanas habían retomado la costumbre de hablar por teléfono.

—Tenía una reunión en el Upper West Side, ¿no te lo ha dicho Becky? —Taylor no esperó su respuesta; estaba nervioso—. He acabado antes de lo que esperaba y he pensado que sería buena idea pasar a darte una sorpresa. Y la sorpresa me la he llevado yo.

—¿Por? —le preguntó Olivia, extrañada.

—Por… eso. —Taylor señaló hacia la puerta de la sala, por la que seguían saliendo chicas muy jóvenes, que miraban a Taylor como si se les hubiera aparecido Jesucristo allí mismo—. El discurso que les has dado y todas las cosas tan sabias que has dicho.

—Yo… Bueno…, no quiero que entren aquí por razones equivocadas ni que se… descontrolen.

—Me he sentido orgulloso. —A Taylor le dieron igual las adolescentes que seguían observándolos, el saludo lejano de Laura antes de entrar en su despacho y hasta la posibilidad de ponerse demasiado intenso antes de tiempo; necesitó decirle a Olivia lo que había sentido al escucharla—. No tenía dudas de que haces un buen trabajo aquí, pero escucharte ha sido… guau.

—Muchas gracias, Tay —le respondió Olivia, sonrojada.

—¿Puedes ir a dar un paseo o a… comer? ¿O tienes mucho lío por aquí?

—Pensaba salir a comer y pasarme por la tarde por la exposición del Met, que llevo días deseando ir.

—No fuiste a la gala, ¿no?

—Me dio pereza pensar en el estilismo adaptado a la temática. ¿Tú?

—Lo mismo digo.

—Anna Wintour nos va a odiar.

—A mí me ama, ya lo sabes.

Sonrieron y sintieron que la tensión se disipaba un poco.

—¿Vamos?

—Claro. Me encantará unirme a ese plan de comida y museo.

Salieron de la escuela caminando en silencio. Junio había llegado a Nueva York con temperaturas suaves y sol radiante; aunque le encantaba el otoño en la ciudad y tampoco le hacía ascos a una buena nevada, el comienzo del verano era sin duda la época favorita de Olivia.

—¿Qué tal está Mike? —Olivia había retomado el contacto con Taylor después de más de diez días porque, aunque hablaba de vez en cuando con Eileen y sabía que ella la informaría de cualquier novedad, no podía seguir sin tener relación con Taylor mientras él estaba en Texas cuidando de su hermano.

—Mejor, mejor... El brazo ya está casi recuperado del todo. Ha empezado la rehabilitación y ya empieza a moverse un poco con las muletas. No está siendo fácil hacer que se lo tome con calma.

—Ya me imagino. ¿La pierna sigue mal?

—Fatal. Lo han vuelto a operar y nos han dicho que probablemente sea ya la última vez que tenga que pasar por quirófano.

—Eso son buenas noticias, ¿no?

—En realidad..., no. Significa que ya no hay nada más que hacer. Que como quede ahora... será como quede de forma definitiva.

—Vaya... No lo había pensado. —Olivia deseó una vez más con todas sus fuerzas que la recuperación de Mike fuera lo mejor posible—. ¿Y el ojo?

—Lo operan este verano. Aquí, en Nueva York.

—¿Ah, sí?

—Sí. En cuanto los neurólogos den su aprobación para que pueda viajar en avión, lo operarán en el Mount Sinai.

—Ya me avisarás, para que pueda ir a verlo.

—Claro.

—¿Y Fitz?

—Mira. —Taylor sacó el móvil del bolsillo trasero de sus vaqueros y le enseñó a Olivia un montón de fotos del perro—. ¿A que está precioso?

—Es para comérselo. ¿Tus padres cómo lo llevan? ¿Los vuelve muy locos?

—Los vuelve lo suficientemente locos como para que se les olvide de vez en cuando que puede que su hijo no vuelva a caminar.

—Me alegro, entonces.

—La próxima vez que venga a Nueva York lo traeré. Habrá que presentárselo a Byron, ¿no crees?

—Dios... —Olivia fue incapaz de reprimir un par de sonoras carcajadas—. Becky se ha vuelto loca.

—Más bien diría que es Charlie el que ha perdido la cabeza. ¿Es que no conoce a la mujer con la que se va a casar? Yo no me atrevería a regalarle un perro a Becky ni aunque ella me lo suplicara.

—Pues ella está encantada. Lo mete en el bolso y se lo lleva a todas partes. Yo la llamo Paris Hilton desde hace semanas.

—Y no es por ser mala persona, pero...

—A ver qué vas a decir, que te recuerdo que es mi mejor amiga.

—Si te hubieran contado hace años que Becky iba a tener un marido y un perro...

—No, no me lo habría creído. Y tú tampoco.

—Ya, ya, pero, en el caso de que fuera una posibilidad... ¿No habrías apostado a que sería el marido el que se llamara Byron y que Charlie sería el perro?

Hasta que entraron en el restaurante no fueron capaces de dejar de reír. Llegaron caminando casi hasta Midtown y se decidieron por un *steakhouse* que no conocían. Pidieron una ensalada para compartir, y hasta el simple hecho de escuchar sus tenedores chocando sobre el plato les transmitió una sensación de intimidad que no tenían muy claro si los incomodaba o hacía más pequeña la brecha que se había abierto entre ellos en las últimas semanas.

—Lo estamos haciendo bastante bien ignorando el tema, ¿no? —Taylor se atrevió a romper el hielo y comprobó con cierta satisfacción que Olivia se ponía más colorada que los tomates de la ensalada.

—Yo… no sé qué decir, Tay. Creo que no tengo mucho que añadir a lo que hablamos el día… el día…

—El día D. Puedes llamarlo así, si quieres —Taylor intentó bromear, pero el gesto le salió amargo—. Yo sí tengo algunas cosas que añadir.

—No estropees el día, Tay, por favor.

—No, te lo prometo. No me arrepiento de una sola cosa de las que te dije hace un mes. De hecho, cada día que pasa estoy más seguro de mis sentimientos. Ya no vas a poder decirme eso de que estoy confuso.

—Cada día más seguro de tus sentimientos… ¿por mí?

—No, por el perro de Becky, no te jode… —Taylor suspiró, frustrado, y se sirvió una copa de vino—. Sí, Liv… Cada día más seguro de mis sentimientos por ti. ¿Tanto te cuesta creerlo?

—Pues… teniendo en cuenta que ni siquiera nos hemos visto y apenas hemos hablado en un mes, me resulta difícil entender que los sentimientos se intensifiquen en lugar de diluirse.

—Dicen que la distancia es como el viento, ¿no? Que apaga las velas, pero aviva las hogueras.

—Pero… —A Olivia le dio un ataque de risa tan estruendoso que estuvo a punto de expulsar el vino por la nariz y atrajo las miradas de varios comensales cercanos—. ¿De dónde coño te has sacado esa frase? ¿Del muro de Facebook de tu sobrino preadolescente?

—Está claro que en esta época que nos ha tocado vivir ya no se permite a un hombre ser romántico —protestó Taylor, aunque a él también le dio la risa.

Siguieron comiendo un rato en silencio, solo comentando los últimos avances de Mia, que ya gateaba y parecía a puntito de echarse a caminar. Taylor quiso decirle que se moría por estar allí cuando eso ocurriera, pero no quiso añadir más intensidad a una tarde que ya estaba algo cargada. De hecho, ni siquiera tenía intención de pedirle a Olivia que lo llevara a ver a la niña; la echaba de menos cada día, ya se había acostumbrado a ello. Y a todas sus preocupaciones se unía el miedo a que Olivia pensara que eran sus sentimientos por Mia los que lo tenían confuso. Aquella tarde sería solo para ellos; necesitaba que Olivia entendiera que adoraba a la niña, pero enamorado… enamorado estaba solo de ella. Y tenía bastante claro que así sería el resto de su vida.

—¿Nos vamos al Met? —Olivia interrumpió la conversación y ambos se pusieron en marcha.

Pidieron la cuenta y, en la puerta del restaurante, un taxi hacia el Met. Al llegar allí se encontraron con que las entradas para la exposición temporal que cada año organizaba Anna Wintour, la todopoderosa editora jefa de *Vogue*, tras la famosa gala del Met, estaban agotadas. Nada que un par de llamadas de Taylor a los números oportunos no pudieran solucionar, claro está. Se perdieron entre las salas que mostraban trajes de estética *camp* y mantuvieron el habitual debate entre la postura de Taylor, que consideraba absurdo casi todo lo que veía, y la de Olivia, que le recordaba que no solo era un arte, sino también cultura, pues la temática de aquel año en concreto se inspiraba en un ensayo publicado por Susan Sontag en los años sesenta.

—Vale, vale, de verdad, ¡me encanta! —Taylor fingió entusiasmo—. Si dejas de contarme todo ese rollo, te juro que aprenderé a valorar el arte que hay detrás de esto.

—Con la pasta que llevas ganada en el mundo de la moda, es lo menos que deberías hacer.

—Hay… hay algo que quiero decirte, antes de que te enteres por otros medios… —Taylor carraspeó y Olivia supo al escucharlo que la conversación inofensiva había terminado.

—Tú dirás.

—Le he contado todo a Becky.

—¿Todo? ¿Qué es *todo*?

—Le he contado que me he enamorado de ti. Sin más. No sé ni cómo, pero he esquivado sus preguntas. Solo… quería hacerlo oficial delante de la única persona que me importa que no tenga dudas. Aparte de ti, claro.

—¿Y… por qué?

—Porque no quiero ni que se plantee que esto sea un juego. Becky es la tía más perspicaz que conozco. Se dará cuenta de que te estoy rondando…

—¿*Rondando*?

—¿Vas a repetir todas las palabras que te diga? Sí, *rondando*. Lo que sea.

—¿Piensas *rondarme* mucho? —Olivia quiso que su comentario sonara a burla, pero se dio cuenta demasiado tarde de que parecía un coqueteo.

—Todo lo que tú me dejes. —Se detuvieron frente al espectacular vestido que había lucido Lady Gaga en la gala que se había celebrado en ese mismo museo unas semanas antes—. Deja de mirar ese traje y ven aquí.

—¿A dónde?

—Vamos a sentarnos. —Se sentaron en el banco de piel granate que presidía la galería en la que se encontraban—. Olivia, yo… me gustaría pedirte permiso para… para llamarte más a menudo y para… para intentarlo.

—Taylor…

—Ya sé que tienes dudas, créeme. Si no las tuvieras…, no estaríamos hablando de esto, ¿verdad? Probablemente, de hecho, estaríamos en esos cuartos de baño. Los conocemos bien, ¿no?

—Mira el que iba a hablar en serio… —se burló Olivia.

—Sí, cierto. Perdona, es que… hay imágenes difíciles de olvidar.

—¿Decías…?

—Sí, sí. Decía… —Taylor le sonrió y ella no pudo evitar que se le contagiara el gesto; maldito canalla, se las sabía todas—. Decía que me gustaría pedirte permiso para intentar que me des una oportunidad.

—Va a ser verdad eso de que estás hecho un caballero.

—No es eso. Es que quizá sonaría muy romántico si te dijera que te voy a demostrar cuánto te quiero, que me voy a plantar en tu trabajo por sorpresa a diario, que te voy a enviar flores y que te voy a llamar a todas horas, pero a mí eso me parece un poquito acosador.

—Te puedo asegurar que esa *estrategia* solo serviría para alejarme.

—Lo sé. No pienso hacer nada que te moleste. Si me dices aquí y ahora que no hay ninguna posibilidad de que tú y yo lleguemos a estar juntos algún día, me marcharé a Texas, me tomaré el tiempo necesario para asumirlo y regresaré a Nueva York solo para visitarte, como amigo, y a Mia, como padrino.

—¿Vamos en un *pack*?

—¿Qué? —Taylor la miró y comprendió—. ¿Mia y tú? No… Ni estoy enamorado de ti porque seas la madre de Mia, ni considero a Mia mi hija porque esté enamorado de su madre. Os quiero con locura a ambas, pero de forma… independiente.

—Aunque sé que no es lo que querrías oír… —Olivia usó su voz más dulce para dirigirse a él. Ya no le dolía como lo había hecho la noche de su aniversario oír a Taylor decir que estaba enamorado de ella; seguía confusa, asustada y reticente a entregarse a una historia que no tenía ninguna garantía de que fuera a salir bien, pero estaba más tranquila. Y empezaba a creerse que Taylor sí hubiera reflexionado sobre sus sentimientos, que realmente sintiera aquello que le decía; eso la aterró un poco—. Nosotras también te queremos muchísimo, Tay.

—Pues claro que quiero oírlo. Liv, creo que tú y yo... somos la mejor prueba de que estar enamorados es maravilloso, pero que quererse, incluso sin estarlo, es algo mucho más...

—Altruista —aportó Olivia. Ella lo sabía bien; sabía cómo la había querido Taylor once años atrás, cuando ya había dejado de estar enamorado de ella. Qué menos que devolvérselo ahora.

—Sí. Tal vez esa sea la palabra.

—¿Qué propones, Tay?

—Pues... ahora que Mike está mejor, supongo que no tardaré en volver a Nueva York. No tengo prisa, la verdad. Como ya te dije, este tiempo en Texas me está viniendo muy bien. Me está... cambiando.

—Mejorando.

—Eso iba a decir, pero no quería que me llamaras engreído. Os echo mucho de menos, Liv... —Taylor bajó la voz, aunque no había nadie cerca que pudiera escucharlos—. Os echo de menos, pero sé que el hombre que quiero ser... no existiría sin estos meses en Texas. Estoy pasando mucho tiempo con mis hermanos, sobre todo con Mike, hablando mucho, pensando mucho... Dejando claro lo que quiero hacer con mi vida, no solo... no solo relacionado contigo, también con el trabajo, el piso...

—¿Vas a mudarte?

—Lo estoy pensando. No sé qué sentido tiene seguir viviendo en un piso que solo me gustó los primeros cinco minutos.

—¿Y tienes fecha para el regreso a la ciudad?

—No. Mike no puede hacer trabajo físico por el momento, pero no creo que tarde demasiado en abrir el taller. Es un puto cabezota orgulloso, pero al fin ha aceptado que lo ayude con las deudas del negocio. Lleva meses cerrado, pero él sigue pagando los sueldos de los dos empleados y todos los gastos que conlleva. Volverá a abrir pronto, aunque no sé si algún día podrá encargarse de nuevo de las reparaciones en persona.

—Bueno, quizá sea una nueva etapa. Pero siempre será mejor que estar en casa volviéndose loco. Estoy segura de que en cuanto vuelva a sentirse útil, mejorará más que con mil sesiones de rehabilitación.

—Yo también lo creo... Y en cuanto eso ocurra, Liv, yo volveré a Nueva York. Y supongo que entonces tendrás que darme una respuesta, antes de que la espera haga que...

—¿Que se te caiga el pito por desuso?

—Iba a decir que se me rompa el corazón, pero lo del pito también está a punto de ocurrir. —Olivia se rio—. Lo digo en serio, Liv, seguiré enamorado de ti a distancia, esté aquí o en Austin. Pero aún conservo la esperanza de que un día me dejes estar enamorado de ti... y a tu lado.

—Dejar pelotas en tejados ajenos es una de tus especialidades, ¿no?

—No se me da mal. —Taylor la miró. Se acercó. Pudo ver el sobresalto en la mirada de ella cuando malinterpretó sus intenciones. Él solo quería tenerla más cerca, no pensaba besarla sin asegurarse de que eso fuera lo que ella deseaba. Sin que ella se lo pidiera. Pero no era miedo lo que tenía Olivia. Los dos lo sabían. Como mucho... miedo a sus sentimientos—. Podría decirte que ya no me imagino la vida sin ti, pero... claro que me la imagino. La vivo a diario. Podría vivir sin ti el resto de mi vida y no ser del todo infeliz, pero... sería una vida peor.

—Me lo pones muy difícil... —susurró Olivia. Le daba pavor hasta qué punto sus barreras se tambaleaban cuando él le hablaba así—. Necesito... necesito más tiempo. Lo siento, yo...

—Liv. Yo he tenido diez años. No pienso ser impaciente contigo. No tengo ningún derecho a presionarte. Solo faltaría.

—Gracias. Yo… creo que podemos llegar a una solución intermedia. Volvamos a hablar como antes de la cena de aniversario, como cuando estuvimos en Texas. Con naturalidad, cuando surja, cuando… nos apetezca.

—¿Y cuando vuelva a Nueva York?

—Nos veremos más. Volveremos a ser amigos.

—¿Es que hemos dejado de serlo alguna vez? —le preguntó Taylor.

—Por supuesto que no. Pero ¿recuerdas que un día hablamos de que habíamos salido uno de la rutina del otro?

—Sí. Pero eso…

—Eso ha dejado de ser así, en cierto modo. Sigamos así. Ven a ver a Mia cuando quieras, porque es obvio que te duele cada minuto que pasas separado de ella. —Olivia le sonrió, aunque había algo de tristeza en el gesto.

—Ni te imaginas.

—Dejemos que las cosas fluyan, Taylor. Sabemos que eres un impaciente patológico, que quieres que te diga algo ya, pero… tú lo has dicho. Son once años separados. A ratos tengo la tentación de salir huyendo y decirte que no, que es imposible, que jamás ocurrirá. Pero sería una hipócrita si te dijera que no siento nada.

—Es un buen comienzo.

—Sí. —Olivia le sonrió. Lo miró y le acarició el pelo; había un mechón que siempre se le escapaba y le caía sobre la frente. A Olivia le encantaba aquel mechón—. Sí que lo es.

Salieron del Met en silencio y así siguieron casi todo el camino hasta el metro. Olivia tenía que volver a casa a hacerse cargo de Mia y prefirió no preguntar si Taylor quería verla. La intensidad emocional del día pedía a gritos que ambos tuvieran algo de espacio para reflexionar sobre todo lo que habían hablado.

—Creo que nos despedimos aquí —dijo Taylor, en cuanto llegaron a la estación—. Yo me iré caminando a casa.

—¿Cuándo vuelves a Austin?

—Mañana por la tarde.

—Da recuerdos a Mike y a todos, ¿vale?

—Claro.

—Bueno, pues…

—Liv, me había prometido no decir esto aún, pero… supongo que ya lo sabes. —Olivia alzó la mirada y se encontró los ojos más sinceros que había visto en Taylor jamás—. Te quiero.

Se lo habían dicho cientos de veces. Cuando eran apenas unos adolescentes que no tenían mucha idea de la magnitud del sentimiento que albergaban aquellas palabras; o quizá sí, quizá ya lo sabían. Cuando eran unos locos que se habían casado apenas cumplida la veintena porque ya no se les ocurrían más formas de demostrarse cuánto significaban para el otro. Cuando estaban en la cumbre, en lo más alto, pero no había un momento del día más importante que irse a la cama juntos cada noche en aquel piso tan modesto de Hell's Kitchen, y antes de dormir lo último que se decían eran aquellas dos palabras. Incluso cuando todo se rompió en mil pedazos y el «te quiero» empezó a ir acompañado demasiado a menudo de un «pero».

Olivia había escuchado millones de veces que Taylor la quería. Pero aquella tarde de junio en las escaleras de acceso a la estación de metro de Lexington Avenue, tuvo la sensación de que jamás había escuchado aquellas ocho letras con mayor sentimiento. Y también la certeza de que nunca habían tenido mayor capacidad para poner su vida del revés.

~33~
QUÉ SEREMOS

Olivia no podía creerse que estuviera subida a aquel avión. De todas las cosas surrealistas que le habían ocurrido en su vida —y no habían sido pocas—, aquel viaje casi por sorpresa se llevaba la palma.

Todo había comenzado casi un mes atrás con una comida que Becky había cancelado por algún tipo de crisis que había surgido en su agencia. Teniendo en cuenta el empeño que su amiga estaba poniendo en demostrarle a Charlie que dedicaría menos tiempo al trabajo en el futuro, Olivia supo que algo grave debía de estar ocurriendo y se pasó por la oficina de Becky cuando ella le dijo que no llegaría a tiempo al restaurante en el que habían quedado.

—¿Puedo pasar? —Olivia se asomó a la puerta del despacho de Becky y le mostró unos sándwiches y unos *smoothies* que había comprado de camino—. He traído esto porque ya me conozco yo tus crisis.

—¿Algo de todo eso tiene marihuana?

—Emmmm... me temo que no.

—Pues consigue algo para que me relaje o moriré aquí mismo.

—¿Qué ha pasado?

Lo que tenía tan nerviosa a Becky era la baja de última hora de la modelo más cotizada de su agencia para uno de los eventos del año. Una conocida marca de *whisky* publicaba cada año un calendario de edición limitada realizado por los mejores fotógrafos del mundo y con una selección impresionante de caras conocidas en sus páginas. Para la edición de 2020, que marcaba el cincuenta aniversario de aquellas publicaciones, habían tirado la casa por la ventana. El fotógrafo sería Peter Lindbergh; la ambientación, los castillos de las Lowlands escocesas, donde la marca había nacido más de doscientos años atrás; y los protagonistas de las imágenes, los modelos más conocidos de la década de los noventa y los primeros años del siglo XXI. Todas las *top models* que habían hecho historia sobre las pasarelas estarían allí: Linda Evangelista, Claudia Schiffer, Cindy Crawford, Christy Turlington, Kate Moss...

Todo eso Olivia ya lo sabía. Se lo había contado Taylor en una de las muchas conversaciones telefónicas que estaban teniendo en los últimos tiempos. Él había sido invitado también, aunque aún no le habían concretado con qué modelo lo emparejarían. La cifra que le habían ofrecido por participar era astronómica; los escoceses no se habían cortado ni un pelo en tirar la casa por la ventana.

—En resumen... —Becky llevaba desahogándose desde que Olivia había entrado por la puerta de su despacho—, que la muy gilipollas celebró su cumpleaños con una de esas orgías de alcohol y drogas que tan célebre la han hecho y se ha roto un tobillo.

—¿Cómo?

—Cayéndose desde lo alto de la mesa de cristal sobre la que bailaba *Stayin' Alive*. Y te juro que no estoy bromeando. ¡Ojalá!

—¿Y qué vas a hacer?

—Pues eso es lo que llevo intentando averiguar toda la mañana. No hay mitos a su altura. Bueno…, sí los hay, pero ya están todas en esas páginas. Ahora mismo me debato entre llamar a los de la marca y decirles que les mando a una modelo de segunda o que se salten el mes de noviembre en el calendario. Total… ¿a quién le importa noviembre?

—¿No tienes a nadie en mente? Vamos, Becks, en los noventa tenías en cartera a todas las grandes. ¿No hay nadie de mi época disponible?

—En realidad…, sí tengo a alguien en mente, pero estoy casi segura de que no va a aceptar.

—¿Estás de coña? ¿Quién va a decir que no a salir en *The Cal*, en una edición tan icónica, además?

—Tú.

—¿¿Yo?? Deja las drogas, Rebecca.

—De todas las grandes, eres la única que está completamente apartada del foco. Si les digo que tengo a Olivia Brooks, en su primer trabajo en diez años, les va a importar una mierda quién falte. Si me quieres, si alguna vez me has querido…, te suplico que aceptes.

—¡Deja el modo drama, Becks! —Olivia se carcajeó—. Supongo que eres consciente de que peso como quince kilos más que cuando estaba en lo más alto, ¿no? Por no hablar de que tengo medio cuerpo tatuado, no me peino desde que Clinton estaba en la Casa Blanca y ni siquiera recuerdo cómo se posa.

—Excusas de mierda. Faltan tres semanas. A dieta de agua y pavo *light*, y moviendo el culo en el *cross fit*, puedes ponerte en forma. Nadie espera que tengas el mismo cuerpo que a los diecinueve. Dios, Olivia, lo estoy visualizando.

—Pues has perdido la cabeza, porque mi respuesta es un no rotundo y gigantesco.

—Olivia Brooks, retirada de las pasarelas desde el año 2008, regresa a la primera línea una única vez, para una única fotografía. Ya no es la chica buena que recuerda el público, vestida de Tommy Hilfiger y montando a caballo en un rancho. Ahora es una mujer de treinta y seis, fuerte, independiente, con el cuerpo lleno de tatuajes y un *piercing* en un pezón. ¿Dime que no te estás imaginando desnuda, con toda esa tinta por el cuerpo y envuelta en un tartán?

—¡Ah! Que las fotos son desnuda… Esto no deja de mejorar.

—Desnudos sutiles, ya sabes. No se te vería nada. La idea es jugar con las telas de los diferentes tartanes de cada clan de los que vivían en los castillos donde se tomarán las fotografías.

—Suena estupendo, Becks, pero… no. Jamás.

—Te flipa la moda, Olivia, a mí no me la cuelas. Estás visualizando esas imágenes y se te está poniendo la piel de gallina. —Olivia se sonrojó y fijó la vista en la alfombra. Claro que se estaba imaginando en esas fotos, pero el miedo era mayor que las ganas; la historia de su vida en los últimos tiempos, al parecer—. Son dos putos días de trabajo y cobrarías lo que ganas en la escuela en medio año. Mia puede quedarse con Anna, o con Laura… ¡Te juro que le pago el vuelo a tu madre para que venga a cuidarla! ¡¡Lo que pidas!!

—Becks, yo…

—¡Dios! Se me acaba de ocurrir la mejor idea de todas. Moveré hilos para que te emparejen con Taylor. Viajaréis juntos, no estarás sola ni tendrás que posar con alguien a quien hace diez años que no ves. Cuando la marca sepa que Taylor Gardner y Olivia Brooks volverán a posar juntos…

Y con esa conversación, y un par más del mismo estilo, en las que Becky demostró una capacidad para el acoso y derribo sin precedentes…, Olivia se rindió. Y por eso atravesaba en aquel momento el Atlántico, en un asiento de primera clase del vuelo nocturno Nueva York–Edimburgo de United Airlines, con Taylor profundamente dormido en el asiento contiguo.

Aterrizaron en Edimburgo un martes a primera hora de la mañana. Dispondrían de todo el día libre y, a la mañana siguiente, un coche los llevaría hasta el castillo de Duone, cerca de la ciudad, donde tendría lugar la sesión de fotos.

—¿Qué hacemos? ¿Conoces Edimburgo? —le preguntó Taylor en cuanto hicieron el *check in* en dos *suites* contiguas del hotel Balmoral, uno de los más lujosos y el de más sabor clásico de la ciudad.

—No, no he estado antes. ¿Tú?

—Tuve una sesión hace años, pero no me dio tiempo a ver nada. ¿Vamos?

—Ay, qué fácil es hablar cuando te has pasado siete horas de vuelo roncando.

—Yo no ronco, perdona. ¿No has dormido nada?

—Estoy nerviosa.

—Pues no tienes por qué. Vas a estar increíble.

—Si no me desmayo por el hambre, supongo. —Olivia se estremeció—. O de frío. Si este es el clima de Escocia en julio, recuérdame que nunca venga en enero.

—¿Quieres descansar entonces o algo?

—No, creo que no podría. Dame media hora para darme una ducha y cambiarme de ropa. ¿Nos vemos aquí, en el *lobby*?

—Perfecto.

Menos de los prometidos treinta minutos después, salían por la puerta del hotel. Recorrieron las calles principales de New Town, maravillados por sus edificios señoriales y sus jardines. Hacia el mediodía, cruzaron el puente sobre las vías del tren hacia Old Town y la Royal Mile los sorprendió tanto que se hicieron decenas de fotos. Entraron en el castillo, se perdieron durante un par de horas por todas sus estancias y, hacia el final de la tarde, decidieron descansar de un día agotador en la cafetería Elephant House.

—¿Por qué estamos haciendo cola aquí, cuando hay doscientos *pubs* en Edimburgo con mesas libres?

—¿Estás de coña? ¡Este es el lugar en el que J.K. Rowling escribió *Harry Potter*! Me moría por venir. Y hay dos personas delante de nosotros en la cola, no seas exagerado.

—No me puedo creer que estemos en Escocia y no vaya a tomarme un *whisky*.

—Dos tés Earl Grey sin azúcar, por favor —le pidió Olivia a la camarera que los acompañó a una de las mesas junto a los ventanales del fondo del local.

—Recuérdame por qué estamos haciendo esto.

—¿El qué?

—Pasar otra vez por el hambre atroz y todo eso.

—No tengo ni idea. Solo sé que estas últimas semanas he comido tanto pavo *light* que tengo la sospecha de que todo el país estará desabastecido para Acción de Gracias.

—Si te sirve de consuelo, tengo serias dudas de que ese producto salga de un pavo real.

—Me duele la cabeza de tanta hambre, te lo juro.

—¿A qué hora nos sale el vuelo de vuelta mañana?

—A última hora de la tarde.

—¿Cuántos *haggis* y *whiskies* nos vamos a tomar? —Taylor sonrió en anticipación.

—Espero que acabemos de conocer la ciudad hoy, porque mañana lo único que pienso hacer es comer y beber —confesó Olivia—. Jamás le perdonaré a Becky que me metiera en este lío.

Después de que Olivia sacara todo su espíritu fan de *Harry Potter*, hasta el punto de hacer pasar a Taylor vergüenza, salieron de aquel café y regresaron al hotel. Olivia estaba agotada, después de tantas horas sin dormir que ya había perdido la cuenta, y Taylor prefería meterse en la cama que recordar que tampoco podía cenar.

La mañana llegó implacable y Olivia recordó casi por inercia las rutinas que conllevaba una sesión de fotos. Le parecía increíble que después de más de diez años hubiera cosas que le seguían saliendo solas. Taylor llamó a su puerta una media hora antes del momento en que los recogerían y *desayunaron* un cigarrillo asomados a la ventana de la *suite*.

—Si tuviera que trabajar de nuevo en el mundo de la moda —dijo Olivia, dando una calada larga—, volvería a fumar. Sin parar. Me he dado cuenta de que es la única cosa que me gusta que no engorda.

—Bonito comentario para una madre de familia.

—No me recuerdes que tengo una hija justo ahora, que igual me echo a llorar y ya destrozo por completo la sesión de fotos.

—La echas mucho de menos, ¿no?

—Es la primera vez que me separo de ella en un año.

—¿Se ha quedado con Anna?

—Sí. Y Laura ha pasado la tarde con ellas en el piso también. Hoy le toca a Becky, no me hagas pensar en ello. No soy capaz de despegarme del móvil, me he convertido en una de esas madres a las que siempre critiqué.

—Pues yo creo que estás encantada de estar aquí, aunque lleves dos días sin dejar de protestar.

—Estoy… tranquila. Sé que está en buenas manos y también sé que es bueno que no seamos tan dependientes una de la otra. Ahora es un bebé aún, pero, antes de que me dé cuenta, irá al colegio, tendrá amigos y… tenemos que aprender a ser autónomas.

—Supongo que es lo mejor. Lo que os haga felices me parece lo mejor. —Taylor le sonrió y, a continuación, miró su reloj—. Tenemos que bajar. ¿Preparada para volver a ser la modelo favorita de América?

—Sí.

Olivia fue capaz de decirlo esbozando un gesto de seguridad. Desde que se había levantado aquella mañana, los nervios de las últimas semanas habían ido quedando atrás y se había metido en la piel de aquella chica que había sido en una vida anterior.

Tardaron poco en llegar al castillo donde se tomarían las fotografías y, una vez allí, se vieron inmersos en la vorágine de preparativos de la sesión. El equipo de estilismo se llevó a cada uno de ellos a una caravana y, una hora después, volvieron a encontrarse sobre el césped delantero del castillo, donde saludaron al fotógrafo que se encargaría de la sesión, al que ambos conocían de ocasiones anteriores.

—Joder, Liv…

Taylor no fue capaz de callarse, aunque más de treinta personas los rodearan en aquel momento. Ni siquiera estaba seguro de haberle dado la mano al fotógrafo o al representante de la empresa que se había acercado a hacerles la pelota. Pero es que Olivia… estaba espectacular. Le habían cardado el pelo de una forma muy exagerada, lo cual le daba un aspecto salvaje que casi la hacía parecer recién salida de otro siglo… o de otro planeta. Le habían maquillado los ojos en un ahumado muy marcado. Y lo único que cubría su cuerpo era una gran manta de tartán en diferentes tonos de marrón combinados con azul celeste.

—Hola, Tay. Tú tampoco estás mal. —Olivia le guiñó un ojo y, en ese momento, Taylor supo que ella iba a eclipsarlo en aquel trabajo. Y a él, que siempre había estado sobradito de ego, no pudo importarle menos.

—¿Estás desnuda debajo de esa manta? —le susurró al oído cuando les indicaron dónde colocarse.

—Mmmm... bastante. ¿Y tú debajo del *kilt*?

—Es la tradición, ¿no?

Probaron diferentes poses, siguiendo las indicaciones del fotógrafo y los encargados de la producción. El sonido del obturador de la cámara había sido la banda sonora de su trabajo durante años y se enganchaban a él como a una droga. Taylor permanecía de pie, con los brazos cruzados sobre el torso desnudo y el *kilt* ligeramente caído en las caderas, provocando que el comienzo de su vello púbico hiciera algo más que intuirse. Olivia, delante de él, con las piernas un poco abiertas y la manta cubriendo de forma estratégica algunas zonas de su cuerpo. Con una compenetración tan bestial y unas miradas tan sensuales que todos los presentes supieron que sería de aquella pose de la que saldría la imagen que acabaría impresa en los tres mil calendarios por los que se pelearían los coleccionistas.

Un par de horas después, y tras observar en la pantalla de la cámara del fotógrafo las imágenes que él consideraba mejores, dieron por concluido el trabajo. Volvieron a sus caravanas, recuperaron sus ropas normales y a Olivia le bajaron un poco el cardado del pelo y el maquillaje de los ojos para que pudiera disfrutar de las pocas horas que le quedaban en Edimburgo sin necesidad de volver a pasar por el hotel.

—Dios, Tay... —Olivia suspiró en cuanto entró al coche—. Cómo lo he gozado.

—¿Ves? Y no querías ni oír hablar de esto...

—Lo sé. Soy idiota. Había olvidado cuantísimo me gustaba este trabajo cuando no llevaba aparejada mucha presión.

—Este trabajo siempre nos encanta cuando lo que tenemos en perspectiva es recuperar las calorías perdidas. —Taylor le dio unas indicaciones al conductor que los llevaba de vuelta a la ciudad—. Le he pedido que nos deje en un restaurante que, según TripAdvisor, sirve la mejor carne de la ciudad.

—Son las once de la mañana.

—Y tiene la cocina abierta de nueve a nueve.

—Eso suena a música celestial.

Taylor se rio y continuó la mayor parte del viaje con la mirada perdida a través de la ventanilla del coche. Los paisajes de aquella zona de Escocia eran espectaculares, con el verde presidiendo un escenario lleno de montañas, lagos y animales en libertad. Pero no era la belleza de las Lowlands lo que tenía secuestrada su capacidad de habla. Era el recuerdo de lo que había sentido durante la sesión de fotos. Con más piel al descubierto que tapada, Olivia y él se habían rozado, se habían tocado... se habían respirado. Las primeras horas de la mañana en esas latitudes no eran demasiado cálidas, por más que estuvieran en pleno verano, pero a ellos la piel les ardía. Y pensaba en plural porque sabía que no era solo él. Conocía a Olivia, la conocía mejor que nadie en el mundo, y las reacciones de su piel, de sus instintos, eran un lenguaje que él comprendía desde que era un crío. Podía no reconocerlo en voz alta; podía no sentir lo mismo que él, aunque ese simple pensamiento le doliera; podía ser una persona mucho más madura, más prudente, menos impulsiva..., pero había sentido el mismo calor que él durante aquella sesión, de eso estaba seguro. Y no pudo evitar sonreír, intentando que ella no se percatara, cuando fue consciente de que Olivia seguía deseándolo.

En el restaurante, se desquitaron de la época de hambre extrema que habían pasado antes de la sesión. Olivia había adelgazado seis kilos en aquellas semanas y tuvo la sensación de recuperar al menos cuatro después de comerse una hamburguesa doble con queso y un pedazo enorme de pastel de chocolate. Taylor dio buena cuenta de unos *haggis* al estilo Wellington y una ración de tarta de manzana. Con los tés que les sirvieron al acabar aquella comida temprana, se pidieron unos *scones*.

—Vamos a acabar vomitando. Lo sabes, ¿no? —Taylor se reía al ver a Olivia tan golosa. Él había estado acostumbrado hasta hacía menos tiempo a aquellos métodos tan radicales e insanos para mantenerse en el peso que requería la industria, pero Olivia parecía estar desentrenada.

—Mejor —le respondió ella, con la boca llena—. Así podremos seguir comiendo.

—Vámonos, anda. Quiero dar una última vuelta por la Royal Mile antes de volver a casa.

Salieron del restaurante poniéndose al día de algunas cosas que se habían perdido del otro en la vorágine de los últimos días. Olivia llamó a casa y lo informó de cómo estaba Mia —encantada y aparentemente sin echar nada de menos a su madre—. Taylor le contó que Mike ya tenía fecha para la operación —sería a mediados de agosto—, pero que no quería recibir visitas, así que Olivia tendría que esperar a algún viaje a Austin para volver a verlo. Cuando pasaron por delante de la Whisky Scotch Experience, decidieron entrar, hicieron una cata y se bebieron un par de vasos más en el bar del museo. Tal vez fue el valor que le dio el alcohol en sangre o tal vez es que ya no podía aguantar más sin hacerlo, pero Taylor, al salir, le ofreció la mano a Olivia.

—¿Te importa? —le preguntó, con unos ojos de cordero degollado que podrían hacer pensar que ella había aceptado para no disgustarlo. Pero no. Ella le cogió la mano porque quería hacerlo.

Pasearon por la ciudad antigua, entrando en pequeñas tiendas a comprar algunos recuerdos para Becky, Laura, Mia y la familia de Taylor. Sus maletas volverían a casa llenas de *shortbread* y prendas de tartán.

—¿Puedo hacerte una pregunta, Liv?

—Miedo me das.

—Ya... —Taylor soltó una risa amarga—. Es que me estaba preguntando... ¿Te gustaría estar aquí con otra persona?

—¿Qué?

—Hacer esto... Pasear de la mano de alguien por una ciudad bonita, comer como bestias, dormir en un hotelazo, emborracharte un poco... ¿Te gustaría que fuera con otra persona?

—Supongo que no. —Olivia lo miró, sonrojada pero con los ojos llenos de seguridad—. No, no lo supongo, lo sé. Claro que no, Tay.

—Siempre lo pasamos bien viajando, ¿no? ¿Te acuerdas?

—Claro. Me acuerdo de todo.

—¿Y qué diferencia hay, Liv? ¿Qué diferencia hay entre ser una pareja y esto?

—Taylor...

—¿Por qué crees que te gusta estar aquí conmigo? Aquí, en Nueva York, en Austin... donde sea.

—Por muchas razones, Tay. La única respuesta no es «porque estoy enamorada de ti», que sé que es lo que quieres oír. —Incluso aunque la frase tuviera el sentido contrario, a Taylor le dio un vuelco el corazón al escucharla decir aquellas palabras—. Eres mi mejor amigo, la persona a la que más unida he estado en mi vida, casi... casi como un hermano.

—No me jodas, Liv.

—¿Qué pasa? ¿Te ofende?

—¿Que digas que me consideras como un hermano? Me ofendería si me lo tragara. —Taylor frunció el ceño. Un poco ofendido sí estaba—. Pero nos tenemos tantas ganas que lo de la *fraternidad* no cuela, ¿sabes?

—Ya.

—Como veo que no lo niegas..., te recuerdo que tenemos pagado el hotel hasta que vengan a recogernos para ir al aeropuerto. —Taylor lo dijo en un tono que podía parecer de broma, pero se detuvo en medio de la calle y la obligó a enfrentar su mirada—. Lo digo en serio.

—No voy a decir que esa oferta no sea tentadora, Tay..., pero no es una buena idea. Los dos lo sabemos.

Siguieron paseando un rato en silencio. El ambiente se había enrarecido un poco y Edimburgo decidió contribuir con un nubarrón vespertino que descargó algo de lluvia.

—¿Qué va a pasar en el futuro, Liv? ¿Qué seremos?

—No lo sé. Ya te lo he dicho mil veces. Te garantizo que soy la primera que quiere aclararse, pero necesito tiempo. Ya lo sabes.

—Ojalá algún día te des cuenta de que estamos condenados a estar juntos.

—Lo dices como si fuera una mala noticia. —Olivia le sonrió y él dejó una caricia sobre la punta de su nariz.

—Lo será si solo yo siento esto. —Taylor se llevó la mano al pecho y Olivia tuvo que apartar la mirada—. Pero en serio... Nos gusta hacer todo juntos. Follar incluido.

—Tay..., no creo que sea buena idea...

—Te puedo asegurar que nunca, en todos los años que llevamos separados, he deseado a nadie como te deseé a ti esta mañana, durante esa maldita sesión de fotos. —El tono de voz de Taylor fue descendiendo hasta convertirse en un susurro que le erizó a Olivia los pelos de la nuca—. Ha sido muy difícil mantener la dignidad cuando lo que realmente me apetecía era arrancarte esa manta, postrarme a tus pies y pedirte que me follaras como la diosa que eres.

—Taylor... —Olivia usó un tono de advertencia que parecía dirigido a él, pero que ella deseó que llegara a sus instintos, para que no se descontrolaran.

—Así que las únicas opciones de futuro que se me plantean son seguir toda la vida pasando juntos los días y manteniéndonos célibes. O la más realista: acabar cayendo de vez en cuando, volviendo a desearnos, queriéndonos con locura, y así en un bucle infinito. Lo cual, adivina..., se parece bastante a ser una pareja.

—Sí que te vas a mantener tú célibe... —Olivia rescató aquellas palabras porque todo el resto del argumento de Taylor le daba demasiado miedo.

—¿Ese es el problema? ¿Que tienes miedo de que me acueste con otras personas? Porque hace meses que no lo hago y no lo echo de menos. —Cuando se quisieron dar cuenta, habían llegado caminando casi hasta el hotel. Ya se veía a poca distancia la alta torre que lo presidía—. Bueno, miento. Claro que lo echo de menos. Lo echo de menos *contigo*.

—Yo... —Olivia guardó silencio unos segundos—. No, no tengo miedo a que te acuestes con otras. Tengo miedo a que te apetezca, como pasó hace once años. Tengo miedo a que, cuando yo deje de ser la novedad, pierdas el interés y vuelvas a marcharte.

—Yo ya me equivoqué una vez, Olivia. Y no volveré a hacerlo. Lo tengo tan claro que... —Taylor se detuvo a pocos pasos de la puerta principal del hotel. Vio que un empleado estaba sacando ya sus maletas y metiéndolas en el coche que los llevaría al aeropuerto, pero a él aún le quedaba algo que decir—. Lo tengo tan claro que, aunque la impaciencia pueda conmigo a veces, sé que estoy dispuesto a esperarte toda la vida.

Se mantuvieron en silencio en el camino hacia el aeropuerto. Olivia pensaba que le encantaría volver a Escocia pronto, a conocer todas las cosas que se habían dejado pendientes por falta de tiempo. Le habría gustado decirle a Taylor que tenía razón, que no se imaginaba visitando la ciudad de la mano de ninguna otra persona, que le gustaría volver con él algún día. Pero la última declaración de él la había tirado al barro. Al de la indecisión y el miedo. Al de las dudas y la incertidumbre.

Pronto el ambiente cambió y, entre risas y charla intrascendente, el nubarrón se fue disipando. Solo cuando su vuelo ya sobrevolaba el océano y Olivia dormía a su lado, Taylor reflexionó sobre aquellos dos días tan intensos. Y sobre todo lo anterior. Sobre todos los cambios que se habían producido en su pensamiento en las semanas que había pasado en Austin.

Había sido durante una conversación con Mike cuando había visto las cosas claras. Era uno de los días buenos de su hermano, cuando el dolor le daba una tregua y era capaz de ver el futuro con esperanza. Estaban tomándose una cerveza en el jardín trasero de la casa de Mike, con las voces de los juegos infantiles de Simon y Elijah que les llegaban apagadas desde el interior de la casa. Mike le había pedido que lo pusiera al día sobre su situación con Olivia y Taylor le había dado el gusto porque sabía que, si tenía ganas de cotillear, era que las cosas iban mejor. La conversación fue tomando tintes filosóficos y acabaron hablando de las relaciones, del sexo, del amor... Hasta que Taylor le dijo a su hermano que nunca se había arrepentido de divorciarse de Olivia, porque había dejado de sentir al mirarla las mariposas en la boca del estómago que sí le provocaban otras mujeres. Mike le dio una colleja y lo llamó gilipollas. «Hay que elegir, imbécil. O mariposas un ratito con cualquiera o amor para toda la vida con ellas», le dijo. Con ellas. Mike con Eileen, él con Olivia. Uno lo había entendido desde el principio; a otro le había costado once años. Su hermano se perdió entonces en una explicación llena de recuerdos de su relación con Eileen, de cómo las responsabilidades del día a día muchas veces se los llevaban por delante, de cómo los niños les habían quitado tanto tiempo para ellos solos, de cómo a veces había tenido tentaciones de rendirse. Y estaba seguro de que Eileen también. A Taylor lo había sorprendido escuchar aquello. En su cabeza, Mike y Eileen eran la pareja perfecta, una de esas que no se podrían romper jamás, de las que transmitían el amor que sentían el uno por el otro a cualquiera que los mirara aunque fuera de reojo. No necesitó siquiera decirlo en alto para darse cuenta de que, para mucha gente, Olivia y él también habían sido otra de esas parejas. Y de que la perfección no existe.

Taylor se acomodó en su asiento e intentó dormir. No lo consiguió, porque no era capaz de sacarse de la cabeza que había sido un imbécil durante demasiado tiempo. «Hay que reconocer que, en tu mundo, las tentaciones eran mayores que en el mío». Así había explicado Mike que él nunca se hubiera planteado en serio dejar a Eileen, mientras que Taylor había huido de su matrimonio buscando el calor bajo otras sábanas. Quizá el mundo de la moda, sus oropeles y las luces brillantes que lo deslumbraron durante un tiempo se habían llevado por delante lo mejor que había tenido jamás. Habían pasado más de once años y ya no era capaz de recordar la razón por la que otras opciones le habían parecido mejores que quedarse con Olivia el resto de su vida.

Ya se veían las luces de la costa este desde la ventanilla del avión cuando Taylor llegó a una desgarradora conclusión: no tenía claro si se arrepentía de haberse divorciado de Olivia una década atrás, porque sabía que aquella experiencia los había hecho crecer a ambos como personas. Pero sí sabía que él se había marchado buscando algo. Esa emoción de las primeras citas, ese deseo inagotable, ese chispazo que surge al conocer a alguien especial y que te golpea como una patada en el pecho. Él sabía bien de lo que hablaba, lo había sentido por Olivia durante mucho tiempo. Pero buscaba que perdurara, como no lo había hecho junto a ella. Tardó once años en darse cuenta de que nunca había llegado a encontrar aquello. De que había perdido muchos años buscando algo que era imposible de encontrar porque, simplemente, no existía.

«O mariposas un ratito con cualquiera o amor para toda la vida con ella». Las palabras de Mike resonaban en su cabeza cuando el avión comenzó la maniobra de aproximación al aeropuerto. Al fin Taylor había elegido. Al fin tenía claro que podían irse a la mierda todas las mariposas fugaces del mundo porque él se quedaba con el amor para siempre junto a Olivia. Solo esperaba que no fuera demasiado tarde. Aunque, como le había dicho a ella antes de marcharse de Edimburgo, la esperaría toda la vida si fuera necesario.

~34~
UN AÑO, DOS AÑOS...

Olivia despertó el día de su cumpleaños con el sol entrando a raudales por las ventanas de su cuarto. Sabía lo que eso significaba: que Mia había dormido del tirón toda la noche y ella había podido permitirse el lujo de ver como el reloj daba las nueve de la mañana enredada entre las sábanas de su cama.

Se levantó algo renqueante y echó un vistazo a la cuna de Mia. La niña seguía dormida como una bendita; parecía que estuviera recuperando las horas de sueño que le eran esquivas en sus tres o cuatro primeros meses de vida. De camino a la cocina, donde pensaba prepararse un desayuno por todo lo alto, se repitió que tenía que pasar a Mia de una vez a su propio cuarto, que llevaba decorado y preparado para recibirla desde antes de que ella hubiera nacido. Sabía que debería haberla cambiado algunos meses atrás, pero había sido egoísta y no había querido renunciar a dormir mecida por el sonido rítmico de su respiración.

Regresó a su habitación, a disfrutar de uno de esos placeres para los que no tenía tiempo casi nunca: desayunar en la cama. Se había preparado un chocolate con leche bien cargado, con un poco de canela espolvoreada, y había rescatado de un paquete que había comprado el día anterior dos *muffins* de frambuesa. Mia pareció despertar al olor de la comida, así que Olivia se la pasó a la cama con ella y complementó la fruta de su desayuno con pequeños pellizcos de bizcocho. Un día es un día, y el del cumpleaños que ambas compartían era el más especial del año.

—Hoy es un día muy importante, ¿verdad, cariño?

La niña le respondió con un par de palmadas que parecieron de celebración. Olivia la miraba y le parecía que los días, los meses, los años eran una extraña medida de tiempo. Todo el mundo decía que, a partir de los treinta, los años volaban. Y a ella le había ocurrido algo así con el primer lustro después de cumplir esa edad. Estaba cumpliendo treinta y uno un día y, casi al siguiente..., ya tenía treinta y tres. Pero desde los treinta y cinco... no se podía creer que solo hubieran pasado dos años. Los dos años más trascendentales de su vida. El primero había comenzado en aquella cena en la que le había hecho la propuesta algo precipitada a Taylor de que fuera el donante de esperma que la ayudaría a ser madre. Justo doce meses después, en una habitación del Lenox Hill, Mia llegaba al mundo y ponía patas arriba el universo. Eran *solo* dos años, sí. Pero era toda una vida. Una nueva vida.

A media mañana, Olivia se rindió a la evidencia de que tenía que levantarse para empezar a prepararlo todo. Con algo de esfuerzo, había conseguido convencer a Becky de que no tenía demasiado sentido alquilar el salón de un hotel de lujo e invitar a ochenta personas para celebrar el cumpleaños de un bebé de un año. Su amiga no lo entendía, pero aceptó resignada. La fiesta sería en el piso de Olivia; los únicos invitados, la propia Becky, Charlie, Laura, Josh, Anna, dos amigas de Olivia a las que apenas había visto desde el nacimiento de Mia y, por supuesto, Taylor, aunque él le había dicho que no creía que pudiera viajar justo en esa fecha a Nueva York. No se lo había creído ni él.

A mediodía, el restaurante al que Olivia había encargado la comida le envió el pedido. Ella lo repartió entre la mesa del comedor y la baja que había frente al sofá y, a continuación, sacó la tarta de su envoltorio y colocó la vela con el número uno en medio de dos unicornios de *fondant*. Laura y ella se habían venido muy arriba con *lo cuqui* cuando fueron a encargar el pastel.

Hacia la una empezaron a llegar los invitados. Olivia se burló con ganas de Becky al ver a Charlie jugar con Mia. Claro que, en cuanto llegaron Laura y Josh, fueron ellos quienes monopolizaron el tema de conversación. Anna se unió a Becky y Olivia, y ellas la pusieron al día de los cotilleos pertinentes. Las amigas de Olivia se integraron con facilidad y la fiesta fluyó como lo que era, una comida entre amigos para celebrar un doble cumpleaños.

Eran casi las dos cuando sonó el timbre, y Olivia sonrió. No se había creído una palabra de la excusa de Taylor para no asistir —una comida familiar de los Gardner, sin motivo aparente, lo retenía en Austin—, pero, a medida que habían ido pasando las horas, había llegado a creer que él no aparecería.

—¡Sorpresa! —gritó cuando Olivia abrió—. Antes de que me eches la bronca por todo lo que he hecho mal, voy a confesar: me pareció buena idea aparecer por sorpresa, aunque me temo que ya sospechabas que iba a venir; he traído a Fitz —Olivia lo ignoró y se agachó a acariciar al perro, que había crecido un montón desde la última vez que lo había visto—; y le he comprado a Mia una cantidad de regalos que probablemente te parezca indecente e inapropiada. Listo, ya lo he dicho todo.

—Pasa, anda. Estas apariciones *por sorpresa* están empezando a convertirse en tradición.

Taylor entró en el piso y saludó a todos los presentes. Se acomodó en el sofá, entre Laura y Becky, con Mia sentada en sus rodillas y Fitz a sus pies, y no se movió de allí hasta que la celebración empezó a decaer. Antes de que la niña se quedara dormida, entre todos la ayudaron a soplar su vela y, a continuación, Becky se sacó del bolso —un Birkin de piel de cabra color hielo para llorar de bonito— otras dos, con un tres y un siete, y fue entonces el turno de Olivia. Todos les hicieron entrega de los regalos y, a media tarde, empezaron a despedirse.

Taylor, Anna, Laura y Josh se quedaron a ayudar a Olivia a recoger, pero pronto acabaron con la misión. Laura se ofreció a acercar a Anna a su casa en coche, y ya solo quedaron Taylor y Olivia —y Mia y Fitz— en aquel piso que olía a azúcar y al rastro de la cera derretida de las velas.

—Que sepas que me parece fatal que no me hayas regalado nada —bromeó Olivia—. Estoy siendo completamente eclipsada por una niña de un año.

—Ya... —El tono de voz algo extraño que había utilizado Taylor hizo a Olivia estremecerse y darse la vuelta para mirarlo.

—¿Qué pasa?

—Que me daba... me daba un poco de vergüenza dártelo delante de todo el mundo, pero sí te he traído un regalo.

—Ah...

—¿Vamos un rato al sofá? Te prometo que luego te ayudo a acabar de recoger.

—Vale.

—Un año, ya, eh, Liv... —Taylor se tiró con fuerza sobre el asiento y le sonrió. Olivia sabía que por su mente estaban pasando las imágenes de doce meses antes, quizá a aquella misma hora, cuando compartieron en aquella habitación de hospital un tiempo que no se les olvidaría a ninguno jamás.

—Un año, sí.

—Toma. —Taylor sacó un paquete pequeño de uno de los bolsillos de su cazadora vaquera—. Yo... bueno, ábrelo y luego te cuento la historia.

—¿Estás nervioso?

—Bastante —reconoció él, mordiéndose el labio inferior en una mueca tímida. Olivia, sin pensarlo dos veces, acercó el dedo pulgar y liberó la piel del martirio de sus dientes.

A continuación, abrió el papel de regalo con dedos temblorosos. La cinta adhesiva estaba pegada como si guardara los secretos de estado más confidenciales, y el papel debía de haber sufrido unos cuantos avatares en el bolsillo de Taylor, pues estaba descolorido por zonas y machacado en las esquinas. Cuando logró deshacerse de él, encontró una caja de joyería que hizo que el corazón se le revolucionara en el pecho.

—No te asustes. No hay anillos… —Taylor carraspeó, algo burlón— por el momento.

—Taylor… —Era un broche pequeño, de oro blanco, con un diseño floral intrincado y tres pequeños brillantes engarzados—. Es precioso.

—Te lo compré en Amberes…

—¿En Amberes? No sabía que habías estado. —Olivia se probó el broche en la solapa del vestido blanco que se había puesto para la ocasión; no pegaba demasiado con un *outfit* tan veraniego, pero estaba deseando estrenarlo.

—Te lo compré en Amberes hace diez años.

—¿Qué? —Olivia perdió el color de la cara.

—Puede que, si te cuento la historia, lo consideres el regalo más inadecuado que nadie haya hecho jamás.

—Ahora no me puedes dejar así.

—Fue… fue el primer viaje que hice a Europa después… después de que cortáramos el contacto. Me invitaron a una exposición en el Museo de la Moda de Amberes y, después, nos llevaron a varios talleres en el barrio de los diamantes. Todo el mundo compró algo y yo… elegí este broche. Me gustó el diseño y me pareció muy… tuyo. Mi madre me mataría si me escuchara decir esto, pero pagué una pequeña fortuna por él. —Olivia dejó escapar una carcajada—. Me lo envolvieron para regalo, lo guardé en la mochila y no fue hasta que llegué al hotel cuando me di cuenta de que… de que tú… ya no estabas.

—Tay…

—Ya sabes lo egoísta que era yo en aquella época. Cuando volví a Nueva York, pensé en llamarte para dártelo. Aunque fuera… como un regalo de despedida. Pero tenía la sensación de que siempre que tomaba una decisión te hacía daño, así que lo dejé pasar.

—¿Diez años?

—No me preguntes por qué no se lo regalé a mi madre en algún momento, o por qué no lo *reciclé* para regalártelo hace dos años, cuando te compré la foto de Twiggy por tu cumpleaños. Supongo que…, de alguna manera, se convirtió en un símbolo, aunque no me preguntes exactamente de qué. Lleva en el segundo cajón de mi mesilla de noche más de una década.

—Es… es una historia bonita.

—¿De verdad?

—Es triste pero bonita. Supongo que ese es el símbolo que buscabas. Toda nuestra historia ha sido así, ¿no?

—Triste. Pero bonita.

Las miradas se les enredaron sin que ellos se dieran cuenta. Ambos culparían a la atmósfera que se había creado en aquel salón si alguien les preguntara. Y el beso estuvo a punto de llegar, pero… pasó de largo. Fue Olivia la que se apartó.

—Lo siento, Tay. —Olivia bajó la mirada. Ella lo deseaba tanto como él, pero…—. Aún no estoy preparada.

—Ese *aún* es esperanzador.

Olivia le acarició la cara. Y el pelo. Y lo abrazó fuerte, porque lo quería. Lo quería tanto que necesitaba estar segura de que ese amor no le nublaba la razón.

—¿Puedo hacerte una pregunta, Liv?

—Claro. —Seguían hablando en susurros, aunque Mia dormía profundamente y nadie más podía escucharlos.

—¿Por qué ahora no puedes siquiera darme un beso cuando poco más de un año atrás estábamos follando como salvajes?

—Porque… —Olivia desvió la mirada al techo. Todo era más sencillo sin los ojos azules de Taylor clavados en los suyos—. Porque los dos sabemos que ese beso sería más importante que todo aquel sexo.

—Sí…

—Te acompaño a la puerta.

Taylor la miró, sorprendido durante un instante, pero asumiendo enseguida que era la mejor opción. Le puso la correa a Fitz, que se había quedado dormido sobre la alfombra, le dio un beso sentido en la frente a Olivia, le deseó feliz cumpleaños de nuevo y prometió pasarse al día siguiente, antes de volver a Austin, para despedirse también de Mia.

Olivia regresó a la cocina en cuanto cerró la puerta y calmó sus nervios recogiendo los restos de la fiesta. Incluso fregó a mano todos los platos que no cupieron en su lavavajillas; cualquier cosa con tal de distraer la atención del bucle en el que entraba cada vez que tenía cerca a Taylor y el futuro que se abría ante ellos. Se moría por llamar a Becky, o a Laura, para que ellas la tranquilizaran; estaban teniendo una paciencia infinita para soportar sus reflexiones interminables sobre sus sentimientos hacia Tay; pero ellas tenían planes aquella noche y Olivia no tenía intención de molestarlas.

Estaba poniéndose el pijama cuando creyó escuchar un ruido en el rellano. Pensó que serían los vecinos saliendo a disfrutar de la noche de Manhattan y siguió desvistiéndose. Pero… *Toc, toc, toc.* Ahí estaba ese sonido de nuevo. Salió al pasillo y comprobó que era alguien llamando a su puerta. *Alguien.* Apostaría su cabeza a que sabía quién.

—Acabo de darme cuenta de que prometí ayudarte a recoger y no lo he hecho. —El comentario fue trivial, pero el gesto torturado de Taylor dijo más que sus palabras. Estaba apoyado contra la pared del rellano de Olivia, con los ojos entrecerrados y la mandíbula tensa—. Y también… sé que estarás deseando llamar a Becky para contarle que hemos estado a punto de besarnos y que… y que tienes dudas. Y no quiero que lo hagas. Quiero que hables conmigo.

Olivia no dudó. Ni siquiera supo expresar con palabras cuánto significaba que él hubiera vuelto, no para presionarla, sino para hablar. A veces le parecía que se habían pasado los últimos meses hablando de lo suyo y a veces que les quedaban mil temas en el tintero. Y Olivia no estaba dispuesta a saltar al vacío sin que todo estuviera bien atado.

—¿Estabas acostada?

—No. A punto, pero… no.

—¿Puedo ver a Mia?

—Claro. Ven a mi cuarto.

Entraron juntos en el dormitorio, pero no había ninguna tensión sexual allí. Eran dos amigos, dos personas que se habían amado en el pasado, que seguían amándose, en realidad, en el presente, pero esa noche no tocaba avanzar hacia el futuro. Tocaba cerrar el pasado.

Taylor no cogió a Mia, aunque le ardían las manos por hacerlo, pero prefirió no arriesgarse a despertarla. Dejó que ella, aun dormida, le agarrara el dedo pulgar con su mano y, al sentir el tacto cálido de su piel, estuvo a punto de olvidarse hasta de la razón por la que había ido allí. Pero no lo hizo. Volvió a arroparla y se sentó en la cama de Olivia. Ella estaba sentada en ella también, con la espalda contra el cabecero, y él le pidió permiso con la mirada para ponerse cómodo. Olivia asintió, Taylor se sacó las deportivas e imitó la postura de ella. Se rieron un momento, tímidos, porque allí, sentados sobre la cama, con la cuna de la niña al lado, casi parecían un matrimonio al final de un duro día de trabajo. Casi.

—¿Qué te da tanto miedo, Liv? Habla conmigo, por favor.

—¿Es que no lo sabes? Me da pánico volver a pasar por lo mismo. No... no sobreviviría de nuevo a algo así.

—Lo sé. Y podría jurarte un millón de veces que eso no va a volver a ocurrir, pero... no hay ninguna forma de garantizártelo, por más que yo lo tenga clarísimo.

—¿Nunca dudaste, Tay? En todos aquellos meses antes de dejarme, cuanto estabas..., cuando *estábamos* tan raros, tan tristes, ¿no dudaste si era la decisión correcta?

—Claro que sí. Dudé mil veces. Dudaba cada día, Olivia. Me iba a trabajar y tenía claro que... que...

—Puedes decir lo que sea. Han pasado más de once años. Ya no... ya no va a doler.

—Tenía claro que no quería seguir casado. Lo siento. Me... me duele a mí decirlo ahora. Pero era la verdad. Quería estar soltero, solo, vivir mi vida sin pensar en que alguien me esperaba cada noche en casa... Pero luego regresaba, te veía y... yo ni siquiera recordaba lo que era vivir sin ti.

—¿Y qué te hizo tomar la decisión? La definitiva, me refiero... Hubo algo o... o *alguien*...

—Nunca te engañé.

—¿De verdad?

—No lo dudes, por favor.

—Nunca lo he dudado. No ahora, al menos. Al principio..., pensaba una cosa diferente cada día.

—No te engañé, pero tuve ganas de hacerlo. —Olivia perdió la vista en sus propias manos, porque no quería mirar a Taylor mientras él decía aquello—. Una noche..., la última noche, me faltó muy poco para hacerlo. Y preferí largarme de una vez, antes de acabar haciendo algo que sí que no podría perdonarme nunca.

—Gracias... gracias por tu sinceridad.

—Pero creo que no me habría ido si hubiera sabido que el precio iban a ser diez años sin verte.

—¿Y qué pensabas?

—Sonará muy iluso, pero... pensaba que podríamos ser amigos. Que los dos rehacríamos nuestras vidas en el sentido... *amoroso*, pero seríamos para siempre los mejores amigos del mundo, lo que habíamos sido desde niños.

—Sí, suena... bastante iluso. Bastante propio de ti, de hecho. —Olivia le sonrió para suavizar sus palabras—. Quererlo todo. A mí, como tu mujer, mientras eso fue lo que te llenaba. Y después..., todo menos lo *amoroso* conmigo y sexo esporádico con una cantidad desproporcionada de mujeres. ¿Esa era tu idea?

—Pues... suena terrible dicho así. ¿Puedo acogerme a que era un gilipollas integral de veintiséis años?

—Puedes. Qué remedio.

—Lo que intento decirte con esto es que yo me habría quedado a tu lado si hubiera sabido lo que nos deparó el futuro.

—¿Te habrías quedado a mi lado sin amarme?

—Sin estar enamorado de ti, sí. Habría preferido ser infeliz toda la vida a tu lado, sabiendo que estaba renunciando a algo que deseaba más que ninguna otra cosa en aquel momento, que perderte.

—No sé... —A Olivia se le llenaron los ojos de lágrimas—. No sé qué responder a eso. Infeliz a mi lado...

—No habría sido infeliz. A tu lado siempre lo he pasado bien, siempre me he divertido y, ya lo sabes, siempre te he querido. Me refería a que habría preferido renunciar al futuro que deseaba con tal de seguir teniéndote en mi vida.

—Pero no supimos hacer eso.

—No. Y la realidad me atropelló. Cuando tú... cuando me dijiste aquel día que no podíamos volver a vernos nunca..., estuve a punto de pedirte que volviéramos a estar juntos. Sabía que tú me dirías que sí, pero... también sabía que seríamos profundamente desgraciados. No habríamos superado aquellos meses divorciados, tú no me habrías perdonado. No habríamos sido felices. Así que me callé y solo se me ocurrió pedirte aquel triste premio de consolación en que convertimos nuestra cena de aniversario. Quedar solo una vez al año era una perspectiva aterradora, pero no volver a verte nunca más... no podía ni imaginar el dolor.

—Aquel día lloraste.

—Sí, claro que lloré.

—Tú nunca llorabas. —Olivia ni siquiera parecía estar hablando con él, sino dejando salir en voz alta pensamientos que habían estado enquistados durante más de una década.

—Eso no es exactamente así. Tú lloraste mucho, lo sé. Y tus lágrimas me bloqueaban, Liv. Necesitaba ser el fuerte, consolarte... y tragarme mi dolor. Pero cuando estaba a solas y pensaba en tu sufrimiento..., yo también me rompía.

—Por compasión.

—Por pena, muchas veces. Por miedo a haberte hecho un daño insuperable. Por culpabilidad. Pero una vez, también... —Taylor se quedó callado, dudando si contar algo que nunca había compartido con nadie.

—¿Una vez... qué?

—Lloré una vez. Por añoranza. Por miedo a haberme equivocado. Por... Lloré por lo muchísimo que te echaba de menos.

—¿Cuándo fue eso?

—A los... seis o siete meses de cortar el contacto, no lo sé. Me citaron para una sesión de fotos en un estudio de Hell's Kitchen y quise echar un vistazo a nuestro antiguo edificio. Tú ya te habías mudado a Chelsea y... no sé por qué lo hice. Una pareja muy joven estaba allí, en el portal, dando instrucciones a los operarios de un camión de mudanzas. No sé si habían comprado nuestro piso o algún otro, pero... me recordaron tanto a ti y a mí cuando nos mudamos allí, al acabar la universidad, cuando todo parecía tan bonito y tan... fácil..., que me rompí. Me eché a llorar en plena calle, Liv, y a duras penas pude llegar a mi apartamento. Siempre he llorado poco, tú lo sabes...

—Un chicazo de Texas —se burló Olivia, para quitarle un poco de intensidad emocional a la confesión que él acababa de hacerle.

—Yo qué sé... Un tío con bastante poca capacidad para desahogar sus emociones, más bien. Aquel día lloré todo lo que había guardado dentro durante meses y me juré que no volvería a pasar por la que había sido nuestra calle jamás.

—Yo ni siquiera he vuelto a Hell's Kitchen.

—¿Nunca? —Olivia negó con la cabeza—. Ven aquí.

—Fue demasiado duro, Tay. Más de lo que sé expresar con palabras. —Olivia hablaba recostada contra su pecho, con el sonido de sus palabras ahogado contra el algodón de la camiseta de él—. Tardé muchos años en estar bien, en... ser yo de nuevo. Aunque fuera una *yo* diferente a la que tú habías conocido. El primer año fue un infierno.

—Dicen que siempre lo es, ¿no?

—Bueno..., algo así. El primer año duele como un hierro al rojo porque hay que pasar por todas las primeras veces. Mi primer cumpleaños sin ti, tu primer cumpleaños sin ti, la primera

Navidad, nuestro aniversario de bodas, nuestro aniversario de novios, el aniversario del día que perdimos la virginidad…

—Tú y tu memoria prodigiosa para las fechas.

—Eso no ayudó, desde luego. —Olivia rio, aunque fue una mueca amarga—. Pero ni siquiera eran fechas. Era locura pura. Acabé llorando hasta en la primera New York Fashion Week que pasé sin ti. El primer viaje al extranjero, la primera vez que fui a Central Park… Todos los días tenía un motivo para llorar.

—Lo siento tanto, Liv…

—No, hoy no es día para disculpas. Hoy… toca cerrar el pasado.

—Odio que hayas sufrido tanto.

—Sufrí mucho, sí, pero… también aprendí a vivir. Al principio, casi ni podía caminar. Me encerraba en casa todo el día y no tenía fuerzas para hacer nada. Era… paralizante. Fueron pasando los meses y veía mejorías, pero enseguida volvía a caer al barro. Al fin y al cabo, al principio, aún conservaba la esperanza de que *entraras en razón* y volvieras. Cada mes, cada año que pasaba, la esperanza iba muriendo. Y no fue fácil pasar por todo eso mientras te veía a ti en portada de todas las revistas, cada día con una chica diferente, encantado de haberte conocido y feliz.

—Fui un puto imbécil.

—Jugaste a la vida con red de seguridad.

—¿Qué?

—Lo tenías todo. Todo. Tenías a una modelo diferente cada día, dispuestas a hacer lo que tú pidieras. Y en el fondo de tu alma, sabías que me tendrías también a mí si algún día te cansabas de esa vida de purpurina y *flashes*.

—Algo parecido a eso me dijo Chris hace unos meses.

—¿Y es cierto?

—Supongo que sí. Odio reconocerlo, pero… sí. Creía que estaba sentado en un trono de oro, con el mundo a mis pies.

—Y ahora te duele.

—¿Cómo no me va a doler?

—No lo sé, Tay… Mientras yo lloraba, tú follabas. Que no se te olvide. No suena exactamente a proceso doloroso para ti. —Olivia no pretendió que sus palabras hubieran sonado tan amargas, pero abrir las puertas del pasado tenía esas consecuencias.

—A veces creo que no es el miedo lo que te mantiene lejos de mí. Creo que es el rencor.

—No, no es rencor, Taylor. Es miedo. Miedo puro. Porque aprender a vivir sin ti es lo más jodidamente duro que he tenido que hacer en toda mi vida y no puedo arriesgarme a volver a pasar por ello.

—Liv…

—¿Te arrepientes?

—¿Qué?

—¿Te arrepientes de haberme dejado? Dime la verdad. No respondas pensando en las consecuencias que pueda tener en el futuro, porque te aseguro que no voy a tomar ninguna decisión basándome en el pasado. Pero quiero saberlo.

—¡Pues claro que me arrepiento, Olivia, joder! —Taylor comenzó gritando, pero bajó la voz, aunque no el tono vehemente, en cuanto recordó que había una niña durmiendo a pocos pasos de ellos—. Me jodí la vida por algo de lo que, ahora, ni siquiera recuerdo la causa. La más verosímil me parece que me apetecía follar con otras mujeres, lo cual, la verdad, me hace avergonzarme de mí mismo a un nivel que no te imaginas. ¿Cómo coño puedes pensar que no me arrepiento? ¿De qué hemos estado hablando estos últimos meses?

—Pensaba... pensaba que habías vuelto a sentir algo, pero...
—Eso fue al principio. Al principio pensaba que me había enamorado de ti de nuevo, como dos desconocidos que se encuentran y empiezan de cero, pero con el maravilloso añadido de querernos con locura. Pero no tardé en darme cuenta de que había perdido diez putos años de estar junto a la única mujer a la que he querido y a la que podré llegar a querer jamás. Nada sin ti ha merecido la pena, Liv. Nada.
—No pensemos en esos años como tiempo perdido. Los dos aprendimos mucho.
—Déjame aprender el resto de la vida a tu lado.
—Necesito un poco más de tiempo. Necesito... saber que estoy fuerte para sobrevivir si algo sale mal.
—Nada saldrá mal.
—No me presiones, Tay.
—Está bien. —Taylor miró su reloj y vio que la madrugada se había echado sobre ellos—. Creo que será mejor que me vaya.
—Te acompaño a la puerta. De nuevo.
Olivia hizo el camino a su lado, pero... diferente. Cogida de su mano, con sus dedos rozándose. Con la decisión tomada en su corazón, pero algunos miedos aún pugnando por arañar el refugio sólido que Taylor parecía ofrecerle.
—¿Sabes, Liv? —Taylor se volvió después de abrir ya la puerta para marcharse—. Creo que la conversación que hemos tenido esta noche... ha sido una buena idea. Hemos podido hablar con cariño de un dolor que solo nos reprochamos a gritos en el pasado.
—Tienes razón. Ha sido como sacarme un peso de encima. Quería compartir contigo lo que fue para mí aquello, pero necesitaba hacerlo sin sentir yo rencor ni tú culpabilidad. Necesitaba que fuéramos...
—¿Nosotros? ¿Los de siempre? —adivinó Taylor.
—Sí. Nosotros.
Se despidieron con un beso suave en los labios, un gesto que se habían acostumbrado a repetir de vez en cuando desde aquellas semanas en Texas, cuando Mike había tenido el accidente, que habían supuesto una especie de suspensión de la realidad.
Olivia cerró la puerta y volvió a su cuarto. Estaba abriendo las sábanas para meterse dentro cuando tomó una decisión impulsiva. Después de meses siendo la prudente, dejando que fuera Taylor quien hiciera caso a los instintos mientras ella escuchaba a la razón..., quiso cambiar las tornas.
Salió corriendo al rellano para pedirle que se quedara a dormir. Aún no estaba preparada para entregarse del todo —no se había dejado guiar hasta tal punto por los instintos—, pero quería al menos sentir su cuerpo cálido junto a ella. Que los dos se sintieran durante unas horas, con Mia al lado. Una especie de ensayo general de lo que podría ser la vida en adelante.
Sabía que su ascensor era lento y había una posibilidad de que aún no hubiera llegado para llevarse a Taylor, así que abrió la puerta con una sonrisa esperanzada en la cara. Pero, en medio de la emoción, había olvidado que Taylor siempre subía y bajaba por las escaleras y que ya estaría lejos. Sintió una punzada de pena y la tentación de hacer una llamada a la que —estaba segura— él respondería con un sí rotundo.
Pero no hacía falta. Ya habría tiempo para ello. Mucho tiempo. Tal vez el resto de sus vidas. Porque Olivia supo, aquella noche, que estaba más cerca que nunca de rendirse. Y jamás «rendirse» había tenido un significado tan positivo. Tan valiente.

~35~
LAS MALDITAS DUDAS

Olivia llegó a aquel mes de agosto agotada. El primer año de vida de Mia había sido precioso, el mejor que podía recordar Olivia, el más emocionante, el más lleno de amor, de nuevas experiencias, de ilusión..., pero también había sido el más intenso. Por Mia, por la enorme gama de nuevos sentimientos que había llevado a su vida desde su nacimiento, y también por todo lo que había ocurrido con Taylor. Se había cansado de unas conversaciones que le parecía que no los sacaban del mismo bucle de siempre; y se había cansado de luchar contra lo que ella misma sentía. Estaba harta de sus miedos, de su prudencia y de sus dudas. Tenía la sensación de que lo que había comenzado como un buen ejercicio de inteligencia emocional para no lanzarse sin red a una relación que podría acabar en lágrimas iba camino de convertirse en todo lo contrario: eran ya más de dos meses sin sacarse el tema de la cabeza.

Así que cuando el calendario anunció que había llegado agosto, Olivia estaba agotada emocionalmente. Por suerte, hacía ya un par de años que Laura y ella habían tomado la decisión de cerrar casi todo el mes, porque la industria estaba bastante parada en esas fechas y no había cursos que impartir a nuevas aspirantes a modelo. Y aquel año en concreto, Olivia había aceptado encantada la invitación de Becky para pasar la mayor parte del mes, con Mia, en su casa de los Hamptons.

Se trasladaron en un coche alquilado, lleno hasta los topes de enseres de ambas, y se instalaron en el dormitorio que Becky solía reservar para Olivia cuando ella pasaba temporadas en la mansión. Los primeros días, su amiga ni siquiera estaba allí —no había podido librarse de algunos compromisos profesionales hasta el último momento—, así que Olivia y Mia dedicaron unas horas incontables a tumbarse al sol y bañarse en la piscina, para desquitarse del calor asfixiante que habían sufrido en un julio que se les había hecho eterno en Nueva York, convertida en un infierno de sol abrasador.

Pero, en cuanto Becky llegó a East Hampton, ya no hubo tregua para Olivia. No es que durante los días que había pasado sola hubiera conseguido sacarse a Taylor de la cabeza, más que nada porque seguía hablando a diario con él, pero no había hecho más que disfrutar de ese contacto, de esa nueva situación en la que se encontraban, que, aunque llena de dudas y miedos, también era bonita. Pero con Becky a su lado, informada por ambas partes de todos los avances y retrocesos entre ellos, no había opción a no hablar del tema, a analizarlo y diseccionarlo hasta llegar a alguna conclusión. Taylor y la gran boda de Becky y Charlie fueron los dos temas estrella de la semana.

—Me faltaban algunos flecos por cerrar, pero ya puedo confirmarlo. —Becky apareció radiante en la piscina el segundo día de sus vacaciones—. Tengo fecha y lugar de celebración de la boda.

—¿¿En serio?? —Olivia se incorporó un poco en su tumbona y se subió las gafas de sol al pelo—. ¿Solo año y medio después del compromiso? ¿No te estarás precipitando, Rebecca?

—Vete a la mierda. ¡Huy, perdón! —Becky puso cara de falso arrepentimiento al darse cuenta de que Olivia le estaba dirigiendo una mirada de odio; hacía semanas que había empezado una cruzada para que nadie dijera malas palabras delante de Mia, que parecía dispuesta a echarse a hablar en cualquier momento, y estaba fracasando de pleno.

—Venga, desembucha. ¿Cuándo y dónde?

—El treinta y uno de diciembre, y… aquí.

—¿De verdad? ¿En Fin de Año?

—Sí. Ya sabes que me encanta esa noche.

—¿Y no se te ha ocurrido otra manera de arrastrarme a tu fiesta infernal que casarte ese día?

—Este año no será infernal. Seremos unos treinta o cuarenta.

—¿Solo?

—Sí. —Becky se puso seria; incluso emocionada. Olivia no daba crédito a los cambios que el amor estaba obrando en su amiga—. Los que de verdad importáis.

—Será maravilloso acompañarte ese día, en serio. —Olivia echó un vistazo a Mia, que hacía intentos constantes de levantarse del césped, por el que gateaba como una profesional—. Y al final va a ser verdad que podrá llevarte Mia las flores. Al ritmo que va, podrá hacerlo en bicicleta.

—Sí, ahora solo me falta encontrar el vestido de mi vida, planificar todas las inyecciones de bótox —Becky mostró tres dedos, como si solo tuviera tres misiones fundamentales— y averiguar si tú vas a venir sola o acompañada.

—Una manera muy sutil de sacar el tema de Taylor, sí, Becks, felicidades —ironizó Olivia.

—¿Sabes algo de él? ¿Ha salido ya su hermano de quirófano? —Aquel era el día en que operaban a Mike en el Mount Sinai de Nueva York. Por más que ambas habían insistido, Taylor había sido fiel a los deseos de su hermano y les había pedido que se mantuvieran al margen.

—Hace una hora, más o menos. Hay que esperar a ver qué dicen los médicos mañana, pero en principio ha ido todo bien.

—Ay, menos mal.

—Sí.

—Me ha dicho que, en cuanto le den el alta a Mike, vendrá a pasar unos días aquí. Te aviso por si quieres salir huyendo o algo.

—Yo no huyo de Taylor, deberías saberlo si te tiene tan informada como parece.

—No te atreverás a negarme que estás muerta de miedo, ¿no? —Becky se sentó en su tumbona y Olivia la imitó. Habían llegado a la parte en que la conversación se ponía seria y eso se notaba hasta en el lenguaje corporal.

—Claro que no. Si no tuviera tanto miedo…, hace tiempo que me habría lanzado.

—Estás tan enamorada de él que juro que puedo ver corazones saliendo de tu cabeza desde aquí.

—Qué idiota eres… —Olivia se rio y dio un trago a su botella de agua—. No creo que lo importante aquí sea si estoy o no enamorada de él ni cuánto ni de qué manera. Yo tengo la sensación de que mis sentimientos por Taylor no han cambiado. Yo sí he cambiado, claro, y él también. Hemos madurado, hemos crecido, somos personas diferentes que tendrán que aprender a vivir su historia casi desde cero, sin perderse en nostalgias del pasado ni caer en los mismos errores. Pero yo no lo quiero ahora más que cuando teníamos veinte años, ni tampoco menos. Mis sentimientos por Taylor no han cambiado nunca, solo se… *suspendieron*, por obligación, durante diez años. Pero yo lo quise, lo quiero y sé que lo voy a querer siempre.

—¿Y es lo mismo quererlo que estar enamorada?

—No lo sé, pero… diría que sí. Yo tuve que *desenamorarme* de él a la fuerza, no me quedó más remedio para sobrevivir. Y funcionó, y he sido muy feliz todos estos años lejos de él. Pero yo no siento nada más de lo que siempre sentí. Un amor profundo y sincero y una atracción física que no voy a ser tan hipócrita de negar. Fue él el que se marchó buscando algo más intenso que eso. Yo nunca lo necesité.

—¿De verdad? ¿Nunca tuviste dudas? ¿Ni una sola vez en todos aquellos años que estuvisteis juntos?

—A ver, Becky, tengo ojos en la cara y trabajaba en el mundo de la moda. Claro que me han atraído mil tíos guapos. Pero jamás tuve tentaciones ni me planteé que mi vida pudiera ser más feliz sin Taylor que con él.

—¿Y ahora?

—¿Ahora qué?

—Ahora llevas más de un año sin acostarte con nadie.

—Gracias por llevar tan actualizada mi agenda sexual, no sé qué haría sin ti.

—De nada. Puedes contarme que es porque con Mia tienes otras prioridades y todo ese rollo, pero ahora mismo ni se te pasa por la cabeza acostarte con un tío que no sea Taylor.

—Lo de que tengo otras prioridades es rigurosamente cierto y *me encanta* que me hagas tanto caso cuando me pongo profunda. Pero bueno… supongo que tienes razón. Me sentiría muy rara ahora mismo acostándome con otro.

—Lo que es fascinante es que Taylor lleve medio año sin sacar a pasear el rabo.

—Becky… —la advirtió Olivia, aunque no pudo evitar que se le escapara una risita.

—La niña no va a entender que si digo «rabo» me estoy refiriendo al pene de su padre.

—Becky, jo… *jolín*. No es su padre, ¿recuerdas?

—Meh. Minucias.

—Me parece flipante que frivolices con eso, que al final es lo más importante de todo lo que estamos hablando.

—Olivia, tengo claro que Mia es hija tuya. Y si acabas estando con Taylor, que estoy segura que es lo que ocurrirá, tendréis que decidir si él la adopta legalmente o cómo coño hacéis eso. Pero en la práctica, si tú vuelves con Taylor, él será el padre de la niña a todos los efectos.

—Ya lo sé.

—¿Y eso te asusta?

—Pues… —Olivia reflexionó sobre ello. Con todas las vueltas que le había dado a cada posibilidad en los últimos meses, le parecía increíble no haber pensado ni una sola vez en cómo la haría sentir que Taylor se convirtiera en padre de Mia, en la teoría, en la práctica o en las dos cosas—. No. No me puedo imaginar un padre mejor para ella. Que es su padre biológico, además. Becky, si tan asustada estoy es porque…

—¿Por qué? —Becky la apremió; Olivia se había recostado en su tumbona y se había perdido en un suspiro.

—Porque sé que con Taylor no hay grises. Es blanco o negro. Si nos lanzamos a intentarlo… ni siquiera es ese el verbo. No sería *intentarlo*. Sería hacerlo. Con todas las consecuencias. A por todas. Y quiera Dios que para siempre. Y eso incluye… sí, que se convierta en el padre de Mia. Y puede que de algún hijo más…

—¿Tienes dudas sobre qué va a pasar, pero ya tienes en mente otro hijo? —Becky abrió los ojos como platos.

—Te lo he dicho. Con Taylor será todo o nada.

—Pues ojalá sea todo… Aunque echaré de menos toda esta intriga. Es mi culebrón favorito desde *Falcon Crest*.

—Muy graciosa.

—Lo digo en serio. No te imaginas lo que estoy disfrutando al ver a Taylor Gardner sufrir por amor. Rechazado una vez tras otra. Es maravilloso.

—Y tú dirás que eres su mejor amiga. —Olivia aceptó el cóctel que les acercó Charlie y le dio las gracias con una sonrisa—. Pero tienes bastante razón en lo que dices. Taylor no está acostumbrado a las negativas y está aprendiendo a tener paciencia.

—A ver lo que le dura la paciencia cuando llegue aquí y te vea pasearte en bikini a diario.

* * *

Y Taylor llegó. Olivia se sentía como una adolescente hiperhormonada, escondida detrás de la ventana de un cuarto de invitados —desde el suyo no se veía el camino de entrada al garaje—, esperando que apareciera, conduciendo ese Porsche 964 Cabrio negro que tenía la mayor parte del año guardado en un garaje de la ciudad. Nunca lo reconocería en voz alta, pero la ponía inexplicablemente tontorrona verlo al volante de ese coche. En fin…

Cuando Taylor enfiló el camino del garaje, Olivia solo se fijó un momento en sus brazos bronceados girando el volante y su sonrisa sincera al saludar a Becky. Un momento gozoso pero breve, al fin y al cabo, porque toda la atención de Olivia se la llevó el ocupante del asiento del copiloto.

—¡Mike! —Olivia bajó las escaleras a todo correr y se encontró con los dos hermanos Gardner en el vestíbulo de la casa.

—Hey, Liv… ¡Qué alegría verte! —Se abrazaron fuerte, muy fuerte; no se veían desde aquellas primeras semanas después del accidente y habían pasado demasiadas cosas en ese tiempo—. Enséñame esta pedazo de casa, anda. Pero despacito, a mi ritmo actual.

—Tú no has ido despacito en nada en la vida, Mike. —Olivia lo miró de frente y sonrió. Su aspecto era muy diferente al de antes, pero, al mismo tiempo, muy parecido. El pelo había vuelto a crecerle después de aquella operación aterradora en la cabeza, y lo llevaba largo, tocándole los hombros, como lo recordaba Olivia toda la vida. En su cara se pintaba una media sonrisa algo tímida, lo cual era toda una novedad, pero Olivia sabía que era puro miedo a que ella lo mirara con compasión; jamás se le ocurriría tal cosa. Llevaba unas gafas de pasta con las que Olivia nunca lo había visto y que no conseguían ocultar del todo que su párpado derecho estaba algo caído. Una camiseta sin mangas dejaba al aire todos aquellos tatuajes que se había ido haciendo desde la adolescencia y en su mano sujetaba un bastón—. Estás guapísimo.

—Tú sí que estás guapísima. Llévame a mi cuarto y deja que Becky aguante a este imbécil.

—Mike Gardner pidiéndome que lo lleve a su cuarto. El sueño de mi adolescencia acaba de cumplirse —bromeó Olivia, y él la atrajo con un brazo para darle un achuchón entre risas.

—Hola, Olivia. Yo también he venido. —Taylor fingió enfado—. Y también quiero que me lleves a mi cuarto.

—Sigue soñando, Tay. Nunca has sido mi favorito de los Gardner. Has tenido veinticinco años para asumirlo. —La voz de Olivia se perdía ya por el camino hacia los dormitorios de invitados de la planta baja.

Olivia acompañó a Mike a su habitación y se quedó con él mientras sacaba algunas prendas de su maleta. Salieron al jardín por la galería que comunicaba el dormitorio con el porche y pasearon un rato bajo el sol de la mañana. Mike se movía a un ritmo algo renqueante, apoyándose en su bastón y reprimiendo algunas muecas de dolor que a Olivia no le pasaron desapercibidas, aunque prefirió no decir nada. Ella lo encontró mucho mejor de lo que esperaba; solo hacía medio año del accidente y el camino hacia la recuperación era lento y doloroso.

Mike le explicó que Taylor lo había convencido para pasar un par de días en los Hamptons antes de volver a Austin. Mike no había querido que nadie estuviera con él durante la operación, solo Taylor; llevaba seis meses sin ver apenas nada por el ojo derecho y de esa cirugía dependería que hubiera esperanzas de recuperar la visión casi por completo en el futuro. Mike sabía que Eileen había pasado un infierno tan doloroso como el suyo propio —o quizá más— y necesitaba que descansara unos días de su papel de cuidadora. Odiaba haber estado tan irascible después del accidente y prefería que fuera Taylor quien sufriera su furia si la operación salía mal. Desventajas de ser el menor de la casa.

Mike no se lo dijo a Olivia, pero la verdadera razón por la que había decidido acompañar a Taylor a los Hamptons era que sabía que su hermano pequeño necesitaba apoyo en su cruzada por recuperar a Olivia. Se moría de ganas de ver a Eileen y a los niños, y de celebrar todos juntos que los cirujanos oculares eran optimistas y consideraban que no tardaría en recuperar la visión…, pero también quería que Taylor y Olivia encontraran su camino, que se redescubrieran después de demasiados años separados. Si tenía que hacer de celestino…, lo haría. Pero eso no iba a decírselo a ella, claro. En cambio, hablaron de cómo se sentía físicamente, de su pierna y las posibilidades de volver a trabajar pronto, aunque fuera en tareas más administrativas del negocio. Le confesó que se moría por volver a hacer deporte, por dar una vuelta en bici con Simon y Elijah o por dormir una noche entera del tirón sin que la rodilla lo despertara con la sensación de estar en llamas. También hubo tiempo para ponerse al día sobre los niños, sobre las andanzas de Fitz en casa de los Gardner y sobre los tatuajes que los dos se habían hecho en los últimos tiempos. Olivia se había tatuado las fases lunares en los nudillos de ambas manos; Mike, la fecha del accidente en el interior de su muñeca derecha. A Eileen le había horrorizado que justo quisiera recordar un día así, pero Olivia entendió sus razones para hacerlo.

Volvieron a la casa justo a tiempo de descubrir que Becky y Taylor, en apenas una hora, ya habían organizado una fiesta para esa noche. Al parecer, algunas de las modelos más jóvenes de la agencia habían alquilado una casa a un par de kilómetros de allí y Becky había decidido rejuvenecer un poco el ambiente de su jardín con una *pool party* llena de modelos veinteañeras. Olivia conocía a un par de ellas, que se habían formado en su escuela. Taylor, por descontado, las conocía a casi todas.

En cuanto las hordas de invitados empezaron a colonizar el jardín —en las fiestas de Becky, el número de asistentes siempre crecía como por generación espontánea—, Olivia se refugió en una esquina con Mia y Mike.

—Está preciosa, Liv… Tan mayor ya…

—Sí, ¿verdad? Los dos o tres primeros meses se me pasaron muy despacio, supongo que por lo agotada que estaba. Pero desde entonces… ha volado. Es emocionante, por un lado, pero también me da pena pensar en lo rápido que va a dejar de ser mi bebé.

—Siempre será tu bebé, créeme. —Mike cogió a la niña en brazos y la sentó sobre sus rodillas—. Simon tiene novia en el instituto, pero sigue durmiendo con nosotros cuando vemos una película de terror por las noches.

—Qué cosa tan Gardner esa de echarse novia antes de cumplir los catorce.

—Total… para acabar más de veinte años después enamorado de la misma chica y persiguiéndola para que vuelva a quererte. —Olivia se sonrojó, aunque sabía que esa conversación llegaría antes o después—. Por si no te habías dado cuenta, ya no estoy hablando de Simon.

—Me había dado cuenta, sí.

Los dos dirigieron la mirada al borde de la piscina. Taylor parecía en su salsa, vestido solo con un bañador en tonos azules, sus gafas de sol Rayban Wayfarer y tres modelos en bikini a su alrededor. Olivia sabía que había cambiado mucho en los últimos meses, se creía el nuevo rumbo de vida y pensamiento que él decía haber tomado durante sus meses en Austin, pero… seguía pareciendo encantado rodeado de modelos.

—Te quiere de verdad, Olivia.

—Mike, no…

—Ah, no, no. A él puedes pedirle que se calle porque te asustan las cosas que te dice y porque eres la parte que aporta prudencia a esta historia, cosa que, por cierto, me parece muy necesaria. Si los dos fuerais como Taylor, a estas alturas ya habríais vuelto a casaros en Las Vegas. —Olivia se rio, aunque la sola idea de que algo así ocurriera le provocaba una mezcla de pánico e ilusión; a partes iguales—. Pero a mí no me vas a impedir que dé mi opinión. Si algo he aprendido en estos meses es a no guardarme para mañana lo que pueda decir hoy, porque… tal vez no haya un mañana.

—¿Estás intentando ablandarme?

—Quizá. —Mike esbozó una sonrisa canalla que parecía marca de la casa de los Gardner—. En realidad, no. Estoy intentando decirte que Taylor va en serio, y quizá yo sea el único que lo puede asegurar, porque hemos hablado más en estos últimos seis meses que en los treinta y cinco años anteriores. Y por eso sé que te quiere incluso más de lo que te quería hace veinte años. Y te juro que nunca pensé que pudiera quererte más que entonces.

—Espero que sí pueda, porque… lo que hizo entonces fue dejarme.

—Se equivocó. Mira, Liv… Cuando Taylor llegó a casa hace once años con la noticia de que había decidido divorciarse de ti porque ya no estaba enamorado y quería vivir su vida de forma independiente y todo aquello… yo lo apoyé. Mis padres estaban destrozados, sabes que te querían… que te *quieren* como a una hija. Mamá le gritó tanto a Tay… —Mike se rio—. Y papá no decía nada, pero mostraba su decepción sin lugar a dudas. Así que a Chris y a mí nos tocaba apoyarlo, aunque tuviéramos nuestra propia opinión.

—¿Y cuál era?

—La misma que la de todo el mundo. Que la había cagado. Que podría encontrar otro tipo de vida y que lo pasaría bien a ratos, pero… que nunca volvería a ser tan feliz como cuando estaba casado contigo.

—Él parece haber tardado once años en darse cuenta.

—Sí, a ver… Yo soy el guapo de los Gardner y Chris el inteligente. Está claro que al pobre le quedaron solo los restos. —Olivia soltó una carcajada—. Diré en su defensa que es fácil dejarse llevar por esta vida. —Mike hizo un gesto abarcando la fiesta que los rodeaba—. Supongo que necesitó salir de ella para darse cuenta de lo vacío que estaba.

—Supongo…

—Haces bien en hacerlo sufrir, Liv… —Ella lo miró y vio más comprensión en los ojos de Mike de los que había encontrado en nadie en todo aquel tiempo—. Fue un gilipollas. Y ha seguido siéndolo durante diez años, siempre haciendo el payaso en las revistas y las redes sociales. Creo que, mientras todo Estados Unidos se enamoraba cada vez más de él, en casa vivíamos el proceso contrario. Lo único que nos quedaba como consuelo es que siempre fue un buen tío. Volvía a casa y era el de siempre, ni siquiera nos parecía que la persona de las revistas fuera él, es como si fuera…

—Un personaje de ficción.

—Exacto.

—Yo he dicho esa frase varias veces. Que fue más fácil dejar de querer a un tipo al que ya ni reconocía que al Taylor del que había estado enamorada en el pasado.

—¿Dejaste de estarlo algún día?

—Dejé de ser la chica que era. —Olivia esbozó una sonrisa triste—. Tuve que reconstruirme y, en cierto modo, convertirme en alguien diferente, para sobrevivir.

—¿Y ahora?

—Ahora lo quiero más de lo que soy capaz de reconocerle a él. Sé que… sé que nunca querré a otra persona así.

—Ya. Lo que tenéis… lo que habéis tenido todos estos años, incluso cuando os veíais solo una vez al año…, poca gente lo consigue.

—Tú lo conseguiste. Algo mejor que eso, incluso. Quizá no solo seas el hermano guapo. Si también eres el inteligente, no sé qué va a ser de Chris y Taylor.

—Ya. No sé cómo he sido tan afortunado, pero Eileen y yo siempre hemos pensado igual. Que no merece la pena buscar algo más allá cuando en casa tenemos amor de verdad. Y desde hace medio año, lo tengo más claro que nunca. ¿Te imaginas vivir todo esto al lado de una pareja con la que llevas mes y medio y con la que tienes poco más que atracción física?

—No, no puedo imaginarlo.

—Pues eso… Querernos, pasarlo bien juntos y cuidarnos cuando las cosas vienen mal dadas. No hay mucho más que eso. En defensa de ese imbécil —Mike señaló con la cabeza a Taylor, que bailaba muy animado con sus compañeros de fiesta—, diré que siempre se preocupó por ti en la distancia. No tengo duda de que habría hecho cualquier cosa por ti.

—Hizo la más importante. —Olivia recuperó a Mia, que se había quedado dormida en los brazos de Mike.

—Sí. Eso es cierto. —Mike dio un sorbo a su cóctel, que se había quedado algo aguado, y decidió picar un poco a Olivia—. No parece que se lo esté pasando mal, ¿no?

—Supongo que TayGar no ha muerto de todo —bromeó Olivia, aunque maldita la gana que tenía de chistes.

—Bah. Si pudiera deshacerme de este bastón y estas gafas, no tendría una sola oportunidad.

—Estás guapísimo con esas gafas, pero… dime, Mike, ¿cuánto hace que no ligas con una chica?

—Mmmm… Veintiocho años, si no me equivoco. Pero era realmente bueno.

—¿En el jardín de infancia?

—¿Dónde está mi chica favorita? —La voz de Taylor los sobresaltó a ambos. Estaban tan ajenos a la fiesta que no se esperaban ninguna interrupción—. Hoooola, Mia.

—¿Siempre usa esa voz de imbécil? —preguntó Mike.

—Todas y cada una de las veces que la ve. —Olivia miró a Taylor y se dio cuenta de que había bebido un poco de más—. Ni se te ocurra coger a la niña, apestas a alcohol y a tabaco.

—Ay, Liv, Liv… ¡No me dejas hacer nada! No puedo coger en brazos a mi hija…

—Taylor. —Olivia usó el tono de advertencia para ese «mi hija» que se le había escapado, pero lo recicló para el tambaleo que por poco no acabó con él en el suelo.

—No puedo estar contigo, que eres el amor de mi vida…

—Hermano, igual ha llegado el momento de dejar esa copa en un lugar seguro.

—¡No me dejas divertirme, Liv!

—No me ha dado la sensación de que estuvieras sufriendo.

—Sssshhhh… —Taylor se agachó, con algunas dificultades, y les habló en tono de confidencia—. Mirar, pero no tocar. Y casi ni siquiera mirar. ¿Te cuento un secreto, Liv? —La frase podría haber tenido un punto sensual si no hubiera quedado interrumpida por un hipido etílico que hizo reír a Mike y Olivia—. La chica más bonita de toda la fiesta es la única que no me hace ni caso.

—Vete a conseguir un café bien cargado, Taylor. Creo que te hace falta —lo interrumpió Mike—. Y déjame a *la chica más bonita de toda la fiesta* a mí, anda.

Taylor le hizo un gesto de desprecio fingido a su hermano y de reproche —probablemente también fingido— a Olivia y volvió a la zona de la piscina, donde era el centro de atención. Volvía a parecer encantado de conocerse. Olivia reconoció a Kayla entre el grupo que rodeaba a Taylor y radiografió con la mirada el momento en que él se la encontraba y la saludaba con un abrazo que quizá no debería haber sido tan largo, teniendo en cuenta que él llevaba el pecho desnudo y ella… no mucho más tapado.

—Si sigues mirándolo así, es posible que acaben saliéndote rayos láser de los ojos —se burló Mike.

—No seas gilipollas. Los miro porque a ella la conozco.

—¿Ah, sí?

—Sí, me la presentó en la fiesta de compromiso de Becky. No cuentes con encontrar su nombre entre futuras candidatas al Nobel de Física. —Olivia se llevó una mano a la boca—. Perdona, no sé por qué he dicho eso. No soy tan bruja.

—Yo sí lo sé. Lo has dicho porque estás celosa. Y no tiene demasiado sentido que lo estés, teniendo en cuenta que la única vez que coincidisteis los tres, fuisteis Taylor y tú los que acabasteis follando en los baños de un museo.

—¡Mike! Joder, no me puedo creer que Taylor te haya contado eso.

—Ya te he dicho que hemos hablado mucho en estos últimos meses.

—Me parece que me voy a ir a la cama —dijo Olivia, acercándose a Mia, que dormía tranquila en su sillita desde hacía un buen rato. Podría usarla a ella como excusa, pero en realidad se iba porque estaba cabreada. Estaba celosa. Y odiaba estarlo.

—¡Eh, Liv…! —Mike la cogió por un brazo—. No te cabrees. Siento haber dicho eso.

—No estoy enfadada contigo, idiota. —Liv se sentó a su lado, en la misma tumbona—. Estoy cabreada con Taylor por estar borracho como un perro y conmigo misma por dejar que me importe.

—Pues creo que la solución a ambas cosas está en tu mano. Bueno, a lo de que Taylor esté borracho, no, pero lo otro…

—Ya, ya lo sé.

—Vámonos. Hoy no vais a avanzar nada y yo estoy agotado. ¿Te vienes?

—Sí.

Olivia dejó a Mia en su cuna y se metió en la cama. Su dormitorio estaba en la primera planta, pero la terraza daba al jardín, así que le llegaba el ritmo de *Like a Virgin*, de Madonna —Becky era una auténtica clásica en la elección de la música—, y el rumor de las conversaciones apagadas de los invitados que aún apuraban la noche. Pero no era la falta de silencio la que le impedía dormir. Era que sus pensamientos, sus sentimientos… sonaban aún más fuerte que la música. Dentro de su cabeza, se escuchaba el eco de una decisión tomada.

A las tres de la madrugada, se cansó de dar vueltas sobre unas sábanas que debían de estar hartas de ella. Comprobó que el intercomunicador de Mia estuviera conectado, se lo metió en el bolsillo del pijama y salió a dar un paseo por el jardín. Hacía ya más de una hora que la fiesta había terminado y no dudaba que los empleados que Becky solía contratar para los eventos se habrían encargado de que no quedara ni rastro de ella.

Estaba a punto de volver a su cuarto cuando una sombra se le apareció en el rabillo del ojo en la zona de la piscina. Y no necesitó mirar dos veces para saber quién era. Había instintos que funcionaban mejor que los sentidos. Y los instintos de Olivia llamaban a Taylor a gritos. Sospechaba que era algo recíproco, porque él no tardó ni una milésima de segundo en girarse hacia ella.

—Hey…

—Hola, Tay. —Olivia le sonrió. Taylor se había puesto una camisa blanca, pero no se había molestado en abrocharla. Permanecía sentado en el borde de la piscina, con los pies metidos en el agua y un cigarrillo en la mano.

—¿Qué estás haciendo aquí?

—No podía dormir y… —Olivia señaló el suelo de teca—. ¿Puedo?

—Claro que sí. —Taylor le sonrió y Olivia supo, solo con ese gesto, que ya no estaba borracho.

—¿Y tú… qué estás haciendo aquí? —Taylor respondió con un encogimiento de hombros y una calada profunda—. Pensé que habrías encontrado con quién pasar la noche.

—¿De verdad creías eso?

—Yo qué sé… No te has cortado demasiado en tontear.

—Ni siquiera estaba tonteando. Estaba borracho y…

—¿Ya no lo estás?

—Becky me tiró a la piscina.

—¿Una mujer de cincuenta y seis años y pocos más centímetros te tiró a la piscina?

—Eso me hizo darme cuenta de que estaba bastante más borracho de lo que pensaba. Y bueno…, que no estaba tonteando. Estaba haciendo el gilipollas, tratando de cabrearte.

—Lo has conseguido.

—¿De verdad?

—Más de lo que me gustaría reconocer.

—¿Dónde está Mia?

—Dormida. —Olivia le mostró la antena del intercomunicador que sobresalía del bolsillo de su pijama de cuadros.

—Jamás me habría acostado con otra esta noche, Liv. No porque tú estés aquí —Taylor alzó la mirada y recorrió el jardín, antes de clavar sus ojos azules en los de Olivia—, sino porque estás aquí. —Se llevó la mano al corazón, a aquel lugar donde refulgía un «54» con demasiado significado. A Olivia incluso le pareció escuchar el ruido que hacían todas sus barreras cayendo.

—Tay… —Olivia iba a ponerse trascendental, pero un reflejo de la luna sobre el pelo de Taylor hizo que entornara los ojos—. ¡Taylor Gardner! ¿Eso que veo ahí es una cana?

—Pero ¿qué dices, insensata? Yo no tengo canas.

—Sí que tienes.

—¡Ay! ¿Estás loca?

—Mira este pelo.

—¿No podíamos usar un espejo? ¿Tenías que arrancármelo?

—Es una cana.

—¡Cállate! Seguro que tú también tienes alguna en medio de esos pelos de loca.

Taylor se carcajeó y se echó hacia atrás. Recostado sobre sus brazos, los músculos del abdomen se le marcaban de una manera que… en fin, que Olivia estaba a punto de perder la poca cordura que le quedaba. O, dicho de otra manera, de mandar a la mierda la prudencia. El silencio se hizo tan espeso que casi podían tocarlo, hasta que Taylor lo rompió.

—¿Lo ves, Olivia? Podemos reírnos el uno del otro. Y cabrearnos sin que la sangre llegue al río. Yo puedo emborracharme y soportar que tú me eches la bronca, porque siempre sabes lo que está bien y lo que está mal. Te quiero. Me quieres. Y nos arde la piel cuando nos tocamos. No hay otra salida, Liv… No hay otra opción que estar juntos.

—Parece que lo dices resignado.

—Ya te dije el otro día que a veces parece una condena. A veces me duele tanto no tenerte que pienso que habría sido mejor no haberme enamorado nunca tanto. Pero, luego, te miro… y me da igual el dolor, porque se me cura cuando te tengo cerca.

—¿Cuándo te convertiste en un poeta? —Olivia quiso burlarse, pero su cuerpo fue más sabio que ella y recortó un poco la escasa distancia que la separaba de Taylor.

—Cuando me di cuenta de que, por primera vez en mi vida, tendría que usar todas las palabras, y todas las acciones, para conseguir a la mujer que quiero.

—¿Al fin lo reconoces?

—¿El qué?

—Que siempre lo has tenido fácil para conquistar.

—No me has entendido. No es que seas la única mujer que me lo ha puesto difícil. Eres la única a la que quiero. La única a la que he querido. Antes y ahora. —Taylor se palpó el bolsillo de su camisa y cogió un paquete de tabaco. Encendió otro cigarrillo y se lo ofreció a ella, que lo agradeció para calmar un poco los nervios que la estaban devorando—. Y aunque me refiriera a lo otro... creo que me lo estás poniendo lo suficientemente difícil como para compensar toda una vida.

—Te prometo que no te estoy haciendo sufrir a propósito.

—Ya lo sé. Algún día, cuando la sangre vuelva a llegarme al cerebro —los dos se rieron—, te lo agradeceré. Este tiempo... me está enseñando cosas.

—¿Por ejemplo?

—Supe que volvía a estar enamorado de ti el día que me di cuenta de que me sobraba tiempo. Me sobraba mi vida. Me había esforzado tanto por tener una independencia, una vida propia, solo mía, incluso al precio de hacerte todo el daño que te hice... y de repente, me sobraba. Necesitaba compartirla. Supongo que el ritmo de trabajo tan loco que he tenido durante años tapó esas necesidades, lo hizo todo más fácil..., pero, desde que bajé el ritmo, solo pensaba en pasar todo el tiempo contigo. Contigo y con Mia.

—Me pones muy difícil resistirme, Tay... —Olivia se acercó más. Enredó sus piernas en la cintura de él. Acercó su mano para alcanzar el cigarrillo que colgaba de sus labios, con aquel aire canalla que hacía que le palpitara el corazón... y otras cosas. Lo cogió, le dio una calada y lo apagó.

—Te llevo dentro de la piel, Liv... —Taylor cerró los ojos al sentir el tacto de las yemas de los dedos de Olivia sobre sus labios—. Déjame besarte, por favor.

—Has sido muy respetuoso pidiéndome permiso, Tay. Ahora... y todas las demás veces que lo has hecho. —Olivia se humedeció los labios y Taylor creyó que aquello sería más de lo que podría soportar—. Pero no hace falta que vuelvas a preguntar. Nunca más.

Taylor no tardó ni un segundo en asimilar sus palabras y se lanzó a sus labios como si estuviera sediento. En realidad..., lo estaba. De ella. De *ellos*.

—¿Qué cuarto te ha dado Becky? —le preguntó Olivia en cuanto sus lenguas fueron capaces de desenredarse y Taylor la alzó en brazos, con sus cuerpos tan pegados que ya eran solo uno. Quizá siempre lo habían sido.

—Este. —Taylor se coló por la primera galería abierta del porche y esbozó una sonrisa triunfadora que a Olivia la calentó más por dentro.

Cayeron sobre la cama y Taylor no tuvo tiempo más que para poner música en su móvil; solo una pared separaba su cuarto del de Mike y no estaba dispuesto a que su hermano fuera espectador de primera fila del puto momento más glorioso de su vida. Sonó *Sex On Fire*, de Kings of Leon, y a Taylor le pareció una señal del cielo. Era la banda sonora que habría deseado para aquel momento.

—Te quiero, Tay. —Olivia reclamó toda su atención. Le brillaban los ojos. De emoción, de intensidad. De la maravillosa sensación de haber llegado al fin a la meta—. Joder, te quiero muchísimo.

—Ven aquí.

Taylor la desnudó con mimo. Desabrochó uno a uno los pequeños botones de la parte de arriba del pijama de Olivia y deslizó sus dedos por las porciones de piel de ella que iban quedando al aire. Dibujó con las yemas el contorno de aquellos tatuajes que tanto le gustaban. Se agachó sobre ella para besarla. Despacio, con ternura, con ganas contenidas. Había esperado meses para volver a tenerla, años para volver a amarla... no había necesidad de precipitarse en el último momento. En el primer momento del resto de sus vidas.

Olivia se deshizo con facilidad de la camisa de él y se le enredaron los dedos en el cordón de la cintura de su bañador. Taylor la ayudó, reprimiendo una sonrisa nerviosa, y, por un momento, a los dos les vino a la cabeza el recuerdo de una noche de otoño en que Olivia había trepado por la celosía de la fachada de la casa de los Gardner y se habían fundido por primera vez en un solo cuerpo.

La ropa fue quedando abandonada sobre la alfombra de lino del dormitorio. La música sonó en bucle, pero a nadie le importó. Los gemidos se acompasaban con las guitarras, los latidos con la batería. Y cuando Taylor la tocó, los jadeos de Olivia se intensificaron. Él los escuchó en su oído y le erizaron la piel.

Cayeron rendidos sobre la cama. No rendidos de cansancio, rendidos el uno al otro. Taylor entró en ella con delicadeza, pero le duraron poco las buenas intenciones. Justo el tiempo que tardó Olivia en susurrarle al oído que lo quería todo. Y que lo quería fuerte.

En aquella cama con dosel de una mansión de East Hampton se quedaron los últimos miedos, las últimas dudas, las incertidumbres que Olivia creyó que la acompañarían siempre sobre si Taylor sería capaz de comprometerse de verdad, de quedarse para siempre. En aquel momento... casi ni le importaba. Sentía que lo que tenían era tan fuerte, tan especial, tan... único que merecía la pena vivirlo aunque solo fuera temporalmente. Olivia no habría cambiado por nada del mundo los trece años que había pasado junto a él en el pasado, aunque hubieran acabado en un océano de dolor. Ahora que volvía a tenerlo... qué más daban las dudas sobre cuánto duraría. Lo único que quiso fue disfrutarlo. Y la inercia de la vida ya se encargaría de que se quedaran juntos para siempre.

Con dos orgasmos gloriosos —y algo más sonoros de lo que habían planeado—, Olivia y Taylor supieron que todo estaba bien. Todo estaba en su lugar. Y con esa tranquilidad flotando en sus mentes, se quedaron dormidos. Sudorosos, sonrientes y abrazados.

* * *

A la mañana siguiente, un coro de aplausos recibió a Taylor en la cocina de la mansión. Mike, Becky y —sorprendentemente— Charlie se burlaron de él con ganas. Si con su hermano y su mejor amiga solía ser difícil mantener un secreto, viviendo todos en la misma casa la misión se convertía en imposible. No tenía ni idea de cómo se habrían enterado, pero era obvio que aquellos tres sabían cómo habían pasado la noche Olivia y él.

Taylor había despertado en una cama vacía, con algo de resaca en partes muy diferentes de su cuerpo. Imaginó que Olivia habría amanecido antes que él, quizá porque Mia la hubiera reclamado desde el intercomunicador; se lamentó por ser tan imbécil como para no haberla escuchado. Se vistió con lo primero que encontró y se dirigió a la cocina, donde esperó que estuvieran todos desayunando.

Pero Olivia no estaba allí.

—Bueno... como parece que estáis todos informados de que soy un hijo de puta con suerte —le dirigió una mirada burlona a Mike, que hizo que se perdiera la cara de circunstancias de Becky—, os agradecería mucho que me dijerais dónde están Olivia y Mia.

—Se han ido.

—¿Qué? —Taylor se dio la vuelta sobre sí mismo con tanto ímpetu que estuvo a punto de caerse al suelo.

—Que a primera hora de la mañana, ha hecho la maleta y ha dicho que se volvía a Nueva York por unos días.

—¡Joder! —Taylor maldijo su mala suerte. De todas las opciones que se le habían pasado por la cabeza aquella mañana, que tampoco habían sido demasiadas, que Olivia hubiera huido de él después de entregarse el uno al otro como lo habían hecho la noche anterior no era una de ellas—. ¿Hace cuánto que se han marchado?

—Hará… unos cuarenta minutos, ¿no? —Charlie consultó su reloj, aparentemente ajeno a la vorágine de emociones que bullían dentro de Taylor.

—Mike, ¿vienes o paso a recogerte en cuanto…?

—Taylor, déjala. —La voz de Becky sonó segura y firme.

—¿Qué? Ni lo sueñes, Becks.

—Déjala, en serio. ¿Qué crees? ¿Que ha huido porque se arrepiente de lo que ha pasado esta noche?

—Pues dime tú cuál es la opción B.

—Pensaba que la conocías mejor. Ha huido para asumirlo, Tay. —Becky se acercó a él y le acarició la cara—. Ya es tuya, cariño. Mejor dicho… ya sois vuestros.

~36~
EL LUGAR DONDE FUIMOS NOSOTROS

Por mucho que Taylor confiara en Becky y sus intuiciones, lo cierto es que no respiró hasta un par de horas después de aquel desayuno, cuando recibió un mensaje de Olivia confirmándole que habían llegado bien a Manhattan... y que todo estaba bien. «Lleva a Mike a Texas y quédate el tiempo que necesites con él. Y después... vuelve a casa, Tay. Vuelve a mí. Siento haberme ido así. Te quiero».

Al día siguiente, le hizo caso y regresó a Austin con Mike. Su impaciencia natural hacía que quisiera empacar sus cosas en la maleta, comprar el primer vuelo que saliera hacia Nueva York y plantarse delante de la puerta de Olivia a postrarse a sus pies, pero sus padres tenían más cabeza que él y lo convencieron para que se tomara las cosas con calma. Y Chris lo hizo para que terminara el trabajo que había ido a hacer a Texas.

La verja metálica del taller de Mike se abrió de nuevo el día en que se cumplían seis meses exactos del accidente. Él pretendió que fuera un día normal, pero ninguno de los Gardner se lo iba a permitir. Chris se había pedido el día libre en el trabajo para acompañarlo, sus padres también estaban allí, Eileen no pudo retener las lágrimas al verlo dar órdenes casi como si no hubiera pasado medio año desde la última vez que lo había hecho y Simon y Elijah jugaban entre los coches antiguos que Mike conservaba en el local para restaurar en los ratos libres que le dejaban los encargos más urgentes. Y Taylor lo observaba todo desde una esquina, con las emociones tan a flor de piel que necesitaba enfrentarse a ellas solo.

—Venga, fuera todo el mundo, que aquí hay trabajo que hacer. —Mike aguantó una hora de brindis antes de echarlos del local. Y todos lo entendieron, porque deseaban en la misma medida que él que la vida volviera a la normalidad—. Tay, ¿puedes venir un momento?

—Claro. —Taylor se despidió de sus padres, de Chris, de Eileen y los niños, y les confirmó que los vería más tarde en casa antes de acercarse a su hermano—. Dime.

—Yo... no sé muy bien cómo decirte esto, pero... —Mike suspiró—. Ya te he dado las gracias muchas veces por todo lo que has hecho por mí, pero... creo que nunca llegarás a saber lo importante que ha sido tu ayuda.

—Olvídalo, Mike. —Taylor le quitó importancia con un gesto de su mano.

—No, no lo olvido. No lo voy a olvidar nunca, de hecho. Ni creo que lo hagan Ethan y Jacob, que se habrían quedado en la calle sin el dinero que...

—No hablemos de dinero, Mike.

—Tardaré un poco, pero te lo iré devolviendo.

—Que no se te vaya a pasar por la cabeza. —Mike lo miró muy serio—. Ese dinero es tuyo. No me he pasado los últimos veinte años cobrando una cantidad ridícula de dinero solo para correrme juergas. El dinero sirve para esto, para apechugar cuando hace falta.

—Pero...

—No voy a escuchar ni una palabra más sobre el tema. Y, aunque sé que no lo vas a hacer, te ruego que me pidas lo que necesites de ahora en adelante. No seas gilipollas.

—Lo intentaré. —Mike le dedicó una sonrisa burlona que Taylor sabía que significaba que se cortaría la lengua antes de pedirle ayuda económica—. Pero... no hablo solo de dinero. No sé si estaría aquí hoy si no hubiera sido por tu apoyo en la recuperación.

—Mike... —Taylor no quería emocionarse, así que necesitaba que su hermano se callara.

—No, he mentido. Sí que lo sé. No estaría aquí si no me hubieras obligado a mover el culo de la cama cuando no quería ni levantarme. Queda mucho para que esté mejor, o quizá ni siquiera llegue a estarlo demasiado, pero... yo hace seis meses creía que jamás volvería a trabajar ni... a vivir. Y si he salido adelante ha sido, en gran parte, por tu culpa.

—Bueno, ya que hemos decidido chuparnos las pollas un poco —los dos se rieron—, yo también debería decirte que, si todo esto no hubiera pasado, y ojalá no hubiera pasado, obviamente..., pero sin estos meses aquí y todo lo que hemos hablado... yo no estaría a punto de conseguir lo que más he deseado en toda mi vida.

—¿Y se puede saber a qué estás esperando para volver a Nueva York?

—Estaba esperando... esto. —Taylor hizo un gesto con el dedo como abarcando el taller de Mike—. Ahora sí que puedo volver sabiendo que he cumplido lo que te prometí cuando aún estabas en el hospital. Lo que me prometí a mí mismo.

—Pues te lo agradezco un montón, pero no pierdas ni un segundo más. Que ya es bastante milagro que Olivia te haya dicho que sí, como para ahora hacerla esperar.

—Lo sé. Me voy a primera hora de mañana.

—Echaré de menos que andes por aquí. —Mike se acercó a su hermano y se abrazaron fuerte. Las lágrimas asomaron a los ojos de ambos, pero consiguieron retenerlas dentro—. Y la próxima vez que vengas a Austin, que no se te ocurra hacerlo sin ellas.

Taylor asintió, dijo adiós a los dos empleados del taller y regresó a casa. Hizo la maleta despidiéndose de su cuarto de la infancia, de cada objeto que había formado parte de su rutina diaria desde aquel día de febrero en que una llamada había puesto patas arriba todo su mundo. Solo hacía medio año, pero él sentía que había pasado una eternidad. Ni siquiera sentía que fuera el mismo hombre. Y es que no lo era.

* * *

Taylor llegó al aeropuerto de La Guardia a primera hora de la mañana del día siguiente y decidió pasarse por el edificio del Upper West Side donde se custodiaba su mayor secreto. Bueno..., uno de ellos.

Solo Becky y Chris estaban al tanto de aquello. Hacía ya tres meses que Taylor había encontrado el local en el que montar el centro de *fitness* con el que llevaba soñando muchos meses. Iba en un coche de alquiler de camino al aeropuerto durante una de aquellas visitas a la ciudad en las que iba a ver a Olivia y Mia cuando reparó en un enorme local de dos plantas en la esquina de la calle Setenta y Ocho con Amsterdam Avenue. Y entendió aquello que le había contado Olivia una vez, muchos años atrás, durante una de sus cenas de aniversario. Que hasta que vio el local del Village en el que acabaría instalando su escuela de modelos no había podido visualizar el proyecto como algo real, tangible.

En pocas semanas había alquilado el local, puesto en marcha las obras de reforma necesarias e iniciado los trámites para convertirse en empresario. Becky y Chris habían sido sus aliados, porque ellos sabían mucho más que él de negocios —en realidad, él no sabía casi nada, pero estaba lleno de ilusión—. Y ahora estaba casi seguro de que en menos de un mes conseguiría inaugurar el centro, en el que pretendía ofrecer a sus clientes un servicio integral, con programas de reeducación nutricional y ejercicios de *fitness* adaptados a cada persona y situación. Estaba más ilusionado que el día que había firmado su primer contrato profesional como modelo. Mucho más… Aquel era el proyecto de su vida.

—No me esperaba yo que volvieras a Nueva York y no tuvieras demasiado interés en venir a verme…

La voz de Olivia lo golpeó como un latigazo. Se había distraído hablando con los obreros sobre los últimos retoques a la zona de máquinas y se había retrasado en su plan inicial de ir a ver a Olivia y Mia cuanto antes. Y ella se le había adelantado. Siempre lo hacía.

—¿Qué estás haciendo aquí? ¿Cómo…? —Taylor frunció el ceño.

—¿Cómo he sabido… esto? ¿Y que estabas aquí hoy? —Olivia echó un vistazo a su alrededor—. A veces olvidas que la mujer que custodia todos tus secretos es mi mejor amiga.

—No veo yo que los custodie muy bien. —Se rieron—. Pensaba traerte aquí hoy mismo. Quería… quería enseñártelo todo.

—Pues hazlo.

Taylor dedicó un buen rato a mostrarle a Olivia todas las salas de aquel local. Ella pudo ver la ilusión en sus ojos cuando le explicaba sus ideas, sus sueños. Taylor podía haber tenido toda su vida fama de impulsivo, pero estaba claro que aquel proyecto de negocio lo había meditado durante mucho tiempo.

—¿Qué te parece?

—Es una pasada. Estoy muy orgullosa de ti, Tay. Aunque no habría estado mal que me avisaras de que volvías a la ciudad —le reprochó Olivia, burlona.

—Ha sido mi pequeña venganza por tu escapadita de los Hamptons.

—Lo siento. —Olivia sonrió con picardía. Ya habían hablado por teléfono muchas veces de aquel incidente, pero ella necesitó explicárselo una vez más—. No quería compartir con nadie la mañana siguiente, ni que Becky entrara en barrena ni nada de todo lo que supongo que tuviste que sufrir tú. Quería que cuando estuviéramos juntos… fuera solos. Con Mia.

—¿Está con Anna?

—Sí, me he encargado de que hoy esté todo el día con ella porque… no sabía qué planes tenías.

—Mi único plan es estar contigo. Con vosotras. —El ambiente entre ellos cambió. Dejó de importar que estuvieran en el local, que los rodearan los obreros… todo—. Hoy y el resto de mi vida.

Olivia se puso de puntillas para alcanzar sus labios. Taylor esbozó una sonrisa ladeada al verla acercarse, aunque ningún gesto podría alcanzar a demostrar lo que sentía sabiendo que ya estaba. Que lo había conseguido. Que lo *habían* conseguido. Que las cosas volvían a estar en el lugar del que nunca deberían haberse movido.

—Hay un sitio al que me gustaría llevarte —le dijo Olivia.

—Yo también, pero… tú primero.

—Vale.

Echaron a andar cogidos de la mano por la calle Setenta y Ocho y bordearon el Museo de Historia Natural por el ala sur. Guiados por los pasos seguros de Olivia, entraron en Central Park y llegaron al lago. Esquivaron a los cientos de turistas que se agolpaban en la zona de Strawberry Fields y Taylor solo comprendió que se dirigían a la zona de botes de alquiler del lago cuando vio a Olivia hablar con el encargado del negocio.

—¿Me vas a hacer remar? —le preguntó él con una sonrisa.

—Falta te hace ponerte en forma después de meses comiendo la comida de mamá. Demuéstrales a tus clientes que estás a tope en el remo.

—Vamos.

Taylor subió primero y le ofreció a ella la mano para que lo siguiera. Se sentaron frente a frente y Taylor ni siquiera intentó que Olivia lo ayudara en la tarea de mover aquella barca por las aguas del lago. Agosto siempre era un mes asfixiante en Nueva York, pero Central Park era un oasis lejos de los motores de los coches, las salidas de vapor del metro y los respiraderos de los aires acondicionados de los rascacielos.

—Qué bonito es esto —dijo Taylor, que no había echado demasiado de menos la ciudad en sus meses en Texas, pero se reenamoraba de ella cada vez que pisaba sus calles.

—Precioso. —Olivia se quedó callada un momento, pero había una razón por la que había querido ir allí con Taylor, precisamente aquel día, y no quería callársela—. ¿Sabes, Tay? Creo que lo mejor que hemos hecho en estos meses ha sido hablar de todo. De *todo*. De lo que ocurrió en el pasado, de los miedos, de las dudas, de todo lo que hicimos mal y también de todo lo que hicimos bien. Creo que necesitábamos poner la palabra «fin» a todo lo que nos ocurrió para que a partir de ahora la vida sea un folio en blanco. Y por eso estamos aquí.

—¿Por qué? —Taylor abrió los ojos, sorprendido.

—¿Recuerdas la última vez que estuvimos aquí? La única, en realidad.

—¿Remando en el lago? Sí, claro. Fue... fue hacia el final.

—Sí. *En* el final, de hecho. Un par de días después de nuestro cuarto aniversario de boda, un par de semanas antes de que te marcharas.

—Maldita memoria para las fechas... —se burló él.

—En aquel momento, estábamos tan mal que yo vivía en una contradicción constante. Por un lado, me veía venir el final, pero, por otro, me parecía imposible que tú y yo, con lo que habíamos sido y con lo que aún nos queríamos, acabáramos separándonos. Pero tenía días en los que veía clarísimo que ibas a marcharte.

—¿De verdad?

—Sí. Y por eso insistí aquella mañana en venir aquí, a remar a Central Park.

—¿Por qué?

—Porque no quería que quedara nada pendiente. —Olivia se avergonzó un poco de sus palabras—. Ya sé que es una tontería, pero yo... yo tenía la sensación de que, hasta que había empezado toda aquella crisis, nuestra relación había sido perfecta. Lo habíamos hecho todo, habíamos viajado, trabajado, disfrutado... Pero nunca habíamos venido a remar a Central Park. Y quería llevarme ese recuerdo si todo se acababa. No quería que me quedara nada por vivir a tu lado, aunque fuera una tontería como esta... y aunque tú en realidad no quisieras estar aquí.

—No es que no quisiera, es que... me sentía un farsante. ¿Tanto se me notaba?

—No. Estuvimos como siempre, como hemos sido toda la vida... Quizá ese fue el último día en que fuimos realmente nosotros. Llegué a tener la esperanza de que las cosas se arreglaran.

—Odié darte esperanzas aquel día.

—Pero aquí estamos hoy, once años después, cambiando un recuerdo agridulce por uno...

—Perfecto.

—Sí, perfecto.

La hora que habían contratado se terminó y devolvieron la barca a su lugar original. Echaron a caminar por el parque y Taylor rechazó dos o tres ofrecimientos de Olivia sobre lugares para ir a comer.

—¿Qué te pasa, Tay? Estás nerviosísimo.

—Sí. Yo… —Taylor respiró hondo y exhaló el aire de forma sonora—. El centro de *fitness* no era lo único que quería enseñarte hoy. Pero quiero que pasemos a recoger a Mia antes. ¿Podría ser?

—Claro. *Todo* puede ser.

Olivia estuvo intrigada durante todo el trayecto en taxi hasta Chelsea, pero no consiguió que Taylor soltara prenda. Aquel sí que era el mayor secreto de todos, quizá el mayor de su vida. No había querido contárselo ni siquiera a Mike, a pesar de todo el tiempo que habían pasado juntos en los últimos meses. No es que tuviera miedo a que su hermano se fuera de la lengua o que temiera que lo disuadiera de aquella locura. Simplemente, necesitaba quedárselo solo para él durante un tiempo. Y cuando decidiera compartirlo, tenían que ser ellas las primeras en saberlo.

Taylor abrazó a Mia en cuanto entraron en el piso. Y la abrazó de forma diferente a todas las anteriores veces. La abrazó sintiéndose con más derecho a considerarse su padre, a pesar de que no había hablado aún con Olivia de ello. O mucho se equivocaba… o todas las dudas de Olivia en los últimos meses tenían que ver con el hecho de que, si llegaban a estar juntos, sería un todo o nada, sin reservas. Y eso incluiría que Mia fuera a todos los efectos su hija. En su corazón lo era desde el mismo día en que había llegado al mundo… o quizá antes.

—¿Me vas a decir ahora a dónde nos vas a llevar?

—No. —Taylor se rio—. Pero deja el carrito en casa.

—¿El carrito? La niña aún no camina lo suficiente como para dar un paseo más largo que el pasillo.

—La llevaré en brazos, pero es que… nos vamos en metro.

—¿En metro?

—No seas pija. Coge las cosas de ella que necesitemos y ¡vámonos! —Estuvo tentado a añadir «antes de que me dé un infarto», pero no quería echar más leña al fuego.

Salieron del apartamento y se dirigieron a la estación de metro de la Calle Veintitrés. Solo había cuatro paradas de la línea dos hasta la Calle Cincuenta. Cuando Taylor le indicó a Olivia con una mirada que sería en esa en la que se bajarían, ella sintió un estremecimiento en todo su cuerpo.

Salieron del vagón en silencio, él cargando con Mia en brazos y ella con la mochila en la que había metido todas sus cosas. Ambos…, con el peso de los recuerdos flotando en su mente.

Nada había cambiado en aquella estación de metro que ninguno de los dos había vuelto a visitar en diez años. El quiosco de prensa regentado por una mujer tan mayor que parecía increíble que siguiera allí una década después. El pequeño café, instalado en un local tan diminuto que no parecía real, pero que servía un capuchino y unos bollos que harían palidecer a cualquier Starbucks. El *kebab* que siempre les hacía rugir las tripas cuando regresaban a casa en aquellas épocas de hambre atroz asociadas a su trabajo. No había dudas. Estaban en Hell's Kitchen.

—¿Qué… qué estamos haciendo aquí, Tay?

—Solo un minuto más. Ya casi hemos llegado.

Subieron las escaleras cogidos de la mano, como habían hecho cientos de veces en el pasado. A Olivia el corazón le retumbaba en el pecho. Taylor tampoco habría pasado una prueba de esfuerzo en aquel momento. Mia miraba a todos lados, ajena al maremoto emocional que la rodeaba, pero daba la sensación de estar fijándose en lo que había a su alrededor, como si tuviera una importancia especial en la historia de su vida.

Enfilaron la calle Cincuenta y Tres hasta casi llegar a la esquina con la Novena Avenida. Olivia, de forma instintiva, se detuvo en mitad de la acera. Taylor no necesitó preguntarle para saber lo que le ocurría. Aquella calle, aquel edificio con la fachada de piedra gris que ya se vislumbraba desde donde estaban… llevaba aparejados demasiados recuerdos bonitos. Y los recuerdos bonitos duelen cuando la persona con la que los compartiste está lejos.

—Ahora estoy aquí. —Taylor la miró—. Estamos juntos. Los tres. ¿Confías en mí?

Olivia solo pudo asentir, porque todos sus esfuerzos se centraban en no derramar las lágrimas que asomaban a sus ojos. Al llegar al número 407, el que había sido el edificio donde habían pasado los cuatro años más felices de sus vidas, fue el turno de Taylor para detenerse. Lo hizo respirando hondo, con el peso de su secreto sobre los hombros.

—Tay…

—Ven conmigo.

Taylor aferró más fuerte su mano y las inseguridades desaparecieron. Lo flanqueaban las dos mujeres de su vida. Nada podía salir mal. Olivia también pareció entenderlo, porque no volvió a preguntar ni a decir nada ni a dudar siquiera en el paso firme con el que subía las escaleras. Al llegar a la última planta, Olivia percibió el polvo en el ambiente y ya no aguantó más.

—Tay, ¿qué está pasando aquí?

—Pasa… —Ante la total estupefacción de Olivia, Taylor sacó unas llaves del bolsillo trasero de sus vaqueros y abrió la puerta del que había sido su apartamento lo que parecía un siglo atrás—. Perdona que esté todo un poco desorganizado, pero… no he podido hacer mucho más desde Austin.

—¿Qué has hecho, Taylor?

—Yo… —Él se dio la vuelta y la miró a los ojos. Con más seguridad en sí mismo de la que jamás había visto Olivia en su mirada, pero también lleno de vulnerabilidad. Quien creyera que esa combinación era imposible tendría que haber contemplado de cerca aquel día los ojos de Taylor Gardner—. Lo he comprado.

—¿Qué?

—Déjame que te explique, por favor.

—Claro. —Olivia le dedicó una sonrisa radiante y tuvo que hacer un esfuerzo por centrarse en sus palabras, porque el cuerpo le pedía salir corriendo a inspeccionar cada milímetro cuadrado del lugar en el que había sido tan feliz.

—Una noche, en Austin, cuando Mike aún estaba fatal y yo me turnaba con Eileen para dormir con él, me distraje dando vueltas a Nueva York en Google Maps. Supongo que echaba más de menos la ciudad de lo que creía o algo, no sé. El caso es que llegué a esta calle, a este edificio. Y me di cuenta de que un buen paso para la nueva vida que cada vez tenía más claro que quería iniciar sería volver aquí. Me puse en contacto con un agente inmobiliario que me había recomendado Becky para buscar locales para el centro de *fitness* y le dije que estaba interesado en comprar este piso. No quería otro en toda la ciudad. Pagaría lo que hiciera falta, pero tenía que ser este.

—¿Y estaba disponible?

—Casi todo lo está cuando la frase que va por delante es «pagaré lo que haga falta». —Olivia se rio—. Hace cuatro meses que cerré la venta y he estado visitándolo cada vez que venía a la ciudad. Mis recuerdos de este piso son maravillosos, pero… era demasiado frío en invierno y demasiado caluroso en verano. Tampoco tenía bañera y no pienso perderme ni un solo baño con Mia. Los últimos inquilinos lo habían pintado de un color que prefiero no recordar, así que… había algunas reformas que hacer.

—¿Sabe alguien todo esto?

—No. No podía saberlo nadie antes que tú… que vosotras. Y quiero que sepas que respetaré cualquier decisión que tomes. Tu piso de Chelsea es fantástico y sé que te encanta el barrio. Por nada del mundo he querido imponerte mi decisión. Solo… tenerlo. Y que esté disponible y listo para entrar a vivir si queremos mudarnos. Esa es mi parte impulsiva, ya sabes. Pero iremos paso a paso, que también he aprendido a tener algo de cordura.

—¿Y qué habría pasado si yo… si no hubiera querido volver contigo?

—Aunque tú no quisieras que estuviéramos juntos, yo me vendría a vivir aquí. Con nuestros recuerdos.

—Eso no suena demasiado sano, ¿no?

—No, no… —Taylor soltó una carcajada nerviosa—. Ha sonado fatal, lo sé. Mira, Liv… Desde que nos reencontramos, desde que Mia nació…, no solo me he enamorado de ti. Ha sido un proceso más… más integral, sobre todo desde que Mike tuvo el accidente y me mudé a Austin. No solo quería estar contigo. Quería reconstruirme como persona en todo. En el trabajo, en mi forma de ocio, en mi imagen pública, en el lugar en el que vivo… Tardé muy poco en darme cuenta de que no me gustaba casi nada de todas esas cosas. Y, cuando estuviera bien y me sintiera de nuevo una persona de la que estar orgulloso, compartirlo todo contigo. Pero antes…

—Antes estabas tú. Es lo normal. Eso sí es sano.

—Pues no se me ocurrió una forma mejor para reconstruirme que hacerlo sobre la base de la mejor persona que fui, en el lugar donde fui aquel Taylor, el que estuvo a tu lado en los primeros años en Nueva York.

—¿Por qué no me enseñas un poco lo que tienes en mente para este lugar?

—Si… si quisieras venirte aquí a vivir conmigo, me gustaría que recuperáramos algunos de los muebles tan bonitos que compramos. La consola del recibidor que tienes en tu piso, la de los cajones pintados de colores. Y volver a poner la cama contra el ventanal de hierro del dormitorio, para tener Nueva York como cabecero. ¿No crees?

—No suena mal. Sigue —le pidió Olivia, mientras iban internándose por los apenas sesenta metros cuadrados de aquel apartamento.

—Los dos tenemos una cantidad vergonzosa de ropa, así que había pensado en convertir la tercera habitación, la enana, en un vestidor compartido. Así tendríamos más espacio en nuestro cuarto para poner unas butacas o algo así, una especie de zona de relax más íntima que el salón.

—Ajá.

—El segundo dormitorio sería para Mia, claro. Me encanta el que tiene en tu piso de Chelsea, aunque aún no la hayas dejado estrenarlo —le dijo Taylor con tono de reproche burlón y Olivia sonrió un poco sonrojada—, así que podríamos trasladarlo tal cual. Y el salón… mira, ven.

—Voy.

—He pensado que ese sería el lugar perfecto para el perro —Taylor señaló hacia una zona baja junto a la ventana más grande del salón—, que no podrá ser Fitz porque mis padres ya no se van a separar de él jamás. Pero me ha dicho Chris que en la protectora sigue habiendo muchos perros que necesitan un hogar. Si es que decidimos dárselo, claro… —Taylor carraspeó y siguió moviéndose; Olivia sintió una oleada de ternura al verlo tan nervioso—. La cocina siempre fue demasiado pequeña, pero ninguno de los dos hemos aprendido una mierda a cocinar en estos años, así que no creo que necesite grandes reformas.

—Con que tenga congelador, microondas y cafetera, ya cubre todas mis necesidades.

—Qué me vas a contar… El salón… joder, Liv, me encantaba cómo era. Miraríamos muebles y cosas, pero… en aquel estilo, ¿verdad? —Taylor no esperó la respuesta de Olivia, porque no olvidaba que ella aún no le había dicho que sí—. Lo que sí está hecho es la instalación de la calefacción. No volveremos a pasar frío, créeme. También nos han puesto el aire acondicionado y han cambiado la instalación eléctrica y las cañerías. He querido… he querido mantener la esencia de lo que fue, pero hacerlo más confortable.

—Y lo has conseguido. Bueno, tendría que pasar aquí un mes de enero sin congelarme para comprobarlo, pero… todo apunta a que sí.

—Y… creo que eso es todo. Bueno, he pensado también en el futuro. Si… si ampliamos… bueno, si cambia la *situación* familiar… y esto se nos queda pequeño, he pensado que se podría comprar el piso de al lado y hacer un apartamento grande de verdad. O quizá prefieras mudarte a una casa fuera de la ciudad, no sé… falta mucho tiempo para que tengamos que pensar en ello. Ahora… ahora solo me falta saber… que tú decidas… que…

—Tay.
—Liv…
—¿Tienes otro juego de llaves o solo ese?
—Tengo… tengo otro en mi piso.
—Pues… me parece que voy a quedarme yo este. —Olivia se lo robó de la mano, donde lo había tenido durante toda la visita.
—¿Sí?
—¡Claro! Necesitaré unas llaves para ir trayendo mis cosas, ¿no?

La sonrisa de Taylor fue la mejor respuesta que Olivia podía haber recibido. Por aquella sonrisa habían pagado millones muchas marcas a lo largo de sus años de carrera, pero Olivia sabía que nunca había sido tan sincera como la que le dedicaba a ella en aquel momento.

Se acercó a él despacio y lo besó. Lo besó y lo abrazó, y fue un abrazo en el que eran tres. Mia, Olivia, Taylor. Y lo serían para siempre.

—Entonces, ¿no la he cagado?
—No, Tay… —Olivia le acarició el pelo, devolviendo aquel mechón rebelde a su lugar—. Esto es… una de las cosas más bonitas que se me podrían haber ocurrido. De hecho, creo que ni se me habría ocurrido jamás algo tan… tan…
—¿Especial?
—Sí. Y mágico. Este piso…
—Tenía miedo a que tuviera demasiados malos recuerdos asociados.
—Aquellos también fuimos nosotros. Los que se quisieron cuando ni siquiera sabían querer, los que llegaron enamoradísimos a esta ciudad, pero también los que no supieron hacer las cosas, los que se equivocaron, los que sufrieron y los que aprendieron de aquel sufrimiento. No los dejemos atrás. Todos somos nosotros. Y este piso está lleno de magia, de vida. Me encantará contarle a Mia todo lo que vivimos en él. Y subirla a la azotea a ver las estrellas en las noches de verano.

Taylor asintió, porque las lágrimas se le habían atascado en el nudo de emoción de su garganta. En aquel piso, en aquel preciso lugar, Olivia había odiado una vez que Taylor no llorara mientras ella se deshacía en lágrimas en el que siempre recordaría como el peor día de su vida. Once años, tres meses y cuatro días después, Olivia vio como una lágrima se deslizaba de los ojos de Taylor, ella se contagió y los dos supieron, sin lugar a dudas, que aquel piso vería muchas lágrimas a lo largo de los años. Pero todas serían de alegría.

~Epílogo~
Cuatro meses después

El jardín de la mansión de Becky en los Hamptons parecía el sueño de una noche de invierno. Quedaba apenas una hora para la medianoche, para la hora en la que toda la costa este de Estados Unidos celebraría la llegada de un nuevo año, y Charlie ya la esperaba, vestido con un esmoquin impecable, al final del sendero que partía desde la puerta acristalada del salón principal. Todo el jardín estaba cubierto por la nieve e iluminado por pequeñas bombillas que colgaban de la fachada y de los árboles.

Sesenta y ocho invitados esperaban la llegada de la novia. De una novia que se haría esperar unos veinte minutos aquella noche, aunque en realidad se había hecho esperar más de cincuenta y siete años. Rebecca Wordsworth se casaba con el hombre de su vida, y eso era noticia de portada en Nueva York y en medio mundo, pero ella había conseguido mantener a los *paparazzi* lejos de aquella celebración en la que solo estarían las personas que más les importaban a ella y a Charlie.

—Becks, yo no es por meterte prisa —Josh sería su padrino y, a pesar de su experiencia en eventos nupciales, parecía más nervioso que la propia novia—, pero Charlie ya tiene una edad y no sería muy bueno para vuestra luna de miel de tres meses que se congelara en el altar.

—Olivia, ¿estamos?

—Estamos. —Aunque Becky se había encargado de que dos estilistas, tres peluqueros y un maquillador estuvieran en su casa aquella tarde, no se quedó tranquila con su aspecto hasta que recibió la aprobación de su mejor amiga—. Estás maravillosa, Becks.

Y lo estaba. Más de lo que Olivia había visto a nadie en toda su vida. Lucía un vestido negro de Givenchy, el *little black dress* perfecto... De hecho, poca gente lo sabía, pero lucía el modelo exacto que había usado Audrey Hepburn en la mítica escena en la que desayunó con diamantes ante el escaparate de Tiffany's. Cuando Becky había insistido en que jamás vestiría de blanco estando más cerca de los sesenta que de los cincuenta, Olivia se preguntó muchas veces qué color elegiría su amiga. Becky le contó un día que quería destacar sobre la nieve —con los contactos que tenía su mejor amiga, era posible que hubiera movido hilos para conseguir que nevara sobre East Hampton la última noche del año— y que, por ello, toda la decoración sería en color blanco, mientras que ella llegaría al altar vestida de negro. Cuando le dijo que se había *encaprichado* —sí, usó ese verbo, como si fuera un capricho fácil de conseguir— con la idea de lucir aquella pieza icónica de la historia del cine y de la moda, Olivia pensó que había perdido el juicio. Pero Becky Wordsworth había logrado en su vida todo lo que se había propuesto. Se había pasado semanas intentando localizar al propietario actual del diseño —para ello, un par de casas de subastas tuvieron que saltarse algunos acuerdos de confidencialidad— y meses enteros siguiendo una dieta estricta para conseguir que el vestido le sentara como un guante.

Una capa de armiño con capucha, también negra, completaba su *outfit* nupcial. Estaba guapa, feliz, brillaba con esa luz que tienen las novias cuando se acerca el gran momento. Pero si Olivia hubiera tenido que describirla con una sola palabra, sin duda, sería «diva». Era como si Madonna, Lady Gaga, Marilyn Monroe y Beyoncé se hubieran condensado en un solo ser humano. O divino.

Charlie lloró cuando la vio aparecer por el sendero nevado, Olivia corrió a ocupar su asiento junto a Taylor y Mia se refugió entre sus brazos después de cumplir con su tarea de llevar las flores al altar. Los votos hicieron llorar a la mitad de los invitados, y Byron, el chihuahua de Becky, vestido con un esmoquin exacto al del novio, provocó las carcajadas al acercar los anillos a los novios. Fue una boda preciosa, de la que la mejor noticia, sin duda, fue que nadie muriera congelado. Becky se había empeñado en que la ceremonia fuera al aire libre, y ni una ventisca, dos tormentas de nieve y hasta un pequeño tornado en la semana previa a la boda habían conseguido disuadirla.

Por suerte, para el cóctel posterior, había entrado en razón y se celebraría en el salón de la casa. Varias mesas redondas se repartían por todo el espacio, colocadas en círculo, para dejar una buena pista de baile en el centro. En varias barras junto a las dos chimeneas se servía la comida, al estilo *buffet*, y las bebidas. Olivia aguantó las bromas de todos los presentes cuando regresó con un chocolate caliente, pero había estado a punto de sufrir una hipotermia durante la boda, porque se había negado a cubrir con abrigo alguno su maravilloso vestido plateado y decorado con cientos de perlas de Zuhair Murad.

—Se ha casado, Liv… —Taylor se partía de risa cada vez que lo recordaba, en parte porque no le cabía en la cara la sonrisa de orgullo al ver tan feliz a una mujer que había hecho tanto por él desde que era un adolescente y en parte porque se había tomado como seis copas de champán en tiempo récord y empezaba a acusar sus efectos—. Te juro que no puedo creérmelo.

—Lo que no puedo creerme yo es lo histérico que estás. ¿Qué te pasa?

—¡Estoy feliz! Míranos… Tú y yo juntos, con Mia, que está tan bonita que me la quiero comer. Laura y Josh, felices… hasta él empieza a caerme bien, joder…

—Ahora mismo todo el mundo te cae bien, Tay. Se llama «fase de exaltación de la amistad».

—Y Becky y Charlie casados. Es todo… ¡es perfecto!

—Está cagado por el discurso —lo pinchó Josh—. Y yo sigo muy ofendido por el hecho de que mi propia hermana haya elegido a este tío para dar el discurso de su boda en vez de a mí.

—¡Tú ya has sido el padrino! —protestó Taylor.

—Es mi hermana, tío. —Josh estalló en carcajadas—. En serio, Olivia, todo tuyo. Es insoportable.

Olivia también se rio, pero lo hizo porque, aunque Taylor estaba como poseído por el espíritu de Santa Claus, había mucha verdad en sus palabras. Cuando Olivia tenía diecisiete años, pensaba que su vida seguiría un patrón más o menos establecido. Que Taylor sería su constante, quien estaría siempre a su lado. Que ella tendría el control de su carrera en cuanto se mudara a Nueva York. Que haría amigos, conocería gente nueva, sería madre…, pero sin grandes sobresaltos. La vida la había sorprendido. La había subido a lo más alto y la había tirado a la lona. La había enseñado a reconstruirse, a reinventarse… Y a los treinta y siete años, camino de los treinta y ocho, allí estaba: en una casa preciosa, rodeada de las personas que se habían convertido en su familia por lazos de amistad, con el amor de su vida de la mano y su hija correteando con pasos torpes. No podía pedir nada más.

La cena terminó poco antes de que los fuegos artificiales anunciaran la llegada de un nuevo año. Becky y Charlie inauguraron el baile al ritmo de *The Way You Look Tonight*. Y llegó el momento del brindis. Becky y Charlie hablaron brevemente para agradecer a los invitados su presencia allí aquella noche, y la hermana pequeña de Charlie se encargó del primer discurso. Contó cómo, desde que era una niña, su hermano le había hablado de una chica de su instituto, la chica más guapa a la que había visto nunca, que se había marchado a Nueva York para triunfar y lo había conseguido. Fue emotivo, tierno y hasta divertido. Un aplauso sonó en el salón de Becky y, entonces…, le llegó el turno a Taylor.

Olivia le dio un beso antes de que se acercara a la zona donde estaban los novios y se sentó, con Mia sobre sus rodillas, en la mesa que habían ocupado junto al resto de sus amigos.

—Bueno… Antes de nada, quiero felicitar a Becky por ser la novia más espectacular que he visto jamás y por haber organizado una fiesta por todo lo alto para celebrarlo. Y a Charlie, por descontado, por conquistar a la mujer más increíble con la que me he encontrado en toda mi vida. *Increíble* en sentido literal; si alguien me hablara de ella, me costaría creer que existiera en realidad. Becks…, te conocí hace más de veinte años y has sido la mejor agente, amiga, consejera, hermana mayor y casi madre sustituta que podría haberle pedido a la vida. Tengo tantas cosas que agradecerte que nos quedaríamos sin tiempo, pero hoy, especialmente, quiero agradecerte que me hayas prestado este ratito de tu gran día. Y también que hayas invitado a poca gente a tu boda, para que haya el menor número posible de testigos de este momento. —Taylor utilizó todo su encanto para ganarse a la audiencia, entre la que despertó algunas carcajadas. A Olivia también le dio la risa, pero nerviosa, porque no pasaba por alto ni el guiño cómplice que Becky le dirigió ni cómo el gesto de Taylor mudó a serio—. Hace más de once años, cometí el mayor error de mi vida. Me creía el puto rey del mundo, por algo tan absurdo como que me pagaban una cantidad obscena de dinero por posar medio en pelotas y porque cada vez que iba a una fiesta alguna chica espectacular me escribía su teléfono en una servilleta. Yo siempre había sido un buen tío, o eso pensaba, y llevaba enamorado de la misma chica desde que tenía uso de razón. Escuché cantos de sirena, me los creí y, un día, llegué a casa y le rompí el corazón a la mujer más buena, más inteligente, más brillante y más bonita a la que he conocido en toda mi vida. Y, sin saberlo, me rompí el mío también.

Taylor se había jurado no echar ni un solo vistazo hacia Olivia en todo aquel discurso que llevaba bien aprendido, pero al que había añadido muchas palabras fruto de la improvisación. Palabras que le salían de partes del puto corazón que ni sabía que existían hasta aquella noche. Pero no pudo evitarlo. Se tomó un segundo para deshacer el nudo que tenía formado en la garganta y acabó aprovechándolo para mirarla a ella, que era la luz que iluminaba todo desde aquella cita surrealista en la que le había pedido que le hiciera el favor más importante de su vida. O desde mucho antes, en realidad. Desde siempre.

Olivia estaba boquiabierta. Sujetaba a Mia con un brazo y su otra mano se tapaba la boca abierta. Laura, a su lado, la miraba divertida; ella también estaba informada de aquella locura. Taylor confiaba en que, si Olivia decidía salir corriendo, entre Laura y Josh la placarían.

—Supongo que una buena penitencia por haber sido el gilipollas integral más grande del planeta es subirme aquí hoy a decirles a sesenta y ocho personas y un chihuahua que me equivoqué. —Las risas volvieron a la audiencia, que parecía estar pasándoselo pipa con aquel espectáculo inesperado—. ¡Joder si me equivoqué! Olivia y yo estuvimos juntos trece años. Fue la primera chica a la que besé, la primera chica que me hizo estremecerme de placer, la primera a la que amé, la primera con la que me casé y la primera por la que lloré. Y, por desgracia, no puedo decir que sea la única con la que he hecho las dos primeras cosas, pero siempre he sabido que, viva los años que viva, siempre será ella la única a la que ame, con la que me case y por la que llore. Hace más de un año, me hizo padre. Aunque fuera de una forma extraña y surrealista, que no viene al caso compartir. Yo me sentí padre en el mismo momento en que vi a Mia por primera vez. No porque llevara mis genes, sino porque era de ella. Era la hija de Olivia y eso la convertiría para siempre en algo muy mío. Desde que tenía trece años, Liv me ha regalado miles de cosas. Y con Mia me dio eso, el orgullo de sentir que, por primera vez en muchos años, había hecho algo bien.

Taylor resopló, para infundirse ánimos, y alguien —presentía que Becky, porque la conocía bien— gritó un «vamos, valiente» que le infundió ánimos y terror a partes iguales. Echó mano al bolsillo de su pantalón, que llevaba horas quemándolo y se preparó para el do de pecho.

—Hace más o menos quince años cometí otro de los muchos errores de mi vida. Una marca de ropa me había invitado a un evento en Las Vegas y me llevé a Liv, porque ninguno de los dos habíamos estado nunca en la ciudad. La última noche, con un par de copas de más, pasamos por delante de la capilla del hotel y le dije, casi como si fuera un comentario más, «joder, Liv..., podíamos casarnos». Y lo hicimos. En vaqueros, sin peinar y con todo el puto amor del mundo. Pero la privé de la boda por todo lo alto que sé que a ella le habría gustado. Y que a mí me habría encantado vivir con ella. Así que... —Un nuevo resoplido, palpitaciones cercanas al infarto, el momento de la verdad. Una rodilla al suelo—. Te quiero con toda mi alma, Liv. Y, aunque no acabe de entender por qué, sé que tú a mí también. Eso va a ser así toda la vida, así que ¿quieres casarte conmigo? Esta vez te juro que podrás llevar el vestido más increíble del planeta y que cerraré Central Park, Hawaii o la puta Torre Eiffel si me dices que sí. Y también te juro que será para siempre, porque tú... joder, es que tú eres mi para siempre.

A Taylor se le rompió la voz y dijo la última frase en una especie de gallo desafinado, como si su discurso, su corazón y todo su jodido cuerpo hubieran conspirado para que hiciera el ridículo más grande de la historia delante de sesenta y ocho personas y un chihuahua. Cerró los ojos un momento, pero los oídos seguían bien abiertos y escuchó silbidos, aplausos y «bravos». Y, por encima de todo, sintió unos brazos conocidos abrazando su cintura y susurrándole en el oído.

—No te lo voy a perdonar jamás, Tay. Solo te ha faltado contarle a esta gente en qué posturas hemos follado.

—En todas, ¿no? —A los dos les dio la risa, en parte por el comentario y en parte por los nervios—. Hostias, Liv, te he hecho una pregunta. Y toda esa gente está esperando la respuesta.

Olivia lo miró frunciendo el ceño, y él se preocupó un poco. Hasta que la vio dirigirse, brillando más que nunca, hacia el micrófono del que él se había alejado.

—Que sí, obviamente. ¡Pero cómo no me voy a casar con él!

* * *

—Todavía no me creo lo que has hecho. —Olivia bailaba con la mejilla apoyada sobre el pecho de Taylor, al ritmo de *The Most Beautiful Girl in the World*, de Prince. Taylor tarareaba la letra en su oído, y ella, que había oído durante años que era la mujer más guapa del planeta, se enorgulleció de ello por primera vez.

—Si te digo la verdad..., yo tampoco. —Taylor se reía. No había tomado ni media copa más desde antes del discurso, pero seguía como embriagado por la emoción y los nervios que había pasado.

—Y yo que pensaba que sería yo quien te sorprendería esta noche...

—Me has sorprendido bastante con ese vestido, créeme. —Taylor se acercó más a ella y frotó su mandíbula contra la suave piel del cuello de Olivia; sabía que a ella le encantaba ese gesto, sentir su barba incipiente haciéndole cosquillas—. Estás tan guapa que no entiendo por qué aún no te he llevado a nuestro dormitorio.

—Porque esta noche Becky ha invitado a Anna para que se encargue de Mia y que tú y yo podamos tener un poco de diversión como adultos.

—Mmmmm... no me parece que hayamos estado haciendo mal lo de la *diversión como adultos* en los últimos meses.

—No… —Olivia levantó su copa, un mojito de fresa sin alcohol, y se la mostró a Taylor, que no parecía tener la perspicacia demasiado despierta aquella noche—. Lo hemos hecho muy muy bien. Lo hemos hecho con una eficacia bastante digna de mención.

—¿Qué?

—Taylor Gardner, ¿cuánto tiempo hace que me conoces?

—Pues… no sé. Toda la vida, ¿no?

—Algo así… Y en toda mi vida adulta, ¿cuántas veces me has visto en una fiesta sin una copa de vino en la mano?

—Solo recuerdo la del Met, pero porque estabas embara…

—Ajá.

—Liv…

—Tay… —Olivia imitó su gesto y no pudo evitar que se le escapara la risa.

—¿Estás embarazada?

—De casi dos meses.

—Dios mío…

Taylor la abrazó tan fuerte que oyeron como unas cuantas perlas de su vestido caían al suelo. Pero a nadie le importó. En los cuatro meses que llevaban viviendo juntos en el apartamento de Hell's Kitchen habían hablado de volver a ser padres, pero pensaron que aquello tardaría en llegar. Si con Mia habían necesitado cuatro intentos, controlando perfectamente los periodos de ovulación y siguiendo las normas pautadas desde la clínica de fertilidad, imaginaron que con intentos espontáneos, sin importar el día —y la mayor parte de las veces, tampoco el lugar—, un nuevo embarazo podría tardar hasta un año en llegar. Ya se preocuparían de buscar soluciones si la cosa se alargaba más que eso. Pero no había hecho falta.

Ni Olivia ni Taylor olvidarían nunca aquel otoño en Manhattan. Los paseos con Mia por Central Park, escuchando el crujir de las hojas bajo sus pies. Las conversaciones en la azotea del edificio, a la que se habían vuelto adictos, a pesar de que en las últimas semanas ya tenían que subir allí arropados por la manta étnica que Olivia había rescatado del fondo de un baúl de su apartamento de Chelsea, después de diez años sin atreverse a mirarla porque le recordaba tanto a Taylor que no le dejaría contarse a sí misma la mentira de que lo había olvidado. La ilusión de Tay el día que inauguró su centro de *fitness* y volvió a levantarse cada mañana ilusionado por hacer un trabajo que le gustaba. Las dificultades para encontrar tiempo para ellos, con una vida en la que dirigían un negocio cada uno y tenían una niña de poco más de un año que dependía completamente de ellos. Sí, hasta las dificultades habían sido dulces aquel otoño.

Olivia y Taylor no tenían ni idea de cuándo se habían enamorado por primera vez. Desde que comprendieron lo que significaba ese concepto, siempre lo habían sentido uno por el otro. Después de casi treinta y ocho años, una relación de trece, una separación de diez, un reencuentro algo surrealista, una lucha contra el miedo, la incertidumbre y las dudas, y más de cuatro meses de redescubrirse en cada gesto, cada palabra y cada beso… tampoco podrían decir si se habían convertido en dos personas diferentes que se habían enamorado en una fase distinta de sus vidas o si, en realidad, nunca habían conseguido sacar al otro de lo más profundo de su corazón. Poco importaba, en realidad, porque había una respuesta que sí tenían muy clara ambos. ¿Cuándo dejarían de estar enamorados? Nunca.

AGRADECIMIENTOS

Olivia y Taylor llegaron a mi vida en un momento difícil. Acababa de terminar *Imposible canción de amor* y sentía que me había vaciado. Pero Olivia me estaba susurrando su historia y quise contarla. Estaba segura de que iba a ser una novela corta, sencilla y divertida. Pasaron los meses, otras historias se colaron por el medio, pero siempre acababa volviendo a ellos. Y *La petición de Olivia*, al final, ha resultado ser la novela más larga que he escrito y en la que me he dejado un buen trozo de mí misma. Supongo que esa es la magia de esto, que acaba sorprendiéndonos incluso cuando creemos tenerlo todo muy claro de antemano.

Como siempre, hay muchas personas a las que debo agradecer haberme mantenido cuerda durante el proceso de creación de esta novela, que no ha sido el más fácil de mi vida precisamente.

A mi madre y a Juan, por supuesto, en primer lugar. Por el apoyo constante y la confianza (a veces excesiva) en que haré las cosas bien.

A Alice, Neïra y Saray, por ayudarme a encontrar el camino cuando me pierdo y porque no hay nada mejor que saber que tengo un lugar al que recurrir cuando las dudas son más fuertes que yo. Y también a Leo y a Julieta, por llegar para hacernos más felices.

A Susanna, por leer siempre mis historias «a trocitos», aunque normalmente te las destripo al minuto de que la idea llegue a mi cabeza, y quererlas de todos modos. A Alejandra, por todo el cariño con el que imaginaste a Olivia y Taylor en ese Nueva York imaginario que las dos compartimos. Y a Altea, por estar ahí desde el principio, mimando a mis chicos y a mí, a pesar de todos los bandazos que nos ha ido dando la vida.

A mis amigas y mi familia, porque estoy segura de que se reconocerán en frases y momentos de esta novela. Y porque estoy más convencida cada día de que el verdadero amor de la vida son esas amigas que no fallan nunca.

Y por supuesto, como siempre, a mis lectoras. Por todo el cariño que me enviáis, que me da la confianza para continuar en esta profesión que es tan bonita pero a veces tan dura. Muchas… muchísimas gracias.

Abril Camino nació en A Coruña en 1980. Su pasión por la literatura la llevó a licenciarse en Filología Hispánica e Inglesa, pero no fue suficiente para saciar su ansia por vivir historias ajenas. Devorar libros de forma incansable se convirtió en la mejor opción, pero un día descubrió que crear ella misma a los personajes y las tramas era aún más divertido. Desde entonces, vive pegada a las teclas de su portátil, dando forma a historias que, en muchas ocasiones, toman vida propia y le dan forma a ella.

Tras su debut literario en junio de 2015 con *Pecado, penitencia y expiación*, su carrera no ha dejado de crecer. Mujeres fuertes, sentimientos hondos y un estilo reconocible son las principales señas de identidad por las que los lectores eligen sus libros, siempre a medio camino entre la novela romántica, la ficción narrativa y el género sentimental. La mayoría de sus novelas pueden encontrarse autopublicadas en Amazon, aunque también ha probado suerte en la edición tradicional, en Ediciones Urano (*Mi mundo en tus ojos*) y Ediciones B (*Imposible canción de amor*).

Algunas de sus novelas más destacadas son *La petición de Olivia*, *Te quise como si fuera posible* o *El ayer, nosotros y un mañana imposible*.

www.abrilcamino.com

abrilcamino

Otras novelas de la autora

Románica adulta

Románica new adult

Ficción narrativa

ÍNDICE

~1~ La petición.. 7
~2~ Retales de mi vida 16
~3~ Volver a nacer.. 24
~4~ Tu decisión... y la mía 33
~5~ Tu cuerpo, de nuevo 39
~6~ Has perdido la cabeza.. 48
~7~ Dos cuerpos que se reconocen................................... 55
~8~ Ojalá pudieras ser tú 59
~9~ Mi lujuria eres tú 66
~10~ ¿Cuánto va a durar esto?.. 73
~11~ En tu casa 79
~12~ Esto es para nosotros 90
~13~ Ser madre... antes de serlo 97
~14~ Navidad en casa 101
~15~ El fin de una era..109
~16~ ¿Quieres... venir? 114
~17~ La tranquilidad está muy sobrevalorada 120
~18~ Mi ángel de la guarda 126
~19~ La fiesta de compromiso 133
~20~ El día que todo cambió 144
~21~ Esto no es lo que esperaba..155
~22~ Lo más bonito que he tenido en mi vida...................162
~23~ ¿Puedo verte... verla? 166
~24~ Confusión..173
~25~ Bajo mi piel 180
~26~ Su primera Navidad 186
~27~ Me estoy volviendo loco 192
~28~ Regresos y sorpresas 199
~29~ Lo que de verdad importa...205

~30~ Las tradiciones hay que cumplirlas 219

~31~ No puede ser.. 230

~32~ Intentarlo.. 237

~33~ Qué seremos 244

~34~ Un año, dos años... 252

~35~ Las malditas dudas.. 260

~36~ El lugar donde fuimos nosotros 272

~Epílogo~ Cuatro meses después 280

Agradecimientos 285

Made in the USA
Columbia, SC
05 October 2023

83dc8d5a-176a-4a4e-8f70-fd23bbb00d9dR02